浙江文叢

孟郊集校注

〔上册〕

〔唐〕孟郊 著　韓泉欣 校注

浙江古籍出版社

圖書在版編目(CIP)數據

孟郊集校注 / (唐)孟郊著；韓泉欣校注. —杭州：浙江古籍出版社，2012.9(2025.3 重印)
(浙江文叢)
ISBN 978-7-80715-958-2

Ⅰ.①孟… Ⅱ.①孟… ②韓… Ⅲ.①唐詩—注釋
Ⅳ.①I222.742

中國版本圖書館 CIP 數據核字(2012)第 228466 號

孟郊集校注

(全二册)

(唐)孟郊 著　韓泉欣 校注

出版發行　浙江古籍出版社
(杭州市環城北路 177 號　郵編:310006)
網　　址　https://zjgj.zjcbcm.com
責任編輯　况正兵　徐　碩
封面設計　劉　欣
責任校對　余　宏
責任印務　樓浩凱
照　　排　浙江時代出版服務有限公司
印　　刷　浙江新華數碼印務有限公司
開　　本　710mm×1000mm　1/16
印　　張　39
字　　數　517 千
版　　次　2012 年 11 月第 1 版
印　　次　2025 年 3 月第 3 次印刷
書　　號　ISBN 978-7-80715-958-2
定　　價　300.00 圓(精裝)

ISBN 978-7-80715-958-2
01>
9 787807 159582

重版説明

浙江古籍出版社『浙江文叢』系列《孟郊集校注》，在本社一九九五年版基礎上修訂重版，原校注者韓泉欣先生集數年研究之力，對人物典故、字詞釋義多有補正，以臻更善。

浙江古籍出版社
二〇一二年十月

前言

『李杜文章在，光焰萬丈長。』（韓愈《調張籍》）唐詩發展到李白、杜甫，確乎達到了她的巔峰，因之備受世人的矚目。但正是面對這種盛極難繼的局面，中唐詩人作出了多方面的努力和開拓，産生了元白的通俗詩和韓孟的奇古詩，從而把李杜以後的詩歌創作推進到一個新階段。寫奇古詩的孟郊，既是韓孟詩派的奠基者，同時又是它的支柱，其地位和影響在今天幾乎没有疑義。但在我國文學史上，孟郊却是最有争議的詩人之一。褒揚他的人，説『孟之詩，五言高處，在古無二；其有平處，下顧二謝』（李觀《上梁補闕薦孟郊崔宏禮書》），説『孟郊東野始以其詩鳴。其高出魏晉，不懈而及於古，其他浸淫乎漢氏矣』（韓愈《送孟東野序》）。貶抑他的人，或譏之爲『寒蟲』（蘇軾《讀孟郊詩》），或斥之爲『詩囚』（元好問《論詩絶句三十首》）。千餘年來，訩訩不休，莫衷一是。《四庫總目提要》就此發表評論云：『郊詩托興深微而結體古奥，唐人自韓愈以下莫不推之。自蘇軾詩「空螯」、「小魚」之誚，始有異詞。元好問《論詩絶句》，乃有「東野窮愁死不休，高天厚地一詩囚」之句。當以蘇尚俊邁，元尚高華，門徑不同，故是丹非素。究之郊詩品格，不以二人之論減價也。』其説較爲平允。然而要充分地認識孟詩的地位和價值，總須結合他的時代與生平，對其創作作一番比較全面的考察。

一

孟郊，字東野，湖州武康（今屬浙江德清）人。祖籍平昌（今山東臨邑東北）。他生於唐玄宗天寶十年（七五一），其時父庭玢任職昆山縣尉。父親卒於任所之後，母裴氏獨力撫孤，故其早年生活貧困。

德宗建中元年，孟郊離妻别家，往投河陽三城鎮遏使李芃，正好遇上兩河交兵，因之滯留河南達五年之久，直到貞元元年，纔轉往江西上饒與陸羽相會，然後折回長安依陸長源。貞元六年流寓蘇州，從而結束初次的學習和漫游。〔一〕

孟郊初試之年今已不能詳考。貞元七年秋，他再次赴京，應明年進士試，以此得與韓愈、李觀等人相識，結下了深厚的情誼。當孟郊再試不第、離京東歸時，韓李均贈詩爲别，建議他往謁徐州刺史張建封，然在孟郊終亦無所遇合，故在徐州逗留未久，即返抵蘇州。貞元九年，三試於長安，又不第，遂不得不懷着傷痛的心情周游南北。先自長安至朔方，復由朔方南下湖楚，訪盧虔於復州。濯足洞庭之後，又北上再度與陸長源相聚於汝州。貞元十一年秋，四至長安應試。十二年乃得一第，其時東野四十六歲，得第後旋即東歸，途經和州，與張籍會。貞元十三至十四年，寄寓汴州，依陸長源。其間又得機會，與韓愈、李翺講文論道，詩酒酬唱。至十五年春離汴回南，歷游蘇州、越州，再到常州。

貞元十六年，孟郊至洛陽應吏部銓選，爲溧陽尉。溧陽在今江蘇西南部，鄰接安徽，是僻遠小縣；縣尉官階從九品，掌地方治安，爲一介微吏；所以孟郊居官溧陽的心情是抑鬱的。據説他在任不事曹務，常往縣南五里投金瀨吟詩爲樂。縣令不滿他的所爲，竟白府以假尉代之，分其半俸，使孟郊終因貧困而辭官歸里。憲宗元和元年（八〇六），河南尹鄭餘慶奏孟郊爲河南水陸運從事，試協律郎，遂定居洛陽。其時韓愈也在東都，頗有詩友相聚之樂，更兼鄭餘慶多方照護，生活上比較安定。可惜這種光景没有維持多久：元和四年，老母病故，孟郊丁憂去官；元和五年，三個兒子又相繼夭亡。家庭生活迭遭變故，使詩人一下子陷於貧病交迫之境。直到元和九年，鄭餘慶鎮興元，奏孟郊爲興元軍參謀，試大理評事。孟郊聞命前往，八月行至閿鄉（今河南靈寶），得暴疾死，終年六十四歲。

縱觀孟郊的一生，正是處在一個政治黑暗、民生凋敝、社會動蕩的時代；而他個人所走的生活道路，又是如此的坎坷不平。儒家的人生哲學與處世態度，加重了他的危機感和責任心；孤直而近於褊狹的性格，則使他在仕宦生涯中扮演着悲劇的角色。以致到他的晚年，老病侵奪，一貧徹骨，成爲徹頭徹尾的『窮者』。然而也正因爲他的『窮愁』和『失意』，遂使他把畢生的精力，專注於詩歌的創作。他曾作過這樣的自供：『夜學曉未休，苦吟神鬼愁。如何不自閑，心與身爲讎。』（《夜感自遣》）又説：『倚詩爲活計，從古多無肥。詩飢老不怨，勞師淚霏霏。』（《送淡公》其十二）在詩歌裏，孟郊寫下自己的理想、追求、愛和恨、痛苦和歡樂。他不但把詩歌當做向不合理的社會抗爭的武器，而且以詩歌爲生命實現了自身的價值。

二

孟詩現存五百餘首，以短篇五言居多，没有律詩。按其題材内容來分，主要是這樣四類：

一、抨擊藩鎮割據，反映民生疾苦。

中唐歷史最重要的一個特點，就是藩鎮割據，戰火連年，人民深受其苦。當年孟郊旅居河南，恰逢兩河狼煙四起，諸藩與唐廷互争雄長，因此得親睹歷史慘酷的一幕，留下了記述藩鎮之變的詩篇。其中《殺氣不在邊》側重於從個人經歷和感受，表達對不義戰争的憎惡，對國家前途命運的關切；《感懷》詩則力圖賦予重大事變以廣闊的歷史背景，詩中無論對李希烈叛逆行徑的斥責，抑或對朝廷用人政策的批評，都體現了詩人悲時憂國的懷抱。這次經歷無疑給了詩人太深刻的影響，以致他在平叛之後所寫的《傷春》和《答盧虔故園見寄》中，仍然保留着慘痛的記憶，以及縈繞於腦際的如焚的憂思。另一與之相關的事件，是發生在貞元十五年的汴州兵變，摯友陸長源被禍，爲亂軍臠而食之。孟郊有《亂離》詩，痛悼這位剛正不阿的『留後』，同時對國事的糜爛表示無限的感憤。又有《汴州離亂後憶韓愈李翺》詩，一面寄託對兩位朋友的憶念，一面對叛逆者進行義正辭嚴的譴責。正因爲孟郊生活在這樣的藩鎮割據的時代，和千百萬人民一起飽嘗戰争的苦難，所以他腦子裏很自然地滋長出非戰的思想：

徒言人最靈，白骨亂縱横。如何當春死，不及群草生。堯舜宰乾坤，器農不器兵。秦漢盗山岳，鑄殺不鑄耕。天地莫生金，生金人競争。（《吊國殤》）

如果我們考慮到這是一個特定的時代，而不苛求作者對戰争必然性有多少深入的瞭解，那麽詩中詛咒戰争和對製造戰争的封建統治者進行指斥，恰恰表達了廣大人民反對藩鎮割據、要求和平統一的願望。

與憂念國事相聯繫，詩人又異常關切民生疾苦。這在很大程度上是因爲隨着閲歷的增長，孟郊愈來愈多地看到了廣泛的社會不平的存在。例如《長安道》中展示的朱門歌吹與賤子獨泣的反差，《長安早春》所寫都人士女與勞動人民生活實踐乃至審美趣味的不同，無不説明現實社會中階級的對立與貧富的懸隔。在著名的《寒地百姓吟》裏，孟郊幾乎一字一淚地訴説北地百姓所受凍餒之苦：

無火炙地眠，半夜皆立號。冷箭何處來，棘針風騷勞。霜吹破四壁，苦痛不可逃。高堂搥鐘飲，到曉聞烹炮。寒者願爲蛾，燒死彼華膏。華膏隔仙羅，虚遶千萬遭。到頭落地死，踏地爲游遨。游遨者是誰，君子爲鬱陶。

階級壓迫和階級剥削的嚴酷現實，顯然已經使勞動人民陷於求生不得求死不能的境地；詩人把勞動者的痛苦呼號和富貴之家宴飲達旦加以尖鋭對比，流露出鬱積於内心的深廣憂憤。《織婦辭》以織婦自述的形式，表現勞動人民生活的艱辛，同時揭露官府對農民的繁重剥削。

『如何織紈素，自著藍縷衣』，是從切身經驗出發，向不公平的社會提出責問；『官家牓村路，更索栽桑樹』，則把百姓貧困的根源，直接追索到統治者的貪婪。孟郊的這類作品，在反映現實的深刻性上，即使比之杜甫、白居易，恐怕也不遜色。雖然這類作品在全部孟詩中所占比重不大，但已經足以證明，他的創作與人民生活保持着千絲萬縷的聯繫。他在《嚴河南》中說：『苦竹聲嘯雪，夜齋聞千竿。詩人偶寄耳，聽苦心多端。』可見其詩歌創作所繼承的，正是杜甫以來所有進步詩人具有的民胞物與的精神。

二、感慨不遇與自訴窮愁。

孟郊前半生困頓場屋，後半生沉淪下僚。因爲他的不遇，其身之所歷與心之所感，屬諸吟詠，自多窮愁之句。『怨』、『苦』、『傷』、『愁』、『憂』、『病』、『貧』、『飢』、『恨』、『歎』等字屢屢出現，啼飢號寒幾乎成爲他詩歌經常性的主題。我們可以拿《秋懷》十五首作爲這類窮愁詩的代表：

秋月顔色冰，老客志氣單。冷露滴夢破，峭風梳骨寒。席上印病文，腸中轉愁盤。疑懷無所憑，虛聽多無端。梧桐枯崢嶸，聲響如哀彈。（其二）

霜氣入病骨，老人身生冰。衰毛暗相刺，冷痛不可勝。鷩鷩伸至明，强强攬所憑。瘦坐形欲折，晚飢心將崩。勸藥左右愚，言語如見憎。聳耳噎神開，始知功用能。日中視餘瘡，暗鑠聞繩蠅。彼齅一何酷，此味半點凝。潛毒爾無猒，餘生我堪矜。凍飛幸不遠，冬

令反心懲。出没各有時，寒熱苦相凌。仰謝調運翁，請命願有徵。（其十三）

外境的寒澀和内心的悲苦被孟郊形容到極處，足以産生刻骨銘心的效果。然而孟詩之感人，又不僅在他善寫窮愁，很大程度上還因爲他在窮愁中表現出來的風骨。『出没各有時，寒熱苦相凌』可以説是孟郊一生的寫照，而他『未嘗俛眉爲可憐之色』（辛文房《唐才子傳》卷五）。他在詩中常常以松月自勵，借冰雪寄意。其《寓言》云：『我有松月心，俗騁風霜力。貞明既如此，摧折安可得？』又《自惜》云：『零落雪文字，分明鏡精神。坐甘冰抱晚，永謝酒懷春。』又《答盧仝》云：『楚屈入水死，詩孟踏雪僵。直氣苟有存，死亦何所妨。』這種堅持操守的品質以及對事業的執着追求，同時代的詩人幾乎没有一個可以和他比並的。

對於孟郊來説，唯獨社會的日趨腐化，是不能忍受的。强烈的社會責任感和高尚的品質，都促使他對生活中的醜惡現象進行無情的揭露和猛烈的抨擊。在《感興》裏，他歎恨世道險阻和入世艱危：『昔爲連理枝，今爲斷絃聲。連理時所重，斷絃今所輕。吾欲進孤舟，三峽水不平。吾欲載車馬，太行路崢嶸。』在《湘絃怨》裏，他借三閭故事發抒感慨，對奸佞當道賢人失志的現象表示不滿：『嘉木忌深蠹，哲人悲巧誣。靈均入回流，靳尚爲良謨。我願分衆泉，清濁各異渠。我願分衆巢，梟鸞相遠居。』《擇友》詩直刺世風澆薄與人心叵測：『古人形似獸，皆有大聖德。今人表似人，獸心安可測。雖笑未必和，雖哭未必戚。面結口頭交，肚裏生荆棘。』《傷時》詩悲歎友道之喪亡：『古人結交而重義，今人結交而重利。……有財有勢即相識，無財無勢同路人。』《懊惱》詩痛陳他在詩壇和官場遭遇的厄運：『惡詩皆得官，好詩空抱山。抱山冷殑殑，終日悲顔顔。好詩更相嫉，劍戟生牙關。前賢死已久，猶在咀嚼間。以我殘杪身，清峭養高閑。求閑未得閑，衆誚瞋虓虓。』對世道人心進行如此刻深刺骨的咒罵，也是前之未有的。只是我們讀時須知，東野亦不特自鳴其私而已，一代知識分子的命運畢竟跟世之盛衰不可分割地聯繫在一起。大抵唐朝自安史亂後便一代不如一代，雖有李泌、陸贄等出來補弊救失，而其頹勢終不可挽，以致吏治腐敗，弊端叢生，世風日下，道德淪喪。這是孟郊不願意看到却不得不面對的現實，他的性格又孤直，絶不肯與世俗同流合污，故發爲歌詩，憤世嫉俗，自是矯激不平之音。

三、叙别離相思，寫骨肉情深。

如果説前述各詩，主要是寫孟郊的所憎，那麽在這些篇章裏刻削形容的别離相思、骨肉情深，以及下文即將談到的山水游賞與友朋贈答，便集中地表現了他的所愛。

寫别離相思者，以樂府居多，明顯地受到江南民歌的滋養。如《結愛》表現一位女子，在『一度欲離别』的特定時刻，對矢志不渝的美好愛情的蕲求與渴望，從頭至尾以『結』字相貫串，傳達出纏綿悱惻的情味。《征婦怨》是古老的題材，孟郊寫來却别具新意。如第二首：『君淚濡羅巾，妾淚滿路塵。羅巾長在手，今得隨妾身。路塵如得風，得上君車輪。』以淚巾淚塵屬之於人，固已怊悵切情；第四首：『生在緑羅下，不識漁陽道。良人自戍來，夜夜夢中到。』以情之所鍾，使不識爲識，亦啓人想象。特别值得一提的，還有一首《别妻家》：

芙蓉濕曉露，秋别南浦中。鴛鴦卷新贈，遥戀東床空。碧水不息浪，清溪易生風。參差坐成阻，飄飆去無窮。孤雲目雖斷，明月心相通。私情詎銷鑠，積芳在春叢。

以清詞麗句寫柔情蜜意，展示了古貌又古心的孟郊心靈世界的另一側面。

《游子吟》是表現母愛的名篇：

慈母手中綫，游子身上衣。臨行密密縫，意恐遲遲歸，誰言寸草心，報得三春暉。

詩人説，偉大的母愛，好比春天的陽光廣被於萬物；爲人子者不過是寸莖小草，實難報答偉大的母愛於萬一。借着這新鮮的比喻，非常恰切地表達了對於母愛的極真切的體驗和極深沉的感慨。另如《子慶詩》寫晚來得子的歡樂，拳拳之意，溢於言表。《杏殤》九首寫老年失子的傷痛，呼天搶地的哭聲裏，聽得出詩人對命運的詛咒和對天道的懷疑。

又孟郊有酆、郢二弟，長年留居江南老家。集中若干篇什是抒發兄弟手足之情的。著者如《憶江南弟》，寫他以垂暮之年與孤寂之人，懷念遠在南方的弟弟，寫他因憶成夢，夢盡而後望空。望空無及，而形諸呼叫，呼叫不通，而至於怨天，至於憤世，發自内心深處的呼唤，足使讀者心靈受到强烈震顫。

四、山水游賞與友朋贈答。

孟郊壯年時嘗兩度漫游，足跡所至，幾半天下。這種漫游，既是對自然美的探索，又表現爲情志的陶冶。所以在孟郊筆下，山水固有性靈，而詩人每多寄託。兹舉三例：（一）《游終南山》：

南山塞天地，日月石上生。高峰夜留景，深谷晝未明。山中人自正，路險心亦平。長風驅松柏，聲拂萬壑清。到此悔讀書，朝朝近浮名。

寫終南之高之大，足以森羅萬象而吞吐日月；寫終南之深之廣，見其幽明變化與百態千姿。盤空硬語於平中見奇，傳達出作者初游終南的獨特感受，而物境之危仄與心境之恬静相反相成，又造就了詩情與哲理的美妙結合。（二）《越中山水》：

日覺耳目勝，我來山水州。蓬瀛若髣髴，田野如泛浮。碧嶂幾千遶，清泉萬餘流。莫窮合沓步，孰盡派别游。越水净難污，越天陰易收。氣鮮無隱物，目視遠更周。舉俗媚葱蒨，連冬擷芳柔。菱湖有餘翠，茗圃無荒疇。賞異忽已遠，探奇誠淹留。永言終南色，去矣銷人憂。

所寫江南的秀麗景色，果然給人十分親切的感受，但亦不僅如此而已。詩約作於貞元十五年，其時東野雖已登第而猶未得官，心中不無鬱鬱，因此稽山鏡水的明瑟，是適足以蕩滌詩人愁腸的。（三）《泛黄河》：

誰開崑崙源，流出混沌河。積雨飛作風，驚龍噴爲波。湘瑟颼飀絃，越賓嗚咽歌。有恨不可洗，虚此來經過。

此詩所寫，氣象森雄。歷史與現實相接，神話與傳説交融，不啻展示了母親之河的聲色，簡直畫出了民族的英魂。面對滔滔河水，心靈受到陶洗，心胸爲之開闊。詩的結束二句，正好道出作者的這種心情。

集中所收友朋贈答詩，或叙友誼，或道惜别，或致勸勉，或陳感慨，數量已自不少，内容相當豐富。孟郊一生恪守古道，凡所贈答，皆出諸至情至性，既無須乎僞飾，在内容和形式上也往往不受一般贈答詩模式的束縛，寫來非常靈活。如《答友人贈炭》，便是從極平常的事實發掘詩情畫意，以極平常的語言寫出難言之情與難狀之景：

青山白屋有仁人，贈炭價重雙烏銀。驅却坐上千重寒，燒出爐中一片春。吹霞弄日光不定，暖得曲身成直身。

《送草書獻上人歸廬山》描摹了獻上人奔放不羈、變化無端的草書藝術：

狂僧不爲酒，狂筆自通天。將書雲霞片，直至清明巔。手中飛黑電，象外瀉玄泉。萬物隨指顧，三光爲回旋。驟書雲霮䨴，洗硯山晴鮮。忽怒畫蛇虺，噴然生風煙。江人願停筆，驚浪恐傾船。

這裏一連串的比喻似畫，而流注其中的情感是詩。由於作者打破了詩、書、畫三者的界限，遂使讀者吟詠之時，得到一種妙不可言的藝術享受。獻上人草書今已不傳，借着孟詩的比擬形容，猶不難想見其驚艷絶采。《連州吟》三章當是懷寄之作，編者把它歸在行役一類是不妥的。

貞元十九年關中大旱，韓愈以監察御史身份，上奏京畿天旱人飢之狀，懇求朝廷特敕京兆府停徵賦税，不料因此得罪京兆尹李實，於是而有陽山之貶。孟郊深知事關朝廷隱秘而不願顯有揭露，故託爲此題，聊表感慨不平的懷抱。其第三章云：『朝亦連州吟，暮亦連州吟。連州果有信，一紙萬里心。開緘白雲斷，明月墮衣襟。南風嘶舜琯，苦竹動猿音。萬里愁一色，瀟湘雨淫淫。兩劍忽相觸，雙蛟恣浮沉。鬭水正回斡，倒流安可禁。空愁江海信，驚浪隔相尋。』因東野平生并未到過連州，故全詩純以想象爲詞，所寫奇詭變幻之境，却恰切地表現了兩位老友相知相契的情誼。在孟郊寫給韓愈的詩中，這是最感人的一首。至若贈答詩中感慨平生、發攄心愫之作，則不平之鳴，亦時有所聞。如《贈崔純亮》之言世途窄礙：『食薺腸亦苦，强歌聲無歡。出門即有礙，誰謂天地寬？』如《上達奚舍人》之言直道難行：『萬俗皆走圓，一身猶學方。常恐衆毁至，春葉成秋黄。』如《贈竟陵盧使君虔别》之言苦貧甚於苦熱：『赤日千里火，火中行子心。孰不苦焦灼，所行爲貧侵。』蓋孟郊以窮愁不遇而善鳴，故其所作，究以苦語爲多。

韓愈《送孟東野序》有云：『大凡物不得其平則鳴。……人之於言也亦然，有不得已者而後言，其歌也有思，其哭也有懷，凡出乎口而爲聲者，其皆有弗平者乎。……唐之有天下，陳子昂、蘇源明、元結、李白、杜甫、李觀皆以其所能鳴。其存而在下者，孟郊東野始以其詩鳴。』所以從總體上，正不妨認爲，一部《孟東野詩集》，其實便是不平之鳴的産物。

三

孟詩的内容已如上述，兹略論其風格。一個作家的藝術風格常常不是單一的，孟郊亦復如此。他的詩，固然有搜奇抉怪、矯激不平的一面，同時亦不乏平易冲淡、宛轉含蓄之作。

其平易冲淡、宛轉含蓄者，如《征婦怨》：『生在緑羅下，不識漁陽道。良人自戍來，夜夜夢中到。』如《獨愁》：『前日遠别離，昨日生白髮。欲知萬里情，曉卧半床月。常恐百蟲鳴，使我芳草歇。』皆俯拾而得，脱口而出，寫來毫不費力，其格力氣味，直可追攀漢魏。但細加比較，二者到底又有所不同。胡應麟説：『兩漢之詩，所以冠古絶今，率以得之無意。不惟里巷歌謡，匠心信口，即枚、李、張、蔡，未嘗鍛鍊求合，而神聖工巧，備出天造。』（《詩藪·内編》卷二）孟詩却從鍛鍊中得來，他的自然是經過了巧思的，故不能如漢魏詩之渾樸。孟郊寫常人常事，而以常語出之。憑着他極敏鋭的感覺，每每於常人常事抉發新意。長安道上，人來人往，古今如一，有誰去注意呢？不料在《送柳淳》中，孟郊借此大發感慨：『青山臨黄河，下有長安道。世上名利人，相逢不知老。』人總是要老的，不老的是青山，是黄河，是通向長安的古道。既然如此，那麽爲了一己之名利而汲汲奔走者，其意義又在哪裏？字裏行間，看得出作者對名利之徒的卑視。但感慨是對柳淳而發的，柳淳將赴長安應試，拿這番話送他，既是勸勉，又不無警戒。寥寥二十字，古意與詩情，俱在其中。又如《借車》：『借車載家具，家具少於車。借者莫彈指，貧窮何足嗟。百年徒校走，萬事盡隨花。』歐陽修嘗云：『乃是都無一物耳。』（《六一詩話》）未免直話直説。其實孟郊寫時，自嘲而兼自解，貧困中帶點諧趣，讓酸楚從諧趣流出，用含淚的笑表現智慧的痛苦，倒是非常耐人尋味的。

孟郊又善用白描，對着人物、場景、畫面，以極簡練的筆墨，勾出他的輪廓與動態。例如『慈母手中線，游子身上衣』（《游子吟》）、『胡風激秦樹，賤子風中泣』（《長安道》）、『東波與西日，不惜遠行人』（《送遠吟》）、『榆柳蕭疏樓閣閑，月明直見嵩山雪』（《洛橋晚望》）、『山壯馬力短，路行石齒中』（《過分水嶺》）皆是。這種簡筆勾勒，絶去氛圍，擺脱華彩，準確地抓住對象的特徵，故筆墨愈簡，而愈能傳神，愈能觸發想象，使其返於自然和歸於本真。又如《邀花伴》：『邊地春不足，十里見一花。及時須邀游，日暮饒風沙。』即此十里一花，寫盡邊塞寒苦。然而正是這朵小花，成了春的象徵，生命的象徵和美的象徵。些許春色，匆匆又將歸去，不是更值得珍重嗎？詩人説：及時地遨游罷，莫錯過美好的時光。漫游中的這段經歷，透露出詩人對生活的愛和對美的追求是多麽深切！

孟郊這類詩寫得平易冲淡，而語意往往宛轉含蓄。其宛轉之法又有種種，前引各詩可以爲證。又如《聞砧》：『杜鵑聲不哀，斷猿啼不切。月下誰家砧，一聲腸一絶。杵聲不爲客，客聞髮自白。杵聲不爲衣，欲令游子歸。』前四句用對比説愁，後四句以反疊見意。游子月夜聞砧之感曲曲傳出，虚實掩抑之間可見作者用思的巧妙和感情的深摯。《臨池曲》從題材内容到表現手法，更多地吸取了民歌的特點：『池中春蒲葉如帶，紫菱成角蓮子大。羅裙蟬鬢寄迎風，雙雙伯勞飛向東。』與一般民歌不同的是，作者没有直接點題。在池中勞動的這位農村少女，對愛情的渴望以及她那種年華易逝、青春難駐的感觸，純然是通過烘託和比興來表現的，從而使這首樂府辭有一種婉曲含思之妙。

另一類搜奇抉怪而矯激不平，韓愈所謂『劌目鉥心，刃迎縷解，鉤章棘句，掐擢胃腎，神施鬼設，間見層出』（《貞曜先生墓志銘》）者即是。以所占的比重和所産生的影響來説，這類詩也許更足以代表孟詩的特色和他取得的成就。

既然孟郊懷有桀驁不馴之才，他在創作上自然不肯步人後塵，而必欲苦心孤詣獨辟蹊徑；另一方面，社會的黑暗、遭際的坎坷和個性的耿介，亦促使他在藝術上傾向於追求怪奇。故孟郊之所作，每多前人未到之境。如寫寒苦：『波瀾凍爲刀，剸割鳧與鷖。宿羽皆剪棄，血聲沉沙泥。』（《寒溪》其三）寫老病：『冷露滴夢破，峭風梳骨寒。席上印病文，腸中轉愁盤。』（《秋懷》其二）寫清奇：『石龍不見形，石雨如散星。山下晴皎皎，山中陰泠泠。水飛林木杪，珠綴莓苔屏。蓄異物皆别，當晨景欲暝。泉芳春氣碧，松月寒色青。險力此獨壯，猛獸亦不停。』（《游石龍渦》）寫冰心朗潔：『日劈高查牙，清稜含冰漿。前古後古冰，與山氣勢强。閃怪千石形，異狀安可量。有時春鏡破，百道聲飛揚。潛仙不足言，朗客無隱腸。爲君傾海宇，日夕多文章。天下豈無緣，此山雪昂藏。』（《答盧仝》）寫幽僻與險仄：『三峽一綫天，三峽萬繩泉。上仄碎日月，下掣狂漪漣。破魄一兩點，凝幽數百年。峽暉不停午，峽險多飢涎。樹根鎖枯棺，孤骨裹裹懸。樹枝哭霜棲，哀韻杳杳鮮。逐客零落腸，到此湯火煎。性命如紡績，道路隨索緣。奠淚吊波靈，波靈將閃然。』(《峽哀》其三)寫醜中之美：『飯不煮石喫，眉應似髮長。楓梩楮酒甕，鶴虱落琴床。』(《懷南岳隱士》其二)『秋草瘦如髮，貞芳綴疏金。』(《秋懷》其七)寫恐怖：『衆虻聚病馬，流血不得行。後路起夜色，前山聞虎聲。此時游子心，百尺風中旌。』(《京山行》)寫醜穢：『可憐無子翁，蚍蜉緣病肌。』(《吊盧殷》其四)『日中視餘瘡，暗鑠聞繩蠅。彼齅一何酷，此味半點凝。』(《秋懷》其十三)大抵世上困苦、艱難、醜陋，甚至卑污，只要是真切地體驗過的，都被他寫到詩裏，借此種種不經見之事與不經見之境，抒發他胸中的磊落不平。

孟郊這類詩有一個突出的特點，就是構思奇特，意象超常。有時他循着常人的思路更跨前一步，以此創造出超常的意象，朱熹説他是『喫飽了飯，思量到人不到處』(《晦庵説詩》)。比如他形容北方奇寒：『日月凍有稜，雪霜空無影。』(《石淙》其九)説太陽和月亮都凍出冰稜長上了角，豈非想出天外；另一首《古怨》：『試妾與君淚，兩處滴池水。看取芙蓉花，今年爲誰死？』用荷花是否被淚水泡死的辦法來測定誰的相思更深，更是匪夷所思。有時他採取所謂逆向思維，那就帶有明顯的違情悖理的性質。如『南山塞天地，日月石上生』(《游終南山》)、『飯不煮石喫，眉應似髮長』(《懷南岳隱士》其二)、『上天下天水，出地入地舟』(《峽哀》其二)等都是。正因這種寫法違情悖理，所以使人駭目驚心，而一經琢磨一旦感悟，又不禁要爲之拍案叫絶。

奇特的構思，超常的意象，一方面更加突出了對象的性質和狀貌，同時大有助於表達詩人獨特的體驗與感受。這類詩主觀色彩特别濃重，比喻和象徵是經常運用的手法。例如《峽哀》詩就是以峽路險巇比況世途險惡，用峽虬峽螭等峽中險怪影射世間殘害忠良的讒人。劉克莊説：『所謂《峽哀》者，似爲逐客而作。……其詞可以痛哭，不知哀何人也。』（《後村詩話》後集卷一）其實正不必坐實是哀何人，詩中描寫應爲象徵。作者的憂憤那麼深廣，就因爲他處身的整個環境太險惡了，如同三峽一樣使人産生一種慄慄危懼之感。至於《答盧仝》詩中所寫的那個晶瑩璀璨的冰雪世界，以及充盈於天地六合之間的鳳凰的歌聲，更因其無中生有而翻空出奇。相對於黑暗的現實，這正是人格美和詩美的標誌，代表了詩人的理想與追求。孟郊這類作品所表現的内容，實際上已經不再是某種確定的思想，而是一段嶇嶔不平的意氣，或者矯情越俗的意趣，故其筆意與運思奇崛，特不肯以平實出之。誠如清人葉燮所説：『要之：作詩者，實寫理、事、情，可以言言，可以解解，即爲俗儒之作。惟不可名言之理，不可施見之事，不可徑達之情，則幽眇以爲理，想象以爲事，惝恍以爲情，方爲理至、事至、情至之語，此豈俗儒耳目心思界分中所有哉？』（《原詩·内篇》下）孟郊既然要抒發心中的幽鬱，那麼正不妨發揮比喻和象徵的妙用。

硬語盤空，折拗奇崛，是孟郊這類詩又一個突出的特點，具體地表現在用字、造句、韻律諸方面。孟郊好用奇字。胡震亨曾指出孟詩用字之奇者，如《品松》：『抓拏指爪牗。』《寒溪》：『柧楠吃無力。』《峽哀》：『踔猎猿相過。』《冬日》：『涷馬四蹄吃，陟卓難自收。』（《唐音癸籤》卷二十三）這些字都很冷僻，寫到詩裏，能給人一種生澀之感。運用太過，一味艱深，當然不足爲訓。孟郊又好用疊字。如『拋山冷殑殑，終日悲顔顔』（《懊惱》）、『手手把驚魄，腳腳踏墜魂』（《上昭成閣不得於從姪僧悟空院歎嗟》）、『沙稜箭箭急，波齒齗齗開』（《峽哀》其一）、『如何此英英，亦爲吊蒼蒼』（《杏殤》），寫來不拘一格，讀時聲情摇曳。但專以疊床架屋爲事，也可以弄到不知所云。所以孟郊的看家本領，實在還在於用極平常的字眼，寫極平常的事物，而傳達出一種很不平常的體驗和感受。如『南山塞天地，日月石上生』（《游終南山》）、『蜜蜂爲主各磨牙，咬盡村中萬木花』（《濟源寒食》其七）、『棘枝風哭酸，桐葉霜顔槁。老蟲乾鐵鳴，驚獸孤玉咆』（《秋懷》其十二）、『瘦坐形欲折，晚飢心將崩』（《秋懷》其十三）、『舟行素冰拆，聲作青瑶嘶。綠水結綠玉，白波生白珪』（《寒溪》其二）、『黑草濯鐵髮，白苔浮冰錢』（《石淙》其四）、『依詩爲活計，從古多無肥』（《送淡公》其十二）、『無子抄文字，老吟多飄零。有時吐向床，枕席不解聽』（《老恨》）等，都是借了這種本領，使『平字見奇，常字見險，陳字見新，樸字見色』（方東樹《昭昧詹言》），這是真正讓人佩服的。

在句法和韻律上，孟郊力避流易而務爲拗折。唐人古體，已有律化的傾向，孟郊此舉却是要拉開古詩與律詩的距離。他在詩句裏經常運用助詞、介詞、關聯詞，如：『王家事已奇，孟氏慶無涯。獻子還生子，羲之又有之。鳳兮且莫歎，鯉也會聞詩。』（《子慶詩》）如：『賢人多自靈，道理與俗乖。細功不敢言，遠韻方始諧。萬物飽爲飽，萬人懷爲懷。一聲苟失所，衆憾來相排。所以元魯山，飢衰難與偕。』（《吊元魯山》其四）把做詩視同平時説話。有時他又特地佶屈其詞，使平仄不調，造成詞氣的突兀不平，如『瘦攢如此枯，壯落隨西曛。裊裊一線命，徒言繫絪縕』（《秋懷》其五）、『有時跟蹌行，人驚鶴阿師。可惜李杜死，不見此狂癡』（《戲贈无本》其二）。另如『藏千尋布水，出十八高僧』（《懷南岳隱士》其二）、『磨一片嵌巖，書千古光輝』（《吊盧殷》其四），更在句法上打破前例，創出上一下四格，使其後人享用無窮。至於孟詩的用韻，也總是避寬就窄，避高揚就低咽。他大量使用仄聲韻，尤其喜歡入聲韻，如《擇友》便是以入聲爲韻并且一韻到底的，在這方面同樣顯示出他好難争險、因難見巧的特色。照實來説，孟郊詩歌創作中這種追新逐奇、趨險入怪的傾向，本身也就是對於不平之鳴的反應罷。

四

大抵藝術上的探索總不免要付出代價，這在孟郊也不例外。他喜好平淡，而拙者每流於淺率；他專力怪奇，而拙者每流於僻澀。對於孟郊的藝術經驗，自來論者各有軒輊；但無論如何，他在藝術創作中表現出來的始終一貫的追求，總是非常可貴的。

在《送任齊二秀才自洞庭游宣城序》裏，孟郊曾經指出：文章的曲直是作者心氣的反映，而心氣的悲樂歸根到底乃時代使之然。孟郊主張詩文發抒真情，而反對『心僞』。即使發抒真情在衰代不免於罹禍招災，但内心的不平既然有不得不發的理由，爲什麽要把它隱藏起來呢？一般人都曉得『古貌又古心』的孟郊曾經提出復古的主張，例如他説『從來鏡目下，見盡道心前。自謂古詩量，異將新學偏』（《寄陝府鄧給事》），『收拾古所棄，俯仰補空文。孤韻恥春俗，餘響逸零雰』（《奉報翰林張舍人見遺之詩》），『忍古不失古，失古志易摧。失古劍亦折，失古琴亦哀。夫子失古淚，當時落灌灌。詩老失古心，至今寒皚皚』（《秋懷》其十四），堅持含容古道，不失古心，認爲這既是他思想修養力求達到的境界，同時也表現爲他詩歌創作的傾向。但我們不能把這種傾向的存在，簡單地理解爲回到過去。恰恰相反，從根本上説，他之提出恢復傳統，倒是基於反映現實的需要。他在《讀張碧集》中説：『天寶太白殁，六義已消歇。大哉國風本，喪而王澤竭。先生今復生，斯文信難缺。下筆證興亡，陳詞備風骨。』又在《贈蘇州韋郎中使君》中説：『塵埃徐庾詞，金玉曹劉名。章句作雅正，江山益鮮明。』正如當年陳子昂標榜『漢魏風骨』、『建安作者』，是爲挽救初唐詩風的柔靡與纖巧；孟郊此時以『六義』和『風骨』相號召，實亦有意於矯正大曆以來詩歌創作中吟風弄月、流連光景的趨向。但歷史的辯證法往往如此：一方面恢復傳統是基於時代的需要，同時時代又賦予傳統新的生命與活力。即如東野之倡言『六義』，揭櫫『風骨』，既不同於建安作者的任氣使才、慷慨悲歌，也不同於盛唐詩人的懷抱理想、激昂奮發，而是發爲不平之鳴，集中地表現爲對政治黑暗和社會邪惡的批判。所以孟郊雖以復古爲旗幟，實際上却是要把詩歌引向反映現實。

在形式和技巧方面，孟郊幾乎面臨着同樣的任務：一方面，他心儀傳統，學習前賢，如他詩裏常常提到的屈原、宋玉、陶淵明、謝靈運、謝朓、李白諸人；但學習他們，只是爲了融匯他們的長處，最後熔鑄成自己的風格。對傳統的真正繼承，從某種意義説，反而意味着對傳統的背離，因爲不擺脱過去，就無以創新。正是在這個意義上，我們更重視孟郊對詩人主觀創造精神的强調。他在《贈鄭夫子魴》中説：

天地入胸臆，吁嗟生風雷。文章得其微，物象由我裁。宋玉逞大句，李白飛狂才。苟非聖賢心，孰與造化該。

這幾句話集中地體現了孟郊對文學創作的主體性特徵的認識，被聞一多稱之爲『寫作的最高見解』（見鄭臨川《聞一多先生説唐詩》）。基於這一認識，孟郊在繼承遺産和汲取民間文學營養的同時，非常注意藝術上那種孜孜不倦的探索與追求。所謂『入深得奇趣，昇險爲良躋』（《石淙》其七），所謂『古駭毛髮慄，險驚視聽乖』（同上其八），最足以代表他與衆不同的美學追求以及獨闢蹊徑的創造精神。孟郊詩在當時之所以能突出流俗，自成一家，與他這方面的努力有不可分割的關係。甚至可以説，正因爲他在藝術創作中作了如此艱苦卓絶的努力，他纔可能在繼承前人的同時又超越前人，從而在更高的層次上實現對傳統的回歸。

孟郊生當李杜之後，『避千門萬户之廣衢，走羊腸鳥道之仄徑』（許印芳《跋〈與王駕論詩書〉》），在詩歌創作上，確實是選擇了一條充滿荆棘的道路。這位文學史上出名的苦吟詩人，披荆斬棘，開拓前進，耗盡了一生的心血。雖然在韓孟詩派中，韓愈的聲名似較孟郊爲盛，而開山之功，實非郊莫屬。這不僅因爲孟郊年齒長於韓愈，而且應當注意到孟郊比韓愈更早地形成了自己的創作風格，從而給韓愈有力的影響。且看韓愈《醉留東野》詩：『昔年因讀李白杜甫詩，長恨二人不相從。吾與東野生並世，如何復躡二子蹤？東野不得官，白首誇龍鍾。韓子稍姦黠，自慚青蒿倚長松。低頭拜東野，願得終始如駏蛩。東野不回頭，有如寸莛撞鉅鐘。吾願身爲雲，東野變爲龍，四方上下逐東野，雖有離別何由逢？』可知韓愈終其一生，都對孟郊充滿景仰傾倒之情。在貞元、元和之間的詩壇上，元白以舒徐坦易名世，韓孟則因奇詭與矯激稱雄。而韓孟二家之詩，雖有雄富、清苦的不同，好難争險却是共同的傾向。同時更有樊宗師、李賀、盧仝、賈島、劉叉、馬異之徒從風響應，於是開宗立派成爲勢之必然。李肇《國史補》有云：『元和已後，爲文筆學奇詭於韓愈，學苦澀於樊宗師。歌行則學流蕩於張籍。詩章則學矯激於孟郊，學淺切於白居易，學淫靡於元稹：俱名爲元和體。大抵天寶之風尚黨，大曆之風尚浮，貞元之風尚蕩，元和之風尚怪也。』即此可見當時詩壇的風氣和孟郊的影響。

如果説，在晚唐五代，學習孟郊的人還比較有限，那麼孟郊的詩歌遺産對於宋詩的發展，確乎産生了不可低估的影響。宋初歐陽修等人倡導詩歌革新，首先便把韓孟作爲他們師法的榜樣。其後江西詩派中黄庭堅、陳師道諸人爲詩，那種陳言務去、窮力追新的精神，和孟郊的詩風總有一種先後淵源的關係。及至南宋末年愛國詩人謝翱，其古體也是從韓愈、孟郊、李賀一派變衍而出，而藝術上那種苦思錘鍊的作風，更與孟郊相近。此中緣由非他，蓋因『唐詩多以豐神情韻擅長，宋詩多以筋骨思理見勝』，而在由唐入宋的途中，韓孟二人恰恰起了『導夫先路』的作用。他們的人生態度和審美觀點的變化——從『不平之鳴』到『搜奇抉怪，雕鏤文字』，從『向醜中求美』到『不詩之爲詩』——不但標誌了唐詩之轉折，也爲宋詩之發展開闢了途徑。自宋以來，歷元、明、清三代，皆有所謂宗唐宗宋之争，雖才人輩出，檢其所作，俱不出唐宋的範圍。而在所謂宋詩派中，總有一些人把孟郊作爲取法的榜樣。直到清代，如吴天游、江湜、許承堯輩，他們的作品都明顯地留有孟郊影響的痕跡。詩歌史上這一反復出現的現象，實在值得我們好好地研究。

五

關於本書的整理工作，謹作如下説明：

（一）孟郊在世和死時，都没有人爲他編輯文集，故宋初孟集雖有刻本，但卷數不一，多寡不同，相當混亂，直到宋敏求出來『總括遺逸，擿去重複，若體制不類者，得五百一十一篇』，分十四類，合十卷，這纔使孟集有了一個比較完善的本子。以後所傳孟集，無論是書棚本系統，或國材本系統，莫不淵源於宋敏求本。所以傳世孟集雖多，但就版本源流而言，却是比較單純的（參見萬曼《唐集叙録》）。可惜其中之精校精刻，若北京圖書館藏《孟東野文集》十卷宋刻本（黄丕烈、傅增湘、勞健跋，二册），《孟東野詩集》十卷明初抄本（張文虎校并跋，韓應陛跋，三册），《孟東野詩集》十卷明弘治十三年楊一清、于睿刻本（周錫瓚校并跋，黄丕烈跋，周叔弢校，二册），《孟東野詩集》十卷明嘉靖三十五年秦禾刻本（沈巖校跋并録朱良育、馮班題識，四册；又傅增湘校并跋，六册）等，皆未嘗寓目。今兹校勘，乃以杭州大學圖書館藏《孟東野詩集》十卷明嘉靖三十五年秦禾刻本爲底本，以《四部叢刊》影印明弘治本（簡稱弘治本）、上海圖書館藏《孟東野詩集》十卷明凌濛初刻套印本（簡稱凌刻本）和人民文學出版社一九八四年印行華忱之校訂本（簡稱華校本）與之對校，同時參校杭大圖書館藏《孟東野詩集》明崇禎烏程閔氏朱墨套印本（二册，簡稱閔刻本）、《全唐詩》所輯孟詩及《樂府詩集》、《唐詩品彙》等，標出異文，擇善而從。

（二）孟詩之分類編次，悉依秦禾刻本之舊。但凡詩之作年可考者（約占五分之二），分注於各篇第一條注文之下。

（三）向稱孟詩結體古奥，托興深微，籀讀是難，今試爲詮解。凡寫作之背景及詩中涉及的人物、典故并生僻語詞逐一注出。凡徵引前賢詩文，皆所以明其淵源所自；偶涉後世詩文，亦見其影響所及。間有難解之句，則略爲串講，以爲讀者賞析之助。

（四）在孟集舊注中，以陳延傑《孟東野詩注》參考最多。凡所採録，俱以『陳云』標出。

（五）集末附録有四：一、傳志；二、序跋；三、詩評；四、簡譜。

本書整理過程中，得到浙江古籍出版社蕭欣橋先生、吴戰壘先生、王翼奇先生的熱情支持和幫助，并承我的老師吴熊和先生和已故蔣祖怡先生指教；北京大學蔣紹愚先生爲我提供了若干重要資料；杭州大學中文系孫敏强同志和浙江省委黨校文史組曹文彪同志爲抄寫部分書稿；杭州大學圖書館尤鍾麟同志惠借《孟東野詩集》秦禾刻本并提供書影；德清縣文化館張立旦同志特爲拍攝東野古井遺址以及井碑和井欄的照片：均此掬誠致謝！

書稿之成，閲時五載，亦深感搜討之不易矣。唯因我學殖淺薄，孤陋寡聞，疏失之處，在所不免，尚祈識者有以正之。

韓泉欣

一九九四年酷暑於杭大寓所

校勘

〔一〕這裏把孟郊出游河南定在德宗建中元年，繫根據華忱之先生考證。學界對此尚存争議。孟郊初次出游的確切時間以及他投奔誰人等問題有待進一步的研究。詳參《往河陽宿峽陵寄李侍御》、《殺氣不在邊》、《感懷》諸詩題注。

目録

卷二

樂府下

感興上

卷三

感興下

詠懷上

卷四

詠懷下

游適上

卷五

游適下

居處

卷六

行役

紀贈

卷七

懷寄

酬答

送別上

卷八

送別下

卷九

詠物

雜題

卷十

哀傷

聯句

讚

書

附卷

聯句

佚詩

附録

卷一

樂府上

列女操〔一〕

梧桐相待老，鴛鴦會雙死〔二〕。貞婦貴徇夫，捨生亦如此〔三〕。波瀾誓不起，妾心井中水〔四〕。

校勘

列女操：《全唐詩》『女』一作『婦』，華校本『列』作『烈』。　貞婦：《全唐詩》作『貞女』。　井中：《唐詩品彙》作『古井』。

注釋

〔一〕列女操：樂府琴曲歌辭。《樂府詩集》卷五八：『《琴集》曰：「楚樊姬作《列女引》。」』列女：此同『烈女』，有節操的女子。

〔二〕『梧桐』二句：陳云：『首以木禽爲興，蓋喻夫婦老死不渝其志者。』梧桐：木名。其花雌雄同株，同生共死。鴛鴦：鳥名。雄者曰鴛，雌者曰鴦，雌雄偶居不離。

〔三〕徇：通『殉』，爲追求理想、道義等而不惜身。此指以死相從。捨生：《孟子·告子上》：『生，亦我所欲也；義，亦我所欲也。二者不可得兼，舍生而取義者也。』此取以婦從夫之義。

〔四〕波瀾：波濤。此喻起伏的思潮。白居易《贈元稹》：『無波古井水，有節秋竹竿。』意或本此。

灞上輕薄行〔一〕

長安無緩步，況值天景暮。相逢灞滻間，親戚不相顧〔二〕。自歎方拙身，忽隨輕薄倫〔三〕。常恐失所避，化爲車轍塵。此中生白髮，疾走亦未歇。

校勘

亦未歇：一作『不得歇』。

注釋

〔一〕灞上輕薄行：樂府雜曲歌辭。《樂府詩集》卷六七引《樂府解題》：『《輕薄篇》，言乘肥馬，衣輕裘，馳逐經過爲樂，與《少年行》同意。何遜云「城東美少年」，張正見云「洛陽美少年」是也。』

〔二〕『長安』四句：陳云：『以上四句，自歎日莫途窮，雖逢灞上輕薄，皆掉頭不顧，莫肯援引。』長安無緩步：《北史·劉炫傳》有『緩步代車，無事爲貴』之語，此反其意，言長安少年奔競名利，皆車馬馳逐，無緩步者。天景：天色。景，日光。灞：水名。本作霸水，爲渭河支流，關中八川之一。《水經注·渭水》：『霸者，水上地名也。古曰滋水矣。秦穆公霸世，更名滋水爲霸水，以顯霸功。水出藍田縣藍田谷，所謂多玉者也。』滻：水名。古代關中八川之一。司馬相如《上林賦》：『終始霸滻，出入涇渭。』注：『滻亦出藍田谷，北至霸陵入灞。』

〔三〕方拙：剛直樸訥，不知變通。倫：類。

長安羈旅行〔一〕

十日一理髮，每梳飛旅塵。三旬九過飲，每食唯舊貧〔二〕。萬物皆及時，獨余不覺春〔三〕。失名誰肯訪〔四〕，得意争相親。直木有恬翼，静流無躁鱗〔五〕。始知喧競場〔六〕，莫處君子身。野策藤竹輕，山蔬薇蕨新〔七〕。潛歌歸去來，事外風景真〔八〕。

注釋

〔一〕長安羈旅行：東野自製樂府辭，作於貞元八年，是年東野舉進士不第。

〔二〕『三旬』句：《説苑·立節篇》：『子思居於衛，緼袍無表，三旬而九食。』陶淵明《擬古》其五：『三旬九遇食，十年著一冠。』『每食』句：《詩·衛風·氓》：『自我徂爾，三歲食貧。』

〔三〕及時：得時，合時。《易·乾》：『君子進德修業，欲及時也。』

〔四〕失名：指應試不第。

〔五〕恬翼：安閑之鳥。躁鱗：躁進之魚。

〔六〕喧競場：喧鬧争競之所，指名利之地。

〔七〕『野策』二句：言歸隱山野，以藤竹爲杖，以薇蕨爲食，亦自輕快清新。策：手杖。薇、蕨：皆野菜名。《詩·召南·草蟲》：『陟彼南山，言采其蕨。……陟彼南山，言采其薇。』

〔八〕『潛歌』二句：陳云：『此言羈旅之貧，不如歸去得真賞也。』潛：陶潛，即陶淵明。歸去來：《歸去來分辭》。事外：俗事之外，塵世之外。陶淵明《始作鎮軍參軍經曲阿作》：『弱齡寄事外，委懷在琴書。』

長安道〔一〕

胡風激秦樹，賤子風中泣。家家朱門開，得見不可入〔二〕。長安十二衢，投樹鳥亦急〔三〕。高閣何人家，笙簧正喧吸〔四〕。

校　勘

笙簧：宋刻本、弘治本、華校本作『笙篁』。

注　釋

〔一〕長安道：樂府横吹曲辭。《樂府詩集》卷二一：『《樂府解題》曰：「漢横吹曲，二十八解，李延年造。魏晉已來，唯傳十曲。……後又有《關山月》、《洛陽道》、《長安道》、《梅花落》、《紫騮馬》、《驄馬》、《雨雪》、《劉生》八曲，合十八曲。」』

〔二〕朱門：古代王侯貴族的住宅大門漆成紅色，以示尊貴，因稱豪門爲朱門。

〔三〕『長安』二句：陳云：『此言長安樓閣鱗次，雖飛鳥投樹，亦爲所礙，故情急。』十二衢：班固《兩都賦》：『披三條之廣路，立十二之通門。』内則街衢洞達，閭閻且千。』鮑照《詠史》：『京城十二衢，飛甍各鱗次。』

〔四〕『高閣』二句：陳云：『寫朱門歌吹，正反襯其窮泣路隅耳。』笙簧：《詩·小雅·鹿鳴》：『我有嘉賓，吹笙鼓簧。』笙，管樂器名。大者十九簧，小者十三簧。簧，樂器中有彈性的薄片，用以振動發聲。喧吸：喧沸地吹奏。吸，吹奏。吕巖《題東都妓館壁》：『一吸鸞笙裂太清。』

送遠吟〔一〕

河水昏復晨〔二〕，河邊相送頻。離杯有淚飲，別柳無枝春〔三〕。一笑忽然斂，萬愁俄已新〔四〕。東波與西日〔五〕，不惜遠行人。

注　釋

〔一〕送遠吟：樂府鼓吹曲辭。《樂府詩集》卷二有謝朓《送遠曲》。

〔二〕『河水』句：謂河水日夜流逝。《論語・子罕》：『子在川上，曰：「逝者如斯夫！不舍晝夜。」』此用其意。

〔三〕別柳：《三輔黄圖・橋》：『霸橋在長安東，跨水作橋。漢人送客至此橋，折柳贈別。』唐代仍盛行折柳送別之習。

〔四〕『一笑』二句：言離別之際，笑容忽斂，愁緒頓生。俄：旋即。

〔五〕東波：東流之水。西日：西墜之日。

古薄命妾〔一〕

不惜十指絃，爲君千萬彈。常恐新聲至，坐使故聲殘〔二〕。棄置今日悲，即是昨日歡。將新變故易，持故爲新難。青山有蘼蕪，淚葉長不乾。空令後代人，採掇幽思攢〔三〕。

校　勘

至：《全唐詩》一作『發』。　坐使：一作『使我』。　故聲：『聲』一作『曲』。　持：《唐詩品彙》作『變』，《全唐詩》作『將』。　代：《唐詩品彙》作『世』。　幽思攢：一作『思幽蘭』。

注　釋

〔一〕古薄命妾：樂府雜曲歌辭。《樂府詩集》卷六二：『《樂府解題》曰：「《妾薄命》，曹植云：『日月既逝西藏。』蓋恨燕私之歡不久。梁簡文帝云：『名都多麗質。』傷良人不返，王嬙遠聘，盧姬嫁遲也。」』

〔二〕坐，因而。

〔三〕『青山』四句：《古詩》：『上山採蘼蕪，下山逢故夫。』四句用此，以採掇蘼蕪喻被棄置之悲。　蘼蕪：香草名。　攢：聚集。

古離別〔一〕

松山雲繚繞，萍路水分離〔二〕。雲去有歸日，水分無合時。春芳役雙眼，春色柔四支〔三〕。楊柳織別愁，千條萬條絲〔四〕。

校　勘

古離別：一作『對景惜別』。　路：《全唐詩》一作『合』。　春芳：《全唐詩》一作『芳景』。　眼：《全唐詩》一作『目』。

注釋

〔一〕古離別：樂府雜曲歌辭。《樂府詩集》卷七一：『《楚辭》曰：「悲莫悲兮生別離。」《古詩》曰：「行行重行行，與君生別離。相去萬餘里，各在天一涯。」後蘇武使匈奴，李陵與之詩曰：「良時不可再，離別在須臾。」故後人擬之爲《古別離》。』

〔二〕『松山』二句：比喻人生遇合之偶然。王勃《秋日登洪府滕王閣餞別序》：『萍水相逢，盡是他鄉之客。』

〔三〕役雙眼：謂春芳繁盛多姿，令雙眼疲於應接。役，驅使。柔四支：使四肢酥軟。支，通『肢』。

〔四〕『楊柳』二句：李白《下途歸石門舊居》：『欲知悵別心易苦，向暮春風楊柳絲。』此用其意。絲，與『思』諧音。

古樂府雜怨三首〔一〕

憶人莫至悲，至悲空自衰〔二〕。寄人莫剪衣，剪衣未必歸。朝爲雙蒂花，暮爲四散飛。花落却繞樹，游子不顧期〔三〕。

校勘

古樂府雜怨：《樂府詩集》作『雜怨三首』，《全唐詩》作『雜怨』。　雙：《樂府詩集》一作『同』。

注釋

〔一〕雜怨：樂府相和歌辭。

〔二〕『憶人』二句：《詩・小雅・小弁》：『假寐永歎，維憂用老。』

〔三〕『朝爲』四句：陳云：『此傷見薄者。』

夭桃花清晨，游女紅粉新〔一〕。夭桃花薄暮，游女紅粉故。樹有百年花，人無一定顔。花送人老盡，人悲花自閑。

校　勘

年：一作『度』。

注　釋

〔一〕夭桃：《詩・周南・桃夭》：『桃之夭夭，灼灼其華。』陳云：『此以夭桃喻女之色。』　游女：《詩・周南・漢廣》：『漢有游女，不可求思。』游女爲漢水女神，此以借指思婦。

貧女鏡不明〔一〕，寒花日少容。暗蛩有虚織〔二〕，短線無長縫。浪水不可照，狂夫不可從。浪水多散影，狂夫多異蹤。持此一生薄，空成萬恨濃。

校　勘

寒花日少容：『花日』一作『日花』。　萬：一作『百』。

注　釋

〔一〕鏡不明：徐幹《室思》：『自君之出矣，明鏡暗不治。』

〔二〕『暗蛩』二句：鮑照《擬古》八首其七：『秋蛩扶户吟，寒婦成夜織。』蛩指絡緯，俗稱紡織娘。

静女吟〔一〕

艶女皆妒色，静女獨檢蹤〔二〕。任禮恥任粧，嫁德不嫁容〔三〕。君子易求聘，小人難自從。此志誰與諒，琴絃幽韻重〔四〕。

注釋

〔一〕静女吟：東野自製樂府辭。

〔二〕『艶女』句：艶女：美艶之女子。妒色：謂艶女以色自重，故亦以色相妒。『静女』句：静女：閑雅之女子。《詩·邶風·静女》：『静女其姝，俟我於城隅。』檢蹤：檢點自己的行跡。檢，約束，限制。

〔三〕德：此指婦德。

〔四〕『此志』二句：陳云：『言唯知音可以諒人也。』

歸信吟〔一〕

淚墨洒爲書，將寄萬里親。書去魂亦去，兀然空一身〔二〕。

校勘

萬：原作『百』，據宋刻本、弘治本改。

注　釋

〔一〕歸信吟：東野自製樂府辭。

〔二〕兀然：昏沉貌。劉伶《酒德頌》：『兀然而醉，豁爾而醒。』這裏用以形容失魂落魄的樣子。一說，無知貌，亦通。

山老吟〔一〕

不行山下地，唯種山上田。腰斧斫旅松〔二〕，手瓢汲家泉。詎知文字力，莫記日月遷〔三〕。蟠木爲我身，始得全天年〔四〕。

注　釋

〔一〕山老吟：東野自製樂府辭。

〔二〕旅松：野生之松。旅，不種而生。《後漢書·光武紀》：『至是野穀旅生。』注：『旅，寄也。不因播種而生，故曰旅。』

〔三〕『詎知』二句：陶淵明《酬劉柴桑》：『窮居寡人用，時忘四運周。』

〔四〕『蟠木』二句：蟠木不中繩墨規矩，匠者不顧，故能免於斤斧，全其天年。意本《莊子·逍遥游》及《人間世》篇。蟠木：屈曲不直之木。天年：自然之壽數。

游子吟〔一〕

慈母手中線，游子身上衣。臨行密密縫，意恐遲遲歸。誰言寸草心，報得三春暉〔二〕。

校勘

誰言：《唐詩品彙》作『難將』。

注釋

〔一〕游子吟：樂府雜曲歌辭。《樂府詩集》卷六七：『漢蘇武詩曰：「幸有絃歌曲，可以喻中懷。請爲游子吟，泠泠一何悲。」又有《游子移》，亦類此也。』《全唐詩》題下有作者自注：『迎母溧上作。』頗與詩意相悖，似不可信。

〔二〕三春暉：春天的陽光，用比母愛。三春，指孟春、仲春、季春，即正月、二月、三月。

小隱吟〔一〕

我飲不在醉，我歡長寂然。酌溪四五盞〔二〕，聽彈兩三絃。鍊性静棲白，洗情深寄玄〔三〕。號怒路傍子，貪敗不貪全〔四〕。

校勘

白：一作『日』。　寄玄：一作『塞淵』，宋刻本、華校本作『寄淵』。

注釋

〔一〕小隱吟：東野自製樂府辭。小隱，指隱居於山林。王康琚《反招隱》：『小隱隱陵藪，大隱隱朝市。』

〔二〕酌溪：臨溪而飲。

〔三〕『鍊性』二句：《莊子·人間世》：『瞻彼闋者，虚室生白，吉祥止止。』成玄英疏：『觀察萬有，悉皆空寂，故能虚其心室，乃照真源，而智惠明白，隨用而生。白，道也。』陸德明釋文：『司馬云：室比喻心，心能空虚，則純白獨生也。』玄：《老子》：『玄之又玄，衆妙之門。』指道家之道。

〔四〕『號怒』二句：《莊子·養生主》：『爲善無近名，爲惡無近刑。緣督以爲經，可以保身，可以全生，可以養親，可以盡年。』成玄英疏：『夫惟妙舍二偏而處於中一者，故能保守身形，全其生道；外可以孝養父母，大順人倫，内可以攝衛生靈，盡其天命。』路傍子反其道，是以取敗。

苦寒吟〔一〕

天色寒青蒼，北風叫枯桑〔二〕。厚冰無裂文，短日有冷光〔三〕。敲石不得火〔四〕，壯陰正奪陽。調苦竟何言，凍吟成此章。

校勘

色寒：《全唐詩》作『寒色』。　石：原作『日』，據宋刻本、弘治本改。　正奪：《全唐詩》作『奪正』。　調苦：《全唐詩》作『苦調』。　竟：《全唐詩》一作『更』。　凍：《全唐詩》一作『久』。

注釋

〔一〕苦寒吟：樂府相和歌辭。《樂府詩集》卷三三收魏武帝《苦寒行》，并引《樂府解題》曰：『晋樂奏魏武帝《北上篇》，備言冰雪溪谷之苦。其後或謂之《北上行》，蓋因武帝辭而擬之也。』

〔二〕『天色』二句：蔡邕《飲馬長城窟行》：『枯桑知天風，海水知天寒。』

〔三〕『厚冰』二句：杜甫《高都護驄馬行》：『腕促蹄高如踣鐵，交河幾蹴曾冰裂。』此反用其意，以言寒甚。

冷光：《龍城録》：『開元六年，上皇與申天師游月，見一大宫府，榜曰「廣寒清虚之府」。翠色冷光，相射目眩，極寒不可進。』

〔四〕『敲石』句：潘岳《河陽縣作》二首其一：『欻如敲石火，瞥若截道飆。』敲石不得火，亦極言其寒。

猛將吟〔一〕

擬膾樓蘭肉〔二〕，蓄怒時未揚。秋鼙無退聲〔三〕，夜劍不隱光。虎隊手驅出，豹篇心卷藏〔四〕。古今皆有言，猛將出北方。

校　勘

肉：一作『玉』。　手驅出：『手』原作『不』，據宋刻本、弘治本改。

注　釋

〔一〕猛將吟：東野自製樂府辭。

〔二〕樓蘭：漢西域國名，在今新疆維吾爾自治區若羌縣及其東北之羅布泊一帶，漢昭帝元鳳中更其名爲鄯善。據《漢書·傅介子傳》，西漢時樓蘭國王與匈奴勾連，屢遮殺漢使。傅介子奉命出使，以計刺殺樓蘭王，持其首還長安。張九齡《送趙都護赴安西》：『自然來月窟，何用刺樓蘭。』王昌齡《從軍行》：『黄沙百戰穿金甲，不破樓蘭終不還。』

〔三〕秋鼙：戰鼓。鼙，軍鼓。秋天草肥馬壯，爲用兵之時，故以秋鼙爲言。

〔四〕虎隊：比喻勇猛的軍隊。豹篇：指兵書。因《六韜》中有《豹韜》，故稱。《隋書·經籍志》著録太公

《六韜》五卷，蓋兵家權謀之書。六韜爲《文韜》、《武韜》、《龍韜》、《虎韜》、《豹韜》、《犬韜》。

傷哉行[一]

衆毒蔓貞松，一枝難久榮[二]。豈知黄庭客，仙骨生不成[三]。春色捨芳蕙，秋風繞枯莖[四]。彈琴不成曲，始覺知音傾[五]。館月改舊照，吊賓寫餘情。還舟空江上，波浪送銘旌[六]。

校勘

傷哉行：《樂府詩集》「哉」作「歌」。「行」原作「吟」，據宋刻本、弘治本改。

注釋

〔一〕傷哉行：樂府雜曲歌辭。《樂府詩集》卷六二：「《傷歌行》，側調曲也。古辭傷日月代謝，年命遒盡，絶離知友，傷而作歌也。」

〔二〕「衆毒」二句：陳云：「貞松獨冬夏青青，以衆毒蔓之，遂爾不榮，喻人之壽命難久固。」

〔三〕黄庭客：指道家學道求飛升之徒。道經中有《黄庭經》，簡稱《黄庭》，分《黄庭内景經》、《黄庭外景經》等篇。《白氏六帖》載女道士謝自然常誦《道德經》、《黄庭内編》，後仙去。仙骨：道家指升仙的資質。舊題葛洪《神仙傳・墨子》：「子有仙骨，又聰明，得此便成，不復須師。」

〔四〕「春色」二句：陳云：「言死去何所知。此境淒颯矣。」

〔五〕「彈琴」二句：陳云：「傷無知音也。」《吕氏春秋・本味》：「伯牙鼓琴，鍾子期聽之。方鼓琴而志在太山，鍾子期曰：『善哉乎鼓琴，巍巍乎若太山。』少選之間，而志在流水，鍾子期又曰：『善哉乎鼓琴，湯湯乎若流水。』鍾子期死，伯牙破琴絶絃，終身不復鼓琴，以爲世無足復爲鼓琴者。』後因謂知己爲知音。傾：倒塌，覆滅。引申爲死亡。

〔六〕『館月』四句：陳云：『寫載喪之情，凄焉若泣。』銘旌：靈柩前的旗幡稱明旌，又謂之銘。《禮·檀弓》：『銘，明旌也。以死者爲不可别已，故以其旗識之。』

古　怨〔一〕

試妾與君淚〔二〕，兩處滴池水。看取芙蓉花，今年爲誰死〔三〕。

校　勘

古怨：《樂府詩集》、《全唐詩》作『怨詩』。

注　釋

〔一〕古怨：東野所作擬古樂府辭。

〔二〕妾：古時女子自稱之謙詞。君：妻稱夫。

〔三〕『看取』二句：承上二句，淚多則池水深，芙蓉花被淹而死，言外謂己所流之淚更多。芙蓉花：荷花的别名。亦諧音『夫容』。《古詩》：『涉江采芙蓉，蘭澤多芳草。采之欲遺誰，所思在遠道。』陳云：『此自傷不及偕老，托辭於芙蓉花云。』

湘絃怨〔一〕

昧者理芳草，蒿蘭同一鋤。狂飆怒秋林，曲直同一枯〔二〕。嘉木忌深蠹，哲人悲巧誣〔三〕。靈均入回流，靳尚爲良謨〔四〕。我願分衆泉，清濁各異渠。我願分衆巢，梟鸞相遠居〔五〕。此志諒難保，此情竟何如。湘絃少知音，孤響空踟躕〔六〕。

校勘

蒿：一作「蕭」。　狂：一作「盲」。　怒：一作「怨」。　木：一作「禾」。　謨：宋刻本作「謀」。　異：一作「有」。　知音：原作「知意」，據凌刻本、閔刻本、《全唐詩》改。

注釋

〔一〕湘絃怨：東野自製樂府辭。

〔二〕「昧者」四句：陳云：「四句皆興，以喻君子小人同處。」《古樂府》：「蘭草自然香，生於大道旁。腰鐮八九月，俱在東薪中。」昧者：愚昧不明事理的人。蒿蘭：蒿，惡草，喻讒佞；蘭，香草，比君子。

〔三〕「嘉木」二句：陳云：「言屈原被靳尚讒毀也。」蠹：蛀蟲。此作「蛀蝕」解。哲人：明達而有才志的人。《禮·檀弓上》：「泰山其頹乎，梁木其壞乎，哲人其萎乎！」此指屈原。

〔四〕「靈均」二句：靈均，屈原字。靳尚，戰國時楚國的佞臣。《史記·屈原列傳》：「上官大夫與之同列，争寵而心害其能。懷王使屈原造爲憲令，屈平屬草稿未定。上官大夫見而欲奪之，屈平不與。因讒之曰：「王使屈平爲令，衆莫不知，每一令出，平伐其功，以爲非我莫能爲也。」王怒而疏屈平。」又：「令尹子蘭聞之大怒，卒使上官大夫短屈原於頃襄王，頃襄王怒而遷之。……於是懷石遂自沈汨羅以死。』據王逸《離騷經序》，上官大夫即靳尚。東野用其説。另説，上官與靳尚爲兩人。

〔五〕梟鸞：梟，一種猛禽，俗名猫頭鷹。舊傳梟食母，故以喻惡人。鸞，傳説中的神鳥，毛五色，極美觀。賈誼《弔屈原文》：『嗚呼哀哉，逢時不祥！鸞鳳伏竄兮，鴟梟翱翔。』

〔六〕『湘絃』二句：《古詩》：『不惜歌者苦，但傷知音稀。』此用其意。湘絃：湘靈之絃。《楚辭・遠游》：『使湘靈鼓瑟兮，令海若舞馮夷。』湘靈指湘水之神，或以爲即舜之二妃娥皇、女英。知音：見前《傷哉行》注〔五〕。孤響：孤獨無應之曲。踟躕：徘徊不進貌。

楚竹吟酬盧虔端公見和湘絃怨〔一〕

握中有新聲，楚竹人未聞。識音者謂誰，清夜吹贈君〔二〕。昔爲瀟湘引，曾動瀟湘雲〔三〕。一叫鳳改聽，再驚鶴失群〔四〕。江花匪秋落，山日當晝曛〔五〕。衆濁響雜沓，孤清思氛氲〔六〕。欲知怨有形，願向明月分。一掬靈均淚，千年湘水文〔七〕。

校勘

楚竹人未聞：『竹』原作『行』，據宋刻本、弘治本改。清夜：『清』一作『静』。宋刻本一作『良』。聽：凌刻本、閔刻本作『聰』。失：一作『出』。怨有形：『有』一作『者』。

注釋

〔一〕楚竹吟：東野自製樂府辭。東野於貞元七年秋赴長安應試，而盧虔約貞元七、八年以侍御史出守復州，由此可以推知，東野此詩亦即貞元七、八年間所作。盧虔：范陽人。永泰初舉進士，歷官御史府二院，刑部郎中，江、汝二州刺史，秘書監，銀青光禄大夫工部尚書。元和中卒。端公：唐時侍御史以其位居御史臺之首，俗稱端公。盧虔貞元間曾任侍御史，故以端公稱之。見和：對他人和作的尊稱。東野所作《湘絃怨》見前。盧虔和作已佚。

〔二〕『握中』四句：點明酬答之意。

〔三〕『昔爲』二句：《列子・湯問》：『（秦青）撫節悲歌，聲振林木，響遏行雲。』此用其意者。瀟湘引：指《湘絃怨》。

〔四〕『一叫』二句：《荀子・勸學》：『昔者瓠巴鼓瑟而沈魚出聽，伯牙鼓琴而六馬仰秣。』此用其意。

〔五〕匪：非。曛：昏暗。陳云：『以上四句，皆形容《湘絃怨》聲之感物。』

〔六〕衆濁：與下文『孤清』對舉，指庸音雜曲。雜沓：形容樂聲紛雜。孤清：清冷寂寥。此指《湘絃怨》。氛氲：盛貌。這裏形容心潮起伏。

〔七〕『一掬』二句：極言屈子怨深。陳云：『言湘水波文，皆靈均一掬之淚織成也。』一掬：猶一捧。掬，雙手捧取。

遠愁曲〔一〕

飃飃何所從，遺冢行未逢〔二〕。東西不見人，哭向青青松〔三〕。此地有時盡，此哀無處容。聲翻太白雲，淚洗藍田峰〔四〕。水涉七八曲，山登千萬重。顧回玄夜月，出視白日蹤〔五〕。

校　勘

哭：一作『泣』。　山：一作『石』。　回：閔刻本、《全唐詩》作『邀』。　夜月：一作『夜靈』。　華校本作『虚靈』。

注　釋

〔一〕遠愁曲：東野自製樂府辭。

〔二〕飃颻：此指心神摇蕩。　遺冢：墳墓。

〔三〕東西：東南西北的省稱。　青青松：《莊子·德充符》：『受命於地，唯松柏獨也在，冬夏青青。』

〔四〕太白：山名。在陝西眉縣東南。《三秦記》：『武功太白，去天三百。』藍田：藍田山。在陝西長安縣東南，一名覆車山。其山産玉，亦名玉山。

〔五〕『顧回』二句：陳云：『此即「國無人兮莫我知」之意。』

貧女詞寄從叔先輩簡〔一〕

蠶女非不勤，今年獨無春〔二〕。二月冰雪深，死盡萬木身。時令自逆行，造化豈不仁〔三〕。仰企碧霞仙〔四〕，高控滄海雲。永别勞苦場，飃颻游無垠〔五〕。

校　勘

蠶女：『蠶』一作『貧』。　碧霞仙：弘治本、閔刻本作『碧雲仙』。

注釋

〔一〕貧女詞：東野自製樂府辭。從叔簡：韓愈《貞曜先生墓志銘》：『初，先生所與俱學同姓簡，於世次爲叔父。』孟簡字幾道，貞元進士。官户部侍郎、山南東道節度使等，後遷太子賓客。工詩。先輩：同試而先得第者之稱。顧炎武《日知録》卷一七：『唐世舉人，呼已第者爲先輩。』

〔二〕『蠶女』二句：陳云：『貧女，郊自喻。無春者，不遇時也。』

〔三〕『時令』二句：陳云：『此仲春行冬令也。』造化：《莊子·大宗師》：『今一以天地爲大爐，以造化爲大冶，惡乎往而不可哉！』此指天地。

〔四〕碧霞仙：碧霞，青色的雲霞。常以指神仙所居之處，因稱神仙爲碧霞仙。此借指孟簡。

〔五〕『永别』二句：陳云：『《貧女詞》有超塵出世之想。』勞苦場：指現實人生。游無垠：《淮南子·原道訓》：『電以爲鞭策，雷以爲車輪，上游於霄霓之野，下出於無垠之門。』

邊城吟〔一〕

西城近日天，俗稟氣候偏〔二〕。行子獨自渴，主人仍賣泉。燒烽碧雲外〔三〕，牧馬青坡巔。何處作幽夢，歸思寄仰眠〔四〕。

校勘

西城近日天：一作『西城近水天』，一作『西域近水天』。《全唐詩》、華校本一作『西域近日天』。主人：凌刻本、閔刻本一作『居人』。作幽夢：弘治本、閔刻本、《全唐詩》作『鶻突夢』。仰：一作『酒』。

注釋

〔一〕邊城吟：東野自製樂府辭。

〔二〕俗：風習。氣候：指天地自然之氣。

〔三〕燒烽：《墨子·號令》：『與城上烽燧相望。晝則舉烽，夜則舉火。』烽，古時邊防報警的煙火。這裏燒烽泛指舉火。

〔四〕仰眠：《梁書·南平王偉傳》有『仰眠床上，看屋梁而著書』之語，後以指專心從事著述。此指歸家安眠。

新平歌送許問〔一〕

邊柳三四尺，暮春離别歌。早回儒士駕〔二〕，莫飲土番河。誰識匣中寶，楚雲章句多〔三〕。

校勘

暮春：一作『莫奏』。　莫飲：閔刻本作『暮飲』。　匣：一作『篋』。

注釋

〔一〕新平歌：東野自製樂府辭，貞元九年作。是年東野三試不第，乃抱恨遠游，先自長安至朔方。新平：縣名。唐屬關内道邠州，爲邠寧節度使治所。故城在今陝西彬縣（原邠縣）境。許問：其人不詳。

〔二〕儒士：指許問。

〔三〕『誰識』二句：『文選』卷二七石季倫《王明君詞》：『昔爲匣中玉，今爲糞上英。』兹以美玉喻美才，以章句指詩文。感許君之美才不爲人識，實亦有以自歎者。

殺氣不在邊〔一〕

殺氣不在邊，凜然中國秋〔二〕。道險不在山，平地有摧輈〔三〕。河南又起兵，清濁俱鎖流〔四〕。豈唯私客艱，擁滯官行舟〔五〕。况余隔晨昏，去家成阻修〔六〕。忽然兩鬢雪，固是一日愁。獨寢夜難曉，起視星漢浮〔七〕。凉風蕩天地，日夕聲颼飀〔八〕。萬物無少色，兆人皆老憂〔九〕。長策苟未立，丈夫誠可羞。靈響復何事，劍鳴思戮讎〔一〇〕。

校勘

河南：宋刻本、華校本作『河中』。宋蜀刻殘本作『淮河』。　艱：原作『難』，兹依各本作『艱』。　固是：凌刻本、《全唐詩》作『同是』。　丈夫：宋刻本一作『志士』。

注釋

〔一〕殺氣不在邊：東野自製樂府辭。作於德宗建中三年。是年藩鎮朱滔、王武俊等聯合田悦，舉兵與唐廷對抗。十一月擁朱滔爲盟主，各稱王號。又暗中勾結蔡州藩鎮李希烈，策劃奪取汴州。李希烈自恃兵强，四出掠奪，圍鄭州，小隊人馬直抵洛陽附近，東都爲之震駭。於是戰火從河北蔓延到河南，使河南成爲重要戰場。其時東野旅居河南。

〔二〕殺氣：殺伐之氣。高適《燕歌行》：『殺氣三時作陣雲，寒聲一夜傳刁斗。』邊：邊境，邊塞。凜然：嚴厲貌。這裏形容戰争氣氛。中國：中原。指今河南省及其附近地區。

〔三〕摧輈：翻車。輈，車轅。王維《與胡居士皆病寄此詩兼示學人》其二：『何津不鼓棹，何路不摧輈。』

〔四〕『河南』二句：指李希烈等舉兵事。當李希烈暗中策劃奪取汴州時，李納屢遣游兵引導李希烈斷絶汴州糧道（參《新唐書·李希烈傳》），『由是東南轉輸者皆不敢由汴渠，自蔡水而上』（《資治通鑒》卷二二七）。河南：此指唐河南道。約當今山東、河南兩省黄河故道以南，江蘇、安徽兩省淮河以北地區。清濁：清指河陽附近注入黄河的衆水，如洛水等。濁指黄河。

〔五〕擁滯：堵塞，停滯。

〔六〕晨昏：《禮·曲禮上》：『凡爲人子之禮，冬温而夏凊，昏定而晨省。』即黄昏時爲父母安定床衽，晨起省視問安，這是舊時人子侍奉父母的日常禮節。阻修：既阻隔，又遥遠。修，長，遠。《詩·秦風·蒹葭》：『溯洄從之，道阻且長。』張載《擬四愁詩》：『我所思兮在營州，欲往從之路阻修。』

〔七〕星漢：即銀河。曹丕《燕歌行》：『明月皎皎照我床，星漢西流夜未央。』

〔八〕飀飀：風聲。

〔九〕兆人：猶萬民。唐人避太宗（李世民）諱，改『民』爲『人』。

〔一〇〕靈響：指劍鳴。《拾遺記》：『顓項高陽氏有畫影劍，騰空劍。若四方有兵，此劍則飛赴，指其方則克；未用時，在匣中常如龍虎吟。』戮讎：殺敵。

結愛〔一〕

心心復心心〔二〕，結愛務在深。一度欲離别，千回結衣襟。結妾獨守志，結君早歸意〔三〕。

始知結衣裳，不如結心腸。坐結行亦結，結盡百年月〔四〕。

校　勘

結愛：《全唐詩》一作『古結愛』。　離：一作『言』。　守：一作『栖』。

注　釋

〔一〕結愛：東野自製樂府辭。王筠《和吴主簿》六首《春月》其一：『同衾遠游説，結愛久相離。』

〔二〕心心：指彼此間的情意。

〔三〕『結妾』二句：《古詩》：『蕩子行不歸，空床難獨守。』此反其意。

〔四〕百年：指一生，終身。

絃歌行〔一〕

驅儺擊鼓吹長笛〔二〕，瘦鬼染面惟齒白。暗中崒崒拽茅鞭，倮足朱褌行戚戚〔三〕。相顧笑聲衝庭燎，桃弧射矢時獨叫〔四〕。

注　釋

〔一〕絃歌行：東野自製樂府辭。

〔二〕驅儺：古時臘月驅除疫鬼的儀式。《吕氏春秋·季冬紀》：『命有司大儺。』高誘注：『大儺，逐盡陰氣爲陽導也。今人臘歲前一日擊鼓驅疫，謂之逐除是也。』

〔三〕崒崒：磨擦之聲。倮足：赤足。倮，同『裸』。朱褌：紅褌。褌，有襠的褲子，以别於無襠的套褲。戚戚：相親的樣子。

〔四〕庭燎：庭中用以照明的火炬。《詩·小雅·庭燎》：『夜如何其，夜未央！庭燎之光。』桃弧：桃木製的弓。古時以爲桃木能辟邪，故驅儺時用之。《左傳·昭公四年》：『桃弧棘矢，以除其災。』

覆巢行〔一〕

荒城古木枝多枯，飛禽嗷嗷朝哺雛〔二〕。枝傾巢覆雛墜地，烏鳶下啄更相呼〔三〕。陽和發生均孕育，鳥獸有情知不足〔四〕。枝危巢小風雨多，未容長成已先覆〔五〕。靈枝珍木滿上林，鳳巢阿閣重且深〔六〕。爾今所託非本地，烏鳶何得同爾心〔七〕。

校勘

同：一作『知』。

注釋

〔一〕覆巢行：東野自製樂府辭。

〔二〕嗷嗷：言衆聲嘈雜。雛：幼禽。

〔三〕『枝傾』二句：《詩·豳風·鴟鴞》：『鴟鴞鴟鴞！既取我子，無毀我室。恩斯勤斯，鬻子之閔斯。』此詩故事與之相類，而立意頗有不同。烏鳶：褐色之鷙鳥，俗稱老鷹。下啄：指老鷹俯衝而下啄食幼鳥。更相呼：指墜地幼鳥驚惶地互相呼叫。

〔四〕『陽和』句：謂春天萬物生長，飛禽以孕以育。陽和：春天的暖氣。『鳥獸』句：謂鳥獸有情，而智則不足，故巢於枯枝。知，同『智』。

〔五〕『枝危』二句：《詩·豳風·鴟鴞》：『予室翹翹，風雨所漂摇。』蓋思有所托也。』上林：苑名，秦置。漢武帝時擴建，周圍至三百里，有離宫七十。苑中放養禽獸，供皇帝射獵。司馬相如有《上林賦》極言其侈。此泛指皇家林苑。鳳巢阿閣：皇甫謐《帝王世紀》載黄帝時有大鳥，『或上帝之東園，或巢阿閣。』阿閣，四面有檐的樓閣。

〔七〕『爾今』二句：陳云：『爾指飛禽。危巢安可託乎，亦以寄諷也。』

出門行二首〔一〕

長河悠悠去無極，百齡同此可歎息〔二〕。秋風白露沾人衣，壯心凋落奪顔色〔三〕。少年出門將訴誰，川無梁兮路無歧〔四〕。一聞陌上苦寒奏，使我佇立驚且悲〔五〕。君今得意厭粱肉，豈復念我貧賤時〔六〕。

校　勘

奪：《唐詩品彙》作『奮』。　梁：原作『粱』，據《全唐詩》改。

注　釋

〔一〕出門行：樂府雜曲歌辭。後漢阮瑀有《駕出北郭門行》。

〔二〕『長河』二句：陳云：『以長河爲興，蓋喻年命若東逝波焉。』

〔三〕顔色：容貌。

〔四〕『川無』句：《楚辭·哀時命》：『道壅塞而不通兮，江河廣而無梁。』

〔五〕『一聞』二句：樂府相和歌辭有《苦寒行》，見前《苦寒吟》注〔一〕。江淹《望荆山詩》：『一聞苦寒奏，再使艷歌傷。』

〔六〕『君今』二句：百里奚妻琴歌：『憶别時，烹伏雌，炊扊扅。今日富貴忘我爲。』此用其意。厭，飽。粱肉，美食佳餚。杜甫《醉時歌》：『甲第紛紛厭粱肉，廣文先生飯不足。』

海風蕭蕭天雨霜〔一〕，窮愁獨坐夜何長。驅車舊憶太行險〔二〕，始知游子悲故鄉。美人相思隔天闕，長望雲端不可越〔三〕。手持琅玕欲有贈，愛而不見心斷絶〔四〕。南山峨峨白石爛，碧海之波浩漫漫〔五〕。參辰出没不相待，我欲横天無羽翰〔六〕。

注釋

〔一〕蕭蕭：風聲。雨霜：降霜。雨，此作『下落』解。

〔二〕『驅車』句：曹操《苦寒行》：『北上太行山，艱哉何巍巍。羊腸坂詰屈，車輪爲之摧。』太行：山名，綿延山西、河北、河南三省之間，多險道。又名五行山、王母山、女媧山。

〔三〕『美人』二句：《古詩》：『美人在雲端，天路隔無期。』美人，所懷念的人。這裏指君。天闕：指帝京。因宫門外有雙闕，故稱帝王所居爲天闕。

〔四〕『手持』二句：張衡《四愁詩》：『美人贈我琴琅玕，何以報之雙玉盤。路遠莫致倚惆悵，何爲懷憂心煩傷。』此隱括其意。琅玕：似玉的美石。愛：借爲『薆』，隱蔽之意。《詩·邶風·静女》：『愛而不見，搔首踟蹰。』

〔五〕『南山』句：《三齊志略》：『齊桓公夜迎客，寧戚扣角而歌曰：「南山粲，白石爛。」』峨峨：高峻貌。爛：明晃晃的。浩漫漫：盛大無涯際。

〔六〕『參辰』句：《文選》卷二九蘇子卿《詩四首》其一：『昔爲鴛與鴦，今爲參與辰。』參、辰二星各分東西，出没不相見。此以喻雙方隔絶。『我欲』句：《詩·邶風·柏舟》：『静言思之，不能奮飛。』此用其意。横天：飛越天空。羽翰：猶羽翼。

湘妃怨〔一〕

南巡竟不返，二妃怨逾積〔二〕。萬里喪蛾眉，瀟湘水空碧〔三〕。冥冥荒山下，古廟收貞魄〔四〕。喬木深青春，清光滿瑶席〔五〕。搴芳徒有薦，靈意殊脉脉〔六〕。玉佩不可親〔七〕，徘徊煙波夕。

校勘

湘妃怨：一作『湘靈祠』。　二妃怨逾積：『二妃』《樂府詩集》作『帝子』，『怨』一作『悲』。　貞魄：宋刻本、華校本作『真魄』。　滿：一作『肅』。　有：《唐詩品彙》作『自』。　徘徊：《唐詩品彙》作『裴回』。

注釋

〔一〕湘妃怨：樂府琴曲歌辭。《樂府詩集》卷五七：『《山海經》曰：「洞庭之山，帝之二女居之。」郭璞云：

「天帝之女，處江爲神，即《列仙傳》所謂江妃二女也。」劉向《列女傳》曰：「帝堯之二女，長曰娥皇，次曰女英，堯以妻舜於嬀汭。舜既爲天子，娥皇爲后，女英爲妃。舜死於蒼梧，二妃死於江湘之間，俗謂之湘君。」《湘中記》曰：「舜二妃死爲湘水神，故曰湘妃。」……按《琴操》有《湘妃怨》，又有《湘夫人曲》。』詩作於貞元九年，時東野方遠游湘楚。

〔二〕『南巡』句：《史記・五帝本紀》：『（舜）踐帝位三十九年，南巡狩，崩於蒼梧之野，葬於江南九疑，是爲零陵。』巡：巡狩。指天子巡視諸侯所守疆土。『二妃』句：二妃：即娥皇、女英。怨逾積：《博物志・史補》：『帝崩，二妃啼，以涕揮竹，竹盡斑。』李白《遠別離》：『遠別離，古有皇英之二女。乃在洞庭之南，瀟湘之浦，海水直下萬里深，誰人不言此離苦。……帝子泣兮綠雲間，隨風波兮去無還。慟哭兮遠望，見蒼梧之深山。蒼梧山崩湘水絶，竹上之淚乃可滅。』

〔三〕蛾眉：蠶蛾的觸鬚，比喻女子修長的眉毛。《詩・衛風・碩人》：『螓首蛾眉。』後以喻女子姿色美好。《楚辭・離騷》：『衆女嫉余之蛾眉兮，謡諑謂余以善淫。』此用作美人的代稱。瀟湘：指湘江。因湘江水清深故名。

〔四〕冥冥：晦暗，昏昧。《楚辭・九歌・山鬼》：『杳冥冥兮羌晝晦，東風飄兮神靈雨。』古廟：指湘靈祠，在巴陵，唐屬江南道岳州。貞魄：貞烈之魂。

〔五〕深青春：此指春深。杜甫《題省中院壁》：『落花游絲白日静，鳴鳩乳燕青春深。』瑶席：用瑶草編成的坐席，設於神座之前者。《楚辭・九歌・東皇太一》：『瑶席兮玉瑱，盍將把兮琼芳。』

〔六〕搴芳：拔取香草。《楚辭・離騷》：『朝搴阰之木蘭兮，夕攬洲之宿莽。』薦：遇時節供時物以祭。靈意：指二妃之神情意向。脉脉：含情不語貌。《古詩》：『盈盈一水間，脉脉不得語。』

〔七〕玉佩：玉製的佩飾。《詩·秦風·渭陽》：『何以贈之？瓊瑰玉佩。』此借指湘妃。

巫山曲〔一〕

巴江上峽重復重，陽臺碧峭十二峰〔二〕。荆王獵時逢暮雨，夜卧高秋夢神女〔三〕。輕紅流煙濕艷姿，行雲飛去明星稀〔四〕。目極魂斷望不見，猿啼三聲淚滴衣〔五〕。

校勘

巫山曲：《樂府詩集》作『巫山高』。碧峭：《唐詩品彙》作『峭壁』。暮雨：閔刻本作『雲雨』。滴：《樂府詩集》作『沾』。

注釋

〔一〕巫山曲：本篇與下篇《巫山高》，《樂府詩集·鼓吹曲辭》均作《巫山高》。《巫山高》係漢鐃歌名，十八曲之一。《樂府解題》曰：『古辭言江淮水深，無梁可度，臨水遠望，思歸而已。若齊王融「想象巫山高」，梁范雲「巫山高不及」，雜以陽臺神女之事，無復遠望思歸之意也。』

〔二〕巴江：《太平御覽》引《三巴記》：『閬、白二水合流，自漢中至始寧城下入涪陵，曲折三回如巴字，故曰巴江。經峻峽中，謂之巴峽，即此水也。』陽臺：陽臺山，在今四川巫山縣北。《讀史方輿紀要·夔州府》：『陽臺山在巫山縣治北，高百丈，上有雲陽臺遺址。』十二峰：巫山以上，群峰連綿，其尤著者有十二峰。世傳十二峰爲：望霞、翠屏、朝雲、松巒、集仙、聚鶴、净壇、上升、起雲、飛鳳、登龍、聖泉。李端《巫山高》：『巫山十二峰，皆在碧虚中。』

〔三〕『荆王』二句：宋玉《高唐賦》：『昔者楚襄王與宋玉游於雲夢之臺，望高唐之觀。其上獨有雲氣，崪兮直上，忽兮改容，須臾之間，變化無窮。王問玉曰：「此何氣也？」玉對曰：「所謂朝雲者也。」王曰：「何謂朝雲？」玉曰：「昔者先王嘗游高唐，怠而晝寢。夢見一婦人，曰：「妾巫山之女也，爲高唐之客，聞君游高唐，願薦枕席。」王因幸之。去而辭曰：「妾在巫山之陽，高丘之阻。旦爲朝雲，暮爲行雨。朝朝暮暮，陽臺之下。」旦朝視之，如言，故爲立廟，號曰朝雲。」』又《神女賦》：『楚襄王與宋玉游於雲夢之浦，使玉賦高唐之事。其夜王寢，果夢與神女遇。』荆王：即楚王。楚原建國於荆山一帶，故又稱『荆』。

〔四〕『輕紅』句：王筠《雜曲》：『丹霞映白日，細雨帶輕紅。』張翰《周小史詩》：『輕風隨車，飛霧流煙。』『行雲』句：《高唐賦》：『風止雨霽，雲無處所。』此用其意。

〔五〕『猿啼』句：《水經注·江水》：『每至晴初霜旦，林寒澗肅，常有高猿長嘯，屬引凄異。空谷傳響，哀轉久絶。故漁者歌曰：「巴東三峽巫峽長，猿鳴三聲淚沾裳。」』

巫山高〔一〕

見盡數萬里，不聞三聲猿〔二〕。但飛蕭蕭雨，中有亭亭魂〔三〕。千載楚襄恨，遺文宋玉言〔四〕。至今晴明天，雲結深閨門〔五〕。

校勘

巫山高：《唐詩品彙》作『巫山行』。有：宋刻本、華校本作『鬱』。楚襄：《全唐詩》作『楚王』。晴明天：一作『青冥裏』。

注　釋

〔一〕巫山高：見前《巫山曲》注〔一〕。

〔二〕『見盡』二句：見前《巫山曲》注〔五〕。

〔三〕蕭蕭：雨聲。亭亭：孤峻高潔貌。

〔四〕楚襄：即楚頃襄王，楚懷王之子，名横，在位三十六年卒，謚頃襄。宋玉：戰國楚辭賦家，或説是屈原弟子。曾事頃襄王爲大夫。流傳至今的作品有《九辯》、《招魂》、《高唐賦》、《神女賦》、《風賦》、《登徒子好色賦》。楚襄王與巫山神女情事見《神女賦》。

〔五〕深閨：指巫山神女所居之處。

楚　怨〔一〕

秋入楚江水，獨照汨羅魂〔二〕。手把緑荷泣，意愁珠淚飜〔三〕。九門不可入，一犬吠千門〔四〕。

校　勘

緑：《全唐詩》一作『芰』。

注　釋

〔一〕楚怨：東野自製樂府辭。

〔二〕楚江：指汨羅江。《水經注》卷三八《湘水》：『湘水又北，汨水注之。……汨水又西徑羅縣北，本羅子國也。……秦立長沙郡，因以爲縣，水亦謂之羅水。汨水又西，徑玉笥山。……汨水又西爲屈潭，即汨羅淵也。屈原懷沙自沉於此，故淵潭以屈爲名。』汨羅魂：指屈原。

〔三〕『手把』二句：屈原《離騷》：『製芰荷以爲衣兮，集芙蓉以爲裳。』陳云：『屈原被服修潔，故東野引此也。』翫：飛。

〔四〕『九門』二句：陳云：『此言屈原欲納忠於君，爲讒諂所阻，知方正之不容也。』《楚辭·九辯》：『豈不鬱陶而思君兮，君之門以九重。猛犬狺狺而迎吠兮，關梁閉而不通。』九門：古制天子所居有九門，即路門、應門、雉門、庫門、皋門、城門、近郊門、遠郊門、關門。一犬：指奸佞小人。韓愈《孟生詩》：『騎驢到京國，欲知薰風琴。豈識天子居，九重鬱沈沈。一門百夫守，無籍不可尋。』則知東野有同慨焉。

塘下行〔一〕

塘邊日欲斜，年少早還家。徒將白羽扇，調妾木蘭花〔二〕。不是城頭樹，那棲來去鴉。

注　釋

〔一〕塘下行：樂府相和歌辭有《塘上行》。《樂府詩集》卷三五：『《歌録》曰：「《塘上行》，古辭。或云甄皇后造。」《樂府解題》曰：「前志云：晋樂奏魏武帝《蒲生篇》，而諸集録皆言其詞文帝甄后所作，歎以讒訴見棄，猶幸得新好，不遺故惡焉。若晋陸機『江蘺生幽渚』，言婦人衰老失寵，行於塘上而爲此歌，與古辭同意。」』東野《塘下行》則隱括秋胡戲妻故事而略加改造。事見舊題漢劉歆《西京雜記》：『魯人秋胡，娶妻三月而游宦。三年休，還家。其婦採桑於郊，胡至郊而不識其妻也，見而悦之，乃遺黄金一鎰。妻曰：「妾有夫游宦不返，幽閨獨處，三年於兹，未有被辱於今日也。」採不顧，胡慚而退。至家，問家人妻何在，曰：「行採桑於郊，未返。」既返，乃向所挑之婦也。夫妻並慚，妻赴沂水而死。』事又見《列女傳》五《魯秋潔婦》。

〔二〕將：拿。調：戲侮。木蘭：落葉喬木，高丈餘，葉大。晚春開花，有紫色者，有白色者，甚皎潔。詩中女子蓋以木蘭自比。

臨池曲〔一〕

池中春蒲葉如帶，紫菱成角蓮子大〔二〕。羅裙蟬鬢寄迎風，雙雙伯勞飛向東〔三〕。

校勘

池中：《唐詩品彙》作『池上』。　寄迎風：《唐詩品彙》作『倚迎風』。

注釋

〔一〕臨池曲：東野自製樂府辭。

〔二〕蒲：水生草本植物，葉長可供編織。《樂府詩集》有《拔蒲》詩。菱：一年生草本植物，生於池沼中，根在泥下，葉浮水上，夏末秋初開花，果實即菱角。《樂府詩集》有江洪《采菱曲》。蓮子：蓮實。

〔三〕羅裙：王昌齡《采蓮曲》其二：『荷葉羅裙一色裁，芙蓉向臉兩邊開。』蟬鬢：古代女子的一種髮式。兩鬢薄如蟬翼，故稱。傳爲魏文帝宫人莫瓊樹所製，見崔豹《古今注·雜注》。寄迎風：迎風寄思。伯勞：鳥名。亦稱博勞。《樂府詩集》卷六八《東飛伯勞歌》：『東飛伯勞西飛燕，黄姑織女時相見。』

車遥遥〔一〕

路喜到江盡，江上又通舟。舟車兩無阻，何處不得游。丈夫四方志，女子安可留〔二〕。郎自別日言，無令生遠愁。旅雁忽叫月，斷猿寒啼秋〔三〕。此夕夢君夢，君在百城樓〔四〕。寄淚無因波，寄恨無因輈〔五〕。願爲馭者手，與郎回馬頭〔六〕。

校勘

百：《唐詩品彙》作『北』。無因波、無因輈：『因』一作『回』。『寄淚』二句：《唐詩品彙》作『塞淚無回收，寄恨無回輈』。宋刻本『寄淚』作『塞淚』。

注釋

〔一〕車遥遥：樂府雜曲歌辭。《樂府詩集》卷六九載有梁車敳《車遥遥》。

〔二〕『丈夫』二句：杜甫《前出塞》其九：『丈夫四方志，安可辭固窮。』

〔三〕旅雁：雁爲候鳥，每年春分後飛往北方，秋分後飛回南方，因稱旅雁。斷猿：孤猿。斷，孤單。干寶《搜神記》卷二〇：『臨川東興，有人入山，得猿子，便將歸。猿母自後逐至家。此人縛猿子於庭中樹上以示之。其母便摶頰向人，欲乞哀狀，直謂口不能言耳。此人既不能放，竟擊殺之。猿母悲唤，自擲而死。此人破腸視之，寸寸斷裂。』

〔四〕百城樓：孟浩然《與黄侍御北津泛舟》：『堤緣九里郭，山面百城樓。』

〔五〕無：通『毋』。因：憑藉。輈：車轅。此指車。

〔六〕『願爲』二句：陳云：『言馭者回轉馬頭，可令其歸也。』

征婦怨四首〔一〕

良人昨日去，明月又不圓〔二〕。別時各有淚，零落青樓前〔三〕。

校勘

征婦怨：《樂府詩集》卷四三題爲《雜怨三首》，作聶夷中詩。《全唐詩》卷三七二作兩首。又《全唐詩》卷六三六以孟詩之第一首前四句題《雜怨》，作聶夷中詩。同卷另有兩首《雜怨》，以『生在』四句、『漁陽』四句合爲一首，以『君淚』六句爲另一首，作聶夷中詩，題下注云：『一作孟郊詩，題云《征婦怨》。』各首文字互有異同。

注釋

〔一〕征婦怨：東野自製樂府辭。

〔二〕『良人』二句：陳云：『月不圓，征婦猶有所憾者，怨也。』良人：妻對夫的稱呼。

〔三〕青樓：黑漆髹飾之樓，多以指顯貴之家的閨閣。曹植《美女篇》：『青樓臨大路，高門結重關。』

君淚濡羅巾〔一〕，妾淚滿路塵。羅巾長在手，今得隨妾身。路塵如得風，得上君車輪。

校勘

滿：《唐詩品彙》作『滴』。　長：《樂府詩集》作『去』，《唐詩品彙》作『常』。　如得風：《全唐詩》『得』一作『因』。　得上：《唐詩品彙》作『吹上』。

注釋

〔一〕濡：霑濕。

漁陽千里道，近如中門限〔一〕。中門逾有時，漁陽長在眼。

校勘

逾有時：宋刻本、宋蜀刻殘本、華校本作『有外逾』。

注釋

〔一〕漁陽：唐郡，屬河北道。轄境約當今北京市平谷縣、天津市薊縣等地。治所在今薊縣。限：門檻。

生在緑羅下，不識漁陽道。良人自戍來〔一〕，夜夜夢中到。

校勘

緑羅：『緑』一作『絲』，《全唐詩》『羅』一作『蘿』。

注釋

〔一〕自戍來，自從離家去守邊以後。戍，守邊。

空城雀〔一〕

一雀入官倉，所食寧損幾。祇慮往覆頻，官倉終害爾〔二〕。魚網不在天，鳥羅不張水〔三〕。

飲啄要自然，可以空城裏〔四〕。

校　勘

空城雀：《樂府詩集》卷六八作聶夷中詩。《全唐詩》卷六三六作聶夷中詩，下注：『一作孟郊詩。』又卷六六五作羅隱詩。

注　釋

〔一〕空城雀：樂府雜曲歌辭。《樂府詩集》卷六八：『《樂府解題》曰：「鮑照《空城雀》云：『雀乳四鷇，空城之阿。』言輕飛近集，茹腹辛傷，免網羅而已。」』

〔二〕『祇慮』二句：陳云：『「爾」謂雀也。此似譏貪禄招禍者。』

〔三〕『魚網』二句：《楚辭・九歌・湘夫人》：『鳥何萃兮蘋中？罾何爲兮木上？』陳云：『此正用其意，以言不受害也。』

〔四〕『飲啄』二句：《莊子・養生主》：『澤雉十步一啄，百步一飲，不蘄畜乎樊中。』陳云：『此言雀居空城，無弋者之篡，喻人不必羨乎榮華。』

閑　怨

妾恨比班竹，下盤煩冤根〔一〕。　有筭未出土，中已含淚痕。

校　勘

閑怨：宋蜀刻殘本作『閨怨』。　　班：弘治本作『斑』。

注釋

〔一〕班竹：即斑竹，又稱湘妃竹。見前《湘妃怨》注〔二〕。班，通『斑』。盤：屈曲回繞。

羽林行〔一〕

朔雪寒斷指，朔風勁裂冰。胡中射雕者，此日猶不能〔二〕。翩翩羽林兒，錦臂飛蒼鷹〔三〕。揮鞭快白馬，走出黄河凌〔四〕。

校勘

快：《樂府詩集》作『决』。

注釋

〔一〕羽林行：樂府雜曲歌辭。《樂府詩集》卷六三：『《漢書》曰：「武帝太初元年，初置建章營騎，後更名羽林騎，屬光禄勳。又取從軍死事之子孫，養羽林官，教以五兵，號羽林孤兒。」顔師古曰：「羽林，宿衛之官，言其如羽之疾，如林之多。一説羽所以爲主者羽翼也。」《後漢書・百官志》曰：「羽林郎，掌宿衛侍從，常選漢陽、隴西、安定、北地、上郡、西河六郡良家補之。」《地理志》曰「漢興，六郡良家子選給羽林」是也。又有《胡姬年十五》亦出於此。』

〔二〕胡：指我國古代北方和西北各少數民族，民風慓悍，長於騎射。射雕者：《史記・李將軍列傳》：『中貴人將騎數十縱，見匈奴三人，與戰。三人還射，傷中貴人，殺其騎且盡。中貴人走廣。廣曰：「是必射雕者也。」』雕，一名鷲。猛禽，似鷹而大，黑褐色。飛翔力强且十分迅猛，非善射者不能中。『此日』句：謂胡中射雕者猶不能耐此冰雪之寒。

〔三〕翩翩：形容風姿優美。羽林兒：皇帝的衛士。西漢武帝時初建，稱建章營騎，後改名羽林騎，取其『爲國羽翼，如林之盛』之意。唐置左右羽林軍。『錦臂』句：《太平御覽》卷九二六：『李斯臨刑，思牽黄犬，臂蒼鷹，出上蔡東門，不可得矣。』竇鞏《新羅進白鷹》：『漢皇無事須游獵，雪亂争飛錦臂鞲。』蒼鷹，鷙鳥，省稱鷹。古人打獵時用它來追捕獵物。

〔四〕凌：積冰。

古　意〔一〕

河邊織女星，河畔牽牛郎。未得渡清淺，相對遥相望〔二〕。

注　釋

〔一〕古意：東野所作擬古樂府。

〔二〕『河邊』四句：《古詩》：『迢迢牽牛星，皎皎河漢女。纖纖擢素手，札札弄機杼。終日不成章，泣涕零如雨。河漢清且淺，相去復幾許。盈盈一水間，脉脉不得語。』此隱括其意。

古别離〔一〕

欲别牽郎衣，郎今到何處。不恨歸來遲，莫向臨邛去〔二〕。

校　勘

古别離：《樂府詩集》卷七一、《全唐詩》卷六三六作聶夷中詩。全詩題下注云：『一作孟郊詩。』文字互有異同。

注　釋

〔一〕古别離：樂府雜曲歌辭。見前《古離别》注〔一〕。

〔二〕『莫向』句：西漢司馬相如客游臨邛，與大富商卓王孫寡居之女卓文君相戀。其時相如過飲於卓氏，知文君好音，乃以琴心挑之，文君遂夜奔相如。見《史記》、《漢書》之《司馬相如傳》。臨邛：今四川邛崍。

游俠行〔一〕

壯士性剛決，火中見石裂。殺人不回頭，輕生如暫别。豈知眼有淚，肯白頭上髮。平生無恩酬，劍閑一百月〔二〕。

校　勘

平生：凌刻本、閔刻本、《全唐詩》作『半生』。

注　釋

〔一〕游俠行：樂府雜曲歌辭。《樂府詩集》卷六七：『《漢書·游俠傳》曰：「戰國時，列國公子，魏有信陵，趙有平原，齊有孟嘗，楚有春申，皆藉王公之勢，競爲游俠，以取重諸侯，顯名天下。故後世稱游俠者，以四豪爲首焉。漢興，有魯人朱家及劇孟、郭解之徒，馳騖於閭里，皆以俠聞。其後長安熾盛，街閭各有豪俠。時萬章在城西柳市，號曰城西萬章。酒市有趙君都、賈子光，皆長安名豪，報仇怨、養刺客者也。」《魏志》曰：「楊阿若後名豐，字伯陽，少游俠，常以報仇解怨爲事，故時人爲之號曰：『東市相斫楊阿若，西市相斫楊阿若。』後世遂有《游俠曲》。」魏陳琳、晋張華又有《博陵王宫俠曲》。」

〔二〕『平生』二句：陳云：『詩意蓋謂不遇知己也。』無恩酬：無恩可報。酬，報答。張九齡《江上》：『憶將親愛别，行爲主恩酬。』一百月：極言爲時之久。

黄雀吟〔一〕

黄雀舞承塵〔二〕，倚恃主人仁。主人忽不仁，買彈彈爾身。何不遠飛去，蓬蒿正繁新。蒿粒無人争，食之足爲珍〔三〕。莫覷黐車粟，覷黐罪有因〔四〕。黄雀不知言，贈之徒殷勤。

校勘

承塵：宋刻本、華校本作『埃塵』。

注釋

〔一〕黄雀吟：樂府鼓吹曲辭。

〔二〕承塵：藻井。今稱天花板。《西京雜記》卷五：『賈誼在長沙，鵩鳥集其承塵。』

〔三〕『蒿粒』二句：陳云：『喻以得性爲至、知足爲極也。』

〔四〕『莫覷』二句：《太平御覽》引《益部耆舊傳》：『楊宣爲河内太守行縣，有群雀鳴桑樹上。宣謂吏曰：「前有覆車粟，此雀相隨，欲往食。」行數里，果有覆車粟。』李白《空城雀》：『恥涉太行險，羞營覆車粟。』陳云：

『東野意似有所戒。』

有所思〔一〕

桔槔烽火晝不滅，客路迢迢信難越〔二〕。古鎮刀攢萬片霜〔三〕，寒江浪起千堆雪。此時西去定如何，空使南心遠淒切〔四〕。

校勘

此：原作『比』，據宋刻本、弘治本改。

注釋

〔一〕有所思：樂府鼓吹曲辭。《樂府詩集》卷一六：『《樂府解題》曰：「古詞言『有所思，乃在大海南，何用問遺君？雙珠玳瑁簪。聞君有他心，燒之，當風揚其灰。從今已往，勿復相思，而與君絶』也。」按《古今樂録》漢太樂食舉第七曲亦用之，不知與此同否。若齊王融「如何有所思」，梁劉繪「別離安可再」，但言離思而已。宋何承天《有所思篇》曰：「有所思，思昔人，曾、閔二子善養親。」則言生罹荼苦，哀慈親之不得見也。』

〔二〕桔槔烽火：《史記·魏公子列傳》：『公子與魏王博，而北境傳舉烽。』裴駰集解引文穎曰：『作高木櫓，櫓上作桔槔，桔槔頭兜零，以薪置其中，謂之烽。常低之，有寇即火然舉之以相告。』晝不滅：陳云：『此言晝不滅者，蓋邊境有虞也。』客路：指赴邊之路。

〔三〕攢：聚集。

〔四〕西去：指遠戍西北。定：究竟。南心：此指閨中思婦之心。

求仙曲〔一〕

仙教生爲門，仙宗静爲根〔二〕。持心若妄求，服食安足論〔三〕。鏟惑有靈藥，餌真成本源〔四〕。自當出塵網，馭鳳登崑崙〔五〕。

校　勘

若：《樂府詩集》作『苦』。　登：《樂府詩集》作『升』。

注　釋

〔一〕求仙曲：東野自製樂府辭。

〔二〕仙教：指道教。仙宗：修道求仙的要旨。《老子》十六章：『致虚極，守静篤。……夫物云云，各歸其根。歸根曰静，静曰復命，復命曰常，知常曰明。不知常，妄作，凶。』

〔三〕服食：指服食丹藥，道家養生法。《古詩》：『服食求神仙，多爲藥所誤。』

〔四〕『鏟惑』二句：靈藥：《西王母傳》：『太上靈藥，上帝奇物，皆神仙之藥。』真：人與萬物的自然本性，此指道家的一種順應本性、自然無爲的觀點。《莊子·秋水》：『無以人滅天，無以故滅命，無以得殉名。謹守而勿失，是謂反其真。』

〔五〕塵網：人在世間有種種拘束，如魚之在網，故稱塵網。陶淵明《歸園田居》其一：『誤落塵網中，一去三十年。』馭鳳：指仙人乘鳳而行。孔稚珪《褚先生百玉碑》：『是以子晉笙歌，馭鳳於天海，王喬雲舉，控鶴於玄都。』崑崙：崑崙山。古代傳説中的仙境。《莊子·天地》：『黄帝游乎赤水之北，登乎崑崙之丘。』陳云：『詩意滓穢塵網，探尋玄宗，東野殆志狹中區者耶？』

嬋娟篇〔一〕

花嬋娟，泛春泉〔二〕。竹嬋娟，籠曉煙〔三〕。妓嬋娟，不長妍〔四〕。月嬋娟，真可憐〔五〕。夜半姮娥朝太一，人間本自無靈匹〔六〕。漢宮承寵不多時，飛燕婕妤相妒嫉〔七〕。

校勘

太一：閔刻本作『太乙』。　承寵：宋刻本、宋蜀刻殘本、華校本作『成寵』。

注釋

〔一〕嬋娟篇：東野自製樂府辭。

〔二〕嬋娟：姿態美好貌。

〔三〕『竹嬋娟』二句：宋之問《綠竹引》：『青溪綠潭潭水側，修竹嬋娟同一色。』元稹《雜憶》其二：『花籠微月竹籠煙，百尺絲繩拂地懸。』

〔四〕『妓嬋娟』二句：曹植《雜詩六首》其四：『南國有佳人，容華若桃李。……俯仰歲將暮，榮耀難久恃。』此用其意。妓：古代歌舞女子。

〔五〕『月嬋娟』二句：阮籍《詠懷詩》：『庭木誰能近，秋月復嬋娟。』李白《禪房懷友人岑倫》：『嬋娟羅浮月，搖艷桂水雲。』可憐：可愛。

〔六〕姮娥：神話中的月中女神，相傳爲后羿之妻，羿請不死之藥於西王母，姮娥竊以奔月。事見《淮南子·覽冥訓》。太一：神名，一作『泰一』。《史記·天官書》：『中宫天極星，其一明者，太一常居也。』正義：『泰一，天帝之别名也。劉伯莊云：泰一，天神之最尊貴者也。』靈匹：神仙的配偶。謝惠連《七月七日夜詠牛女詩》：『雲漢有靈匹，彌年闕相從。』

〔七〕飛燕：即趙飛燕。漢成帝宫人，成陽侯趙臨之女。初學歌舞，以體輕號曰飛燕。先爲婕妤，許后廢，立爲后，與其妹昭儀專寵十餘年。哀帝立，尊爲皇太后。平帝即位，廢爲庶人，自殺死。事見《漢書·孝成趙皇后傳》。婕妤：一作『倢伃』，妃嬪的稱號。此指班倢伃，漢雁門郡樓煩班況之女，班彪之姑。成帝初即位，選入後宫，始爲少使，俄而大幸爲倢伃，居增成舍。後爲趙飛燕所譖失寵，希復進見。事見《漢書·孝成班倢伃傳》。

南浦篇〔一〕

南浦桃花亞水紅〔二〕，水邊柳絮由春風，鳥鳴喈喈煙濛濛〔三〕。自從遠送對悲翁，此翁已與少年别，唯憶深山深谷中。

注　釋

〔一〕南浦篇：東野自製樂府辭。

〔二〕南浦：《楚辭·九歌·河伯》：『子交手兮東行，送美人兮南浦。』後以南浦泛指送别之地。江淹《别賦》：『送君南浦，傷如之何？』亞：通『壓』，低垂貌。杜甫《上巳日徐司録林園宴集》：『鬢毛垂領白，花蕊亞枝紅。』

〔三〕喈喈：鳥鳴聲。《詩·周南·葛覃》：『黄鳥于飛……其鳴喈喈。』

清東曲[一]

櫻桃花參差，香雨紅霏霏。含笑競攀折，美人濕羅衣。采采清東曲，明眸艷珪玉[二]。青巾艑上郎[三]，上下看不足。南陽公首詞[四]，編入新樂録。

校勘

含笑：原作『一笑』，宋刻本、宋蜀刻殘本作『笑笑』。凌刻本、閔刻本、《全唐詩》、華校本俱作『含笑』，兹據改。　公：《全唐詩》一作『宫』。

注釋

〔一〕清東曲：東野自製樂府辭，貞元八年作。時下第東歸，訪徐泗濠節度使張建封於徐州。

〔二〕明眸：明亮的眼睛。眸，眼珠。曹植《洛神賦》：『明眸善睞，靨輔承權。』珪玉：珪爲朝會時所執玉器，這裏用比明眸。

〔三〕艑：大船。

〔四〕南陽公：指張建封。因張爲鄧州南陽人，故有此稱。

卷二

樂府下

織婦辭〔一〕

夫是田中郎，妾是田中女。當年嫁得君，爲君秉機杼〔二〕。筋力日已疲，不息窗下機。如何織紈素，自著藍縷衣〔三〕。官家牓村路〔四〕，更索栽桑樹。

校　勘

織婦辭：《樂府詩集》作『織婦詞』。弘治本『婦』作『女』。

注　釋

〔一〕織婦辭：東野自製樂府辭。

〔二〕『當年』二句：郭泰機《答傅咸詩》：『寒女雖妙巧，不得秉機杼。』此反用之。秉機杼：從事紡織。秉，操持。機杼，織機。機以轉軸，杼以持緯。

〔三〕紈素：精緻潔白的細絹。班倢伃《怨歌行》：『新裂齊紈素，皎潔如霜雪。』藍縷衣：猶言破衣裳。傅玄《墻上難爲趨》：『貧主屣敝履，整此藍縷衣。』

〔四〕牓：布告，告示。此指張貼告示。

古意〔一〕

蕩子守邊戍〔二〕，佳人莫相從。去來年月多，苦愁改形容〔三〕。上山復下山，踏草成古蹤。徒言採蘼蕪，十度不一逢〔四〕。鑒獨是明月，識志唯寒松〔五〕。井桃始開花，一見悲萬重〔六〕。人顔不再春，桃色有再濃。揖氣入空房，無憀乍從容〔七〕。啓貼理針線，非獨學裁縫〔八〕。手持未染綵〔九〕，繡爲白芙蓉。芙蓉無染污，將以表心素〔一〇〕。欲寄未歸人，當春無信去〔一一〕。無信反增愁，愁心緣隴頭〔一二〕。願君如隴水，冰鏡水還流。宛宛青絲繩，纖纖白玉鉤〔一三〕。玉鉤不虧缺，青絲無斷絶。回還勝雙手，解盡心中結。

校勘

十度：宋刻本、華校本作『千度』。　不一：閔刻本、《全唐詩》作『一不』。　揖氣：原作『指氣』，宋刻本、宋蜀刻殘本同。兹據弘治本改。閔刻本、《全唐詩》作『捐氣』。　無憀：閔刻本作『無聊』。　乍：《全唐詩》一作『自』。　繩：弘治本作『紀』，閔刻本、《全唐詩》作『線』。

注釋

〔一〕古意。見卷一《古意》注〔一〕。

〔二〕蕩子：浪游不歸的男子。《古詩》：『昔爲倡家女，今爲蕩子婦。蕩子行不歸，空床難獨守。』此指戍邊的丈夫。

〔三〕去來：去後。形容：形體容貌。

〔四〕『徒言』二句：《古詩》：『上山採蘼蕪，下山逢故夫。』此翻案。

〔五〕『鑒獨』二句：陳云：『言月可鑒吾心，松可識我操也。』

〔六〕『井桃』二句：李白《自代内贈》：『妾似井底桃，開花向誰笑。』井，指庭中天井。

〔七〕揹氣：强壓心中愁苦。無憀：即無聊，無所憑藉。

〔八〕『啓貼』二句：喬知之《從軍行》：『曲房理針線，平砧搗文練。』貼：古代婦女用來裝針線的盒子，多以竹木爲之。

〔九〕未染綵：未經染色的絲綢。

〔一〇〕『芙蓉』二句：陳云：『言不改節也。』心素：内心的情愫。李白《寄遠》其八：『空留錦字表心素，至今緘愁不忍窺。』

〔一一〕信：使者。

〔一二〕隴頭：即隴山，亦名隴阪、隴坻、隴首，在今陝西省隴縣西北，綿亘數縣。《三秦記》：『其阪九回，上者七日乃越。上有清水四注下，所謂隴頭水也。』樂府鼓角横吹曲有《隴頭歌》，辭云：『隴頭流水，流離山下。念吾一身，飄然曠野。朝發欣城，暮宿隴頭。寒不能語，舌卷入喉。隴頭流水，鳴聲幽咽。遥望秦川，心肝斷絶。』此以隴頭指征夫戍守的邊地。

〔一三〕宛宛：回旋屈曲貌。青絲繩：當爲思婦臨别時送給征夫的信物，用自己的黑髮編織而成。纖纖：形容製作細巧。白玉鉤：征夫回贈之物，以白玉製成。

折楊柳二首〔一〕

楊柳多短枝，短枝多别離。贈遠累攀折，柔條安得垂。青春有定節，離别無定時。但恐人别促，不怨來遲遲。莫言短枝條，中有長相思。朱顔與緑楊，併在别離期〔二〕。

校勘

累：閔刻本、《全唐詩》作『屢』。　柔條：閔刻本作『柔枝』。

注釋

〔一〕折楊柳：樂府横吹曲辭。《樂府詩集》卷二二：『《唐書·樂志》曰：「梁樂府有《胡吹歌》云：『上馬不捉鞭，反拗楊柳枝。下馬吹横笛，愁殺行客兒。』此歌辭元出北國，即鼓角横吹曲《折楊柳枝》是也。」《宋書·五行志》曰：「晋太康末，京洛爲折楊柳之歌，其曲有兵革苦辛之辭。」按古樂府又有《小折楊柳》，相和大曲有《折楊柳行》，清商四曲有《月節折楊柳歌》十三曲，與此不同。』《樂府詩集》所收南朝梁及唐人《折楊柳》二十餘首，大都爲傷别之辭，而尤多懷念征人之作。曲爲五言，惟唐人所作有七言者。

〔二〕併：齊，同。

樓上春風過，風前楊柳歌〔一〕。枝疏緣别苦，曲怨爲年多。花鶯燕地雲，葉映楚池波〔二〕。誰堪别離此，征戍在交河〔三〕。

注　釋

〔一〕楊柳歌：指《折楊柳》，見上篇注〔一〕。

〔二〕『花驚』二句：此以『燕』泛指北方，以『楚』泛指南方。意謂北方的征夫與南方之思婦，皆不免觸景而生情。

〔三〕交河：縣名。地在今新疆吐魯番縣西北雅爾和屯。唐屬西州。此泛指戍地。

和丁助教塞上吟〔一〕

哭雪復吟雪，廣文丁夫子〔二〕。江南萬里寒，曾未及如此〔三〕。整頓氣候誰，言從生靈始〔四〕。無令惻隱者，哀哀不能已〔五〕。

注　釋

〔一〕和：依照別人詩詞的題材或體裁來做詩詞。丁助教：其人不詳。助教，官名，晋武帝咸寧四年設，其職責是幫助國子祭酒和國子博士教授生徒。唐時國子學、太學、廣文館、四門學皆有助教。據下文，丁爲廣文館助教。塞上吟：新樂府辭。

〔二〕『哭雪』二句：陳云：『「哭雪」者，怨寒也。怨寒而復吟塞上曲者，唯廣文助教能之。』

〔三〕『江南』二句：陳云：『言江南大寒，猶不及丁夫子塞上吟之苦也。』

〔四〕『整頓』二句：杜甫《洗兵馬》：『二三豪俊爲時出，整頓乾坤濟時了。』張纘《南征賦》：『割疆埸於華戎，拯生靈於宇内。』

〔五〕『無令』二句：陳云：『此東野言所以和詩之意。』惻隱：同情。《孟子·公孫丑上》：『今人乍見孺子將入於井，皆有怵惕惻隱之心。』

古怨别〔一〕

颯颯秋風生，愁人怨離别〔二〕。含情兩相向，欲語氣先咽〔三〕。心曲千萬端，悲來却難説〔四〕。别後唯所思，天涯共明月〔五〕。

注釋

〔一〕古怨别：擬古樂府辭。

〔二〕『颯颯』二句：《楚辭·九歌·山鬼》：『風颯颯兮木蕭蕭，思公子兮徒離憂。』颯颯：風聲。

〔三〕『含情』二句：杜甫《奉送郭中丞兼太僕卿充隴右節度使三十韻》：『漸衰那此别，忍淚獨含情。』《胡笳十八拍》：『故鄉隔兮音塵絶，哭無聲兮氣將咽。』

〔四〕心曲：内心深處。《詩·秦風·小戎》：『在其板屋，亂我心曲。』

〔五〕『别後』二句：謝莊《月賦》：『美人邁兮音塵闕，隔千里兮共明月。』張九齡《望月懷遠》：『海上生明月，天涯共此時。』

古别曲〔一〕

山川古今路，縱横無斷絶〔二〕。來往天地間，人皆有離别。行衣未束帶，中腸已先結〔三〕。

不用看鏡中，自知生白髮。欲陳去留意，聲向言前咽。愁結填心胸，茫茫若爲說。荒郊煙莽蒼，曠野風凄切。處處得相隨，人那不如月〔四〕。

校　勘

若爲：一作『爲君』。

注　釋

〔一〕古别曲：擬古樂府辭。

〔二〕『山川』二句：謂天下道路四通八達。縱横：南北曰縱，東西曰横。

〔三〕束帶：整飾衣冠，束緊衣帶。『中腸』句：形容内心愁苦盤鬱。

〔四〕那：如何，怎麽。

樂府戲贈陸大夫十二丈三首〔一〕

蓮子不可得，荷花生水中〔二〕。猶勝道傍柳，無事蕩春風〔三〕。

校　勘

樂府戲贈陸大夫十二丈：《樂府詩集》作『樂府』。《全唐詩》作『戲贈陸大夫十二丈』。　荷：《全唐詩》一作『蓮』。　事：一作『時』。

注　釋

〔一〕樂府戲贈陸大夫十二丈：樂府雜曲歌辭。貞元十三年作。陸大夫：指陸長源，貞元十二年以御史大夫佐董晉，爲宣武行軍司馬，治汴州。東野於貞元十三年初來汴州依陸長源，故有是作。丈，對長輩的尊稱，長源行十二，故稱十二丈。

〔二〕『蓮子』二句：陳云：『此恐以蓮喻陸，有所因依也。』

〔三〕『猶勝』二句：陳云：『柳蓋東野自謂，言飄蕩無托。』

淥萍與荷葉，同此一水中。風吹荷葉在，淥萍西復東〔一〕。

校勘

淥萍：宋蜀刻殘本、華校本作『緑萍』。　此：《全唐詩》一作『在』。　水：《全唐詩》一作『泉』。

注釋

〔一〕『風吹』二句：陳云：『萍自喻，荷喻陸大夫。』

蓮葉未開時，苦心終日卷〔一〕。春水徒蕩漾，荷花未開展。

校勘

蓮葉未開時：《全唐時》『葉未』一作『花不』。　水：一作『風』。　荷：《全唐詩》一作『蓮』。

注釋

〔一〕苦心：蓮心（蓮實中的胚芽）有苦味，故稱。此雙關，喻己之苦心。

戲答　陸長源

芙蓉初出水，菡萏露中花。風吹着枯木，無奈值空槎。

勸善吟　醉會中贈郭行餘〔一〕

瘦郭有志氣，相哀老龍鍾〔二〕。勸我少吟詩，俗窄難爾容。一口百味別〔三〕，况在醉會中。四座正當喧，片言何由通〔四〕。顧余昧時調，居止多疏慵〔五〕。見書眼始開，聞樂耳不聰。視聽互相隔，一身且莫同。天疾難自醫，詩僻將何攻〔六〕。見君如見書，語善千萬重。自悲咄咄感，變作煩惱翁〔七〕。煩惱不可欺，古劍澀亦雄〔八〕。知君方少年，少年懷古風〔九〕。藏書拄屋脊，不借與凡聾〔一〇〕。我願拜少年，師之學崇崇〔一一〕。從它笑爲矯，矯善亦可宗〔一二〕。

校　勘

互：原作『不』，各本俱作『互』，兹據改。　煩惱不可欺：一作『不可欺古劍』。

注　釋

〔一〕勸善吟：東野自製樂府辭。郭行餘：元和時進士，累擢京兆少尹，官至邠寧節度使，後死甘露之變。《新唐書》、《舊唐書》皆有傳。

〔二〕瘦郭：指行餘。相哀：哀我。龍鍾：身體衰憊貌。韓愈《醉留東野》：『東野不得官，白首誇龍鍾。』

〔一三〕『一口』句：曹植《求自試表》：『身被輕暖，口厭百味。』

〔一四〕『四座』二句：陸機《擬今日良宴會》：『四座咸同志，羽觴不可算。』鮑照《代東武吟》：『主人且勿喧，賤子歌一言。』

〔一五〕『顧余』二句：謂己昧於時俗好尚，行爲舉止上常常表現得懶散而又怠慢。昧，不明，無知。

〔一六〕天疾：先天的疾病。《穀梁傳·昭公二十年》：『有天疾者，不得入乎宗廟。』詩僻：即詩癖。《梁書·簡文帝紀》：『（帝）雅好題詩。其序云：「余七歲有詩癖，長而不倦。」』攻：除病，治療。

〔一七〕咄咄：歎詞。表示感慨或失意。《世説新語·黜免》：『殷中軍被廢，在信安，終日恒書空作字。揚州吏民尋義逐之，竊視，唯作「咄咄怪事」四字而已。』煩惱：指愁苦言。

〔一八〕『古劍』句：謂古劍雖澀，猶見其威勢逼人。澀，生銹。

〔一九〕懷古風：追慕古人的風範。

〔二〇〕『藏書』句：言其藏書之多，上與屋脊相齊。拄，支撑。凡聾：指閉目塞聽，平庸淺薄的人。

〔二一〕崇崇：高峻貌。揚雄《甘泉頌》：『崇崇圜丘，隆隱天兮。』此指形象高大，值得人敬仰效法。

〔二二〕『從它』二句：陳云：『詩意謂他人笑東野師少年爲强矯，然矯善亦可宗也。』從：任，聽憑。矯：《淮南子·俶真訓》：『賢人之所以矯世俗者，聖人未嘗觀焉。』高誘注：『矯，拂也。』則矯爲拂逆、違背之意。此指故違常情以立異。宗：師法，尊崇。

望夫石〔一〕

望夫石，夫不來兮江水碧〔二〕。行人悠悠朝與暮，千年萬年色如故〔三〕。

注　釋

〔一〕望夫石：東野自製樂府辭。劉義慶《幽明録》：『武昌北山有望夫石，狀若人立。古傳云：昔有貞婦，其夫從役，遠赴國難，攜弱子餞送北山，立望夫而化爲立石。』

〔二〕『夫不』句：李白《江行寄遠》：『思君不可得，愁見江水碧。』

〔三〕『行人』二句：陳云：『言其貞操不變也。』

寒江吟〔一〕

冬至日光白，始知陰氣凝〔二〕。寒江波浪凍，千里無平冰〔三〕。飛鳥絶高羽，行人皆晏興〔四〕。荻洲素浩渺，碕岸澌崚嶒〔五〕。煙舟忽自阻，風帆不相乘〔六〕。何况異形體，信任爲股肱〔七〕。涉江莫涉凌〔八〕，得意須得朋。結交非賢良，誰免生愛憎。凍水有再浪，失飛有載騰。一言縱醜詞，萬響無善應。取鑒諒不遠，江水千萬層〔九〕。何當春風吹，利涉吾道弘〔一〇〕。

校　勘

凍：一作『急』。　羽：一作『樹』。宋刻本、宋蜀刻殘本作『去』。

注　釋

〔一〕寒江吟：東野自製樂府辭。

〔二〕冬至：二十四節氣之一，在農曆十二月二十二或二十三日。陰氣凝：《易·坤》：『初六，履霜堅冰至。象曰：履霜堅冰，陰始凝也；馴致其道，至堅冰也。』

〔三〕『寒江』二句：陳云：『以波動而凍，故無平冰。』

〔四〕晏興：晚起。

〔五〕『荻洲』二句：陳云：『二句寫冰境。』碕岸：曲岸。澌：冰。稜磳：不平貌。

〔六〕『煙舟』二句：陳云：『言舟帆皆被阻也。』

〔七〕異形體：謂他人。股肱：大腿和胳膊，常以喻輔佐君主的大臣。《書·益稷》：『帝曰：臣作朕股肱耳目。』此喻心腹好友。陳云：『冰不能行舟，猶小人足以相傾。初吟寒江，因而感世。』

〔八〕淩：積冰。

〔九〕『取鑒』二句：《詩·大雅·蕩》：『殷鑒不遠，在夏后之世。』箋：『此言殷之明鏡不遠也。近在夏后之世，謂湯誅桀也。』陳云：『此以江水取鑒，亦奇想也。』

〔一〇〕利涉：順利渡河。《易·需》：『利涉大川，往有功也。』吾道：指友道。弘：光大。

感興上

審交

種樹須擇地，惡土變木根。結交若失人，中道生謗言。君子芳桂性，春榮冬更繁〔一〕。小人槿花心，朝在夕不存〔二〕。莫躡冬冰堅，中有潛浪翻〔三〕。唯當金石交，可以賢達論〔四〕。

校　勘

樹：宋蜀刻殘本作『木』。　春榮冬更繁：一作『春濃寒更繁』。　可以：宋蜀刻殘本作『可與』。

注　釋

〔一〕『君子』二句：陳云：『桂樹冬榮，喻君子不改其節操也。』

〔二〕『小人』二句：陳云：『槿，朝開莫落，此言小人無守。』

〔三〕『莫躡』二句：陳云：『此言人心潛伏，中有反復也。』

〔四〕『唯當』二句：阮籍《詠懷詩》其二：『如何金石交，一旦更離傷。』陶淵明《挽歌詩》其三：『千年不復朝，賢達無奈何！』金石交：言交情堅如金石。賢達：賢能通達之人。

怨　別

一別一回老，志士白髮早〔一〕。在富易爲容〔二〕，居貧難自好。沉憂損性靈，服藥亦枯槁〔三〕。秋風游子衣，落日行遠道。君問去何之，賤身難自保〔四〕。

校　勘

游：《全唐詩》一作『客』。　君問：《全唐詩》一作『問君』。　去何之：一作『去住蹤』。　難自保：『難』一作『寧』。

注　釋

〔一〕『一別』二句：曹丕《短歌行》：『嗟我白髮，生一何早。』

〔二〕容：容儀。此指修飾打扮。

〔三〕沉憂：深憂。張協《雜詩》其一：『感物多所懷，沉憂結心曲。』枯槁：憔悴。《戰國策·秦策一》：『形容枯槁，面目黧黑，狀有歸色。』

〔四〕『君問』二句：《古詩》：『攜手上河梁，游子暮何之？』賤身：謙稱己身。

百憂

萱草女兒花〔一〕，不解壯士憂。壯士心是劍，爲君射斗牛〔二〕。朝思除國讎，暮思除國讎〔三〕。計盡山河畫，意窮草木籌〔四〕。智士日千慮，愚夫唯四愁〔五〕。何必在波濤，然後驚沉浮。伯倫心不醉，四皓跡難留〔六〕。出處各有時，衆議徒啾啾〔七〕。

校勘

朝思除國讎：『讎』一作『難』。　驚：一作『生』。

注釋

〔一〕萱草：同『諼草』，又名忘憂。《詩·衛風·伯兮》：『焉得諼草，言樹之背。』《傳》：『諼草令人忘憂。』

〔二〕『壯士』二句：《晉書·張華傳》：『初，吴之未滅也，斗牛之間常有紫氣。道術者皆以吴方强盛，未可圖也。惟華以爲不然。及吴平之後，紫氣愈明。華聞豫章人雷焕妙達緯象，乃要焕宿，屏人曰：「可共尋天文，知將來吉凶。」因登樓仰觀。焕曰：「僕察之久矣，惟斗牛之間頗有異氣。」華曰：「是何祥也？」焕曰：「寶劍之精，上徹於天耳。」華曰：「君言得之。吾少時，有相者言吾出六十位登三事，當得寶劍佩之，斯言豈效與？」因問曰：「在何郡？」焕曰：「在豫章豐城。」華曰：「欲屈君爲宰，密共尋之，可乎？」焕許之。華大喜，即補焕爲豐城令。焕到縣，掘獄屋基，入地四丈餘，得一石函，光氣非常，中有雙劍并刻題，一曰龍泉，一曰太阿。其夕，斗牛間氣不復見焉。』

〔三〕國讎：國家的仇敵。讎，同『仇』。曹植《雜詩》其五：『國讎亮不塞，甘心思喪元。』

〔四〕『計盡』二句：《世説新語·言語》：『過江諸人，每至美日，輒相邀新亭，藉卉飲宴。周侯中坐而歎曰：「風景不殊，正自有山河之異！」皆相視流淚。唯王丞相愀然變色曰：「當共戮力王室，克復神州，何至作楚囚相對？」』《晉書·苻堅載記》：『堅與苻融登城而望王師，見部陣齊整，將士精鋭。又北望八公山上草木皆類人形，顧謂融曰：「此亦勍敵也，何謂少乎？」撫然有懼色。』

〔五〕『智士』句：《史記·淮陰侯列傳》：『廣武君曰：「臣聞智者千慮，必有一失。」』四愁：漢張衡有《四愁詩》。其序曰：『張衡不樂久處機密，陽嘉中出爲河間相。……時天下漸弊，鬱鬱不得志，爲《四愁詩》。』

〔六〕伯倫：《晉書·劉伶傳》：『劉伶，字伯倫，沛國人也。……常乘鹿車，攜一壺酒，使人荷鍤而隨之，謂曰：「死便埋我。」其遺形骸如此。……伶雖陶兀昏放，而機應不差，未嘗厝意文翰，惟著《酒德頌》一篇。』顔延之《五君詠》其三《劉參軍》：『劉伶善閉關，懷情滅聞見。鼓鐘不足歡，榮色豈能眩。韜精日沈飲，誰知非荒宴？頌酒雖短章，深衷自此見。』四皓：據《史記·留侯世家》，漢初商山四隱士，名東園公、綺里季、夏黄公、甪里先生者，年皆八十餘，鬚眉皓白，稱四皓。高祖召不應。及高祖欲廢太子，吕后用留侯計，迎四皓使輔太子。一日四皓侍太子見高祖。高祖曰：『羽翼成矣。』遂輟廢太子之議。可知四皓之隱，乃去危以圖其安；一旦時機成熟，還是要出山的。所謂『跡難留』者，殆即此意。

〔七〕出處：出仕與隱居。《易·繫辭上》：『君子之道，或出或處。』啾啾：鳥叫聲。何遜《野夕答孫郎擢》：『杳杳星出雲，啾啾雀隱樹。』這裏形容衆聲繁雜。

路病

病客無主人，艱哉求卧難。飛光赤道路，内火焦肺肝〔一〕。欲飲井泉竭，欲醫囊用單〔二〕。稚顔能幾日，壯志忽已殘。人子不言苦，歸書但云安。愁環在我腸，宛轉終無端〔三〕。

校勘

求卧：宋刻本、華校本作『永卧』。　但云安：『云』一作『言』。

注釋

〔一〕『飛光』二句：陳云：『日光炎赤，内心焦爍矣。』

〔二〕單，通『殫』，盡也。

〔三〕『愁環』二句：言愁思不斷，無有盡時。愁環：猶愁盤。環，一種圓形中空的玉璧。《史記·田單傳》：『奇正還相生，如環之無端。』宛轉：回旋展轉。無端：没有起點，没有盡頭。

衰松

近世交道衰，青松落顔色〔一〕。人心忌孤直，木性隨改易〔二〕。既摧棲日幹，未展擎天力。終是君子材〔三〕，還思君子識。

注　釋

〔一〕『近世』二句：陳云：『此以世道衰，因歎青松亦不守時信也。』

〔二〕『人心』二句：劉希夷《孤松篇》：『青松好顔色，落落任孤直。』又李白《古風》其十二：『松柏本孤直，難爲桃李顔。』此反用之。

〔三〕君子材：松柏類植物中有君子樹。《太平御覽》卷九五九引晉郭義恭《廣志》：『君子樹似檉松，曹爽樹之於庭。』後即用爲松樹的代稱。李嶠《松》：『鶴棲君子樹，風拂大夫枝。』

遣　興

絃貞五條音，松直百尺心〔一〕。貞絃含古風，直松凌高岑〔二〕。浮聲與狂葩，胡爲欲相侵〔三〕。

校　勘

五條音：一作『五音調』。　狂葩：宋刻本、華校本作『狂苑』。

注　釋

〔一〕『絃貞』二句：《禮·樂記》：『昔者舜作五絃之琴，以歌南風。』疏：『謂無文武二絃，惟宫商等五絃也。』《禮·禮器》：『其在人也，如竹箭之有筠也，如松柏之有心也。』

〔二〕『貞絃』二句：陳云：『言其高古，不與世俗同。』

〔三〕『浮聲』二句：浮聲，對貞絃言；狂葩，怒放而易萎之花，對直松言。陳云：『詩意謂邪直不相容。』

退居

退身何所食，敗力不能閒〔一〕。種稻耕白水，負薪斫青山。衆聽喜巴唱，獨醒愁楚顔〔二〕。日暮静歸時，幽幽扣松關〔三〕。

校勘

退居：一作『退老』。凌刻本、閔刻本一作『老退』。能：《全唐詩》一作『得』。

注釋

〔一〕退身：指退職。敗力：謂力衰。

〔二〕『衆聽』句：宋玉《對楚王問》：『客有歌於郢中者，其始曰《下里》《巴人》，國中屬而和者數千人；其爲《陽阿》《薤露》，國中屬而和者數百人；其爲《陽春》《白雪》，國中屬而和者不過數十人；引商刻羽，雜以流徵，國中屬而和者不過數人而已。是其曲彌高，其和彌寡。』『獨醒』句：《楚辭·漁父》：『屈原既放，游於江潭，行吟澤畔；顔色憔悴，形容枯槁。漁父見而問之曰：「子非三閭大夫歟，何故至於斯？」屈原曰：「舉世皆濁我獨清，衆人皆醉我獨醒，是以見放。」』

〔三〕幽幽：輕輕地。松關：猶柴門。

卧病

貧病誠可羞，故床無新裘。春色燒肌膚，時飧苦咽喉〔一〕。倦寢意蒙昧，强言聲幽柔〔二〕。

承顔自俛仰〔三〕，有淚不敢流。默默寸心中，朝愁續暮愁。

校　勘

貧病誠可羞，故床無新裘：一作『貧病對客羞，數整藍縷裘』。凌刻本、閔刻本『貧病』一作『對客』。

注　釋

〔一〕『春色』句：陳云：『言春色鮮妍，如火如荼，故云燒肌膚也。』時飧：指一日三餐。飧，飯食。

〔二〕蒙昧：猶言昏昧。『强言』句：言病後乏力，勉强説話時，發聲細弱。

〔三〕承顔：承接顔色。《漢書·雋不疑傳》：『聞暴公子威名舊矣，今乃承顔接辭。』俛仰：應對，周旋。這句是説，爲接待來訪而强自應酬。

隱　士

本末一相返，漂浮不還真〔一〕。山野多餒士，市井無飢人。虎豹忌當道，麋鹿知藏身〔二〕。奈何貪競者，日與患害親。顔貌歲歲改，利心朝朝新〔三〕。孰知富生禍，取富不取貧。寶玉忌出璞，出璞先爲塵。松柏忌出山，出山先爲薪。君子隱石壁，道書爲我鄰〔四〕。寢興思其義，澹泊味始真〔五〕。陶公自放歸，尚平去有依〔六〕。草木擇地生，禽鳥順性飛。青青與冥冥，所保各不違〔七〕。

校　勘

漂浮：《全唐詩》『浮』一作『泊』。　富生禍：《全唐詩》『生』一作『者』。　思其義：《全唐詩》『其』一作

『載』,『義』一作『源』。 去有依:《全唐詩》『去』一作『正』。

注釋

〔一〕『本末』二句:陳云:『本指性命。末,利禄也。世人棄本逐末,則漂浮失其真矣。』返,猶反,倒置也。

〔二〕『虎豹』二句:陳云:『東野此二句興士之隱者。』當道:攔路。

〔三〕『顔貌』二句:《孟子·盡心上》:『鷄鳴而起,孳孳爲利者,跖之徒也。』此師其意。

〔四〕『君子』二句:江淹《自序傳》:『山中無事,專與道書爲偶。』王維《飯覆釜山僧》:『藉草飯松屑,焚香看道書。』道書,蓋指道家之書。

〔五〕寢興:《詩·秦風·小戎》:『言念君子,載寢載興。』寢,睡;興,起。 澹泊:恬静寡欲。 諸葛亮《誡子書》:『非澹泊無以明志,非寧静無以致遠。』韋應物《秋郊作》:『方願沮溺耦,澹泊守田廬。』

〔六〕『陶公』句:《晋書·陶潛傳》:潛字元亮,大司馬侃之曾孫。曾爲州祭酒,復爲鎮軍、建威參軍,後爲彭澤令。其時郡遣督郵至,縣吏白應束帶見之。潛歎曰:『吾不能爲五斗米折腰,拳拳事鄉里小人邪!』遂解印去縣,乃賦《歸去來》。『尚平』句:尚平即向子平,漢隱士。《後漢書·向長傳》:向長,字子平,河内朝歌人。隱居不仕。性尚中和,好通《老》《易》。貧無資食,好事者更饋焉,受之取足而反其餘。建武中,男女娶嫁既畢,遂與同好北海禽慶俱游五岳名山,竟不知所終。

〔七〕『青青』二句:陳云:『青青謂草木,冥冥謂禽鳥。』揚雄《法言·問明》:『鴻飛冥冥,弋人何篡焉?』

獨愁

前日遠別離,昨日生白髮。欲知萬里情,曉卧半床月。常恐百蟲鳴,使我芳草歇〔一〕。

校　勘

獨愁：一作『獨怨』。《全唐詩》一作『贈韓愈』。

注　釋

〔一〕『常恐』二句：《楚辭・離騷》：『恐鵜鴂之先鳴兮，使夫百草爲之不芳。』陳云：『東野師其意，有遲暮之感。』

春日有感

雨滴草芽出，一日長一日。風吹柳線垂，一枝連一枝〔一〕。獨有愁人顔，經春如等閑。且持酒滿盃，狂歌狂笑來。

注　釋

〔一〕『風吹』二句：陳云：『東野意謂草木經春發榮，惜人不如物耳。』

將見故人

佳人季夏中〔一〕，及此百餘日。無日不相思，明鏡改形質〔二〕。寧知仲冬時〔三〕，忽有相逢期。振衣起躑躅，頳鯉躍天池〔四〕。

校　勘

佳人：閔刻本、《全唐詩》作『故人』。　形質：閔刻本、《全唐詩》作『形色』。

注釋

〔一〕佳人：指所懷念的人。漢武帝《秋風辭》：『蘭有秀兮菊有芳，懷佳人兮不能忘。』季夏：夏季的最後一個月，即農曆六月。

〔二〕『無日』二句：《古詩》：『游子不顧返』，『思君令人老。』陳云：『東野意謂看鏡知老，故云改形色也。』形質：狀貌、精神。

〔三〕仲冬：冬季的第二個月，即農曆十一月。

〔四〕『振衣』二句：陸機《招隱詩》：『明發心不夷，振衣聊躑躅。』躑躅，往復行走貌。頳鯉：赤色的鯉魚。潘岳《閑居賦》：『陸擿紫房，水掛頳鯉。』天池：《莊子·逍遥游》：『南冥者，天池也。』陳云：『詩意謂將見故人，若頳鯉之躍於天池，其適志可想。』

傷時

常聞貧賤士之常，咨爾富者莫相笑〔一〕。男兒得路即榮名，邂逅失途成不調〔二〕。古人結交而重義，今人結交而重利〔三〕。勸人一種種桃李，種亦直須遍天地〔四〕。一生不愛囑人事，囑即直須爲生死〔五〕。我亦不羡季倫富，我亦不笑原憲貧〔六〕。有財有勢即相識，無財無勢同路人。因知世事皆如此，却向東溪卧白雲。

校勘

咨爾：《全唐詩》作『嗟爾』。宋刻本、宋蜀刻殘本、弘治本、凌刻本、閔刻本、華校本作『草木』。皆：一作

『只』。

注釋

〔一〕『常聞』二句：《列子・天瑞》：『孔子游於太山，見榮啓期行乎郕之野，鹿裘帶索，鼓琴而歌。孔子問曰：「先生所以樂，何也？」對曰：「……貧者，士之常也；死者，人之終也。處常得終，當何憂哉？」』咨：歎息。

〔二〕『男兒』二句：揚雄《解嘲》：『當途者入青雲，失路者委溝渠。』東野師其意，以得路、失途比喻得志與失意。邂逅：萬一。不調：爲官不得陞職。

〔三〕『古人』二句：《漢書・公孫弘傳》：『輕財重義，未有若公孫弘者也。』《莊子・刻意》：『野語有之曰：衆人重利，廉士重名。』

〔四〕『勸人』二句：《韓詩外傳》七：『夫春樹桃李，夏得陰其下，秋得食其實；春樹蒺藜，夏不可採其葉，秋得其刺焉。』後以桃李實多比喻所栽培的門生或薦舉的士子之衆。

〔五〕『一生』二句：任昉《出郡傳舍哭范僕射詩》：『結歡三十載，生死一交情。』囑人事：謂以人事相囑托。爲生死：猶言生死以之。

〔六〕季倫：即石崇，季倫其字。晋渤海南皮人。永熙元年出爲荆州刺史，以劫掠客商致富。嘗於河陽置金谷園，與貴戚王愷、羊琇等争爲侈靡。事見《晋書・石苞傳》附《石崇傳》。　原憲：春秋時魯國人（一説宋人）。字子思，亦稱原思。孔子弟子。傳説他蓬户褐衣蔬食而不減其樂。事見《莊子・讓王》、《史記・仲尼弟子列傳》、劉向《新序・節士》。

寓言〔一〕

誰言碧山曲，不廢青松直。誰言濁水泥，不污明月色〔二〕。我有松月心，俗騁風霜力〔三〕。貞明既如此，摧折安可得〔四〕。

注　釋

〔一〕寓言：有所寄托之言，或比喻之言。

〔二〕『誰言』四句：皆反詰語。正面的意思是：碧山之曲，不廢青松之直；濁水之泥，不污明月之色。

〔三〕『我有』二句：陳云：『言世俗忌貞潔也。』騁：猶施展。

〔四〕貞明：謂正而明。《易·繫辭下》：『日月之道，貞明者也。』疏：『言日月照臨之道，以貞正得一而爲明也。』摧折：折斷，毀壞。

偶　作

利劍不可近，美人不可親。利劍近傷手，美人近傷身〔一〕。道險不在廣，十步能摧輪。情憂不在多，一夕能傷神。

校　勘

憂：一作『愛』。

注　釋

〔一〕『利劍』四句：枚乘《七發》：『皓齒蛾眉，命曰伐性之斧。』

勸　學

擊石乃有火，不擊元無煙。人學始知道，不學非自然〔一〕。萬事須己運，他得非我賢〔二〕。青春須早爲，豈能長少年。

注　釋

〔一〕『人學』二句：《禮・學記》：『玉不琢，不成器；人不學，不知道。』

〔二〕『萬事』二句：謂萬事皆須獨立思考與運用，他人所得非必我之所善。

贈農人

勸爾勤耕田，盈爾倉中粟〔一〕。勸爾伐桑株，減爾身上服。清霜一委地，萬草色不緑。狂飆一入林，萬葉不着木。青春如不耕，何以自結束〔二〕。

校　勘

贈農人：《全唐詩》卷六三六作聶夷中詩。題爲『贈農』，下注：『一作孟郊詩。』

注　釋

〔一〕『勸爾』二句：《擊壤歌》：『鑿井而飲，耕田而食。』《詩・小雅・楚茨》：『我倉既盈，我庾維億。』

〔二〕『青春』二句：謂當春不及時耕作，則秋冬之際將無以自處。青春：春季。結束：安排，處置。

長安早春〔一〕

旭日朱樓光，東風不驚塵〔二〕。公子醉未起，美人争探春〔三〕。探春不爲桑，探春不爲麥。日日出西園，祇望花柳色〔四〕。乃知田家春，不入五侯宅〔五〕。

校勘

驚：《唐詩品彙》作『起』。　日日：《唐詩品彙》作『日夕』。

注釋

〔一〕長安早春：約作於貞元八年。

〔二〕朱樓：華麗的紅色樓房。馮衍《顯志賦》：『伏朱樓而四望兮，采三秀之華英。』謝朓《入朝曲》：『逶迤帶緑水，迢遞起朱樓。』不驚塵：言風之微。

〔三〕探春：王仁裕《開元天寶遺事》：『都人士女，每至正月半後，各乘車跨馬，供帳於園圃或郊野中，爲探春之宴。』

〔四〕西園：漢上林苑的别名。此乃泛指。花柳：花和柳。宋之問《和趙員外桂陽橋遇佳人》：『江雨朝飛浥細塵，陽橋花柳不勝春。』李白《流夜郎贈辛判官》：『昔在長安醉花柳，五侯七貴同杯酒。』

〔五〕五侯：漢成帝封五譚、五商、五根、五立、五逢時爲侯。東漢外戚梁冀爲大將軍，其子胤，其叔讓、淑、忠、戟五人封侯，世稱梁氏五侯。又桓帝時宦官單超等五人誅梁冀及其親黨有功，同日封侯，也稱五侯。此泛指豪門貴族。

罪　松

雖爲青松姿，霜風何所宜〔一〕。二月天下樹，緑於青松枝。勿謂賢者喻，勿謂愚者規〔二〕。伊吕代封爵，夷齊終身飢〔三〕。彼曲既在斯，我正實在兹〔四〕。涇流合渭流，清濁各自持〔五〕。天令設四時，榮衰有常期。榮合隨時榮〔六〕，衰合隨時衰。天令既不從，甚不敬天時〔七〕。松乃不臣木，青青獨何爲〔八〕。

注　釋

〔一〕『雖爲』二句：謂青松歲寒不凋，宜乎風霜相逼也。陶淵明《飲酒》其八：『青松在東園，衆草没其姿。凝霜殄異類，卓然見高枝。』

〔二〕『勿謂』二句：言人常以青松姿喻賢者，以二月樹規愚者，其實大可不必。

〔三〕伊吕：伊指伊尹，商湯之臣，名摯。相傳是湯妻有莘氏女的陪嫁奴隸，湯初用爲『小臣』，後任以國政，助湯攻滅夏桀。湯去世後，歷佐外丙、仲壬二王。沃丁時卒。事見《史記·殷本紀》。吕指姜太公吕尚，周初人。相傳釣於渭濱，周文王出獵相遇，同載而歸，立爲師。武王即位，尊爲師尚父，輔佐武王滅殷。周朝既建，封於齊，爲齊國始祖。事見《史記·齊太公世家》。代封爵：謂代代受封。《漢書·刑法志》：『故伊吕之將，子孫有國，與商周并。』夷齊：指伯夷、叔齊，商孤竹君之二子。相傳其父遺命立次子叔齊爲繼承人。孤竹君死後，叔齊讓位給伯夷，伯夷不受，叔齊也不願登位，二人先後投奔到周。及周武王伐紂，弟兄倆叩馬而諫。武王滅商後，二人逃至首陽山，不食周粟而死。事見《孟子・萬章下》、《史記・伯夷列傳》。

〔四〕彼曲：指伊吕。我正：指夷齊。斯兹：都是指對『天時』的態度。

〔五〕『涇流』二句：《詩・邶風・谷風》：『涇以渭濁，湜湜其沚。』傳：『涇渭相入而清濁異。』後遂以涇渭有别比喻人品不同。自持：自我克制，保持操守。

〔六〕合：應當。

〔七〕『天令』二句：陳云：『此言松歲寒不凋，乃行春令，不敬天時，此其所以罪也。』

〔八〕不臣：不忠於君主，或背叛君主。《左傳・昭公三十一年》：『若召季孫而不來，則信不臣矣。』松歲寒不凋，不遵天令，故東野稱之爲『不臣木』。

感興〔一〕

拔心草不死〔二〕，去根柳亦榮。獨有失意人〔三〕，恍然無力行。昔爲連理枝，今爲斷絃聲〔四〕。連理時所重，斷絃今所輕。吾欲進孤舟，三峽水不平〔五〕。吾欲載車馬，太行路崢嶸〔六〕。萬物根一氣，如何互相傾〔七〕。

校勘

互相傾：『互』原作『不』，今依各本作『互』。凌刻本、閔刻本一作『反』。

注釋

〔一〕感興：作於貞元八年。

〔二〕拔心：卷葹别名拔心草。相傳此草拔心不死，故名。見《爾雅·釋草》。駱賓王《艷情代郭氏答盧照鄰》：『芳沼徒游比目魚，幽徑還生拔心草。』

〔三〕失意人：其時東野再試不第，因以自稱。

〔四〕連理枝：兩樹之樹枝連生在一起，舊喻夫妻相愛，或兄弟友于。此喻友朋相諧。斷絃聲：舊以琴瑟比喻夫婦，稱喪妻爲斷絃。這裏指友朋離異。

〔五〕三峽：四川奉節至湖北宜昌之間的長江，兩岸連山，重巖疊嶂，無地非峽，就中最險者稱爲三峽。至於三峽所指，歷代説法不一。庾仲雍《荆州記》以明月峽、廣德峽、東突峽爲三峽；《太平寰宇記·利州》以巫峽、巴峽、明月峽爲三峽；《太平寰宇記·夔州》、郝郊《入蜀紀見》以西峽、巫峽、歸峽爲三峽；今則以瞿塘峽、巫峽、西陵峽爲三峽。左思《蜀都賦》：『經三峽之峥嶸，躡五屼之蹇滻。』

〔六〕太行：山名。詳卷一《出門行二首》其二注〔二〕。

〔七〕『萬物』句：王充《論衡·言毒》：『天地萬物，皆禀元氣。』『如何』句：曹植《七步詩》：『本是同根生，相煎何太急。』詩意本此。傾：排擠。

感懷八首

秋氣悲萬物，驚風振長道〔一〕。登高有所思，寒雨傷百草。平生有親愛，零落不相保〔二〕。五情今已傷〔三〕，安得自能老。

注釋

〔一〕秋氣：《楚辭·九辯》：『悲哉秋之爲氣也！蕭瑟兮草木摇落而變衰。』驚風：駭人之風。曹植《贈徐幹》：『驚風飄白日，忽然歸西山。』

〔二〕親愛：指好友。零落：喪敗，衰亡。孔融《論盛孝章書》：『海内知識，零落殆盡。』陸機《門有車馬客行》：『親友多零落，舊齒皆凋喪。』

〔三〕五情：指喜、怒、哀、樂、怨五種情感。曹植《上責躬應詔詩表》：『形影相吊，五情愧赧。』

晨登洛陽坂〔一〕，目極天茫茫。群物歸大化，六龍頽西荒〔二〕。豺狼日已多，草木日已霜〔三〕。饑年無遺粟，衆鳥去空場〔四〕。路傍誰家子，白首離故鄉。含酸望松柏，仰面訴穹蒼〔五〕。去去勿復道，苦飢形貌傷〔六〕。

校勘

衆鳥：『鳥』原作『馬』，據弘治本改。

注釋

〔一〕洛陽坂：即今洛陽市東北之北邙山。漢魏以來，王侯公卿多葬於此。曹植《送應氏》其一：『步登北邙阪，遥望洛陽山。』後因以泛指墓地。陶淵明《擬古》其四：『一旦百歲後，相與還北邙。』

〔二〕大化：自然界生息變化的規律。《荀子·天論》：『四時代御，陰陽大化。』陳子昂《感遇》其二十五：『群物從大化，孤英將奈何。』六龍：《淮南子·天文訓》：『爰止羲和，爰息六龍。』許慎注：『日乘車，駕以六龍，羲和御之。』這裏借指太陽。頹：墜落。

〔三〕豺狼：喻凶惡之人。《左傳·閔公元年》：『戎狄豺狼，不可厭也。』曹植《贈白馬王彪》：『鴟梟鳴衡軛，豺狼當路衢。』霜：此指草木被霜凋落。

〔四〕『饑年』二句：《詩·小雅·大田》：『彼有遺秉，此有滯穗，伊寡婦之利。』陳云：『東野師其意，以言經亂空場無遺粟，故鳥去也。』

〔五〕松柏：古人墓地多植松柏，以其能歷久長存。《晉書·山濤傳》：『濤年逾耳順，居喪過禮，負土成墳，手植松柏。』又《許孜傳》：『俄而二親没，柴毁骨立，杖而能起，建墓於縣之東山。……孜以方營大功，乃棄其妻，鎮宿墓所，列植松柏，亘五六里。』穹蒼：蒼天。《詩·大雅·桑柔》：『靡有旅力，以念穹蒼。』

〔六〕『去去』二句：曹植《雜詩》其二：『去去莫復道，沈憂令人老。』陳云：『東野此詩，蓋傷亂也。』

徘徊不能寐，耿耿含酸辛〔一〕。中夜登高樓，憶我舊星辰。四時不遷移，萬物何時春〔二〕。唯憶首陽路，永謝當時人〔三〕。

校勘

不遷移：宋刻本、宋蜀刻殘本、弘治本、凌刻本、閔刻本、《全唐詩》、華校本作『互遷移』。

注釋

〔一〕『徘徊』二句：《古詩》：『憂愁不能寐，攬衣起徘徊。』《詩·邶風·柏舟》：『耿耿不寐，如有隱憂。』

〔二〕『四時』二句：《古詩》：『浩浩陰陽移，年命如朝露。』李善注：『《神農本草》曰：「春夏爲陽，秋冬爲陰。」《莊子》曰：「陰陽四時運行。」」何劭《贈張華詩》：『四時更代謝，懸象迭卷舒。』陳云：『東野反之，意蓋遭亂有所感也。』

〔三〕首陽：武王滅商，伯夷、叔齊義不食周粟，餓死於首陽山。詳本卷《罪松》注〔三〕。史傳及諸子，夷、齊餓於首陽凡五所，各有案據，先後不詳。據李善注：『《河南郡境界簿》曰：城東北十里首陽山上，有首陽祠一所。』陳云：『詩意欲避世耳。』

長安嘉麗地，宫月生蛾眉〔一〕。陰氣凝萬里，坐看芳草衰。玉堂有玄鳥，亦以從此辭〔二〕。傷哉志士歎，故國多遲遲〔三〕。深宫豈無樂，擾擾復何爲〔四〕。朝見名與利，暮還生是非。姜牙佐周武，世業永巍巍〔五〕。

校　勘

嘉麗：閔刻本、《全唐詩》作『佳麗』。　　生是非：一作『是與非』。

注　釋

〔一〕蛾眉：蠶蛾之觸鬚，彎曲而細長，如人的眉毛。此以狀月。

〔二〕玉堂：宫殿的美稱。玄鳥：燕子。因其羽毛色黑，故名。《淮南子·時則訓》：『仲秋之月……玄鳥歸，群鳥翔。』《古詩》：『秋蟬鳴樹間，玄鳥逝安適。』

〔三〕故國：故鄉。遲遲：徐行。《詩·邶風·谷風》：『行道遲遲，中心有違。』《孟子·萬章下》：『（孔子）去魯，曰：「遲遲吾行也，去父母國之道也。」』

〔四〕擾擾：思緒紛亂貌。
〔五〕『姜牙』二句：陳云：『詩以歎今世無姜牙者。』姜牙：即呂尚。見前《罪松》注〔三〕。

舉才天道親，首陽誰採薇〔一〕。去去荒澤遠，落日當西歸。羲和駐其輪，四海借餘暉〔二〕。極目何蕭索，驚風正離披〔三〕。鴢鴞鳴高樹，衆鳥相因依〔四〕。東方有一士，歲暮常苦飢〔五〕。主人數相問，脉脉今何爲〔六〕。貧賤亦有樂，且願掩柴扉〔七〕。

校勘

蕭索：閔刻本作『蕭條』。鴢鴞：《全唐詩》、華校本作『鴟鴞』。掩：一作『守』。

注釋

〔一〕『舉才』二句：《史記·伯夷列傳》：『或曰：「天道無親，常與善人。」若伯夷、叔齊，可謂善人者非邪？積仁絜行如此而餓死！』陳云：『東野師其意，謂若天道親善人，則首陽無採薇者。』
〔二〕『去去』四句：陳云：『四句有日暮途窮之感。』羲和：古代神話中爲太陽駕車的神。《楚辭·離騷》：『吾令羲和弭節兮，望崦嵫而勿迫。』
〔三〕離披：散亂貌。宋玉《九辯》：『白露既下降百草兮，奄離披此梧楸。』
〔四〕鴢鴞：猫頭鷹。古人以爲惡鳥，常比奸佞小人。因依：依倚。阮籍《詠懷詩》：『回風吹四壁，寒鳥相因依。』
〔五〕『東方』二句：陶淵明《擬古》其五：『東方有一士，被服常不完。三旬九遇食，十年著一冠。』此東野自謂。

〔六〕脉脉：猶默默。

〔七〕『且願』句：王維《山中送别》：『山中相送罷，日暮掩柴扉。』

火雲流素月，三五何明明〔一〕。光曜侵白日，賢愚迷至精。四時更變化，天道有虧盈〔二〕。常恐今已没，須臾還復生。

注　釋

〔一〕火雲：夏天的赤雲。岑參《送祁樂歸河東》：『五月火雲屯，氣燒天地紅。』素月：陶淵明《雜詩》其二：『白日淪西阿，素月出東嶺。』三五：十五日。《古詩》：『三五明月滿，四五蟾兔缺。』

〔二〕『天道』句：《易·謙》：『天道虧盈而益謙。』

河梁暮相遇，草草不復言〔一〕。漢家正離亂，王粲别荆蠻〔二〕。野澤何蕭條，悲風振空山。舉頭是星辰，念我何時還。親愛久别散，形神各離遷〔三〕。未爲死生訣，長在心目間〔四〕。

校　勘

遇：《全唐詩》一作『逢』。　念我何時還：宋刻本、華校本至此爲一首，以『親愛久别散』屬下。　死生：《全唐詩》作『生死』。

注　釋

〔一〕『河梁』二句：《古詩》：『攜手上河梁，游子暮何之。徘徊蹊路側，悢悢不得辭。行人難久留，各言長相思。』草草：憂心貌。《詩・小雅・巷伯》：『驕人好好，勞人草草。』或釋匆匆，於義亦通。

〔二〕『漢家』二句：王粲字仲宣，山陽高平人。少有才名，以西京擾亂，避難荆州，依劉表，未被重用。後歸曹操，爲丞相掾，賜爵關内侯。爲『建安七子』之一，著詩賦論議六十篇。《三國志・魏志》有傳。王粲《七哀詩》其一：『西京亂無象，豺虎方遘患。復棄中國去，委身適荆蠻。』其二：『荆蠻非吾鄉，何爲久滯淫。』荆蠻，指荆州。周人稱南方民族爲蠻，荆州在南方，因稱荆蠻。

〔三〕形神：肉體與精神。嵇康《養生論》：『又呼吸吐納，服食養生，使形神相親，表裏俱濟也。』

〔四〕死生訣：生時之訣别。《後漢書・馬援傳》：『又出征交趾，土多瘴氣，援與妻子生訣，無悔吝之心。』心目：心與眼，泛指内心。

有鳥東西來，哀鳴過我前〔一〕。願飛浮雲外，飲啄見青天〔二〕。

注　釋

〔一〕『有鳥』二句：《詩・小雅・鴻雁》：『鴻雁于飛，哀鳴嗷嗷。』

〔二〕『願飛』二句：表示對自由自在生活的嚮往，并寓避禍遠害之意。飲啄：見卷一《空城雀》注〔四〕。

達　士

四時如逝水，百川皆東波〔一〕。青春去不還，白髮鑷更多〔二〕。達人識元氣〔三〕，變愁爲高歌。傾産取一醉，富者奈貧何。君看土中宅，富貴無偏頗〔四〕。

校勘

還：宋蜀刻殘本作『回』。　氣：一作『化』。　傾産：弘治本作『傾顔』，凌刻本一作『傾杯』。　富貴：一作『已矣』。

注釋

〔一〕『四時』二句：《論語·子罕》：『子在川上曰：「逝者如斯夫！不舍晝夜。」』杜甫《少年行》其二：『黄衫年少宜來數，不見堂前東逝波。』

〔二〕『青春』二句：左思《白髮賦》：『星星白髮，生於鬢垂。……將拔將鑷，好爵是縻。』鑷：拔除，夾取。

〔三〕『達人』句：《舊唐書·柳公綽傳》：『公度善攝生……或祈其術，曰：「吾初無術，但未嘗以元氣佐喜怒，氣海嘗温耳。」』元氣，指人的精神，生命力的本原。

〔四〕『君看』二句：陶淵明《擬古》其九：『古時功名士，慷慨争此場。一旦百歲後，相與還北邙。』土中宅：指墳塋。

暮秋感思二首

西風吹垂楊，條條脆如藕〔一〕。上有噪日蟬，催人成皓首〔二〕。亦恐旅步難，何獨朱顔醜〔三〕。欲慰一時心，莫如千日酒〔四〕。

校　勘

醜：一作『朽』。

注　釋

〔一〕『西風』二句：陳云：『此言西風吹柳條，如折藕之絲，能脆也。』

〔二〕皓首：白頭。李陵《答蘇武書》：『丁年奉使，皓首以歸。』

〔三〕朱顔醜：阮籍《詠懷詩》：『朝爲美少年，夕暮成醜老。』

〔四〕千日酒：干寶《搜神記》：『狄希，中山人也。能造千日酒，飲之，亦千日醉。』

優哉遵渚鴻〔一〕，自得養身旨。不啄太倉粟，不飲方塘水〔二〕。振羽戛浮雲，罝羅任徒爾〔三〕。

校　勘

戛：宋刻本、弘治本、華校本作『擾』。

注　釋

〔一〕遵渚鴻：《詩·豳風·九罭》：『鴻飛遵渚。』遵，沿。渚，水中沙灘。

〔二〕太倉粟：《史記·平準書》：『太倉之粟，陳陳相因，充溢露積於外，至腐敗不可食。』杜甫《傷春》其五：『難分太倉粟，競棄魯陽戈。』太倉：指京城儲糧的大倉。方塘水：劉楨《雜詩》：『方塘含白水，中有鳧與雁。』

〔三〕『振羽』二句：陳云：『末二句，即「鴻飛冥冥，弋者何篡」之意。』戛：摩，擊。罝羅：捕鳥獸的網。張衡《西京賦》：『但觀罝羅之所羂結，竿殳之所揘畢……白日未及移其晷，已獮其十七八。』

古興

楚血未乾衣，荆虹尚埋輝〔一〕。痛玉不痛身，抱璞求所歸〔二〕。

注釋

〔一〕『楚血』二句：《韓非子・和氏》：『楚人和氏得玉璞楚山中，奉而獻之厲王。厲王使玉人相之。玉人曰：「石也。」王以和爲誑而刖其左足。及厲王薨，武王即位，和又奉其璞而獻之武王，武王使玉人相之，又曰「石也」，王又以和爲誑而刖其右足。武王薨，文王即位，和乃抱其璞而哭於楚山之下，三日三夜，泣盡而繼之以血。王聞之，使人問其故，曰：「天下之刖者多矣，子奚哭之悲也？」和曰：「吾非悲刖也，悲夫寶玉而題之以石，貞士而名之以誑，此吾所以悲也。」王乃使玉人理其璞而得寶焉，遂命曰「和氏之璧」。』荆虹：和氏璧得之荆山，光氣如虹，故曰荆虹。

〔二〕璞：未經琢磨的玉，其狀如石。

勸友

至白涅不緇，至交淡不疑〔一〕。人生静躁殊〔二〕，莫厭相箴規。膠漆武可接，金蘭文可思〔三〕。堪嗟無心人，不如松柏枝〔四〕。

校　勘

松柏枝：一作『青松枝』。

注　釋

〔一〕『至白』句：《論語・陽貨》：『子曰：……不曰白乎，涅而不緇。』涅，以黑色染物。緇，黑色。『至交』句：《莊子・山木》：『且君子之交淡若水，小人之交甘若醴；君子淡以親，小人甘以絶。』

〔二〕『人生』句：張華《答何劭詩》其二：『明暗信異姿，静躁亦殊形。』王羲之《蘭亭集序》：『雖趣舍萬殊，静躁不同。』

〔三〕『膠漆』句：《後漢書・雷義傳》：『義歸，舉茂才，讓於陳重。刺史不聽，義遂佯狂被髮走，不應命。鄉里爲之語曰：「膠漆自謂堅，不如雷與陳。」』武可接：言可接雷陳之跡。武，足跡。金蘭：《易・繫辭上》：『二人同心，其利斷金；同心之言，其臭如蘭。』後因以『金蘭』喻交友相投合。文可思：謂其文可思也。

〔四〕『堪嗟』二句：《禮・禮器》：『其在人也，如竹箭之有筠也，如松柏之有心也。』

夷門雪贈主人〔一〕

夷門貧士空吟雪，夷門豪士皆飲酒〔二〕。酒聲歡閑入雪銷，雪聲激切悲枯朽〔三〕。悲歡不同歸去來，萬里春風動江柳〔四〕。

注　釋

〔一〕夷門雪贈主人：當作於貞元十四年。華忱之《孟郊年譜》：『（貞元十四年）東野於去年來汴州依陸長源，今年冬末，思歸甚切，因賦詩見意。』陸長源有答詩。

〔二〕夷門：河南開封縣城内東北隅有夷山，因山勢平夷而名。戰國魏大梁舊有夷門，蓋因山爲名。《史記·魏公子列傳》：『吾過大梁之墟，求問其所謂夷門。夷門者，城之東門也。』貧士：詩人自謂。豪士：用指軍人。

〔三〕酒聲：指豪士縱酒。雪聲：指詩人吟雪。

〔四〕『悲歡』二句：言悲歡不同，因生南歸故里之念；時當冬末，已動春風江柳之思。

答

陸長源

好丹與素通不同，失意得途事皆别。東鄰少年樂未央，南客思歸腸欲絶。千里長河冰復冰，雲鴻冥冥楚山雪。

堯歌二首

爾室何不安，爾孝無與齊〔一〕。一言應對姑，一度爲出妻〔二〕。往轍纔晚鐘，還轍及晨鷄〔三〕。往還跡徒新，很戾竟獨迷〔四〕。娥女無禮數〔五〕，污家如糞泥。父母呑聲瘦，禽鳥亦爲啼〔六〕。如何天與惡，不得和鳴棲〔七〕。

校勘

堯歌：一作『舜歌』。前篇賞鄭氏莊客去婦，後篇題逸。　很戾：閔刻本『很』作『狼』。　瘦：凌刻本、閔刻本、《全唐詩》作『哭』。

注釋

〔一〕室：妻。《禮·曲禮上》：『三十曰壯，有室。』注：『有室，有妻也。』疏：『壯有妻，妻居室中，故呼妻爲室。』齊：相等。

〔二〕姑：丈夫的母親。出妻：遺棄妻子。

〔三〕『往轍』二句：陳云：『此言晚送去婦大歸，及曉始還也。』

〔四〕『往還』二句：陳云：『此言夫出妻後迷路之狀。』

〔五〕娥女：美女。此指年輕貌美的妻子。禮數：禮儀的等級。《左傳·莊公十八年》：『王命諸侯，名位不同，禮亦異數。』

〔六〕『父母』二句：陳云：『言去婦歸後，父母哭泣，禽鳥聞之，亦爲之哀啼也。』

〔七〕和鳴：鳴聲相應。《左傳·莊公二十二年》：『是謂鳳皇于飛，和鳴鏘鏘。』

山色挽心肝，將歸盡日看〔一〕。村肩籃擧子，野坐白髮官〔二〕。鶯弄方短短，花明碎攢攢〔三〕。琉璃堆可掬，琴瑟饒多歡〔四〕。翠韻仙窈窕，嵐漪出無端〔五〕。養館洞庭秋，響答虚吹彈〔六〕。

校勘

白髮官：『官』一作『冠』。

注釋

〔一〕『山色』二句：言山色留人。挽：牽引。

〔二〕『村肩』二句：陳云：『此言肩輿看山之狀。』《晋書·陶潛傳》：『弘要之還州，問其所乘。答云：「素有脚疾，向乘籃輿，亦足自反。」乃令一門生二兒共輿之。』籃轝子：竹轎。

〔三〕鶯弄：黄鶯弄聲。梁簡文帝《晚春》：『紫蘭葉初滿，黄鶯弄不稀。』短短：言鳴聲短促。攢攢：叢集貌。

〔四〕『琴瑟』句：謂泉聲琤琮，如琴瑟之鳴。饒：增加。

〔五〕翠韻：狀山色。窈窕：美好貌。嵐漪：山間霧氣。

〔六〕『養館』句：張説《送梁六自洞庭山作》：『巴陵一望洞庭秋，日見孤峰水上浮。』館：接待賓客的房舍。『響答』句：陸贄《禁中春松》：『高枝分曉日，虚吹雜宵鐘。』

卷三

感興下

亂　離[一]

天下無義劍，中原多瘡痍[二]。哀哀陸大夫，正直神反欺[三]。子路已成血，嵇康今尚嗤[四]。爲君每一慟[五]，如劍在四肢。折羽不復飛，逝水不復歸。直松摧高柯，弱蔓將何依[六]。朝爲春日歡，夕爲秋日悲。淚下無尺寸，紛紛天雨絲[七]。積怨成疾疢，積恨成狂癡[八]。怨草豈有邊，恨水豈有涯[九]。怨恨馳我心，茫茫日何之。

注　釋

〔一〕亂離：貞元十五年爲哀悼陸長源被害而作。《舊唐書·德宗紀》：『貞元十五年二月丁丑，宣武軍節度使、汴州刺史董晋卒。乙酉，以行軍司馬陸長源檢校禮部尚書、汴州刺史、御史大夫、宣武軍節度度支營田汴、宋、亳、潁觀察等使。……是日汴州軍亂，殺陸長源，軍人臠而食之。』

〔二〕中原：指河洛，即今河南一帶。瘡痍：創傷。此喻戰争後民生凋敝。

〔三〕陸大夫：指陸長源。『正直』句：杜甫《病柏》：『神明依正直，故老多再拜。』此反其意而用之。

〔四〕子路：即仲由。子路其字，一字季路。春秋卞人，孔子弟子。仕衛，爲衛大夫孔悝之邑宰，因不願跟從孔悝迎立蒯聵爲衛公，被殺。事見《史記·仲尼弟子列傳》。據《禮·檀弓》，子路不但被殺，且被剁成肉醬。嵇康：字叔夜。三國魏譙郡人。與魏宗室聯姻，仕魏爲中散大夫。崇尚老莊，講求養生服食之道，爲『竹林七賢』之一，與阮籍齊名。因不滿當時實際掌權的司馬氏集團，聲言『非湯武而薄周孔』，遂遭鍾會構陷，爲司馬昭所殺。事見《晋書·嵇康傳》。嗤：譏笑。

〔五〕慟：痛哭。

〔六〕『直松』二句：以直松比陸，用弱蔓自比，言長源被殺，東野即無所依矣。《詩·小雅·頍弁》：『蔦與女蘿，施於松柏。』

〔七〕無尺寸：連綿不斷，無可計量。天雨絲：狀淚之多。

〔八〕疾疢：病害。曹植《贈白馬王彪》：『憂思成疾疢，無乃兒女仁。』狂癡：蔡琰《悲憤詩》：『見此崩五内，恍惚生狂癡。』

〔九〕恨水：杜甫《題鄭十八著作丈》：『第五橋東流恨水，皇陂岸北結愁亭。』

勸酒

白日無定影，清江無定波〔一〕。人無百年壽，百年復如何〔二〕。堂上陳美酒，堂下列清歌。勸君金屈卮，勿謂朱顏酡〔三〕。松柏歲歲茂，丘陵日日多〔四〕。君看終南山，千古青峨峨〔五〕。

校勘

勸酒：《全唐詩》卷六三六作聶夷中詩，題爲《勸酒二首》，此其一。文字互有異同。金屈卮：《全唐詩》「屈」一作「曲」。

注釋

〔一〕「白日」二句：陳云：「言逝者不舍晝夜也。」

〔二〕「人無」二句：《古詩》：「生年不滿百，常懷千歲憂。」

〔三〕金屈卮：李賀《浩歌》：「箏人勸我金屈卮，神血未凝身問誰？」王琦《彙解》：「金屈卮，酒器也。據《東京夢華録》云：「御筵酒盞，皆屈卮如菜碗樣而有把手。」此宋代之式，唐代式樣，當亦如此。」朱顔酡：宋玉《招魂》：「美人既醉，朱顔酡些。」酡，飲酒面紅貌。

〔四〕「松柏」二句：陳云：「言人易盡也。」丘陵：此指墳墓。

〔五〕終南山：在今陝西西安市南，又稱南山。《雍録》：「終南山横亘關中南面，西起秦隴，東徹藍田。凡雍、岐、郿、鄠、長安、萬年，相去八百里，連綿峙居其南者，皆此一山。」峨峨：高聳貌。司馬相如《上林賦》：「九嵕巀嶭，南山峨峨。」

去婦

君心匣中鏡，一破不復全〔一〕。妾心藕中絲，雖斷猶牽連。安知御輪士，今日翻回轅〔二〕。一女事一夫，安可再移天〔三〕。君聽去鶴言〔四〕，哀哀七絲絃。

校勘

鶴：原作『婦』，據宋刻本、宋蜀刻殘本、弘治本改。　七：一作『上』。

注釋

〔一〕『君心』二句：《太平御覽》卷七一七引東方朔《神異經》：『昔有夫婦將別，破鏡，人執半以爲信。』此反其意。

〔二〕御輪士：指夫婿。《詩·鄭風·有女同車》：『有女同行，顔如舜英。』鄭箋：『親迎同車之禮。女始乘車，婿御輪三周，御者代婿。』回轅：猶回車。轅，車前駕牲畜的直木。這裏回轅指丈夫拋棄妻子。

〔三〕天：《儀禮·喪服》：『夫者，妻之天也。』

〔四〕去鶴：猶别鶴。崔豹《古今注》卷中《音樂》：『《别鶴操》，商陵牧子所作也。娶妻五年而無子，父兄將爲之改娶。妻聞之，中夜起，倚户而悲嘯。牧子聞之，愴然而悲，乃歌曰：「將乖比翼隔天端，山川悠遠路漫漫，攬衣不寢食忘餐。」後人因爲樂章焉。』

君子勿鬱鬱士有謗毀者作詩以贈之二首

君子勿鬱鬱，聽我青蠅歌〔一〕。人間少平地，森聳山岳多〔二〕。折輈不在道，覆舟不在河〔三〕。須知一尺水，日夜增高波〔四〕。叔孫毀仲尼，臧倉掩孟軻〔五〕。蘭艾不同香〔六〕，自然難爲和。良玉燒不熱，直竹文不頗〔七〕。自古皆如此，其如道在何。

校　勘

君子勿鬱鬱士有謗毁者作詩以贈之二首：其第二首《全唐詩》卷六三六作聶夷中詩，題爲《秋夕》。文字互有異同。

注　釋

〔一〕鬱鬱：憂悶，心志不展。青蠅：蒼蠅的一種，也稱金蠅。《詩・小雅・青蠅》：『營營青蠅，止於樊。豈弟君子，無信讒言。』常用以比喻進讒言之佞人。王充《論衡・商蟲》：『讒言傷善，青蠅污白，同一禍敗，《詩》以爲興。』

〔二〕『人間』二句：劉峻《廣絶交論》：『嗚呼！世路險巇，一至於此！太行孟門，豈云嶄絶。』言世路險巇，如山岳之森聳。森聳，高聳。

〔三〕『折輈』二句：陳云：『言人心之險，過於道河也。』輈：車轅。此指車。

〔四〕『須知』二句：《論語・顔淵》：『浸潤之譖。』鄭玄注：『讒人之言，如水之浸潤，漸以成之。』東野化用之。（參華忱之、喻學才《孟郊詩集校注》，下引簡稱華喻《校注》。）

〔五〕『叔孫』二句：《論語・子張》：『叔孫武叔毁仲尼。子貢曰：「無以爲也！仲尼不可毁也。他人之賢者，丘陵也，猶可逾也；仲尼，日月也，無得而逾焉。人雖欲自絶，其何傷於日月乎？多見其不知量也。」』《孟子・梁惠王下》：『魯平公將出，嬖人臧倉者請曰：「他日君出，則必命有司所之。今乘輿已駕矣，有司未知所之，敢請。」公曰：「將見孟子。」曰：「何哉，君所爲輕身以先於匹夫者？以爲賢乎？禮義由賢者出，而孟子之後喪逾前喪。君無見焉！」公曰：「諾。」』

〔六〕蘭艾：蘭草與艾草。蘭香艾臭，用比君子小人或貴賤美惡之别。

〔七〕『良玉』二句：以良玉、直竹比喻士有貞直之性，是詆毁不了的。文：紋理。頗：偏。

日往復不見，秋堂暮仍學〔一〕。玄髮不知白，曉入寒銅覺〔二〕。爲林未離樹，有玉猶在璞〔三〕。誰把碧梧枝，刻作雲門樂〔四〕。

注釋

〔一〕『日往』二句：此下爲第二首。華忱之、郝世峰等學者以爲，第二首内容與『謗毁』不相關涉，當别爲一首。其説可從。秋堂：此指書生攻讀課業之所。

〔二〕寒銅：指鏡。因古鏡以銅磨製而成，故稱。

〔三〕『爲林』二句：陳云：『言未遇知者。』

〔四〕『誰把』二句：陳云：『意謂有薦士者，可爲有用之材。』碧梧枝：應劭《風俗通義》佚文：『梧桐生於嶧山陽巖石之上，採東南孫枝爲琴，聲甚雅。』雲門樂：也稱『雲門大卷』，周代『六舞』之一。相傳爲黄帝時樂舞，周代用以祭祀天神。見《周禮·春官·大司樂》。

聞砧〔一〕

杜鵑聲不哀，斷猿啼不切〔二〕。月下誰家砧，一聲腸一絶。杵聲不爲客〔三〕，客聞髮自白。杵聲不爲衣，欲令游子歸。

校勘

啼不切：凌刻本一作『聲不切』。　髮自白：《唐詩品彙》『自』作『盡』。

注釋

〔一〕聞砧：古時游子遠離家鄉，靠家中製寄寒衣過冬，故聞婦女搗衣之聲，自然引起思鄉之情。砧，搗衣石。此指搗衣聲。

〔二〕杜鵑：鳥名。相傳爲古蜀帝杜宇死後所化。啼聲哀切，若云『不如歸去』。斷猿：孤獨悲啼之猿。見卷一《車遥遥》注〔三〕。陳云：『此二句，所以反襯砧聲之哀切也。』

〔三〕杵：搗衣用的木棒。

游子

萱草生堂堦，游子行天涯〔一〕。慈親倚堂門，不見萱草花〔二〕。

校勘

游子：《全唐詩》卷六三六作聶夷中詩，題爲《游子行》，下注：『一作吟。』

注釋

〔一〕『萱草』二句：萱草：見卷二《百憂》注〔一〕。《詩·衛風·伯兮》：『焉得諼（萱）草，言樹之背。』《傳》：『諼草令人忘憂。背，北堂。』北堂古爲母親居處，後因以樹萱北堂爲事母之詞。

〔二〕『慈親』二句：陳云：『言依門望子，所以不見萱草也。』《戰國策·齊策》六：『（王孫賈）母曰：「女朝出而晚來，則吾倚門而望；女暮出而不返，則吾倚閭而望。」』

自　歎

愁與髮相形，一愁白數莖。有髮能幾多，禁愁日日生。古若不置兵[一]，天下無戰爭。古若不置名，道路無欹傾[二]。太行聳巍峨，是天産不平。黄河奔濁浪，是天生不清[三]。四蹄日日多，雙輪日日成。二物不在天，安能免營營[四]。

校　勘

古若不置兵：宋刻本、宋蜀刻殘本『置』作『致』。

注　釋

〔一〕兵：兵器。

〔二〕欹傾：傾斜。

〔三〕『太行』四句：陳云：『不平不清，皆歸咎於天，憤慨之詞也。』太行：見卷一《出門行二首》其二注〔二〕。

〔四〕二物：指蹄、輪，皆所以下供世人奔馳之具。營營：往來奔走的樣子。

求　友

北風臨大海，堅冰臨河面。下有大波瀾，對之無由見[一]。求友須在良，得良終相善。求友若非良，非良中道變。欲知求友心，先把黄金鍊〔二〕。

校勘

冰：原作『兵』。宋刻本、宋蜀刻殘本作『冰』，兹據改。

注釋

〔一〕『下有』二句：陳云：『言人心若波瀾，亦不可見。』

〔二〕『欲知』二句：陳云：『言鍊金可知人心良與否。』《拾遺記》：『方丈之山……有池，方百里，水淺可涉。泥色若金而味辛，以泥爲器，可作舟矣。百鍊可爲金，色青，照鬼魅猶如石鏡，不能藏形矣。』

投所知

苦心知苦節，不容一毛髮〔一〕。鍊金索堅貞，洗玉求明潔。自慚所業微，功用如鳩拙〔二〕。何殊嫫母顔，對彼寒塘月〔三〕。君存古人心，道出古人轍。盡美固可揚，片善亦不遏〔四〕。朝向公卿説，暮向公卿説。誰謂黄鍾管，化爲君子舌〔五〕。一説清嶰竹，二説變嶰谷〔六〕。三説四説時，寒花拆寒木〔七〕。噗噗家道路，粲粲我衣服〔八〕。豈直輝友朋〔九〕，亦用慰骨肉。一暖荷匹素，一飽荷升粟。而況大恩恩，此身報得足。且將食蘗勞，酬之作金刀〔一〇〕。

注釋

〔一〕『苦心』二句：陳云：『此言所知也。』所知：指瞭解自己、賞識自己，并盡心竭力加以舉薦的人。不容一髮：謂兩者相距極微，中無一髮之間隙。

〔二〕『功用』句：自謙笨拙。《禽經》：『鳩拙而安。』晉張華注：『《方言》云：蜀謂拙鳥，不善營巢，取鳥巢居之，雖拙而安處也。』

〔三〕『何殊』二句：陳云：『東野意謂，嫫母臨視塘月，可自知其醜。』嫫母：傳説中的醜婦。《吕氏春秋·遇合》：『故嫫母執乎黄帝，黄帝曰：「厲女德而弗忘，與女正而弗衰，雖惡奚傷？」』

〔四〕『盡美』二句：《論語·八佾》：『子謂《韶》：盡美矣，又盡善也。謂《武》：盡美矣，未盡善也。』揚：稱揚。遏：遮蔽。

〔五〕黄鍾：古樂十二律之一。聲調最洪大響亮。《禮·月令·仲冬之月》：『其日壬癸……其音羽，律中黄鍾。』注：『黄鍾者，律之始也，九寸。仲冬氣至則黄鍾之律應。』君子：此指所知。

〔六〕『一説』二句：《漢書·律曆志》：『黄帝使泠綸自大夏之西，昆侖之陰，取竹之解谷生，其竅厚均者，斷兩節間而吹之，以爲黄鍾之宫。』後因泛稱簫笛等管樂器爲嶰竹。嶰谷：昆侖山北谷名。

〔七〕『三説』二句：陳云：『此言所知四説公卿，得以飽暖，亦如嶰谷清音，能使花落變氣候者矣。』拆，綻開。

〔八〕瞨瞨：即『曄曄』，光盛貌。粲粲：鮮明的樣子。《詩·小雅·大東》：『西人之子，粲粲衣服。』

〔九〕直：僅僅。輝友朋：使友朋增輝。

〔一〇〕『且將』二句：表示將以劬勤國事酬答所知。食蘗：服食黄蘗。黄蘗味苦，故亦用比受辛苦。白居易《三年爲刺史》其二：『三年爲刺史，飲冰復食蘗。』金刀：古代貨幣。《漢書·食貨志》：『貨謂布帛可衣，及金刀龜貝，所以分財布利通有無者也。』顔師古注：『金謂五色之金也……刀謂錢幣也。』

病客吟

主人夜呻吟，皆入妻子心。遠客晝呻吟，徒爲蟲鳥音。妻子手中病，愁思不復深。僮僕手中病，憂危獨難任〔一〕。丈夫久漂泊，神氣自然沉。況於滯疾中，何人免噓欷〔二〕。大海亦有涯，高山亦有岑〔三〕。沉憂獨無極，塵淚互盈襟〔四〕。

校勘

遠客：《全唐詩》作『客子』。　蟲鳥：弘治本作『蟲鳥』。　沉憂：『沉』一作『此』。　互：閔刻本作『欲』。

注釋

〔一〕任：承當，禁受。

〔二〕滯疾：久病不愈。噓欷：歎息。

〔三〕涯：邊際。岑：山之尖巔。

〔四〕『沉憂』二句：陳云：『言山海有窮，憂獨無盡也。』

感懷〔一〕

孟冬陰氣交，兩河正屯兵〔二〕。煙塵相馳突，烽火日夜驚〔三〕。太行險阻高，輓粟輸連營〔四〕。奈何操弧者，不使梟巢傾〔五〕。猶聞漢北兒，怙亂謀縱横〔六〕。擅摇干戈柄，呼叫豺狼聲〔七〕。白日臨爾軀，胡爲喪丹誠〔八〕。豈無感激士〔九〕，以致天下平。登高望寒原，黄雲鬱崢嶸〔一〇〕。坐馳悲風暮，歎息空沾纓〔一一〕。

注釋

〔一〕感懷：作於德宗建中三年，其時東野旅居河南。是年十月，李希烈反。

〔二〕陰氣交：猶言陰霾四布。《神農本草經》：『秋冬爲陰。』兩河：唐自安史亂後，合稱河北、河南二道爲兩河，是當時割據藩鎮集中之地。

〔三〕馳突：馳騁、奔突。杜甫《悲青坂》：『黄頭奚兒日向西，數騎彎弓敢馳突。』烽火：古時邊境有敵入侵，即在高山上舉火報警，稱烽火。楊炯《唐右將軍魏哲神道碑》：『於時長榆歷歷，烽火猶驚。』

〔四〕太行：山名。詳卷一《出門行二首》其二注〔二〕。輓粟：運送軍糧。《漢書·嚴安傳》：『使蒙恬將兵以北攻强胡，辟地進境，戍於北河，飛芻輓粟以隨其後。』連營：謂軍營相連屬。《三國志·魏志·文帝紀》：『帝聞備兵東下，與權交戰，樹柵連營七百餘里。』

〔五〕『奈何』二句：陳云：『言擁有重兵者不討叛逆也。』弧：木弓。《楚辭·九歌·東君》：『青雲衣兮白霓裳，舉長矢兮射天狼。操余弧兮反淪降，援北斗兮酌桂漿。』梟：鳥名，用比惡人。詳卷一《湘絃怨》注〔五〕。

〔六〕漢北兒：李希烈曾於建中二年六月以淮西節度兼漢北都知諸兵馬招撫處置使，故東野以『漢北兒』稱之。怙亂：乘亂取利。《左傳·僖公十五年》：『無始禍，無怙亂。』縱横：『合縱連横』的縮語。戰國時蘇秦説六國諸侯聯合抗秦，稱合縱；張儀説諸侯事秦，稱連横。此指李希烈據其地與河北諸藩鎮合謀稱兵抗唐。

〔七〕『擅摇』二句：唐德宗建中二年至三年，李希烈受朝廷之命，先後討伐過叛將梁崇義和李正已，後乃擁兵自大，暗中交通青州李納及河北諸賊，謀與唐廷抗衡，至建中三年十一月，與田悦等同稱王號。事見《舊唐書·李希烈傳》。

〔八〕白日：用比皇恩。丹誠：赤誠，此指對皇帝的忠心。

〔九〕感激士：指對國事抱着滿腔熱情、亟欲有所作爲的人。感激，感動奮發。

〔一〇〕鬱：盛，多。崢嶸：高峻貌。這裏形容雲層重疊如山。

〔一一〕坐馳：謂雖無舉動而思緒不息。《莊子·人間世》：『瞻彼闋者，虚室生白，吉祥止止。夫且不止，是之謂坐馳。』成玄英疏：『苟不能形同槁木，心若死灰，則雖容儀端拱，而精神馳騖，可謂形坐而心馳者也。』

纓：冠帶。

離　思

不寐亦不語，片月秋稍舉。孤鴻憶霜群，獨鶴叫雲侶。怨彼浮花心，飄飄無定所〔一〕。高張繫綍帆，遠過梅根渚〔二〕。回織別離字，機聲有酸楚〔三〕。

注　釋

〔一〕『怨彼』二句：指征夫言。鮑照《代棹歌行》：『羈客嬰離時，飄飄無定所。』

〔二〕綍帆：船帆。綍，繫舟之索。梅根渚：在今安徽貴池縣梅根港東五里。晉及六朝以來皆在此鍊銅鑄錢幣。唐置梅根監。《讀史方輿紀要》卷二七引胡氏曰：『梅根港有鑄錢監，故亦曰錢溪。……又爲梅根渚。齊武帝云：「昔經樊鄧役，阻潮梅根渚。」即此矣。』

〔三〕『回織』二句：《晋書·列女傳》：『竇滔妻蘇氏，始平人也。名蕙，字若蘭，善屬文。滔苻堅時爲秦州刺史，被徙流沙。蘇氏思之，織錦爲回文旋圖詩以贈滔，宛轉循環以讀之，詞甚凄惋。』

結交

鑄鏡須青銅〔一〕，青銅易磨拭。結交遠小人，小人難姑息〔二〕。鑄鏡圖鑒微，結交圖相依。凡銅不可照，小人多是非。

注釋

〔一〕青銅：銅錫合金，呈青色，古代用以鑄鏡。

〔二〕『結交』二句：《禮·檀弓上》：『君子之愛人也以德，細人之愛人也以姑息。』姑息：無原則的寬容。

傷春

兩河春草海水清，十年征戰城郭腥〔一〕。亂兵殺兒將女去，二月三月花冥冥〔二〕。千里無人旋風起，鶯啼燕語荒城裏。春色不揀墓傍枝，紅顔皓色逐春去〔三〕。春去春來那得知〔四〕，今人看花古人墓〔五〕，令人惆悵山頭路。

注釋

〔一〕兩河：見本卷《感懷》注〔二〕。十年征戰：指兩河藩鎮割據和唐王朝平叛的戰争。十年是舉其成數而言。腥：血腥味，惡臭。

〔二〕『二月』句：陳云：『言人家盡空，春花自發。』冥冥：草木茂盛貌。杜甫《醉歌行》：『風吹客衣日杲杲，樹攪離思花冥冥。』

〔三〕紅顔皓色：借指青年女子。逐春去：照應『亂兵殺兒將女去』。

〔四〕『春去』句：陳云：『言地下不知傷春也。』

〔五〕今人：詩人自指。古人：已死之人。此指十年征戰的蒙難者。

擇友

獸中有人性，形異遭人隔。人中有獸心，幾人能真識。古人形似獸，皆有大聖德〔一〕。今人表似人，獸心安可測。雖笑未必和，雖哭未必戚。面結口頭交，肚裏生荆棘〔二〕。好人常直道，不順世間逆〔三〕。惡人巧諂多，非義苟且得〔四〕。若是效真人〔五〕，堅心如鐵石。不諂亦不欺，不奢復不溺〔六〕。面無㥄色容，心無詐憂惕〔七〕。君子大道人，朝夕恒的的〔八〕。

注釋

〔一〕『獸中』六句：《列子·黄帝》：『老聃曰：……有七尺之骸，手足之異，戴髮含齒，倚而趣者，謂之人，而人未必無獸心；雖有獸心，以狀而見親矣。傅翼戴角，分牙布爪，仰飛伏走，謂之禽獸，而禽獸未必無人心；雖有人心，以狀而見疏矣。庖犧氏、女媧氏、神農氏、夏后氏，蛇身人面，牛首虎鼻，此有非人之狀，而有大聖之德。』古人：指庖犧氏等。聖德：至高的道德。

〔二〕『面結』二句：陳云：『言人心有刺也。』

〔三〕直道：正直之道。此作動詞，謂正道直行。『不順』句：是説不去投合世人之所好。逆：迎。這裏可解釋爲『所喜歡的』。

〔四〕巧諂：善於阿諛奉承。『非義』句：《孟子·告子上》：『生亦我所欲也，義亦我所欲也；二者不可得兼，舍生而取義者也。生亦我所欲，所欲有甚於生者，故不爲苟得也；死亦我所惡，所惡有甚於死者，故患有所不辟也。』惡人則相反，但行不義之事，苟且求得。苟且：不循禮法。

〔五〕真人：有才有德、至誠無僞的人。

〔六〕不奢：不奢侈。不溺：無所沉迷，無所嗜好。溺，沉湎不返。

〔七〕『面無』句：謂臉上没有貪鄙之色。悋，同『吝』。『心無』句：是説既然不去欺詐别人，也就無須心懷戒懼。

〔八〕恒：常。的的：鮮明貌。這裏形容心胸坦蕩，有的的之明。

夜憂〔一〕

豈獨科斗死，所嗟文字捐〔二〕。蒿蔓轉驕王，菱荇減嬋娟〔三〕。未遂擺鱗志，空思吹浪旋〔四〕。何當再霖雨，洗濯生華鮮〔五〕。

校勘

所嗟：閔刻本『所』作『聽』。　驕王：『王』原作『弄』。宋刻本、宋蜀刻殘本、弘治本、凌刻本、閔刻本、華校本俱作『王』，兹據改。　生：宋刻本、宋蜀刻殘本、華校本作『空』。

注　釋

〔一〕夜憂：貞元八年，東野再試不第作。

〔二〕『豈獨』二句：《晋書・衛恒傳》：『漢武時，魯恭王壞孔子宅，得《尚書》、《春秋》、《論語》、《孝經》，時人以不復知有古文，謂之科斗書，漢世秘藏，希得見之。』陳云：『詩意謂文字將棄，傷大道之不行也。』

〔三〕『蒿蔓』二句：陳云：『蒿蔓惡草，日以驕弄；菱荇，祭祀之菜，反爲之減色：以言君子道消，小人道長也。』驕王：形容瘋長。『王』通『旺』。嬋娟：美好的樣子。

〔四〕『未遂』二句：自喻文場失意。擺鱗：謂魚擺動身體躍登龍門，喻科舉考試得第。

〔五〕『何當』二句：以再接再厲自相期許。

惜苦

于鵠值諫議，以毬不能官〔一〕。焦蒙值舍人，以盃不得完〔二〕。可惜大雅旨，意此小團欒〔三〕。名回不敢辨，心轉實是難〔四〕。不惜爲君轉，轉非君子觀。轉之復轉之，强轉誰能歡。哀哉虛轉言，不可窮波瀾〔五〕。

校　勘

完：一作『官』。

注　釋

〔一〕于鵠：大曆、貞元間人。初隱漢陽，後應薦爲諸府從事，出塞入塞，馳逐風沙。有詩甚工。諫議：官名，即諫議大夫，掌侍從規諫，唐時隸門下省。『以毬』句：其事不詳。毬：即鞠丸。古代習武用具，以皮爲之，中實以毛，足踏或杖擊爲戲。

〔二〕焦蒙：生平事跡無考。舍人：官名，屬中書省，有中書舍人、起居舍人、通事舍人等不同名稱。其中中書舍人是中書省的骨幹官員，掌侍進奏，參議表章，草擬詔旨制敕及璽書册命，爲當時文人士子企慕的清要之職。『以盃』句：其事不詳。大概焦蒙因嗜酒去職。

〔三〕大雅：指詩之正聲。《詩大序》：『雅者，正也，言王政之所由廢興也。政有小大，故有小雅焉，有大雅焉。』團欒：團聚。

〔四〕『名回』句：言逃此惡名，而不敢自辨。回，逃避。『心轉』句：《詩·邶風·柏舟》：『我心匪石，不可轉也。』

〔五〕『哀哉』二句：王維《酌酒與裴迪》：『酌酒與君君自寬，人情翻覆似波瀾。』陳云：『東野意謂于、焦二人以小節去官，又不可虛轉其心，深惜之也。』

寒地百姓吟　爲鄭相其年居河南畿内百姓大蒙矜恤〔一〕

無火炙地眠〔二〕，半夜皆立號。冷箭何處來，棘針風騷勞〔三〕。霜吹破四壁〔四〕，苦痛不可逃。高堂搥鐘飲，到曉聞烹炮〔五〕。寒者願爲蛾，燒死彼華膏〔六〕。華膏隔仙羅，虛遶千萬遭〔七〕。到頭落地死，踏地爲游遨〔八〕。游遨者是誰，君子爲鬱陶〔九〕。

校勘

騷勞：一作『騷騷』。

注釋

〔一〕寒地百姓吟：作於元和一、二年間，東野任河南水陸運從事時。鄭相：指鄭餘慶。餘慶字居業，大曆中舉進士第，初爲嚴震山南從事。貞元初，歷庫部郎中，爲翰林學士，以工部侍郎知吏部選，後拜中書侍郎同平章事。憲宗時爲尚書左僕射，定典制，號爲詳衷。憲宗元和九年，拜檢校右僕射兼興元尹充山南西道節度觀察使。終太子太師、檢校司徒。集五十卷。《舊唐書》、《新唐書》皆有傳。案鄭餘慶元和元年十一月罷爲河南尹，因前此曾參知政事，故以『鄭相』稱之。

〔二〕炙地：拿柴火烘烤地面。

〔三〕冷箭：寒風刺骨，因以冷箭爲喻。下文『棘針』同此。騷勞：猶騷騷，風聲。

〔四〕霜吹：猶霜風。

〔五〕高堂：借指富貴之家。烹炮：燒煮熏炙。

〔六〕『寒者』二句：張協《雜詩》其一：『蜻蛚吟階下，飛蛾拂明燭。』《梁書·到溉傳》：『如飛蛾之赴火，豈焚身之可吝。』華膏：飾以華彩的蠟燭。韓愈《苦寒》：『啾啾窗間雀，不知己微纖。舉頭仰天鳴，所願晷刻淹。不如彈射死，却得親炰燖。』與東野詩同一機杼。

〔七〕『華膏』二句：陳云：『言欲爲蛾且不可得。』仙羅：一種極薄的絲織品，這裏用做燈罩或帷幔。

〔八〕游遨：游樂。

〔九〕君子：指鄭餘慶。鬱陶：憂思積聚貌。《書·五子之歌》：『鬱陶乎予心。』

出東門

餓馬骨亦聳，獨驅出東門。少年一日程，衰叟十日奔。寒景不我爲，疾走落平原〔一〕。眇默荒草行，恐懼夜魄翻〔二〕。一生自組織，千首大雅言〔三〕。道路如抽蠶，宛轉羈腸繁〔四〕。

校勘

我爲：宋刻本、宋蜀刻殘本作『爲我』。

注釋

〔一〕『寒景』二句：陳云：『言馬行遲，日行疾也。』寒景：冬天的太陽。

〔二〕眇默：悠遠空寂。夜魄：月亮。翻：飛。

〔三〕大雅：見本卷《惜苦》注〔三〕。

〔四〕『道路』二句：言道路之長與旅思之繁。宛轉：曲折回環。羈腸：羈旅情懷。

教坊歌兒〔一〕

十歲小小兒，能歌得聞天〔二〕。六十孤老人，能詩獨臨川〔三〕。去年西京寺，衆伶集講筵〔四〕。能嘶竹枝詞，供養繩床禪〔五〕。能詩不如歌，悵望三百篇〔六〕。

校勘

聞：一作『朝』。

注　釋

〔一〕教坊歌兒：元和五年作。教坊是唐代掌管女樂的官署，高祖初置於禁中，稱内教坊，掌教習音樂，其官隸屬太常。玄宗開元二年，置内教坊於蓬萊宫側，復於京都置左右教坊，以教俗樂，以中官爲教坊使。後凡祭祀朝會，則用太常雅樂；歲時宴享，則用教坊諸部樂。教坊培養的歌童稱教坊歌兒。

〔二〕聞天：爲皇帝所知。

〔三〕六十孤老：作者自指。臨川：《論語·子罕》：『子在川上曰：「逝者如斯夫！不舍晝夜。」』

〔四〕西京寺：泛指長安大寺。伶：樂人。講筵：指佛教講席。

〔五〕『能嘶』二句：是説小小歌童因爲能唱竹枝詞，就可以像佛教僧侣那樣，在繩床上受供養。嘶：發聲沙啞。唱歌而曰嘶，帶有明顯的諷刺意味。竹枝詞：樂府名。《劉夢得集·竹枝詞引》：『歲正月，余來建平。里中兒聯歌竹枝，吹短笛擊鼓以赴節。歌者揚袂睢舞，以曲多爲賢。聆其音，中黄鍾之羽。卒章激訏如吴聲，雖傖佇不可分，而含思宛轉，有淇澳之艷音。昔屈原居沅湘間，其民迎神，詞多鄙陋，乃爲作《九歌》，到於今荆楚歌舞之。故余亦作《竹枝詞》九篇，俾善歌者颺之。附於末，後之聆巴歈，知變風之自焉。』自劉禹錫創爲新詞，竹枝遂盛於貞元、元和間。繩床：唐義净《南海寄歸内法傳·食坐小床》：『西方僧衆將食之時，必須人人净洗手足，各各别踞小床，高可七寸，方才一尺，藤繩織内，脚圓且輕，卑幼之流，小拈隨事，雙足蹋地，前置盤盂。』以其式樣來自西域，故又稱胡床。初皆跪膝而坐，其後增加高度，設置靠背，并可折疊，變爲交椅，垂脚倚坐，遂爲常式。

〔六〕悵望：悵然想望。三百篇：《詩》的代稱。

訪　疾〔一〕

冷氣入瘖痛，夜來痛如何。瘖從公怒生，豈以私恨多。公怒亦非道，怒消乃天和〔二〕。古有焕輝句，嵇康閑婆娑〔三〕。請君吟嘯之，正氣庶不訛〔四〕。

注　釋

〔一〕訪疾：問人之疾。

〔二〕非道：不是辦法。天和：天然和氣。這裏指人的元氣。《莊子・知北游》：『若正汝形，一汝視，天和將至。』王先謙《集解》：『體静神凝，則和氣自復。』

〔三〕『古有』二句：嵇康《養生論》：『誠知性命之理，因輔養以通也。而世人不察，惟五穀是見，聲色是耽，目惑玄黄，耳務淫哇。滋味煎其府藏，醴醪鬻其腸胃，香芳腐其骨髓，喜怒悖其正氣，思慮銷其精神，哀樂殃其平粹。夫以蕞爾之軀，攻之者非一途；易竭之身，而外内受敵；身非木石，其能久乎？』婆娑：逍遥，閑散自得。班彪《北征賦》：『登障隧而遥望兮，聊須臾以婆娑。』李善注：『婆娑，容與之貌也。』

〔四〕吟嘯：吟詠。庶：表示希望。不訛：不爲所動。

酒　德

酒是古明鏡，輾開小人心〔一〕。醉見異舉止，醉聞異聲音〔二〕。酒功如此多，酒屈亦以深〔三〕。罪人免罪酒，如此可爲箴〔四〕。

校勘

醉聞：宋刻本、華校本『醉』作『醒』。

注釋

〔一〕『酒是』二句：陳云：『言鏡可照見膽、酒可輾開心也。』

〔二〕『醉見』二句：《詩・小雅・賓之初筵》：『賓既醉止，載號載呶。亂我籩豆，屢舞僛僛。是曰既醉，不知其郵；側弁之俄，屢舞傞傞。』爲東野所本。

〔三〕『酒功』二句：説常人對酒德缺乏理解，看不到它的功用，是以受屈很深。

〔四〕箴：規諫，告誡。

冬日

老人行人事，百一不及周。凍馬四蹄吃，陟卓難自收〔一〕。短景仄飛過，午光不上頭〔二〕。少壯日與輝，衰老日與愁。日愁疑在日，歲箭迸如讎〔三〕。萬事有何味，一生虚自囚。不知文字利，到死空遨游〔四〕。

校勘

日愁：《全唐詩》『日』一作『自』。　在日：宋蜀刻殘本作『在目』。

注釋

〔一〕吃：遲滯，蹇於行也。陟卓：遠行。

〔二〕『短景』二句：陳云：『以言冬日短速。』仄飛：斜飛。仄，傾側。

〔三〕歲箭：比喻光陰。

〔四〕『不知』二句：《莊子・列禦寇》：『巧者勞而知者憂，無能者無所求，飽食而遨游，泛若不繫之舟，虚而遨游者也。』

飢雪吟

飢烏夜相啄，瘡聲互悲鳴。冰腸一直刀，天殺無曲情〔一〕。大雪壓梧桐。折柴墮峥嶸〔二〕。安知鸞鳳巢，不與梟鳶傾。下有幸災兒，拾遺多新争〔三〕。但求彼失所，但誇此經營。君子亦拾遺，拾遺非拾名。將補鸞鳳巢，免與梟鳶并。因爲飢雪吟，至曉竟不平〔四〕。

校勘

瘡聲互悲鳴：『互』原作『不』，各本俱作『互』，兹據改。　但誇此經營：一作『誇誕自經營』。　竟：一作『意』。

注釋

〔一〕『冰腸』二句：方飢烏雪天凍餓而死。

〔二〕『大雪』二句：陳云：『言桐落。』峥嶸：高峻貌。此指梧桐。

〔三〕幸災兒：指飢烏。拾遺：指撿取殘枝，以構築新巢。

〔四〕『因爲』二句：韓愈《送孟東野序》：『大凡物不得其平則鳴……人之於言也亦然，有不得已者而後言，其歌也有思，其哭也有懷。凡出乎口而爲聲者，其皆有弗平者乎！』

偷詩

餓犬齚枯骨，自喫饞飢涎[一]。今文與古文，各各稱可憐[二]。亦如嬰兒食，餳桃口旋旋[三]。唯有一點味，豈見逃景延[四]。繩床獨坐翁[五]，默覽有所傳。終當罷文字，別著逍遥篇[六]。從來文字浄，君子不以賢[七]。

校勘

終當：『終』原作『謬』，各本俱作『終』，兹據改。

注釋

〔一〕『餓犬』二句：蓋以餓犬喻偷詩者。齚：咬。涎：口水。

〔二〕『今文』二句：乃以漢代經學的古今文之争比擬唐代詩壇的古近體之辨。陳云：『此又言各自稱其文也。』曹植《與楊德祖書》：『當此之時，人人自謂握靈蛇之珠，家家自謂抱荆山之玉。』東野詩意本之。

〔三〕餳桃：一種狀若桃子的軟糖。旋旋：回環貌。

〔四〕逃景：即逝景。

〔五〕繩床：見前《教坊歌兒》注〔五〕。

〔六〕逍遥篇：《莊子》有《逍遥游》篇，大意以爲天地之間，萬物貴任性自然，即爲逍遥至樂。

〔七〕『從來』二句：陳云：『言君子不以文字自賢也。』

晚雪吟〔一〕

貧富喜雪晴，出門意皆饒。鏡海見纖悉，冰天步飄飖。一一仙子行，家家塵聲銷。小兒擊玉指，大耋歌聖朝〔二〕。睿氣流不盡，瑞仙何夐寥〔三〕。始知望幸色〔四〕，終疑異禮招。市井亦清潔，閭閻聳岧嶢〔五〕。蒼生願東顧，翠華仍西遥〔六〕。天念豈薄厚，宸衷多憂焦〔七〕。憂焦致太平，以兹時比堯〔八〕。古耳有未通，新詞有潛韶〔九〕。甘爲酒伶擯，坐恥歌女嬌〔一〇〕。選音不易言，裁正逢今朝〔一一〕。今朝前古文，律異同一調〔一二〕。願於堯琯中〔一三〕，奏盡鬱抑謡。

校勘

擊玉指：『擊』原作『繫』，非是，兹從各本作『擊』。

注釋

〔一〕晚雪吟：疑元和二、三年冬東野官協律郎居洛陽時作。

〔二〕大耋：年高的人。

〔三〕睿氣：猶瑞氣。夐寥：遼遠。

〔四〕幸：封建時代稱皇帝親臨爲幸。

〔五〕閭閻：猶里巷。岧嶢：高峻。此指高聳的被雪的民居。

〔六〕蒼生：指百姓。東顧：指皇帝東巡洛陽。翠華：用翠羽飾於旗竿頂上的旗，爲皇帝儀仗。杜甫《韋諷録事宅觀曹將軍霸畫馬圖》：『憶昔巡幸新豐宫，翠華拂天來自東。』西遥：指皇帝仍在西邊的長安。

〔七〕天念：即宸衷，皆指帝王的心意。憂焦：指關心民瘼。

〔八〕堯：陶唐氏之號，傳爲古之聖君。

〔九〕新詞：指此《晚雪吟》。韶：相傳爲虞舜時樂曲，表現舜接受堯的『禪讓』繼承其統業的内容。

〔一〇〕『甘爲』二句：陳云：『言此新詞，恥爲酒伶、歌女所誦。』擯：拋棄。坐：因爲，由於。

〔一一〕『選音』二句：時東野官協律郎，掌管音律，故以選音、裁正爲言。裁正：裁斷訂正。

〔一二〕『今朝』二句：陳云：『言今朝與前古之文，同一調和。』

〔一三〕琯：古樂器名，即玉管，六孔。應劭《風俗通義·聲音》：『《尚書大傳》：舜之時，西王母來獻其白玉琯。』

自惜

傾盡眼中力，抄詩過與人。自悲風雅老，恐被巴竹嗔〔一〕。零落雪文字，分明鏡精神〔二〕。坐甘冰抱晚，永謝酒懷春〔三〕。徒有言言舊，慚無默默新〔四〕。始驚儒教誤，漸與佛乘親〔五〕。

注釋

〔一〕風雅：《詩經》中《國風》和《大雅》、《小雅》的合稱。後人用指寓有諷喻和教化意義的詩歌。這裏借指東野自己的詩作。巴竹：胡震亨《唐音癸籤》卷一三：『竹枝本出巴渝，其音協黄鍾羽，末如吴聲。有和聲，七字爲句。破四字，和云「竹枝」；破三字，又和云「女兒」。後元和中，劉禹錫謫其地，爲新詞，更盛行焉。』此以巴竹借指民謡俚曲。嗔：怒。

〔二〕『零落』二句：陳云：『言文字如雪，今以零落，精神似鏡，亦自分明也。』

〔三〕『坐甘』二句：謂晚年自甘苦寒，以此永遠地告别詩酒懷春的時代。冰抱：《吴越春秋·勾踐歸國外傳》：『越王念復吴讎非一旦也。苦身勞心，夜以繼日，目卧則攻之以蓼，足寒則漬之以水，冬常抱冰，夏還握火。愁心苦志，懸膽於户，出入嘗之。』後以抱冰喻刻苦自厲。

〔四〕『徒有』句：言空有儒家倡仁義、論進取的幾句老話。言言：《詩·大雅·公劉》：『于時言言。』鄭箋：『直言曰言。』『慚無』句：慚愧自己不懂『默默』二字的妙用。默默：空無。《莊子·在宥》：『至道之精，窈窈冥冥；至道之極，昏昏默默。』郭象注：『窈冥昏默，皆了無也。』

〔五〕儒教：即孔孟之道。佛乘：爲佛家三乘之一。《法華經·譬喻品》：『爲説三乘：聲聞、辟支佛、佛乘……當知此三乘法皆是聖所稱歎。』這裏借指佛教典籍。

老　恨

無子抄文字，老吟多飄零〔一〕。有時吐向床，枕席不解聽〔二〕。鬭蟻甚微細，病聞亦清泠〔三〕。小大不自識，自然天性靈〔四〕。

校　勘

清泠：閔刻本作『清泠』。

注　釋

〔一〕『無子』二句：以東野老而無子，無人爲之抄詩，故所吟多所散失。

〔二〕『有時』二句：陳云：『言其詩無人知賞也。』

〔三〕『鬬蟻』二句：謂蟻鬬之聲甚微，而人於病中聽之，則如清泠之風，其聲甚大。《晉書·殷仲堪傳》：『仲堪父嘗患耳聰，聞床下蟻動，謂之牛鬬。』宋玉《風賦》：『清清泠泠，愈病析酲。』

〔四〕『小大』二句：《莊子·秋水》：『以差觀之，因其所大而大之，則萬物莫不大；因其所小而小之，則萬物莫不小。知天地之爲稊米也，知豪末之爲丘山也，則差數睹矣。』此爲反諷語，大概真如道家所言，人生要須不識小大，然後可保其天真，使性地靈明。自然：天然，而非人爲，意即返樸歸真。

詠懷上

湖州取解述情〔一〕

霅水徒清深，照影不照心〔二〕。白鶴未輕舉，衆鳥争浮沉〔三〕。因兹挂帆去，遂作歸山吟。

校　勘

挂帆：『挂』一作『桂』。

注　釋

〔一〕湖州取解述情：貞元初東野去長安初試時作。據賈晉華《華忱之〈孟郊年譜〉補訂》，當作於貞元三年或四年。是年秋，東野於湖州舉鄉貢進士，乃往長安應進士試。取解，即拔解。李肇《國史補》卷下：『進士爲時所尚久矣。……京兆考而陞者，謂之等第；外府不試而貢者，謂之拔解。』每年拔解的時間一般均在七月之後，故錢易《南部新書》有『長安舉子七月後投獻新課，并於諸府州拔解。人爲語曰：槐花黃，舉子忙』的記載。

〔二〕『霅水』二句：陳云：『言霅水不照東野之清心。』霅水：即霅溪，亦稱霅川，在浙江省湖州市境内。顧野王《輿地志》：『霅水亦若水之異名也，水深不可測，俗謂之霅水。』

〔三〕『白鶴』二句：陳云：『白鶴，自喻也。』高適《酬鴻臚裴主簿雨後北樓見贈》：『終當拂羽翰，輕舉隨鴻鵠。』

落　第〔一〕

曉月難爲光，愁人難爲腸。誰言春物榮，豈見葉上霜〔二〕。雕鶚失勢病，鷦鷯假翼翔〔三〕。棄置復棄置〔四〕，情如刀刃傷。

校　勘

豈見葉上霜：《全唐詩》作『獨見花上霜』。《唐詩品彙》『豈』作『起』。　雕鶚：一作『鶴鵲』。　失勢病：一作『飛失勢』。　假：一作『改』。　刀刃傷：《全唐詩》『刃』作『劍』。

注　釋

〔一〕落第：貞元九年東野三試不第後作。

〔二〕『誰言』二句：陳云：『言落第自傷凋瘁也。』

〔三〕雕鶚：雕和鶚，皆爲善飛鷙鳥。這裏東野用來自比才力雄健。鷦鷯：俗稱巧婦鳥。全身灰色有斑，常取茅葦毛毳爲巢，大如鷄卵，繫以麻髮，甚精巧。《莊子・逍遥游》：『鷦鷯巢於深林，不過一枝。』《晋書・郭璞傳》：『鷦鷯不可與論雲翼，井蛙難與量海鰲。』這裏比喻才力短小、無所用於天下的人。

〔四〕棄置：抛棄擱置。復：反復，多次。

詠　懷

濁水心易傾，明波興初發。思逢海底人，乞取蚌中月〔一〕。此興若未諧，此心終不歇。

校勘

詠懷：一作『感寓』。《全唐詩》一作『詠情』。　心易傾：『易』一作『已』。

注釋

〔一〕『思逢』二句：是期盼科場中得人汲引。蚌中月：指珍珠。舊説蚌孕珠如人懷妊，與月的虧盈有關。左思《吴都賦》：『蚌蛤珠胎，與月虧全。』高適《和賀蘭判官望北海作》：『日出見魚目，月圓知蚌胎。』

病起言懷

强行尋溪水〔一〕，洗却殘病姿。花景晼晚盡〔二〕，麥風清泠吹。交道卧來見，世情貧去知〔三〕。高閒思楚逸，澹泊厭齊兒〔四〕。終伴碧山侣，結言青桂枝〔五〕。

校勘

尋溪水：『溪』一作『净』。　清泠吹：『泠』原作『冷』，據宋刻本、宋蜀刻殘本、弘治本、《全唐詩》、華校本改。　卧：閔刻本、《全唐詩》作『賤』。　澹泊：一作『淺薄』。

注釋

〔一〕强行：勉力而行。

〔二〕晼晚：太陽將下山的光景。

〔三〕『交道』二句：《史記・汲鄭列傳》：『下邽翟公有言：始翟爲廷尉，賓客闐門；及廢，門外可設雀羅。翟公復爲廷尉，賓客欲往，翟公乃大署其門曰：「一死一生，乃知交情；一貧一富，乃知交態；一貴一賤，交情乃見。」汲、鄭亦云，悲夫！』陶淵明《辛丑歲七月赴假還江陵夜行塗口》：『讀書敦夙好，園林無世情。』

〔四〕楚逸：楚之隱士。《論語・微子》：『楚狂接輿歌而過孔子曰：「鳳兮鳳兮，何德之衰？往者不可諫，來者猶可追。已而，已而！今之從政者殆而。」孔子下，欲與之言，趨而辟之，不得與之言』邢昺疏：『接輿，楚人，姓陸名通，字接輿也。昭王時，政令無常，乃被髪佯狂不仕，時人謂之楚狂也。』齊兒：對州縣佐吏的蔑稱。《漢書》卷八三《朱博傳》：『（博）遷琅琊太守。齊郡舒緩養名，博新視事，右曹掾史皆移病卧。博問其故，對言：「惶恐！故事二千石新到，輒遣吏存問致意，乃敢起就職。」博奮髯抵几曰：「觀齊兒欲以此爲俗邪！」乃召見諸曹史書佐及縣大吏，選視其可用者，出教置之。皆出罷諸病吏，白巾走出府門。』何遜《贈族人秣陵兄弟詩》：『齊兒敢爲俗，蜀物豈隨身。』

〔五〕結言：用言辭訂約。《公羊傳・桓公三年》：『古者不盟，結言而退。』

秋夕貧居述懷

卧冷無遠夢，聽秋酸别情〔一〕。高枝低枝風，千葉萬葉聲。淺井不供飲，瘦田長廢耕。今交非古交，貧語聞皆輕[二]。

校勘

井：《全唐詩》一作『水』。

注釋

〔一〕『卧冷』二句：陳云：『言秋夕客情也。』

〔二〕『今交』二句：今交以勢利，古交以道義，二者區别在此。

夜感自遣[一]

夜學曉未休，苦吟神鬼愁。如何不自閑，心與身爲讎。死辱片時痛，生辱長年羞[二]。清桂無直枝[三]，碧江思舊游。

校勘

夜感自遣：一作『失志夜坐思歸楚江』，又作『苦學吟』。　曉未休：宋刻本、宋蜀刻殘本作『曉不休』。碧江：弘治本作『苦江』。

注釋

〔一〕夜感自遣：貞元八年再下第時所作。

〔二〕『死辱』二句：《大戴禮》卷五《曾子制言上》：『生以辱，不如死以榮。』此以生辱指落第失志。

〔三〕『清桂』句：言科場不公，折桂不易。《晋書》卷五二《郤詵傳》：『武帝於東堂會送，問詵曰：「卿自以爲何如？」詵對曰：「臣舉賢良對策，爲天下第一，猶桂林之一枝，崑山之片玉。」帝笑。』後因以折桂指科舉及第。

再下第[一]

一夕九起嗟[二]，夢短不到家。兩度長安陌，空將淚見花[三]。

注　釋

〔一〕再下第：貞元八年作。

〔二〕九：言次數之多。嗟：歎息。

〔三〕『兩度』二句：東野貞元初往長安應進士試，不第；貞元八年再試，又不第，故云兩度。陌：道路。

下第東歸留別長安知己[一]

共照日月影[二]，獨爲愁思人。豈知鶗鴂鳴，瑶草不得春[三]。一片兩片雲，千里萬里身。雲歸嵩之陽，身寄江之濱[四]。棄置復何道，楚情吟白蘋[五]。

校　勘

愁思：一作『離恨』。　豈知鶗鴂鳴：一作『鶗鴂等閑鳴』。

注　釋

〔一〕下第東歸留別長安知己：貞元八年作。

〔二〕『共照』句：《詩・邶風・日月》：『日居月諸，照臨下土。』此用其意。

〔三〕『豈知』二句：陳云：『有遲暮之感。』屈原《離騷》：『恐鷤鴂之先鳴兮，使夫百草爲之不芳。』鷤鴂：杜鵑鳥。瑶草：香草。

〔四〕『雲歸』句：《舊唐書》本傳：『孟郊者，少隱於嵩山，稱處士。』『身寄』句：言將東歸。

〔五〕『楚情』句：寫作者思鄉之情。梁柳惲任吴興太守時，曾作《江南曲》，中有句云：『汀洲采白蘋，日落江南春。』湖州東南有白蘋洲，蓋因柳詩得名。白蘋，水草名，即馬尿花。

失意歸吴因寄東臺劉復侍御〔一〕

自念西上身，忽隨東歸風〔二〕。長安日下影，又落江湖中〔三〕。離婁豈不明，子野豈不聰〔四〕。至寶非眼别，至音非耳通〔五〕。因緘俗外詞，仰寄高天鴻〔六〕。

校　勘

劉復侍御：《唐詩品彙》作『劉侍郎』。俗外詞：一作『物外詞』，又作『俗外調』。仰寄：《全唐詩》『仰』一作『遠』。高天鴻：《唐詩品彙》『天』作『飛』。

注　釋

〔一〕失意歸吴因寄東臺劉復侍御：貞元八年作。東臺：官署名。唐高宗時改門下省爲東臺，後因以沿稱門下省。劉復：大曆進士。官水部員外郎。何時爲侍御不詳。

〔二〕『自念』二句：謂貞元七年西上長安，今則失意東歸矣。

〔三〕『長安』二句：言在長安猶受皇帝恩寵，今則無之。王昌齡《長信秋詞》其三：『玉顔不及寒鴉色，猶帶昭陽日影來。』日影，即陽光，用比皇帝的恩寵。日下影，則東野自指。

〔四〕離婁：相傳爲黄帝時人，目力極强，能於百步之外望見秋毫之末。子野：師曠字。春秋晉樂師，生而目盲，善辨聲樂。《孟子·離婁上》：『離婁之明，公輸子之巧，不以規矩，不能成方圓；師曠之聰，不以六律，不能正五音。』

〔五〕『至寶』二句：陳云：『此言其才無人識也。』蓋因眼是俗眼，耳是俗耳，故不之識。

〔六〕『因緘』二句：王績《答刺史杜之松書》：『兄弟以俗外相期，鄉閭以狂生見待。』高天鴻：指劉復侍御。

下第東南行〔一〕

越風東南清，楚日瀟湘明。試逐伯鸞去，還作靈均行〔二〕。江蘺伴我泣，海月投人驚〔三〕。失意容貌改，畏塗性命輕。時聞喪侣猿，一叫千愁并。

校勘

伴：一作『待』。　性命：弘治本作『惟命』。　并：一作『生』。

注釋

〔一〕下第東南行：貞元九年作。是年東野三試不第，乃自長安出爲湖楚之游。

〔二〕伯鸞：據《後漢書·逸民傳》，梁鴻，字伯鸞，扶風平陵人，家貧好學，不求仕進，與妻孟光耕織於霸陵山中。後避禍適吴，依皋伯通廡下，爲人舂米。卒葬吴。靈均：見卷一《湘絃怨》注〔四〕。

〔三〕『江蘺』句：指游楚。蘺，香草，又名蘼蕪。屈原《離騷》：『扈江蘺與辟芷兮，紉秋蘭以爲佩。』『海月』句：指適吴。謝靈運《游赤石進帆海》：『揚帆采石華，掛席拾海月。』

歎命

三十年來命，唯藏一卦中〔一〕。題詩怨問易，問易蒙復蒙〔二〕。本望文字達，今因文字窮。影孤别離月，衣破道路風〔三〕。歸去不自息，耕耘成楚農。

校勘

題詩怨問易：宋蜀刻殘本『問易』作『還怨』。《全唐詩》『怨問』作『還問』。

注釋

〔一〕一卦：指《易》蒙卦。

〔二〕易：即《周易》。蒙：六十四卦之一，坎上艮下。《易·蒙》：『象曰：山下有險，險而止，蒙。』孔穎達疏：『坎在艮下，是山下有險。艮爲止，坎上遇止，是險而止也，恐進退不可，故蒙昧也。此釋蒙卦之名。』

〔三〕『影孤』二句：陳云：『言别離月孤影，道路風破衣也，此倒裝句法。』

遠游

慈烏不遠飛，孝子念先歸〔一〕。而我獨何事，四時心有違〔二〕。江海戀空積，波濤信來稀。長爲路傍食，着盡家中衣。别劍不割物，離人難作威。遠行少童僕，驅使無是非。爲性玩好盡，積愁心緒微。始知時節駛，愛日非長輝〔三〕。

校　勘

傍食：《全唐詩》『食』一作『客』。　別劍：『別』一作『烈』。　愛日：『愛』一作『夏』，宋刻本、宋蜀刻殘本作『戾』。　非：宋刻本、華校本作『騰』。

注　釋

〔一〕『慈烏』句：梁武帝《孝思賦》：『靈蛇銜珠以酬德，慈烏反哺以報親。』慈烏：烏鴉的一種。相傳能反哺其母，故稱。『孝子』句：《論語・里仁》：『子曰：父母在，不遠游，游必有方。』

〔二〕『而我』二句：《詩・邶風・谷風》：『行道遲遲，中心有違。』

〔三〕『始知』二句：時節：孔融《論盛孝章書》：『歲月不居，時節如流。』愛日：揚雄《法言・孝至》：『事父母自知不足者，其舜乎！不可得而久者，事親之謂也，孝子愛日。』後以愛日指人子侍奉父母之日。

商州客舍〔一〕

商山風雪壯，游子衣裳單〔二〕。四望失道路，百憂攢肺肝〔三〕。日短覺易老，夜長知至寒。淚流瀟湘絃，調苦屈宋彈〔四〕。識聲今所易，識意古所難〔五〕。聲意今詎辨，高明鑒其端〔六〕。

校　勘

今詎辨：一作『竟誰辨』。

注　釋

〔一〕商州客舍：貞元九年東野三試不第，遂自朔方遠游湖楚，行次商州而有此作。商州：今陝西商縣，唐屬關内道。

〔二〕商山：山名。在今陝西商縣東南。亦名地肺山，亦名楚山。游子：東野自謂。

〔三〕攢：集聚。

〔四〕瀟湘絃：見卷一《湘絃怨》注〔六〕。屈宋：即戰國時楚之屈原、宋玉，二人俱以辭賦著名。

〔五〕『識聲』二句：用伯牙、鍾子期故事，見卷一《傷哉行》注〔五〕。《古詩》：『令德唱高言，識曲聽其真。』

〔六〕高明：指崇高明睿者，用爲對人的敬詞。端：事由，原委。韓愈《齪齪》：『天意固有屬，誰能詰其端？』

長安旅情〔一〕

盡説青雲路〔二〕，有足皆可至。我馬亦四蹄，出門似無地。玉京十二樓，峨峨倚青翠〔三〕。下有千朱門，何門薦孤士〔四〕。

注　釋

〔一〕長安旅情：貞元七、八年間作。

〔二〕青雲路：指科舉之路。青雲，喻高官顯爵。

〔三〕『玉京』句：李白《經亂離後天恩流夜郎憶舊游書懷贈江夏韋太守良宰》：『天上白玉京，十二樓五城。』此指帝都長安。『峨峨』句：謂樓閣依山而築。峨峨：高聳的樣子。青翠：形容山色。

〔四〕朱門：見卷一《長安道》注〔二〕。孤士：孤立無援之士。此東野自謂。

長安羈旅〔一〕

聽樂離別中，聲聲入幽腸。曉淚滴楚瑟，夜魂遶吴鄉〔二〕。幾回羈旅情，夢覺殘燭光。

注釋

〔一〕長安羈旅：貞元九年作。

〔二〕吴鄉：蓋指湖州。

渭上思歸

獨訪千里信，迴臨千里河。家在吴楚鄉，淚寄東南波〔一〕。

校勘

渭上：《唐詩品彙》作『河上』。迴：宋刻本、弘治本、凌刻本、閔刻本、華校本作『廻』。家在：『在』一作『住』。東南波：『南』一作『流』。

注釋

〔一〕『家在』二句：陳云：『言羈客不得歸，只以淚寄波，庶可流到故鄉也。』

登科後〔一〕

昔日齷齪不足誇，今朝放蕩思無涯〔二〕。春風得意馬蹄疾，一日看盡長安花〔三〕。

校勘

今朝放蕩思無涯：一作『今日坦然未可涯』。《全唐詩》『放』一作『曠』。　春風：《全唐詩》一作『青春』。

注釋

〔一〕登科後：貞元十二年作。登科：科舉時代稱考中進士爲登科，亦稱登第。

〔二〕齷齪：局狹。張衡《西京賦》：『獨儉嗇以齷齪，忘蟋蟀之謂何。』放蕩：放縱無拘束。《漢書》卷六十五《東方朔傳》：『其言專商鞅、韓非之語也，指意放蕩，頗復詼諧。』

〔三〕『春風』二句：唐制，進士考試在秋天舉行，次年春放榜。新進士拜謁座主與宰相後有多次宴集，杏園探花宴爲其中之一。李綽《秦中歲時記》：『次即杏園初宴，謂之探花宴，便差定先輩二人少俊者，爲兩街探花使；若他人折得花卉，先開牡丹、芍藥來者，即各有罰。』

初於洛中選〔一〕

塵土日易没，驅馳力無餘。青雲不我與，白首方選書〔二〕。宦途事非遠，拙者取自疏〔三〕。終然戀皇邑，誓以結吾廬〔四〕。帝城富高門，京路饒勝居。碧水走龍狀，蜿蜒遶庭除〔五〕。尋常異方客，過此亦踟躕。

校勘

饒：閔刻本、《全唐詩》作『繞』。　狀：一作『蛇』。

注釋

〔一〕初於洛中選：貞元十六年作。是年東野至洛陽應銓選，選爲溧陽縣尉。

〔二〕『青雲』句：《史記·伯夷列傳》：『閭巷之人，欲砥行立名者，非附青雲之士，惡能施於後世哉？』『白首』句：韓愈《貞曜先生墓志銘》：『年幾五十，始以尊夫人之命來集京師，從進士試，既得，即去。間四年，又命來選，爲溧陽尉。』選書：指唐代應舉者於考試前將所作詩文投送朝中顯貴，以求賞識。

〔三〕『宦途』二句：陳云：『言宦途非遠，拙者取之自疏也。』拙者：愚笨的人。自疏：自求與之疏遠。屈原《離騷》：『何離心之可同兮，吾將遠逝以自疏。』

〔四〕皇邑：指京城長安。亦可指洛陽，時爲唐之東都。『誓以』句：陶淵明《飲酒》其五：『結廬在人境，而無車馬喧。』又《讀山海經》其一：『衆鳥欣有托，吾亦愛吾廬。』此師其意。

〔五〕『碧水』二句：陳云：『言水周於階下之狀。』

乙酉歲舍弟扶侍歸興義莊居後獨止舍待替人〔一〕

誰言舊居止，主人忽成客〔二〕。僮僕强與言，相懼終脉脉〔三〕。出亦何所求，入亦何所索。飲食迷精麤，衣裳失寬窄〔四〕。回風卷閑簟，新月生空壁〔五〕。士有百役身〔六〕，官無一姓宅。丈夫恥自飾，衰鬢從颯白〔七〕。蘭交早已謝，榆景徒相迫〔八〕。惟予中心鏡，不語光歷歷〔九〕。

校勘

閑：原作『門』，據宋刻本、宋蜀刻殘本改。　徒：閔刻本作『從』。　中心：宋蜀刻殘本、閔刻本、《全唐詩》作『心中』。

注釋

〔一〕乙酉歲舍弟扶侍歸興義莊居後獨止舍待替人：永貞元年作。興義，當爲義興，地名，即今江蘇宜興，唐屬江南道常州。東野前曾在義興買宅置田，居其家人。貞元二十年辭溧陽縣尉後，先遣其弟奉母歸義興莊居，而自己仍留溧陽待繼任縣尉，直至次年即永貞元年秋方離此回鄉。

〔二〕『誰言』二句：陶淵明《雜詩》其七：『家爲逆旅舍，我如當去客。』居止：住所。

〔三〕『僮僕』二句：謂主僕雙方都害怕離別。脉脉：形容相視無語、不勝依依的情狀。

〔四〕『衣裳』句：謂失官後改穿常服，頓覺寬窄失度，很不合身。

〔五〕『回風』二句：陳云：『二句著色，益形寂寞。』

〔六〕百役身：揚雄《逐貧賦》：『身服百役，手足胼胝。』

〔七〕『衰鬢』句：岑參《陪狄員外早秋登府西樓》：『知己猶未報，鬢毛颯已蒼。』從：任憑。

〔八〕蘭交：指知心朋友。參卷二《勸友》注〔三〕。謝：凋零。榆景：『桑榆晚景』的縮語，比喻暮年。曹植《贈白馬王彪》：『年在桑榆間，影響不能追。』迫：逼近。

〔九〕『惟予』二句：陳云：『言心明净如鏡，都無纖翳，其光歷歷可見，不爲物役所染也。』歷歷：分明貌。《古詩》：『玉衡指孟冬，衆星何歷歷。』

西齋養病夜懷多感因呈上從叔子雲

遠客夜衣薄[一]，厭眠待鷄鳴。一床空月色，四壁秋蛩聲[二]。守淡遺衆俗，養痾念餘生[三]。方全君子拙，恥學小人明[四]。蚊蚋亦有時[五]，羽毛各有成。如何騏驥跡，跧跼未能行[六]。西北有平路，運來無相輕[七]。

注　釋

〔一〕遠客：東野自指。

〔二〕蛩：蟋蟀。

〔三〕守淡：淡泊自守。痾：病。

〔四〕君子拙：君子愚鈍真樸而拙於人事。小人明：小人聰明伶俐但投機取巧。

〔五〕蚊蚋：皆爲小飛蟲。

〔六〕『如何』二句：李白《答王十二寒夜獨酌有懷》：『驊騮拳局不能食，蹇驢得志鳴春風。』東野師其意。騏驥：良馬。《莊子・秋水》：『騏驥驊騮，一日而馳千里。』跧跼：拳曲不伸。

〔七〕『西北』二句：對從叔言。無：通『毋』。

卷四

詠懷下

秋懷十五首〔一〕

孤骨夜難卧〔二〕，吟蟲相唧唧。老泣無涕洟，秋露爲滴瀝〔三〕。去壯暫如剪，來衰紛似織〔四〕。觸緒無新心，叢悲有餘憶。詎忍逐南帆，江山踐往昔。

校勘

涕洟：凌刻本、閔刻本一作『涕淚』。　來衰：宋蜀刻殘本作『來哀』。

注釋

〔一〕秋懷：當爲東野晚年在河南尹幕中任職時所作組詩。

〔二〕孤骨：東野自謂。

〔三〕『老泣』二句：陳云：『言秋露即老淚也。』涕洟：《易・萃》：『賫咨涕洟。』鄭注：『自目曰涕，自鼻曰洟。』滴瀝：水珠下滴。沈約《檐前竹》：『風動露滴瀝，月照影參差。』

〔四〕『去壯』二句：陳云：『張華詩：「榮與壯俱去，賤與老相尋。」爲東野所本。』暫：倉促，突然。

秋月顔色冰，老客志氣單[一]。冷露滴夢破，峭風梳骨寒。席上印病文，腸中轉愁盤。疑懷無所憑，虚聽多無端[二]。梧桐枯崢嶸，聲響如哀彈[三]。

注　釋

[一]老客：東野自謂。單：孤怯。

[二]疑懷：疑慮的心情。虚聽：幻聽。

[三]『梧桐』二句：枚乘《七發》：『龍門之桐，高百尺而無枝。中鬱結之輪菌，根扶疏以分離。……使琴摯斫斬以爲琴，野繭之絲以爲絃，孤子之鈎以爲隱，九寡之珥以爲約。使師堂操《暢》，伯子牙爲之歌。……飛鳥聞之，翕翼而不能去；野獸聞之，垂耳而不能行；蚑蟜螻蟻聞之，拄喙而不能前：此亦天下之至悲也。』東野似暗用之。

一尺月透户，仡栗如劍飛[一]。老骨坐亦驚，病力所尚微。蟲苦貪夜色，鳥危巢焚輝。孀娥理故絲[二]，孤哭抽餘噫。浮年不可追，衰步多夕歸。

校　勘

貪：一作『含』。　夜色：宋蜀刻殘本、弘治本、凌刻本、閔刻本、《全唐詩》作『剪色』。　焚：宋刻本、華校本作『星』，宋蜀刻殘本作『楚』。　故絲：一作『煩緒』。　孤哭：一作『孤坐』。　餘噫：閔刻本、《全唐詩》作『餘思』。

注　釋

〔一〕仡栗：迅疾貌。

〔二〕孀娥：寡婦。

秋至老更貧，破屋無門扉。一片月落床，四壁風入衣。疏夢不復遠，弱心良易歸。商葩將去緑〔一〕，繚繞争餘輝。野步踏事少，病謀向物違。幽幽草根蟲，生意與我微。

校　勘

去：一作『老』。　踏：《唐詩品彙》作『賤』。

注　釋

〔一〕商葩：秋花。陳云：『秋在樂爲商聲，商，傷也，物既老而悲傷。商葩去緑者，秋榮凋瘁也。』

竹風相戛語〔一〕，幽閨暗中聞。鬼神滿衰聽，恍惚難自分。商葉墮乾雨，秋衣卧單雲〔二〕。病骨可剸物，酸呻亦成文〔三〕。瘦攢如此枯，壯落隨西曛〔四〕。裊裊一線命，徒言繫絪緼〔五〕。

校　勘

商葉墮乾雨：『墮』原作『隨』，據宋刻本、宋蜀刻殘本、《全唐詩》、華校本改。

注　釋

〔一〕戛：物相擊。

〔二〕『商葉』二句：陳云：『乾雨，言秋葉落成陣，聲乾如雨。單雲則狀秋衣之單也。』

〔三〕『病骨』句：極寫病中瘦骨嶙峋之狀。剸：割，截。酸呻：悲苦的呻吟。

〔四〕『瘦攢』二句：意謂把『瘦』一點點積攢起來，終於成了今天這樣一把枯骨；少壯時的風采，已隨夕陽西下，一去不返。曛：落日之餘光。

〔五〕裊裊：細弱貌。絪緼：古指天地間陰陽二氣交互作用的狀態。《易·繫辭下》：『天地絪緼，萬物化醇。』此指天地。杜甫《得弟消息》其二：『兩京三十口，雖在命如絲。』

老骨懼秋月，秋月刀劍稜〔一〕。纖威不可干〔二〕，冷魂坐自凝。羈雌巢空鏡，仙飆蕩浮冰〔三〕。驚步恐自翻，病大不敢凌〔四〕。單床寤皎皎，瘦臥心兢兢〔五〕。洗河不見水，透濁爲清澄。詩壯昔空說，詩衰今何憑〔六〕。

校勘

纖威：宋刻本、宋蜀刻殘本、弘治本、閔刻本、《全唐詩》作『纖輝』。兢兢：閔刻本作『競競』。詩壯：宋刻本、宋蜀刻殘本作『時壯』。

注釋

〔一〕『秋月』句：陳云：『言秋月寒光如劍稜也。』

〔二〕『纖威』句：謂秋月之輝不可干犯。

〔三〕羈雌：孤棲無伴之雌鳥。謝靈運《晚出西射堂》：『羈雌戀舊侶，迷鳥懷故林。』仙飆：風的美稱。作巢於鏡，風吹浮冰，二句并寫月色空明景象。

〔四〕病大：久病。凌：渡越。

〔五〕寤：睡醒。皎皎：潔白而明亮。嵇康《雜詩》：『皎皎亮月，麗於高隅。』兢兢：小心戒慎貌。《詩·小雅·小旻》：『戰戰兢兢，如臨深淵，如履薄冰。』

〔六〕『詩壯』二句：陳云：『言詩壯時，空言無所用；今詩衰，將何所憑乎？』

老病多異慮，朝夕非一心。商蟲哭衰運〔一〕，繁響不可尋。秋草瘦如髮，貞芳綴疏金〔二〕。晚鮮詎幾時，馳景還易陰〔三〕。弱習徒自恥，暮知欲何任〔四〕。露才一見讒，潛智早已深〔五〕。防深不防露，此意古所箴〔六〕。

校勘

老病：一作『危疾』。

注釋

〔一〕商蟲：秋蟲。

〔二〕貞芳：指菊。

〔三〕『晚鮮』二句：韓愈《秋懷詩》：『鮮鮮霜中菊，既晚何用好。』詎：曾。馳景：流馳的日光。

〔四〕『弱習』二句：謂年輕時之所習學，不能見用於世，思之有愧；如今已入晚境，纔知道自己能够承擔一點什麼責任。弱：《禮·曲禮上》：『二十曰弱，冠。』

〔五〕『露才』二句：班固《離騷序》：『今若屈原，露才揚己，競乎危國群小之間，以離讒賊。』又《劉子·韜光》：『是以古之有德者，韜跡隱智，以密其外；澄心封情，以定其内。内定則神腑不亂，外密則形骸不擾。以此處身，不亦全乎？』

〔六〕箴：告誡。

歲暮景氣乾，秋風兵甲聲〔一〕。織織勞無衣，喓喓徒自鳴〔二〕。商聲聳中夜，蹇支廢前行〔三〕。青髮如秋園，一剪不復生。少年如餓花，瞥見不復明〔四〕。君子山岳定，小人絲毫爭〔五〕。多争多無壽，天道戒其盈〔六〕。

校勘

歲暮：『暮』宋蜀刻殘本作『晏』。

注釋

〔一〕景氣：景致，氣象。秋冬百物枯索，故以『乾』形容之。白居易《秋寒》：『雪鬢年顔老，霜庭景氣秋。』兵甲聲：兵器鎧甲碰擊之聲。陳云：『五字奇想。歐陽修《秋聲賦》：「又如赴敵之兵，銜枚疾走，不聞號令，但聞人馬之行聲。」全由此化出。』

〔二〕『織織』句：謂絡緯。絡緯鳴聲如織，俗稱紡織娘。然其終日織織，勞而無衣。《詩·豳風·七月》：『無衣無褐，何以卒歲？』喓喓：蟲聲。《詩·召南·草蟲》：『喓喓草蟲，趯趯阜螽。』

〔三〕商聲：秋聲。蹇支：形容行走艱難。支，通『肢』。

〔四〕『少年』二句：陳云：『言少年不過一瞥也。』餓花：不得雨露滋養的花。

〔五〕『君子』二句：《論語·衛靈公》：『君子固窮，小人窮斯濫矣。』東野用其意。

〔六〕『多争』二句：《書·大禹謨》：『滿招損，謙受益，時乃天道。』《老子》九章：『持而盈之，不若其以。揣而鋭之，不可長保。金玉滿堂，莫之能守。富貴而驕，自遺其咎。功成、名遂、身退，天之道。』此用其意。

冷露多瘁索，枯風饒吹嘘。秋深月清苦，蟲老聲麤疏。赬珠枝纍纍，芳金蔓舒舒〔一〕。草木亦趣時，寒榮似春餘〔二〕。自悲零落生，與我心何如〔三〕。

校勘

饒：《全唐詩》作『曉』。　自悲：一作『悲彼』。

注釋

〔一〕赬珠：言秋實。赬，赤色。芳金：言秋花。

〔二〕『草木』二句：陳云：『言草木秋榮也。』趣：趨。寒榮：猶寒花。

〔三〕『自悲』二句：屈原《離騷》：『惟草木之零落兮，恐美人之遲暮。』

老人朝夕異，生死每日中。坐隨一啜安〔一〕，卧與萬景空。視短不到門，聽澀詎逐風〔二〕。還如刻削形，免有纖悉聰〔三〕。浪浪謝初始，皎皎幸歸終〔四〕。孤隔文章友，親密蒿萊翁〔五〕。歲緑閔以黄〔六〕，秋節迸已窮。四時既相迫，萬慮自然叢〔七〕。南逸浩淼際，北貧磽确中〔八〕。囊懷沉遥江，哀思結秋蒿〔九〕。鋤食難滿腹，葉衣多醜躬〔一〇〕。塵縷不自整，古吟將誰通〔一一〕。幽竹嘯鬼神，楚鐵生虬龍〔一二〕。志生多異感，運鬱由邪衷〔一三〕。常思書破衣，至死教初童〔一四〕。習樂莫習聲，習聲多頑聾〔一五〕。明明胸中言，願寫爲高崇。

校勘

迸已窮：『已』一作『又』。秋蒿：閔刻本作『秋蓬』。塵縷：宋刻本、華校本作『纚縷』。志生：閔刻本、《全唐詩》作『志士』，宋刻本、華校本作『忠生』。

注釋

〔一〕啜：飲。

〔二〕『視短』二句：陳云：『言耳目不聰明也。』澀：不通暢。

〔三〕刻削形：陳云：『恐即偶人形。《後漢書・馬援傳》：「反修飾邊幅，如偶人形。」』纖悉：細微而詳備。

〔四〕浪浪：流淚不止貌。屈原《離騷》：『攬茹蕙以掩涕兮，沾余襟之浪浪。』謝：告别。初始：指人生開始時的燦爛年華。皎皎：形容操守高潔。《南史・蕭思話傳》：『所至雖無皎皎清節，亦無穢黷之累。』歸終：指生命行將終結。

〔五〕『孤隔』二句：指韓愈等友輩睽隔，而與草野老人相親。

〔六〕閔：哀傷。

〔七〕叢：聚集。

〔八〕『南逸』二句：陳云：『言地土不同：南方處江湖浩淼之際，故逸；北方居山石磽确之中，故貧。』浩淼：廣闊無邊貌。磽确：土地瘠薄多石。

〔九〕「曩懷」二句：言曩日南逸之懷，若沉遥江；而今北地貧居，衰思與秋嵩相鬱結。嵩：嵩山。

〔一〇〕「鋤食」二句：《論語·衛靈公》：「子曰：君子謀道不謀食。耕也，餒在其中矣；學也，禄在其中矣。君子憂道不憂貧。」二句言鋤而食猶不能果腹，補而衣則更顯老醜。葉衣：形容打了補丁的衣服。躬：自身。

〔一一〕塵縷：指粘滿灰土的頭髮，見其蓬頭垢面不自修飾。古吟：東野作詩追慕古風，以「六義」、「雅正」爲標準，以「證興亡」、「補風教」爲目的，故稱「古吟」。但其詩不爲時人所理解與接受，所以又有「將誰通」的慨歎。

〔一二〕「幽竹」二句：東野自言其詩。楚鐵：楚地之鐵，是鑄利劍的材料。《史記·范雎傳》：「昭王曰：『吾聞楚之鐵劍利而倡優拙。』」虬龍：有角的龍。此指劍。晋雷焕於豐城掘地得二寶劍（詳卷二《百憂》注〔二〕），送一劍與張華，留一劍自佩。及張華誅，失劍所在。「焕卒，子華爲州從事，持劍行經延平津。劍忽於腰間躍出墮水。使人没水取之，不見劍，但見兩龍，各長數丈，蟠縈有文章」。

〔一三〕異感：指對世事的特别敏感。「運鬱」句：言國運阻滯，是因邪辟當道。邪夷：邪辟與中正。此爲偏義複詞，取邪辟之義。

〔一四〕「常思」句：舊題晋王嘉《拾遺記》：「任末年十四，學無常師，負笈不遠嶮阻……覩書有合意者，題其衣裳以記其事。門徒悦其勤學，更以净衣易之。」

〔一五〕樂：指合乎古道、以教化爲任的正聲。聲：指與正聲相對而時下流行的俗樂。頑聾：指聽覺失聰。《老子》十二章：「五音令人耳聾。」

幽苦日日甚，老力步步微。常恐暫下床，至門不復歸。飢者重一食，寒者重一衣。泛廣豈無涘，恣行亦有隨〔一〕。語中失次第，身外生瘡痍〔二〕。桂蠹既潛污，桂花損貞姿〔三〕。詈言一失香〔四〕，千古聞臭詞。將死始前悔，前悔不可追。哀哉輕薄行，終日與驅馳〔五〕。

校勘

有隨：一作『隨時』。　潛污：『污』一作『朽』。《全唐詩》作『朽』。　與驅馳：一作『欲驅馳』。

注釋

〔一〕泛廣：《詩・衛風・河廣》：『誰謂河廣，一葦杭之。』此用其意。涘：水邊，河岸。恣行：任意而行。隨：依從。

〔二〕『語中』二句：陳云：『此言語失次第，遂招禍患也。』

〔三〕桂蠹：寄生在桂樹的蟲。東方朔《七諫・沈江》：『桂蠹不知所淹留兮，蓼蟲不知徙乎葵菜。』注：『桂蠹，以喻食禄之臣也。』桂花：李白《古風》其二：『桂蠹花不實，天霜下嚴威。』

〔四〕詈言：罵人的話。

〔五〕『哀哉』二句：陳云：『東野力保堅貞，猶恐有悔。彼輕薄者流，終日驅馳，不顧名節，此真可哀者已。此篇通首皆懷也。』

流運閃欲盡，枯折皆相號〔一〕。棘枝風哭酸，桐葉霜顔高〔二〕。老蟲乾鐵鳴，驚獸孤玉咆。商氣洗聲瘦，晚陰驅景勞。集耳不可遏，噎神不可逃。蹇行散餘鬱〔三〕，幽坐誰與曹。抽壯無一線，剪懷盈千刀〔四〕。清詩既名朓，金菊亦姓陶〔五〕。收拾昔所棄，咨嗟今比毛〔六〕。幽幽歲晏言，零落不可操〔七〕。

校勘

流運閃欲盡：「閃」原作「闇」，今依各本作「閃」。　折：華校本作「析」。　洸：一作「滿」，弘治本一作「病」。　清詩既名朓：一作「詩清既名郊」。

注釋

〔一〕「流運」二句：陳云：「言流光易盡，草木風號也。」

〔二〕「棘枝」二句：陳云：「言風吹棘枝，其聲酸苦；桐葉經霜，已自枯黄矣。」

〔三〕蹇行：跛行，步履艱難。餘鬱：殘留的憂懣。

〔四〕「抽壯」二句：陳云：「言壯志消盡，彌足傷懷。」

〔五〕「清詩」句：謝朓，字玄暉。南齊陳郡陽夏人。與謝靈運同族，稱小謝。初爲隋王蕭子隆文學。明帝輔政，朓領記室，出爲宣城太守。後遷尚書吏部郎，爲蕭遥光誣陷死。長五言，詩多清俊。沈約嘗云：「二百年來無此詩也。」李白《宣州謝朓樓餞别校書叔雲》：「蓬萊文章建安骨，中間小謝又清發。」「金菊」句：晋陶淵明性愛菊，有《飲酒》其五云：「采菊東籬下，悠然見南山。」

〔六〕「收拾」二句：陳云：「比毛，如毛也。《詩·大雅》：『德輶如毛，民鮮克舉之。』此言昔所棄者，今收拾之，歎其輕如毛也。恐指詩。」

〔七〕歲晏言：老人的話。這裏歲晏指人的暮年。操：控御。

霜氣入病骨，老人身生冰。衰毛暗相刺，冷痛不可勝。鷕鷕伸至明，强强攬所憑〔一〕。瘦坐形欲折，晚飢心將崩。勸藥左右愚，言語如見憎。聳耳噎神開，始知功用能。日中視餘瘡，暗鑠聞繩蠅。彼龥一何酷〔二〕，此味半點凝。潛毒爾無猒〔三〕，餘生我堪矜。凍飛幸不遠，冬令反心懲〔四〕。出没各有時，寒熱苦相淩〔五〕。仰謝調運翁〔六〕，請命願有徵。

校勘

晚飢：弘治本、閔刻本作『腹飢』。　聳耳噎神開：一作『聳嗾神氣開』。　始知：『始』原作『如』，兹依各本作『始』。　用：一作『者』。　鑠：一作『隙』。　聞：原作『開』，據宋刻本、弘治本改。　繩蠅：『繩』一作『細』。　此味：『味』原作『詠』，兹依各本作『味』。　苦：一作『莫』。

注釋

〔一〕鷕鷕：雌雉鳴聲。《詩·邶風·匏有苦葉》：『有瀰濟盈，有鷕雉鳴。』此擬呻吟之聲。强强：勉强，勉力。

〔二〕龥：同『嗅』。

〔三〕猒：通『厭』。

〔四〕『凍飛』二句：陳云：『此恐指凍蠅。蠅者，詩人所以喻讒也。』

〔五〕淩：侵犯，欺侮。

〔六〕調運翁：調節四時之仙翁。

黄河倒上天，衆水有却來。人心不及水，一直去不回。一直亦有巧，不肯至蓬萊〔一〕。一直不知疲，唯聞至省臺〔二〕。忍古不失古〔三〕，失古志易摧。失古劍亦折，失古琴亦哀。夫子失古淚，當時落漼漼〔四〕。詩老失古心〔五〕，至今寒皚皚。古骨無濁肉，古衣如蘚苔。勸君勉忍古，忍古銷塵埃〔六〕。

校勘

劍亦折：宋刻本、華校本『亦』作『上』。

注釋

〔一〕『不肯』句：言拒絶到蓬萊學仙，尋求長生不老。《山海經·海内北經》：『蓬萊山在海中。』古代方士傳爲仙人所居。

〔二〕省臺：唐時尚書省稱中臺，門下省稱東臺，中書省稱西臺，統稱省臺，皆清要之職。

〔三〕忍古：陳云：『忍古者，與古爲徒也。』指堅守古道。失古：謂古道淪喪。

〔四〕夫子：指孔子。《史記·孔子世家》：『孔子病，子貢請見。孔子方負杖逍遥於門，曰：「賜，汝來何其晚也？」孔子因歎，歌曰：「太山壞乎！　梁柱摧乎！　哲人萎乎！」因以涕下。……後七日卒。』漼漼：涕淚齊下貌。

〔五〕詩老：東野自指。

〔六〕銷：滅。塵埃：比喻塵世污濁。《楚辭·漁父》：『安能以皓皓之白，而蒙世俗之塵埃乎？』

詈言不見血，殺人何紛紛〔一〕。聲如窮家犬，吠竇何誾誾〔二〕。詈痛幽鬼哭，詈侵黃金貧〔三〕。言詞豈用多，憔悴在一聞。古詈舌不死，至今書云云〔四〕。今人詠古書，善惡宜自分。秦火不爇舌〔五〕，秦火空爇文。所以詈更生，至今橫絪緼〔六〕。

校勘

詈言：一作『署劍』。

注釋

〔一〕『詈言』二句：陳云：『覆背善詈，足以殺人也。』

〔二〕窮家犬：猶言喪家犬。竇：孔道。此指狗洞。誾誾：猶『狺狺』，犬吠聲。

〔三〕『詈侵』句：鄒陽《獄中上梁王書》：『衆口鑠金，積毀銷骨。』此師其意。

〔四〕『古詈』二句：謂古代專説人家壞話的人没有被割去舌頭，所以至今書上還記着他們攻擊别人的言論。云云：如此如此。

〔五〕秦火：指秦始皇焚書事。爇：燒。

〔六〕『所以』二句：陳云：『言秦火徒燒書而讒口之舌猶在，所以詈言至今又充塞天地間也。』

靖安寄居〔一〕

寄静不寄華，愛茲嵽嵲居〔二〕。渴飲濁清泉，飢食無名蔬。敗菜不敢火，補衣亦寫書。古云儉成德，今乃實起予〔三〕。戆叟戆不足，賢人賢有餘〔四〕。役生皆促促，心竟誰舒舒〔五〕，萬馬踏風衢，衆塵隨奔車。高賓盡不見，大道夜方虚。卧有洞庭夢，坐無長安儲〔六〕。英髦空駭耳，煙火獨微如〔七〕。厚念恐傷性〔八〕，薄田憶親鋤。承世不出力，冬竹肯抽葅〔九〕。外物莫相誘，約心誓從初〔一〇〕。碧芳既似水，日日詠歸歟〔一一〕。

校勘

不寄華：《全唐詩》『華』一作『嘩』。　敗菜：『菜』一作『葉』。　承世：『承』一作『忙』。

注釋

〔一〕靖安：長安里名。

〔二〕『寄静』句：言因不喜繁華，故寄此僻静之地。嶒嵲居：建在高山上的居室。嶒嵲，高峻的山。

〔三〕『古云』句：《易·否》：『象曰：「天地不交，否。君子以儉德辟難，不可榮以禄。」』起予：啓發我，給我以教益。《論語·八佾》：『子曰：「起予者商也，始可與言詩已矣。」』

〔四〕戆叟：東野自謂。戆，剛直而愚。賢人：似是反語，意存諷刺。

〔五〕役生：爲生活而奔波。促促：猶言匆匆，忙迫的樣子。舒舒：安泰的樣子。

〔六〕『坐無』句：謂身居長安，而無斗米之儲。左思《詠史》：『外望無寸禄，内顧無斗儲。』

〔七〕『英髦』句：謂才俊之士徒有虚名。『煙火』句：説自己生活清貧，幾至於不能舉火。微如：微弱的樣子。

〔八〕厚念：指對人生寄托太多，對榮禄追求太過。傷性：斫傷人的天性。

〔九〕承世：承平之世。抽葅：猶言抽芽。葅：同『菹』。

〔一〇〕外物：身外之物，指功名利禄。從初：遂其初志，這裏指歸田。陶淵明《贈長沙公》：『慨然寤歎，念兹厥初。』

〔一一〕碧芳：酒名。馮贄《雲仙雜記》：『房壽六月召客……編香藤爲俎，刳椰子爲杯，搗蓮花，製碧芳酒。』歸歟：陶淵明《歸去來兮辭序》：『及少日，眷然有歸歟之情。』參卷一《長安羈旅行》注〔八〕。

雪

忽然太行雪，昨夜飛入來。崚嶒墮庭中，嚴白何皚皚〔一〕。奴婢曉開户，四支凍徘徊〔二〕。咽言詞不成，告訴情狀摧〔三〕。官給未入門，家人盡以灰〔四〕。意勸莫笑雪，笑雪貧爲災。將暖此殘疾，典賣争致盃〔五〕。教令再舉手，誇曜餘生才〔六〕。强起吐巧詞，委曲多新裁〔七〕。爲爾作非夫，忍耻轟暍雷〔八〕。書之與君子，庶免生嫌猜〔九〕。

注釋

〔一〕崚嶒：高峻重疊的樣子。皚皚：白貌。

〔二〕支：通『肢』。

〔三〕摧：令人傷痛。

〔四〕官給：官家之所供給，俸禄也。灰：喪氣、消沉。

〔五〕『將暖』二句：言典衣買酒，亦足暖此殘病之身。

〔六〕餘生：老年，暮年。此指老人，東野自謂。

〔七〕强：勉力。『委曲』句：謂所作巧詞，體式新穎，屈曲傳情。委曲：細微曲折。

〔八〕非夫：懦夫。『忍恥』句：言今忍恥以冬雪轟之，即爲夏天不致傷於暑熱。《荀子·富國》：『使民夏不宛暍，冬不凍寒。』暍：中暑，傷於暴熱。

〔九〕嫌猜：疑忌。

春愁

春物與愁客，遇時各有違。故花辭新枝，新淚落故衣〔一〕。日暮兩寂寞，飄然亦同歸。

注釋

〔一〕『故花』句：言春物有違。故花：落花。『新淚』句：言愁客有違。故衣：舊衣。

懊惱

惡詩皆得官，好詩空抱山〔一〕。抱山冷殑殑，終日悲顔顔〔二〕。好詩更相嫉，劍戟生牙關〔三〕。前賢死已久，猶在咀嚼間〔四〕。以我殘杪身，清峭養高閑〔五〕。求閑未得閑，衆誚瞋虓虓〔六〕。

校勘

殑殑：原作『殑殑』。《全唐詩》作『殑殑』，下注：『音擎，寒貌。』兹據改。

注釋

〔一〕『惡詩』二句：陳云：『言詩人多不遇也』。抱山：謂淪落山野。（參郝世峰《孟郊詩集箋注》，下引簡稱郝氏箋注。）

〔二〕殑殑：困病已極，頻於死亡。悲顔顔：臉容悲戚的樣子。

〔三〕『好詩』二句：陳云：『言嫉詩者，言詞鋒利如劍戟也。』李白《魏郡别蘇明府因北游》：『洛陽蘇季子，劍戟森詞鋒。』

〔四〕『前賢』二句：謂前賢死去已久，然其詩作至今仍遭嫉詩者譏誚詬誶。咀嚼：咬嚼，喻惡言相攻，意承上句『劍戟生牙關』。

〔五〕『以我』二句：言以我殘杪之身，不妨清貧自守，過安閑日子。殘杪：老病。清峭：清高孤直。高閑：清貧閑適。

〔六〕衆誚：指世俗的譏嘲。瞋：怒目而視。虓虓：老虎發怒的樣子。

游適上

游城南韓氏莊〔一〕

初疑瀟湘水，鏁在朱門中〔二〕。時見水底月，動摇池上風〔三〕。清氣潤竹木，白光連虚空。浪簇霄漢羽，岸芳金碧叢〔四〕。何言數畝間，環泛路不窮〔五〕。願逐神仙侣，飄然汗漫通〔六〕。

校勘

初疑：『疑』原作『凝』，據閔刻本、《全唐詩》改。　時見水底月：一作『有時池底山』。　願逐：一作『常慕』。　飄然：一作『從兹』。

注釋

〔一〕游城南韓氏莊：憲宗元和元年作。其時東野僑寓長安。韓愈於同年六月自江陵法曹參軍入爲國子博士，與東野、張籍、張徹等會合京都。城南韓氏莊：在長安城南，是韓愈的一所别墅。宋敏求《長安志》卷中：『韓莊，在韋曲之東。退之與孟郊賦詩，又并其子讀書之所也。』韓愈《贈張十八助教》所稱『喜君眸子重清朗，攜手城南歷舊游。忽見孟生題竹處，相看淚落不能收』，估計就是指東野這首紀游詩。彼時東野已經作古，所以有『相看淚落』的話。

〔二〕『初疑』二句：陳云：『此寫韓氏莊有瀟湘勝境。』

〔三〕『時見』二句：陳云：『言倒景也，月爲風所摇動。』

〔四〕『浪簇』句：陳云：『言霄漢之羽，影入水中，爲浪所簇也。』霄漢：天空極高處。羽：指羽毛狀雲片。簇：叢聚或堆集成團。『岸芳』句：言岸邊金碧叢中散發出醉人芳香。

〔五〕環泛：泛舟環游。

〔六〕逐：追隨。神仙侣：不同凡俗的朋友。《後漢書》卷六八《郭太傳》：『郭太字林宗……就成皋、屈伯彦學，三年業畢乃游於洛陽。始見河南尹李膺，膺大奇之，遂相友善，於是名震京師。後歸鄉里，衣冠諸儒送至河上，車數千兩。林宗唯與李膺同舟而濟，衆賓望之，以爲神仙焉。』（參郝氏箋注）汗漫通：猶言汗漫游，即漫無邊際，漫無目的的遨游。

與二三友秋宵會話清上人院〔一〕

何處山不幽〔二〕，此中情又別。一僧敲一磬〔三〕，七子吟秋月。激石泉韻清，寄枝風嘯咽〔四〕。泠然諸境靜，頓覺浮累滅〔五〕。扣寂兼探真，通宵詎能輟〔六〕。

校勘

泠然：宋刻本、宋蜀刻殘本、弘治本、閔刻本作『冷然』。

注釋

〔一〕與二三友秋宵會話清上人院：未審何年所作。清上人亦不詳。上人：對僧人的敬稱。

〔二〕『何處』句：王籍《入若耶溪》：『蟬噪林逾靜，鳥鳴山更幽。』

〔三〕磬：佛寺中誦經用的鉢形的打擊樂器，以玉、石或金屬爲之。

〔四〕『激石』二句：陳云：『言泉激石而韻清，風寄枝而嘯咽。』

〔五〕泠然：輕妙的樣子。《莊子·逍遥游》：『夫列子禦風而行，泠然善也。』浮累：世俗之累。

〔六〕『扣寂』句：陸機《文賦》：『課虚無以責有，叩寂寞而求音。』張鳳翼《文選纂注》：『文章率自虚無之中以求其象，叩寂寞之鄉而求音韻，所謂形其無形、聲其無聲也。』可知『扣寂』指寫作詩文。『探真』則是對佛教真理的追求。真，真如略稱，佛教所謂永恒存在的實體實性，亦即宇宙萬有的本體。詎：豈。輟：中止。

夜　集

好鳥無雜棲，華堂有嘉攜〔一〕。琴尊互傾奏〔二〕，歌賦相和諧。但嘉魚水合，莫令雲雨乖〔三〕。一爲鵾鷄彈〔四〕，再鼓壯士懷。初景待誰曉，新春逐君來。願言良友會，高駕不知回。

校勘

尊：弘治本、《全唐詩》作「樽」。　鵾鷄：「鵾」原作「睢」，弘治本作「鵙」，今依宋刻本、宋蜀刻殘本、閔刻本、《全唐詩》、華校本作「鵾」。　逐：一作「還」。

注釋

〔一〕「好鳥」二句：李白《叙舊贈江陰宰陸調》：「好鳥集嘉木，高才列華堂。」

〔二〕尊：盛酒器。

〔三〕魚水合：喻甚親密。雲雨乖：喻友朋離别。孟浩然《奉先張明府休沐還鄉海亭宴集》：「萬里音信斷，數年雲雨乖。」

〔四〕鵾鷄：琴曲名。《文選》嵇康《琴賦》：「飛龍鹿鳴，鵾鷄游絃。」李善注：「古相和歌者有《鵾鷄曲》。」李白《夜泛洞庭尋裴侍御清酌》：「抱琴出深竹，爲我彈鵾鷄。」

招文士飲〔一〕

曹劉不免死〔二〕，誰敢負年華。文士莫辭酒，詩人命屬花。退之如放逐，李白自矜夸〔三〕。萬古忽將似，一朝同歎嗟。何言天道正，獨使地形斜〔四〕。南士愁多病，北人悲去家〔五〕。梅芳已流管，柳色未藏鴉〔六〕。相勸罷吟雪，相從愁飲霞〔七〕。酒醒不可過，愁海浩無涯〔八〕。

注釋

〔一〕招文士飲：貞元二十年爲韓愈貶官陽山作，時東野爲溧陽縣尉。

〔二〕曹劉：鍾嶸《詩品序》：『昔曹、劉殆文章之聖，陸、謝爲體貳之才。』曹即曹植，字子建，曹操第三子，曹丕之弟。少善詩文，操屢欲立爲太子以代丕，故深爲丕所嫉恨。操死，丕廢漢稱帝，藉故貶爵徙封，抑鬱不得意。及丕子叡繼位，植屢上書求自試，皆不見用，所作詩今存八十餘首，文章辭賦四十餘篇，是建安作家中影響最大亦最受後人推崇者。劉即劉楨，字公幹，漢末東平人。曹操任爲丞相掾屬。所作五言詩當時很有名，爲建安七子之一。

〔三〕退之：韓愈的字。貞元十九年，韓愈自國子博士拜監察御史，因上書論天旱人飢狀，請緩征京畿百姓賦税，爲幸臣所讒，貶陽山令。如：又。『李白』句：據《新唐書·文藝傳》：白天寶初至長安，召見金鑾殿，帝賜食，親爲調羹。有詔供奉翰林，數宴見。嘗醉，使高力士脱靴，力士恥之，摘其詩以激楊貴妃。帝欲官白，妃輒沮之。白自知不爲親近所容，益驁放不自修。懇求還山，帝賜金放還。自矜夸：矜其所能，以自夸大。

〔四〕『何言』二句：古以天爲君道，地爲臣道。天道不正，則臣子受屈，故有地斜之歎。

〔五〕南士：東野自指。時在溧陽任上。北人：係指韓愈。其時已在連州陽山。

〔六〕『梅芳』句：李白《與史郎中飲聽黄鶴樓上吹笛》：『黄鶴樓中吹玉笛，江城五月落梅花。』落梅花，漢横吹曲名。『柳色』句：古樂府《楊叛兒曲》：『暫出白門前，梅柳可藏烏。』梁簡文帝《金樂歌詩》：『槐花欲覆井，楊柳正藏鴉。』此反其意。藏鴉：言枝葉蔭蔽。二句點明時令。

〔七〕飲霞：喝酒。霞即流霞，神話中的仙酒，此以泛指美酒。

〔八〕浩無涯：廣大無邊際。

陪侍御叔游城南山墅

夜坐擁腫亭，晝登崔嵬岑[一]。日窺萬峰首，月見雙泉心[二]。松氣清耳目，竹氛碧衣襟[三]。佇想琅玕字[四]，數聽枯槁吟。

校勘

崔嵬：閔刻本、《全唐詩》作「崔巍」。　佇想：一作「仰悲」。

注釋

〔一〕擁腫：同「臃腫」。言其狀肥大。崔嵬：高聳貌。岑：小而高的山。

〔二〕「月見」句：陳云：「言月光可寫（瀉）水底也。」

〔三〕「竹氛」句：王維《山中》：「山路元無雨，空翠濕人衣。」東野蓋師其意。

〔四〕佇想：久立深思。琅玕字：猶言字字珠玉。《急就篇》：「繫臂琅玕虎魄龍。」注：「琅玕，火齊珠也。一曰石似珠者也。」

登華嚴寺樓望終南山贈林校書兄弟[一]

地脊亞爲崖，聳出冥冥中[二]。樓根插迴雲，殿翼翔危空[三]。前山胎元氣，靈異生不窮[四]。勢吞萬象高，秀奪五岳雄[五]。一望俗慮醒，再登仙願崇[六]。青蓮三居士，晝景真賞同[七]。

注釋

〔一〕登華嚴寺樓望終南山贈林校書兄弟：貞元七、八年間作，時東野應試長安。華嚴寺：在長安樊川，即今陝西長安縣南。宋張禮《游城南記》自注：『華嚴寺，貞觀中建。寺之北原下瞰終南，可盡其勝，岑參詩所謂「寺南幾千峰，峰翠青可掬」是也。』終南山：見卷三《勸酒》注〔五〕。林校書兄弟：吴汝煜、胡可先《全唐詩人名考》（下引簡稱吴胡《人名考》）：『林校書兄弟爲林藻、林蘊。黄滔《黄御史集》卷五《莆山靈巖寺碑》：「初，侍御史濟南林公藻與其季水部員外郎蘊，貞元中居兹而業文。」宋李俊甫纂輯《莆陽比事》卷一云：「林藻弟蘊……刻志業文，未幾藻舉進士，蘊擢明經。歐陽詹繼之，故當時有藻、蘊横行、歐陽獨步之語。」檢《登科記考》，知林藻於貞元七年（七九一）登進士第，林蘊於貞元四年（七八八）明經及第。其間孟郊亦在京應試，故與林氏兄弟相識。』

〔二〕『地脊』二句：寫遠眺終南所見。亞：壓。

〔三〕『樓根』二句：寫華嚴寺樓。《詩·小雅·斯干》：『如鳥斯革，如翬斯飛。』東野以翼翔狀樓，正用其意。迥：遠。危：高。

〔四〕胎：藴含。『靈異』句：謝朓《游敬亭山》：『隱淪既已托，靈異居然棲。』

〔五〕五岳：指中岳嵩山、東岳泰山、西岳華山、南岳衡山、北岳恒山。

〔六〕『一望』二句：岑參《春半與群公同游元處士别業》：『愛兹清俗慮，何事老塵容。』

〔七〕『青蓮』二句：青蓮：花名，梵語優鉢羅的意譯。佛教因蓮花清净無染，故常以指稱與佛教有關的事物。居士：梵語迦羅越的意譯。據隋慧遠《維摩義記》，這裏的『居士』當指在家奉佛的人。三居士：謂東野及林校書兄弟。真賞：會心之欣賞。

游終南山〔一〕

南山塞天地，日月石上生。高峰夜留景，太白峰西，黄昏後見餘日。深谷晝未明〔二〕。山中人自正，路險心亦平。長風驅松柏，聲拂萬壑清。到此悔讀書，朝朝近浮名。

校　勘

夜留景：宋刻本、華校本作『夜留日』。　到此：《唐詩品彙》作『即此』。

注　釋

〔一〕游終南山：貞元七、八年間作。終南山：見卷三《勸酒》注〔五〕。

〔二〕『高峰』句：謝靈運《石門新營所住四面高山回溪石瀨茂林修竹》：『早聞夕飆急，晚見朝日暾。』東野從此化出。

游終南龍池寺〔一〕

飛鳥不到處，僧房終南巔。龍在水長碧，雨開山更鮮。步出白日上，坐依清溪邊。地寒松桂短，石險道路偏。晚磬送歸客，數聲落遥天。

校　勘

松桂：《唐詩品彙》作『松柏』。　道路：一作『苔磴』。

注　釋

〔一〕游終南龍池寺：貞元七、八年間作，時東野應試長安。龍池寺：唐時終南勝跡。宋張禮《游城南記》：『下瞰終南之勝，霧峰玉案……粲在目前。越姜保至興教寺，上玉峰軒，南望龍池廢寺。』

南陽公請東櫻桃亭子春讌〔一〕

萬木皆未秀，一林先含春〔二〕。此地獨何力，我公布深仁〔三〕。霜葉日舒卷，風枝遠埃塵。初英濯紫霞，飛雨流清津。賞異出囂雜〔四〕，折芳積歡忻。文心茲焉重，俗尚安能珍。碧玉粧粉比，飛瓊穠艷均〔五〕。鴛鴦七十二，花態併相新〔六〕。常恐遺秀志，逮茲廣讌陳〔七〕。芳菲爭勝引〔八〕，歌詠竟良辰。方知戲馬會，永謝登龍賓〔九〕。

校　勘

林：《全唐詩》一作『株』。

注　釋

〔一〕南陽公請東櫻桃亭子春讌：貞元八年作。是年東野下第東歸，訪張建封於徐州。張建封貞元四年爲徐州刺史，兼御史大夫、徐泗濠節度度支營田觀察使，貞元十六年病卒於任所。因建封爲鄧州南陽人，故東野詩以南陽公稱之。

〔二〕一林：指櫻桃林。

〔三〕我公：謂南陽公。

〔四〕囂雜：喧鬧嘈雜。

〔五〕碧玉：《樂府詩集·吴聲曲辭·碧玉歌》引《樂苑》：『《碧玉歌》者，宋汝南王所作也。碧玉，汝南王妾名。』梁元帝《采蓮賦》：『碧玉小家女，來嫁汝南王。』飛瓊：仙女名。舊題漢班固《漢武帝内傳》：『（王母）又命侍女董雙成吹雲和之笙，石公子擊昆庭之金，許飛瓊鼓震靈之簧。』此處『碧玉』、『飛瓊』并言櫻桃之美。

〔六〕『鴛鴦』二句：《古詩》：『鴛鴦七十二，羅列自成行。』

〔七〕『常恐』二句：遺秀：遺落之花草，這裏用比遺賢。廣讌：猶言盛讌。陳：指進獻詩文。

〔八〕勝引：《文選》殷仲文《南州桓公九井作》：『廣筵散泛愛，逸爵紆勝引。』李善注：『勝引，勝友也。引猶進也，良友所以進己，故通呼曰勝引。』

〔九〕戲馬會：今江蘇省銅山縣南有古跡戲馬臺，即項羽掠馬臺。晋義熙中，劉裕曾大會賓客賦詩於此，即所謂戲馬會。登龍賓：《後漢書·黨錮傳·李膺傳》：『膺獨持風裁，以聲名自高。士有被其容接者，名爲登龍門。』又《南史·袁昂傳》：『昂雅有人鑒，游處不雜，入其門者號登龍門。』

游華山雲臺觀〔一〕

華岳獨靈異，草木恒新鮮。山盡五色石，水無一色泉。仙酒不醉人，仙芝皆延年〔二〕。夜聞明星館，時韻女蘿絃〔三〕。敬兹不能寐，焚柏吟道篇〔四〕。

注　釋

〔一〕華山：五岳之一，世稱西岳，在陝西華陰縣南。雲臺觀：道觀名。在陝西華山雲臺峰上，爲北周道士焦道廣所建。

〔二〕仙芝：《爾雅・釋草》：『茵，芝。』注：『芝，一歲三華，瑞草。』

〔三〕明星館：即華山中峰之明星玉女祠。《太平廣記》卷五九引《集仙録》：『明星玉女者，居華山，服玉漿，白日升天。……玉女祠前有五石臼，號曰玉女洗頭盆。其中水色碧緑澄澈，雨不加溢，旱不減耗。』女蘿：即松蘿。屈原《九歌・山鬼》：『若有人兮山之阿，被薜荔兮帶女蘿。』這裏借指仙女。

〔四〕道篇：指《老子》。張衡《七辨》：『無爲先生，祖述列仙，背世絶俗，唯誦《道篇》。』

喜與長文上人宿李秀才小山池亭〔一〕

燈盡語不盡，主人庭砌幽〔二〕。柳枝星影曙，蘭葉露華浮。塊嶺笑群岫〔三〕，片池輕衆流。更聞清净子，逸唱頗難儔〔四〕。

校勘

群岫：《唐詩品彙》作『群峰』。

注釋

〔一〕長文上人、李秀才：均未詳其人。

〔二〕庭砌：庭前階下。砌，臺階。

〔三〕塊嶺：土丘，小山。岫：峰巒。

〔四〕清净子：指長文上人。岑參《太白胡僧歌》：『心將流水同清净，身與浮雲無是非。』儔：匹配。

邀花伴時在朔方〔一〕

邊地春不足，十里見一花。及時須邀游，日暮饒風沙〔二〕。

注釋

〔一〕邀花伴：貞元九年作。是年東野再下第，於是先自長安至朔方，然後南游湖楚。朔方，縣名，在今寧夏回族自治區境内。唐屬關内道夏州，爲夏綏銀節度使治所。

〔二〕饒：多。

石淙十首〔一〕

巖谷不自勝，水木幽奇多。朔風入空曲，涇流無大波。迢遞逗難盡，參差勢相羅〔二〕。雪霜有時洗，塵土無由和。潔泠誠未厭，晚步將如何。

校勘

石淙：宋刻本作『五淙』。　涇流：『涇』一作『徑』。　逗：閔刻本、《全唐詩》作『徑』。　潔泠：一作『結泠』，宋刻本、弘治本、華校本作『潔泠』。宋刻本一作『結吟』。

注釋

〔一〕石淙十首：貞元九年東野自長安出游朔方，此即紀游之作。石淙：在河南省登封縣東南三十里。

〔二〕『迢遞』二句：陳云：『此言石淙形勢。』迢遞：遠貌。參差：不齊貌。

出曲水未斷，入山深更重。泠泠若仙語，皎皎多異容〔一〕。萬響不相雜，四時皆自濃。日月互分照，雲霞各生峰〔二〕。久迷向方理〔三〕，逮兹聳前蹤。

校　勘

自濃：閔刻本、《全唐詩》作『有濃』。　互：原作『平』。宋蜀刻殘本、弘治本作『牙』。兹據宋刻本、閔刻本、《全唐詩》、華校本作『互』。

注　釋

〔一〕泠泠：形容聲音清脆。陸機《招隱詩》：『山溜何泠泠，飛泉漱鳴玉。』吴均《與朱元思書》：『泉水激石，泠泠作響。』皎皎：潔白明亮的樣子。

〔二〕『日月』二句：陳云：『言石淙倒景之狀。』

〔三〕向方理：《文子·符言》：『開道之於善，而民向方矣。』徐靈府注：『正道而可以誘民。』向方，歸向正道。方，義方。

荒策每恣遠，贏步難自回〔一〕。已抱苔蘚疾，尚凌潺湲隈〔二〕。驛驥苦銜勒，籠禽恨摧頹〔三〕。實力苟未足，浮誇信悠哉。顧惟非時用，静言還自哈〔四〕。

校　勘

疾：一作『瘦』，弘治本一作『疲』，凌刻本、閔刻本一作『病』，華校本一作『疢』。

注　釋

〔一〕荒策：意者取野外之竹木以爲杖。𧾷贊步：華喻《校注》引《正字通》，釋爲急直的步伐，是。

〔二〕潺湲：水流的樣子。限：水彎曲的地方。

〔三〕『驛驥』二句：陳云：『言己未得大用也。』驛驥：驛站的馬，供載人或傳郵之用。銜勒：馬勒和轡頭。摧頹：轉動傾側的樣子。杜甫《秋日荆南述懷三十韻》：『琴烏曲怨憤，庭鶴舞摧頹。』

〔四〕自哈：自相嗤笑。

朔水刀劍利，秋石瓊瑶鮮〔一〕。魚龍氣不腥，潭洞狀更妍。磴雪入呀谷，掬星灑遥天〔二〕。聲忙不及韻，勢疾多斷漣〔三〕。輸去雖有恨，躁氣一何顛。蜿蜒相纏掣，犖确亦回旋〔四〕。黑草濯鐵髮，白苔浮冰錢〔五〕。具生此云遥，非德不可甄〔六〕。何况被犀士〔七〕，制之空以權。始知静剛猛，文教從來先〔八〕。

校　勘

聲忙：『忙』一作『怕』。宋刻本一作『恟』。弘治本、凌刻本、閔刻本、《全唐詩》一作『迫』。　躁氣：『氣』一作『翻』。　具：一作『其』。

注　釋

〔一〕『朔水』二句：陳云：『言水石寒艷也。』瓊瑶：美玉。

〔二〕磴：石階。呀谷：猶空谷。掬：捧取。

〔三〕『聲忙』二句：陳云：『此言水流之狀。』

〔四〕纏掣：盤繞牽掣。犖确：山石險峻不平之貌。

〔五〕『黑草』句：陳云：『言黑草浮水，如濯鐵髮也。東野《秋懷詩》：「秋草瘦如髮。」』『白苔』句：陳云：『此言苔白而浮於水上，如冰錢也。』

〔六〕具生：具血氣之生者。江淹《建平王慶安城王拜封表》：『具生屬慶，懷識戴躍。』甄：培育和造就。

〔七〕被犀士：借指武人。《楚辭》屈原《九歌·國殤》：『操吴戈兮被犀甲。』犀甲，指以犀牛皮製成的鎧甲。

〔八〕文教：古指禮樂法度、文章教化。《書·禹貢》：『三百里揆文教。』荀悦《申鑒·政體》：『宣文教以章其化，立武備以秉其威。』

空谷聳視聽，幽湍澤心靈〔一〕。疾流脱鱗甲，疊岸衝風霆〔二〕。丹巘墮瓌景，霽波灼虚形〔三〕。淙淙豗厚軸，稜稜攢高冥〔四〕。弱棧跨旋碧，危梯倚凝青〔五〕。飄飄鶴骨仙，飛動鼇背庭〔六〕。常聞誇大言，下顧皆細萍〔七〕。

校勘

瓌：原作『環』。宋刻本、弘治本、凌刻本、華校本俱作『瓌』，兹據改。　灼：一作『閃』。　飄飄：《全唐詩》、華校本作『飄飖』。　鼇背庭：『庭』一作『亭』。

注釋

〔一〕聳：驚駭。澤：滋潤。

〔二〕『疾流』二句：言疾流飛濺，如魚龍之脱鱗甲；淙水疊岸，若風霆之相衝激。霆：疾雷。

〔三〕巘：山峰。灼：燒。引申爲閃爍，閃耀。虚形：指彩虹。

〔四〕淙淙：水石相擊聲。豗：水相擊聲。此處作『震動』解。厚軸：地軸。高冥：蒼穹。

〔五〕『弱棧』二句：言不堅實的棧道在山間回環往復，高高的梯子如同架在半空。棧：在山巖上架木爲路。凝青：指天。

〔六〕鶴骨仙：形容骨格清奇而身體瘦削的人。此則東野自指。鼇背庭：指山頂飛閣。李白《趙公西候新亭頌》：『眈眈高亭，趙公所營。如鼇背突兀於太清，如鵬翼開張而欲行。』鼇，傳爲海中大龜。

〔七〕『常聞』二句：陳云：『言登高巘，俯視誇大者，皆如細萍也。』

百尺明劍流，千曲寒星飛。爲君洗故物，有色如新衣。不飲泥土污，但飲雪霜飢。石稜玉纖纖，草色瓊霏霏〔一〕。谷磑有餘力，溪舂亦多機〔二〕。從來一智萌，能使衆利歸。因之山水中，喧然論是非。

校勘

明劍：宋刻本『劍』一作『鏡』。弘治本、凌刻本、閔刻本、《全唐詩》作『明鏡』。雪霜：宋刻本、宋蜀刻殘本、華校本作『霜雪』。飢：《全唐詩》一作『肌』。

注釋

〔一〕石稜：石頭的稜角。杜甫《西閣雨望》：『徑添沙面出，湍減石稜生。』纖纖：尖細的樣子。韓愈《答張十一功曹》：『篔簹競長纖纖筍，躑躅閒開艷艷花。』瓊：美玉。霏霏：盛多貌。杜甫《宣政殿退朝晚出左掖》：『宮草霏霏承委珮，爐煙細細駐游絲。』

〔二〕碓：石磨。舂：用杵臼搗穀類。谷碓、溪舂，皆借水力爲之。

入深得奇趣，昇險爲良躋〔一〕，搜勝有聞見，逃俗無蹤蹊〔二〕。穴流恣回轉，竅景忘東西。戇獸鮮猜懼，羅人巧罝罘〔三〕。幽馳異處所，忍慮多端倪〔四〕。虛獲我何飽，實歸彼非迷〔五〕。斯文浪云潔，此旨誰得齊〔六〕。

校勘

穴流：『流』一作『溪』，宋刻本一作『湲』。

注釋

〔一〕良躋：善於攀登的人。躋，登。

〔二〕蹤蹊：途徑。

〔三〕戇獸：笨拙的野獸。鮮：少。羅人：獵人。罝罘：捕獸之網。

〔四〕幽馳：幽居與馳逐。端倪：頭緒，跡象。

〔五〕虛獲：指所得山水之趣。實歸，指羅人獲獸而歸，喻功名利禄。

〔六〕『斯文』二句：意謂儒生徒夸高潔，誰能把名利的得失視同一律？　斯文：《論語・子罕》：『天之將喪斯文也，後死者不得與於斯文也；天之未喪斯文也，匡人其如予何？』此斯文謂禮樂制度，後以指儒者或文人。浪：徒然。　此旨：指名利得失的道理，即虛獲和實歸的不同。

屑珠瀉潺湲，裂玉何威瓌〔一〕。若調千瑟絃，未果一曲諧〔二〕。古駭毛髮慄，險驚視聽乖〔三〕。二老皆勁骨，風趨緣欹崖〔四〕。地遠有餘美，我游採棄懷〔五〕。乘時幸勤鑒，前恨多幽霾〔六〕。弱力謝剛健，蹇策貴安排〔七〕。始知隨事静，何必當夕齋〔八〕。

校勘

二老：一作『土老』。　餘美：一作『遺美』。　棄懷：一作『奇懷』。

注釋

〔一〕『屑珠』二句：陳云：『言水聲清脆，似瀉珠裂玉也。』

〔二〕千瑟：千者極言其多。　未果：謂不成曲調。

〔三〕慄：恐懼。　視聽：耳目。　乖：背離，不一致。

〔四〕風趨：爲風所趨。　欹崖：傾斜的山崖。

〔五〕棄懷：失落的懷抱。

〔六〕幽霾：深埋。　霾，通『埋』。

〔七〕謝：辭。　蹇策：謂行步艱難。　這裏指行步艱難的人。　安排：安心聽任擺布，順應自然。《莊子・大宗師》：『安排而去化，乃入於寥天一。』郭象注：『安於推移而與化俱去，故乃入於寂寥而與天爲一也。』

〔八〕齋：修身内省。《易·繫辭上》：『聖人以此齋戒，以神明其德夫。』韓康伯注：『洗心曰齋，防患曰戒。』

昔浮南渡颻〔一〕，今攀朔山景。物色多瘦削，吟笑還孤永〔二〕。日月凍有稜，雪霜空無影〔三〕。玉噴不生冰，瑶渦旋成井〔四〕。潛角時聳光，隱鱗乍漂冏〔五〕。再吟獲新勝，返步失前省〔六〕。愜懷雖已多，惕慮未能整〔七〕。頽陽落何處，昇魄銜疏嶺〔八〕。

校　勘

日月：原作『日日』。宋刻本、宋蜀刻殘本、凌刻本、閔刻本、《全唐詩》、華校本俱作『日月』，兹據改。

注　釋

〔一〕『昔浮』句：指南游吴越事。浮颻，因風泛行。

〔二〕物色：景物。孤永：寂寞悠長，與『瘦削』爲對文。

〔三〕『日月』句：極言天氣寒冷，以致太陽和月亮都結了冰稜。『雪霜』句：是説漫天皆白，人與物的投影自然消失。

〔四〕『玉噴』二句：寫流泉噴涌回旋之景。

〔五〕『潛角』二句：寫淙水魚龍騰躍之狀。潛角：水下虬龍。隱鱗：水底游魚。漂冏：義同『聳光』。冏，明亮。

〔六〕『再吟』二句：大意説纔獲新勝，已失前省，蓋因景觀不斷轉换，令人有目不暇接之慨。

〔七〕愜懷：稱心，滿意。惕慮：戒懼，憂慮。

〔八〕『頽陽』二句：陶淵明《雜詩》其二：『白日淪西阿，素月出東嶺。』

聖朝搜巖谷，此地多遺玩。怠墮成遠游，頑疏恣靈觀〔一〕。勁飆刷幽視，怒水慴餘湍〔二〕。曾是結芳誠〔三〕，遠兹勉流倦。冰條聳危慮，霜華瑩遐眄。物誘信多端，荒尋諒難遍。去矣朔之隅，儵然楚之甸〔四〕。

校勘

靈觀：『靈』一作『虚』。　餘湍：『湍』一作『懦』。凌刻本、閔刻本、華校本一作『惴』。　芳誠：『芳』一作『茅』。

注釋

〔一〕怠墮：與下句『頑疏』都是東野自指。

〔二〕『勁飆』二句：陳云：『并寫水風勁怒之狀。』

〔三〕芳誠：美好真切的情意。

〔四〕儵然：無拘無束，自由自在的樣子。楚甸：楚郊。甸，古稱都城郊外的地方。此以楚甸借指湖楚。

游韋七洞庭別業〔一〕

洞庭如瀟湘，疊翠蕩浮碧〔二〕。松桂無赤日，風物饒清激〔三〕。逍遥展幽韻，參差逗良覯〔四〕。道勝不知疲，冥搜自無斁〔五〕。曠然青霞抱，永矣白雲適〔六〕。崆峒非凡鄉，蓬瀛在仙籍〔七〕。無言從遠尚〔八〕，還思君子識。波濤漱古岸，鏗鏘辨奇石〔九〕。靈響非外求，殊音自中積〔一〇〕。人皆走煩濁，君能致虛寂〔一一〕。何以袪擾擾，叩調清淅淅〔一二〕。既懼豪華損，誓從詩書益〔一三〕。一舉獨往姿，再摇飛遁跡〔一四〕。山深有變異，意愜無驚惕〔一五〕。采翠奪日月，照耀迷晝夕。松齋何用掃，蘿院自然滌。業峻謝煩蕪，文高追古昔〔一六〕。暫遥朱門戀，終立青史績〔一七〕。物表易淹留，人間重離析〔一八〕。難隨洞庭酌，且醉横塘席〔一九〕。

校勘

還思君子識：一作『兹焉與之敵』。古岸：宋蜀刻殘本作『古津』。

注釋

〔一〕游韋七洞庭别業：約貞元九年作。韋七：不詳何人。洞庭：湖名，在湖南省北部，長江南岸。湘、資、沅、澧四水匯流於此，由岳陽縣城陵磯入長江。《水經注》云：『洞庭湖，廣員五百餘里，日月若出没於其中。』湖中小山甚多，以君山最著名。别業：别墅，本宅外另建的園林游息處所。

〔二〕瀟湘：猶言清深的湘水。湘指湘水。疊翠：指君山。浮碧：言湖水。張説《從梁六自洞庭山作》：『巴陵一望洞庭秋，日見孤峰水上浮。』

〔三〕『松桂』句：言樹密不見天日。風物：猶言景物。清激：言聲清而激揚。

〔四〕幽韻：閑適的情味。『參差』句：謂友朋先後來聚。逗：招引。良覯：美好的會見。覯，見也。

〔五〕道勝：《文選》卷二九張協《雜詩》其九：『養真尚無爲，道勝貴陸沈。』李善注引《慎子》：『夫道所以使賢，無奈不肖何也；所以使智，無奈愚何也。若此，則謂之道勝矣。』又引郭象《莊子注》：『人中隱者，譬如無水而沈也。』則知道勝是指隱居修道的境界。冥搜：謂搜訪及於幽遠之處。無斁：不厭棄。

〔六〕『曠然』二句：謂與青山白雲爲侶，永過幽居生活。

〔七〕崆峒：山名，在今甘肅平涼市西，傳説黄帝曾登此山。蓬瀛：即蓬萊、瀛洲，皆山名，相傳爲仙人所居。《史記·封禪書》：『自威、宣、燕昭使人入海求蓬萊、方丈、瀛洲。此三神山者，其傳在勃海中。』

〔八〕『無言』句：謂默默地追隨古人之所尚。

〔九〕『波濤』二句：言水石相激成韻。

〔一〇〕『靈響』二句：左思《招隱詩》：『非必絲與竹，山水有清音。』

〔一一〕致虚寂：《老子》十六章：『致虚極，守静篤。』《莊子·天道》：『夫虚静恬淡寂漠無爲者，萬物之本也。』可知『致虚寂』是抱道守静，使心境空明，不爲雜念所亂，不爲外物所惑的境界。

〔一二〕袪：除去。擾擾：紛亂的樣子。叩調：彈奏樂器。淅淅：形容樂音清切。

〔一三〕『暫從』句：陶淵明《辛丑歲七月赴假還江陵夜行途口》：『詩書敦夙好，園林無世情。』

〔一四〕『一舉』二句：張衡《思玄賦》：『文君爲我端著兮，利飛遁以保名。』意指隱居遁世。

〔一五〕變異：指山中氣候變化。意愜：内心舒適。謝靈運《石壁精舍還湖中作》：『慮淡物自輕，意愜理無違。』

〔一六〕『業峻』二句：稱贊韋七詩文峻切，絶去煩蕪，遠追古昔。劉知幾《史通·表曆》：『故知文尚簡要，語惡煩蕪，何必款曲重沓，方稱周備？』煩蕪：指文章繁冗雜亂。

〔一七〕朱門戀：指對人世富貴榮華的追求與戀慕。青史績：指青史留芳。

〔一八〕物表：猶言世外。此指洞庭勝境。淹留：滯留，停留。離析：離別。陶淵明《乙巳歲三月爲建威參軍使都經錢溪》：『園田日夢想，安得久離析。』

〔一九〕横塘：地名，在作者故鄉湖州。宋山謙之《吴興記》：『横塘即荻塘……晋太守殷康所開，後改名吴興塘。』席：酒筵。

越中山水〔一〕

日覺耳目勝，我來山水州。蓬瀛若髣髴〔二〕，田野如泛浮。碧嶂幾千遶，清泉萬餘流〔三〕。莫窮合沓步，孰盡派别游〔四〕。越水净難污，越天陰易收。氣鮮無隱物，目視遠更周〔五〕。舉俗媚葱蒨，連冬擷芳柔。菱湖有餘翠，茗圃無荒疇〔六〕。賞異忽已遠，探奇誠淹留〔七〕。永言終南色，去矣銷人憂〔八〕。

校勘

日覺：『日』一作『動』。凌刻本、閔刻本、《全唐詩》一作『動』，又作『夕』。田野：『田』一作『四』。清泉：『泉』一作『源』。舉俗：『俗』一作『族』。永言：宋蜀刻殘本『言』作『然』。

注釋

〔一〕越中山水：貞元十五年作。是年東野游越。

〔二〕蓬瀛：見本卷《游韋七洞庭别業》注〔七〕。

〔三〕嶂：似屏嶂的山峰。碧嶂，猶言緑嶂。吴均《與施從事書》，『緑嶂百重，青川萬轉。』

〔四〕『莫窮』二句：謂山路的曲折回環和水流的支派歧出，使游人的足跡難於窮盡。合沓：重疊。此言山路。派别：分支。此狀水流。

〔五〕『氣鮮』二句：謂氣鮮則淨，故物無不顯；舉目遠眺，乃更能周遍。

〔六〕『舉俗』四句：大意説此地風俗勤於耕作，雖時在嚴冬，田野之間猶是一片青葱之色；菱湖之餘翠未盡，茶園隙地皆有新鮮菜蔬可供採摘。媚：喜愛。葱蒨：青翠茂盛的樣子。擷：摘取。芳柔：借指鮮嫩的菜蔬。茗圃：茶園。荒疇：荒蕪的田地。

〔七〕『賞異』二句：謂探奇賞異，令人留連忘返。

〔八〕『永言』二句：大意説讓我長久地離開長安罷，來此越中勝地，飽餐江南秀色，真可使滿腹憂愁煙消雲散。終南色：借指長安。銷：消除，消散。

春集越州皇甫秀才山亭〔一〕

嘉賓在何處，置亭春山巔。顧余寂寞者，謬厠芳菲筵〔二〕。視聽日澄澈，聲光坐連綿。晴湖瀉峰嶂，翠浪多萍蘚。何以逞高志，爲君吟秋天。

校勘

嘉賓：一作『嘉誘』，又作『善友』。　翠浪：宋刻本、凌刻本、華校本作『翠琅』。　秋天：一作『秋篇』。

注釋

〔一〕春集越州皇甫秀才山亭：貞元十五年作，是年東野游越。越州：隋初改會稽郡爲越州，宋廢，其地即今浙江紹興。皇甫秀才，其人不詳。

〔一二〕寂寞者：淡泊名利的人。鮑照《詠史》：『君平獨寂寞，身世兩相棄。』厠：處身，參加。

和皇甫判官游琅琊溪〔一〕

山中琉璃境，物外琅琊溪〔二〕。房廊逐巖壑，道路隨高低。碧瀨漱白石，翠煙含青蜺〔三〕。客來暫游踐，意欲忘簪珪〔四〕。樹杪燈火夕，雲端鐘梵齊〔五〕。時同雖可仰，跡異難相攜〔六〕。唯當清宵夢，髣髴願攀躋〔七〕。

校勘

含：宋蜀刻殘本作『涵』。　願：一作『期』。

注釋

〔一〕和皇甫判官游琅琊溪：皇甫判官事跡無考。琅琊溪在今山東諸城縣東南琅琊山中。《漢書・地理志》：『琅琊，越王勾踐嘗治此，起館臺，有四時祠。』一説琅琊溪在安徽西南。《全唐文》卷三八九獨孤及《琅琊溪述序》：『隴西李幼卿，字長夫，以右庶子領滁州。……居多遐日，常寄傲此山之下。因鑿石引泉釃其流以爲溪。溪左右建上下坊，作禪堂、琴臺以環之，探異好古故也。按《圖經》，晉元帝之居琅琊邸而爲鎮東也，嘗游息是山，厥跡猶存，故長夫名溪曰琅琊。』

〔二〕琉璃：各種天然的有光寶石。此以形容山中物色。梁簡文帝蕭綱《西齋行馬》：『雲開瑪瑙葉，水净琉璃波。』物外：塵世之外。

〔三〕瀨：湍急之水。漱：指以水激石。蜺：相傳虹有雌雄之别。其色鮮盛者爲雄，曰虹；色暗淡者爲雌，曰蜺，亦作『霓』。合稱虹蜺。

〔四〕簪珪：簪，冠簪。珪，朝會時所執玉器。此以簪珪指富貴榮華。

〔五〕『樹杪』二句：言山寺之高，遠望樹杪之上一片燈火，寺院的鐘聲和誦經聲一齊縹緲入雲。梵：誦經之聲。

〔六〕『時同』二句：謂你我同時之人，固可一申仰慕之情，但畢竟各有行役，難能把臂入林。

〔七〕清宵：清夜。攀躋：攀登。

卷五

游適下

汝州南潭陪陸中丞公燕〔一〕

一雨百泉漲，南潭夜來深。分明碧沙底，寫出青天心〔二〕。遠客洞庭至，因兹滌煩襟〔三〕。既登飛雲舫，願奏清風琴〔四〕。高岸立旗戟，潛蛟失浮沉〔五〕。威稜護斯浸，魍魎逃所侵〔六〕。山態變初霽，水聲流新音。耳目極眺聽，潺湲與嶔岑〔七〕。誰言柳太守，空有白蘋吟〔八〕。

校勘

飛雲舫：『飛』一作『青』。　失：一作『不』。宋刻本、弘治本、《全唐詩》、華校本一作『互』。

注釋

〔一〕汝州南潭陪陸中丞公燕：約貞元九年作。是年東野南游洞庭之後，改往汝州，依陸長源。時長源以汝州刺史兼御史中丞。汝州：州名，唐屬河南道，以州境内有汝水而得名。治所在梁縣，即今河南臨汝。

〔二〕『分明』二句：陳云：『寫南潭物色，亦自澄澈。』

〔三〕『遠客』句：陳云：『時東野歸自洞庭。』煩襟：愁悶之胸懷。杜甫《雲》：『高齋非一處，秀氣豁煩襟。』

〔四〕『既登』二句：謝朓《郡内高齋閑望答吕法曹》：『已有池上酌，復此風中琴。』舫：有艙室的船。

〔五〕『高岸』二句：陳云：『言旗戟嚴肅，雖潛蛟亦爲之寂静。謂陸中丞也。』

〔六〕『威稜』二句：陳云：『言中丞治汝，魍魎逃竄矣。』斯浸：指南潭。浸，泛指河澤湖泊。

〔七〕『耳目』二句：潺湲，水聲，言聽；嶔岑，山態，言眺。

〔八〕『誰言』二句：以柳惲比陸中丞。柳惲，字文暢，河東解人。梁武帝天監年間，曾二度出任吴興太守。有《江南曲》云：『汀洲采白蘋，日落江南春。』即此所説『白蘋吟』。

汝州陸中丞席喜張從事至同賦十韻〔一〕

汝水無濁波，汝山饒奇石〔二〕。大賢爲此郡，佳士來如積〔三〕。有客乘白駒，奉義愜所適〔四〕。清風蕩華館，雅瑟泛瑶席〔五〕。芳醑静無喧，金樽光有滌〔六〕。縱情孰慮損，聽論自招益。願折若木枝，却彼曜靈夕〔七〕。貴賤一相接，憂悰忽轉易〔八〕。會合勿言輕，别離古來惜。請君駐征車，良遇難再覿〔九〕。

校勘

孰：原作『熟』，各本俱作『孰』，兹據改。　接：一作『憂』。　憂：一作『情』。

注釋

〔一〕汝州陸中丞席喜張從事至同賦十韻：約貞元九年作。時東野在汝州。張從事：其人不詳。

〔二〕『汝水』二句：酈道元《水經注》卷二一：『今汝水西出魯陽縣之大孟山蒙柏谷，巖障深高，山岫邃密，石徑崎嶇，人跡裁交。』

〔三〕『大賢』二句：謂陸中丞。

〔四〕『有客』二句：謂張從事。《詩・周頌・有客》：『有客有客，亦白其馬。』《詩・小雅・白駒》：『皎皎白駒，賁然來思。』奉義：《文選》卷二七江淹《望荆山》：『奉義至江漢，始知楚塞長。』李善注：『奉義，猶慕義也。』

〔五〕『清風』二句：劉楨《公宴詩》：『華館寄流波，豁達來風涼。』王維《藍田山石門精舍》：『暝宿長林下，焚香卧瑶席。』瑶席：用瑶草編成的坐席，指華貴的坐席。

〔六〕『芳醑』二句：謝靈運《擬魏太子鄴中集詩》其七《阮瑀》：『傾酤係芳醑，酌言豈終始。』醑：美酒。李白《把酒問月》：『唯願當歌對酒時，月光長照金尊裏。』

〔七〕『願折』二句：屈原《離騷》：『折若木以拂日兮，聊逍遥以相羊。』此即東野詩意所本。若木：神話中謂長在日入處的一種樹木。曜靈：太陽。

〔八〕憂悰：憂樂。

〔九〕征車：猶言征輪，遠行者所乘之車。覿：相見。陳云：『末有惜别之意。』

夜集汝州郡齋聽陸僧辯彈琴〔一〕

康樂寵詞客〔二〕，清宵意無窮。徵文北山外，借月南樓中〔三〕。千里愁併盡，一樽歡暫同〔四〕。胡爲戛楚琴，淅瀝起寒風〔五〕。

校勘

清宵：「宵」原作「霄」，諸本俱作「宵」，兹據改。　北山外：「山」一作「窗」。　愁併盡：《全唐詩》一作「寂然静」。　楚琴：「琴」一作「瑟」。

注釋

〔一〕夜集汝州郡齋聽陸僧辯彈琴：約貞元九年作。時東野在汝州。郡齋指郡守陸長源的府第。陸僧辯生平事跡無考。

〔二〕康樂：即謝靈運，南朝宋陳郡陽夏人，移籍會稽。幼時寄養於外，族人因名爲客兒，世稱謝客。係謝玄之孫，襲封康樂公，故又稱謝康樂。曾任永嘉太守、侍中、臨川内史等職，後被殺。其詩以詠山水者居多，開文學史上山水一派。有《謝康樂集》。《宋書》有傳。此以康樂借指長源。寵：尊崇，寵愛。詞客：指工於文辭的人。

〔三〕「徵文」二句：謂陸長源於北山之外，南樓之中，借着美好月色，邀集詞客揮毫作詩。北山：據《宋書》卷六七《謝靈運傳》，靈運移籍會稽之後，在始寧縣「修營别業，傍山帶江，盡幽居之美」。其《山居賦》自注云：「北山二園，南山三苑。」北山指此。南樓：用晋庾亮事。《世説新語·容止》：「庾太尉在武昌，秋夜氣佳景清，使吏殷浩、王胡之之徒登南樓理詠。……俄而率左右十許人步來，諸賢欲起避之。公徐云：『諸君少住，老子於此處興復不淺！』因便據胡床，與諸人詠謔，竟座甚得任樂。」

〔四〕樽：盛酒器。

〔五〕戛：止住。楚琴：據《左傳·成公九年》，楚鍾儀被俘，囚於晋。晋侯命儀奏琴，儀操南音。晋大夫范文子説，鍾儀「樂操土風，不忘舊也」。後因以楚琴謂楚地音樂，寓思鄉懷舊之意。淅瀝：形容風聲。

同年春燕〔一〕

少年三十士，嘉會良在兹。高歌摇春風，醉舞摧花枝〔二〕。意蕩晼晚景，喜凝芳菲時〔三〕。馬跡攢驄褭〔四〕，樂聲韻參差。視聽改舊趣，物象含新姿。紅雨花上滴，緑煙柳際垂。淹中講精義，南皮獻清詞〔五〕。前賢與今人，千載爲一期〔六〕。明鑒有皎潔，澄玉無磷緇〔七〕。永與沙泥别，各整雲漢儀。盛氣自中積，英名日四馳。塞鴻絶儔匹，海月難等夷〔八〕。鬱抑忽已盡，親朋樂無涯。幽蘅發空曲，芳杜綿所思〔九〕。浮跡自聚散，壯心誰别離。願保金石志，無令有奪移〔一〇〕。

校勘

澄玉：『澄』一作『良』。　永與沙泥别：《全唐詩》『與』一作『將』。　鬱抑：弘治本、閔刻本作『鬱折』。

注釋

〔一〕同年春燕：貞元十二年作。是年東野登進士第。同年：科舉同榜的人。李肇《國史補》卷下：『俱捷謂之同年。』春燕：『燕』同『晏』，即唐世所謂『曲江大宴』。王定保《唐摭言·述進士下篇》：『曲江大會在關試後，亦謂之「關宴」。宴後同年各有所之，亦謂之爲「離會」。』吴胡《人名考》：『同年指貞元十二年與孟郊同時及第之進士。詩云：「少年三十士，嘉會良在兹。」據《登科記考》卷一四，可考者有李程、馮審、張仲方、李方古、崔鄘、蕭鍊、湛賁、崔護、鄭賚、喬弁等十人。可補者尚有二人。其一爲崔弘禮。……其二爲陳九流。……』

〔二〕『高歌』二句：陳云：『甚言歌舞酣宴之狀。』

〔三〕晼晚：日將暮。芳菲時：指春天。芳菲，花草。也指花草的芳香。謝朓《休沐重還道中》：『賴此盈樽酌，含景望芳菲。』顧野王《陽春歌》：『春草正芳菲，重樓啓曙扉。』

〔四〕騕褭：良馬名。司馬相如《上林賦》：『羂騕褭，射封豕。』

〔五〕『淹中』句：《漢書・藝文志》：『《禮》古經者，出於魯淹中及孔氏。』淹中：春秋魯里名，其地在今山東曲阜。『南皮』句：曹丕曾與吴質、阮瑀等共游南皮（在今河北），吟詩作賦。其《與吴質書》云：『每念昔日南皮之游，誠不可忘。』後用爲文士聚會游賞的典故。

〔六〕『前賢』二句：陳云：『前賢，謂淹中南皮；今人，即同年也。』

〔七〕『明鑒』二句：《論語・陽貨》：『不曰堅乎，磨而不磷；不曰白乎，涅而不緇。』磷，薄。緇，黑。

〔八〕儔匹：伴侶。等夷：同輩。

〔九〕『幽蘅』二句：屈原《離騷》：『畦留夷與揭車兮，雜杜衡與芳芷。』杜衡，即杜蘅，香草名。

〔一〇〕金石：喻友誼堅固。阮籍《詠懷詩》：『如何金石交，一旦更離傷。』

羅氏花下奉招陳侍御〔一〕

眼在枝上春，落地成埃塵〔二〕。不是風流者，誰爲攀折人。寧辭波浪闊，莫道往來頻〔三〕。拾紫豈宜晚，掇芳須及晨〔四〕。勞收賈生淚，强起屈平身〔五〕。花下本無俗，酒中别有神。游蜂不飲故，戲蝶亦争新。萬物盡如此，過時非所珍〔六〕。

校勘

眼在：『在』一作『見』。

注釋

〔一〕羅氏：不詳其人。陳侍御：不詳其人。

〔二〕『眼在』二句：陳云：『枝上春，花也。花落成塵，亦復凄愴，造語自奇。』

〔三〕『寧辭』二句：陳云：『此招及時賞春。言雖波浪阻闊，亦所不辭，豈可道往來頻煩乎？』

〔四〕拾紫、掇芳：并言採春。『拾紫』還有一個意思是指獲取高官顯位。《漢書》卷七五《夏侯勝傳》：『勝每講授，常謂諸生曰：「士病不明經術；經術苟明，其取青紫，如俛拾地芥耳。學經不明，不如歸耕。」』顔師古注：『青紫，卿大夫之服也。』

〔五〕賈生：名誼，洛陽人。漢文帝初年被召見，官至太中大夫。後遭讒毁，出爲長沙王太傅，復改梁懷王太傅。懷王墮馬死，賈誼自傷爲傅無狀，哭泣歲餘，鬱鬱而死。事見《史記・屈原賈生列傳》。賈誼在漢文帝六年所上《治安策序》云：『臣竊惟事勢，可爲痛哭者一，可爲流涕者二，可爲長太息者六。』屈平：即屈原，見卷一《湘絃怨》注〔四〕。

〔六〕『萬物』二句：陳云：『有萬物及時之感。』

游石龍渦 四壁千仞散泉如雨〔一〕

石龍不見形，石雨如散星〔二〕。山下晴皎皎，山中陰泠泠〔三〕。水飛林木杪，珠綴莓苔屏〔四〕。蓄異物皆別，當晨景欲暝〔五〕。泉芳春氣碧，松月寒色青。險力此獨壯，猛獸亦不停〔六〕。日暮且回去，浮心恨未寧〔七〕。

校勘

險力：一作『陰力』。　恨：一作『尚』。

注釋

〔一〕游石龍渦：貞元十一年東野僑寓汝州時紀游之作。石龍渦爲汝州名勝。《明一統志·汝州山川》：『石龍渦在州城，四壁千仞，散泉如雨。唐孟郊有詩。』

〔二〕『石龍』二句：陳云：『言有石如龍，散泉如雨，龍嘘氣成雨，造境自然。』

〔三〕皎皎：形容明亮。　泠泠：形容清冷。

〔四〕杪，樹梢。　莓苔：青苔。

〔五〕『當晨』句：陳云：『言山高不見日。』暝：昏暗。

〔六〕險力：自然力。『猛獸』句：陳云：『獸且不停，人亦何有。』

〔七〕且：將。　浮心：浮動不安的情緒。

浮石亭

曾是風雨力，崔嵬漂來時〔一〕。落星夜皎潔，近榜朝逶迤。翠潋遞明滅，清渠瀉欹危〔二〕。況逢蓬島仙〔三〕，會合良在兹。

注釋

〔一〕『曾是』二句：陳云：『點浮石二字，亦爲艱險矣。』崔嵬：高聳貌。

〔二〕潋：水波。遞：次第。潨：小水入大水的會合處。欹危：傾斜危仄。

〔三〕蓬島仙：蓋指隱者，當爲東野之友。

看花五首

家家有芍藥〔一〕，不妨至温柔。温柔一同女，紅笑笑不休〔二〕。月娥雙雙下，楚艷枝枝浮〔三〕。洞裏逢仙人，綽約青宵游〔四〕。

校勘

有：一作『如』。　洞裏逢仙人：一作『幸逢仙人立』。　青宵：宋刻本『青』一作『清』。案作『清』是。

注釋

〔一〕芍藥：植物名。花大而美，名色繁多，可供觀賞。

〔二〕『温柔』二句：陳云：『言花開也。其比語妍矣。』

〔三〕『月娥』二句：陳云：『此寫花態。』謝靈運《彭城宫中直感歲暮》：『楚艷起行戚，吴趨絶歸歡。』

〔四〕綽約：姿態柔美貌。

芍藥誰爲婿，人人不敢來。唯應待詩老〔一〕，日日殷勤開。玉立無氣力，春凝且徘徊。將何謝青春，痛飲一百杯〔二〕。

校　勘

待詩老：宋刻本作『詩待老』。

注　釋

〔一〕詩老：東野自謂。

〔二〕『將何』二句：李白《將進酒》：『烹羊宰牛且爲樂，會須一飲三百杯。』杜甫《贈鄭虔醉時歌》：『忘形到爾汝，痛飲真吾師。』

芍藥吹欲盡，無奈曉風何。餘花欲誰待，唯待諫郎過〔一〕。諫郎不事俗，黄金買高歌〔二〕。高歌夜更清，花意晚更多。飲之不見底，醉倒深紅波〔三〕。紅波蕩諫心，諫心終無它。

校　勘

宋蜀刻殘本、弘治本、閔刻本、《全唐詩》至『花意晚更多』爲一首，以『飲之不見底』屬下。

注　釋

〔一〕諫郎：即門下侍郎，因其負責『盡規獻納，糾正違闕』，故稱。參《文獻通考·職官四》。

〔二〕不事俗：不治世俗之務。『黄金』句：李白《白紵辭》其二：『美人一笑千黄金，垂羅舞縠揚哀音。』

〔三〕深紅波：指芍藥花叢。

獨游終難醉，挈榼徒經過〔一〕。閑花不解語〔二〕，勸得酒無多。

校勘

閑花：《全唐詩》作『問花』。

注釋

〔一〕挈榼：劉伶《酒德頌》：『止則操卮執瓢，動則挈榼提壺。惟酒是務，焉知其餘。』榼，古代盛酒之器。

〔二〕『閑花』句：《開元天寶遺事》卷下：『明皇秋八月，太液池有千葉白蓮數枝盛開，帝與貴戚宴賞焉，左右皆歎羡久之，帝指貴妃示於左右曰：「争如我解語花？」』

三年此村落，春色入心悲。料得一孀婦，經時獨淚垂〔一〕。

校勘

經時：『經』一作『它』。

注釋

〔一〕孀婦：寡婦。經時：多時。

濟源春〔一〕

太行横偃脊，百里芳崔嵬〔二〕。濟濱花異顔，枋口雲如裁〔三〕。新畫彩色濕，上界光影來〔四〕。深紅縷草木，淺碧珩泝洄〔五〕。千家門前飲，一道傳禊盃〔六〕。玉鱗吞金鈎，仙璇琉璃開〔七〕。朴童茂言語，善俗無驚猜。狂吹寢恒宴〔八〕，曉清夢先回。治生鮮惶夫〔九〕，積學多深材。再游詎癲戇，一洗驚塵埃。

校勘

脊：宋刻本、宋蜀刻殘本、華校本作『春』。　惶：原作『隋』，據宋刻本、弘治本改。

注釋

〔一〕濟源春：元和七、八年間作。濟源：縣名。在今河南西北部，黄河北岸，鄰接山西。以濟水發源得名。時屬河南道河南府。

〔二〕太行：見卷一《出門行二首》其二注〔二〕。横偃：横卧。崔嵬：盛大。

〔三〕枋口：地名。在河南濟源縣境，太行山下。唐人所撰《元和六年沁河枋口廣濟瀆天城山等記》：『届兹枋口，實曰巨河。水象枋形出山，俗謂之枋口。……此枋口内，灣環緑水，狀若盤龍。周回翠屏，削成百仞。』

〔四〕『上界』句：張九齡《祠紫蓋山經玉泉山寺》：『上界投佛影，中天揚梵音。』上界：天界，道教、佛教所指神仙居住的地方。

〔五〕『深紅』二句：陳云：『言草木之深紅如縷，溯洄淺碧似珩也。』珩：佩上部之横玉。泝洄：逆水而上。

〔六〕禊：古俗於三月上旬巳日於水濱洗濯，祓除不祥，清去宿垢，稱爲禊。并宴飲於野，稱爲禊飲。自三國魏後，但用三月三日，不用上巳。

〔七〕玉鱗：指魚。仙璇：狀水。璇，美玉。

〔八〕宴：通『晏』，遲。

〔九〕治生：猶謀生。憧夫：猶懶漢。憧，通惰，懈怠。

濟源寒食七首〔一〕

風巢嫋嫋春鵶鵶，無子老人仰面嗟〔二〕。柳弓葦箭覷不見，高紅遠緑勞相遮〔三〕。

校勘

葦箭：一作『蒿矢』。

注釋

〔一〕濟源寒食：約作於元和七、八年間。濟源：見前《濟源春》注〔一〕。寒食：節令名，在農曆清明前一或二日。南朝梁宗懔《荆楚歲時記》：『去冬節一百五日，即有疾風甚雨，謂之寒食，禁火三日，造餳大麥粥，鬪鷄，鏤鷄子，打毬。』

〔二〕『風巢』二句：由風巢雛鳥的鳴叫，感及自己老而無子。嫋嫋：摇曳貌。陳云：『此言巢棲風枝上，故云嫋嫋也。』鵶鵶：用狀鳥鳴。嗟：歎息。

〔三〕柳弓葦箭：《禮·内則》：『國君世子生……射人以桑弧蓬矢六，射天地四方。』古時男子出生舉行這種儀式，寄寓男兒志在四方之意。覷：細看。陳云：『東野無子，故不見門懸弓箭，徒勞花木相遮望也。』

女嬋童子黄短短〔一〕，耳中聞人惜春晚。逃蜂匿蝶踏地來，抛却齋糜一瓷碗〔二〕。

校勘

女嬋：『嬋』一作『蟬』。　踏地來：《全唐詩》『地』一作『花』。　齋糜：《全唐詩》作『齋糜』，『齋』一作『黄』。　瓷：原作『姿』，各本俱作『瓷』，兹據改。

注釋

〔一〕女嬋童子：女童。黄短短：猶今言黄毛丫頭。短短，狀其身材矮小。

〔二〕『逃蜂』二句：陳云：『此寫女童追逐蜂蝶，雖齋糜亦不食矣，其戇狀可掬。東野真善於造語。』齋糜：齋粥。佛家語，稱午食與朝食爲齋粥。

一日踏春一百回，朝朝没脚走芳埃〔一〕。飢童餓馬掃花餵，向晚飲溪三兩盃〔二〕。

注釋

〔一〕踏春：春日郊游，也稱踏青。芳埃：猶言芳塵，塵的美稱。

〔二〕飲溪：就溪而飲。

莓苔井上空相憶，轆轤索斷無消息〔一〕。酒人皆倚春髮緑，病叟獨藏秋髮白〔二〕。

注釋

〔一〕轆轤：井上汲水的起重裝置。吴均《行路難》其四：『唯聞啞啞城上烏，玉欄金井牽轆轤。』

〔二〕倚：依仗。緑：指頭髮烏亮。病叟：東野自謂。

長安落花飛上天，南風引至三殿前〔一〕。可憐春物亦朝謁，唯我孤吟渭水邊〔二〕。

校勘

孤吟：『孤』一作『獨』。　渭水：《全唐詩》『渭』一作『濟』。

注釋

〔一〕三殿：王應麟《玉海·唐三殿》：『三殿者，麟德殿也。一殿而有三面，故名。亦名三院。』此殿多作宴會之用。

〔二〕『可憐』二句：陳云：『此詩比也，歎人不如花。窅深奥冥，信可以怨矣。』春物：指落花。渭水：即渭河，黄河的主要支流之一。

枋口花間掣手歸，嵩陽爲我留紅暉〔一〕。可憐躑躅千萬尺〔二〕，柱地柱天疑欲飛。

校勘

花間：《全唐詩》『間』一作『開』。　嵩陽：『陽』一作『山』。　爲：《全唐詩》一作『與』。　留：一作『駐』。　疑：一作『今』。　柱：原作『拄』，據宋刻本、宋蜀刻殘本改。

注釋

〔一〕枋口：見前《濟源春》注〔三〕。掣手：以手牽曳。嵩陽：嵩山之南麓。

〔二〕躑躅：山躑躅、羊躑躅的簡稱，即杜鵑花。《本草綱目》卷一七：『山躑躅，樹高三四尺，花紅如血。』

蜜蜂爲主各磨牙，咬盡村中萬木花。君家甕甕今應滿，五色冬籠甚可誇〔一〕。

注釋

〔一〕甕：陶製盛器。冬籠：疑即冬瓏。冬天釀的酒，其色如瓏（古代天旱祈雨時所用之玉）。

游枋口二首〔一〕

一步復一步，出行千里幽。爲取山水意，故作寂寞游。太行青巔高，枋口碧照浮。明明無底鏡，泛泛忘機鷗〔二〕。老逸不自限，病狂不可周〔三〕。恣閑饒淡薄，怠玩多淹留〔四〕。芳物競晼晚，緑梢掛新柔〔五〕。和友鶯相遶，言語亦以稠〔六〕。始知萬類然，靜躁難相求〔七〕。

校勘

出行：一作『行踏』，弘治本、凌刻本、閔刻本一作『行路』。和友鶯相遶，言語亦以稠：一作『和友鵤相遠，飛鷹亦以稠』，宋刻本一作『和友易相遠，飛鷹亦以稠』。

注釋

〔一〕游枋口二首：元和七、八年間作。枋口：見前《濟源春》注〔三〕。

〔二〕忘機鷗：《列子》卷二《黄帝篇》：『海上之人有好漚鳥者，每旦之海上，從漚鳥游，漚鳥之至者百住而不止。其父曰：「吾聞漚鳥皆從汝游，汝取來，吾玩之。」明日之海上，漚鳥舞而不下也。』《三國志》卷二四《魏書·高柔傳》注引孫盛曰：『機心内萌，則鷗鳥不下。』忘機：謂無機巧之心。

〔三〕『老逸』二句：謂老來放縱，不自檢束；病後猖狂，無可救濟。周：通『賙』。

〔四〕恣閒：謂盡其閒逸之趣。淡薄：指身心淡泊恬静。怠玩：倦於游樂。淹留：滯留，停留。

〔五〕晼晚：太陽將下山時的光景。新柔：初發的嫩葉。

〔六〕『和友』二句：《詩·小雅·伐木》：『嚶其鳴矣，求其友聲。』稠：多。

〔七〕『始知』二句：王羲之《蘭亭集序》：『雖趣舍萬殊，静躁不同，當其欣於所遇，暫得於己，快然自足，不知老之將至。』二句謂世間事物，趣舍萬殊，静躁不同，不能相强。

聳我殘病骨，健如一仙人。鏡中照千里，鏡浪洞百神。此神日月華，不作尋常春。三十夜皆明，四時晝恒新〔一〕。鳥聲盡依依，獸心亦忻忻〔二〕。澄幽出所怪，閃異坐微絪〔三〕。可來復可來，此地靈相親。

注釋

〔一〕『三十』二句：意謂夜夜皆明，四時皆春。

〔二〕忻忻：欣喜得意貌。忻，通『欣』。

〔三〕微絪：細草地。絪，通『茵』，嫩草。

與王二十一員外涯游枋口柳溪〔一〕

萬株古柳根，拏此磷磷溪〔二〕。野榜多屈曲，仙潯無端倪〔三〕。春桃散紅煙，寒竹含晚凄。曉聽忽以異，芳樹安能齊〔四〕。共疑落鏡中，坐泛紅景低〔五〕。水意酒易醒，浪情事非迷。小儒峭章句，大賢嘉提攜〔六〕。潛竇韻靈瑟，翠崖鳴玉珪〔七〕。主人稷卨翁，德茂芝木畦〔八〕。鑿出幽隱端，氣象皆昇躋。曾是清樂抱，逮兹幾省溪。宴位席蘭草，濫觴驚鳧鷖〔九〕。靈味薦魴鱮，金花屑橙齏〔一〇〕。江調擺衰俗，洛風遠塵泥〔一一〕。徒言奏狂狷，詎敢忘筌蹄〔一二〕。

校勘

仙潯：『潯』原作『尋』，宋刻本、宋蜀刻殘本、弘治本、閔刻本、《全唐詩》、華校本俱作『潯』。兹據改。芝木：《全唐詩》作『芝术』。鑿出：宋刻本、華校本作『鑿山』。

注釋

〔一〕與王二十一員外涯游枋口柳溪：元和八年作。王涯：字廣津，太原人。貞元八年進士。元和七年自吏部員外郎改兵部員外郎知制誥。大約八年與東野同游枋口。參《舊唐書·王涯傳》。枋口：見前《濟源春》注〔三〕。

〔二〕挐：執持。磷磷：水石明净的樣子。劉楨《贈從弟》其一：『泛泛東流水，磷磷水中石。』

〔三〕榜：船槳。此指船。潯：水邊地。端倪：邊際。謝靈運《游赤石進帆海》：『溟漲無端倪，虚舟有超越。』

〔四〕『曉聽』二句：《莊子·齊物論》：『夫天籟者，吹萬不同，而使其自己也，咸其自取，怒者其誰邪？』東野師其意。

〔五〕『共疑』二句：陳僧惠標《詠水》：『舟如空裏泛，人似鏡中行。』沈佺期《釣竿篇》：『人疑天上坐，魚似鏡中懸。』紅景：指日。

〔六〕『小儒』二句：《漢書·夏侯勝傳》：『勝從父子建，字長卿，自師事勝及歐陽高，左右採獲，又從《五經》諸儒問與《尚書》相出入者，牽引以次章句，具文飾説。勝非之曰：「建所謂章句小儒，破碎大道。」』《禮·曲禮上》：『長者與之提攜，則兩手奉長者之手。』兹以『小儒』自喻，以『大賢』美稱王涯。

〔七〕潛竇：地穴在幽僻處。玉珪：古代帝王、諸侯朝聘或祭祀時所持玉器。

〔八〕稷卨翁：比喻大賢有德的人。據《史記》卷四《周本紀》，稷是周的先祖，名棄。爲舜農官，號后稷。卨，『契』的古字。《史記》卷一三《三代世表》：『高辛生卨。卨爲殷祖。』傳爲舜臣。史上稷、契并稱，皆爲古之賢臣。芝木：芳香類植物。

〔九〕宴位：宴飲之處。《世説新語·言語》：『過江諸人，每至美日，輒相邀新亭，藉卉飲宴。』濫觴：浮起酒杯。《荀子·子道》：『昔者江出於岷山，其始出也，其源可以濫觴。』鳧鷖：皆水鳥。鳧，野鴨；鷖，鷗鳥。

〔一〇〕薦：獻，進。魴：即鯿魚，鱗細味美。《詩·陳風·衡門》：『豈其食魚，必河之魴？』橙齏：舊題顔師古《南部煙花録》：『南人魚鱠細縷，金橙拌之，號爲金齏玉鱠。』齏，細粉，碎屑。

〔一一〕『江調』二句：華喻《校注》：『「江調」，疑指作者游歷江南期間的詩歌。「洛風」，疑指定居洛陽以後的詩歌。「擺衰俗」、「遠塵泥」，意謂己詩不混同於流俗。……諸語可證東野於其詩向來自負不淺。』兹録其説以爲參考。

〔一二〕狂狷：激進與守節無爲。《論語·子路》：『不得中行而與之，必也狂狷乎？狂者進取，狷者有所不爲也。』《集解》：『包曰：狂者進取於善道，狷者守節無爲。』筌蹄：《莊子·外物》：『筌者所以在魚，得魚而忘筌；蹄者所以在兔，得兔而忘蹄。』後以比喻爲達目的而採用的工具或手段。

與王二十一員外涯游昭成寺〔一〕

洛友寂寂約，省騎霏霏塵〔二〕。游僧步晚磬，話茗含芳春。瑶策冰入手，粉壁畫瑩神〔三〕。赬廊芙蓉霽，碧殿琉璃津。玄講島岳盡，淵詠文字新〔四〕。屢笑寒竹讌，况接青雲賓〔五〕。顧慚餘眷下，衰瘵嬰殘身〔六〕。

校勘

含：《全唐詩》一作『合』。　芳春：『春』一作『茵』。　琉璃津：『津』一作『匀』。　島岳：宋蜀刻殘本『島』作『海』。

注釋

〔一〕與王二十一員外涯游昭成寺：元和八年作。王涯：見前《與王二十一員外涯游枋口柳溪》注〔一〕。昭成寺：在洛陽道光坊，自初唐以來即爲洛陽名勝。

〔二〕洛友：東野自指。寂寂：清静落寞。省騎：臺省官員的騎從。用指王涯。

〔三〕瑶策：手杖的美稱。『粉壁』句：張彦遠《歷代名畫記》卷三：『昭成寺西廊障日西域記圖，楊廷光畫。三門下護法二神，張遵禮畫。香爐兩頭净土變、藥師變，程遜畫。』

〔四〕玄講：謂講述佛學義理。島岳盡：形容徹悟玄理，物我俱忘的境界。淵詠：反覆吟詠。

〔五〕青雲賓：仕途顯達的人。此指王涯。

〔六〕餘眷：不盡之顧眷，猶言厚愛。衰瘵：老病。嬰：纏繞。

嵩少〔一〕

沙彌舞袈裟，走向躑躅飛〔二〕。閑步亦惺惺，芳援相依依〔三〕。噎塞春咽喉〔四〕，蜂蝶事光輝。群嬉且已晚，孤引將何歸。流艷去不息，朝英亦疏微〔五〕。

校勘

春：宋蜀刻殘本、弘治本、閔刻本《全唐詩》作『春』，誤。

注釋

〔一〕嵩少：嵩山的别名。嵩山西爲少室，故稱。在河南登封北。

〔二〕沙彌：佛教謂男子出家初受十戒者爲沙彌。袈裟：梵語。謂僧衣。躑躅：即杜鵑花。

〔三〕惺惺：機靈。芳援：指芳物（花草）互爲攀援。（參郝氏《箋注》）

〔四〕春：通『衝』。

〔五〕流艷：閃動的光彩。朝英：猶朝花。疏微：稀少。

旅次洛城東水亭〔一〕

水竹色相洗，碧花動軒楹。自然逍遥風，蕩滌浮競情。霜落葉聲燥，景寒人語清。我來招隱亭，衣上塵暫輕〔二〕。

校勘

招隱亭：宋刻本作『招隱寺』。

注釋

〔一〕旅次：旅途中之所寄居。洛城：洛陽。東水亭：不詳。

〔二〕『我來』二句：陸機《爲顧彦先贈婦》其一：『京洛多風塵，素衣化爲緇。』此反其意而用之。

洛橋晚望〔一〕

天津橋下冰初結，洛陽陌上人行絶。榆柳蕭疏樓閣閑，月明直見嵩山雪〔二〕。

校勘

人行：閔刻本作『行人』。

注釋

〔一〕洛橋：即天津橋，故址在今河南洛陽市舊城西南。《元和郡國志》：『天津橋在縣北四里。隋煬帝大業元年初造此橋，以架洛水，用大纜維舟，皆以鐵鎖鈎連之。南北夾路，對起四樓，其樓爲日月表勝之象。然洛水溢，浮橋輒壞。貞觀十四年，更令石工累方石爲脚。《爾雅》「箕斗之間爲天漢之津」，故取名焉。』

〔二〕嵩山：見前注。

居處

北郭貧居

進乏廣莫力，退爲蒙瀧居〔一〕。三年失意歸，四向相識疏。地僻草木壯，荒條扶我廬。夜貧燈燭絶，明月照吾書。欲識貞静操，秋蟬飲清虚〔二〕。

校勘

蒙瀧居：『瀧』一作『龍』。宋刻本、宋蜀刻殘本、弘治本、《全唐詩》作『籠』。

注釋

〔一〕廣莫力：指外在的大力。《史記·律書》：『廣莫風居北方。廣莫者，言陽氣在下，陰莫陽廣大也，故曰廣莫。』蒙瀧居：隱居。蒙瀧，草樹茂密的樣子。

〔二〕貞静：節操堅貞，性情静淑。『秋蟬』句：古人誤認爲蟬以餐風飲露爲生，故常以之喻高潔之士。清虚：清静虚無。《漢書·叙傳》：『清虚澹泊，歸之自然。』

題陸鴻漸上饒新開山舍〔一〕

驚彼武陵狀，移歸此巖邊〔二〕。開亭擬貯雲〔三〕，鑿石先得泉。嘯竹引清吹〔四〕，吟花成新篇。乃知高潔情，擺落區中緣〔五〕。

校　勘

引：《全唐詩》一作『索』。　成：一作『討』。

注　釋

〔一〕題陸鴻漸上饒新開山舍：貞元元年作。陸鴻漸：即陸羽，鴻漸其字。唐復州竟陵人。上元初隱於苕溪，自稱桑苧翁。閉門著書。詔拜太子文學不就。以嗜茶出名，著有《茶經》三篇，後世民間祀爲茶神。上饒：縣名，在今江西上饒市，唐屬江南西道信州。鴻漸貞元初寓寄於此。宋王象之《輿地紀勝·江南東路信州人物》『唐陸鴻漸』下引《輿地舊經》：『唐太子文學陸鴻漸居於茶山，刺史姚欽多自枉駕。又按唐孟東野集亦有《題陸鴻漸上饒新開山舍》詩。《圖經》云：今城北三里廣教寺有茶數畝，相傳鴻漸所種也。』又《明一統志·廣信府·茶山》：『在府城北。唐鴻漸嘗居此。……鑿沼爲溟渤之狀，積石爲嵩華之形。』

〔二〕『驚彼』二句：陳云：『東野驚武陵之狀，蓋用陶潛《桃花源記》，以其景物佳絶，而上饒山舍似之，故云移歸焉。』

〔三〕貯：收藏。

〔四〕清吹：管樂。陶淵明《諸人共游周家墓柏下》：『今日天氣佳，清吹與鳴彈。』

〔五〕擺落：擺脱。區中緣：塵世的俗情。謝靈運《登江中孤嶼》：『想象崑山姿，緬邈區中緣。』李白《安陸白兆山桃花巖寄劉侍御綰》：『獨此林下意，杳無區中緣。』

題韋承總吴王故城下幽居 韋生相門子孫〔一〕

才飽身自貴，巷荒門豈貧。韋生堪繼相，孟子願依鄰〔二〕。夜思琴語切，晝情茶味新。霜枝留過鵲〔三〕，風竹掃蒙塵。郢唱一聲發，吴花千片春〔四〕。對君何所得，歸去覺情真。

校勘

琴語：『琴』一作『酒』。　過鵲：『鵲』一作『鶴』。

注釋

〔一〕題韋承總吴王故城下幽居：東野貞元六年僑寓蘇州時留題之作。韋承總：其生平行跡無考。吴王故城：李吉甫《元和郡縣圖志·江南道一·蘇州》：『周時爲吴國。太伯初置城，在今吴縣西北五十里，至闔閭遷都於此。後爲越所併。』幽居：幽静的居處。

〔二〕『孟子』句：表示願與承總結鄰而居。孟子蓋東野自謂，兼用孟母擇鄰而處故事。劉向《列女傳·母儀》：『鄒孟軻之母也，號孟母，其舍近墓。孟子之少也，嬉游爲墓間之事，踴躍築埋。孟母曰：「此非吾所以居處子。」乃去，舍市旁，其嬉戲爲賈人衒賣之事。孟母又曰：「此非吾所以居處子也。」復徙舍學宫之旁，其嬉戲乃設俎豆，揖讓進退。孟母曰：「真可以居吾子矣！」遂居之。及孟子長，學六藝，卒成大儒之名。』

〔三〕『霜枝』句：郝氏《箋注》引曹操《短歌行》：『月明星稀，烏鵲南飛。繞樹三匝，何枝可依？』謂郊詩反用其意。其説可參。

〔四〕『郢唱』二句：謂聽韋生一聲吟唱，頓覺滿眼春意盎然。郢唱：詳卷二《退居》注〔二〕。吴花千片春：

劉向《别録》：『燕有谷寒，不生五穀。鄒衍吹律而温氣至，堪黍。今謂之黍穀。』

蘇州崑山惠聚寺僧房〔一〕

昨日到上方，片雲掛石床〔二〕。錫杖莓苔青，袈裟松柏香〔三〕。晴磬無短韻〔四〕，古燈含永光。有時乞鶴歸，還訪逍遥場〔五〕。

校勘

掛：一作『封』。　晴磬：《唐詩品彙》『晴』作『清』。　訪：一作『放』。

注釋

〔一〕蘇州崑山惠聚寺僧房：約貞元五、六年間作，時東野僑寓蘇州。崑山：縣名。在今江蘇東南部，唐屬蘇州。惠聚寺：據朱長文《吴郡圖經續記》，寺『在崑山縣西北三里馬鞍山。孤峰特秀，極目湖海，百里無所蔽』。

〔二〕上方：佛寺的方丈、住持僧所居之處。石床：供人坐卧的石製用具。

〔三〕錫杖：亦稱『聲杖』、『鳴杖』，是僧人常持的十八物之一。其制杖頭有一鐵卷，中段用木，下安鐵纂，振時作聲。梵名隙棄羅。取錫錫作聲爲義。袈裟：僧衣。

〔四〕磬：佛寺中敲擊以集僧衆的鳴器，狀若雲板。無短韻：謂鳴聲悠長。

〔五〕鶴：傳説爲仙人所乘。《鶴經》：『鶴，陽鳥也。因金氣，依火精……行必依洲嶼，止必集林木，蓋羽族之宗長、仙人之騏驥也。』逍遥場：指惠聚寺。

題從叔述靈巖山壁〔一〕

换却世上心，獨起山中情。露衣凉且鮮，雲策高復輕。喜見夏日來，變爲松景清。每將逍遥聽，不厭颼飀聲〔二〕。遠念塵末宗，未疏俗間名〔三〕。桂枝妄舉手，萍路空勞生〔四〕。仰謝開净絃，相招時一鳴。

校　勘

桂枝妄舉手：『枝』一作『科』，『手』一作『意』。

注　釋

〔一〕題從叔述靈巖山壁：貞元八年作，時東野方失意東歸，乃自徐州應邀來蘇州小住。從叔述：華忱之《孟郊年譜》：『《元和姓纂》四十三《平昌安邱孟氏》下載：「珩，十一代孫温子皡，右丞京兆尹。生通、述。」當即此人。於世次爲東野族叔。』生平行跡不詳。靈巖山：唐時蘇州名勝。宋鄭虎臣《吴都文粹》引唐張承祜《靈巖山磚塔記》：『靈巖山，即古吴王夫差之别苑也。太湖渺白涵其側，虎邱點翠映其後。』

〔二〕『每將』二句：陳云：『此寫聽松聲也。』王昌齡《聽彈風入松贈楊補闕》：『寥落幽居心，颼飀青松樹。』

〔三〕『遠念』二句：東野自謂。因與從叔同族，故稱『宗』。又去年嘗赴長安應進士試，故曰『未疏俗間名』。

〔四〕『桂枝』二句：陳云：『自歎功名無所成就也。』桂枝：《晋書·郤詵傳》：『累遷雍州刺史。武帝於東堂會送，問詵曰：「卿自以爲何如？」詵對曰：「臣舉賢良對策，爲天下第一，猶桂林之一枝，崑山之片玉。」』後稱登科爲『折桂』。勞生：《莊子·大宗師》：『夫大塊載我以形，勞我以生，佚我以老，息我以死。』

題林校書花嚴寺書窗〔一〕

隱詠不誇俗，問禪徒凈居。翻將白雲字，寄向青蓮書〔二〕。擬古投松坐，就明開紙疏〔三〕。昭昭南山景〔四〕，獨與心相如。

校勘

白雲字：『字』一作『寺』。　昭昭：一作『綿綿』。

注釋

〔一〕題林校書花嚴寺書窗：貞元七、八年間，東野應試長安時作。林校書：即林藻。見卷四《登華嚴寺樓望終南山贈林校書兄弟》注〔一〕。花嚴寺：即華嚴寺。見卷四《登華嚴寺樓望終南山贈林校書兄弟》注〔一〕。

〔二〕青蓮書：印度産一種青色蓮花，瓣長而廣，青白分明，故佛書多以爲眼目之喻，也借指僧、寺等。此以青蓮書指佛經。

〔三〕紙疏：紙窗。

〔四〕南山：即終南山。

藍溪元居士草堂〔一〕

市井不容義，義歸山谷中〔二〕。夫君宅松桂，招我棲蒙籠〔三〕。人朴情慮肅，境閑視聽空。

清溪宛轉水，修竹徘徊風。木倦採樵子，土勞稼穡翁〔四〕。讀書業雖異，敦本志亦同〔五〕。藍岸青漠漠，藍峰碧崇崇〔六〕。日昏各命酒，寒蛩鳴蕙叢〔七〕。

校勘

蒙籠：宋刻本、宋蜀刻殘本、華校本作『濛朧』。　各命酒：『酒』一作『返』。　寒蛩鳴蕙叢：一作『寒鹿鳴荒叢』。

注釋

〔一〕藍溪：或稱藍水，亦稱灞水。源出陝西商縣西北秦嶺，西北流入藍田縣界。詳卷一《灞上輕薄行》注〔二〕。元居士：不詳其人。居士，未做官的士人。

〔二〕『市井』二句：陳云：『此言隱居之志。』江淹《從冠軍建平王登廬山香爐峰》：『方學松柏隱，羞逐市井名。』

〔三〕夫君：對男子的敬稱。此指元居士。蒙籠：草樹茂盛貌。

〔四〕『木倦』二句：陳云：『言伐木者倦，耕田者勞，造語苦澀矣。』

〔五〕敦本：注重根本。

〔六〕藍岸：指藍田溪。藍峰：指藍田山。

〔七〕寒蛩：蟋蟀。蕙：俗名佩蘭，香草。

新卜青羅幽居奉獻陸大夫〔一〕

黔婁住何處，仁邑無餒寒〔二〕。豈誤舊羈旅，變爲新閑安〔三〕。二頃有餘食，三農行可觀〔四〕。籠禽得高巢，轍鮒還層瀾〔五〕。翳翳桑柘墟〔六〕，紛紛田里歡。兵戈忽消散，耦耕非艱難〔七〕。嘉木偶良酌，芳陰庇清彈。力農唯一事，趣世徒萬端〔八〕。静覺本相厚，動爲末所殘〔九〕。此外有餘暇，鋤荒出幽蘭〔一〇〕。

校勘

青羅：《全唐詩》作『清羅』。　餒寒：『餒』一作『飢』。

注釋

〔一〕新卜青羅幽居奉獻陸大夫：貞元十三年作，時東野寄寓汴州依陸長源。陸大夫：即陸長源，貞元十二年以御史大夫佐董晋爲宣武行軍司馬，治汴州。

〔二〕黔婁：戰國齊人，修身清節，不求仕進。魯恭公欲以爲相，不就。齊王以黄金百斤聘爲卿，又不就。事見皇甫謐《高士傳》。陶淵明《詠貧士》其四：『安貧守賤者，自古有黔婁。』東野於此以黔婁自喻。仁邑：指汴州。

〔三〕『豈誤』二句：東野往年嘗僑寓河南，今兹重來，故有『舊旅』、『新安』之語。

〔四〕二頃：《史記·蘇秦傳》：『蘇秦喟然歎曰：「此一人之身，富貴則親戚畏懼之，貧賤則輕易之，况衆人乎！且使我有雒陽負郭田二頃，吾豈能佩六國相印乎？」於是散千金以賜宗族朋友。』三農：指居住在三類地區的農民。《周禮·天官·大宰》：『一曰三農，生九穀。』注：『鄭司農曰：「三農，平地、山、澤也。」玄謂三農，原、隰及平地。』

〔五〕『籠禽』句：陶淵明《歸園田居》其一：『久在樊籠裏，復得返自然。』『轍鮒』句：《莊子·外物》：『周顧視車轍中有鮒魚焉。周問之曰：「鮒魚來！子何爲者邪？」對曰：「我，東海之波臣也。君豈有斗升之水而活我哉？」周曰：「諾。我且南游吴越之王，激西江之水而迎子，可乎？」鮒魚忿然作色曰：「吾失我常與，我無所處。吾得斗升之水然活耳，君乃言此，曾不如早索我於枯魚之肆！」』

〔六〕翳翳：深晦不明貌。桑柘墟：遍植桑樹的村落。

〔七〕耦耕：兩人并耕。泛指耕種。陶淵明《辛丑歲七月赴假還江陵夜行塗口》：『商歌非吾事，依依在耦耕。』

〔八〕力農：致力農事。趣世：趨附世俗。

〔九〕『静覺』二句：《論語·雍也》：『知者動，仁者静。』二句意謂静居者宅心仁厚，奔競則不免爲末事所傷。（參邱燮友、李建崑《孟郊詩集校注》，下引簡稱邱李《校注》。）

〔一〇〕『此外』二句：屈原《離騷》：『時曖曖其將罷兮，結幽蘭而延佇。』陳云：『末句有終老幽居之志。』

酬孟十二新居見寄　　陸長源

大道本夷曠，高情亦冲虚。因隨白雲意，偶逐青羅居。青羅紛蒙密，四序無慘舒。餘清濯子衿，散彩還吾廬。去歲登美第，榮名在公車。將必繼管蕭，豈唯躡應徐。首夏尚清和，殘芳遍丘墟。褰幃蔭窗柳，汲井滋園蔬。達者貴知心，古人不願餘。愛君蔣生逕，且著茂陵書。

題韋少保静恭宅藏書洞〔一〕

高意合天製，自然狀無窮。仙華凝四時，玉蘚生數峰〔二〕。書秘漆文字，匣藏金蛟龍〔三〕。閑爲氣候肅，開作雲雨濃〔四〕。洞隱諒非久，巖夢誠必通〔五〕。將綴文士集，貫就真珠叢〔六〕。

校　勘

閑：宋蜀刻殘本作『閔』。《全唐詩》一作『閉』。

注　釋

〔一〕題韋少保静恭宅藏書洞：元和元年作。是年東野方寓居長安。韋少保：謂韋夏卿，曾爲東都留守，遷太子少保。兩《唐書》有傳。静恭宅：唐西京長安有靖恭坊，亦作静恭坊，爲朱雀門街之東第四街街東自北向南之第七坊。静恭宅當即韋夏卿在西京静恭坊的宅第。元《河南志》卷一《京城門坊街隅古蹟》：『長夏門街之東第四街……次北履信坊，唐太子少保韋夏卿宅，宅有大隱洞。』

〔二〕玉蘚：陳云：『石上蘚也。』

〔三〕『書秘』句：據《晉書·束晳傳》，太康二年，汲郡人不准盗發魏襄王墓（或言安釐王冢），得竹書數十車，漆書皆科斗字。武帝以其書付秘書校綴次第，尋考指歸，而以今文寫之。

〔四〕『閑爲』二句：陳云：『言潛龍勿用，只覺氣肅；一旦匣開，可致雲雨也。此以喻韋少保。』

〔五〕洞隱：《新唐書》卷一六二《韋夏卿傳》：『晚歲將罷歸，署其居曰大隱洞。』大隱，指身居朝市而志在玄遠的人。晋王康琚《反招隱》：『小隱隱陵藪，大隱隱朝市。』巖夢：《史記·殷本紀》：『武丁夜夢得聖人，名曰説。以夢所見視群臣百吏，皆非也。於是乃使百工營求之野，得説於傅巖中。是時説爲胥靡，築於傅險。見於武丁，武丁曰是也。得而與之語，果聖人，舉以爲相，殷國大治。』後以巖夢喻指君主求賢的願望。二句意謂夏卿固然志在歸隱，而朝廷或有宰執之命。

〔六〕『將綴』二句：《舊唐書》卷一六五《韋夏卿傳》：『夏卿有風韻，善談讌。……其所與游辟之賓佐，皆一時名士。……始在東都，傾心辟士，頗得才彦，其後多至卿相，世謂之知人。』二句推想日後宰府人文薈萃，極一時之盛，以夏卿一向重才尚賢故也。

生生亭〔一〕

灘鬧不妨語〔二〕，跨溪仍置亭。置亭嵽嵲頭，開窗納遥青〔三〕。遥青新畫出，三十六扇屏〔四〕。褭褭立平地，稜稜浮高冥〔五〕。一日數開扉，仙閃目不停〔六〕。徒誇遠方岫，曷若中峰靈〔七〕。拔意千餘丈，浩言永堪銘〔八〕。浩言無愧同，愧同忍醜醒。致之未有力，力在君子聽。

校勘

仍：一作『宜』。　嵽嵲：原作『嵥嵲』，據弘治本改。宋刻本、華校本作『嵽嵲』。　一日數開扉：宋刻本、宋蜀刻殘本、華校本『扉』作『扇』。

注釋

〔一〕生生亭：元和二、三年間作。其時東野仍在洛陽任職。盧仝《孟夫子生生亭賦》：『玉川子沿孟冬之寒流兮，輟棹上登生生亭。』孫之騄注：『生生亭，公客汴時所建也。』其址在洛北孟氏莊前清溪上。

〔二〕『灘鬧』句：陳云：『言灘聲可聽，故不妨語。』灘：水中多石而流急之處。

〔三〕『置亭』句：陳云：『寫亭在溪山間。』㟝嵲：高山。杜甫《自京赴奉先縣詠懷五百字》：『凌晨過驪山，御榻在㟝嵲。』『開窗』句：謝靈運《田南樹園激流植援》：『群木既羅户，衆山亦當窗。』謝朓《郡内高齋閑坐答吕法曹》：『窗中列遠岫，庭際俯喬林。』并東野詩意所本。遥青：遠山。

〔四〕『遥青』二句：陳云：『言山如扇屏也。《一統志》：嵩山三十六峰，東曰太室，西曰少室，相去七十里，嵩其總名也。』

〔五〕『褭褭』二句：褭褭：同裊裊。高冥：天空。

〔六〕扉：門扇。仙閃：形容景色變幻。目不停：猶言目不暇接。

〔七〕岫：峰巒。中峰：指中岳嵩山。

〔八〕『拔意』二句：夏敬觀以爲言中峰之高，拔起我千丈志意，浩然之言，則永可爲我箴銘。

寒溪九首〔一〕

霜洗水色盡，寒溪見纖鱗〔二〕。幸臨虚空鏡〔三〕，照此殘悴身。潛滑不自隱，露底瑩更新。豁如君子懷，曾是危陷人〔四〕。始明淺俗心，夜結朝已津〔五〕。净漱一掬碧，遠消千慮塵。始知泥步泉，莫與山源鄰〔六〕。

校勘

霜洗：原作『露洗』，依宋刻本、宋蜀刻殘本、弘治本、凌刻本、華校本改。『露』一作『路』。

注釋

〔一〕寒溪九首：作於元和二、三年間。寒溪謂洛中溪。其時東野卜居於洛陽立德坊，門前有溪水縈回。

〔二〕『霜洗』二句：陳云：『言水清游魚可數也。』纖鱗：小魚。盧綸《題天華觀》：『峰嶂徘徊霞景新，一潭寒水絶纖鱗。』

〔三〕虚空鏡：指溪水。

〔四〕豁如：開闊大度貌。危陷：傾危跌落。

〔五〕『始明』二句：陳云：『又藉以諷世。』結：凝結。津：作『消融』解。

〔六〕『始知』二句：陳云：『山源，殆東野自喻。』

洛陽岸邊道，孟氏莊前溪〔一〕。舟行素冰拆，聲作青瑶嘶〔二〕。緑水結緑玉，白波生白珪。明明寶鏡中，物物天照齊〔三〕。仄步下危曲，攀枯聞孀啼。霜芬稍消歇，凝景微茫齊。癡坐直視聽，戇行失蹤蹊〔四〕。岸童劚棘劳，語言多悲悽〔五〕。

校勘

舟行素冰拆：一作『舟行芰荷折』。　霜芬：一作『宿雰』。　稍消：一作『蕭索』。

注釋

〔一〕『洛陽』二句：陳云：『自叙。』

〔二〕『舟行』二句：陳云：『寫溪聲。』拆：通『坼』。分裂，裂開。

〔三〕『明明』二句：陳云：『詩意言溪清如鏡。』

〔四〕『癡坐』二句：陳云：『言溪上行坐之狀。』躄行：指行爲笨拙。蹤蹊：途徑。

〔五〕『岸童』二句：陳云：『此又寫所見。』斸：大鋤。引申爲掘。棘：叢生的小棗樹，即酸棗樹。此處泛指有刺的草木。

曉飲一盃酒，踏雪過清溪。波瀾凍爲刀，剸割鳧與鷖〔一〕。宿羽皆翦棄〔二〕，血聲沉沙泥。獨立欲何語，默念心酸嘶。凍血莫作春，作春生不齊。凍血莫作花，作花發孀啼。幽幽棘針村，凍死難耕犁。

注　釋

〔一〕剸割：割截。鳧與鷖：皆水鳥。鳧：野鴨。鷖，鷗鳥。

〔二〕宿羽：夜棲之鳥。翦棄：除去。

篙工磓玉星〔一〕，一路隨迸螢。朔凍哀徹底，獠饞詠潛鯹〔二〕。冰齒相磨嚙，風音酸鐸鈴。清悲不可逃，洗出纖悉聽。碧瀲卷已盡，綵縷飛飄零〔三〕。下躡滑不定，上棲折難停。哮嘐呷喢冤〔四〕，仰訴何時寧。

校　勘

玉星：宋刻本、宋蜀刻殘本『玉』作『五』，非是。　綵縷：『縷』字原缺，據《全唐詩》補。宋刻本、宋蜀刻殘本、華校本作『緑雙』。　呷：《全唐詩》一作『呻』。

注　釋

〔一〕磓：敲擊。　玉星、迸瑩：喻碎冰。

〔二〕『朔凍』二句：言溪凍徹底，令獠饞者對潛魚徒發哀詠。　獠饞：指獵魚爲食的人。　潛鯉：水底之魚。

〔三〕『碧瀲』二句：陳云：『言溪水已冰，故無碧瀲緑縷也。』碧瀲：猶碧波。　緑縷：謂篙工之衣。《新唐書・杜亞傳》：『亞欲輕駛，乃髹船底，使篙人衣油緑衣，没水不濡。』

〔四〕哮：虎怒聲。　嘐：鳥鳴聲。　呷：吸而飲。　唔：用嘴吸取。

一曲一直水，白龍何鱗鱗〔一〕。凍飆雜碎號，齏音坑谷辛〔二〕。杌椾吃無力，飛走更相仁〔三〕。猛弓一折弦，餘喘争來賓〔四〕。大嚴此之立，小殺不復陳。皎皎何皎皎，氲氲復氲氲〔五〕。瑞晴刷日月，高碧開星辰。獨立兩脚雪，孤吟千慮新。天欃徒昭昭，箕舌虚齗齗〔六〕。堯聖不聽汝，孔微亦有臣〔七〕。諫書竟成章，古義終難陳。

校　勘

天欃：原作『天讒』，據《全唐詩》改。

注　釋

〔一〕白龍：指溪。　鱗鱗：水波漾動，狀如魚鱗。　何遜《下方山》：『鱗鱗逆去水，瀰瀰急還舟。』

〔二〕『凍飆』二句：陳云：『言萬竅寒號，其齏音悲辛，滿坑谷矣。』齏音：細碎之音。

〔三〕『柧揄』二句：柧，通『觚』，古代寫字用的木板。揄，古箋字。兩者皆上書用者。陳云：『言欲禁田獵，口吃，又不能言。』

〔四〕猛弓：猶勁弓。餘喘：指苟延殘喘者。

〔五〕『皎皎』二句：陳云：『言仁及鳥獸，天地清明也。』氤氲：氣盛貌。

〔六〕天欃：彗星名。《吕氏春秋·明理》：『其星……有天欃。』《史記·天官書》：『三月生天欃，長四丈，末兑。』箕舌：箕宿四星中距離最遠之二星。《詩·小雅·大東》：『維南有箕，載翕其舌。』齗齗：嫉怒貌。

〔七〕堯聖：即唐堯，與虞舜都是遠古部落聯盟的首領，古史相傳爲聖明之君。『孔微』句：《論語·子罕》：『子疾病，子路使門人爲臣。病間，曰：「久矣哉，由之行詐也！無臣而爲有臣。吾誰欺？欺天乎？且予與其死於臣之手也，無寧死於二三子之手乎！且予縱不得大葬，予死於道路乎？」』

因凍死得食，殺風仍不休。以兵爲仁義〔一〕，仁義生刀頭。刀頭仁義腥，君子不可求。波瀾抽劍冰，相劈如仇讎〔二〕。

校　勘

原文連下至『下照疑憂愁』爲一首，兹從華校本析爲兩首，自『相劈如仇讎』以上爲第六首，自『尖雪入魚心』以下爲第七首。

注　釋

〔一〕兵：兵器。借指戰爭。

〔二〕仇讎：仇敵。

尖雪入魚心，魚心明愀愀〔一〕。恍如罔兩説，似訴割切由〔二〕。誰使異方氣〔三〕，入此中土流。剪盡一月春，閉爲百谷幽〔四〕。仰懷新霽光，下照疑憂愁〔五〕。

注　釋

〔一〕愀愀：憂懼貌。

〔二〕罔兩：傳説山川中的精怪。《左傳·宣公三年》：『螭魅罔兩，莫能逢之。』也作『魍魎』。割切：猶言殺戮。

〔三〕異方氣：蓋暗喻北方之異族。

〔四〕『剪盡』二句：陳云：『言谷寒也。』

〔五〕『仰懷』二句：陳云：『言欲日月下照我心中之憂愁也。』《詩·邶風·日月》：『日居月諸，照臨下土。』此師其意者。

溪老哭甚寒，涕泗冰珊珊〔一〕。飛死走死形，雪裂紛心肝〔二〕。劍刃凍不割，弓弦彊難彈。常聞君子武，不食天殺殘〔三〕。劚玉掩骼胔，吊瓊哀闌干〔四〕。

注　釋

〔一〕溪老：東野自謂。冰珊珊：陳云：『冰珊珊者，言淚光如冰玉也。』

〔二〕『飛死』二句：陳云：『言禽鳥凍死，見之雪裂心肝矣。』
〔三〕『常聞』二句：陳云：『言凍死不食。』
〔四〕『劚玉』二句：陳云：『此言吊禽魚之死，淚落縱横，其聲如玉之哀也。』骼胔：《禮・月令》：『孟春之月……掩骼埋胔。』注：『骨枯曰骼，肉腐曰胔。』闌干：淚流縱横貌。

溪風擺餘凍〔一〕，溪景銜明春。玉消花滴滴，虬解光鱗鱗〔二〕。懸步下清曲〔三〕，消期濯芳津。千里冰裂處，一勺暖亦仁〔四〕。凝精互相洗，漪漣競將新〔五〕。忽如劍瘡盡，初起百戰身。

注釋

〔一〕『溪風』句：陳云：『言東風解凍。』
〔二〕虬：傳説中的無角龍。屈原《離騷》：『駟玉虬以乘鷖兮，溘埃風余上征。』此喻寒溪。
〔三〕曲：水灣。
〔四〕『千里』二句：陳云：『此言一勺水之暖，亦天地之仁也。』
〔五〕凝精：指溪水。漪漣：微波。

立德新居十首〔一〕

立德何亭亭〔二〕，西南聳高隅。陽崖泄春意，井圃留冬蕪〔三〕。勝引即紆道〔四〕，幽行豈通衢。碧峰遠相揖，清思誰言孤〔五〕。寺秩雖未貴，家醪良可哺〔六〕。

校勘

未貴：《全唐詩》作「貴家」。

注釋

〔一〕立德新居十首：約作於元和元、二年冬，東野任河南水陸運從事、試協律郎之後。立德：坊名，在洛陽。《元河南志·京城門坊街隅古跡》引《洛陽志》：「洛水之北，東城之東，第一東北街……凡六坊。……次北立德坊，在宣仁門外街東。」又卷四《唐城闕古跡》：「漕渠……自斗門下枝分洛水。東北流至立德坊之南，西溢爲新潭。」「立德坊北街有泄城坊。至宣仁門南屈而東流，經此坊之北，至東北隅，繞此坊屈而南流入漕渠。」「又坊西街寫口渠，循城南流，至此坊之西南隅，繞出此坊屈而東流，入漕渠。」是其地四面帶水，一面對山。東野當即寓居於此。

〔二〕亭亭：聳立貌。

〔三〕井圃：園圃。冬蕪：冬天叢生的雜草。

〔四〕勝引：猶勝友，良友。

〔五〕「碧峰」二句：陳云：「言遠山爲朋，清思不孤也。」

〔六〕寺秩：秩，俸禄。時東野試協律郎，而唐協律郎隸屬太常寺，故云「寺秩」。醪：濁酒。杜甫《清明》其一：「鐘鼎山林各天性，濁醪粗飯任吾年。」

聳城架霄漢，潔宅涵絪緼〔一〕。開門洛北岸，時鎖嵩陽雲。夜高星辰大，晝長天地分。厚韻屬疏語，薄名謝囂聞〔二〕。兹焉有殊隔，永矣難及群〔三〕。

校　勘

難及群：『難』原作『唯』，各本俱作『難』，兹據改。

注　釋

〔一〕絪緼：指天地陰陽之氣的聚合。《易·繫辭下》：『天地絪緼，萬物化醇。』

〔二〕『薄名』句：陳云：『言市囂不聞名也。』囂聞：塵俗之譽。

〔三〕『兹焉』二句：既歎世之卑俗，亦隱然以孤高自許。所謂難及群者，其實是卓爾不群也。顔延之《還至梁城作》：『振策眷東路，傾側不及群。』

賓秩已覺厚，私儲常恐多〔一〕。清貧聊自爾，素責將如何〔二〕。儉教先勉力，修襟無餘它〔三〕。良棲一枝木，靈巢片葉荷〔四〕。仰笑鵾鵬輩，委身拂天波〔五〕。

校　勘

素責：『責』字原缺，據宋刻本、宋蜀刻殘本、弘治本補。

注　釋

〔一〕『賓秩』二句：左思《詠史》其八：『外望無寸禄，内顧無斗儲。』此反用之。賓秩：其時東野爲河南尹鄭餘慶賓佐，故稱其俸禄爲『賓秩』。

〔二〕聊自爾：猶言姑且如此（馬虎度日）。素責。：平素所欠之債。責，『債』之本字。

〔三〕儉教：儉德的教育。修襟：高尚的胸懷。

〔四〕『良棲』句：《莊子・逍遥游》：『鷦鷯巢於深林，不過一枝。』此用其意。『靈巢』句：葛洪《抱朴子・對俗》：『《玉策記》曰：千歲之龜……浮於蓮葉之上，或在叢蓍之下。』《禮・禮運》：『龍、鳳、龜、麟，謂之四靈。』

〔五〕『仰笑』二句：《莊子・逍遥游》：『北冥有魚，其名爲鯤。鯤之大，不知其幾千里也。化而爲鳥，其名爲鵬。鵬之背，不知其幾千里也；怒而飛，其翼若垂天之雲。是鳥也，海運則將徙於南冥。南冥者，天池也。……蜩與學鳩笑之曰：「我決起而飛，搶榆枋，時則不至而控於地而已矣，奚以之九萬里而南爲？」』陳云：『東野師其意，蓋以自諷。』

疏門不掩水，洛色寒更高。曉碧流視聽，夕清濯衣袍。爲於仁義得，未覺登陟勞〔一〕。遠岸雪難暮，勁枝風易號。霜禽各嘯侶，吾亦愛吾曹〔二〕。

校勘

爲於仁義得：《唐詩品彙》作『但立仁義德』。　陟：《唐詩品彙》作『涉』。　暮：《唐詩品彙》作『盡』。號：《全唐詩》一作『撓』。

注釋

〔一〕『爲於』二句：陶淵明《詠貧士》其四：『朝與仁義生，夕死復何求？』此用其義。

〔二〕『霜禽』二句：陶淵明《讀山海經》其一：『衆鳥欣有托，吾亦愛吾廬。』此化用之。吾曹：同輩中人。

崎嶇有懸步，委曲饒荒尋。遠樹足良木，疏巢無争禽。素魄銜夕岸，緑水生曉潯〔一〕。空曠伊洛視，髣髴瀟湘心〔二〕。何必尚遠異，憂勞滿行襟。

校　勘

憂勞：宋刻本作『憂芳』。

注　釋

〔一〕潯：水邊深處。

〔二〕伊洛：伊水與洛水。《國語·周語上》：『昔伊洛竭而夏亡。』注：『伊出熊耳，洛出冢嶺。』瀟湘：猶言清深的湘水。《山海經·中山經》：『澧沅之風交瀟湘之淵，是在九江之間，出入必以飄風暴雨。』舊詩文中常以『瀟湘』稱湘水。

懸途多仄足，崎圃無修畦〔一〕。霜蘭與宿艾，手擷心不迷〔二〕。品子懶讀書，轅駒難服犁〔三〕。虚食日相役，夸腸詎能低。恥從新學游，願將古農齊。

校　勘

霜蘭：《全唐詩》作『芳蘭』。　難：原作『唯』，據宋刻本、宋蜀刻殘本改。　相役：弘治本、《全唐詩》作『相投』。

注　釋

〔一〕懸途：言路之陡峭。仄足：側足。仄，通『側』。崎圃：山間菜地多傾側，故云崎圃。崎，傾斜貌。修畦：長畦。畦即田隴，長條之田塊。

〔二〕『霜蘭』二句：蘭爲香草，艾爲賤草，喻賢愚之不同。屈原《離騷》：『户服艾以盈要兮，謂幽蘭其不可佩。』此言蘭艾可分別。

〔三〕品子：品官的子弟。《新唐書·食貨志》：『光宅元年……以六品七品子爲親事，以八品九品子爲帳内，歲納錢千五百，謂之品子課集。』轅駒：車轅下的小馬。杜甫《大曆三年春白帝城放船出瞿塘峽久居夔府將適江陵漂泊有詩凡四十韻》：『出塵皆野鶴，歷塊匪轅駒。』

都城多聳秀，愛此高縣居〔一〕。伊雒遶街巷，鴛鴦飛閭閻〔二〕。翠景何的礫，霜飈飄空虚〔三〕。突出萬家表，獨治二畝蔬。一旬一手版〔四〕，十日九手鋤。

校勘

蔬：一作『餘』。

注釋

〔一〕都城：指洛陽。高縣居：謂立德新居。縣，同『懸』。

〔二〕閭閻：里巷。

〔三〕的礫：光亮鮮明貌。霜飈：猶秋風。

〔四〕手版：即笏。古代官吏上朝或謁見上司時所執，以備記事。

手鋤良自勖〔一〕，激勸亦已饒。畏彼梨栗兒〔二〕，空資玩弄驕。夜景卧難盡，晝光坐易消。治舊得新義，耕荒生嘉苗。鋤治苟愜適〔三〕，心形俱逍遥。

校勘

難：原作『唯』，據宋刻本、宋蜀刻殘本改。

注釋

〔一〕自勖：自勵。

〔二〕梨栗兒：陶淵明《責子》：『通子垂九齡，但覓梨與栗。』

〔三〕鋤治：承上指耕讀言。愜適：稱心，滿意。

玉蹄裂鳴水，金綬忽照門〔一〕。拂拭貧士席，拜候丞相軒〔二〕。德疏未爲高，禮至方覺尊。豈唯耀兹日，可以榮遠孫〔三〕。如何一陽朝〔四〕，獨荷衆瑞繁。

校勘

軒：《全唐詩》作『轅』。

注釋

〔一〕玉蹄：指馬。金綬：金印紫綬，宰相所佩。

〔二〕貧士：東野自指。丞相：蓋指鄭餘慶。韓愈《貞曜先生墓志銘》：『去尉二年，而故相鄭公尹河南，奏爲水陸運從事，試協律郎，親拜其母於門内。』參看末章附注，則知此二章所寫，蓋即此事。軒：一種曲轅有轓的車，爲卿大夫所乘。

〔三〕『豈唯』二句：范雲《贈張徐州謖》：『軒蓋照墟落，傳瑞生光輝。』東野用其意。

〔四〕陽朝：日出之後。

東南富水木，寂寥蔽光輝〔一〕。此地足文字，及時隘驂騑〔二〕。仄雪踏爲平，澀行變如飛。令畦生氣色，嘉緑新霏微〔三〕。天意資厚養，賢人肯相違。末二章冬至日鄭相至門，以屬意在焉。

注釋

〔一〕『東南』二句：陳云：『言東南雖多水木，而寂寥舊宅，門無卿相輿，亦足以蔽其光輝已。』

〔二〕『此地』二句：陳云：『言洛城禮賢者，但新居又隘，不足容鄭相驂騑矣。』隘：填塞。驂騑：駕車時位於兩旁的馬。此指鄭相車駕。

〔三〕『仄雪』四句：陳云：『以上四句，言鄭相之過，始覺物物多被澤矣。』仄雪：兩旁的積雪。澀行：行動艱難。霏微：迷蒙。

卷六

行役

西上經靈寶觀 觀即尹真人舊宅〔一〕

道士無白髮，語音靈泉清。青松多壽色〔二〕，白石恒夜明。放步霽霞起，振衣華風生〔三〕。真文秘中頂，寶氣浮四楹〔四〕。一片古關路〔五〕，萬里今人行。上仙不可見〔六〕，孤策徒西征。

校勘

語音：「音」一作「言」。　恒：《唐詩品彙》作「常」。　霽霞起：「起」一作「迢」。　上仙不可見：「不」原作「一」，據《唐詩品彙》改。　孤策：原作「驅策」，據《唐詩品彙》改。

注釋

〔一〕靈寶觀：在今河南靈寶縣。尹真人：其人不詳。

〔二〕壽色：陳云：「言其蒼老也。」

〔三〕「放步」二句：陳云：「言其高也。」

〔四〕「真文」二句：陳云：「真文，道書也。言其文秘藏，而寶氣浮溢四楹。」

〔五〕古關：陳云：『古關，所謂漢時關也。自靈寶西至潼關二百里，爲秦函谷關矣。』

〔六〕上仙：道家分天上仙人爲九個等級，第一等級爲上仙。《雲笈七籤·道教本始部》：『太清境有九仙……其九仙者，第一上仙。』此指尹真人。

泛黄河

誰開崑崙源，流出混沌河〔一〕。積雨飛作風，驚龍噴爲波。湘瑟颼飀絃〔二〕，越賓嗚咽歌。有恨不可洗，虚此來經過。

校　勘

積雨：『雨』一作『羽』。　瑟：原作『琴』，據宋刻本、華校本改。　越賓：一作『越客』。　有恨：一作『雙眼』。

注　釋

〔一〕崑崙源：指崑崙山。其南支可可西里山東延爲巴顔喀拉山，就是黄河的發源地。《水經注》卷一：『崑崙墟在西北，去嵩高五萬里地之中也，其高萬一千里，河水出其東北陬。』混沌河：《爾雅》：『河出崑崙虚，色白。所渠并千七百，一川色黄。』

〔二〕颼飀：風聲。此比絃音。

往河陽宿峽陵寄李侍御〔一〕

暮天寒風悲屑屑，啼烏繞樹泉水噎〔二〕。行路解鞍投古陵〔三〕，蒼蒼隔山見微月。鴞鳴犬吠霜煙昏，開囊拂巾對盤飧〔四〕。人生窮達感知己，明日投君申片言〔五〕。

校勘

古陵：宋刻本、華校本作『石陵』。　啼烏：《全唐詩》作『啼鳥』。

注釋

〔一〕往河陽宿峽陵寄李侍御：據華忱之《孟郊年譜》，本詩約作於建中元年。是年秋冬之交，東野來游河陽。河陽：縣名。縣治在今河南孟縣南，唐屬河南府。其地南臨黄河，爲洛陽外圍重鎮。唐建中時置河陽三城節度使於此。李侍御：名芃，字茂初，趙郡人。德宗即位時，授檢校太常少卿，兼御史中丞、河陽三城鎮遏使。但吴汝煜、胡可先兩位否定華説，所著《全唐詩人名考》略云：『按「侍御」通常指監察御史或殿中侍御史（參《因話録》卷五），未聞御史中丞可稱「侍御」者。華説顯誤。「峽陵」即峽州（今湖北宜昌一帶），其地在隋爲夷陵郡。詩亦非建中元年作，而是貞元四年（七八八）冬孟郊由江西赴河陽途經峽陵時作。李侍御疑爲李鄘。據《舊唐書》卷一五七本傳，李鄘爲李邕姪孫，大曆進士，家於洛中。貞元三年嗣曹王皋移鎮襄州，「致禮延辟，署從事，奏兼殿中侍御史」。襄州爲峽州至河陽所經之地，故詩云：「明日投君申片言。」孟郊「少隱於嵩山」（《新唐書》本傳）。他與李鄘相識，大概是在隱居嵩山時。』兹從其説。

〔二〕屑屑：猶切切。風動作聲。啼烏：曹操《短歌行》：『月明星稀，烏鵲南飛。繞樹三匝，何枝可依。』噎：食物塞住咽喉。此言泉水滯澀不通。

〔三〕古陵：即峽陵。

〔四〕鴞：即猫頭鷹，古人以爲惡聲之鳥。囊：行囊，用盛衣物。盤飧：指餚饌。飧，熟食。

〔五〕窮達：困厄與顯達。此但取困厄之義。君：指李侍御。

鵶路溪行呈陸中丞〔一〕

鵶路不可越，三十六渡溪。有物飲碧水〔二〕，高林掛青蜺。歷覽道更險，驅使跡頻睽〔三〕。視聽易常主，心魂互相迷。浪石忽摇動，沙堤信難躋〔四〕。危峰紫霄外，古木浮雲齊。出阻望汝郡，大賢多招攜〔五〕。疲馬戀舊秣，羈禽思故棲〔六〕。應憐泣楚玉，棄置如塵泥〔七〕。

校勘

跡頻睽：《全唐詩》『頻』一作『頓』。　出阻：『阻』原作『徂』，各本俱作『阻』，兹據改。

注釋

〔一〕鵶路溪行呈陸中丞：貞元九年作，其時東野自洞庭改往汝州依陸長源。鵶路：地名。疑即汝州魯山境内之三鴉路。《太平寰宇記・汝州魯山縣》：『三鴉路，在縣西南七十里，接鄧州南陽縣界。』『鴉』同『鵶』。陸中丞：即陸長源。彼時方爲汝州刺史兼御史中丞。

〔二〕有物：即指青蜺。『蜺』同『霓』。青蜺，指虹。

〔三〕跡：脚印。睽：乖離。

〔四〕躋：登攀。

〔五〕阻：險要之地。汝郡：指汝州。大賢：謂陸中丞。招攜：招唤相偕。

〔六〕『疲馬』二句：陸機《贈從兄車騎》：『孤獸思故藪，離鳥悲舊林。』東野仿其意。

〔七〕楚玉：見卷二《古興》注〔一〕。陳云：『以上六句，呈陸中丞，東野意蓋冀中丞有所提攜也。』

獨宿峴首憶長安故人〔一〕

月迥無隱物，況復大江秋〔二〕。江城與沙村，人語風颼飀。峴亭當此時，故人不同游〔三〕。故人在長安，亦可將夢求〔四〕。

注釋

〔一〕獨宿峴首憶長安故人：貞元九年東野遠游湖楚路過襄陽時紀游之作。峴首：即峴山，在湖北襄陽城南。西晉羊祜鎮襄陽時，常登此山。《晉書》卷三四《羊祜傳》：『祜樂山水，每風景，必造峴山，置酒言詠，終日不倦。』

〔二〕『月迥』句：謂明月高懸，物無隱貌。迥：遠。大江：指長江。

〔三〕峴亭：在峴首。

〔四〕『故人』二句：岑參《春夢》：『枕上片時春夢中，行盡江南數千里。』東野師其意。

自商行謁復州盧使君虔〔一〕

一身遶千山〔二〕，遠作行路人。未遂東吴歸，暫出西京塵〔三〕。仲宣荊州客，今余竟陵賓〔四〕。往跡雖不同，託意皆有因。商嶺莓苔滑，石坂上下頻〔五〕。江漢沙泥潔〔六〕，永日光景新。獨淚起殘夜，孤吟望初晨。驅馳竟何事，章句依深仁〔七〕。

校勘

今余竟陵賓：『余』一作『爲』。　莓苔：宋刻本作『每苔』。　永日：一作『水白』。

注釋

〔一〕自商行謁復州盧使君虔：貞元九年作。是年東野三試不第，乃自長安訪復州刺史盧虔，行次商州，因賦詩以寄意。商：指商州，即今陝西商州市，唐屬關内道。復州：在今湖北沔陽縣，唐屬山南東道。盧虔：見卷一《楚竹吟酬盧虔端公見和湘絃怨》注〔一〕。

〔二〕『一身』句：陳云：『商州亂山，高下重疊。』

〔三〕東吳：指東野故鄉湖州。西京：長安。

〔四〕仲宣：即王粲。見卷二《感懷》其七注〔二〕。王粲《七哀詩》：『西京亂無象，豺虎方遘患。復棄中國去，委身適荆蠻。』『今余』句：指謁復州盧使君。竟陵：即復州，唐時爲復州州治。

〔五〕『商嶺』句：寫商山。

〔六〕『江漢』句：寫復州。

〔七〕章句：見卷五《與王二十一員外涯游枋口柳溪》注〔六〕。東野此以章句小儒自指。深仁：指盧虔。

夢澤行〔一〕

楚山争蔽虧，日月無全輝〔二〕。楚路饒回惑，旅人有迷歸〔三〕。騏驥思北首，鷓鴣願南飛〔四〕。我懷京洛游，未厭風塵衣〔五〕。

校勘

夢澤行：《全唐詩》作『夢澤中行』。　日月：《唐詩品彙》作『白日』。　鐃：《唐詩品彙》作『多』。　旅人有迷歸：『有』一作『多』。　京洛：宋刻本、弘治本、華校本作『京雒』。

注釋

〔一〕夢澤行：作於貞元九年，是年東野三試不第，乃自長安出爲湖楚之游。夢澤：即雲夢澤，古澤藪名。《周禮·夏官·職方氏》：『正南曰荆州，其山鎮曰衡山，其澤藪曰雲瞢。』瞢，同『夢』。

〔二〕『楚山』二句：司馬相如《子虛賦》：『雲夢者，方九百里，其中有山焉。其山則盤紆岪鬱，隆崇嵂崒；岑崟參差，日月蔽虧。交錯糾紛，上干青雲；罷池陂陁，下屬江河。』

〔三〕回惑：惶惑。　迷歸：失其歸途。

〔四〕『騏驥』二句。《古詩》：『胡馬依北風，越鳥巢南枝。』此用其意。騏驥：良馬。北首：向北進發。鷓鴣：《酉陽雜俎·支動》：『鷓鴣似雌雉，飛但南不向北。』楊孚《交州異物志》：『……其志懷南，不向北徂。』

〔五〕『我懷』二句：陸機《爲顧彦先贈婦》其一：『京洛多風塵，素衣化爲緇。』此反用其意。京洛：指洛陽。因東周、東漢曾建都於此，故稱。

京山行〔一〕

衆虻聚病馬〔二〕，流血不得行。後路起夜色，前山聞虎聲。此時游子心，百尺風中旌〔三〕。

注釋

〔一〕京山行：作於貞元九年。京山：一名京源山，在今湖北省京山縣東。京山縣唐屬山南道郢州。

〔二〕虻：昆蟲名。似蠅而稍大，有刺吸式口器，以吸牲畜之血液爲食。

〔三〕『此時』二句：《戰國策·楚策》：『寡人卧不安席，食不甘味，心摇摇如懸旌，而無所終薄。』李白《古風》其二十二：『急節謝流水，羈心摇懸旌。』旌：旗。

旅次湘沅有懷靈均〔一〕

分拙多感激，久游遵長塗〔二〕。經過湘水源，懷古方踟躕〔三〕。舊稱楚靈均，此處殞忠軀〔四〕。側聆故老言，遂得旌賢愚〔五〕。名參君子場，行爲小人儒〔六〕。騷文衒貞亮，體物情崎嶇〔七〕。三黜有愠色，即非賢哲模〔八〕。五十爵高秩，謬膺從大夫〔九〕。胸襟積憂愁，容鬢復彫枯〔一〇〕。死爲不吊鬼，生作猜謗徒〔一一〕。吟澤潔其身，忠節寧見輸〔一二〕。懷沙滅其性，孝行焉能俱〔一三〕。且聞善稱君，一何善自殊。且聞過稱己，一何過不渝〔一四〕。悠哉風土人，角黍投川隅〔一五〕。相傳歷千祀，哀悼延八區〔一六〕。如今聖明朝，養育無羈孤〔一七〕。君臣逸雍熙，德化盈紛敷〔一八〕。巾車徇前侶，白日猶昆吾〔一九〕。寄君臣子心，戒此真良圖。

校勘

貞亮：『貞』原作『真』，兹依各本作『貞』。容鬢復彫枯：『復』一作『先』。徇：原作『狥』，據宋刻本改。

注　釋

〔一〕旅次湘沅有懷靈均：貞元九年作。其時東野方自楚來湘，賦此紀游。湘沅：湘江與沅江。詩賦中常二水合稱。《楚辭·離騷》：『濟沅湘以南征兮，就重華而陳詞。』靈均：屈原字。

〔二〕分：性分。感激：感動，激發。遵：沿着。塗：通『途』，道路。

〔三〕踟躕：徘徊不進。

〔四〕『舊稱』二句：《史記·屈原傳》：『屈原至於江濱，被髮行吟澤畔。……於是懷石遂自沈汨羅以死。』汨羅在今湖南湘陰縣境。

〔五〕故老：此謂當地的老人。旌：識別。

〔六〕『名參』二句：陳云：『言屈原名列君子，行近小人。』小人儒：《論語·雍也》：『子謂子夏曰：女爲君子儒，無爲小人儒。』何晏集解引孔安國曰：『君子爲儒，將以明道；小人爲儒，則矜其名。』

〔七〕『騷文』二句：王逸《離騷經序》：『《離騷》之文，依詩取興，引類譬諭。故善鳥香草，以配忠貞；惡禽臭物，以比讒佞；靈修美人，以媲於君；宓妃佚女，以譬賢臣；虬龍鸞鳳，以託君子；飄風雲霓，以爲小人。其詞温而雅，其義皎而朗，凡百君子莫不慕其清高，嘉其文采，哀其不遇，而愍其志焉。』東野之意，則以爲《離騷》體物之情甚崎嶇，却是屈原自銜貞亮的一種表現。銜：自我矜誇。崎嶇：形容文情曲折不平。

〔八〕『三黜』二句：言屈原被逐江南，頗有怨恨，不足效法。黜：罷免。愠色：《論語·公冶長》：『令尹子文三仕爲令尹，無喜色；三已之，無愠色。』

〔九〕『五十』句：《儀禮·士冠禮》：『古者五十而後爵，何大夫冠禮之有？』『謬膺』句：王逸《離騷經序》：『屈原與楚同姓，仕於懷王，爲三閭大夫。』謬膺：錯受。

〔一〇〕『胸襟』二句：《史記·屈原傳》：『屈平疾王聽之不聰也，讒諂之蔽明也，邪曲之害公也，方正之不容也，故憂愁幽思而作《離騷》。離騷者，猶離憂也。』又：『顔色憔悴，形容枯槁。』

〔一一〕『死爲』句：陳云：『言原赴汨淵自沈而死。』不吊：《禮·檀弓上》：『死而不吊者三：畏、厭、溺。』

〔一二〕『吟澤』二句：陳云：『言徒吟澤，而不能一輸忠節也。』輸：獻納，報效。吟澤：被髮行吟澤畔。『生作』句：王逸《離騷經序》：『同列大夫上官靳尚，妒害其能，共譖毀之，王乃疏屈原。』

〔一三〕『懷沙』二句：陳云：『言屈原懷石自沈，是滅性也，又不足言孝矣。』《禮·喪服四制》：『毁不滅性，不以死傷生也。』

〔一四〕『且聞』四句：謂屈原未能如《禮·坊記》所言『善則稱君，過則稱己』。

〔一五〕『悠哉』二句：《續齊諧記》：『屈原以五月五日投汨羅而死，楚人哀之，每於此日以竹筒貯米投水祭之。漢建武中，長沙區回白日忽見一人，自稱三閭大夫。謂回曰：「聞君常見祭，甚善。但常年所遺，并爲蛟龍所竊，今若有惠，可以練樹葉塞上，以五色絲轉縛之，此物蛟龍所憚。」回依其言。世人五月五日作粽，并帶五色絲及練葉，皆汨羅之遺風。』

〔一六〕千祀：千年。殷代稱年曰祀。八區：八方。

〔一七〕羈孤：羈旅孤獨之人。

〔一八〕雍熙：和樂貌。紛敷：很盛的樣子。

〔一九〕巾車：有車衣遮蓋的車。徇：順從，依從。昆吾：日正午所經之處。《淮南子·天文訓》：『日出於暘谷……至於昆吾，是謂正中。』

過彭澤

揚帆過彭澤〔一〕，舟人訝歎息。不見種柳人，霜風空寂歷〔二〕。

注　釋

〔一〕彭澤：縣名。西漢高帝時置，以地有彭蠡澤而得名，故城在今江西湖口縣東。晉陶淵明嘗爲彭澤令。詳卷二《隱士》注〔六〕。舟人：東野自指。

〔二〕種柳人：指陶淵明。《晉書·陶潛傳》：『嘗著《五柳先生傳》以自況，曰：先生不知何許人，不詳姓氏。宅邊有五柳樹，因以爲號焉。』寂歷：寂静，冷清。

過分水嶺〔一〕

山壯馬力短，路行石齒中。十步九舉轡〔二〕，回環失西東。溪水變爲雨，懸崖陰濛濛。客衣飄颻秋，葛花零落風。白日捨我没，征途忽然窮〔三〕。

校　勘

過分水嶺：《全唐詩》一作『東嶺』。　路行：《全唐詩》作『馬行』。　飄颻秋：弘治本作『飄摇動』。没：一作『去』。

注　釋

〔一〕過分水嶺：貞元九年作。分水嶺在今河南省南召縣北。水自嶺而下，北流入汝水，南流入淯水，俗稱分水嶺，又名魯陽關。《太平寰宇記》：『即三鴉之第二鴉也。以此而北五十里爲第三鴉，入魯山縣界。』當是作者南行途中所經。

〔二〕舉轡：提起馬繮，撥轉馬頭，變換行進方向。轡，馬繮。（參郝氏《箋注》）

〔三〕『白日』二句：《史記·伍子胥列傳》：『伍子胥曰：「爲我謝申包胥曰：『吾日暮途遠，吾故倒行而逆施之。』」』東野借以自諷。

分水嶺別夜示從弟寂〔一〕

南中少平地，山水重疊生〔二〕。別泉萬餘曲，迷舟獨難行。四際亂峰合，一眺千慮并〔三〕。潺湲冬夏冷，光彩晝夜明。賞心難久勝，離腸忽自驚。古木搖霽色，高風動秋聲〔四〕。飲爾一樽酒，慰我百憂輕。嘉期何處定〔五〕，此晨堪寄情。

校勘

示從弟寂：一作『示於孟叔』。　古木搖霽色，高風動秋聲：一作『古木解舊葉，回風結秋聲』。　飲爾：『飲』原作『餘』，茲依各本作『飲』。

注釋

〔一〕從弟寂：生平事跡無考。

〔二〕南中：泛指江南。重疊：形容山水相糾結。

〔三〕『一眺』句：謂舉目遠望，百感交集。

〔四〕霽色：雨止放晴的光景。秋聲：秋時西風作，草木零落，多肅殺之聲，此即所謂秋聲。

〔五〕嘉期：此指後會之期。

連州吟三章〔一〕

春風朝夕起，吹緑日日深。試爲連州吟，淚下不可禁。連山何連連，連天碧岑崟〔二〕。哀猿哭花死，子規裂客心。蘭芷結新佩，瀟湘遺舊音〔三〕。怨聲能剪絃，坐撫零落琴〔四〕。

羽翼不自有，相追力難任。唯憑方寸靈，獨夜萬里尋〔五〕。方尋魂飄飄，南夢山嶇嶔〔六〕。髣髴驚魍魎，悉窣聞楓林〔七〕。正直被放者，鬼魅無所侵〔八〕。賢人多安排，俗士多虛歆〔九〕。孤懷吐明月，衆毁鑠黄金〔一〇〕。願君保玄曜〔一一〕，壯志無自沉。

朝亦連州吟，暮亦連州吟。連州果有信，一紙萬里心。開緘白雲斷，明月墮衣襟〔一二〕。南風嘶舜琯，苦竹動猿音〔一三〕。萬里愁一色，瀟湘雨淫淫〔一四〕。兩劍忽相觸，雙蛟恣浮沉〔一五〕。鬬水正回斡，倒流安可禁〔一六〕。空愁江海信，驚浪隔相尋〔一七〕。

校勘

碧岑崟：《全唐詩》作『碧岑岑』，《唐詩品彙》作『碧嶔岑』。　虛歆：《全唐詩》作『虛欽』。

注釋

〔一〕連州吟三章：貞元二十年作。貞元十九年關中大旱。韓愈以監察御史，親睹『餓者何其稠，親逢道邊死』的悲慘情景，遂如實上奏京畿天旱人飢之狀，懇求朝廷『特敕京兆府』停征賦稅，因此得罪京兆尹李實，於是而有陽山之貶。東野深知事關朝廷隱秘，不願顯有揭露，故托爲此題，聊表其感慨不平的懷抱。連州，州名。唐屬江西道，轄境相當於今廣東連縣、連山、陽山等縣地，治所在桂陽（即今連縣）。韓愈貞元十九年十二月，自監察御史謫爲連州陽山縣令，貞元二十年春到陽山任所。

〔二〕連山：連州以州西南有黄連嶺而得名，連山蓋指此。連連：連續不斷。岑崟：山峻險貌。

〔三〕『蘭芷』二句：謂韓愈之遭貶，其境遇與屈原同。蘭芷：皆香草。屈原《離騷》：『扈江離與辟芷兮，紉秋蘭以爲佩。』舊音：指當年屈原行吟之聲。《楚辭·漁父》：『屈原既放，游於江潭，行吟澤畔。』韓愈《湘中》：『猿愁魚踴水翻波，自古流傳是汨羅。蘋藻滿盤無處奠，空聞漁父叩舷歌。』可參看。

〔四〕『怨聲』二句：《史記·屈原列傳》：『屈平正道直行，竭忠盡智以事其君，讒人間之，可謂窮矣。信而見疑，忠而被謗，能無怨乎？屈平之作《離騷》，蓋自怨生也。』此兼指屈原、韓愈之怨。剪絃：使絃爲斷。撫：彈。

〔五〕『羽翼』四句：言相追爲難，但以夢尋。方寸：指心。

〔六〕飄飖：同『飄摇』，飄蕩的樣子。嶇嵚：山石險峻貌。

〔七〕魍魎：傳爲山川中的精怪。悉窣：象聲。

〔八〕『正真』二句：祈求鬼魅勿侵擾韓愈。

〔九〕安排：見卷四《石淙十首》其八注〔七〕。虚歆：歆羡虚榮。

〔一〇〕『孤懷』句：謂孤高的情操，猶明月之朗照。『衆毁』：言衆人交口毁謗，亦足致人死地。鄒陽《獄中上梁王書》：『衆口鑠金，積毁銷骨。』

〔一一〕玄曜：即炫曜，光彩明耀。這裏借指人的高風亮節。

〔一二〕開緘：拆信。緘，書函。明月：用比韓愈之心。

〔一三〕『南風』二句：言韓愈之信其語和以哀，猶舜琯之歌《南風》，猿音之動苦竹。《禮·樂記》：『舜作五絃之琴，以歌《南風》。』應劭《風俗通·聲音》：『《尚書大傳》曰：「舜之時，西王母來獻其白玉琯。」昔章帝時，零陵文學奚景於冷道舜祠下得生白玉琯。知古以玉爲琯，後乃易之以竹耳。夫以玉作音，故神人和、鳳凰儀也。』琯：古樂器名，即玉管，六孔。苦竹：竹之一種。竿矮小，節長於他竹。四月中生笋，味苦不中食。李白《勞勞亭》：『苦竹寒聲動秋月，獨宿空簾歸夢長。』

〔一四〕淫淫：雨下注貌。

〔一五〕『兩劍』二句：形容兩心相感，兩情相激所産生的奇瑰景象。兩劍雙蛟：見卷四《秋懷十五首》其十注〔一二〕。

〔一六〕『鬬水』二句：謝惠連《七月七日夜詠牛女詩》：『傾河易回斡，款情難久悰。』木華《海賦》：『嗡波則洪漣踧蹜，吹澇則百川倒流。』又韓愈《醉留東野》：『吾願身爲雲，東野變爲龍，四方上下逐東野，雖有離别何由逢？』正可見東野與韓愈兩心相契而才力相當，故傾河易爲回斡，吹澇則百川倒流。鬬水：激流。回斡：旋轉。

〔一七〕『空愁』二句：言此不過是江海一信罷了，更無奈驚浪阻隔，不得相尋，因倍增愁苦。

旅　行〔一〕

楚水結冰薄，楚雲爲雪微。野梅參差發，旅榜逍遥歸〔二〕。

校勘

爲雪微：弘治本、《全唐詩》作『雨』。

注釋

〔一〕旅行：當爲東野貞元九、十年間南游湖楚之作。

〔二〕參差：猶言次第。發：開放。旅榜：客舟。榜，船槳，此指船。

紀贈

上河陽李大夫〔一〕

上將秉神略，至兵無猛威〔二〕。三軍當嚴冬，一撫勝重衣〔三〕。霜劍奪衆景，夜星失長輝。蒼鷹獨立時，惡鳥不敢飛。武牢鏁天關，河橋紐地機〔四〕。大軍奚以安，守此稱者稀。貧士少顔色，貴門多輕肥〔五〕。試登山岳高，方見草木微。山岳恩既廣，草木心皆歸。

校勘

至兵無猛威：『猛』一作『血』，又作『兵無血戰威』。當，一作『向』。大軍：弘治本作『大將』。《文苑英華》作『大君』。

注釋

〔一〕上河陽李大夫：吴胡《全唐詩人名考》：『華忱之《孟郊年譜》繫此詩於建中二年，并云：「李大夫即李芃。」「李芃在德宗即位之後不久，曾任爲御史中丞、河陽三城鎮遏使。到德宗建中二年六月，又被任爲河陽三城懷州節度使，并割河陽東畿汜水等五縣隸之。那時他當已自御史中丞遷爲御史大夫。」按李芃任御史大夫事，未見任何歷史記載，故「河陽李大夫」是否爲李芃，頗可疑。檢《唐方鎮年表》卷四，貞元四年十月至十五年河陽節度使爲李元淳。元淳，兩《唐書》無傳，事跡散見於《舊唐書·德宗紀》及韓滉、盧從史等傳中。《孟縣志》所録潘孟陽《祁連郡王李公墓志》對李元淳事跡叙述甚詳：「公諱元淳，隴西敦煌人。王璵出鎮淮海，特奏請公在麾下。袁晁攻陷郡縣，東吴舊邦，姑蘇繁富，公時總兵在州，竟摧兇醜，恩制兼杭州別駕……（貞元）四年，制除河陽三城懷州都團練使，兼御史大夫。公本名長榮，至是詔改爲元淳焉。」詩題稱「大夫」，與上文所叙官職合。詩云：「三軍當嚴冬，一撫勝重衣。」與李元淳始任時令（十月）合。李元淳早年在吴越爲官，故孟郊與之有舊。韓愈亦有《贈河陽李大夫》詩，沈欽韓曰：「李大夫蓋李元淳。」是。』另參賈晉華《華忱之〈孟郊年譜〉補訂》。

〔二〕上將：高級武官，義同大將，主將。此指李元淳。至兵：最好的軍隊。《吕氏春秋·論威》：『古之至兵，民之重令也。重乎天下，貴乎天子……不可摇蕩，物莫之能動。若此，則敵胡足勝矣？』高誘注：『至兵，至德君之兵也，令無不化。』

〔三〕『三軍』二句：《左傳·宣公十二年》：『申公巫臣曰：「師人多寒。」王巡三軍，拊而勉之，三軍之士，皆如挾纊。』此用其意，謂嚴冬中的三軍將士因受撫慰而感到温暖，如披厚衣。

〔四〕『武牢』二句：寫河陽重險。武牢：即虎牢。唐時以避李虎（高祖李淵的祖父）諱改名武牢。故址在今河南滎陽汜水鎮。其地北臨黄河，絶岸峻崖，形勢險要，爲軍事重鎮。天關：地勢險要之關隘。河橋：唐時通稱河陽橋。故址在今河南孟縣西南、孟津縣東北黄河上。地機：軍事上指形勢險要的關鍵之地。

〔五〕輕肥：輕裘肥馬。《論語·雍也》：『赤之適齊也，乘肥馬，衣輕裘。』范雲《贈張徐州謖詩》：『儐從皆珠玳，裘馬悉輕肥。』杜甫《秋興》八首之三：『同學少年多不賤，五陵衣馬自輕肥。』

投贈張端公〔一〕

君子量不極，胸吞百川流〔二〕。嫉邪霜氣直，問俗春辭柔〔三〕。日户晝輝静，月盃宵景幽。詠驚芙蓉發〔四〕，笑激風飆秋。鸞步獨無侶，鶴音仍寡儔〔五〕。幸沾分寸顧，散此千萬憂。

校勘

投贈張端公：《唐詩品彙》作『贈裴樞端公』。　宵景：《全唐詩》作『夜景』。　笑激：《唐詩品彙》作『嘯激』。

注釋

〔一〕張端公：其人不詳。端公，見卷一《楚竹吟酬盧虔端公見和湘絃怨》注〔一〕。

〔二〕君子：指張端公。不極：無極。百川：衆川。《莊子·秋水》：『秋水時至，百川灌河。』

〔三〕嫉邪：憎恨邪惡。東漢趙壹有《刺世疾邪賦》。問俗：訪問風俗。《禮·曲禮上》：『入竟而問禁，入國而問俗，入門而問諱。』

〔四〕『詠驚』句：《南史·顔延之傳》：『延之嘗問鮑照己與靈運優劣。照曰：「謝五言如初發芙蓉，自然可愛。君詩若鋪錦列綉，亦雕繢滿眼。」』

〔五〕鸞鶴：鸞，鳳凰之類的神鳥。鸞、鶴皆所以美端公者。

贈蘇州韋郎中使君〔一〕

謝客吟一聲，霜落群聽清〔二〕。文含元氣柔，鼓動萬物輕。嘉木依性植，曲枝亦不生〔三〕。塵埃徐庾詞，金玉曹劉名〔四〕。章句作雅正，江山益鮮明〔五〕。蘋萍一浪草，菰蒲片池榮〔六〕。曾是康樂詠，如今搴其英〔七〕。顧惟菲薄質，亦願將此并〔八〕。

校勘

將此并：《全唐詩》「并」一作「行」。

注釋

〔一〕贈蘇州韋郎中使君，貞元六年作，時東野僑寓蘇州。韋郎中使君：即韋應物。京兆長安（今陝西西安）人。早年尚豪俠，以三衛郎事唐玄宗。後由比部員外郎出爲滁州、江州刺史。改左司郎中。貞元四年復出爲蘇州刺史。罷任後卒。其詩以田園山水著名，涉及時政和民生疾苦之作亦頗有佳篇。語言簡淡，絶去雕飾；而風格秀麗，氣韻澄澈。有《韋蘇州集》（一稱《韋江州集》）十卷。使君：對州郡長官的尊稱。

〔二〕「謝客」二句：以謝詩比韋詩。謝客：即謝靈運。見卷五《夜集汝州郡齋聽陸僧辨彈琴》注〔二〕。鍾嶸《詩品》評謝靈運云：「興多才高，寓目輒書，内無乏思，外無遺物，其繁富宜哉！然名章迥句，處處間起；麗典新聲，絡繹奔會。譬猶青松之拔灌木，白玉之映塵沙，未足貶其高潔也。」

〔三〕「文含」四句：言韋詩乃元氣所孕，故天地萬物在其筆下有自然生動的表現，一如美好樹木依性而植，絶無彎曲的枝條旁見側出。元氣：天地未分前的混一之氣。

〔四〕『塵埃』句：《北史・庾信傳》：『父肩吾，爲梁太子中庶子，掌管記。東海徐摛，爲右衛率。摛子陵及信并爲抄撰學士，父子東宫，出入禁闥，恩禮莫與比隆，既文并綺艷，故世號爲徐庾體焉。』塵埃：言其輕也，是擯斥浮艷之意。『金玉』句：鍾嶸《詩品・魏陳思王植》：『其源出於《國風》。骨氣奇高，詞采華茂，情兼雅怨，體被文質，粲溢今古，卓爾不群。』同卷《魏文學劉楨》：『其源出於《古詩》。仗氣愛奇，動多振絶。真骨凌霜，高風跨俗。但氣過其文，雕潤恨少。然自陳思已下，楨稱獨步。』後以二人并舉，稱爲曹劉。以曹劉爲金玉，見其對建安風骨的推重。

〔五〕『章句』二句：謂韋詩近於雅正，江山爲之增色。章句：章節與句子。此指韋詩。雅正：典雅純正。應劭《風俗通・聲音》：『笛者，滌也。所以蕩滌邪穢，納之於雅正也。』

〔六〕『蘋萍』二句：謝靈運《從斤竹澗越嶺溪行詩》：『蘋萍泛沈深，菰蒲冒清淺。』蘋：田字草。萍，浮萍。菰：菰菜，俗名茭白。蒲，菖蒲。

〔七〕『曾是』二句：言韋詩學謝靈運，而能取其精華。搴：拔取。

〔八〕『顧惟』二句：大意説我自知才力淺小，但還是希望與使君一起，追隨在謝客的身後。菲薄：謂質性鄙陋。《楚辭・遠游》：『質菲薄而無因兮，焉托乘而上浮。』

上張徐州〔一〕

爲水不入海，安得浮天波。爲木不在山，安得横日柯〔二〕。再來君子傍，始覺精義多。大德唯一施，衆情自偏頗〔三〕。至樂無宫徵，至聲遺謳歌〔四〕。願鼓空桑絃〔五〕，永使萬物和。顧己誠拙訥，干名已蹉跎〔六〕。獻詞唯在口，所欲無餘它。乍作支泉石，乍作翳松蘿〔七〕。一不改方圓，破質爲琢磨〔八〕。賤子本如此，大賢心若何〔九〕。豈是無異途，異途難經過。

校勘

精義多：「義」一作「藝」。　無宫徵：「無」一作「變」。

注釋

〔一〕上張徐州，貞元八年作，是年東野下第東歸，訪張建封於徐州。據《舊唐書·張建封傳》，建封貞元四年爲徐州刺史，兼御史大夫、徐泗濠節度支度營田觀察使，至貞元十六年因病卒於徐州任所。

〔二〕「爲水」四句：以己爲水爲木，以海以山比張，寄仰托徐州之意。浮天波：望中水天相接處的波濤。横日柯：遮蔽日光的樹枝。

〔三〕大德：人的最高品德。偏頗：偏袒。

〔四〕「至樂」二句：言張徐州爲政一方，潤物無聲。《老子》四一章：「大音希聲，大象無形。」王弼注：「聽之不聞名曰希，不可得而聞之音也。有聲則有分，有分則不宫而商矣。分則不能統衆，故有聲者非大音也。」《莊子·天運》：「夫至樂者，先應之以人事，順之以天理，行之以五德，應之以自然，然後調理四時，太和萬物。」《大戴禮·王言》：「至樂無聲，而天下之民和。」

〔五〕空桑：古代傳説中的山名，在魯地，産琴瑟之材。《周禮·春官·大司樂》：「孫竹之管，空桑之琴瑟。」

〔六〕「顧己」二句：謝靈運《初去郡》：「伊余秉微尚，拙訥謝浮名。」拙訥：才拙口訥。干名：求名。蹉跎：失足，顛躓。此指應試不第。

〔七〕翳：障蔽。松蘿：《詩·小雅·頍弁》：『蔦與女蘿，施於松柏。』

〔八〕『一不』句：《禮·經解》：『規矩誠設，不可以欺方圓。』『破質』句：謂刻意雕飾，則斲傷人的天性。琢磨，治玉的工藝。

〔九〕賤子：東野自指。大賢：指張建封。

上包祭酒〔一〕

岳岳冠蓋彦，英英文字雄〔二〕。瓊音獨聽時，塵韻固不同〔三〕。春雲生紙上，秋濤起胸中。時吟五君詠，再舉七子風〔四〕。何幸松桂侶，見知勤苦功〔五〕。願將黄鶴翅，一借飛雲空。

注釋

〔一〕上包祭酒：貞元四年作。包祭酒，謂包佶。佶字幼正，潤州延陵（今江蘇丹陽）人。天寶六載進士，歷仕江州刺史、汴東水陸運兩税鹽鐵使、刑部侍郎、國子祭酒等職，官終秘書監。《舊唐書·德宗紀》：『貞元二年春正月丁未……以國子祭酒包佶知禮部貢舉。』又《新唐書·禮樂志》：『貞元四年，國子祭酒包佶言：……』則知其時他尚在祭酒任上。國子祭酒爲學官，掌領太學、國子學或國子監所屬各學。

〔二〕岳岳：挺立貌。冠蓋彦：才德傑出的官吏。冠：禮帽。蓋，車蓋。後以官吏的服飾和車乘借指官吏。英英：俊美貌。文字雄：猶言文壇領袖。雄，指稱雄者、爲首者。

〔三〕瓊音：美好之聲。這裏形容詩文之美。塵韻：與瓊音相對，指庸音雜曲。

〔四〕五君詠：詩篇名。南朝宋顔延之作。《宋書·顔延之傳》：『出爲永嘉太守，延之甚怨憤，乃作《五君詠》以述竹林七賢。』所詠五君指嵇康、向秀、劉伶、阮籍、阮咸，七賢中山濤、王戎以貴顯不列。七子風：謂建安七子。曹丕《典論·論文》：『今之文人，魯國孔融文舉，廣陵陳琳孔璋，山陽王粲仲宣，北海徐幹偉長，陳留阮瑀元瑜，汝南應瑒德璉，東平劉楨公幹：斯七子者，於學無所遺，於辭無所假，咸以自騁驥騄於千里，仰齊足而并馳，以此相服，亦良難矣。』

〔五〕『何幸』二句：邱李《校注》：『松桂侶，謂與兄包何俱以詩鳴，時稱二包。又唐·梁肅《秘書監包府君集序》云：「洎公與兄起居何，又世其業，競爽於天寶之後，一動一静，必形於文辭。」故東野稱其勤苦。』

贈崔純亮〔一〕

食薺腸亦苦〔二〕，强歌聲無歡。出門即有礙，誰謂天地寬〔三〕。有礙非遐方〔四〕，長安大道傍。小人智慮險，平地生太行〔五〕。鏡破不改光，蘭死不改香。始知君子心，交久道益彰〔六〕。君心與我懷，離别俱回遑〔七〕。譬如浸蘗泉〔八〕，流苦已日長。忍泣目易衰，忍憂形易傷。項籍非不壯，賈生非不良〔九〕。當其失意時，涕泗各沾裳〔一〇〕。古人勸加飧〔一一〕，此飧難自强。一飯九祝噎〔一二〕，一嗟十斷腸。况是兒女怨，怨氣凌彼蒼〔一三〕。彼蒼昔有知，白日下清霜〔一四〕。今朝始驚歎，碧落空茫茫〔一五〕。

校　勘

贈崔純亮：《全唐詩》作『贈别崔純亮』。　流苦已日長：《全唐詩》『已』一作『來』。　非不：一作『豈非』，《全唐詩》作『豈不』。　加飧：『飧』一作『食』，《全唐詩》作『餐』。　此飧：『飧』一作『食』。《全唐詩》作『餐』。　況是兒女怨：『是』一作『非』，『怨』一作『冤』。　驚歎：『歎』一作『呼』。　碧落：《全唐詩》一作『白日』。

注釋

〔一〕贈崔純亮：作於貞元九年。崔純亮：崔玄亮之弟，嘗仕爲將作少監，與孟郊友善。據《舊唐書·崔玄亮傳》，玄亮於貞元十一年登進士第，而後弟純亮、寅亮相次陞進士科。孟郊作此詩時純亮尚未登科。

〔二〕『食薺』句：《詩·邶風·谷風》：『誰謂荼苦，其甘如薺。』此反用其意。薺，野菜，嫩莖可食，味甘。

〔三〕有礙：釋齊己《船窗》：『舉頭還有礙，低頭即無妨。』

〔四〕遐方：遠方。

〔五〕『小人』二句：以平地山岳，尺水風波，喻世途險阻，入世艱危。

〔六〕彰：著明。

〔七〕回遑：猶彷徨。謝莊《月賦》：『歌響未終，餘景就畢，滿堂變容，回遑如失。』

〔八〕蘗：黄蘗，芸香科落葉喬木。皮與根可入藥，味苦。

〔九〕項籍：字羽，下相人。起兵時年二十四，長八尺餘，力能扛鼎，才氣過人。三年滅秦，自立爲西楚霸王。楚漢戰争中爲劉邦所敗，自刎死。事見《史記·項羽本紀》。賈生：指賈誼。見卷五《羅氏花下奉招陳侍御》注〔五〕。

〔一〇〕『當其』二句：《史記·項羽本紀》：『項王軍壁垓下，兵少食盡，漢軍及諸侯兵圍之數重。夜聞漢軍四面皆楚歌，項王乃大驚曰：「漢皆已得楚乎？是何楚人之多也！」項王則夜起，飲帳中。有美人名虞常幸從，駿馬名騅常騎之。於是項王乃悲歌慷慨，自爲詩曰：「力拔山兮氣蓋世，時不利兮騅不逝。騅不逝兮可奈何，虞兮虞兮奈若何！」歌數闋，美人和之。項王泣數行下。左右皆泣，莫能仰視。』賈生流涕事見卷五《羅氏花下奉招陳侍御》注〔五〕。

〔一一〕加飧：猶言加餐。飧，晚餐，亦泛指熟食。《古詩》：『棄捐勿復道，努力加餐飯。』

〔一二〕祝噎：古代養老之禮。《漢書・賈山傳》引《至言》：『天子之尊，四海之内其義莫不爲臣。然而養三老於大學，親執醬而饋，執爵而酳，祝餲在前，祝鯁在後。』師古曰：『餲，古饐字，謂食不下也。以老人好饐鯁，故爲備祝以祝之。』饐，通噎。

〔一三〕彼蒼：《詩・秦風・黄鳥》：『彼蒼者天，殲我良人。』後以彼蒼爲天的代稱。

〔一四〕『白日』句：《後漢書・劉瑜傳》注引《淮南子》佚文：『鄒衍事燕惠王，盡忠。左右譖之王，繫之。仰天而哭，五月，天爲之下霜。』

〔一五〕碧落：天空。李白《至陵陽山登天柱石酬韓侍御見招隱黄山》：『步綱繞碧落，倚樹招青童。』王琦注云：『《度人經》：道言：昔於始青天中碧落空歌。注云：始青天乃東方第一天，有碧霞遍滿，是云碧落。』

贈文應上人〔一〕

棲遲青山巔〔二〕，高静身所便。不踐有命草，但飲無聲泉。齋性空轉寂，學情深更專〔三〕。經文開貝葉，衣製垂秋蓮〔四〕。厭此俗人群，暫來還却旋〔五〕。

校勘

贈文應上人：《全唐詩》一作『贈高僧』。　還却旋：《全唐詩》一作『此安禪』。

注釋

〔一〕文應上人：生平事跡無考。

〔二〕棲遲：游息。《詩・陳風・衡門》：『衡門之下，可以棲遲。』

〔三〕『齋性』二句：《傳燈録》：『智禪師云：性即佛，佛即性。』尤袤《全唐詩話》卷三《裴休》：『休問其故。（僧希運）曰：「上乘之印，惟是一心，更無別法。心體一空，萬緣俱寂，如大日輪升於虛空，其中照耀，靜無纖埃。……」』《翻譯名義集》：『有生皆有情，菩薩乃有情中之覺者爾。』

〔四〕貝葉：印度貝多羅樹的葉子，用水漚後可以代紙。古代印度人多用以寫佛經，後因稱佛經爲貝葉經。《大慈恩寺三藏法師傳》卷六：『丁卯，法師方操貝葉，開演梵文。』『衣製』句：屈原《離騷》：『製芰荷以爲衣兮，集芙蓉以爲裳。』此以蓮華衣爲袈裟之異名。《釋氏要覽》上：『袈裟又名蓮華衣，謂不爲欲泥染故。』

〔五〕『厭此』二句：指上人言。却旋：返回。

嚴河南〔一〕

赤令風骨峭，語言清霜寒〔二〕。不必用雄威，見者毛髮攢〔三〕。我有赤令心，未得赤令官。終朝衡門下，忍志將筑彈〔四〕。君從西省郎，正有東洛觀〔五〕。洛民蕭條久，威恩憫撫難〔六〕。苦竹聲嘯雪，夜齋聞千竿。詩人偶寄耳，聽苦心多端〔七〕。多端落酒盃，酒中方得歡。隱士多隱酒，此言信難刊〔八〕。取次令坊沽，舉止務在寬〔九〕。何必紅燭嬌，始言清宴闌〔一〇〕。丈夫莫矜莊，矜莊不中看〔一一〕。

校勘

多端落酒杯：『落』原作『多』，據宋刻本、弘治本、華校本、《全唐詩》改。酒盃，弘治本、《全唐詩》作『盃酒』。

清宴闌：華校本『宴』作『晏』。

注釋

〔一〕嚴河南：元和五年作。是年韓愈改官河南令。愈治縣執法甚嚴，對於河北藩鎮起了抑制作用；但嚴刑峻法施諸一般百姓，則有違儒家治世之道。且洛民蕭條已久，亟需體恤與哀憐，故東野作詩以婉勸之。嚴河南，是東野對韓愈的戲稱。

〔二〕『赤令』二句：韓愈《寄盧仝》：『嗟我身爲赤縣令，操權不用欲何俟？』赤令：《新唐書·地理志》：『河南：赤。』按唐制縣有赤、畿、望、緊、上、中、下七等之差，凡縣治設在京師内者稱爲赤縣，有西京之長安、萬年，東京之河南、洛陽。河南縣令因有赤令之稱。

〔三〕毛髮攢：猶言毛髮直竪，畏懼的樣子。

〔四〕終朝：猶言整天。衡門：横木爲門，喻居室簡陋。《詩·陳風·衡門》：『衡門之下，可以棲遲。』『忍志』句：謂情志受到壓抑，聊借擊筑以抒發。《史記·刺客列傳》：戰國燕人高漸離善擊筑，與荆軻爲友。荆軻嗜酒，日與狗屠及高漸離飲於燕市，酒酣以往，高漸離擊筑，荆軻和而歌於市中，相樂也，已而相泣，旁若無人者。後軻往刺秦王，燕太子丹等送至易水，漸離擊筑，軻和而歌，士皆垂泣。筑：古絃樂器名。陳元龍《格致鏡原》卷四六：『（筑）形如琴，十三絃。鼓法以左手抱之，右手以竹尺擊之，隨調應律。南代編入雅樂。』

〔五〕『君從』二句：據洪興祖《韓文公年譜》，韓愈元和四年改都官員外郎，守東都省。五年爲河南縣令。

〔六〕憫撫：哀憐體恤。

〔七〕『苦竹』四句：清鄭板橋《濰縣署中畫竹呈年伯包大中丞括》：『衙齋卧聽蕭蕭竹，疑是民間疾苦聲。些小吾曹州縣吏，一枝一葉總關情。』蓋師東野之意者。

〔八〕刊：削除，修改。

〔九〕取次：任意，隨便。坊：里巷。此指里巷之酒店。沽：買。『舉止』句：《書·仲虺之誥》：『克寬克仁，彰信兆民。』東野取其意。寬：寬容，度量宏大。

〔一〇〕闌：將盡。

〔一一〕矜莊：矜持自負，端莊自重。

贈李觀　觀初登第〔一〕

誰言形影親，燈滅影去身〔二〕。誰言魚水歡，水竭魚枯鱗。昔爲同恨客，今爲獨笑人。捨予在泥轍，飄跡上雲津〔三〕。卧木易成蠹，棄花難再春〔四〕。何言對芳景，愁望極蕭晨〔五〕。埋劍誰識氣，匣絃日生塵〔六〕。願君語高風，爲余問蒼旻〔七〕。

校勘

魚枯鱗：『枯』一作『損』。　問蒼旻：宋刻本『問』作『開』。

注釋

〔一〕贈李觀：貞元八年作。是年東野再試不第。李觀：字元賓。趙州贊皇（今屬河北）人，遷居蘇州。貞元八年登進士第。九年復中博學宏詞科，授太子校書郎。十年去世。集已佚。後人輯有《李元賓文編》。

〔二〕『誰言』二句：陶淵明《形影神》其二《影答形》：『憩蔭若暫乘，止日終不別。此同既難常，黯爾俱時滅。』此用其意。

〔三〕『捨予』二句：《後漢書·矯慎傳》：『雖乘雲行泥，棲宿不同，每有西風，何嘗不歎。』杜甫《送韋書記赴安西》：『夫子歘通貴，雲泥相望懸。』泥轍，泥途。雲津，天漢。雲津在天，泥轍在地，喻高下懸隔。

〔四〕『卧木』二句：東野自喻。蠹：被蛀蝕。

〔五〕『何言』二句：謂當春芳景，在失意人望中，有若秋晨蕭瑟。

〔六〕『埋劍』二句：比喻才能埋没，無人見賞。參卷二《百憂》注〔二〕。匣絃：裝在匣子裏的琴。

〔七〕蒼旻：上天。

吴安西館贈從弟楚客

蒙籠楊柳館，中有南風生。風生今爲誰，湘客多遠情。孤枕楚水夢，獨帆楚江程。覺來殘恨深，尚與歸路并。玉匣五絃在，請君時一鳴。

校勘

殘恨深：『深』一作『心』。　五絃：『五』原作『正』，據《全唐詩》、華校本改。

贈章仇將軍〔一〕

將軍不誇劍，才氣爲英雄〔二〕。五岳拽力内，百川傾意中〔三〕。本立誰敢拔，飛文自難窮〔四〕。前時天地翻，已有扶正功〔五〕。

注　釋

〔一〕章仇將軍：生平事跡不詳。章仇，複姓。卷六《大隱詠三首》有《章仇將軍良棄功守貧》詩，所詠當同爲一人。

〔二〕『將軍』二句：《淮南子・説山訓》：『至巧不用劍。』此用其意。

〔三〕『五岳』二句：陳云：『言才氣之大，可挾五岳、吞百川也。』五岳：中國五大名山之總稱，即中岳嵩山、東岳泰山、西岳華山、南岳衡山和北岳恒山。

〔四〕『本立』句：《論語・學而》：『君子務本，本立而道生。』本，基礎、根本。飛文：誣謗他人的匿名文書。《漢書・楚元王傳》附劉向上封事：『是以群小窺見間隙，緣飾文字，巧言醜詆，流言飛文，嘩於民間。』

〔五〕『前時』二句：史事不詳。

贈道月上人〔一〕

僧貌净無點，僧衣寧綴華〔二〕。尋常晝日行，不使身影斜。飯术煮松柏，坐山敷雲霞〔三〕。欲知禪隱高，緝薜爲袈裟〔四〕。

校勘

敷：一作『邀』。

注釋

〔一〕道月上人：其人不詳。

〔二〕『僧貌』二句：言上人一塵不染，脱落人世。

〔三〕『飯术』二句：陳云：『言以松柏煮术飯，雲霞敷山坐也。』术：多年生草本，有白术、蒼术等數種。《爾雅·釋草》：『术，山薊。』郭璞注：『《本草》云：「术，一名山薊。今术似薊而生山中。」』三國魏嵇康《與山巨源絶交書》：『又聞道士遺言，餌术黄精，令人久壽，意甚信之。』敷，布。

〔四〕禪隱：借學禪以避世。『緝薜』句：屈原《九歌·山鬼》：『若有人兮山之阿，被薜荔兮帶女蘿。』此用其意。

抒情因上郎中二十二叔監察十五叔兼呈李益端公柳縝評事〔一〕

一方憑指下絃，寫出心中言。寸草賤子命，高山主人恩。游邊風沙意，夢楚波濤魂〔二〕。一日引别袂，九回霑淚痕〔三〕。自悲何以然，在禮闕晨昏〔四〕。名利時轉甚，是非宵亦喧。浮情少定主，百慮隨世翻。舉此胸臆恨，幸從賢哲論。明明三飛鸞，照物如朝暾〔五〕。

校勘

明明三飛鸞：一作『步兵與雙鸞』。

注釋

〔一〕抒情因上郎中二十二叔監察十五叔兼呈李益端公柳鎮評事：貞元九年作。是年東野三試不第，乃自長安出爲湖楚之游，而先由長安至朔方。郎中二十二叔監察十五叔：皆東野之叔，名則未詳。李益：唐姑臧人。字君虞。大曆四年進士。長於歌詩，與李賀齊名。其時在邠寧節度使張獻甫幕。因其建中四年曾以書判拔萃科受侍御史，故以端公稱之。柳鎮，柳鎮之弟，柳宗元之叔父。由張獻甫辟署參謀，受大理評事，與李益同幕。

〔二〕游邊：指游朔方。夢楚：意欲作湖楚之游。

〔三〕別袂：分袂，舉手道別。李益《城西竹園送裴佶王達》：『遠行從此始，別袂重淒霜。』九回：極言次數之多。

〔四〕『自悲』二句：《禮·曲禮上》：『凡爲人子之禮，冬温而夏凊，昏定而晨省。』謂昏時爲父母安定床衽，晨起省問安否。後以晨昏指對父母的奉養。其時東野慈母尚在，故此云云。

〔五〕『明明』二句：陳云：『此言三人者，明如朝日，可照察東野憂心也。』三飛鸞：指監察、端公和評事。鸞，神鳥。朝暾：初升的太陽。

贈城郭道士〔一〕

望裏失却山，聽中遺却泉〔二〕。松枝休策雲〔三〕，藥囊翻貯錢。曾依青桂鄰，學得白雪絃〔四〕。別別意未回，世上爲隱仙。

校　勘

別別：《全唐詩》作『別來』。　白雪：弘治本作『白雲』。

注　釋

〔一〕城郭道士：其人不詳。

〔二〕『望裏』二句：陳云：『言居城郭，不看山聽泉也。』

〔三〕『松枝』句：《雲笈七籤》：『策雲飛行，上升帝晨。』此反其意。

〔四〕青桂：桂樹常緑，經冬不凋，被看做堅貞高潔的象徵。　白雪：古琴曲名。《淮南子·覽冥訓》：『昔者師曠奏《白雪》之音，而神物爲之下降。』

桐廬山中贈李明府〔一〕

靜境無濁氛，清雨零碧雲〔二〕。千山不隱響，一葉動亦聞。即此佳志士，精微誰相群〔三〕。欲識楚章句，袖中蘭茝薰〔四〕。

校　勘

楚章句：『楚』一作『此』。　弘治本一作『化』。

注　釋

〔一〕桐廬：縣名。唐屬睦州新安郡，今爲浙江省杭州市郊縣。李明府：不詳其人。明府，唐人對縣令的稱呼。

〔二〕濁氛：污濁的空氣。用比塵俗的紛擾。零：落。

〔三〕佳志士：指李明府。精微：精細隱微。《禮·經解》：『絜静精微，《易》教也。』又《中庸》：『故君子尊德性而道問學，致廣大而盡精微，極高明而道中庸。』

〔四〕楚章句：指《楚辭》。蘭茝：皆香草名，常見於《楚辭》，用比美好的品質。

獻漢南樊尚書〔一〕

天下昔崩亂，大君識賢臣〔二〕。衆木盡摇落〔三〕，始見竹色真。兵勢走山岳，陽光潛埃塵。心開玄女符，面縛清波人〔四〕。異俗既從化，澆風亦歸淳。自公理斯郡，寒谷皆變春〔五〕。旗影卷赤電，劍鋒匣青鱗〔六〕。如何嵩高氣，作鎮楚水濱〔七〕。雲鏡忽開霽〔八〕，孤光射無垠，乃知尋常鑒〔九〕，照影不照神。

校勘

忽開霽：『霽』一作『景』。

注釋

〔一〕獻漢南樊尚書：貞元九年前後作。樊尚書：當指樊澤。澤字安時，河中人。初爲堯山令。舉賢良方正上第，擢左補闕。有武力，喜兵法，議者謂有將相器。德宗召對延英，論兵稱旨。累遷山南東道節度使，加檢校右僕射，襄漢之間，服其威惠。卒謚成。二《唐書》皆有傳。東野獻詩時，澤以禮部尚書爲漢南藩鎮。

〔二〕大君：天子。《易·師》：『大君有命，開國承家。』

〔三〕摇落：凋零。

〔四〕『兵勢』四句：寫平叛。建中三年十月李希烈反。建中四年十月，涇原亂兵擁立太尉朱泚爲帝，德宗自長安出奔奉天，即所謂『天子蒙塵』。而在此期間，樊澤屢與李希烈接戰，前後擒降其大將張嘉瑜、杜文朝、梁俊之、李克誠、薛翼等多人，收復唐、隨二州。玄女：神女。傳説黄帝戰蚩尤，天遣玄女下授兵符，乃克敵制勝。心開玄女符，謂運用用兵韜略。面縛：兩手反綁於背而面向前，表示投降。清波人：指叛軍。

〔五〕『異俗』四句：寫治郡。樊澤貞元三年代張伯儀爲荆南節度使、觀察使，江陵尹，兼御史大夫。又三年，加檢校禮部尚書。貞元八年三月，因襄州節度使李皋病故，復代皋爲襄州刺史，山南東道節度使。從化：順從歸化。澆風：浮薄的世風。理：治。避唐高宗李治諱改。寒谷皆變春：見卷五《題韋承總吴王故城下幽居》注〔三〕。

〔六〕『旗影』二句：謂兵氣消，干戈歇。青鱗：龍。此喻指劍。

〔七〕『如何』二句：頌美尚書。《詩·大雅·嵩高》：『嵩高維岳，駿極於天。』嵩高，即中岳嵩山。楚水濱：指漢南。

〔八〕開霽：陰天放晴。

〔九〕鑒：鏡。

贈轉運陸中丞〔一〕

掌運職既大，摧邪名更雄。鵬飛簸曲雲，鶚怒生直風。投彼霜雪令，剪除荆棘叢〔二〕。楚倉傾向西，吴米發自東。帆影咽河口，車聲聾關中〔三〕。堯知才策高，人喜道路通〔四〕。皆驚内史力，繼得酇侯功〔五〕。萊子真爲少，相如未免窮〔六〕。衣花野菡萏，書葉山梧桐〔七〕。不是宗匠心，誰憐久棲蓬〔八〕。

校勘

吴米發自東：『發』一作『登』。　驚：《全唐詩》作『經』。　萊子真爲少：宋刻本、華校本『真』作『貧』。

注釋

〔一〕贈轉運陸中丞：貞元一、二年間作。陸中丞：指陸長源。唐德宗貞元元年，浙西節度韓滉兼領江淮轉運，奏陸長源檢校郎中，兼御史中丞，充轉運副使，協助韓滉掌管東南各道水陸轉運，其首要任務是把江淮的米糧運至關中。

〔二〕『鵬飛』四句：寫摧邪。《舊唐書・陸長源傳》：『乾元中，陷河北諸賊，因爲昭義軍節度薛嵩從事。久之，歷建、信二州刺史。』鵬：傳説中的大鳥。《莊子・逍遥游》：『鵬之徙於南冥也，水擊三千里，搏扶摇而上者九萬里。』簸：簸揚，顛盪。鶚：鷙鳥，性極凶猛，棲水邊，捕魚爲食，俗稱魚鷹。霜雪：言令之嚴。荆棘：叢生有刺的灌木。這裏用比亂軍。

〔三〕『楚倉』四句：寫掌運。《新唐書・食貨志》：『唐都長安，而關中號稱沃野，然其土地狹，所出不足以給京師備水旱，故常轉漕東南之粟。』楚指兩湖，吴指江淮，均爲當時主要糧食産地。

〔四〕『堯知』二句：寫中丞轉運良策。堯：借比唐德宗。

〔五〕『皆驚』二句：以晁錯、蕭何比長源。内史：指晁錯。《史記・晁錯列傳》：『景帝即位，以錯爲内史。』

錯常數請間言事，輒聽，寵幸傾九卿，法令多所更定。』酇侯：指蕭何。《史記·蕭相國世家》：『漢五年，既殺項羽，定天下，論功行封。……高祖以蕭何功最盛，封爲酇侯。……關内侯鄂君進曰：「……夫漢與楚相守滎陽數年，軍無見糧，蕭何轉漕關中，給食不乏。陛下雖數亡山東，蕭何常全關中以待陛下，此萬世之功也。」』

〔六〕『萊子』二句：以萊子、相如自比。萊子：即老萊子，傳爲春秋時楚國隱士，避世亂，耕於蒙山之陽。楚王聞其賢，欲用之，老萊子不就，偕妻遷居江南。見《列仙傳》及皇甫謐《高士傳》。相如：司馬相如，西漢賦家。字長卿，蜀郡成都人。據《史記·司馬相如列傳》，相如早年家貧無以自業，嘗之臨邛買一酒舍酤酒，令妻卓文君當壚，相如自着犢鼻褌，爲保傭雜作，滌器於市中。

〔七〕『衣花』句：屈原《離騷》：『製芰荷以爲衣兮，集芙蓉以爲裳。』此用其意。菡萏：荷花的别稱。『書葉』句：用貝葉寫經事。

〔八〕宗匠：大匠。古常以大匠陶鑄器具，比喻培養和擢拔賢才。此以指陸中丞。憐：愛惜。棲蓬：居住在蓬蒿之間。此以自指。陳云：『以上六句，東野自寫其感遇。』

贈萬年陸郎中〔一〕

天子憂劇縣，寄深華省郎〔二〕。紛紛風響珮，蟄蟄劍開霜〔三〕。舊事笑堆案，新聲唯雅章〔四〕。誰言百里才，終作横天梁〔五〕。江鴻恥承眷，雲津未能翔〔六〕。徘徊塵俗中，短毳無輝光〔七〕。

校勘

百里才：『里』一作『步』。　雲津未能翔：宋刻本『未』作『求』。

注釋

〔一〕贈萬年陸郎中：作於貞元二年至六年間。陸郎中：疑即陸長源。陸曾佐韓滉爲江淮轉運副使，後罷爲都官郎中，改萬年縣令。萬年：縣名。唐屬關内道京兆府。

〔二〕劇縣：政務繁重的縣份。此指萬年。華省郎：指長源。長源所任都官郎中，屬尚書省刑部。尚書省被認爲是職務清貴的官署，故以華省郎稱之。

〔三〕『紛紛』二句：賈至《早朝大明宮呈兩省僚友》：『劍珮聲隨玉墀步，衣冠身惹御爐香。』此本其意。珮：玉佩，佩帶的飾物。蟄蟄：同『紛紛』，多盛貌。

〔四〕『舊事』二句：言郎中在縣不理職，而唯事吟詠。案：几桌。

〔五〕『誰言』二句：《三國志·龐統傳》：『統以從事，守耒陽令。在縣不治，免官。吳將魯肅遺先主書曰：「龐士元非百里才也，使處治中別駕之任，始當展其驥足耳。」』百里才：治理一邑的才能。

〔六〕江鴻：東野自謂。眷：垂愛，關注。雲津：天漢。

〔七〕『徘徊』二句：自言身處塵俗之狀。毳：鳥獸的細毛。

擢第後東歸書懷獻坐主呂侍郎〔一〕

昔歲辭親淚，今爲戀恩泣。去住情難并，別離景易戢〔二〕。夭矯大空鱗，曾爲小泉蟄〔三〕。

幽意獨沉時，震雷忽相及〔四〕。神行既不宰，直致非所執〔五〕。至運本遺功，輕生各自立〔六〕。大君思此化，良佐自然集〔七〕。寶鏡無私光，時文有新習〔八〕。慈親誠志就，賤子歸情急〔九〕。擢第謝靈臺，牽衣出皇邑〔一〇〕。行襟海日曙，逸抱江風入。蒹葭得波浪，芙蓉紅岸濕〔一一〕。雲寺勢動摇，山鐘韻嘘吸〔一二〕。舊游期再踐，懸水得重挹〔一三〕。松蘿雖可居，青紫終當拾〔一四〕。

校　勘

戀恩泣：《全唐詩》「恩」作「主」。　直致：《全唐詩》「致」一作「制」。　輕生各自立：「各」一作「苦」。牽衣：「衣」一作「名」。　蒹葭得波浪：《全唐詩》「得」一作「緑」。

注　釋

〔一〕擢第後東歸書懷獻坐主呂侍郎：貞元十二年作。是年東野進士登第。坐主：即座主，唐代進士稱主考官。呂侍郎：指呂渭。渭字君載，河中人，第進士。爲浙西支使，後貶歙州司馬。貞元中，累遷禮部侍郎。出爲潭州刺史。二《唐書》皆有傳。據《唐語林》卷八，呂渭自貞元十一年至十三年曾以禮部侍郎連主貢舉。東野於貞元十二年登第，正出呂渭門下，故詩題以「坐主」稱之。其時東野既已登第，將自長安東歸，因賦詩爲别。

〔二〕景易戢：言爲時短促。景，日光。戢，收斂。

〔三〕夭矯：屈伸自如。大空麟：指龍。蟄：昆蟲之伏藏。《易・繫辭下》：「龍蛇之蟄，以存身也。」

〔四〕震雷：比喻進士及第的喜訊。

〔五〕神行：猶神游。《列子・黄帝》：「雲霧不硋其視，雷霆不亂其聽，美惡不滑其心，山谷不躓其步，神行而已。」不宰：不主宰。杜審言《和李大夫嗣真奉使存撫河東》：「不宰神功運，無爲大象懸。」直致：直率表達。

〔六〕至運：主宰天地萬物運行的規律，即所謂大化。《老子》二章：『萬物作焉而不辭，生而不有，爲而不恃，功成而弗居。』輕生：微賤的人。謝朓《始出尚書省》：『中區咸已泰，輕生諒昭灑。』

〔七〕『大君』二句：沈佺期《和户部岑尚書參跡樞揆》：『大君制六合，良佐參萬機。』大君：天子。此指德宗。良佐：指吕渭。

〔八〕『寶鏡』二句：言吕渭試進士。

〔九〕『慈親』二句：韓愈《貞曜先生墓志銘》：『年幾五十，始以尊夫人之命來集京師，從進士試，既得即去。』

〔一〇〕靈臺：學宫。韓愈《縣齋有懷》：『塵埃紫陌春，風雨靈臺夜。』錢仲聯集釋引陳景雲曰：『謂官四門博士也。漢光武立明堂、辟雍、靈臺，號三雍宫。』皇邑：指長安。

〔一一〕『行襟』四句：懸想東歸時的物色與心情。行襟：旅人的胸襟。逸抱：超逸的懷抱。蒹葭：蘆荻。

〔一二〕嘘吸：吐納。此以狀鐘聲之抑揚。

〔一三〕懸水：瀑布。

〔一四〕松蘿：盧照鄰《懷仙引》：『石瀨潺湲横石徑，松蘿冪䍥掩松門。』此指幽居之處。青紫：漢制，丞相、太尉皆金印紫綬，御史大夫銀印青綬，三府官最崇貴。《漢書·夏侯勝傳》：『士病不明經術，經術苟明，其取青紫如俯拾地芥耳。』後世遂稱貴官之服爲青紫。杜甫《夏夜歎》：『青紫雖被體，不如早還鄉。』東野反其意。

古意贈梁肅補闕〔一〕

曲木忌日影，讒人畏賢明〔二〕。自然照燭間，不受邪佞輕〔三〕。不有百鍊火，孰知寸金精〔四〕。金鉛正同鑪，願分精與麤。

校　勘

自然：《全唐詩》「然」一作「來」。　金鉛：《全唐詩》「金」一作「銅」。　正同鑪：「同」一作「在」。

注　釋

〔一〕古意贈梁肅補闕：約作於貞元八年，其時梁肅方佐陸贄主持貢舉事，而東野再試於長安。古意：以此爲題，表示是擬古之作。梁肅：字寬中，一字敬之。安定（今甘肅涇州）人。建中初中文辭清麗科。曾任監察御史、右補闕、太子侍讀、翰林學士等職。好獎引後進。傳附《新唐書・蘇源明傳》。

〔二〕「曲木」句：《説苑・君道》：「夫樹曲木者，惡得直影？」「讒人」句：《詩・小雅・青蠅》：「讒人罔極，構我二人。」

〔三〕自然，指日月。《詩・邶風・日月》：「日居月諸，照臨下土。」又《後漢書・蔡邕傳》：「當伯喈抱鉗扭，徙幽裔，仰日月而不見照燭，臨風塵而不得經過，其意豈及語平日幸全人哉。」邪佞：善於阿諛奉承，居心不正的人。

〔四〕「不有」二句：劉琨《重贈盧諶》詩：「何意百鍊剛，化爲繞指柔。」

贈黔府王中丞楚〔一〕

舊説天下山，半在黔中青。又聞天下泉，半落黔中鳴。山水千萬遶，中有君子行〔二〕。儒風一以扇，污俗心皆平〔三〕。我願中國春，化從異方生〔四〕。昔爲陰草毒，今爲陽華英〔五〕。嘉實路遐莫及綴緑蔓，凉湍瀉清聲〔六〕。逍遥物景勝，視聽空曠并。困驥猶在轅，沈珠尚隱精〔七〉。路遐莫及盻，泥污日已盈〔八〕。歲晏將何從，落葉甘自輕。

校勘

盻：《全唐詩》作『眄』，華校本作『盼』。

注釋

〔一〕贈黔府王中丞楚：約貞元十一年作。王中丞楚：王楚（或作礎），唐代宗大曆七年進士。貞元八年時爲郎中，佐陸贄知禮部貢舉事。其後累遷秘書少監。貞元十一年，以御史中丞出爲黔中觀察使。貞元十五年卒於任所。黔中：唐開元二十一年，析江南道置黔中道，爲開元十五道之一。其轄境包括今湖北西南部、四川東南部、貴州北部、湖南西北部。治所黔州，在今四川彭水縣。

〔二〕君子：指王楚。

〔三〕儒風：儒家傳統。污俗：猶言惡俗。

〔四〕化：教化。異方：指邊遠少數民族居住區。

〔五〕『昔爲』二句：意謂黔民身被教化後棄惡向善。陰草毒：張華《博物志》卷五：『太陰之草，名曰鈎吻，不可食，入口立死。』陽華英：《山海經·中山經》：『（陽華之山）其陽多金玉。』陽華英指此。

〔六〕嘉實：碩果。湍：急流的水。

〔七〕困驥：《戰國策·楚策》：『夫驥之齒至矣，服鹽車而上太行。蹄申膝折，尾湛胕潰，漉汁灑地，白汗交流，中阪遷延，負轅不能上。伯樂遭之，下車攀而哭之，解紵衣以冪之。驥於是俯而噴，仰而鳴，聲達於天，若出金石者。何也？欣見伯樂之知己也。』沈珠：班固《東都賦》：『恥纖靡而不服，賤奇麗而弗珍。捐金於山，沈珠於淵。』精：耀眼的光采。

〔八〕『路遐』句：謂路遠不及拜見。『泥污』句：比喻身陷困境。

上達奚舍人〔一〕

北山少日月，草木苦風霜〔二〕。貧士在重坎，食梅有酸腸〔三〕。萬俗皆走圓，一身猶學方〔四〕。常恐衆毀至，春葉成秋黃〔五〕。大賢秉高鑒，公燭無私光〔六〕。暗室曉未及，幽吟涕空行。

校勘

達奚：弘治本、凌刻本作『達溪』。　身：一作『心』。　幽吟：《全唐詩》作『幽行』。

注釋

〔一〕達奚舍人：生平事跡無考。舍人，官名。詳卷三《惜苦》注〔二〕。

〔二〕『北山』二句：《詩·邶風·日月》：『日居月諸，照臨下土。』此翻其案。

〔三〕貧士：東野自指。重坎：《易·坎》：『象曰：習坎，重險也。』後以重坎喻指艱難險阻之境地。食梅：鮑照《代東門行》：『食梅常苦酸，衣葛常苦寒。』

〔四〕『萬俗』二句：屈原《九章·懷沙》：『刓方以爲圓兮，常度未替。』方：方正。圓：圓滑。一身：東野自謂。

〔五〕『常恐』二句：言衆毁所至，榮華立凋。

〔六〕大賢：指舍人。高鑒：敬稱他人之明察。『公燭』句：謂舍人公正不阿私。

贈主人

斗水瀉大海，不如瀉枯池〔一〕。分明賢達交〔二〕，豈顧豪華兒。海有不足流，豪有不足資。枯鱗易爲水，貧士易爲施。幸睹君子席，會將幽賤期〔三〕。側聞清風議，如飲黄金卮〔四〕。此道與日月，同光無盡時〔五〕。

校勘

如飲：《全唐詩》作『飫如』。

注釋

〔一〕斗水：斗升之水。用《莊子》『涸轍鮒魚』典故，詳卷五《新卜青羅幽居奉獻陸大夫》注〔五〕。錢起《長安客舍贈李行父明府》：『親勞攜斗水，往往救泥蟠。』

〔二〕賢達交：劉峻《廣絶交論》：『至夫組織仁義，琢磨道德，歡其愉樂，恤其陵夷，寄通靈臺之下，遺跡江湖之上，風雨急而不輟其音，霜雪零而不渝其色：斯賢達之素交，歷萬古而一遇。』

〔三〕君子：指主人。幽賤：猶微賤。東野自指。《晉書·羊祜傳》：『雖側席求賢，不遺幽賤，然臣不能推有德，達有功，使聖聽知勝臣者多，未達者不少。』

〔四〕清風議：公正的評論。黄金卮：黄金製的酒器。此以指代美酒。

〔五〕『此道』二句：《史記·屈原列傳》：『推此志也，雖與日月争光可也。』此用其意。

贈建業契公〔一〕

師住青山寺，清華常繞身〔二〕。雖然到城郭，衣上不棲塵〔三〕。

注釋

〔一〕建業：東晋及南朝各帝王建都之地，故址在今江蘇南京市。契公：生平事跡無考。

〔二〕清華：清幽的景物。

〔三〕城郭：《管子·度地》：『内爲之城，外爲之郭。』此泛指城邑。『衣上』句：言其高潔。謝朓《酬王晋安德元》詩：『誰能久京洛，緇塵染素衣？』東野反其意用之。

獻襄陽于大夫〔一〕

襄陽青山郭，漢江白銅堤〔二〕。謝公領茲郡〔三〕，山水無塵泥。鐵馬萬霜雪，絳旗千虹蜺〔四〕。風漪參差泛，石板重疊躋〔五〕。舊淚不復墮，新歡居然齊〔六〕。還耕竟原野，歸老相扶攜〔七〕。物色增曖曖，寒芳更萋萋〔八〕。淵清有遐略，高躅無近蹊〔九〕。即此富蒼翠，自然引翔棲。曩游常抱憶，夙好今尚睽〔一〇〕。願言從逸轡，暇日凌清溪〔一一〕。

校勘

白銅堤：『堤』原作『鞮』，茲依各本作『堤』。　重疊躋：『躋』原作『嚌』，茲依各本作『躋』。　淵清有遐略，高躅無近蹊：一作『衆賦無暴掠，輿歌有安綏』。

注釋

〔一〕襄陽：郡名。治所在襄陽，即今湖北襄樊市。地當南北交通要衝，魏晋以來爲軍事重鎮。于大夫：指于頔。頔字允元，河南（今河南河陽）人。始以門蔭授華陽尉。歷湖、蘇二州刺史，爲政有績。貞元十四年九月至元和三年九月爲襄州刺史，山南東道節度使。吴少誠叛，頔率兵戰吴房朗山，取之，於是請升襄州爲大都督，憪然有專漢南意。史稱其治襄其間，『公然聚斂，恣意虐殺，專以凌上威下爲務』（《舊唐書》卷一五六本傳）。然善待士人，以市聲名。元和間曾拜相，後坐子于敏殺人事貶官。元和十三年以户部尚書致仕。兩《唐書》有傳。

〔二〕『襄陽』二句：李白《襄陽曲》其三：『峴山臨漢江，水緑沙如雪。』白銅堤：陳云：『殆所謂漢堤也。』

〔三〕謝公：或謂謝安，或謂謝玄。謝安，晋陽夏人。少有重名，累辟皆不起。年四十，方有仕宦意。爲尚書僕射，領吏部，加後將軍。太元八年，苻秦攻晋，加安征討大都督。安遣姪玄等大破苻堅於肥水，以功拜太保。兹以謝公比于大夫。

〔四〕『鐵馬』二句：陸倕《石闕銘》：『鐵馬千群，朱旗萬里。』陳云：『此用其意。霜雪喻馬，虹蜺狀旗，萬千言其多也。』

〔五〕躋：攀登。

〔六〕『舊淚』句：《晋書·羊祜傳》：『祜性樂山水，每風景必造峴山，置酒言詠，終日不倦。嘗慨然歎息，顧謂從事中郎鄒湛等曰：「自有宇宙，便有此山，由來賢達勝士登此遠望，如我與卿者多矣，皆湮滅無聞，使人悲傷！如百歲後有知，魂魄猶應登此也。」湛曰：「公德冠四海，道嗣前哲，令聞令望，必與此山俱傳。至若湛輩，乃當如公言耳。」……尋卒，時年五十八。……襄陽百姓於峴山祜平生游憩之所，建碑立廟，歲時饗祭焉。望其碑者莫不流涕，杜預因名爲「墮淚碑」。』『新歡』句：謂當今的百姓感於大夫的惠政、内心之歡喜，與昔人敬愛羊祜相同。

〔七〕『還耕』二句：陳云：『此言于大夫鎮襄陽，百姓歸悦。』還耕：指歸田的流民。竟：遍。歸老：指歸依的父老。《孟子·離婁上》：『二老（指伯夷和太公）者，天下之大老也，而歸之，是天下之父歸之也。』

〔八〕曖曖：昏暗貌。萋萋：茂盛貌。

〔九〕『淵清』二句：美于大夫胸有遠略，處事不走捷徑。淵清：比喻内心澄澈、品格高尚的人。遐略：遠略。高躅：借指足力矯健的實踐家。近蹊：猶言捷徑。

〔一〇〕曩游：舊游。夙好：老友。暌：隔離。

〔一一〕逸轡：疾駛的馬車。此指大夫車駕。凌：度越。

贈鄭夫子魴〔一〕

天地入胸臆，吁嗟生風雷〔二〕。文章得其微，物象由我裁〔三〕。宋玉逞大句，李白飛狂才〔四〕。苟非聖賢心，孰與造化該〔五〕。勉矣鄭夫子，驪珠今始胎〔六〕。

注　釋

〔一〕鄭魴：贈鄭夫子魴：華喻《校注》：『疑當作於鄭魴早年未登第前。鄭魴，《新唐書》』卷七五上《宰相世系表》第十五上鄭氏兆祖房有鄭魴，字嘉魚。常州參軍鄭卑之子。敬宗寶曆間爲會稽郡從事，作有《禹域碑》

（文見《唐文粹》卷五四）。後任倉部郎中（見《唐郎官石柱題名考》卷一七）。』夫子：古時對男子的尊稱。

〔二〕『天地』二句：言心懷天下者，文中自有風雷。《古今樂録》載《莊子引聲歌》：『天地之道，匠在胸臆。』陸機《文賦》：『思風發於胸臆，言泉流於脣齒。』劉勰《文心雕龍·序志》：『擬耳目於日月，方聲氣乎風雷。』

〔三〕物象：事物的形象。

〔四〕宋玉：見卷一《巫山高》注〔四〕。大句：長句。例如《九辯》首句：『悲哉秋之爲氣也，蕭瑟兮草木摇落而變衰，憭慄兮若在遠行，登山臨水兮送將歸。』凡三十二字。李白：唐代大詩人。詩風雄放，想象豐富，語言流轉，善於從民歌和神話中吸取素材和營養，構成其特有的瑰瑋絢爛的色彩。杜甫《飲中八仙歌》：『李白一斗詩百篇，長安市上酒家眠。天子呼來不上船，自稱臣是酒中仙。』又《寄李十二白二十韻》：『昔年有狂客，號爾謫仙人。筆落驚風雨，詩成泣鬼神。』又《不見》：『不見李生久，佯狂真可哀。世人皆欲殺，吾意獨憐才。敏捷詩千首，飄零酒一杯。匡山讀書處，頭白好歸來。』

〔五〕聖賢：聖謂孔子，賢謂孟子。造化：天地自然。《莊子·大宗師》：『今一以天地爲大爐，以造化爲大冶。』該：備。

〔六〕勉矣：猶言『努力吧』。驪珠：驪龍之珠。《莊子·列禦寇》：『夫千金之珠，必在九重之淵而驪龍頷下，子能得珠者，必遭其睡也。使驪龍而寤，子尚奚微之有哉！』胎：孕育。

大隱詠三首〔一〕

崔從事鄖以直隳職〔二〕

古人留清風，千載遥贈君〔三〕。破松見貞心，裂竹看直文〔四〕。殘月色不改，高賢德常新。家懷詩書富，宅抱草木貧。安得一蹄泉，來化千尺鱗。含意永不語，釣璜幽水濱〔五〕。

校勘

大隱詠：弘治本作『大隱訪』，《全唐詩》作『大隱坊』。　崔從事鄖以直隳職：一本作後題。『職』一作『官』。　裂竹看直文：《全唐詩》『看』作『見』。　安得一蹄泉：《全唐詩》一作『安排一泉深』。　來化：華校本作『直化』。

注釋

〔一〕大隱：王康琚《反招隱詩》：『小隱隱陵藪，大隱隱朝市。』

〔二〕崔從事鄖：其人其事不詳。隳職：解職罷官。

〔三〕『古人』二句：張協《詠史》：『清風激萬代，名與天壤俱。』

〔四〕『破竹』二句：范雲《詠寒松詩》：『凌風知勁節，負雪見貞心。』

〔五〕釣璜：《尚書大傳》卷一：『周文王至磻溪，見呂望，文王拜之。尚父云：「望釣得玉璜。刻曰：『周受命，呂佐檢德合，於今昌來提。』」』杜甫《奉贈太常張卿垍二十韻》：『幾時陪羽獵，應指釣璜溪。』

章仇將軍良棄功守貧[一]

飲君江海心，詎能辨淺深[二]。揖君山岳德，誰能齊嶔岑[三]。東海精爲月，西岳氣凝金[四]。進則萬景晝，退則群物陰[五]。我欲薦此言，天門峻沉沉[六]。風飆亦感激，爲我飀飀吟。

校　勘

章仇將軍良棄功守貧：一本作前題。《全唐詩》一作『贈章仇兵馬使』。江海：《全唐詩》『江』一作『滄』。詎能：『詎』一作『誰』。揖君：《全唐詩》作『挹君』。晝：一作『盡』。

注　釋

〔一〕章仇將軍良：其人其事不詳。

〔二〕『飲君』二句：《韓詩外傳》卷八：『子貢曰：「臣終身戴天，不知天之高也；終身踐地，不知地之厚也。若臣之事仲尼，譬猶渴操壺勺，就江海而飲，腹滿而去，又安知江海之深乎？」』此用其意。

〔三〕『揖君』二句：酈炎《見志詩》其一：『德音流千載，功名重山岳。』揖：拱手爲禮，表示敬仰。嶔岑：高險貌。此指山岳。

〔四〕『東海』句：《淮南子·天文訓》：『積陰之寒氣久者爲水，水氣之精者爲月。』『西岳』句：西岳華山在今陝西華陰縣，於位爲西，於時爲秋。《漢書·五行志上》：『金，西方。萬物既成，殺氣之始也。』

〔五〕『進則』二句：進：進用。退：遣退。

〔六〕薦：指向皇帝進言。天門：帝王宫殿的門。峻：高。沉沉：深沉貌。

趙記室俶在職無事〔一〕

卑静身後老，高動物先摧〔二〕。方圓水任器，剛勁木成灰〔三〕。大道母群物，達人腹衆才〔四〕。時吟堯舜篇，心向無爲開〔五〕。彼隱山萬曲，我隱酒一盃。公庭何所有〔六〕，日日清風來。

注　釋

〔一〕趙記室俶：其人其事不詳。

〔二〕『卑静』二句：言人之處世，宜卑而静；位高而動，必先摧也。《老子》二十六章：『重爲輕根，静爲躁君。』又六十一章：『牝常以静牡，以静爲下。』《莊子·山木》：『甘井先竭，直木先伐。』《禮·祭義》：『其立卑静以正，如將弗見然。』

〔三〕『方圓』句：《老子》八章：『上善若水，水善利萬物而不争，處衆人之所惡，故幾於道。』《劉子·從化》：『人之從君，如草之從風，水之從器。』

〔四〕『大道』句：言大道是萬物的本原。《老子》一章：『无名，天地始；有名，萬物母。』又二十五章：『有物混成，先天地生。寂兮寥兮，獨立而不改，周行而不殆，可以爲天地母。』『達人』句：言達人腹羅衆才。

〔五〕堯舜篇：蓋指儒家經典。儒家主張以德政感化人民，不施刑治。《論語·衛靈公》：『子曰：「無爲而治者，其舜也與！夫何爲哉？恭己正南面而已矣。」』無爲：道家指順應自然，不求有所作爲。《老子》：『是以聖人處無爲之事，行不言之教。』又：『使夫知者不敢爲也，爲無爲，則無不治。』

〔六〕公庭：猶言公堂。貴族的廳堂。

贈韓郎中愈二首〔一〕

何以定交契，贈君高山石〔二〕。何以保貞堅，贈君青松色〔三〕。貧居過此外，無可相彩飾〔四〕。聞君碩鼠詩〔五〕，吟之淚空滴。

校勘

定：一作『結』。　保貞堅：『堅』一作『研』，《全唐詩》一作『姿』。　貧居：『居』一作『交』。　聞君：一作『更有』。　碩鼠：原作『其鼠』，據弘治本改。宋刻本『碩』作『首』。　淚空滴：一作『堪淚滴』。

注釋

〔一〕贈韓郎中愈二首：約作於元和八、九年間。時韓愈爲比部郎中。

〔二〕交契：交情。高山石：《詩·小雅·鶴鳴》：『它山之石，可以攻玉。』陳云：『贈石者，所以琢磨道德也。』

〔三〕青松色：松歲寒不凋，故用作品質堅貞的象徵。陳云：『贈松者，亦所以守時信也。』

〔四〕貧居：元和四年，東野服母喪家居，至元和八年猶未得官。此：指高山石與青松色。彩飾：修飾與妝點。

〔五〕碩鼠詩：陳云：『《詩·魏風》有《碩鼠》篇，所以刺貪吏也。』

碩鼠既穿墉，又囓機上絲〔一〕。穿墉有閑土〔二〕，囓絲無餘衣。朝吟枯桑柘，暮泣穿杼機〔三〕。豈是無巧妙，絲斷將何施〔四〕。衆人上肥華，志士多飢羸〔五〕。願君保此節，天意當察微〔六〕。

校勘

碩鼠：『碩』一作『其』。　閑土：『閑』一作『餘』。　穿：一作『定』，《全唐詩》作『空』。　志士：弘治本作『忠士』。　願君保此節：一作『願保此貞節』。　原本『天意當察微』以下尚有六句：『前日遠別離，今日生白髮。欲知萬里情，曉卧半床月。常恐百蟲秋，使我芳草歇。』　凌刻本云：『按贈韓末首即二卷中《獨愁》，止異二字，舊本重出也，而評者不覺，因有評，亦仍其本。』此説是。

注釋

〔一〕『碩鼠』句：《詩・召南・行露》：『誰謂鼠無牙，何以穿我墉？』墉：墻。囓：咬。

〔二〕閑土：餘土。閑、餘互訓。

〔三〕桑柘：桑與柘，皆木名，其葉可以飼蠶。杼機：織機。杼，織布用的梭子。

〔四〕巧妙：技術高超。何施：何所措置。

〔五〕上：通『尚』，追求。肥華：指錦衣玉食的生活。飢羸：因飢餓而瘦弱。

〔六〕『願君』句：韓愈答詩有云：『苟能行忠信，可以居夷蠻。嗟余與夫子，此義每所敦。何爲復見贈？繾綣在不諼。』（《江漢一首答孟郊》）察微：洞悉精微。

戲贈无本二首[一]

長安秋聲乾，木葉相號悲[二]。瘦僧卧冰凌，嘲詠含金痍[三]。金痍非戰痕，峭病方在兹[四]。詩骨聳東野，詩濤湧退之[五]。有時踉蹌行，人驚鶴阿師[六]。可惜李杜死，不見此狂癡[七]。

校勘

无本：『无』原作『元』，各本俱作『无』，兹據改。　嘲詠：『嘲』一作『朔』。　湧：《全唐詩》一作『勇』。

注釋

〔一〕戲贈无本：元和六年作。无本，即賈島，字閬仙，一作浪仙，范陽人。早年落拓爲僧，名无本。後還俗，屢舉進士不第，曾任長江主簿，人稱賈長江。詩以五律見長，喜寫荒凉枯寂之境，刻苦求工。有《長江集》。元和六年春，賈島自長安赴洛陽，始謁韓愈，復識孟郊。同年秋，又隨韓愈入長安。至冬十一月，乃自長安返歸范陽，韓愈有《送无本師歸范陽》詩。途經洛陽時，孟郊以《戲贈无本》二首送之。

〔二〕秋聲：秋時西風作，草木零落，多肅殺之聲，曰秋聲。木葉：《楚辭·九歌·湘夫人》：『嫋嫋兮秋風，洞庭波兮木葉下。』

〔三〕瘦僧：對賈島的戲稱。冰凌：積冰。嘲詠：謂歌詠以嘲諷。韓愈《雙鳥詩》：『鬼神怕嘲詠，造化皆停留。』金痍：兵刃所致的創傷。此指因吟詠不止而至口舌生瘡。

〔四〕峭病：指詩人刻意追求奇峭。

〔五〕『詩骨』二句：謂賈詩既有孟的清峭，又兼韓的雄富。孟詩清峭，故喻之以骨；韓詩雄富，故喻之以濤。

〔六〕踉蹌：行走欹側不正貌。王維《送高適弟耽歸臨淮作》：『野鶴終踉蹌，威鳳徒參差。』阿師：和尚的俗稱。冠之以『鶴』，則言其瘦也，行走踉蹌也，同時暗含品格高潔之意。

〔七〕李杜：李白與杜甫。狂癡：王充《論衡·率性》：『有癡狂之疾，歌啼於路，不曉東西，不睹燥濕，不覺疾病，不知飢飽，性已毀傷，不可如何。』此言賈島作詩入於如癡如狂之境。

燕僧聳聽詞，袈裟喜新翻〔一〕。北岳厭利殺，玄功生微言〔二〕。天高亦可飛，海廣亦可源〔三〕。文章杳無底，劚掘誰能根〔四〕。夢靈髣髴到，對我方與論〔五〕。拾月鯨口邊，何人免爲吞〔六〕。燕僧擺造化，萬有隨手奔〔七〕。補綴雜霞衣，笑傲諸貴門〔八〕。將明文在身，亦爾道所存〔九〕。朔雪凝別句，朔風飄征魂〔一〇〕。再期嵩少游，一訪蓬蘿村〔一一〕。春草步步緑，春山日日暄〔一二〕。遥鶯相應吟，晚聽恐不繁。相思塞心胸，高逸難攀援〔一三〕。

校勘

新翻：宋刻本、華校本作『翻新』。　亦爾：『爾』一作『示』。　暄：原作『喧』，宋刻本、《全唐詩》、華校本作『暄』，兹據改。

注釋

〔一〕燕僧：范陽古屬燕地，因稱无本爲燕僧。聳聽詞：言其尚奇。袈裟：梵語，僧衣。這裏借指无本。喜新翻：言其趨新。新翻，按舊曲譜製作新詞。劉禹錫《楊柳枝詞》：『請君莫奏前朝曲，聽唱新翻楊柳枝。』

〔二〕『北岳』句：謂歲晚居北岳而厭其利殺。北岳：指恒山。主峰在河北曲陽縣西北。《管子》：『恒山之地，早生而晚殺。』『玄功』句：謂由玄功而悟微言。玄功：玄默之功。此指佛教修行的功夫。微言：精微之言。

〔三〕『天高』二句：謂雖天之高，海之廣，皆有可至。

〔四〕『文章』二句：謂唯文章杳眇，無窮極之境，誰能劚其本根？杳：深遠。劚掘：掘取。

〔五〕『夢靈』二句：言文章之境固不能測，而无本夢魂可到，亦唯其造詣如此，因得與我相契共語。

〔六〕『拾月』二句：謂拾月於鯨口之邊，鮮不爲其所吞噬。

〔七〕『燕僧』二句：惟无本能擺落一切，不聽造化之命，而使世間萬有奔會其手腕之下，獨造幽微之境。韓愈《送无本師歸范陽》：『无本於爲文，身大不及膽。吾嘗示之難，勇往無不敢。蛟龍弄角牙，造次欲手攬。衆鬼囚大幽，下覷襲玄窞。天陽熙四海，注視首不頷。鯨鵬相摩窣，兩舉快一啖。夫豈能必然，固已謝黯黮。狂詞肆滂葩，低昂見舒慘。奸窮怪變得，往往造平淡。』

〔八〕『補綴』二句：言无本以文章之妙，游於王公之門；雖補綴爲衣，而笑傲自若。霞衣：指和尚穿的袈裟。

〔九〕『將明』二句：以爲正可說明文之在身，亦即道之所存。阮籍《詣蔣公奏記辭辟命》：『夫布衣韋帶之士，孤居獨立，王公大人所以屈體而下之者，爲道存也。』

〔一〇〕『朔雪』二句：无本告歸，東野送別，時在元和六年之冬，故此云云。韓愈《送无本師歸范陽》：『念當委我去，雪霜刻以憯。』可參。

〔一一〕嵩少：即嵩山。詳卷五《嵩少》注〔一〕。兩《唐書》本傳俱稱孟郊『少隱於嵩山』。蓬蘺村：當即孟郊少時隱居之地。

〔一二〕暄：暖和。

〔一三〕高逸：高超俊逸之人。此指无本。攀援：追隨。

浙江文叢

孟郊集校注

〔下册〕

〔唐〕孟郊 著　韓泉欣 校注

浙江古籍出版社

卷七

懷寄

寄張籍〔一〕

夜鏡不照物，朝光何時昇〔二〕。黯然秋思來，走入志士膺〔三〕。志士惜時逝，一宵三四興〔四〕。清漢徒自朗，濁河終無澄〔五〕。舊愛忽已遠，新愁坐相淩〔六〕。君其隱壯懷，我亦逃名稱〔七〕。古人貴從晦，君子忌黨朋〔八〕。傾敗生所競，保全歸瞢瞢〔九〕。浮雲何當來，潛虯會飛騰〔一〇〕。

校勘

黯然秋思來：一作『暗然愁氣來』。　瞢瞢：一作『苦瞢』，弘治本一作『苦僧』。

注釋

〔一〕寄張籍：作於貞元十三年或十四年。張籍：字文昌。祖籍吴郡，生於和州烏江，貞元十五年登進士第，授太常寺太祝，遷秘書郎，歷水部員外郎、主客郎中，終國子司業。詩以樂府、古風爲主，樂府與王建齊名。

有《張司業集》。

〔二〕『夜鏡』二句：言夜長不曉。夜鏡：借指月亮。朝光：指太陽。

〔三〕『黯然』二句：傅玄《雜詩》：『志士惜日短，愁人知夜長。』膺：胸膛。

〔四〕興：起來。

〔五〕清漢：指銀河。濁河：謂黄河。古以『河清海晏』比喻太平盛世，此言『濁河無澄』，是表示對時局的憂念。

〔六〕坐：無故。《文選》張茂先《雜詩》：『朱火青無光，蘭膏坐自凝。』李善注：『無故自凝曰坐。』凌：侵迫。

〔七〕名稱：聲望。

〔八〕『古人』句：《易·隨》：『澤中有雷，隨，君子以向晦入晏息。』從晦：埋藏才智，隱而不出，即『向晦』也。『君子』句：《論語·衛靈公》：『君子矜而不争，群而不黨。』黨朋：爲私利而勾結同類。《晋書·郤詵傳》：『動則争競，争競則朋黨，朋黨則誣罔，誣罔則臧否失實，真僞相冒，主聽用惑，奸之所會也。』

〔九〕瞢瞢：無知貌。

〔一〇〕『浮雲』二句：《易·乾·文言》：『雲從龍，風從虎，聖人作而萬物睹。』虬：傳説中的無角龍。

憶周秀才素上人時聞各在一方〔一〕

東西分我情，魂夢安能定。野客雲作心，高僧月爲性〔二〕。浮雲自高閑，明月常空净。衣

敝得古風〔三〕，居山無俗病。吟聽碧雲語，手把青松柄〔四〕。羡爾欲寄書，飛禽杳難倩〔五〕。

校　勘

時聞各在一方：《全唐詩》一本無『聞』字。

注　釋

〔一〕周秀才、素上人：二人俱無考。

〔二〕『野客』句、謂周秀才。『高僧』句：謂素上人。

〔三〕『衣敝』句：《論語·子罕》：『衣敝緼袍，與衣狐貉者立而不恥者，其由也與？』

〔四〕『吟聽』二句：陳云：『又兼寫二人。』

〔五〕『羡爾』二句：陳云：『言欲倩鳥寄書，不可得也。』杳：深遠，引申爲不見蹤影之意。倩：請人做事。

舟中喜遇從叔簡别後寄上時從叔初擢第歸江南郊不從行〔一〕

一意兩片雲，暫合還却分。南雲乘慶歸，北雲與誰群〔二〕。寄聲千里風，相喚聞不聞。

校　勘

擢第：一作『侍從』。

注　釋

〔一〕舟中喜遇從叔簡别後寄上時從叔初擢第歸江南郊不從行：約作於貞元七年。時東野方來長安應試，孟簡已登第歸江南，相遇舟中，因於别後寄詩。

〔二〕『南雲』句：陳云：『謂簡擢第歸江南。』『北雲』句：陳云：『謂郊不從行。』

懷南岳隱士二首〔一〕

見説祝融峰〔二〕，擎天勢似騰。藏千尋布水〔三〕，出十八高僧。古路無人跡，新霞吐石稜〔四〕。終居將爾叟〔五〕，一一共余登。

注　釋

〔一〕南岳：即衡山，爲五岳之一，在湖南省，跨舊長沙、衡州二郡。南岳隱士：其人不詳。

〔二〕祝融峰：衡山七十二峰，以祝融最高，在湖南衡山縣西北。

〔三〕千尋：極言其長。尋，長度單位，古以八尺爲一尋。布：瀑布。

〔四〕石稜：石之有稜角者。

〔五〕將：扶持。爾叟：指隱士。

千峰映碧湘〔一〕，真叟此中藏。飯不煮石喫，眉應似髮長〔二〕。楓梩楕酒甕，鶴虱落琴床〔三〕。强效忘機者〔四〕，斯人尚未忘。

注　釋

〔一〕碧湘：指湘水，見前注。

〔二〕煮石：晋葛洪《神仙傳》記有白石先生者，常煮白石爲糧。又記焦先常食白石，以分與人，熟煮如芋食

之。後來詩文遂以煮石爲道家真人修鍊的典故。庾肩吾《東宫玉帳山銘》：『煮石初爛，燒丹欲成。』『眉應』句：舊説年壽高者生有長眉，故以眉長爲壽徵。《詩·豳風·七月》：『爲此春酒，以介眉壽。』

〔三〕楓梩：用楓樹做成的梩。梩，『梠』的異體字。鍬臿一類的挖土器具。楮：拄，支撑。酒甕：陶製的盛酒器。鶴虱：沈括《夢溪筆談·藥議》：『今按地菘即天名精，蓋其葉似菘，又似蔓菁，故有二名。鶴虱，即其實也。』琴床：琴几，安放琴的器具。

〔四〕忘機者：不涉世務，自甘淡泊，完全泯除機心的人。

春夜憶蕭子真〔一〕

半夜不成寐，燈盡又無月。獨向堦前立，子規啼不歇〔二〕。况我有金蘭，忽爾爲胡越〔三〕。争得明鏡中〔四〕，久長無白髮。

校勘

又：《全唐詩》一作『夕』。

注釋

〔一〕蕭子真：生平事跡無考。

〔二〕『獨向』二句：沈佺期《夜宿七盤嶺》：『芳春平仲緑，清夜子規啼。』子規：即杜鵑。見卷三《聞砧》注〔二〕。

〔三〕金蘭：見卷二《勸友》注〔三〕。忽爾：倏忽，轉眼間。胡越：胡在北，越在南，比喻兩地遥隔。

〔四〕争得：猶言『怎麽可能』。

寄院中諸公〔一〕

奕奕秋水傍，駸駸緑雲蹄〔二〕。月仙有高曜，靈鳳無卑棲〔三〕。翠色逩雲谷，碧華凝句溪〔四〕。竹林遞歷覽，雲寺行攀躋〔五〕。冠豸猶屈蠖，匣龍期剸犀〔六〕。千山驚月曉，百里聞霜鼙〔七〕。戎府多秀異，謝公期相攜〔八〕。因之仰群彦，養拙固難齊〔九〕。

校勘

句溪：《全唐詩》作『月溪』，宋刻本、華校本作『清溪』。

注釋

〔一〕院中諸公：指節度使府的幕僚、佐史。院，指使幕，即節度使府。（參郝氏《箋注》）

〔二〕奕奕：姿態悠閑，神采焕發。《詩·小雅·車攻》：『駕彼四牡，四牡奕奕。』駸駸：馬行疾。《詩·小雅·四牡》：『駕彼四駱，載驟駸駸。』

〔三〕月仙、靈鳳：用比院中諸公。

〔四〕句溪：據《輿地紀勝·寧國府》，句溪在宣城縣東五里。謝玄暉有《將之湘中尋句溪》詩。李白《别韋少府》：『洗心句溪月，清耳敬亭猿。』

〔五〕『竹林』二句：寫諸公游眺。遞：順次。攀躋：攀登。

〔六〕『冠豸』二句：陳云：『此言諸公期大用也。』冠豸：《後漢書·輿服志下》：『法冠……執法者服之，侍

御史、廷尉正監平也，或謂之獬豸冠。獬豸，神羊，能别曲直，楚王嘗獲之，故以爲冠。』按御史則冠豸也。屈蠖：《易·繫辭下》：『尺蠖之屈，以求信也。』後以尺蠖比喻人不得意。匣龍：舊題王嘉《拾遺記》一：『帝顓頊有曳影之劍……未用之時，常於匣裏如龍虎之吟。』此以匣龍指劍。剸犀：《淮南子·修務訓》：『夫純鈎魚腸之始下型，擊則不能斷，刺則不能入；及加之砥礪，摩其鋒鍔，則水斷龍舟，陸剸犀甲。』剸，割。犀甲，以犀兕之皮所爲之甲。

〔七〕『千山』二句：陳云：『言兵事起。』

〔八〕戎府：軍府。此指節度使府。謝公：謂謝安。見卷六《獻襄陽于大夫》注〔三〕。此借指府主。

〔九〕『因之』二句：陳云：『寫諸公得用，不能共養拙也。』群彦：蔡邕《答元式》：『濟濟群彦，如雲如龍。』彦，才德傑出的人。養拙：猶守拙。指退隱不仕。潘岳《閒居賦》：『仰衆妙而絶思，終優游以養拙。』

寄洛州李大夫〔一〕

自從薊師反，中國事紛紛〔二〕。儒道一失所，賢人多在軍。鳥巢憂迸射，鹿耳駭驚聞〔三〕。劍折唯恐匣，弓貪不讓勳〔四〕。方知省事將，動必謝前群〔五〕。鸛陣常先罷，魚符最晚分〔六〕。步閑洛水曲，笑激太行雲〔七〕。詩叟未相識，竹兒争見君〔八〕。殷勤越談説，記盡古風文。

校勘

恐匣：一作『怨匠』，弘治本一作『怨匣』。　越：《全唐詩》一作『起』。　古風文：弘治本『古』作『士』。『風』原作『夙』，兹依宋刻本、弘治本、凌刻本、《全唐詩》作『風』。

注　釋

〔一〕洺州：唐屬河北道。故治即今河北永年縣。李大夫：指李光顔，元和間著名將領。元和六年五月，除洺州刺史，兼御史大夫，充本州團練使。九年九月改任陳州刺史。

〔二〕薊師反：指天寶十四年十一月，平盧、范陽、河東三鎮節度使安禄山在范陽舉兵叛唐。范陽郡治所在薊縣，故稱薊師。事：指戰事。

〔三〕『鳥巢』二句：言民不安生。鹿耳：鹿性善驚，聞聲逃逸。桓寬《鹽鐵論·險固》：『如此則中國無狗吠之警，而邊境無鹿駭狼顧之憂矣。』

〔四〕『劍折』二句：陳云：『言儒生多争功論賞。』

〔五〕省事：精簡事務。《晋書·荀勖傳》：『省吏不如省官，省官不如省事。』省事將，指李光顔，他不貪功好戰。謝前群：謂與前人不同，有别於前人。謝，辭謝。

〔六〕鸛陣：戰陣名。《左傳·昭公二十一年》：『與華氏戰於赭丘，鄭翩願爲鸛，其御願爲鵝。』注：『鸛鵝皆陣名。』魚符：朝廷頒發的符信，雕木或鑄銅爲魚形，刻書其上，剖而分執之，以備符合爲憑信。唐用銅魚符，所以起軍旅，易守長；又有隨身魚符，所以明貴賤，應征召。參《唐六典·符寳郎主節》。

〔七〕洺水：即古寖水，一名南易水，一名千步水，也稱漳水。源出太行山東麓，經河北永年縣流入滏陽河。太行：山名。詳卷一《出門行二首》其二注〔二〕。

〔八〕詩叟：東野自謂。竹兒：《後漢書·郭伋傳》：『伋前在并州，素結恩德，及後入界，所到縣邑，老幼相攜逢迎。……始至行部，到西河美稷，有童兒數百，各騎竹馬，於道次迎拜。』

寄盧虔使君〔一〕

霜露再相换，游人猶未歸〔二〕。歲新月改色，客久線斷衣。有鶴冰在翅，竟久力難飛〔三〕。千家舊素沼，斜日生緑輝。春色若不借，爲君步芳菲。

校勘

竟久：宋刻本、華校本作『寒嚴』。　斜日：原作『昨日』，據宋刻本、華校本改。　若不借：『不』一作『可』。

注釋

〔一〕寄盧虔使君：約貞元十一年作。盧虔：見卷一《楚竹吟酬盧虔端公見和湘絃怨》注〔一〕。

〔二〕再：兩度。歸：指返回湖州老家。

〔三〕『有鶴』二句：以鶴自比，説自己困頓塌屋，無力高舉遠邁。

寄崔純亮〔一〕

百川有餘水，大海無滿波〔二〕。器量各相懸，賢愚不同科〔三〕。群辯有姿語，衆歡無行歌〔四〕。唯餘洛陽子，鬱鬱恨常多〔五〕。時讀過秦篇，爲君涕滂沱〔六〕。

校勘

餘水：原作『魚水』，據宋刻本、弘治本改。　衆歡無行歌：『無』一作『有』。

注釋

〔一〕崔純亮：見卷六《贈崔純亮》注〔一〕。

〔二〕『百川』二句：《莊子·秋水》：『秋水時至，百川灌河，涇流之大，兩涘渚崖之間，不辨牛馬。於是焉河伯欣然自喜，以天下之美爲盡在己。順流而東行，至於北海，東面而視，不見水端，於是焉河伯始旋其面目，望洋向若而歎曰：「野語有之曰『聞道百，以爲莫己若』者，我之謂也。且夫我嘗聞少仲尼之聞而輕伯夷之義者，始吾弗信，今我睹子之難窮也，吾非至於子之門則殆矣，吾長見笑於大方之家。」』東野詩意用此。

〔三〕器量：器物之容量。這裏比喻人的度量。同科：同類。科，品類，等級。《論語·八佾》：『射不主皮，爲力不同科。』

〔四〕姿語：猶妙語。行歌：且行且歌。

〔五〕洛陽子：指純亮。鬱鬱：憂悶貌。

〔六〕『時讀』二句：以賈誼比純亮，欽其才志而憫其不遇。過秦篇：指《過秦論》，賈誼所作。講論秦王朝的過失，爲漢統治者提供借鑒。滂沱：大雨貌。此言淚如雨下。

汴州離亂後憶韓愈李翺〔一〕

會合一時哭，別離三斷腸〔二〕。殘花不待風，春盡各飛揚。歡去收不得，悲來難自防。孤門清館夜，獨卧明月床〔三〕。忠直血白刃，道路聲蒼黄〔四〕。食恩三千士，一旦爲豺狼〔五〕。海島士皆直，夷門士非良〔六〕。人心既不類〔七〕，天道亦反常。自殺與彼殺，未知何者臧〔八〕。

校勘

亦反常：凌刻本作『久反常』。　彼殺：『彼』一作『被』。

注釋

〔一〕汴州離亂後憶韓愈李翺：貞元十五年作。是年二月，宣武軍節度使、汴州刺史董晋卒，陸長源總留後。不久汴州軍亂，陸長源被禍。韓愈以先從董晋喪離開汴州，得幸免於難。東野遠聞凶訃，百感交集而有此作。李翺：字習之，隴西成紀人。貞元十四年進士，官至山南東道節度使、檢校户部尚書。他是韓愈的門人，當時著名的散文家和哲學家，有《李翺集》十卷。

〔二〕會合：貞元十二年，韓愈爲汴州推官。時李翺自徐州來汴。次年東野也到汴州，乃得與韓、李相會。別離：貞元十五年春，東野離汴南游。韓愈仍在汴，李翺當已先去。

〔三〕『孤門』二句：寫亂後憶念摯友。孤門：孤寒的門第，東野自謂。

〔四〕『忠直』二句：《舊唐書·德宗紀》：『貞元十五年二月丁丑，宣武軍節度使、汴州刺史董晋卒。乙酉，以行軍司馬陸長源檢校禮部尚書、汴州刺史、御史大夫、宣武軍節度度支營田汴宋亳潁觀察等使。是日汴州軍亂，殺陸長源，軍人臠而食之。』忠直：謂陸長源。蒼黄：或作『倉皇』，急遽貌。

〔五〕『食恩』二句：《舊唐書·陸長源傳》：『及晋卒，令長源知留後事。……舊例，使長薨，放散布帛於三軍製服。至是，人請服，長源初固不允，軍人求之不已；長源等議給其布直。叔度高其鹽價而賤爲布直，每人不過得鹽三二斤，軍情大變。或勸長源，故事有大變，皆賞三軍，三軍乃安。長源曰：「不可使我同河北賊，以錢買健兒取旌節。」兵士怨怒滋甚，乃執長源及叔度等臠而食之，斯須骨肉靡散。』韓愈《汴州亂》二首其一：『汴州城門朝不開，天狗墮地聲如雷。健兒争誇殺留後，連屋累棟燒成灰。諸侯咫尺不能救，孤士何者自興衰。』

〔六〕『海島』句：用田横事。田横爲齊國貴族之後，秦末其從兄田儋自立爲齊王，不久戰死。儋弟榮與榮子廣復相繼爲齊王，横爲相國。韓信破齊，横又自立爲齊王，率其從屬五百餘人入海居島中。劉邦稱帝後，遣使招降。横與客二人往洛陽，未至二十里，羞爲漢臣，自刎死。島中五百餘人聞横死，亦皆自殺。事附《史記》卷九四、《漢書》卷三三《田儋傳》。夷門士：指汴州軍士。夷門，山名。見卷二《夷門雪贈主人》注〔二〕。

〔七〕不類：不善。

〔八〕臧：善。

寄張籍〔一〕

未見天子面，不如雙盲人。賈生對文帝，終日猶悲辛〔二〕。夫子亦如盲，所以空泣麟〔三〕。有時獨齋心，髣髴夢稱臣〔四〕。夢中稱臣言，覺後真埃塵。東京有眼富，不如西京無眼貧〔五〕。西京無眼猶有耳，隔墻時聞天子車轔轔。轔轔車聲輾冰玉，南郊壇上禮百神〔六〕。西明寺後窮瞎張太祝，縱爾有眼誰爾珍〔七〕。天子咫尺不得見，不如閉眼且養真〔八〕。

校　勘

時聞天子車：一本下有『聲之』二字。

注　釋

〔一〕寄張籍：約作於元和七、八年間。張籍，見前《寄張籍》注〔一〕。

〔二〕『賈生』二句：據《史記·屈原賈生列傳》，賈誼謫居長沙歲餘，復獲漢文帝召見。『上因感鬼神事，而

問鬼神之本。賈生因具道所以然之狀。至夜半，文帝前席。既罷，曰：『吾久不見賈生，自以爲過之，今不及也。』居頃之，拜賈生爲梁懷王太傅。』這次重要召對不及國計民生，事後又未見重用，賈生所以悲之。

〔三〕『夫子』二句：《春秋公羊傳・哀公十四年》：『春……西狩獲麟。……孔子曰：「孰爲來哉！孰爲來哉！」反袂拭面，涕沾袍。』

〔四〕齋心：排除一切思慮與欲望，保持心境的空明純净。《莊子・人間世》：『回曰：「敢問心齋」。仲尼曰：「若一志，無聽之以耳而聽之以心，無聽之以心而聽之以氣。聽止於耳，心止於符。氣也者，虚而待物者也。唯道集虚。虚者，心齋也。」』稱臣：指受皇帝的召見。

〔五〕『東京』二句：時東野在河南尹鄭餘慶幕中，因眼睛不盲，優於在長安患眼疾的張籍，故此云云。東京：指洛陽。西京：指長安。

〔六〕『轔轔』二句：唐制，冬至日祭昊天上帝於南郊（圜丘），以高祖神堯皇帝配，并列諸神於壇前。參《舊唐書・禮儀志》。

〔七〕『西明』二句：時張籍任太常寺太祝，賃居長安延康坊西南西明寺後，寓所甚爲僻陋。又體弱多病，約四十七歲時得嚴重眼疾，雙目幾乎失明。有《贈任道人》詩自述其貧病交加的情形：『長安多病無生計，藥鋪醫人亂索錢。』太常寺太祝爲太常寺卿屬官，掌祭祀祈禱之事。縱：縱然，即使。誰爾珍：誰珍爾。珍，重視，愛惜。

〔八〕咫尺：八寸曰咫。咫尺是説距離很近。養真：涵養本性。

寄義興小女子〔一〕

江南莊宅淺，所固唯疏籬。小女未解行，酒弟老更癡〔二〕。家中多吴語〔三〕，教爾遥可知。

山怪夜動門，水妖時弄池。所憂癡酒腸，不解委曲辭〔四〕。漁妾性崛强，耕童手皴皵〔五〕。想兹爲襁褓，如鳥拾柴枝〔六〕。我詠元魯山，胸臆流甘滋〔七〕。終當學自乳，起坐常相隨。

校　勘

酒弟：一作『病叔』。　癡酒腸：『腸』原作『賜』，依各本改。　常：《全唐詩》一作『尚』。

注　釋

〔一〕寄義興小女子：約元和六、七年間作。義興：見卷三《乙酉歲舍弟扶侍歸興義莊居後獨止舍待替人》注〔一〕。小女子：指東野幼女，大約當時寄養在義興。

〔二〕酒弟：指東野之弟酆或郢。二人皆在江南。

〔三〕吴語：吴地方言。

〔四〕『所憂』二句：陳云：『此言怪妖時驚小女，而癡叔不解曲護也。』癡酒腸：指病叔因醉酒而糊塗。委曲辭：言小女學語伊始，曲折輾轉，難以辭達。

〔五〕崛强：同『倔强』，此乃執拗、固執之意。　皴皵：言其皮膚坼裂，如同祭餘之肉。

〔六〕『想兹』二句：想象幼女由漁婦耕童抱持，其情狀猶如小鳥爪子裏的一把柴禾。襁褓：背負小孩的背帶和布兜。這裏比喻年紀幼小。

〔七〕元魯山：即元德秀。河南人，字紫芝。少孤貧，事母以孝聞。母喪，遂不娶，撫養兄子。兄子長成，家貧無以婚娶，求爲魯山令。歲滿去職，隱居以終。世高之，稱元魯山而不名。《舊唐書》卷一九〇、《新唐書》卷一九四有傳。『胸臆』句：《新唐書·元德秀傳》：『初，兄子襁褓喪親，無資得乳媪。德秀自乳之，數日湩流，能

食乃止。』東野《吊元魯山》其十詠其事云：『遺嬰盡鷇乳，何況骨肉枝。心腸結苦誠，胸臆垂甘滋。』甘滋：甜美的汁液，比喻美好的情感。

憶江南弟〔一〕

白首眼垂血〔二〕，望爾唯夢中。筋力强起時，魂魄猶在東〔三〕。眼光寄明星，起來東望空〔四〕。望空不見人，江海波無窮。衰老無氣力，呼叫不成風，孑然憶憶言，落地何由通〔五〕。常師共被教，竟作生離翁〔六〕。生離不可訴，上天何曾聽〔七〕。未忍對松柏，自鞭殘朽躬〔八〕。自鞭亦何益，知教非所崇〔九〕。努力柱杖來，餘活與爾同〔一〇〕。不然死後恥，遺死亦有終〔一一〕。

校　勘

知教：『知』原作『矩』，據宋刻本、《全唐詩》、華校本改。

注　釋

〔一〕憶江南弟：約元和七、八年間作。韓愈《貞曜先生墓志銘》：『酆、郢皆在江南。』

〔二〕眼垂血：杜甫《投簡咸華兩縣諸子》：『君不見空墻日色晚，此老無聲淚垂血。』

〔三〕東：指江南。東野時居洛陽。

〔四〕『眼光』二句：謂遥望東方，那啓明星的下面，就是我的故鄉。　明星：即金星，又稱啓明、太白。《詩·鄭風·女曰鷄鳴》：『子興視夜，明星有爛。』

〔五〕『孑然』二句：謂老翁相憶之言，落地無聲，以此兄弟相隔，無由得通。孑然：孤獨貌。

〔六〕共被教：指古人關於兄弟友于、共被而寢的教訓。《後漢書·姜肱傳》：『肱與二弟仲海、季江，俱以孝行著聞。其友愛天至，常共卧起。及各娶妻，兄弟相戀，不能別寢。以系嗣當立，乃遞往就室。』生離翁：《楚辭·九歌·少司命》：『悲莫悲兮生別離，樂莫樂兮新相知。』

〔七〕『上天』句：《書·皋陶謨》：『天聰明，自我民聰明。』此反其意。謂上天不聽，故告訴無門。聽：聽覺靈敏。

〔八〕『未忍』二句：説没有勇氣站到祖墳前，責罰自己的不遵古訓。松柏：古人墓地多植松柏，以其歷久長存。此以松柏指代父母墳塋。躬：身體。

〔九〕『知教』句：謂要者不在記住教誨，而在身體力行。所崇：所看重、所崇敬者。

〔一〇〕餘活：猶言餘生。

〔一一〕遺死：置死不顧。有終：指好的結局。《詩·大雅·蕩》：『靡不有初，鮮克有終。』

宿空姪院寄澹公〔一〕

夜坐冷竹聲，二三高人語〔二〕。燈窗看律鈔，小師別爲侣〔三〕。雪檐晴滴滴，茗椀乳華舉〔四〕。磬音多風飆，聲韻聞江楚〔五〕。官街不相隔，詩思空愁予〔六〕。明日策仗歸，去住兩延佇〔七〕。

校勘

乳華舉：弘治本、《全唐詩》作『華舉舉』。

注釋

〔一〕宿空姪院寄澹公：元和八年作。空姪：即卷九《上昭成閣不得於從姪僧悟空院歎嗟》詩中的從姪僧悟空。其所在寺院當爲洛陽昭成寺之附屬下院。澹公：即澹然，也作淡然，俗名諸葛覺（一作珏），爲中唐詩僧。元和中游洛下，落脚昭成寺，與孟郊、韓愈交。其詩失傳。《全唐詩》卷八五一收其逸句：『到處自鑿井，不能飲常流。』可想見其爲人。參曹汛《淡然考》（《中華文史論叢》一九八七年第一期）。

〔二〕『夜坐』二句：東野《送淡公》其一：『常於冷竹坐，相語道意冲。』高人：超世絶俗之人。

〔三〕律鈔：律藏的抄本。律藏是關於佛教戒律的著作。小師：對大師言。指從姪僧悟空。

〔四〕『雪檐』句：言天氣放晴，檐間積雪消融，滴滴有聲。『茗椀』句：言椀中之茗，浮光凝碧，香氣四溢。

〔五〕『磬音』二句：言風飄磬音，聲落遥天。其時澹公蓋已南歸，云『江楚』者以此。

〔六〕『官街』句：東野時任河南水陸運從事，賃宅立德坊，而他借宿的空姪院在道光坊。二坊俱在洛水之北，東城之東，第一南北街上，故云『不相隔』。官街：官署之街路。愁予：使我憂愁。屈原《九歌·湘夫人》：『帝子降兮北渚，目眇眇兮愁予。』

〔七〕延佇：引頸企立。

寄陝府鄧給事〔一〕

陝城臨大道，館宇屹幾鮮〔二〕。候謁隨芳語，鏗詞芬蜀箋〔三〕。從來鏡目下，見盡道心前〔四〕。自謂古詩量，異將新學偏〔五〕。驣人年六十，每月請三千〔六〕。不敢等閑用，願爲長壽

錢。非關亦潔爾，將以救羸然〔七〕。孤省癡皎皎，默吟寫綿綿〔八〕。病書憑晝目，驛信寄宵鞭〔九〕。疾訴將何諭，肆鱗今倒懸〔一〇〕。塵鯉見枯浪，土鬣思乾泉〔一一〕。感感無緒蕩，愁愁作□邊。貞元文祭酒即陽公，比謹學韋玄〔一二〕。滿坐無風雜，當朝雅獨全〔一三〕。見知囑徐孺即徐端公，賞句類陶淵〔一四〕。一顧生鴻羽，再言將鶴翩〔一五〕。宣揚隘車馬，君子湊駢闐〔一六〕。曾是此同眷，至今應賜憐〔一七〕。磨墨零落淚，楷字貢仁賢〔一八〕。

校勘

鄧給事：『鄧』一作『竇』。作『竇』是。　芳語：『芳』一作『方』。　異：一作『冀』，弘治本一作『莫』。三千：弘治本作『二千』。　癡皎皎：華校本作『凝皎皎』。　晝目：《全唐詩》作『晝日』。　宵鞭：華校本作『霄鞭』。　比謹：華校本作『比言』。　□：原闕。　無風雜：《全唐詩》作『風無雜』。

注釋

〔一〕寄陝府鄧給事：吴胡《全唐詩人名考》：『題注：「鄧，一作竇。」按作「竇」是。檢《唐方鎮年表》卷四，陝號觀察使兼陝州大都督府長史，無姓鄧者。元和八年九月，竇易直以給事中出爲陝號觀察使。竇給事爲竇易直。《舊唐書》卷一六七、《新唐書》卷一五一有傳。孟郊在洛陽，原依河南尹鄭餘慶，爲河南水陸運從事，試協律郎。元和六年冬，鄭餘慶入朝爲兵部尚書。孟郊落職貧居，至元和八年，已不能自存，故致書竇易直告借。……華忱之《孟郊年譜》以詩中有「鬷人年六十，每月請三千。不敢等閑用，願爲長壽錢」等句繫此詩於元和五年孟郊六十歲時，遂不知陝府給事爲何人。細繹詩意，此數句爲孟郊自陳數年前任河南水陸運從事時所得月俸未敢濫用，故能維持日久，今則貧病交加，山窮水盡，不得不告急求援。詩當作於元和八年冬或九年春。』茲

從其説。陝府：陝州州府。陝州唐屬河南道，州治在今河南陝縣。唐時江淮漕米北運長安，陝州爲水陸轉運站。給事，給事中的省稱。唐時爲門下省之要職，在侍中及門下侍郎之下，掌駁正政令違失。

〔二〕館宇：房舍。屹：聳立。幾：何。鮮：少。

〔三〕『候謁』句：謂美言以求進見。謁：晋見。鏗詞：謂文辭鏗鏘。鏗，金石相擊發出的聲音。蜀箋：蜀地所造紙箋，自唐以來著盛名。

〔四〕鏡目：謂目明如鏡。道心：相對於人心言。儒家指本具的義理之心。《書·大禹謨》：『人心惟危，道心惟微』。

〔五〕『自謂』二句：以古詩與新學對立，表明其爲人和作詩的態度。

〔六〕『戇人』二句：當元和五年，東野六十歲時，尚在河南水陸運從事任，月俸三千。戇人：愚笨而剛直的人。此東野自謂。

〔七〕『非關』句：言非爲潔身自好。羸然：病弱的樣子。此指病弱的老人，亦東野自指。

〔八〕孤省：獨自反省。皎皎：潔白貌。此指心地言。綿綿：連綿不斷貌。此指情思言。

〔九〕『病書』二句：言病中作書，靠了青天白日雙目猶明；只因情事急迫，有勞驛使連夜傳送。

〔一〇〕『疾訴』二句：陳云：『以上省吟書信，皆疾訴也；言所以疾訴者，以其窮困，如涸鱗懸於枯肆耳。』疾訴：急遽而言。諭：告白。肆鱗倒懸：見卷五《新卜青羅幽居奉獻陸大夫》注〔五〕。

〔一一〕『塵鯉』二句：言身陷窮困，而斗升之水可活。塵鯉：猶土鬣。鬣，魚頷旁小鬐。此指魚。

〔一二〕文祭酒：謂文翁。據《漢書》卷八九《循吏傳》，文翁廬江舒人。景帝末爲蜀郡守，修起學官於成都市中，大興教化，使蜀地文學比於齊魯。至武帝時，乃令天下郡國皆立學校官，自文翁爲之始。後世遂用爲循

吏的典故。祭酒是古時對年長者或位尊者的稱謂,漢代始爲學官。隋唐以後稱國子監祭酒,爲國子監之主管官。此以祭酒稱文翁,有尊崇之意。又據作者自注,這裏的文祭酒,乃指陽城。據《舊唐書·陽城傳》,陽城字亢宗,定州北平人。後隱中條山,德宗召爲諫議大夫。及陸贄等貶,帝怒未解,中外惴恐,無敢救者。城帥拾遺王仲舒等,上疏論裴延齡奸佞,贄等無罪。帝又欲相延齡。城曰:延齡爲相,臣當取白麻壞之,慟哭於廷。竟坐延齡事,改國子司業。故東野云『貞元文祭酒』。韋玄:疑指韋玄成。玄成漢朝人,賢之少子,字少翁。以父任爲郎,修業下士。以讓爵辟兄事,朝議其高節,拜河南太守。元帝朝遂繼父相位封侯。故鄒魯間諺云:『遺子黄金滿籯,不如(教子)一經』。玄成爲相七年,守正持重不及父,而文采過之。卒謚共。見《漢書·韋賢傳》附。

〔一三〕雅:指文明高尚之士。

〔一四〕見知:被人賞識。徐孺:即徐稚,字孺子,後漢高士。據《後漢書·徐稚傳》,陳蕃爲豫章太守時,在郡不接賓客,唯稚來,特設一榻,去則懸之。『賞句』句:陶淵明《移居》其一:『奇文共欣賞,疑義相與析。』

〔一五〕鴻:大雁。翩:疾飛。

〔一六〕『宣揚』二句:意謂如蒙宣揚德音,則車馬爲隘,君子輻凑而至焉。隘車馬:謂車馬塞巷,使通道變得狹窄。凑:奔赴。駢闐:布集,連屬。

〔一七〕『曾是』二句:陳云:『言所以寄意者,冀鄧給事一賜憐耳。』眷:關心、關懷。憐:憐愛,愛惜。

〔一八〕楷字:即指此詩。貢:奉獻。仁賢:謂鄧給事。

送諫議十六叔至孝義渡後奉寄〔一〕

曉渡明鏡中,霞衣相飄飖〔二〕。浪帛驚亦雙,蓬客將誰僚〔三〕。別飲孤易醒,離憂壯難銷。

文清雖無敵，儒貴不敢驕。江吏捧紫泥，海旗剪紅蕉〔四〕。分明太守禮，跨躡毗陵橋〔五〕。伊洛去未回，遐矚空寂寥〔六〕。

注釋

〔一〕送諫議十六叔至孝義渡後奉寄：元和六年作。諫議十六叔，謂孟簡，見卷一《貧女詞寄從叔先輩簡》注〔一〕。孟簡元和四年超拜諫議大夫。元和六年因抗論宦官吐突承璀爲招討使事出爲常州刺史。是年孟簡自長安出守常郡，東野與他相會於洛，送行至孝義渡後更寄此詩。孝義渡：在洛陽境内。

〔二〕『曉渡』二句：《後漢書·郭太傳》：『後歸鄉里，衣冠諸儒送至河上，車數千兩。林宗唯與李膺同舟而濟，衆賓望之，以爲神仙焉。』陳云：『詩言霞衣飄飄，亦是此意。』

〔三〕浪鳧：野鴨。蓬客：東野自謂。僚：朋輩。

〔四〕江吏：指隨行小吏。紫泥：古代皇帝詔書用紫泥封，泥上蓋印，稱紫泥詔，簡稱紫泥。紅蕉：即美人蕉。范成大《桂海虞衡志·志花》：『紅蕉花，葉瘦類蘆箬，心中抽條，條端發花。葉數層，日拆一兩葉。色正紅，如榴花、荔子，其端各有一點鮮綠，尤可愛。春夏開，至歲寒猶芳。』

〔五〕太守：時孟簡出爲常州刺史。太守是刺史的别稱。毗陵：常州舊稱。

〔六〕遐矚：猶言遠望。

至孝義渡寄鄭軍事唐二十五〔一〕

咫尺不得見，心中空嗟嗟。官街泥水深，下脚道路斜。嵩少玉峻峻，伊雒碧華華〔二〕。岸

亭當四迴，詩老獨一家〔三〕。洧叟何所如，鄭食唯有些〔四〕。何當來説事，爲君開流霞〔五〕。

注　釋

〔一〕至孝義渡寄鄭軍事唐二十五：元和六年作。孝義渡：見前《送諫議十六叔至孝義渡後奉寄》注〔一〕。鄭軍事唐二十五：不詳二人爲誰。

〔二〕嵩少：嵩山的别名。玉峻峻：形容滿山積雪。伊雒：伊水與洛水。碧華華：形容二水水色。

〔三〕岸亭：即東野客汴時所建的生生亭，在洛北孟氏莊前清溪上。四迴：四望空闊。詩老：東野自謂。

〔四〕洧叟：當指唐二十五。洧，水名，即洧河，在河南境内。何所如：猶云何所往。鄭食：謂鄭軍事的俸禄。些：一點點，少許。

〔五〕何當：何日。流霞，王充《論衡·道虚》：『曼都曰：「……口飢欲食，仙人輒飲我以流霞一杯，每飲一杯，數月不飢。」』此泛指美酒。

酬答

答友人

白日照清水，淺深無隱姿。君子業高文，懷抱多正思。砥行碧山石〔一〕，結交青松枝。碧山無轉易，青松難傾移〔二〕。落落出俗韻，琅琅大雅詞〔三〕。自非隋氏掌，明月安能持〔四〕。千里不可倒，一返無近期。如何非意中，良覿忽在兹〔五〕。道語必疏淡，儒風易凌遲〔六〕。願存堅貞

節，勿爲霜霰欺〔七〕。

校　勘

隋氏：宋刻本作『隨氏』。　千里：《全唐詩》一作『十載』。　不可倒：《全唐詩》『倒』一作『到』。　一返無近期：一作『一别無回期』。《全唐詩》『返』一作『發』，一作『别』，『近』一作『回』。　道語：《全唐詩》『語』一作『話』。　堅貞：《全唐詩》一作『正直』。　霜霰：《全唐詩》『霰』一作『雪』。

注　釋

〔一〕砥行：砥礪德行。蔡邕《郭有道林宗碑》：『若乃砥節礪行，直道正辭，貞固足以干事，隱括足以矯時。』

〔二〕『碧山』二句：以山石與松枝喻交友之道。

〔三〕落落：高超不凡貌。庾信《謝趙王示新詩啓》：『落落詞高，飄飄意遠。』琅琅：清亮的聲音。司馬相如《子虚賦》：『礧石相擊，琅琅礚礚，若雷霆之聲，聞乎數百里之外。』大雅：見卷三《惜苦》注〔三〕。

〔四〕隋氏：指隋侯。《淮南子·覽冥訓》：『譬如隋侯之珠，和氏之璧，得之者富，失之者貧。』注：『隋侯，漢東之國，姬姓諸侯也。隋侯見大蛇傷斷，以藥傅之。後蛇於江中銜大珠以報之，因曰隋侯之珠。』明月：指夜光珠。因珠光晶瑩似月，故名。李斯《諫逐客書》：『垂明月之珠，服太阿之劍。』

〔五〕良覿：歡聚。謝靈運《南樓中望所遲客》：『搔首訪行人，引領冀良覿。』

〔六〕道語：見道之言。凌遲：衰敗、敗壞。

〔七〕霜霰：猶言霜雪。霰，雪珠。此以霜霰比喻世俗勢力。

酬友人見寄新文

爲客棲未定，況當玄月中〔一〕。繁雲翳碧霄〔二〕，落雪和清風。郊陌絶行人，原隰多飛蓬〔三〕。耕牛返村巷，野鳥依房櫳〔四〕。我無飢凍憂，身託蓮花宫〔五〕。安閑賴禪伯，復得疏塵蒙〔六〕。覽君郢曲文，詞彩何沖融〔七〕。謳吟不能已，頓覺形神空〔八〕。

注　釋

〔一〕棲：居住。玄月：夏曆九月的别稱。《國語・越語下》：『至於玄月，王召范蠡而問焉。』韋昭注：『《爾雅》曰：九月爲玄。』

〔二〕翳：遮蔽。碧霄：青天。

〔三〕郊陌：郊外的道路。原隰：原野。飛蓬：蓬草枯後折斷，遇風飛旋，因稱飛蓬。

〔四〕房櫳：窗户。

〔五〕蓮花宫：禪院的别稱。

〔六〕禪伯：僧侣。塵蒙：塵俗。庾肩吾《詠同泰寺浮圖詩》：『方應捧馬出，永得離塵蒙。』

〔七〕郢曲：詳卷二《退居》注〔二〕。此以郢曲喻友人所寄新文文詞高雅。沖融：沖和恬淡。

〔八〕『謳吟』二句：謂吟唱友人新作，入於忘我之境，頓覺形神皆空。

答韓愈李觀别因獻張徐州〔一〕

富别愁在顔，貧别愁銷骨〔二〕。懶磨舊銅鏡，畏見新白髮。古樹春無花，子規啼有血〔三〕。

離絃不堪聽，一聽四五絕。世途非一險，俗慮有千結〔四〕。有客步大方，驅車獨迷轍〔五〕。故人韓與李，逸翰雙皎潔。哀我摧折歸，贈詞縱横設〔六〕。徐方國東樞，元戎天下傑〔七〕。禰生投刺游，王粲吟詩謁〔八〕。高情無遺照，朗抱開曉月〔九〕。有土不埋冤，有讎皆爲雪〔一〇〕。願爲直草木，永向君地列。願爲古琴瑟〔一一〕，永向君聽發。欲識丈夫心，曾將孤劍説〔一二〕。

校勘

答韓愈李觀別因獻張徐州：《全唐詩》一作『長安留别李觀韓愈因獻張徐州』。　四五絕：《全唐詩》一作『三四裂』。　俗慮有千結：『有』一作『各』。　東樞：一作『號在』。　直草木：《全唐詩》『直』一作『奇』。君聽發：《全唐詩》『聽』一作『前』。　孤劍：《全唐詩》『孤』一作『寶』。

注釋

〔一〕答韓愈李觀別因獻張徐州：貞元八年作。時東野落第東歸，因韓、李二人之薦，訪張建封於徐州。韓愈《孟生詩》對此有清楚的交代：『我論徐方牧，好古天下欽。竹實鳳所食，德馨神所歆。求觀衆丘小，必上泰山岑。求觀衆流細，必泛滄溟深。子其聽我言，可以當所箴。既獲則思返，無爲久滯淫。卞和試三獻，期子在秋砧。』東野此詩因答韓李之别，兼柬張建封以爲先容。李觀：見卷六《贈李觀》注〔一〕。張徐州：謂張建封，時爲徐州刺史，兼御史大夫，徐泗濠節度支度營田觀察使。

〔二〕『富別』二句：江淹《別賦》：『黯然銷魂者，唯別而已矣！』陳云：『別只銷魂，今銷骨者，甚之也。』

〔三〕子規：鳥名，即杜鵑。見卷三《聞砧》注〔二〕。

〔四〕『世途』二句：言世途多險巇，令人愁腸千結。千結，極言愁重。《吴越春秋·勾踐入臣外傳》：『越王

夫人……因哭而歌之曰：「歲遥遥兮難極，寃悲痛兮心惻，腸千結兮服膺，於乎哀兮忘食。」」

〔五〕有客：東野自謂。大方：大地。《管子·内業》：「人能正静……乃能戴大圓而履大方。」迷轍：猶言迷途。轍，車輪的行跡。

〔六〕「故人」四句：言東野離京東歸，韓愈與李觀各有贈别之作。韓詩即集中《孟生詩》。李詩不載本集，或已散佚。故人：舊友。逸翰：猶逸筆。皎潔：形容文筆超群。摧折：指東野再試不第。

〔七〕徐方：指徐州。《北史》卷一八《任城王雲傳》：「除開府、徐州刺史。……性善撫接，深得徐方之心。」樞：重鎮。元戎：主帥。此指張建封。

〔八〕「禰生」句：《後漢書·禰衡傳》：「建安初，來游許下。始達潁川，乃陰懷一刺，既而無所之適，至於刺字漫滅。」刺：名片。古未有紙時，削竹木刺上自己的名字，拜訪通名時用。西漢時稱「謁」，東漢時稱「刺」，後世雖改用紙，仍相沿叫「刺」或「名刺」。王粲：見卷二《感懷八首》其七注〔二〕。王粲少時嘗往謁蔡邕，邕倒屣相迎。事見《三國志·魏志·王粲傳》。又《魏志·武帝紀》：「（建安二十年）十二月，公自南鄭還，留夏侯淵屯漢中。」注：「是行也，侍中王粲作五言詩以美其事。」謁：晋見。

〔九〕「高情」二句：冀張徐州高情朗抱，一如曉月之破雲而出，使天地萬物皆在其照臨之下。謝靈運《述祖德詩》：「達人貴自我，高情屬天雲。」此東野所本。

〔一〇〕雪：滌除、洗去。

〔一一〕琴瑟：《詩·周南·關雎》：「窈窕淑女，琴瑟友之。」琴瑟同時彈奏，其音諧和，故以比情誼融洽。

〔一二〕孤劍：匣中之劍，不爲所用。陳子昂《東征答朝臣相送》：「孤劍將何托？長謡塞上風。」

答晝上人止讒作〔一〕

烈烈鸑鷟吟，鏗鏗琅玕音〔二〕。梟摧明月嘯，鶴起清風心〔三〕。渭水不可渾，涇流徒相侵〔四〕。俗侶唱桃葉，隱仙鳴桂琴〔五〕。子野真遺却，浮淺藏淵深〔六〕。

校　勘

隱仙：『仙』一作『士』。

注　釋

〔一〕晝上人：謂皎然，中唐詩僧。俗姓謝，字清晝，又稱晝。湖州長城（今浙江長興）人，爲謝靈運十世孫。居杼山。文章儁麗，顏真卿、韋應物并重之，與之酬唱。貞元中，敕寫其文集，入於秘閣，詩七卷。晝上人止讒作：《皎然集》卷六有《雜言浮雲三章》，其《序》有云：『浮雲，刺讒也。』疑即此詩。

〔二〕烈烈：象聲。鸑鷟：《國語・周語》：『周之興也，鸑鷟鳴於岐山。』注：『鸑鷟，鳳之别名。』鏗鏗：象聲。琅玕：美石。

〔三〕梟：見卷一《湘絃怨》注〔五〕。鶴：鳥名。《詩・小雅・鶴鳴》：『鶴鳴於九皋，聲聞於野。』鄭箋以此篇爲教宣王求賢士而作，鶴用比賢士。

〔四〕『渭水』二句：《詩・邶風・谷風》：『涇以渭濁，湜湜其止。』傳：『涇渭相入而清濁異。』以兩水清濁有别，後遂以涇渭比喻人品。

〔五〕桃葉：樂府吴聲歌曲名。《樂府詩集・清商曲辭》二《吴聲曲辭・桃葉歌》引《古今樂録》：『《桃葉

歌》者，晉王子敬之所作也。桃葉，子敬妾名，緣於篤愛，所以歌之。』此指俗音。桂琴：此指雅樂。

〔六〕『子野』二句：陳云：『蓋子野善聽，若遺却俗音，則浮淺自藏矣，所以止讒也。』子野：師曠字。詳卷三《失意歸吳因寄東臺劉復侍御》注〔四〕。

答姚怤見寄〔一〕

日月不同光，晝夜各有宜。賢哲不苟合，出處亦待時〔二〕。而我獨迷見，意求異士知〔三〕。如將舞鶴管，誤向驚鳧吹〔四〕。大雅難具陳，正聲易漂淪〔五〕。君有丈夫淚，泣人不泣身。行吟楚山玉，義淚沾衣巾〔六〕。

校勘

楚山玉：『玉』一作『下』。

注釋

〔一〕姚怤：生平事跡無考。

〔二〕賢哲：賢士哲人。苟合：不顧道義地附合或迎合別人。出處：謂進退仕隱。《易·繫辭上》：『君子之道，或出或處。』待時：《孟子·公孫丑上》：『雖有智慧，不如乘勢；雖有鎡基，不如待時。』

〔三〕迷見：迷於識見。異士：特異之士。

〔四〕『如將』二句：言處事不看時機與對象，恰如拿了令白鶴起舞的簫管，去向驚鳧吹奏。庾信《答移市教》：『欲令吹簫舞鶴，還反舊鄽；賣卜屠羊，請辭新闤。』沈約《夕行聞夜鶴》：『懿海上之驚鳧，傷雲間之

離鶴。』

〔五〕『大雅』二句：李白《古風》其一：『大雅久不作，吾衰竟誰陳？』又：『正聲何微茫，哀怨起騷人。』東野同有此慨。大雅正聲：見卷三《惜苦》注〔三〕。

〔六〕『君有』四句：以卞和比姚怤，認他爲難得的知者。卞和事見卷二《古興》注〔一〕。

答郭郎中〔一〕

松柏死不變，千年色青青。志士貧更堅，守道無異營〔二〕。每彈瀟湘瑟，獨抱風波聲〔三〕。中有失意吟，知者淚滿纓〔四〕。何以報知者，永存堅與貞。

注　釋

〔一〕郭郎中：不詳其人。

〔二〕『志士』句：《後漢書·馬援傳》：『丈夫爲志，窮當益堅，老當益壯。』守道：猶言守志。無異營：別無他求。營，求。

〔三〕『每彈』二句：陳云：『言歌者苦也。』

〔四〕知者：《詩·王風·黍離》：『知我者，謂我心憂；不知我者，謂我何求。』此指郭郎中。纓：繫在頷下的冠帶。

答盧虔故園見寄〔一〕

訪舊無一人，獨歸清雒春。花聞哭聲死，水見別容新。亂後故鄉宅，多爲行路塵。因悲楚

左右，謗玉不知珉〔二〕。

注　釋

〔一〕盧虔：見卷一《楚竹吟酬盧虔端公見和湘絃怨》注〔一〕。

〔二〕『因悲』二句：用卞和事。見卷二《古興》注〔一〕。

汝墳蒙從弟楚材見贈時郊將入秦楚材適楚〔一〕

朝爲主人心，暮爲行客吟。汝水忽凄咽，汝風流苦音〔二〕。北闕秦門高，南路楚石深〔三〕。分淚洒白日，離腸繞青岑〔四〕。何以寄遠書，黃鶴能相尋〔五〕。

校　勘

暮爲：弘治本作『夕作』。　北闕秦門高，南路楚石深：一作『北闕時將遠，南山路更深』。『南路』一作『南山』。　遠書：一作『我懷』。《唐詩品彙》、弘治本、凌刻本、《全唐詩》作『遠懷』，一作『我書』。

注　釋

〔一〕汝墳蒙從弟楚材見贈時郊將入秦楚材適楚：作於貞元十一年。時東野自汝州往長安應進士試，而有此臨別酬贈之作。汝墳：汝水的堤防。《詩·周南·汝墳》：『遵彼汝墳。』傳曰：『汝，水名。墳，大防也。』楚材：當爲東野族弟，其生平行事不詳。

〔二〕『汝水』二句：陳云：『寫風水凄苦之音，以喻客心也。』

〔三〕『北闕』句：指郊將入秦。門高不可及，謂應試之難。『南路』句：指楚材適楚。石深路難行，謂謀生

不易。

〔四〕『分淚』二句：陳云：『言不忍舍去。』

〔五〕『何以』二句：湯惠休《楊花曲》：『黄鶴西北去，銜我千里心。』東野詩意同此。

同從叔簡酬盧殷少府〔一〕

梅尉吟楚聲，竹風爲凄清〔二〕。深虚冰在性，高潔雲入情〔三〕。借水洗閑貌，寄蕉書逸名〔四〕。羞將片石文，鬬此雙瓊英〔五〕。

校勘

冰：華校本作『水』。

注釋

〔一〕同從叔簡酬盧殷少府：約作於元和三、四年間。從叔簡：即孟簡，見卷一《貧女詞寄從叔先輩簡》注〔一〕。盧少府：謂盧殷。殷范陽人，時爲登封尉。少府是縣尉的别稱。

〔二〕梅尉：《漢書·梅福傳》：『梅福，字子真，九江壽春人也。少學長安，明《尚書》、《穀梁春秋》，爲郡文學，補南昌尉。』李端《送趙給事姪尉丹陽》：『遥知拜慶後，梅尉稱仙才。』此借指盧殷。竹風：陳云：『竹風之句，贊盧所贈詩。』

〔三〕『深虚』二句：陳云：『言其性虚在冰，情高入雲也。』

〔四〕逸名：猶美名。

〔五〕片石文：謂已答詩。雙瓊英：指孟簡、盧殷二人之詩。瓊英，似玉的美石。《詩·齊風·著》：『俟我於堂乎而，充耳以黄乎而，尚之以瓊英乎而。』

酬李侍御書記秋夕雨中病假見寄〔一〕

秋風遶衰柳，遠客聞雨聲〔二〕。重兹阻良夕，孤坐唯積誠〔三〕。果枉移疾詠，中含嘉慮明〔四〕。洗滌煩濁盡，視聽昭曠生〔五〕。未覺衾枕倦，久爲章奏嬰〔六〕。達人不實藥，所保在閑情〔七〕。

校勘

不實藥：『實』一作『保』。

注釋

〔一〕李侍御書記：不詳其人。

〔二〕『秋風』二句：陳云：『此東野客況。』

〔三〕『重兹』二句：陳云：『亦自寫』。重兹：猶言再加。阻：滯留。積誠：指對忠誠友誼的追求與期盼。

〔四〕枉：屈就。用於別人，則含有敬意。杜甫《西枝村尋置草堂地夜宿贊公土室》：『昨枉霞上作，盛論巖中趣。』移疾詠：指侍御書記秋夕雨中病假見寄詩。嘉慮：猶良計。陸機《漢高祖功臣頌》：『奇謀六奮，嘉慮四回。』

〔五〕『洗滌』二句：陳云：『此贊李見寄詩。』煩濁：煩雜躁悶。昭曠：開朗豁達。謝靈運《富春渚》：『懷抱

既昭曠，外物徒龍蠖。』

〔六〕衾枕：大被和枕頭。章奏：漢制，群臣上書有章、奏、表、駁議之别，後則以向皇帝上陳的文書爲章奏。

嬰：纏繞，羈絆。

〔七〕賫：珍愛。閑情：閑適的情懷。

答盧仝〔一〕

楚屈入水死〔二〕，詩孟踏雪僵。直氣苟有存，死亦何所妨。日劈高查牙，清稜含冰漿〔三〕。前古後古冰，與山氣勢强〔四〕。閃怪千石形，異狀安可量〔五〕。有時春鏡破，百道聲飛揚〔六〕。潛仙不足言，朗客無隱腸〔七〕。爲君傾海宇，日夕多文章。天下豈無緣，此山雪昂藏〔八〕。煩君前致詞，哀我老更狂〔九〕。狂歌不及狂，歌聲緣鳳凰〔一〇〕。鳳兮何當來，消我孤直瘡〔一一〕。君文真鳳聲，宣隘滿鏗鏘〔一二〕。洛友零落盡〔一三〕，逮兹悲重傷。獨自有異骨，將騎白角翔〔一四〕。再三勸莫行，寒氣有刀槍。仰慚君子多，慎勿作芬芳〔一五〕。

校勘

詩孟：原作『詩死』。《全唐詩》作『詩孟』，華校本『清席刻本作「詩孟」』，兹據改。　重傷：宋刻本、華校本作『重陽』。　獨自有異骨：弘治本、《全唐詩》『有』作『奮』。　白角：『白』一作『玉』。

注釋

〔一〕答盧仝：劉斯翰云：『鄭餘慶於元和九年調任山南西道節度使，兼興元尹，奏孟郊爲其軍參謀、試大

理評事。此詩當係行前所作。由詩觀之，大抵盧仝先有詩勸郊毋行，并以冰山爲喻，謂鄭不可恃。但詩人決意赴興元，因寫此詩酬答，表示自己盡忠報國的决心。』（《孟郊賈島詩選》，三聯書店香港分店，一九八六年第一版，第一一七頁）其説可參。盧仝：范陽（今河北涿縣涿州鎮）人，自號玉川子。早年隱居少室山。家貧好讀書，不求仕進。朝廷徵爲諫議，不受。後卜居洛城，時韓愈爲河南令，愛其詩，厚禮之。及甘露之變，適留宿宰相王涯家，因罹其難。盧仝詩風奇特，近於散文。有《玉川子集》。其結識孟郊，當在孟晚年居洛之時。

〔二〕楚屈：指戰國楚人屈原。見卷一《湘絃怨》注〔四〕。

〔三〕高查牙：形容冰山的峭拔錯出。清稜：指冰。

〔四〕『前古』二句：言堅冰千年相積，欲與高山一比氣勢。

〔五〕『閃怪』二句：形容冰封世界怪怪奇奇，流光溢彩，莫可名狀。

〔六〕『有時』二句：言春天層冰爆裂，聲態并作。

〔七〕潛仙：隱伏避世的人。朗客：指胸襟高朗的高人、高士。

〔八〕昂藏：高峻貌。

〔九〕老更狂：杜甫《狂夫》：『欲填溝壑惟疏放，自笑狂夫老更狂。』狂，指放縱不自檢束。

〔一〇〕『狂歌』二句：表示兩點，一是『詩孟』之狂不同於接輿之狂，二是東野對盧仝的認同與聯繫。鳳凰，喻指盧仝。《論語·微子》：『楚狂接輿歌而過孔子，曰：「鳳兮鳳兮，何德之衰？往者不可諫，來者猶可追。已而，已而！今之從政者殆而！」孔子下，欲與之言。趨而辟之，不得與之言。』

〔一一〕何當：何日。孤直瘡：因性格孤直，遭人毀謗，而造成的傷痛。瘡，創傷。

〔一二〕宣隘：《説文》：『宣，天子宣室也。』段注：『蓋謂大室。』隘，狹窄的處所。此指聲音的高下抑揚。

鏗鏘：鍾嶸《詩品》：『詞采葱蒨，音韻鏗鏘，使人味之，亹亹不倦。』此以喻盧仝贈詩。

〔一三〕洛友：指盧殷、劉言史一班好友。零落：草木的凋謝，此指人的喪亡。上述盧、劉諸人俱以窮餓死，見東野《哭劉言史》、《吊盧殷》等詩。

〔一四〕異骨：杜甫《哭王彭州掄》：『新文生沈謝，異骨降松喬。』白角：傳説中善走的神牛。《穆天子傳》：『犬戎觴天子於雷首之阿，爰有黑牛白角。』劉孝威《謝南康王饟牛啓》：『雖復蜀守神牛，秦公怒特，穆王白角，何氏瑩蹄，無以逾其勁力，邁其致遠。』

〔一五〕『仰慚』二句：傅咸《申懷賦》：『鸞翔鳳集，羽儀上京。芬芳并發，我穢其馨。德音光宣，我累厥聲。豈伊不愧，顧景慚形。』此用其意。芬芳：比喻品德或聲譽的美好。

奉報翰林張舍人見遺之詩〔一〕

百蟲笑秋律，清削月夜聞〔二〕。曉棱視聽微〔三〕，風剪葉已紛。君子鑒大雅，老人非俊群〔四〕。收拾古所棄，俯仰補空文〔五〕。孤韻恥春俗，餘響逸零雰〔六〕。自然蹈終南，潒暑凌寒氛〔七〕。巖霰不知午，磵澌鎮含曛〔八〕。曾是醒古醉，所以多隱淪〔九〕。江調樂之遠，溪謡生徒新〔一〇〕。衆蘊有餘採，寒泉空哀呻。南謝竟莫至，北宋當時珍〔一一〕。賾靈各自異，酌酒誰能均〔一二〕。昔詠多寫諷，今詞詎無因。品松位何高，翠宫没荒榛〔一三〕。苔趾識宏製，沙潨游崩津〔一四〕。忽吟陶淵明，此即羲皇人〔一五〕。心放出天地，形拘在風塵〔一六〕。前賢素行階，夙嗜青山勤〔一七〕。達士立明鏡，朗言爲近臣〔一八〕。將期律萬有，傾倒甄無垠〔一九〕。鸞鷟應蟋蟀，絲毫

意皆申〔二〇〕。況於三千章，哀叩不爲神〔二一〕。

校勘

鑒：華校本作『覽』。　蹈：原作『踏』，各本俱作『蹈』，兹據改。　蹟靈：《全唐詩》『蹟』一作『頤』。　酌酒：『酒』一作『酲』。弘治本一作『聖』。《全唐詩》一作『醒』。　位何高：《全唐詩》作『何高翠』。　翠宫：《全唐詩》作『宫殿』。　神：原作『伸』，兹依各本作『神』。

注釋

〔一〕翰林張舍人：未詳其人。舍人，官名，專掌詔誥。

〔二〕『百蟲』二句：陳云：『曰笑，曰哭，曰吊，皆鳴也。此東野用字詼詭不一。』秋律：古以十二音配十二月，秋律即秋天。消削：猶清瘦。

〔三〕曉稜：陳云：『曉稜，霜氣稜也。』

〔四〕君子：謂張舍人。大雅：見卷三《惜苦》注〔三〕。李白《古風》其一：『大雅久不作，吾衰竟誰陳？』

老人：東野自指。俊群：才能卓越的一類人。

〔五〕『收拾』二句：表示立志復古，而以空文自見。空文，指相對於建功立業的文章著述。司馬遷《報任安書》：『此人皆意有所鬱結，不得通其道，故述往事，思來者，乃如左丘無目，孫子斷足，終不可用，退而論其書策，以舒其憤，思垂空文以自見。』

〔六〕孤韻：孤高的情韻。零雰：雨霧。

〔七〕蹈：投，踏。終南：見卷三《勸酒》注〔五〕。滌暑：滌除暑氣。凌寒氛：渡越寒冬。

〔八〕霰：雪珠。磵：水澗。澌：解凍時流動的冰。曛：落日餘光。

〔九〕隱淪：隱居之人。

〔一〇〕江調溪謡：俱指民歌。

〔一一〕『南謝』二句：南謝：疑指詩僧皎然，皎然俗姓謝。見卷七《答晝上人止譏作》注〔一〕。竟莫至：謂當下的詩歌創作始終達不到謝詩的高度。北宋：疑指初唐後期詩人宋之問，宋爲汾州西河（今山西汾陽縣）人。他是武后中宗朝宫廷詩的代表作家，以詞采音韻精切工整著稱。與沈佺期風格相近，號稱『沈宋』。當時珍：被當做應時的美味。（參郝氏《箋注》）案：『珍』可釋爲『重視』、『愛惜』。

〔一二〕賾靈：探求靈秀。均：同。

〔一三〕品松：有官品的松樹。據《史記》卷六《秦始皇本紀》，始皇曾避雨於泰山一株松下，因封其樹爲五大夫松。這裏當有所指。卷九有《品松》詩可參酌。（參郝氏《箋注》）翠宫：陳云：『或即指終南山翠微宫。』

〔一四〕『苔趾』句：陳云：『言山趾生苔，尚能識殿基宏製焉。』沙濛：帶泥沙的急流。崩津：崩塌的渡口。荒榛：雜亂叢生的草木。

〔一五〕『忽吟』二句：陶淵明《與子儼等疏》：『嘗言五六月中北窗下卧，遇凉風暫至，自謂是羲皇上人。』羲皇：傳説中的上古帝王伏羲氏。羲皇上人，指上古時代的人。

〔一六〕心放：縱其心之所如。《孟子・告子上》：『學問之道無他，求其放心而已矣。』形拘：陶淵明《始作鎮軍參軍經曲阿作》：『真想初在襟，誰謂形跡拘。』風塵：比喻世俗。

〔一七〕素行：謂按其所處地位行事。《禮記・中庸》：『君子素其位而行，不願乎其外。』階：憑藉，根據。夙嗜：平時的愛好。青山勤：指好爲青山之游。

〔一八〕達士：見識高超、異於流俗的人。此指張舍人。立明鏡：所以自鑒也。朗言：説高明的話。朗，高也。

〔一九〕『將期』二句：期張舍人擢爲宰臣，爲經邦治國大顯身手。律萬有：治理天下。萬有，猶萬物。傾倒：傾其所有，全身心投入。甄無垠：廣被教化。甄，陶甄，化育。無垠，無邊際。

〔二〇〕『鸑鷟』二句：陳云：『言大小相應也。』鸑鷟：鳳鳥的一種。傳説黄帝時鳳鳥巢於阿閣。（見《尚書·中侯》）後用爲賢人在朝的比喻。應：應和。蟋蟀：指《詩·唐風·蟋蟀》，是表現士大夫憂思深遠、勉爲良臣的詩。（參郝氏《箋注》）

〔二一〕『況於』二句：三千章：《尚書·吕刑》：『五刑之屬三千。』後因以『三千』指古代所有刑罰。哀叩：懇請。不爲神：莫以爲治。即不要以刑罰爲治。神，治。《荀子·王制》：『故天之所覆，地之所載，莫不盡其美，致其用，上以飾賢良，下以養百姓而安樂之，夫是之謂大神。』王先謙集解引郝懿行曰：『《釋詁》：神者，治也；然則大神爲大治。』（參郝氏《箋注》）

送别上

送從弟郢東歸〔一〕

爾去東南夜，我無西北夢〔二〕。誰言貧别易，貧别愁更重。曉色奪明月，征人逐群動〔三〕。秋風楚濤高，旅榜將誰共〔四〕。

注　釋

〔一〕從弟郢：韓愈《貞曜先生墓志銘》：『父庭玢，娶裴氏女……生先生及二季酆、郢而卒。』則郢爲郊胞弟，此作『從弟』，疑是傳抄之誤。

〔二〕『爾去』二句：言自弟之東，兄乃以夢魂相隨。

〔三〕群動：各種動物。陶淵明《飲酒》其七：『日入群動息，歸鳥趨林鳴。』

〔四〕旅榜：客舟。榜，船槳。

山中送從叔簡赴舉〔一〕

石根百尺杉，山眼一片泉〔二〕。倚之道氣高，飲之詩思鮮。於此逍遥場〔三〕，忽奏別離絃。却笑薜蘿子，不同鳴躍年〔四〕。

校　勘

杉：《唐詩品彙》作『松』。　倚：一作『停』，宋刻本一作『奇』。

注　釋

〔一〕山中送從叔簡赴舉：作於貞元六年。從叔簡：即孟簡。見卷一《貧女詞寄從叔先輩簡》注〔一〕。

〔二〕『石根』二句：李白《贈宣城趙太守悦》：『錯落千丈松，虬龍蟠古根。』又《雨後望月》：『出時山眼白，高後海心明。』

〔三〕逍遥場：指寺院。

〔四〕薜蘿子：隱士。此東野自指。屈原《九歌・山鬼》：『若有人兮山之阿，被薜荔兮帶女蘿。』後乃以薜蘿指隱士之服裝。鳴躍：《世説新語・賞譽》：『張華見褚陶，語陸平原曰：「君兄弟龍躍雲津，顧彦先鳳鳴朝陽，謂東南之寶已盡，不意復見褚生。」陸曰：「公未睹不鳴不躍者耳。」』此指赴舉取功名。

送別崔寅亮下第〔一〕

天地唯一氣，用之自偏頗〔二〕。憂人成苦吟，達士爲高歌。君子識不淺，桂枝幽更多〔三〕。歲晏期攀折，時歸且婆娑〔四〕。素質如削玉，清詞若傾河。虬龍未化時〔五〕，魚鱉同一波。去矣當自適，故山饒薜蘿〔六〕。

校勘

憂人：《全唐詩》作『憂心』。　素質：《全唐詩》一作『質貌』。　削：一作『荆』。　傾：一作『天』。　虬龍：《全唐詩》一作『潛虬』。　故山：弘治本、《全唐詩》作『故鄉』。

注釋

〔一〕送別崔寅亮下第：約作於貞元十二年。崔寅亮：爲崔玄亮、純亮之弟。《舊唐書・崔玄亮傳》：『玄亮貞元十一年登進士第。純亮、寅亮相次陞進士第。』

〔二〕一氣：王充《論衡・齊世》：『一天一地，并生萬物。萬物之生，俱得一氣。』偏頗：不公正，偏袒。

〔三〕『桂枝』句：淮南小山《招隱士》：『桂樹叢生兮山之幽，偃蹇連蜷兮枝相繚。』幽：深暗隱蔽之處。

〔四〕攀折：唐人稱科考及第爲折桂。攀折指此。婆娑：舞蹈。《詩・陳風・東門之枌》：『子仲之子，婆

娑其下。』

〔五〕虬龍：喻寅亮。

〔六〕薜蘿：見前篇注〔四〕。

大梁送柳淳先入關〔一〕

青山輾爲塵，白日無閑人〔二〕。自古推高車，争利西入秦〔三〕。王門與侯門，待富不待貧。空攜一束書，去去誰相親〔四〕。

校勘

空攜一束書，去去誰相親：一作『空賫一束書，獨去將誰親』。

注釋

〔一〕大梁送柳淳先入關：約作於貞元十四年。時東野客居大梁。柳淳自大梁去長安應試，東野作此送行。大梁：汴州的别稱，即今河南開封。柳淳：唐進士。吕渭之婿。里貫事跡不詳。《唐文拾遺》卷二七吕温《唐故湖南團練觀察處置等使通議大夫使特節都督潭州諸軍事守潭州刺史中丞賜紫金魚袋贈陜州大都督東平吕府君夫人河東郡君柳氏墓誌》：『長女適淮南節度掌書記、試太常寺奉禮郎豆盧策，次女適前進士柳淳。』

〔二〕『青山』二句：謂天下攘攘，皆爲利來，皆爲利往；故雖在青山，亦可輾而爲塵。《古詩源》卷一引《六韜》：『天下攘攘，皆爲利往；天下熙熙，皆爲利來。』

〔三〕『自古』二句：《史記·孟嘗君列傳》：『齊王惑於秦、楚之毁，以爲孟嘗君名高其主而擅齊國之權，遂

廢孟嘗君。諸客見孟嘗君廢，皆去。馮驩曰：「借臣車一乘，可以入秦者，必令君重於國而奉邑益廣，可乎？」孟嘗君乃約車幣而遣之。」

〔四〕去去：越離越遠。

送無懷道士游富春山水〔一〕

造化絕高處〔二〕，富春獨多觀。山濃翠滴灑，水折珠摧殘。溪鏡不隱髮，樹衣長遇寒〔三〕。花發風猿虛空飛，月狖叫嘯酸〔四〕。信此神仙路，豈爲時俗安。煮金陰陽火，囚怪星宿壇〔五〕。蓬萊浮蕩漾，非道相從難〔七〕。我未識，玉生忽蘗攢〔六〕。

校勘

送無懷道士游富春山水：一作「送別吴逸士歸山」。絕：一作「見」，《全唐詩》一作「最」。滴灑：一作「的皪」。遇：一作「禦」。信此：《全唐詩》「信」一作「即」。路：一作「樂」。陰陽火：一作「芙蓉水」。我：一作「或」。

注釋

〔一〕無懷道士：生平事跡無考。富春：水名。在浙江省富陽、桐廬境内，是著名的風景區。吴均《與朱元思書》：「自富陽至桐廬，一百許里，奇山異水，天下獨絕。」

〔二〕造化：指大自然。

〔三〕樹衣：據《談薈》，滇中鷄血山多古木，木杪有絲下垂，長數尺許，土人取以爲服，曰樹衣。此指道士

之粗服。

〔四〕猿狖：泛指猿猴。屈原《九歌·山鬼》：『雷填填兮雨冥冥，猿啾啾兮狖夜鳴。』

〔五〕『煮金』句：指道家以炭火鍊丹。賈誼《鵩鳥賦》：『天地爲爐兮造化爲工，陰陽爲炭兮萬物爲銅。』

『囚怪』句：言羽客（道士）建星宿壇以囚怪。星宿壇：道士施法之壇。

〔六〕藂攢：聚集。藂，同『叢』。

〔七〕蓬萊：見卷四《游韋七洞庭别業》注〔七〕。蕩漾：飄渺不可捉摸。江淹《雜體詩·王徵君微養疾》：『北渚有帝子，蕩漾不可期。』『非道』句：陳云：『自愧非道，不能從也。』

送温初下第〔一〕

日落濁水中，夜光誰能分〔二〕。高懷無近趣，清抱多遠聞。欲識丈夫志，心藏孤岳雲。長安風塵别，咫尺不見君。

注　釋

〔一〕温初：其人不詳。

〔二〕夜光：珠名。桓譚《新論》：『夫連城之璧，瘞影荆山；夜光之珠，潛輝鬱浦。』陳云：『此詩夜光以喻温初，言人不能識也。』

送盧虔端公守復州〔一〕

師曠聽群木，自然識孤桐〔二〕。正聲逢知音，願出大朴中〔三〕。知音不韻俗，獨立占古風。

日月千里外，光陰難載同。新愁徒自積，良會何由通。忽掛觸邪冠，逮逐南飛鴻〔四〕。肅肅太守章，明明華轂熊〔五〕。商山無平路，楚水有驚瀑〔六〕。

校勘

占：一作『上』。

注釋

〔一〕送盧虔端公出守復州：約作於貞元七、八年。其時盧虔以侍御史自長安出守復州，東野方在長安，因虔出守，作詩贈行。

〔二〕師曠：見卷三《失意歸吳因寄東臺劉復侍御》注〔四〕。孤桐：特生的梧桐。《書·禹貢》：『惟徐州……羽畎夏翟，嶧陽孤桐。』傳：『孤，特也。嶧山之陽特生桐，中琴瑟。』

〔三〕知音：見卷一《傷哉行》注〔五〕。大朴：謂原始質朴之大道。嵇康《難自然好學論》：『洪荒之世，大朴未虧。』

〔四〕『忽掛』二句：言盧虔不爲御史而出守復州。觸邪冠：即獬豸冠。古代執法官（侍御）所戴。

〔五〕太守章：刺史的官禮服。章，章服的省稱。一種以圖文爲等級標誌的禮服。每圖爲一章，天子十二章，群臣按品級以九、七、五、三章遞降。華轂熊：《史記·張耳陳餘列傳》：『令范陽令乘朱輪華轂，使驅馳燕趙郊。』紅漆車輪，彩繪車轂，爲古代貴官所乘的車。陳云：『言熊者，畫熊於車。王維詩：「車邊已畫熊。」是其義。』

〔六〕商山：見卷三《商州客舍》注〔二〕。瀑：急流。

送任齊二秀才自洞庭游宣城 任載齊古并序[一]

文章者，賢人之心氣也[二]。心氣樂則文章正，心氣非則文章不正[三]。當正而不正者，心氣之僞也。賢與僞見於文章。一直之詞[四]，衰代多禍。賢無曲詞[五]。文章之曲直，不由於心氣；心氣之悲樂，亦不由賢人：由於時故。今宣州多君子，閑暇而寬[六]。文章之曲直，纖微悉而備舉[七]。洞庭二客勉而客去之，鼓其風波之詞，吾知夫樂莫是行也。遂爲詩曰：

洞庭非人境，道路行虛空[八]。二客月中下[九]，一帆天外風。魚龍波五色，金碧樹千叢[一〇]。閃怪如可懼，在誠無不通。扣奇驚浩淼，採異訪穹崇[一一]。物表積高韻[一二]，人間訪仙公。宣城文雅地，謝守聲聞融[一三]。證玉易爲力，辨珉誰不同[一四]。從兹阮籍淚，且免泣途窮[一五]。

校勘

月中下：宋刻本、華校本作「月中子」。　在誠：《全唐詩》「在」一作「至」。　驚：《全唐詩》作「知」。　採異訪穹崇：《全唐詩》「訪」一作「動」。　積：《全唐詩》作「即」。　聲聞：弘治本「聞」作「問」。　誰：原作「調」，各本俱作「誰」，兹據改。

注釋

[一]送任齊二秀才自洞庭游宣城：約貞元九年作。任齊二秀才：即任載、齊古，俱不詳其人。洞庭：見卷

四《游韋七洞庭别業》注〔一〕。宣城：在今安徽東南部，唐時爲江南道宣州治所。

〔二〕賢人：德才兼備之人。心氣：指精神態度。

〔三〕非：疑爲『悲』之誤。

〔四〕一直之詞：正直的言論。

〔五〕賢無曲詞：元結《惡曲篇》：『吾輩全直三十年，未嘗曲氣以轉聲，曲辭以達意。』曲詞：邪僻之詞，阿諛之詞。

〔六〕君子：有才德的人。閑暇而寬：悠閑自得而氣度寬宏。

〔七〕『纖微』句：是説反映得又細緻又全面。

〔八〕『洞庭』二句：蓋言洞庭水面空闊，横無涯際，故有道行虚空之感。

〔九〕二客：指任載、齊古。

〔一〇〕『魚龍』句：寫洞庭波光。酈道元《水經注》卷一七《渭水》：『汧水出小龍山，東北流，歷澗注成淵潭，漂漲不測，出五色魚，俗以爲靈而莫敢採捕，因謂是水爲魚龍水，亦謂之魚龍川。』『金碧』句：寫洞庭樹色。

〔一一〕浩淼：水勢浩瀚，茫無邊際。穹崇：很高的樣子，這裏指山。

〔一二〕物表：塵世之外。

〔一三〕謝守：謂南齊文學家和詩人謝朓，曾任宣城太守。這裏借指宣州刺史。聲聞：聲名，名譽。融：悠久，長遠。

〔一四〕『證玉』二句：用卞和事（見卷二《古興》注〔一〕）而反其意，言當今宣州刺史善識才能之士。珉：似玉的石。

〔一五〕「從兹」二句：謂從此不必如阮籍爲窮途之哭矣。阮籍：三國魏尉氏人，字嗣宗，阮瑀之子。曾爲步兵校尉，世稱阮步兵。以生活於魏晋易代之際，不滿現實，故縱酒談玄，不評論時事，不臧否人物，以求自全。《三國志》卷二一《魏志·阮瑀傳》附《阮籍傳》注引《魏氏春秋》：「時率意獨駕，不由徑路，車跡所窮，輒慟哭而返。」

送曉公歸庭山〔一〕

庭山何崎嶇，寺路緣翠微〔二〕。秋霽山盡出〔三〕，日落人獨歸。雲生高高步，泉洒田田衣〔四〕。枯巢無還羽，新木有争飛〔五〕。兹焉不可繼，夢寐空清輝。

校勘

送曉公歸庭山：一作「歸稽亭」。　庭山何崎嶇：「庭山」一作「稽亭」，弘治本一作「柳亭」。　夢寐：宋刻本「寐」作「寢」。

注釋

〔一〕曉公：未詳其人。庭山：未詳何山。陶敏《全唐詩人名考證》：「《送曉公歸庭山》。注：『一作「歸稽亭」。』曉公，元曉。劉禹錫有《送元曉上人歸稽亭》詩。」

〔二〕「寺路」句：言通向山寺的道路在山色青葱中蜿蜒而上。緣：沿着。翠微：青葱的山色。

〔三〕秋霽：秋日雨止。

〔四〕田田衣：言袈裟也。袈裟又名田相衣。道誠《釋氏要覽》上《法衣田相緣起》：「《僧祇律》云：佛住王舍城，帝釋石窟前經行，見稻田畦畔分明，語阿難，言：『過去諸佛衣相如是，從今依此作衣相。』」

〔五〕還羽：歸鳥。争飛：指衆鳥林間追逐。

送豆盧策歸别墅〔一〕

短松鶴不巢，高石雲始棲。君今瀟湘去〔二〕，意與雲鶴齊。力買奇險地，手開清淺溪。身披薜荔衣〔三〕，山陟莓苔梯。一卷冰雪文〔四〕，避俗常自攜。

校勘

雲始棲：『始』原作『不』。弘治本作『不』，一作『始』。凌刻本：『宜作始，既高安有不棲？』作『始』是。今：一作『爲』。意：一作『性』。薜荔衣：一作『薜蘿襟』。

注釋

〔一〕豆盧策：豆盧其姓，名策。吕温之婿。見卷七《大梁送柳淳先入關》注〔一〕。其生平事跡不詳。

〔二〕瀟湘：泛指湖南。

〔三〕薜荔衣：指隱士所服。

〔四〕冰雪文：指語言清新辭旨高潔的詩文。江總《入攝山栖霞寺》：『净心抱冰雪，暮齒逼桑榆。』

送清遠上人歸楚山舊寺〔一〕

波中出吴境，霞際登楚岑〔二〕。水寺一别來，雲蘿三改陰。詩誇碧雲句，道證青蓮心〔三〕。應笑泛萍者，不知松隱深。

校勘

送清遠上人歸楚山舊寺：一作『國清上人游蘇』，《全唐詩》一作『送溪上人。』　雲蘿：一作『風蘿』。　應笑泛萍者：一云『應憐萍泛者。』　不知：《唐詩品彙》作『不如』。

注釋

〔一〕清遠上人：不詳其人。

〔二〕『波中』句：陳云：『出舟也。』『霞際』句：陳云：『入山也。』

〔三〕『詩誇』句：江淹《雜體詩》其三十《休上人怨別》：『日暮碧雲合，佳人殊未來。』『道證』句：李白《僧伽歌》：『戒得長天秋月明，心如世上青蓮色。』青蓮：見卷四《登華嚴寺樓望終南山贈林校書兄弟》注〔七〕。

山中送從叔簡〔一〕

莫以手中瓊，言邀世上名〔二〕。莫以山中跡，久向人間行。松柏有霜操〔三〕，風泉無俗聲。應憐枯朽質〔四〕，驚此別離情。

注釋

〔一〕從叔簡：見卷一《貧女詞寄從叔先輩簡》注〔一〕。

〔二〕瓊：美玉。用比美才。言：助詞。

〔三〕霜操：堅貞高潔之節操。沈約《薦沈驎士義行表》：『元嘉以來，聘召仍迭，玉質逾潔，霜操日嚴。』

〔四〕枯朽質：東野蓋以自指。

送蕭鍊師入四明山[一]

閑於獨鶴心，大於高松年。迥出萬物表，高棲四明巔[二]。千尋直裂峰，百尺倒瀉泉。絳雪爲我飯[三]，白雲爲我田。静言不語俗，靈蹤時步天[四]。

校勘

高松：《全唐詩》一作『喬松』。　萬物：『物』原作『松』，據宋刻本改。　棲：原作『樓』，以形近致誤，兹據宋刻本、弘治本改。　絳雪：原作『絳雲』，亦以形近而誤，兹據宋刻本、弘治本改。　不語俗：『語』一作『話』。

注釋

〔一〕蕭鍊師：許渾《贈蕭鍊師·序》：『鍊師，貞元初，自梨園選爲内妓。善舞柘枝，宫中莫有倫比者，寵錫甚厚。及駕幸奉天，以病不獲隨輦，遂失所止。洎復宫闕，上頗懷其藝，求之浹日，得於人間。後聞神仙之事，謂長生可致，乞奉黄老。上許之，詔居嵩南洞清觀，迨今八十餘矣，雪膚花顔，與昔無異。』鍊師，道士之德高思精者，後用作對道士的敬稱。四明山：在今浙江寧波市西南，自天台山發脉而綿亘於奉化、慈溪、餘姚、上虞、嵊縣諸縣境。相傳群峰之間，上有方石，四面如窗，中通日月星辰之光，因以爲名。

〔二〕『迥出』句：寫松。迥出：高聳貌。『高棲』句：寫鶴。

〔三〕絳雪：道家丹藥名。

〔四〕静言：平静地陳述。靈蹤：猶言仙蹤。

卷八

送別下

感別送從叔校書簡再登科東歸[一]

長安車馬道，高槐結浮陰。下有名利人，一人千萬心。黄鵠多遠勢，滄溟無近潯[二]。怡怡静退姿，泠泠思歸吟[三]。菱唱忽生聽，芸書回望深[四]。清風散言笑，餘花綴衣襟。獨恨魚鳥別，一飛將一沉[五]。

校勘

長安：一作『去年』。　槐：一作『柳』。　浮陰：原作『浮雲』，各本俱作『浮陰』，兹據改。　黄鵠多遠勢：一作『黄鶴共遠語』。『鵠』一作『鶴』，宋刻本一作『簡』。

注釋

〔一〕從叔校書簡：即孟簡。見卷一《貧女詞寄從叔先輩簡》注〔一〕。再登科：指孟簡登宏辭科。見《舊唐書》卷一六三及《新唐書》卷一六〇本傳。

〔二〕黄鵠：鳥名，即天鵝。《戰國策·楚策》：『黄鵠因是以游乎江海，淹乎大沼。』《漢書·昭帝紀》：『始

元元年春二月，黄鵠下建章宫太液池中。』師古曰：『黄鵠，大鳥也，一舉千里者，非白鵠也。……』滄溟：大海。潯：水邊地。

〔三〕怡怡：怡然自得的樣子。泠泠：形容聲音清脆。

〔四〕菱唱：采菱之歌。盧照鄰《七夕泛舟》：『日晚菱歌唱，風煙滿夕陽。』芸書：芸是一種香草，置書内可以辟蠹，故稱書籍爲芸書、芸編。秘書省是古代藏書之所，又稱芸臺、芸閣。兹以芸書指代秘書省。

〔五〕『獨恨』二句：李白《感寓》其二：『一去别金匣，飛沉失相從。』此用其意。陳云：『一飛，謂簡；一沉，東野也。』

送玄亮師〔一〕

蘭泉滌我襟，杉月棲我心。茗啜緑净花，經誦清柔音。何處笑爲别，淡情愁不侵。

校勘

送玄亮師：《全唐詩》一作『送道友』。　月棲：《全唐詩》一作『風凄』。　啜：一作『味』。　處：《全唐詩》一作『事』。　情：《全唐詩》一作『然』。

注釋

〔一〕玄亮師：不詳其人。

送李尊師玄〔一〕

口誦碧簡文，身是青霞君〔二〕。頭冠兩片月，肩披一條雲〔三〕。松骨輕自飛，鶴心高不群。

校　勘

尊：《全唐詩》一作『宗』。　肩：一作『身』。

注　釋

〔一〕李尊師玄：未詳其人。尊師，對道士的敬稱。

〔二〕碧簡：猶玉簡，此指道書。梁武帝《方丈曲》：『金書發幽會，碧簡吐玄門。』青霞君：修道之士，此指李尊師。

〔三〕『頭冠』二句：陳云：『言羽客之狀。』

同晝上人送郭秀才江南尋兄弟〔一〕

地上春色生，眼前詩彩明〔二〕。手攜片寶月〔三〕，言是高僧名。溪轉萬曲心，水流千里聲。飛鳴向誰去，江鴻弟與兄。

校　勘

郭：一作『鄔』，弘治本、《全唐詩》一作『邵』。　地：一作『池』。　心：一作『石』。

注　釋

〔一〕晝上人：見卷七《答晝上人止讒作》注〔一〕。郭秀才：吴胡《全唐詩人名考》：『郭，題注云：「一作鄔，一作邵。」按作鄔是。此詩爲五律，用庚韻。檢皎然《送鄔傪之洪川覲兄弟》詩，亦爲五律，且同庚韻。以此知郭秀才爲鄔秀才之訛。鄔秀才爲鄔傪。』

〔二〕『地上』二句：陳云：『言春色是詩彩也。』

〔三〕寶月：南齊詩僧，本姓康，善解音律。見鍾嶸《詩品》及《樂府詩集·估客樂》題解引《古今樂録》。權德輿《送清洨上人謁信州陸員外》：『佳句已齊康寶月，清談遠指謝臨川。』片寶月：用比晝上人之詩。高僧：謂上人。

春日同韋郎中使君送鄒儒立少府扶侍赴雲陽〔一〕

離思著百草，綿綿生無窮〔二〕。側聞畿甸秀，三振詞策雄〔三〕。太守不韻俗，諸生皆變風〔四〕。郡齋敞西清，楚瑟驚南鴻。海畔帝城望，雲陽天色中。酒酣正芳景，詩綴新碧叢〔五〕。服綵老萊並，侍車江革同〔六〕。過隋柳顛頽，入洛花蒙籠〔七〕。高步詎留足，前程在層空〔八〕。獨慚病鶴羽，飛送力難崇〔九〕。

校勘

帝：一作『高』。

注釋

〔一〕春日同韋郎中使君送鄒儒立少府扶侍赴雲陽：貞元六年作，時東野僑寓蘇州。韋郎中使君：指韋應物。見卷六《贈蘇州韋郎中使君》注〔一〕。鄒儒立：貞元進士。時方任爲雲陽尉，因自蘇州迎養其親於任所。少府：縣尉之别稱。扶侍：服侍。雲陽：唐屬關内道京兆府，故城在今陝西涇陽縣西北。

〔二〕『離思』二句：以百草的生生不已喻離思的綿綿無窮。漢樂府《飲馬長城窟行》：『青青河畔草，綿綿

思遠道。』

〔三〕『側聞』二句：韋應物《送雲陽鄒儒立少府侍奉還京師》：『鄒生乃後來，英俊亦罕倫。爲文頗瑰麗，稟度自貞醇。甲科推令名，延閣播芳塵。』畿甸：泛指京城地區。秀：優異之士。三振詞策：指鄒儒立曾一登進士，兩舉制科。詞策，科舉試士用的詩賦與對策。

〔四〕『太守』二句：言韋詩的不同流俗影響到諸生之文，使風氣爲之一變。太守：對刺史的習稱，此指韋應物。

〔五〕『郡齋』六句：寫宴餞。韋應物《送雲陽鄒儒立少府侍奉還京師》：『聊從郡閣暇，美此時景新。方將極娱宴，已復及離晨。』郡齋：郡守的府第。西清：西堂清静之處。楚瑟：用奏離聲。南鴻：以喻離人。海畔：指蘇州。因其近海，故曰海畔。帝城：指長安。新碧叢：枝葉初生的緑色樹叢。

〔六〕『服綵』二句：寫扶侍之事，稱儒立有老萊、江革之孝。相傳老萊子行年七十而父母猶存，他身著五色綵衣以娱親，事親至孝。嘗取漿上堂，跌仆，因卧地爲小兒啼，或弄烏鳥於親側。事見《初學記·孝子傳》、《藝文類聚·列女傳》。江革，字次翁，臨淄人。少失父，獨與母居。時盜賊并起，革負母逃難，鄉里稱之曰『江巨孝』。事見《後漢書·江革傳》。

〔七〕『過隋』二句：懸想道中所經。隋：指隋堤。隋煬帝大業元年，開通濟渠，自西苑引穀水、洛水入黄河；自板渚引黄河入汴水，經泗水達淮河；又開邗溝，自山陽至揚子入長江。渠廣四十步，旁築御道，并植楊柳，後人謂之隋堤。洛：指洛陽。蒙籠：茂密貌。

〔八〕詎：豈。層空：高空。此指遠在天邊的雲陽。

〔九〕『獨慚』二句：自慚病體無力，不能追送。病鶴：東野自謂。

送從叔校書簡南歸〔一〕

長安別離道，宛在東城隅〔二〕。寒草根未死，愁人心已枯。促促水上景〔三〕，遥遥天際途。生隨昏曉中，皆被日月驅。北騎達山岳，南帆指江湖〔四〕。高蹤一超越，千里在須臾〔五〕。

校勘

南歸：一作『東游』。　騎達：一作『驥逸』。　在須臾：『在』一作『盡』。

注釋

〔一〕從叔校書簡：指孟簡。見卷一《貧女詞寄從叔先輩簡》注〔一〕。

〔二〕東城隅：指長安東都門，爲當時餞行送別之地。

〔三〕促促：猶匆匆。景：日光。

〔四〕『北騎』句：言東野。『南帆』句：謂孟簡。

〔五〕『高蹤』二句：謂千里之别即在須臾之間。高蹤：高卓之行蹤，指孟簡言。

送韓愈從軍〔一〕

志士感恩起，變衣非變性〔二〕。親賓改舊觀，僮僕生新敬〔三〕。坐作群書吟，行爲孤劍詠〔四〕。始知出處心，不失平生正〔五〕。凄凄天地秋，凜凜軍馬令〔六〕。驛塵時一飛，物色極四静〔七〕。王師既不戰，廟略在無競〔八〕。王粲有所依，元瑜初應命〔九〕。一章喻檄明，百萬心氣

定〔一〇〕。今朝旌鼓前，笑别丈夫盛〔一一〕。

校勘

廟略在無競：《全唐詩》「略」一作「畫」，「在」一作「盡」。　丈夫：一作「大夫」。

注釋

〔一〕送韓愈從軍：貞元十二年，汴州節度使李萬榮病危，其子李迺謀與朝廷相抗衡。德宗乃命董晋爲汴州刺史、宣武軍節度使，以平服汴州。董晋表署韓愈爲觀察推官，七月間韓愈隨董晋赴官宣武。啓行之時，東野在長安，因親往餞送，贈詩爲别。

〔二〕「志士」二句：言志士（按指韓愈）爲感知遇之恩，起而從軍，穿上了戎服，但其貞操之性是不會改變的。

〔三〕「親賓」二句：韓愈於貞元八年進士及第，四年不得官，至貞元十二年乃爲董相從事，因有「舊觀」、「新敬」之語。改舊觀：改變了本來的看法，或曰觀感與過去不同。生新敬：又多了一重敬意。

〔四〕「坐作」二句：謂坐觀群書，行托孤劍。左思《詠史》其一：「弱冠弄柔翰，卓犖觀群書。」陳子昂《東征答朝臣相送》：「孤劍將何托，長謡塞上風。」

〔五〕「始知」二句：謂出處進退，不會影響平生所行的正道。

〔六〕凄凄：寒冷貌。《詩·小雅·四月》：「秋日凄凄，百卉具腓。」凛凛：令人敬畏貌。軍馬令：《漢書·食貨志》：「又令公卿以下至郡縣黄綬吏皆保養軍馬。」此所謂保養軍馬，指不事征戰。

〔七〕「驛塵」二句：陳云：「言軍馬一動，四望皆静矣。」物色：風物、景色。顔延年《秋胡詩》：「日暮行採

歸，物色桑榆時。』

〔八〕『王師』二句：貞元十二年七月，董晋不召兵馬，僅帥幕僚和僕從十餘人直入汴州，可知當時朝廷是採取不以兵衛、柔克汴州的方針。王師：帝王的軍隊。《孟子·梁惠王下》：『以萬乘之國伐萬乘之國，簞食壺漿以迎王師。豈有他哉？避水火也。』廟略：朝廷對國家大事所採取的方略。無競：《詩·大雅·桑柔》：『君子實維，秉心無競。』《集傳》：『競，争。』

〔九〕『王粲』二句：以王粲依劉表和阮瑀作曹操司空軍謀祭酒，比韓愈就任董晋之觀察推官。王粲：見卷二《感懷八首》其七注〔二〕。元瑜：即阮瑀，漢末文學家，元瑜是他的字。陳留尉氏（今屬河南）人。建安中，爲曹操司空軍謀祭酒，管記室。後遷倉曹掾。善作書檄，又能詩，爲建安七子之一。

〔一〇〕一章喻檄：指韓愈爲刺史董晋起草的曉喻汴州軍民的檄文。檄，爲古代官府文書，用於徵召、曉諭或聲討。『百萬』句：推想喻檄之下，叛亂不作，人心乃定。

〔一一〕旌鼓：軍旗與軍鼓。『笑別』句：謂丈夫從軍，是一大盛事，因談笑爲别。

同茅郎中使君送河南裴文學〔一〕

河南有歸客，江風繞行襟。送君無塵聽，舞鶴清瑟音〔二〕。菱蔓綴楚棹，日華正嵩岑〔三〕。如何謝文學〔四〕，還起會雲吟。

校勘

雲：一作『長』。

注　釋

〔一〕茅郎中使君：不詳其人。河南裴文學：不詳其人。文學，官名。唐初於州縣置經學博士，德宗時改稱文學。

〔二〕『送君』二句：稱茅郎中詩。

〔三〕日華：日光。謝朓《和徐都曹》：『日華川上動，風光草際浮。』嵩岑：嵩山。

〔四〕謝文學：即謝朓。《南齊書·謝朓傳》：『解褐豫章王太尉行參軍，歷隨王東中郎府，轉王儉衛軍東閣祭酒，太子舍人，隨王鎮西功曹，轉文學。子隆在荆州好辭賦，數集僚友，朓以文才，尤被賞愛。』陳延傑案：『劉繪、虞炎，并有《餞謝文學離夜》詩，朓亦有和詩。』此以謝文學借指裴文學。

送李翺習之〔一〕

習之勢翩翩〔二〕，東南去遥遥。贈君雙履足，一爲上皋橋〔三〕。皋橋路逶迤〔四〕，碧水清風飄。新秋折藕花，應對吴語嬌〔五〕。千巷分渌波，四門生早潮〔六〕。湖榜輕裹裹，酒旗高寥寥〔七〕。小時履齒痕，有處應未銷〔八〕。舊憶如霧星，恍見於夢消〔九〕。言之燒人心，事去不可招。獨孤宅前曲，箜篌醉中謡〔一〇〕。壯年俱悠悠，逮兹各焦焦〔一一〕。執手復執手，唯道無枯凋〔一二〕。

校　勘

贈：一作『寄』。　履齒：《全唐詩》作『屐齒。』

注釋

〔一〕送李翺習之：元和三年四月，户部侍郎楊於陵出爲廣州刺史、嶺南節度使，表李翺佐其府。元和四年正月，李翺東行，别韓愈、孟郊於故洛之東，而後南下赴任。孟郊此詩蓋别時所作。李翺：見卷七《汴州離亂後憶韓愈李翺》注〔一〕。

〔二〕翩翩：鳥飛輕疾貌。此以形容少年風姿。

〔三〕皋橋：在江蘇吴縣閶門内。《郡國志》：「閶門内有皋橋，漢議郎皋伯通居此，橋以得名。」

〔四〕逶迤：彎曲貌。

〔五〕吴語：吴地方言。嬌：此指語音軟媚。

〔六〕「千巷」二句：寫水城風光。杜荀鶴《送人游吴》：「君到姑蘇見，人家盡枕河。」即此光景。

〔七〕榜：船槳。褭褭：形容槳聲柔婉。酒旗：即酒帘、望子，是酒店的標幟。高寥寥：不特言其高，且有空闊之意。韓愈《感春》：「青天高寥寥，兩蝶飛翻翻。」

〔八〕「小時」二句：韓愈《貞曜先生墓志銘》：「父庭玢，娶裴氏女，而選爲昆山尉，生先生及二季酆、郢而卒。」按昆山縣屬蘇州府治，則知東野小時嘗從其父往游蘇州，故此特有托爲尋覓舊時游蹤之語。屐齒：即屐齒。

〔九〕「舊憶」二句：謂追懷往事，有如霧中之星，恍惚可見；又若夢中之境，旋即消去。

〔一〇〕獨孤宅：郝氏《箋注》：「大曆詩人、古文家獨孤及的居處。獨孤及，《新唐書》卷一六二、《唐才子傳》卷三有傳。據梁肅《朝散大夫持節常州諸軍事守常州刺史賜紫金魚袋獨孤公行狀》：「函洛寇擾，公違難於江南。」獨孤及在江南的居處，即在蘇州。及卒後，其子朗、郁皆由伯父撫養。貞元十二年（七九六），朗舉進士

落第，「以伯父母無子，即日歸養於蘇州」（見《全唐文》卷六三九李翱《唐故福建等州都團練觀察處置等使兼御史中丞贈右散騎常侍獨孤公墓誌銘》）。』箜篌：古撥絃樂器。《隋書·音樂志》謂原出西域，其制今已失傳。古樂府有《箜篌謠》。

〔一一〕悠悠：悠閑自在貌。焦焦：煩憂，憂急。

〔一二〕『執手』二句：謂握手道別，但請保重。無：通『毋』。枯凋：枯槁，凋零。

送丹霞子阮芳顔上人歸山〔一〕

松色不肯秋，玉性不可柔〔二〕。登山須正路，飲水須直流。倩鶴附書信，索雲作衣裘。仙村莫道遠，枉策招交游〔三〕。

校勘

枉策：『枉』原作『桂』，據弘治本改。宋刻本、華校本作『掛』，一作『陸』。

注釋

〔一〕丹霞子阮芳顔上人：不詳。

〔二〕『松色』句：陳云：『秋木皆黄，唯松獨翠，故云不肯秋也。』『玉性』句：陳云：『言玉質堅剛也。』

〔三〕枉策：猶枉駕。稱人走訪的敬辭。

送從舅端適楚地〔一〕

歸情似泛空〔二〕，飄蕩楚波中。羽扇掃輕汗，布帆篩細風〔三〕。江花折菡萏〔四〕，岸影泊梧

桐。元舅唱離别，賤生愁不窮〔五〕。

注　釋

〔一〕從舅端：裴姓。生平事跡無考。

〔二〕泛空：乘空。

〔三〕篩：用篩子過物。此指風從船帆的縫隙穿過。

〔四〕菡萏：即荷花。

〔五〕元舅：長舅。賤生：東野自謂。

送盧汀侍御歸天德幕〔一〕

仲宣領騎射，結束皆少年〔二〕。匹馬黄河岸，射雕清霜天〔三〕。旌旗防日北〔四〕，道路上雲巔。古雪無銷鑠，新冰有堆填〔五〕。清溪徒聳誚，白璧自招賢〔六〕。豈比重恩者，閉門方獨全。

校　勘

重恩者：宋刻本、弘治本、華校本作『重思者』。

注　釋

〔一〕盧汀：字雲夫，貞元元年進士。歷虞部司門庫部郎曹，遷中書舍人，爲給事中，後莫知所終。天德：地名。唐天寶中於大同川西築城，名天安軍。乾元後改爲天德軍。見《元和郡縣志·天德軍》。地在今内蒙古烏拉特旗境。

〔二〕『仲宣』句：《三國志·魏志·王粲傳》：『太祖置酒漢濱，粲奉觴賀……後遷軍謀祭酒。』領騎射指此。結束：裝束，打扮。

〔三〕射雕：參看卷一《羽林行》注〔二〕。王維《觀獵》：『回看射雕處，千里暮雲平。』

〔四〕日北：日之北也。《周禮·地官·大司徒》：『日北則景長多寒。』

〔五〕『古雪』二句：陳云：『此言寒苦也。』

〔六〕『清溪』句：孔稚珪《北山移文》：『列壑争譏，攢峰竦誚。』誚：責備。『白璧』句：《史記·虞卿列傳》：『虞卿者，游説之士也。躡蹻擔簦説趙孝成王。一見，賜黄金百鎰，白璧一雙；再見，爲趙上卿，故號爲虞卿。』白璧，古以爲重寶。二句皆反其意而用之，寫盧汀歸天德幕。

送草書獻上人歸廬山〔一〕

狂僧不爲酒，狂筆自通天。將書雲霞片，直至清明巔〔二〕。手中飛黑電，象外瀉玄泉〔三〕。萬物隨指顧，三光爲回旋〔四〕。驟書雲霮䨴，洗硯山晴鮮〔五〕。忽怒畫蛇虺，噴然生風煙〔六〕。江人願停筆，驚浪恐傾船〔七〕。

校勘

驟書：凌刻本《全唐詩》作『聚書』。

注釋

〔一〕草書獻上人：陶宗儀《書史會要》卷五：『釋獻上人，工草書。孟郊有《送草書獻上人歸廬山》詩，甚

美之。』上人，對僧人的敬稱。廬山：在江西省九江市南，北靠長江，東南傍鄱陽湖。

〔二〕『將書』二句：言以雲霞爲紙，一直寫到高山之巔。

〔三〕『手中』二句：言獻上人草書之勢，如電之飛，若泉之瀉。

〔四〕『萬物』句：《漢書・律曆志》：『指顧取象，然後陰陽萬物靡不條鬯該成。』此用其意。指顧：手指目視。三光：指日、月、星辰。

〔五〕『驟書』二句：陳云：『言驟書時，若雲陰霮䨴，及書成洗硯，又若山色晴鮮也。』霮䨴：雲密聚貌。

〔六〕『忽怒』二句：陳云：『言此草書怒若蛇虺，忽生風煙也。』蛇虺：指凶殘狠毒的蛇。

〔七〕『江人』二句：陳云：『言江人懼再書，恐蛇虺驚起風浪，船爲之傾覆矣。』

和薛先輩送獨孤秀才上都赴嘉會 得青字〔一〕

秦雲攀窈窕，楚桂搴芳馨〔二〕。五色豈徒爾，萬枝皆有靈〔三〕。仙謡天上貴，林詠雪中青〔四〕。持此一爲贈，送君翔杳冥〔五〕。

注　釋

〔一〕和薛先輩送獨孤秀才上都赴嘉會：貞元十一年作。薛先輩：爲薛公達。公達字大順，貞元九年登進士第。嘗佐鳳翔軍，復佐河陽軍。以國子助教居東都卒。事見《新唐書》卷一五九《薛播傳》。貞元九年東野亦在長安應舉，故得與薛公達相識。（參吴胡《全唐詩人名考》）獨孤秀才：指獨孤朗，或獨孤郁。朗字用晦，郁字古風，河南人，爲著名古文家獨孤及之長子和次子。《全唐文》卷六三九李翺《唐故福建等州都團練觀察處置

等使兼御史中丞贈右散騎常侍獨孤公墓誌銘》：『公生數歲而憲公歿，與弟郁皆伯父母所養。……年二十一，與弟郁同來舉進士。』據《墓誌》，獨孤朗卒於太和元年，得年五十三。由此逆推，則知獨孤氏兄弟赴舉長安，應在貞元十一年，其時東野或已結束湖楚之游，返歸長安矣。獨孤朗貞元十二年舉進士落第，『以伯父母無子，即日歸養蘇州』。後以處士起佐江西、宣歙、浙東三府，得試校書協律郎。元和中擢右拾遺。後拜殿中侍御史，累遷工郎侍郎，出爲福建觀察使卒。獨孤郁貞元十四年登進士第，貞元末爲監察御史。元和初舉制科高等。轉右補闕，擢翰林學士。致仕卒。獨孤氏兄弟兩《唐書》皆有傳。先輩：見卷一《貧女詞寄從叔先輩簡》注〔一〕。秀才：唐初置秀才科，與明經、進士并立，後漸廢去，僅作爲對一般讀書人的泛稱。上都赴嘉會：指進京赴舉。上都，京都。班固《西都賦》：『實用西遷，作我上都。』即以長安爲上都。

〔二〕『秦雲』句：謂獨孤秀才赴舉。長安屬古秦地，故以秦雲擬之。《史記·范雎列傳》：『須賈頓首言死罪，曰：「賈不意君能自致於青雲之上。」』後世遂以登科爲平步青雲，故攀秦雲又含應舉之義。窈窕：深遠貌。『楚桂』句：大約當時東野適南游湖楚歸來，故以楚桂爲言。淮南小山《招隱士》：『桂樹叢生兮山之幽，偃蹇連蜷兮枝相繚。……猨狖群嘯兮虎豹嗥，攀援桂枝兮聊淹留。』是則古者隱士所居多植桂，故折桂爲贈，還是希望對方勿忘清節。搴：摘取。

〔三〕『五色』句：就秦雲言。雲備五色，古人以爲祥瑞。《藝文類聚·天部上·雲》：『《河圖》曰：「崑崙山五色雲氣。」京房《易飛候》曰：「視四方常有大雲，五色具，其下賢人隱。青雲潤澤蔽雲在西北，爲舉賢良。」……《孫氏瑞應圖》曰：「景雲者，太平之應也。一曰非氣非煙，五色氛氳，謂之慶雲。」』『萬枝』句：就楚桂言。有靈：謂包含靈異，非同凡品。

〔四〕仙謡：指薛先輩之詩，蓋因薛已登第，得自致於青雲之上，故以仙謡稱之。林詠：隱士之詠。此東野

自謂其詩。

〔五〕杳冥：深遠貌，借指天宇。宋玉《對楚王問》：『故鳥有鳳而魚有鯤。鳳凰上擊九千里，絶雲霓，負蒼天，翱翔乎杳冥之上。』

送崔爽之湖南〔一〕

江與湖相通〔二〕，二水洗高空。定知一日帆，使得千里風〔三〕。雪唱與誰和，俗情多不通〔四〕。何當逸翮縱，飛起泥沙中〔五〕。

校勘

得：一作『竭』。　逸翮縱：一作『逸鶴跡』。

注釋

〔一〕崔爽：生平事跡無考。

〔二〕『江與』句：江指長江。湖指洞庭湖，見卷四《游韋七洞庭別業》注〔一〕。

〔三〕千里風：陰鏗《晚泊五洲詩》：『遥憐一柱觀，欲輕千里風。』

〔四〕雪唱：指崔爽所作歌詩，以其詞意清新，故稱雪唱。俗情：猶世情。

〔五〕『何當』二句：表示對崔的期冀或祝願。郭璞《游仙詩》：『逸翮思排霄，迅足羨遠游。』東野師其意。虞世南《門有車馬客》：『逢恩出毛羽，失路委泥沙。』東野反其意。何當：何日。縱：振起，騰躍。逸翮：矯健的翅膀。逸，迅疾。翮，鳥翼。

送超上人歸天台[一]

天台山最高，動躡赤城霞[二]。何以静雙目，掃山除妄花[三]。何以潔其性，濾泉去泥沙。靈境物皆直，萬松無一斜。月中見心近，雲外將世賒[四]。山獸護方丈，山猿捧袈裟。遺身獨得身，笑我牽名華[五]。

校勘

送超上人歸天台：《全唐詩》一作『送天台道士』。赤：一作『仙』。潔其性：一作『鑒形影』。斜：華校本作『邪』。近：原作『迥』，兹依各本作『近』。將世賒：《全唐詩》『世』作『俗』。

注釋

〔一〕超上人：生平事跡無考。天台：山名。在今浙江天台縣北，係仙霞嶺山脉的東支。據《十道山川考》，天台山在天台縣北十里，高萬八千丈，周旋八百里，其山八重，四面如一。赤城山在縣北六里，天台之南門也。

〔二〕『天台』二句：孫綽《游天台山賦》：『赤城霞起以建標，瀑布飛流以界道。』李善注：『孔靈符《會稽記》曰：「赤城，山名，色皆赤，狀似雲霞。」』躡：踩。

〔三〕妄花：虚妄不實之花。佛家語有所謂色即空者，以爲世間一切色法（物質）的本性（内在真實性）都是空無所有。此指落花。

〔四〕『雲外』句：謂寄身物外，把世情擱置一旁。雲外：猶物外。賒：遠。

〔五〕牽名華：爲虚名所牽。

同李益崔放送王鍊師還樓觀兼爲群公先營山居〔一〕

十年白雲士，一卷紫芝書〔二〕。來結崆峒侣，還期縹緲居〔三〕。霞冠遺彩翠，月帔上空虚〔四〕。寄謝泉壽水，清泠閑有餘。

校　勘

十：一作「千」。月：一作「丹」。泉壽水：《全唐詩》「壽」作「根」。泠：原作「冷」，兹依各本作「泠」。

注　釋

〔一〕李益：見卷六《抒情因上郎中二十二叔監察十五叔兼呈李益端公柳縝評事》注〔一〕。崔放：嘗爲檢校郎中。其餘不詳。王鍊師：不詳其人。

〔二〕白雲士：指道士。紫芝書：指道書。

〔三〕崆峒侣：據《莊子·在宥》，黄帝嘗在崆峒之上向仙人廣成子問道，後因以崆峒侣指道侣。崆峒，山名，在河南臨汝縣西南。一説在甘肅平凉市西。又説在甘肅高臺縣西北。其地實出作者杜撰。縹緲居：仙人所居。白居易《長恨歌》：「忽聞海上有仙山，山在虚無縹緲間。」縹緲，隱隱約約若有若無貌。

〔四〕霞冠月帔：道士之所穿戴。

張徐州席送岑秀才[一]

振振芝蘭步，昇自君子堂[二]。泠泠松桂吟，生自楚客腸[三]。羈鳥無定棲，驚蓬在它鄉[四]。去茲門館閑，即彼道路長[五]。雨餘山川浄，麥熟草木凉。楚淚滴章句，京塵染衣裳[六]。贈君無餘它，久要不可忘[七]。

校勘

芝蘭步：《全唐詩》「芝」一作「芳」。松桂吟：《全唐詩》「松」一作「楓」。楚客：《全唐詩》「楚」一作「羈」。羈鳥：一作「饑鳥」。京塵：《全唐詩》「京」一作「荆」。染：《全唐詩》一作「滿」。

注釋

〔一〕張徐州席送岑秀才：貞元八年作。其時東野下第東歸，訪張建封於徐州。岑秀才，未詳其人。

〔二〕振振：信實仁厚貌。《詩·周南·麟之趾》：「麟之趾，振振公子。」毛傳：「振振，信厚也。」芝蘭步：美言其行步。芝蘭，香草名。《荀子·王制》：「其民之親我也歡若父母，好我芳若芝蘭。」君子：指張徐州。

〔三〕楚客：東野自謂。

〔四〕羈鳥驚蓬：皆以喻秀才。

〔五〕去：離。即：就。

〔六〕章句：即此别詩。京塵：謝朓《酬王晋安德元》：「誰能久京洛，緇塵染素衣。」

〔七〕久要：舊約。《論語·憲問》：「見利思義，見危授命，久要不忘平生之言。」

送黄構擢第後歸江南〔一〕

澮澮滄海氣，結成黄香才〔二〕。幼齡思奮飛，弱冠游靈臺〔三〕。一鶚顧喬木，衆禽不敢猜〔四〕。一驥騁長衢〔五〕，衆獸不敢陪。遂得會風雨，感通如雲雷〔六〕。至矣小宗伯〔七〕，確乎心不回。能令幽静人，聲實喧九垓〔八〕。却憶江南道，祖筵花裏開〔九〕。春風不能别，别罷空徘徊。

注　釋

〔一〕黄構：生平事跡無考。

〔二〕『澮澮』句：董仲舒《春秋繁露》卷一七《天地陰陽》：『天地之間，有陰陽之氣，常漸人者，若水常漸魚也。所以異於水者，可見與不可見耳，其澮澮也。』『結成』句：據《後漢書·黄香傳》，香字文彊，江夏安陸人。九歲失母，事父至孝。家貧，而博學經典，究精道術，能文章，京師號曰『天下無雙，江夏黄童』。官至尚書令。此以借喻黄構。

〔三〕弱冠：《禮·曲禮上》：『二十曰弱，冠。』古時男子二十成人，初加冠，體猶未壯，故稱弱冠。游靈臺：謂游學長安。靈臺，學宫。見卷六《擢第後東歸書懷獻坐主吕侍郎》注〔一〇〕。

〔四〕『一鶚』二句：《漢書·鄒陽傳》：『臣聞鷙鳥累百，不如一鶚。』鶚：鳥名。雕屬，性凶猛，棲水邊，捕魚爲食，俗稱魚鷹。

〔五〕驥：千里馬。

〔六〕『遂得』二句：陳云：『詩意謂擢第。』雲雷：《易·屯》：『雲雷，屯，君子以經綸。』

〔七〕小宗伯：官名。《周禮》春官之屬，爲大宗伯的副職。隋後稱禮部侍郎爲小宗伯。唐自玄宗開元二十五年以後，一般以禮部侍郎知貢舉，故此小宗伯是指進士科的主試官。

〔八〕幽静人：隱居不出的人。九垓：天空極高遠處。猶言九重天。

〔九〕祖筵：送别的宴席。

送道士

千年山上行，山上無遺蹤。一日人間游，六合人皆逢〔一〕。自有意中侣，白寒徒相從〔二〕。

校勘

千：弘治本作『十』。

注釋

〔一〕六合：天地四方。《莊子·齊物論》：『六合之外，聖人存而不論。』

〔二〕白寒：白衣寒士，即貧窮的讀書人。

送孟寂赴舉〔一〕

烈士不憂身〔二〕，爲君吟苦辛。男兒久失意，寶劍亦生塵。浮俗官是貴，君子道所珍〔三〕。況當盛明主，豈乏證玉臣〔四〕。濁水無白日，清流鑒蒼旻〔五〕。賢愚皎然别〔六〕，結交當有因。

校勘

況當盛明主：弘治本作『況是聖明立』。《全唐詩》作『況當聖明主』。

注釋

〔一〕送孟寂赴舉：貞元十四年作，時東野客居汴州。孟寂：見卷六《分水嶺别夜示從弟寂》注〔一〕。

〔二〕烈士：堅貞不屈的剛强之士。《莊子·秋水》：『白刃交於前，視死若生者，烈士之勇也。』《史記·賈誼傳》：『貧夫殉財兮烈士殉名。』

〔三〕『浮俗』二句：《論語·衛靈公》：『君子憂道不憂貧。』詩意本此。

〔四〕證玉臣：用卞和泣玉事，見卷二《古興》注〔一〕。

〔五〕蒼旻：天。

〔六〕皎然：分明貌。

同溧陽宰送孫秀才〔一〕

廢瑟難爲絃，南風難爲歌〔二〕。幽幽拙疾中，忽忽浮夢多〔三〕。清韻始嘯侣，雅言相與和〔四〕。訟閑每往招，祖送奈若何〔五〕。牽苦强爲贈，邦邑光峨峨〔六〕。

注釋

〔一〕同溧陽宰送孫秀才：貞元十七年前後作。東野時任溧陽尉。溧陽宰：據華忱之《孟郊年譜》：溧陽宰疑爲季操。其人不詳。溧陽：縣名，唐屬江南道昇州，即今江蘇省溧陽縣，因在溧水之陽，故名。宰，縣邑的

長官。孫秀才：不詳其人。

〔二〕南風：古歌名。《禮記·樂記》：『昔者舜作五絃之琴以歌《南風》。』鄭氏注：『《南風》，長養之風也。以言父母之長養己，其辭未聞也。』

〔三〕『幽幽』二句：自言不善爲官。拙疾：《文選》卷二六謝靈運《過始寧墅》：『拙疾相倚薄，還得静者便。』李善注：『拙，謂拙宦也。』

〔四〕嘯侣：猶言呼朋唤侣。雅言：指詩章。

〔五〕訟閑：猶言公餘，即訴訟案件處理完畢之後。祖送：餞行。

〔六〕峨峨：盛壯貌。

溧陽唐興寺觀薔薇花同諸公餞陳明府〔一〕

忽驚紅琉璃，千艷萬艷開〔二〕。佛火不燒物，净香空徘徊。花下印文字，林間詠觴盃。群官餞宰官，此地車馬來〔三〕。

注　釋

〔一〕溧陽唐興寺觀薔薇花同諸公餞陳明府：貞元十六年作。唐興寺：張鉉《至正金陵新志·祠祀志·寺院》：『勝因寺在溧陽州西南十五里，唐名唐興，政和五年改今額。』陳明府：不詳何人。據詩意似是當時的溧陽縣令，惟東野到官，適陳氏因故罷去，東野乃隨其同僚爲陳氏賦詩餞行。詳見華忱之《孟郊年譜》考訂。

〔二〕『忽驚』二句：陳云：『言薔薇驚艷。』

〔三〕『群官』二句：陳云：『此言寺門當寂静，今餞宴宰官，故此地車馬始一來也。』

送柳淳〔一〕

青山臨黄河，下有長安道。世上名利人，相逢不知老。

校　勘

世上：《全唐詩》一作『歲歲』。

注　釋

〔一〕柳淳：見卷七《大梁送柳淳先入關》注〔一〕。

送殷秀才南游〔一〕

詩句臨離袂，酒花薰别顔。水程千里外，岸泊幾宵間〔二〕。風葉亂辭木，雪猿清叫山〔三〕。南中多古事〔四〕，詠遍始應還。

校　勘

臨：一作『滿』。　宵：原作『霄』，兹依各本作『宵』。　風葉亂辭木：原作『風亂葉辭木』，據宋刻本、弘治本改。　雪：原作『雲』，據宋刻本、弘治本改。　多：一作『高』。

注　釋

〔一〕殷秀才：其人不詳。

〔二〕『詩句』四句：陳云：『以上言訣別之狀及道中。』離袂：分手。袂：袖口。

〔三〕『風葉』二句：陳云：『寫南游之境。』

〔四〕南中：泛指國土南部，即今川、黔、滇一帶。

送青陽上人游越〔一〕

秋風吹白髮，微宦自蕭索〔二〕。江僧何用歎，溪縣饒寂寞〔三〕。楚思物皆清，越山勝非薄。時看鏡中月，獨向衣上落。多謝入冥鴻，笑予在籠鶴〔四〕。

校勘

微宦：『宦』原作『官』，據宋刻本、弘治本改。

注釋

〔一〕送青陽上人游越：約貞元十六年作。東野時任溧陽尉。青陽上人：里貫與事跡無考。越：指越州，唐屬江南道，治所在會稽，即今浙江紹興。

〔二〕微宦：縣尉官職卑小，因稱微宦。蕭索：心情抑鬱。

〔三〕江僧：謂青陽上人。溪縣：指溧陽。《新唐書・孟郊傳》：『年五十得進士第，調溧陽尉。縣有投金瀨平陵城，林薄蒙翳，下有積水。郊間往坐水旁，裴回賦詩，而曹務多廢。』

〔四〕入冥鴻：用比上人。揚雄《法言・問明》：『鴻飛冥冥，弋人何篡焉。』在籠鶴：東野自謂。

奉同朝賢送新羅使〔一〕

淼淼望遠國，一萍秋海中〔二〕。恩傳日月外〔三〕，夢在波濤東。浪興豁胸臆，泛程舟虛空〔四〕。既兹吟仗信，亦以難私躬〔五〕。實怪賞不足，異鮮悦多叢〔六〕。安危所繫重，征役誰能窮〔七〕。彼俗媚文史，聖朝富才雄〔八〕。送行數百首，各以鏗奇工〔九〕。冗隸竊抽韻，孤屬思將同〔一〇〕。

校勘

仗信：原作『伏信』，據弘治本改。

注釋

〔一〕奉同朝賢送新羅使：貞元十六年作。是年秋，韋丹自長安啓行出使新羅，唐朝公卿大夫競贈篇什。東野其時方尉溧陽，因以奉同朝賢爲題，寄詩贈行。奉：敬辭。新羅使：指韋丹。《新唐書·東夷新羅傳》：『（貞元）十四年，新羅國王敬信卒，國人立敬信嫡孫俊邕爲王。十六年，授俊邕開府儀同三司檢校太尉新羅王，令司封郎中兼御史中丞韋丹持節册命。丹至鄆州，聞俊邕卒。其子重興立。詔丹還。』新羅，是在辰韓、弁韓故地上建立起來的國家，位於朝鮮半島之東南部。七世紀中葉，滅百濟與高句麗，統一半島之大部，爲新羅之最盛期。新羅對唐朝稱臣，與唐朝關係密切。後爲王氏高麗所滅。

〔二〕『淼淼』二句：陳云：『言遠國如秋海一萍。』淼淼：水遼闊貌。

〔三〕『恩傳』句：言韋丹受皇上派遣，持節册命新羅國君，傳布朝廷的恩德。

〔四〕豁：使開闊。『泛程』句：言舟行大海，有如坐虚空之感。沈佺期《釣竿篇》：『人疑天上坐，魚似鏡中懸。』李白《送王屋山人魏萬還王屋》：『人游月邊去，舟在空中行。』杜甫《小寒舟中作》：『春水船如天上坐，老年花似霧中看。』

〔五〕仗信：依仗信義。仗通『杖』。此指出使是爲公事。私躬：自身。此指私事。

〔六〕實怪異鮮：蓋指彼國山川風物之特異者。

〔七〕『安危』二句：言韋丹之出使，以一身繫一國之安危，責任重大，恐不能遍覽新羅山川之異。

〔八〕彼俗：謂新羅的習俗。媚：喜愛。聖朝：指唐。才雄：指以雄奇見稱的人。

〔九〕『送行』二句：言朝賢賦詩餞别，率以鏗奇爲工。鏗，指音節言；奇，指内容言。

〔一〇〕冗隸：猶冗職。時東野爲溧陽尉。竊：謙辭。抽韻：即分韻。古人相約作詩，商定數字爲韻分拈，各人以拈得之韻作詩。抽，拔取之意。『孤屬』句：陳云：『言奉同賦詩，離思正同也。』屬：撰寫。將：語助詞，無義。

留弟郢不得送之江南〔一〕

剛有下水船，白日留不得。老人獨自歸〔二〕，苦淚滿眼黑。

校　勘

船：宋刻本作『舡』。

注　釋

〔一〕郢：見卷七《懷江南弟》注〔一〕。

〔二〕老人：東野自謂。

送陸暢歸湖州因憑題故人皎然塔陸羽墳〔一〕

渺渺霅寺前，白蘋多清風〔二〕。昔游詩會滿，今游詩會空。孤詠玉淒惻〔三〕，遠思景蒙籠。杼山磚塔禪，竟陵廣宵翁〔四〕。饒彼草木聲，髣髴聞餘聰。因君寄數句，遍爲書其叢〔五〕。追吟當時說，來者實不窮〔六〕。江調難再得，京塵徒滿躬〔七〕。送君溪鴛鴦，彩色雙飛東〔八〕。東多高靜鄉，芳宅冬亦崇。手自擷甘旨，供養歡冲融〔九〕。待我遂前心，收拾使有終〔一〇〕。不然洛岸亭，歸死爲大同〔一一〕。

校　勘

題：一作『吊』。　孤詠：《全唐詩》作『孤吟』。　廣宵翁：『廣』一作『擴』。

注　釋

〔一〕送陸暢歸湖州因憑題故人皎然塔陸羽墳：元和六年作。時皎然、陸羽已先去世，東野方居洛陽，佐鄭餘慶幕。值陸暢夫婦由長安經洛陽歸湖州，乃贈詩爲別，兼以追念疇昔憑吊故友。詳見拙作《補考》。陸暢：字達夫。湖州人。元和元年進士。爲皇太子僚屬，後官鳳翔少尹。存詩一卷。皎然：見卷七《答晝上人止讒作》注〔一〕。據宋葉夢得《石林詩話》及談鑰《嘉泰吴興志》，其祠墓在杼山。陸羽：見卷五《題陸鴻漸上饒新

開山舍》注〔一〕。他死後墳墓亦在湖州。

〔二〕霅寺：即興國寺。《嘉泰吴興志》卷一三：『興國寺在府東南一里，南齊給事中徐系祖舍宅爲寺。』寺臨霅溪，因曰霅寺。《太平寰宇記》卷九四《湖州烏程縣》：『霅溪在縣東南一里，凡四水合爲一溪：自浮玉山曰苕溪，自銅峴山曰前溪，自天目山曰餘不溪，自德清縣前北流至州南興國寺前曰霅溪，東北流四十里合太湖。』白蘋：指湖州東南白蘋洲。《嘉泰吴興志》卷五：『白蘋洲在湖州府霅溪東南。梁太守柳惲《江南曲》：汀洲采白蘋，日暮江南春。』後人因以名洲。唐大曆十一年，刺史顔真卿始翦榛導流，作八角亭，又爲茅亭，書惲詩於上。』

〔三〕『孤詠』句：陳云：『言孤詠如玉聲之凄惻。』玉：指玉磬，一種古樂器。凄惻：傷心，悲痛。

〔四〕『杼山』句：謂皎然。《釋氏稽古略》卷三：『（皎然）有逸才……然耻以文章名世。嘗歎曰：「使有宣尼之博識，胥臣之多聞，終日目前，矜道侈義，適足以擾其性，豈若松巖雲月，禪坐相偶，無言而道合，至静而性同，吾將入杼山矣。」於是裒所著詩文火之。』磚塔：唐時和尚死後用火葬，造一塔形墓安放其骨灰，多刻一方形或長方形志銘，砌在塔的正面。這種塔大多用磚砌成，故稱磚塔。『竟陵』句：謂陸羽。《新唐書》卷一九六《隱逸傳》：『陸羽字鴻漸，一名疾，字季疵，復州竟陵人。不知所生。』《全唐文·陸文學自傳》：『上元初，結廬於苕溪之濱，閉關讀書，不雜非類。名僧高士，談宴永日。』又：『常扁舟往來山寺，隨身唯紗巾藤鞋，短褐犢鼻。往往獨行野中，誦佛經，吟古詩，杖擊林木，手弄流水，夷猶徘徊，自曙達暮，至日黑興盡，號泣而歸。故楚人相謂：「陸子蓋今之接輿也。」』羽於江湖稱竟陵子，於南越稱桑苧翁。與皎然爲緇素忘年之交。廣宵：《文選》卷二八陸機《挽歌》其三：『廣霄何寥廓，大暮安可晨！』李翰注：『霄暮皆夜，謂壙中也。』霄同宵。廣宵，猶言長夜。

〔五〕因：憑借。君：指陸暢。叢：指叢祠，建在叢林中的神廟。

〔六〕當時説：指皎然、陸羽昔日之言論。來者：被招引來的人。來，招致。

〔七〕江調：江南民歌。京塵：謝朓《酬王晋安德元》：『誰能久京洛，緇塵染素衣。』滿躬：滿身。

〔八〕『送君』二句：江淹《雜體詩・李都尉陵從軍》：『袖中有短書，願寄雙飛燕。』此即東野詩意所本。鴛鴦：用比陸暢夫婦。東：指湖州。

〔九〕擷：摘取。甘旨：時鮮美味。供養：指侍奉父母。冲融：融和充實，到處彌漫的樣子。

〔一〇〕『待我』二句：表示去官歸隱、終老湖州的願望。前心：猶言初志。有終：謂死得其所。

〔一一〕『不然』二句：陳云：『揆詩意，東野欲歸老湖州，乃竟死於東都，悲夫。』洛岸亭：即生生亭，見卷五《生生亭》注〔一〕。大同：謂與天地萬物融合爲一。《莊子・在宥》：『頌論形軀，合乎大同，大同而無己。』郭象注：『其形容與天地無異。』成玄英疏：『聖人盛德軀貌，與二儀大道合同，外不窺乎宇宙，内不有其己身也。』

送淡公十二首〔一〕

燕本冰雪骨，越淡蓮花風〔二〕。五言雙寶刀，聯響高飛鴻〔三〕。翰苑錢舍人，詩韻鏗雷公〔四〕。識本未識淡，仰詠嗟無窮〔五〕。清恨生物表，朗玉傾夢中〔六〕。常於泠竹坐，相語道意冲。嵩洛興不薄，稽江事難同〔七〕。明年若不來，我作黄蒿翁〔八〕。何以兀其心，爲君學虚空〔九〕。

校勘

冰雪骨：一作『冰雪操』。　泠竹：《全唐詩》作『泠竹』。　相語：『相』一作『寒』。

注釋

〔一〕送淡公十二首：元和八年作。時東野與淡公方同居洛陽，因其行，乃贈詩爲别。淡公：即淡然，也作澹然，中唐詩僧。詳卷七《宿空姪院寄澹公》注〔一〕。

〔二〕『燕本』二句：各以其鄉土所産（冰雪與蓮花），比擬二人詩風。燕本：即無本（賈島），因其爲范陽人，故稱。越淡：淡然爲越人，故稱。

〔三〕『五言』二句：將淡然與无本并稱，因有雙刀聯鴻之喻。寶刀：《穀梁傳·僖公元年》：『孟勞者，魯之寶刀也。』後以寶刀形容人身懷絶藝。飛鴻：謝靈運《登池上樓》：『潛虬媚幽姿，飛鴻響遠音』。

〔四〕『翰苑』二句：言錢舍人詩，其聲如鏗然之雷。錢舍人：指錢徽，字蔚章，貞元初進士。入拜左補闕，以祠部員外郎爲翰林學士，三遷中書舍人。他是中唐著名詩人錢起之子，亦頗能詩，負一時人望。

〔五〕『識本』二句：謂錢舍人但賞無本而不識淡然，因使東野大爲不平，每當仰詠淡公之詩，便嗟歎不已。

〔六〕清根：邱李《校注》：『喻緣慳之憾。』物表：猶言世外。朗玉：《晋書·裴楷傳》：『楷風神高邁，容儀俊爽，博涉群書，特精理義，時人謂之玉人。又稱見裴叔則如近玉山，照映人也。』又《世説新語·容止》：『山公曰：「嵇叔夜之爲人也，巖巖若孤松之獨立；其醉也，傀俄若玉山之將崩。」』此以朗玉比淡公風姿。

〔七〕『嵩洛』二句：謂嵩洛同游，興致不薄；今往稽江，則追攀爲難。嵩洛：指洛陽，嵩山在其東南。稽江：指會稽山和錢塘江。

〔八〕黄蒿翁：指冢中之人。

〔九〕『何以』二句：言爲使我心兀然不動，而學爲逃空之禪。兀：静止貌。

坐愛青草上，意含滄海濱〔一〕。渺渺獨見水，悠悠不問人。鏡浪洗手緑，剡花入心春〔二〕。雖然防外觸，無奈饒衣新。行當譯文字，慰此吟殷勤〔三〕。

注　釋

〔一〕『坐愛』二句：陳云：『此詩意謂思越。』

〔二〕『鏡浪』二句：會稽有鏡湖剡山，故曰鏡浪剡花。

〔三〕『行當』二句：蓋勉勵淡公以譯經爲事，以慰我詩中長想。《隋書·經籍四》：『至桓帝時，有安息國沙門安静，賫經至洛，翻譯最爲通解。靈帝時有月支沙門支讖、天竺沙門竺佛朔等并翻佛經，而支讖所譯《泥洹經》二卷，學者以爲大得本旨。』

銅斗飲江酒〔一〕，手拍銅斗歌。儂是拍浪兒，飲則拜浪婆〔二〕。脚踏小船頭，獨速舞短蓑〔三〕。笑伊漁陽操，空恃文章多〔四〕。閑倚青竹竿，白日奈我何〔五〕。

校　勘

拍浪兒：『拍』一作『怕』。　船：宋刻本作『舡』。　舞短蓑：原作『無短莎』，據弘治本改。　青竹竿：『竹』原作『松』，兹依各本作『竹』。

注　釋

〔一〕銅斗：銅製的量酒器。斗，古代酒器。《詩·大雅·行葦》：『酌以大斗，以祈黄耇。』江酒：李白《襄陽歌》：『遥看漢水鴨頭緑，恰似葡萄初醱醅。此江若變作春酒，壘麴便築糟丘臺。』此云江酒者本此。

〔二〕儂：我，古代吴人自稱。拍浪兒：指水中生活者，如漁父、船工等。浪婆：波浪之神。

〔三〕獨速：《通俗編·狀貌》：『按：《廣韻》僞俠，短醜貌；又頭動也。僞俠與獨速同。』蓑：雨具。即蓑衣。

〔四〕『笑伊』二句：謂文章固不足恃。伊：他。指禰衡。漁陽操：即漁陽參撾，鼓曲名。《後漢書·禰衡傳》：『次至衡，衡方爲《漁陽參撾》，蹀躍而前，容態有異，聲節悲壯，聽者莫不慷慨。』據本傳，衡少有文名，而狂傲殊甚。或薦於曹操、劉表，均不能容。後事黄祖，爲作書記。祖善之而不堪其狂，卒殺之。衡死，其文章多亡。

〔五〕青竹竿：指撑船的篙。白日：借指時光。蘇軾《讀孟郊詩》其二：『尚愛銅斗歌，鄙俚頗近古。桃弓射鴨罷，獨速短蓑舞。不憂踏船翻，踏浪不踏土。吴姬霜雪白，赤脚浣白紵。嫁與踏浪兒，不識離别苦。歌君江湖曲，感我長羈旅。』所讀即此篇及以下數篇。

短蓑不怕雨，白鷺相争飛〔一〕。短楫畫菰蒲，鬬作豪横歸〔二〕。笑伊水健兒，浪戰求光輝〔三〕。不如竹枝弓〔四〕，射鴨無是非。

校勘

蓑：原作『莎』，據弘治本改。　鷺：原作『露』，據宋刻本、弘治本改。

注釋

〔一〕『短蓑』二句：陳云：『言短蓑而舞，與白鷺争飛。』

〔二〕楫：船槳。短曰楫，長曰棹。畫：横劃過去。菰：水生植物，新芽即茭白，結實爲菰米。蒲：亦水生植物，嫩莖可食，葉可編席。鬬：作競勝解。豪横：指恃强横暴者。

〔三〕『笑伊』二句：謂武事亦不可求。水健兒：指水師健兒。浪戰：水戰。

〔四〕竹枝弓：竹枝做的弓箭。

射鴨復射鴨，鴨驚菰蒲頭。鴛鴦亦零落，彩色難相求。儂是清浪兒，每踏清浪游。笑伊鄉貢郎〔一〕，踏土稱風流。如何丱角翁〔二〕，至死不裹頭。

注　釋

〔一〕鄉貢郎：唐代取士，出自學館者稱『生徒』，出自州縣者稱『鄉貢』。見《新唐書·選舉志》。此指當地習舉業者。

〔二〕丱角翁：《詩·齊風·甫田》：『婉兮孌兮，總角丱兮。』古代男女未成年時，頭髮束爲兩髻，左右各一，狀如牛角，謂之總角。丱，兩髻對稱竪起的樣子。男子成丁則裹頭巾，稱爲裹頭，猶古之加冠。夏敬觀云：『詩意言鄉貢之士，自鳴得意，其至死不得一衿者，老猶稱童，爲射鴨兒所笑也。』（見夏敬觀選注《孟郊詩》，商務印書館一九四〇年版）

師得天文章，所以相知懷〔一〕。數年伊雒同，一旦江湖乖〔二〕。江湖有故莊，小女啼喈喈〔三〕。我憂未相識，乳養難和諧〔四〕。幸以片佛衣，誘之令看齋〔五〕。齋中百福言〔六〕，催促西

歸來。

注釋

〔一〕『師得』二句：夏敬觀云：『言淡公之文章得自天成，所以能知我之衷懷。』相知懷：李陵《重報蘇武書》：『人之相知，貴相知心。』

〔二〕『數年』二句：前言伊洛同游，後言江湖睽隔。乖：分離。

〔三〕故莊：指江南義興莊居。小女：即東野寄養南方之幼女。參卷七《寄義興小女子》詩。喈喈：小孩啼聲，以鳥鳴擬之。《詩・周南・葛覃》：『黃鳥于飛，集於灌木，其鳴喈喈。』

〔四〕『我憂』二句：夏敬觀云：『言我義興莊居，有小女子，我欲令之北來，而憂其不曾在我朝夕懷抱，乳養難周也。』但夏氏以爲『此小女子必其弟之女也』，與鄙意不同。

〔五〕『幸以』二句：夏敬觀云：『猶今之將兒女記名於佛寺也。』佛衣：即袈裟。齋：指修齋，即會集僧徒，供應齋食，令作佛事以祈福。

〔六〕百福：猶多福。《墨子・魯問》：『今以一豚祭，而求百福於鬼神。』

伊洛氣味薄，江湖文章多。坐緣江湖岸，意識鮮明波〔一〕。銅斗短蓑行，新章其奈何〔二〕。兹焉激切句，非是等閑歌。製之附驛回，勿使餘風訛〔三〕。都城第一寺，昭成屹嵯峨〔四〕。爲師書廣壁，仰詠時經過。徘徊相思心，老淚雙滂沱〔五〕。

校勘

意識：『識』一作『織』。　章：華校本作『草』。　製：一作『掣』。　雙：華校本作『相』。

注釋

〔一〕『伊洛』四句：言伊洛不如江湖，蓋因伊洛氣味淡薄，不如江湖鮮明之波，能使文章層出不窮也。氣味：意趣或情調。

〔二〕銅斗短蓑：即前此『銅斗飲江酒』、『短蓑不怕雨』諸作，後文所謂『新章』者。

〔三〕『茲焉』四句：夏敬觀云：『言我此詩非等閑所作，語雖激切，乃是土風，製此附驛寄回，毋使後來風氣訛變也。』驛：古時傳遞官方文書的車馬。

〔四〕昭成：寺名，見卷五《與王二十一員外涯游昭成寺》注〔一〕。據張彦遠《歷代名畫記》，寺有張遵禮、程遜畫《西廊障日》。據《西域記圖》，則楊廷光所畫。又據張鷟《朝野僉載》，雒州昭成寺，有安樂公主造百寶香爐，高三尺，用錢三萬。嵯峨：高峻貌。

〔五〕『爲師』四句：謂將於昭成寺壁爲淡公書此詩，每當經過，得仰詠之；唯徘徊其下，又不免相思而淚下矣。滂沱：涕淚紛下貌。

江南寺中邑，平地生勝山〔一〕。開元吴語僧，律韻高且閑〔二〕。妙樂溪岸平，桂榜復往還〔三〕。樹石相鬬生，紅緑各異顔。風味我遥憶，新奇師獨攀。

校勘

寺中邑：一作『寺邑古』。《全唐詩》作『邑中寺』。　樂：『全唐詩』作『藥』。　復往：一作『往復』。

注釋

〔一〕『江南』二句：謂故鄉湖州不特寺多，并多勝山。

〔二〕開元：湖州寺名。《嘉泰吴興志》卷一三：『開元寺在子城西。天監中尚書右僕射徐勉以居宅有慶雲之瑞，舍爲尼寺，號八政。武德元年改居僧。開元二十六年改今名。殿内有明皇真容。』律韻：指誦經之聲。

〔三〕妙樂：指佛樂。桂榜：猶桂棹。

報恩兼報德，寺與山争鮮〔一〕。橙橘金蓋檻，竹蕉緑凝禪〔二〕。經童音韻細，風磬清泠翩〔三〕。離腸繞師足，舊憶隨路延。不知幾千尺，至死方綿綿〔四〕。

校勘

鮮：一作『先』。　經童：『童』原作『章』，據宋刻本、弘治本改。　清泠：原作『清冷』，據宋刻本改。

注釋

〔一〕報恩報德：皆爲湖州寺名。《嘉泰吴興志》卷一三：『大雄寺在（長興縣）西北一里，陳文帝天嘉元年爲皇考始興昭烈王太妃所立也。本號報德寺，周弘製寺碑。唐會昌二年縣令俞𣆶奉敕重建，治平二年改今額。』又：『千佛寺，在（武康）縣東南十五里鳳凰山下，梁大同二年建，名報德。本朝治平二年改今額。』報恩寺不詳。争鮮：王勃《上巳祓禊序》：『王孫春草，處處争鮮。』

〔二〕『橙橘』二句：言橙橘的金色果實把紅漆欄杆遮住，竹枝和芭蕉的綠色凝成濃濃的禪意。孟浩然《疾愈過龍泉寺精舍呈易業二公》：『石渠流雪水，金子耀霜橘。』

〔三〕經童：誦經的童僧。磬：佛寺中敲擊以集僧衆的鳴器，狀如雲板。又佛寺中鉢形的銅樂器也叫磬。清泠：以狀磬音的性質，給人清涼之感。翩：用寫磬音，悠悠地飄蕩的樣子。

〔四〕『離腸』四句：夏敬觀云：『言離别之腸，與夫舊時可追憶之跡，隨繞行脚，與路俱遠，不知其幾千尺，至死猶綿綿不斷也。』綿綿：連續不斷貌。

鄉在越鏡中，分明見歸心〔一〕。鏡芳步步綠〔二〕，鏡水日日深。異刹碧天上，古香清桂岑〔三〕。朗約徒在昔，章句忽盈今。幸因西飛葉，書作東風吟。落我病枕上，慰此浮恨侵〔四〕。

校勘

朗約：宋刻本作『明約』。

注釋

〔一〕越鏡：指越之鏡湖，位置在今浙江紹興西南。歸心：韓翃《送元詵還江東》：『過江秋色在，詩興與歸心。』

〔二〕鏡芳：指鏡湖邊的芳草。

〔三〕異刹：指山寺。『古香』句：李賀《帝子歌》：『山頭老桂吹古香，雌龍怨吟寒水光。』意與此同。岑：小而高的山。

〔四〕『幸因』四句：陳云：『言欲淡公以詩寄洛，慰此病恨也。』

牽師袈裟別，師斷袈裟歸。問師何苦去，感吃言語稀〔一〕。意恐被詩餓，欲住將底依〔二〕。盧殷劉言史，餓死君已噫〔三〕。不忍見別君，哭君他是非〔四〕。

注釋

〔一〕感吃：因感動而言語斷續。《説文》：『吃，言蹇難也。』

〔二〕『意恐』二句：夏敬觀云：『言詩能窮人，意恐因詩而窮餓於此，雖欲留此，甚處可依也。』底：何。蘇軾《次韻張安道讀杜詩》：『詩人例窮苦，天意遣奔逃。』又《病中大雪，數日未嘗起觀，號令趙薦以詩相屬，戲用其韻答之》：『詩人例窮蹇，秀句出寒餓。』可謂得其意者，唯東野『被詩餓』三字有奇致。

〔三〕盧殷：范陽人。爲登封尉。韓愈《登封縣尉盧殷墓志》：『在登封盡寫所爲詩抵故宰相東都留守鄭公餘慶。留守數以帛米周其家，書薦宰相，宰相不能用，竟飢寒死登封。』劉言史：邯鄲人，與李賀同時。歌詩美麗恢贍，自賀外，世莫能比。亦與孟郊友善。初客鎮冀，王武俊奏爲棗强令，辭疾不受，人因稱劉棗强。後客漢南，李夷簡署司空掾，尋卒。歌詩六卷，今傳一卷。事詳皮日休《劉棗强碑》。噫：歎息。

〔四〕『不忍』二句：夏敬觀云：『言不忍死別，因哭君而生是非之心也。』

詩人苦爲詩，不如脱空飛〔一〕。一生空鷕氣，非諫復非譏〔二〕。脱枯掛寒枝，棄如一唾微〔三〕。一步一步乞，半片半片衣〔四〕。倚詩爲活計，從古多無肥〔五〕。詩飢老不怨，勞師淚

霏霏。

注　釋

〔一〕脱空飛：陳云：『猶《淮南子》所謂鳥排虚而飛也。』

〔二〕鷕氣：歎氣。《詩・邶風・匏有苦葉》：『有瀰濟盈，有鷕雉鳴。』傳：『鷕，雌雉聲。』『非諫』句：《毛詩序》：『上以風化下，下以風刺上，主文而譎諫，言之者無罪，聞之者足以戒，故曰風。』此反其意。

〔三〕『脱枯』二句：夏敬觀云：『言苦爲詩，不如脱空而飛，吾輩一生所爲，枉費氣力，世不以爲譏諫，徒如枯葉將脱，掛於寒枝，棄之如一唾之微也。』

〔四〕『一步』二句：具言詩人之衣食無着。

〔五〕『倚詩』二句：李白《戲贈杜甫》：『借問别來太瘦生，總爲從前作詩苦。』此用其意者。活計：猶生計，指謀生之手段。

送魏端公入朝〔一〕

東洛尚淹翫〔二〕，西京足芳妍。大賓威儀肅，上客冠劍鮮〔三〕。豈惟空戀闕，亦以將朝天〔四〕。局促塵末吏〔五〕，幽老病中絃。徒懷青雲價〔六〕，忽至白髮年。何當補風教，爲薦三百篇〔七〕。

校　勘

賓：一作『賢』。

注釋

〔一〕魏端公：其人不詳。端公，見卷一《楚竹吟酬盧虔端公見和湘絃怨》注〔一〕。

〔二〕淹翫：猶留連。

〔三〕大賓：周王朝對來朝覲的要服以内的諸侯的尊稱。《周禮・秋官・大行人》：『大行人，掌大賓之禮及大客之儀，以親諸侯。』鄭玄注：『要服以内諸侯。』此借指入朝的重鎮節度使。魏端公當是陪府主入覲的幕僚。上客：尊客，貴賓。（參郝氏《箋注》）

〔四〕戀闕：依戀宫闕。指身在外而心不忘於君。朝天：謁見帝王。

〔五〕塵末吏：猶微宦，小官。東野自謂。

〔六〕青雲價：謂致身青雲之才。

〔七〕風教：風俗教化。《毛詩序》：『風，風也，教也；風以動之，教以化之。』三百篇：即《詩經》。

送盧郎中汀〔一〕

洛水春渡闊，別離心悠悠。一生空吟詩，不覺成白頭。向事每計較，與山實綢繆〔二〕。太華天上開，其下車轍流〔三〕。縣街無塵土，過客多淹留。坐飲孤驛酒，行思獨山游。逸關嵐氣明，照渭空漪浮〔四〕。玉珂擺新歡，聲與鸞鳳儔〔五〕。朝謁大家事，唯余去無由〔六〕。

校勘

玉珂：宋刻本、華校本作『玉柯』。

注釋

〔一〕盧汀：見本卷《送盧汀侍御歸天德幕》注〔一〕。

〔二〕『向事』二句：言遇事過分認真，讓人覺得不近情理；於山則緊纏密繞，表現出綿綿之意。綢繆：指情意殷勤。

〔三〕『太華』二句：班固《兩都賦》：『左據函谷、二崤之阻，表以太華、終南之山；右界褒斜隴首之險，帶以洪河涇渭之川。』據班氏所寫長安形勢，可知太華近帝王之居，以此山下車轍如流。太華：即西岳華山，在秦嶺的東段，今陝西渭南縣東南。海拔二千米，奇峰壁立，險拔而峻秀，其形遠觀如華（花），故稱華山；因其西有少華山，故又稱太華。

〔四〕逸關：當指潼關。舊址在今陝西潼關縣北，地當黄河、渭水、洛水會合之處，是陝、豫、晋三省要衝，形勢險阻，向爲兵家必争之地。嵐氣：山間霧氣。渭：水名。源出甘肅渭源縣西北，東南流至清水縣入陝西境，横貫渭河平原，東流至潼關入黄河。空漪：水上微波。

〔五〕玉珂：馬絡頭上貝製的飾物，色白如玉，振動則有聲。此以指馬。鸞鳳：鸞鳥與鳳凰。儔：比配。

〔六〕『朝謁』二句：杜甫《秋日夔州詠懷寄鄭監李賓客一百韻》：『借問頻朝謁，何如穩晝眠。』此反用之。大家：權門之家。

送鄭僕射出節山南〔一〕

國老出爲將〔二〕，紅旗入青山。再招門下生，結束餘病孱〔三〕。自笑騎馬醜，强從驅馳間。

顧顧磨天路，裹裹鏡下顔〔四〕。文魄既飛越，宦情唯等閑〔五〕。羡他白面少，多是清朝班〔六〕。惜命非所報，慎行誠獨艱〔七〕。悠悠去住心，兩説何能删〔八〕。

校勘

送鄭僕射出節山南：一作『酬鄭興元僕射招』。　顧顧：一作『傾傾』，華校本一作『碩碩』。

注釋

〔一〕送鄭僕射出節山南：元和九年作。鄭僕射：謂鄭餘慶，見卷三《寒地百姓吟》注〔一〕。餘慶憲宗時爲尚書左僕射，元和九年拜檢校右僕射兼興元尹充山南西道節度觀察使。山南：指山南西道。其轄境相當於今重慶涪陵、萬州，陝西洋縣一綫以西，治所在興元（今陝西漢中）。

〔二〕國老：指鄭餘慶。出爲將：陳云：『僕射本爲相，今出節山南，故云出爲將。』

〔三〕『再招』句：鄭餘慶前爲河南尹時，東野是其幕佐；今出節山南，復奏東野爲興元軍參謀，試大理評事，故云。餘病孱：病後體弱。

〔四〕顧顧：頻頻回首。磨天路：極言路高，幾可接天。裹裹：摇曳貌。鏡下顔：言以水爲鏡，照見自己的容顔。

〔五〕文魄：文士之心魄。宦情：居官的心情。

〔六〕白面少：謂白面少年。清朝班：指朝中清高顯貴的官爵。朝班，朝官排列的位次。

〔七〕『惜命』句：《後漢書·寇恂傳》附《寇榮傳》：『臣聞勇者不逃死，智者不重困，固不爲明朝惜垂盡之命。』慎行：行爲謹慎。《論語·爲政》：『多見闕殆，慎行其餘，則寡悔。』

〔八〕『悠悠』二句：謂内心徬徨，莫知所從。兩説：即指去住。删：削除。

别妻家〔一〕

芙蓉濕曉露，秋别南浦中〔二〕。鴛鴦卷新贈，遥戀東床空〔三〕。碧水不息浪，清溪易生風。參差坐成阻〔四〕，飄飖去無窮。孤雲目雖斷，明月心相通〔五〕。私情詎銷鑠，積芳在春叢〔六〕。

校勘

卷：原作『眷』，據宋刻本、弘治本、《全唐詩》、華校本改。一作『有』。坐：一作『路』。去：一作『恨』。

注釋

〔一〕妻家：謂其妻鄭氏。韓愈《貞曜先生墓志銘》：『貞曜先生孟氏卒。無子，其配鄭氏以告。』

〔二〕南浦：見卷一《南浦篇》注〔二〕。

〔三〕鴛鴦：指夫妻共寢之被褥。東床：《晉書·王羲之傳》：『時太尉郗鑒使門生求女婿於導。導令就東廂徧觀子弟。門生歸，謂鑒曰：「王氏諸少并佳，然聞信至，咸自矜持，惟一人在東床坦腹食，獨若不聞。」鑒曰：「正此佳婿邪！」訪之，乃羲之也。遂以女妻之。』後稱女婿爲東床。東床空，謂夫婿不在也。

〔四〕坐：遂。

〔五〕『孤雲』二句：謝莊《月賦》：『美人邁兮音塵闕，隔千里兮共明月。』此用其意。

〔六〕私情：指夫妻之情。銷鑠：消融。『積芳』句：期以來年春天相聚。梁簡文帝《和湘東王三韻詩》其

一《春宵》：『花樹含春叢，羅帷夜長空。』

贈姚岱別[一]

美人廢琴瑟，不是無巧彈。聞君郢中唱[二]，始覺知音難。驚蓬無還根，馳水多分瀾[三]。倦客厭出門，疲馬思解鞍[四]。何以寫此心，贈君握中丹[五]。

注　釋

〔一〕姚岱：見卷七《答姚岱見寄》注〔一〕。

〔二〕郢中唱：見卷二《退居》注〔二〕。

〔三〕『驚蓬』二句：寫岱。驚蓬：即蓬蒿。秋枯根拔，風卷而飛，故名飛蓬，也稱驚蓬。

〔四〕『倦客』二句：謂己。

〔五〕握中丹：捧在手中的一片赤誠。鮑照《贈故人馬子喬六首》其五：『皎如川上鶴，赫似握中丹。』

贈竟陵盧使君虔別[一]

赤日千里火，火中行子心[二]。孰不苦焦灼，所行爲貧侵[三]。山木豈無凉，猛獸蹲清陰。歸人憶平坦，別路多嶇嶔[四]。賴得竟陵守，時聞建安吟[五]。贈別折楚芳[六]，楚芳摇衣襟。

校　勘

憶：一作『懷』。　平坦：『坦』原作『垣』，依各本改。　楚芳摇衣襟：『楚芳』一作『芳色』。

注　釋

〔一〕贈竟陵盧使君虔别：貞元九年作。竟陵，即復州，唐時爲復州州治，東野以是年夏來復州，不久即辭去，因贈詩爲别。盧虔：見卷一《楚竹吟酬盧虔端公見和湘絃怨》注〔一〕。

〔二〕行子：東野自謂。

〔三〕『孰不』二句：《孟子·萬章下》：『孟子曰：「仕非爲貧也，而有時乎爲貧。」』孰：誰。

〔四〕嶇嶔：山石險峻貌。

〔五〕竟陵守：謂盧虔，時爲復州刺史。建安吟：指建安七子所作，虔詩似之。

〔六〕楚芳：楚地之花。

與韓愈李翱張籍話别〔一〕

朱絃奏離别，華燈少光輝。物色豈知異，人心顧將違〔二〕。客程殊未已，歲華忽然微〔三〕。秋桐故葉下，寒露新雁飛。遠游起重恨，送人念先歸。夜集類飢鳥，晨光失相依。馬跡遶川水，雁書還閨闈〔四〕。常恐親朋阻，獨行知慮非。

校　勘

物色豈知異：『知』一作『有』，《全唐詩》『色』一作『思』。　忽然微：『然』一作『已』。　飢鳥：《唐詩品彙》作『羈鳥』。　雁書還：一作『妻泣守』。

注釋

〔一〕與韓愈李翺張籍話別：貞元十五年作。是年春，東野自汴州往蘇州，而後歷游越中山水。李翺：見卷七《汴州離亂後憶韓愈李翺》注〔一〕。張籍：見卷七《寄張籍》注〔一〕。

〔二〕物色：猶物性。違：離别。

〔三〕歲華：猶歲時。微：衰微，將盡之意。

〔四〕閨闈：猶閨房，内室也。

監察十五叔東齋招李益端公會别〔一〕

欲知惜别離，瀉水還清池〔二〕。此地有君子，芳蘭步葳蕤〔三〕。手掇雜英珮〔四〕，意摇春夜思。莫作遶山雲，循環無定期〔五〕。

校勘

掇：一作『綴』。　英：一作『彩』。　夜：一作『夢』。

注釋

〔一〕監察十五叔東齋招李益端公會别：貞元九年作。監察十五叔李益端公：見卷六《抒情因上郎中二十二叔監察十五叔兼呈李益端公柳績評事》注〔一〕。

〔二〕『欲知』二句：陳云：『言水無還理，猶人不能無别也。』

〔三〕君子：謂李益。葳蕤：紛披貌。這裏形容蘭花。

〔四〕掇：拾取。雜英：各色花卉。謝朓《晚登三山還望京邑》：『喧鳥覆春洲，雜英滿芳甸。』

〔五〕『莫作』二句：陳云：『言雲遶山無歸期也。』

汴州别韓愈〔一〕

不飲濁水瀾，空滯此汴河〔二〕。坐見遶岸冰，盡爲還海波。四時不在家，敝服斷線多。遠客獨顛頓，春英落婆娑〔三〕。汴水饒曲流，野桑無直柯。但爲君子心，歎息終靡他。

校　勘

汴州别韓愈：《全唐詩》作『汴州留别韓愈』。　冰：一作『水』。　敝：弘治本、《全唐詩》、華校本作『弊』。　落：一作『各』。　汴水：《全唐詩》一作『荒陂』。　歎息：一作『飲之』。　靡他：宋刻本、弘治本、凌刻本、華校本作『匪他』。

注　釋

〔一〕汴州别韓愈：貞元十五年春，東野離汴時留别之作。

〔二〕『不飲』二句：陳云：『言惡其名，滯此何爲？陸機《猛虎行》：「渴不飲盗泉水。」此師其意。』

〔三〕婆娑：分散貌。

贈别殷山人説易後歸幽墅〔一〕

夫子説天地，若與靈龜言〔二〕。幽幽人不知，一一予所敦。秋月吐白夜，凉風韻清源〔三〕。

旁通忽已遠，神感寂不喧〔四〕。一悟祛萬結，夕懷傾朝煩〔五〕。旅輈無停波，別馬嘶去轅。殷勤方外士，會有知己論〔六〕。

校勘

朝煩：宋刻本作『朝暾』。方外士：宋刻本、華校本作『芳外士』，弘治本、《全唐詩》作『荒草士』。

注釋

〔一〕殷山人：其人不詳。易：指《周易》，即《易經》，古卜筮之書。

〔二〕『夫子』二句：陳云：『夫子，指殷山人。天地即陰陽。《周易》曰：「一陰一陽之謂道。」又曰：「舍爾靈龜。」此言其説《易》之精。』靈龜：用以占卜的龜。

〔三〕『秋月』二句：陳云：『此言説《易》後之感，如月白風清。』

〔四〕旁通：《易·乾》：『六爻發揮，旁通情也。』李鼎祚《周易集解》一引陸績曰：『乾六爻發揮變動，旁通於坤，坤來入乾，以成六十四卦，故曰旁通情也。』即指卦爻的陰陽互爲通達。神感：《易·繫辭上》：『《易》無思也，無爲也，寂然不動，感而遂通天下之故。非天下之至神，其孰能與於此。』

〔五〕祛：通『祛』，除去。傾：倒出。

〔六〕方外士：指殷山人。會：應當。

壽安西渡奉別鄭相公二首〔一〕

洛河向西道，石波横磷磷〔二〕。清風送君子，車遠無還塵。春別亦蕭索，况兹冰霜晨。零

落景易入，鬱抑抱難申〔三〕。百宵華燈宴，一旦星散人。歲去弦吐箭，憂來蠶抽綸〔四〕。綿綿無窮事，各各馳逸身。徘徊黄縹緲，倏忽春霜賓。相爲物表物，永謝區中姻〔五〕。日嗟來教士〔六〕，仰望無由親。

校勘

黄：《全唐詩》一作『送』。

注釋

〔一〕壽安西渡奉别鄭相公：元和六年四月，鄭餘慶以東都留守爲兵部尚書。東野此詩，即是年秋冬送鄭餘慶自洛陽歸朝長安之作。　壽安：縣名，唐屬河南府，故城在今河南宜陽縣東南。鄭相公：即鄭餘慶。見卷三《寒地百姓吟》注〔一〕。

〔二〕洛河：水名。源出陝西洛南縣西北部。東入河南，經盧氏、洛寧、宜陽、洛陽，至偃師納伊河後稱伊洛河，到鞏縣之洛口流入黄河。石波：形容道路不平。磷磷：色澤鮮明貌。

〔三〕『零落』句：言飄零之人，容易觸景生情。抱：志向，懷抱。

〔四〕弦吐箭：言其疾速。蠶抽綸：喻其不盡。抽綸，吐絲。

〔五〕物表物：指超塵脱俗的人。《世説新語・賞譽》：『王戎云：「太尉神姿高徹，如瑶林瓊樹，自是風塵外物。」』謝：辭。區中姻：人間因緣。

〔六〕來教士：賜予教益者。《詩・小雅・車舝》：『辰彼碩女，令德來教。』這裏『來教士』指鄭餘慶。

東都清風減，君子西歸朝。獨抱歲晏恨，泗吟不成謡〔一〕。貴游意多味，賤別情易消。回雁憶前叫，浪鳬念後漂。悠悠孤飛景，聳聳銜霜條〔二〕。昧趣多滯澀，懶朋寡新僚〔三〕。病深理方晤〔四〕，悔至心自燒。寂静道何在，憂勤學空饒〔五〕。乃知減聞見，始遂情逍遥〔六〕。文字徒營織，聲華諒疑驕〔七〕。顧慚耕稼士，朴略氣韻調〔八〕。善士有餘食，佳畦冬生苗〔九〕。養人在養身，此旨清如韶〔一〇〕。願貢高古言，敢望錫類招〔一一〕。

校　勘

漂：原作『飄』，據宋刻本改。　澀：一作『趾』。　方晤：《全唐詩》作『方悟』。　朴略：宋刻本、華校本作『材略』。　善士：宋刻本、華校本作『善才』。

注　釋

〔一〕『泗吟』句：陳云：『言涕泗而吟，故不成謡。』

〔二〕景：同『影』。條：樹枝。

〔三〕『昧趣』二句：謂己秉性疏懶，又缺少趣味，故新結識的朋友很少。滯澀：受阻不通暢。僚：朋輩或同官。

〔四〕晤：通『悟』。

〔五〕道：理想，志業。憂勤：憂愁勞苦。饒：富厚，豐足。

〔六〕減聞見：指減少與外界接觸。顔延之《五君詠》其三《劉參軍》：『劉伶善閉關，懷情滅聞見。』逍遥：安閑自得貌。《莊子》有《逍遥游》篇，以爲天地之間，萬物貴任性自然，即爲逍遥至樂。

〔七〕營織：經營組織。聲華：美好的名聲。

〔八〕『顧慚』二句：言回視耕稼之士，樸實疏略，氣韻調適，不覺内心慚愧。

〔九〕善士：指品行高尚的人。畦：田隴。

〔一〇〕養身：《禮・儒行》：『愛其死以有待也，養其身以有爲也。』韶：傳爲舜所作的樂曲。

〔一一〕貢：進獻。錫類：《詩・大雅・既醉》：『孝子不匱，永錫爾類。』毛傳：『類，善也。』鄭箋：『孝子之行非有竭極之時，長以與女之族類，謂廣之以教導天下也。』後指以善施及衆人，或以善施及衆人的人。這裏顯指鄭相公。

卷九

詠物

宇文秀才齋中海柳詠〔一〕

玉縷青葳蕤〔二〕，結爲芳樹姿。忽驚明月鈎，鈎出珊瑚枝〔三〕。灼灼不死花，蒙蒙長生絲〔四〕。飲柏況仙味，詠蘭擬古詞〔五〕。霜風清颼颼，與君長相思。

校勘

況：一作『泛』。　擬：一作『凝』，宋刻本一作『疑』。

注釋

〔一〕宇文秀才：其人不詳。海柳：動物名。一名越王餘算，又名海箸。八出珊瑚類，體長四至六尺，中軸部頗長，骨骼爲角質，色白，外面所被之肉，色黑褐，或紅，各水螅體群生於其下緣，其各體各出八觸手。棲海底。骨骼可做箸、杖等物。

〔二〕玉縷：陳云：『蓋狀海柳也。』青：黑色。葳蕤：紛披貌。

〔三〕明月鈎：梁簡文帝《烏棲曲》：『浮雲似帳月如鈎，那能夜夜南陌頭。』珊瑚枝：珊瑚爲熱帶海中腔腸

動物，骨骼相連，形如樹枝，故又名珊瑚樹、珊瑚枝。此狀海柳。

〔四〕灼灼：鮮明光盛貌。蒙蒙：繁盛貌。

〔五〕飲柏：《太平御覽》卷九五四引漢劉向《列女傳》：『赤須子好食柏實，齒落更生。』梁宗懍《荆楚歲時記》正月一日：『長幼悉正衣冠，以次拜賀，進椒柏酒，飲桃湯。』古俗以柏葉後凋而耐久，因取之浸酒，元旦共飲，以祝長壽。詠蘭：《易・繫辭上》：『同心之言，其臭如蘭。』又《楚辭・離騷》：『扈江離與辟芷兮，紉秋蘭以爲佩。』又陶淵明《擬古》其一：『榮榮窗下蘭，密密堂前柳。』

摇柳

弱弱本易驚，看看勢難定。因風似醉舞，盡日不能正。時邀詠花女，笑輟春粧鏡〔一〕。

校勘

摇柳：一作『採柳』。

注釋

〔一〕輟鏡：江淹《麗色賦》：『露辭楚而容裔，風去燕而凄惻。莫不輟鏡徙倚，攬瑟心息。』

曉鶴

曉鶴彈古舌，婆羅門叫音〔一〕。應吹天上律，不使塵中尋〔二〕。虚空夢皆斷，歆唏安能禁〔三〕。如開孤月口，似説明星心〔四〕。既非人間韻，枉作人間禽。不如相將去，碧落窠

巢深〔五〕。

注　釋

〔一〕彈舌：指誦經念咒。李洞《送三藏歸西天國》：『十萬里程多少磧，沙中彈舌授降龍。』自注：『奘公彈舌念梵語《心經》，以授流沙之龍。』這裏形容鶴鳴。婆羅門：梵語。係指印度早期奴隸制時代四個種姓中最高一個種姓，自稱梵天後裔，世襲祭司貴族，是政教合一的統治者。叫音：猶彈舌。

〔二〕『應吹』二句：用杜甫《贈花卿》『此曲祇應天上有，人間能得幾回聞』意。

〔三〕欷唏：感動歎息。

〔四〕『如開』二句：謂其喙似新月，心如明星。

〔五〕相將：相攜。碧落：天空。

和薔薇花歌

仙機札札織鳳凰，花開七十有二行〔一〕，天霞落地攢紅光〔二〕。風枝嫋嫋時一颺，飛散葩馥遶空王〔三〕。忽驚錦浪洗新色，又似宮娃逞粧飾〔四〕。終當一使移花根，還比蒲桃天上植〔五〕。

校　勘

札札：一作『軋軋』。　移花根：『花』一作『老』。

注　釋

〔一〕『仙機』二句：陳云：『言花似織成。』《古詩》：『纖纖擢素手，札札弄機杼。』庾信《春賦》：『艷錦安天

鹿，新綾織鳳凰。』《古詩》：『鴛鴦七十二，羅列不成行。』

〔二〕『天霞』句：陳云：『其花色又似天霞攢聚也。』

〔三〕娟娟：輕柔貌。『飛散』句：陳云：『此言香氣芬馥。』葩馥：花香。葩，草木之花。空王：佛之尊稱。《諸經集要·三寶》引《觀佛三寶經》：『昔過去久遠，有佛出世，號曰空王。』

〔四〕『忽驚』二句：陳云：『又言花色轉嬌艷。』錦浪：錦江之水。錦江爲岷江之支流，在今四川成都平原。晉常璩《華陽國志》卷三《蜀志》：『其道西城，故錦官也。錦工織錦，濯其中則鮮明，濯他江則不好，故名曰錦里也。』宫娃：宫女。

〔五〕『終當』二句：《漢書·西域傳》：『大宛左右以蒲陶爲酒，富人藏酒至萬餘石，久者至數十歲不敗。俗耆酒，馬耆目宿。……漢使采蒲陶、目宿種歸。天子以天馬多，又外國使來衆，益種蒲陶、目宿離宫館旁，極望焉。』

邀人賞薔薇

蜀色庶可比，楚叢亦應無〔一〕。醉紅不自力，狂艷如索扶〔二〕。麗蘂惜未掃，宛枝長更紆〔三〕。何人是花侯，詩老强相呼〔四〕。

注　釋

〔一〕蜀色：指蜀錦。杜甫《白絲行》：『繅絲須長不須白，越羅蜀錦金粟尺。』《蜀錦譜》：『蜀以錦擅名天下，故城名以錦官，江名以濯錦。而《蜀都賦》云：「貝錦斐成，濯色江波。」』楚叢：陳云：『楚叢蓋言蘭，楚詞稱

蘭者不一。李義山詩「楚歌重疊怨蘭叢」是其義。』

〔二〕不自力：謂力不自勝。如索扶：言弱不禁風。

〔三〕蘂：花。宛枝：細枝。紆：屈曲。

〔四〕『何人』二句：陳云：『詩老，東野自謂。二句言邀人賞也。』花侯：指賞花者。稱侯，尊之也。

和宣州錢判官使院廳前石楠樹〔一〕

大朴既一剖〔二〕，衆材争萬殊。懿兹南海華，來與北壤俱〔三〕。生長如自惜，雪霜無凋渝。籠籠抱靈秀，簇簇抽芳膚。寒日吐再艷，赬子流細珠〔四〕。鴛鴦花數重，翡翠葉四鋪。雨洗新粧色，一枝如一姝〔五〕。聳異敷庭際，傾妍來坐隅〔六〕。散彩飾机案，餘輝盈盤盂。高意因造化，常情逐榮枯。主公方寸中，陶植在須臾〔七〕。養此奉君子，賞覿日爲娱〔八〕。始覺石楠詠，價傾賦西都〔九〕。棠頌庶可比，桂詞難以逾〔一〇〕。因謝丘墟木，空採落泥塗。時來開佳姿，道去卧枯株。争芳無由緣，受氣如鬱紆〔一一〕。抽肝在郢匠，歎息何踟躕〔一二〕。

校勘

剖：原作『割』，據宋刻本、弘治本改。　吐再艷：《全唐詩》『再』作『丹』。　姝：原作『株』，據宋刻本、弘治本改。　高意因造化：『意』一作『立』，『因』一作『自』。　西都：《全唐詩》作『兩都』。　採：一作『操』。

注釋

〔一〕宣州：地名。唐屬江南西道，州治即今安徽宣城。錢判官：吴胡《全唐詩人名考》：『錢判官爲錢徽。

《舊唐書》卷一六八、《新唐書》卷一七七有傳。《舊傳》謂錢徽吴郡（今江蘇蘇州）人，貞元初登進士第。《新傳》云：「徽中進士第，居谷城。谷城令王郢善接僑士游客，以財貸饋，坐是得罪。觀察使樊澤視其簿，獨徽無有，乃表署掌書記。……澤卒。……又辟宣歙崔衍府。……」……錢徽受崔衍辟，任宣歙觀察使從事，在貞元十四年冬。檢《唐方鎮年表》卷五，崔衍鎮宣歙在貞元十二年至永貞元年，以此知錢徽在宣州約有七年之久。其間孟郊恰在宣州溧陽縣任縣尉（參《孟郊年譜》），故能與錢徽相唱和。』石楠樹：《本草》：『石楠一名楓藥。蘇頌曰：南北有之，生於石上，株有極高大者。江湖間出者，葉如枇杷，上有小刺，凌冬不凋。春生白花成簇，秋結細紅實。關隴間出者，葉似莽草，青黄色，皆有紫點，雨多則并生，長及二三寸，根横，細紫色，無花實，葉至茂密。南北人多移植亭院間，陰翳可愛，不透日氣。』

〔二〕大朴：見卷七《送盧虔端公守復州》注〔三〕。

〔三〕懿：美。北壤：相對於南海言。此指宣州。

〔四〕禎子：即所結細紅實。

〔五〕姝：美女。

〔六〕敷：鋪展。坐隅：座位邊上。

〔七〕主公：謂錢判官。方寸：指心。陶植：培育。

〔八〕賞覿：觀賞。

〔九〕石楠詠：指錢判官詠石楠詩。賦西都：《後漢書·班固傳》：『時京師起修宫室，浚繕城隍，而關中耆老猶望朝廷西顧。因感前世相如、壽王、東方之徒，構造文辭，終以諷勸，乃上《兩都賦》，盛稱洛邑制度之美，以折西賓淫佚之論。』按兩都指東都洛陽和西都長安。

〔一〇〕棠頌：指《詩·召南·甘棠》。傳説周武王時，召伯（奭）巡行南國，嘗憩甘棠樹下。後人思其恩德，作《甘棠》詩以頌之。桂詞：《楚辭》屈原《遠游》：『嘉南州之炎德兮，麗桂樹之冬榮。』桂詞或指此。

〔一一〕鬱紆：盛貌。

〔一二〕『抽肝』二句：《莊子·徐無鬼》：『莊子送葬，過惠子之墓，顧謂從者曰：「郢人堊慢其鼻端若蠅翼，使匠石斫之。匠石運斤成風，聽而斫之，盡堊而鼻不傷，郢人立不失容。宋元君聞之，召匠石曰：『嘗試爲寡人爲之。』匠石曰：『臣則嘗能斫之。雖然，臣之質死久矣。』自夫子之死也，吾無以爲質矣，吾無與言之矣。」』抽肝：猶輸肝。郢匠：謂錢判官。踟躕：徘徊。

酬鄭毗躑躅詠〔一〕

不似人手致，豈關地勢偏〔二〕。孤光褭餘翠〔三〕，獨影舞多妍。迸火燒閑地，紅星墮青天。忽驚物表物〔四〕。嘉客爲留連。

注釋

〔一〕鄭毗：事跡不詳。躑躅：羊躑躅、山躑躅的簡稱，即杜鵑花。

〔二〕地勢：土地的形勢。《易·坤》：『地勢坤，君子以厚德載物。』

〔三〕褭：摇曳貌。

〔四〕物表物：世外之物。

品　松

追悲謝靈運，不得殊常封〔一〕。縱然孔與顔，亦莫及此松〔二〕。此松天格高〔三〕，聳異千萬重。抓拏巨靈手，擘裂少室峰〔四〕。擘裂風雨獰，抓拏指爪牖〔五〕。道入難抱心，學生易墮蹤〔六〕。時時數點仙，嫋嫋一線龍〔七〕。霏微嵐浪際，游戲顥輿濃〔八〕。品松徒高高，雌鳴詎嚾嚾〔九〕。賞異尚可貴，賞潛誰能容〔一〇〕。名華非典實，剪棄徒纖茸〔一一〕。刻削大雅文，所以不敢慵〔一二〕。

校　勘

巨靈：原作『拒古』，據《全唐詩》改。　雌鳴：『鳴』一作『語』，《全唐詩》一作『鴻』。

注　釋

〔一〕『追悲』二句：慨以謝靈運之美才，而不得如松之在秦，受非常之封。《史記·秦始皇本紀》：『（始皇）乃遂上泰山，立石，封，祠祀。下，風雨暴至，休於樹下，因封其樹爲五大夫。』《藝文類聚》八八應劭《漢官儀》：『秦始皇上封太山，遇疾風暴雨，賴得松樹，因復其道，封爲大夫松也。』謝靈運：見卷五《夜集汝州郡齋聽陸僧辯彈琴》注〔二〕。謝靈運爲謝玄之孫，襲封康樂公，入宋降爲康樂侯。故云『不得殊常封』。

〔二〕『縱然』二句：陳云：『言孔顔亦無殊封。』孔顔：孔子與顔回。顔回是孔子的學生，在孔門中以德行著稱。

〔三〕天格：天然的格局。

〔四〕巨靈：張衡《西京賦》：『綴以二華，巨靈贔屓。高掌遠蹠，以流河曲。』薛綜注：『巨靈，河神也。巨，大也。古語云：此本一山當河，水過之而曲行，河之神以手擘開其上，足蹋離其下，中分爲二，以通河流。』少室：山名。在河南登封縣北。東太室，西少室，相距七十里。總名嵩山。因山有石室得名。

〔五〕牗：匀直。

〔六〕抱心：謂持守。墮蹤：猶失蹤、迷塗。

〔七〕『時時』二句：陳云：『此狀松之姿勢。』

〔八〕霏微：猶朦朧。嵐浪：涌動之山氣。顥興：濃厚的興味。

〔九〕嚨嚨：鳥聲和鳴。

〔一〇〕賞異：稱賞奇異之物。賞潛：贊美潛隱的品性。於此潛者指松。

〔一一〕典實：典雅平實。纖茸：纖細柔密貌。

〔一二〕大雅：見卷三《惜苦》注〔三〕。慵：懶惰，懶散。

答李員外小榼味〔一〕

一拳芙蓉水，傾玉何泠泠〔二〕。仙清夙已高〔三〕，詩味今更馨。試啜月入骨〔四〕，再銜愁盡醒。荷君道古誠，使我善飛翎〔五〕。

校勘

泠泠：原作『冷冷』。各本俱作『泠泠』，兹據改。　仙清夙已高：《全唐詩》作『仙情夙已高』。『情夙』一

作『清風』。　飛：一作『振』。

注　釋

〔一〕李員外：其人不詳。榼：古代貯水之具。《淮南子·泛論》：『今夫霤水足以溢壺榼，而江河不能實漏巵。』

〔二〕『一拳』二句：陳云：『一拳言其小也。水清泠若玉。』

〔三〕夙：舊。

〔四〕啜：飲。

〔五〕『使我』句：陳云：『言飲此水，可以凌雲也。』飛翎：猶飛翔。翎，鳥羽。

井上枸杞架〔一〕

深鏁銀泉甃〔二〕，高葉架雲空。不與凡木并，自將仙蓋同〔三〕。影疏千點月，聲細萬條風。迸子鄰溝外，飄香客位中。花盃承此飲，椿歲小無窮〔四〕。

注　釋

〔一〕枸杞：木名。夏秋開淡紫色花，結實形如棗核，即枸杞子，并其根皮（即地骨皮）均可入藥。

〔二〕銀泉甃：謂井。甃，井壁。

〔三〕仙蓋：相傳唐永貞元年，南海貢奇女盧眉娘，善作飛仙蓋，以一縷絲分爲三縷，染成五彩，於掌中結爲傘蓋五重，中有十洲、三島、天人、玉女、臺殿、麟鳳之象。見蘇鶚《杜陽雜編》。

〔四〕椿歲：《莊子·逍遥游》：『上古有大椿者，以八千歲爲春，八千歲爲秋。而彭祖乃今以久特聞，衆人匹之，不亦悲乎！』後因以椿歲爲祝人長壽之詞。陳云：『詩意蓋謂椿歲猶爲夭，亦是翻案。』

蜘蛛諷

萬類皆有性，各各稟天和〔一〕。蠶身與汝身，汝身何太訛〔二〕。蠶身不爲己，汝身不爲它。蠶絲爲衣裳，汝絲爲網羅〔三〕。濟物幾無功，害物日已多。百蟲雖切恨，其將奈爾何。

校勘

諷：《全唐詩》一作『詠』。　汝身不爲它：《全唐詩》『身』一作『心』。　幾：《全唐詩》一作『既』。　害物日已多：《全唐詩》『日』一作『自』。

注釋

〔一〕天和：大自然祥和之氣。《漢書·禮樂志》：『嘉承天和，伊樂厥福。』

〔二〕訛：詭詐。

〔三〕『汝絲』句：焦延壽《易林·未濟之蠱》：『蜘蛛作網，以伺行旅。』

蚊

五月中夜息，飢蚊尚營營〔一〕。但將膏血求，豈覺性命輕。顧己寧自愧，飲人以偷生〔二〕。願爲天下幮〔三〕，一使夜景清。

注釋

〔一〕營營：往來盤旋貌。

〔二〕偷生：苟且求生。

〔三〕幮：一種橱形的帳子。

燭蛾

燈前雙舞蛾，厭生何太切。想爾飛來心，惡明不惡滅〔一〕。天若百尺高，應去掩明月。

注釋

〔一〕『想爾』二句：言其因憎惡光明，而不計自身之毀滅。

和錢侍郎甘露〔一〕

玄天何以言，瑞露青松繁〔二〕。忽見垂書跡，還驚涌澧源〔三〕。春枝晨婀婀，香味曉翻翻。子禮忽來獻，臣心固易敦。清風惜不動，薄霧肯蒙昏。嘉晝色更晶，仁慈久乃存。一方難獨占，天下恐争論。側聽飛中使，重榮華德門〔四〕。從公樂萬壽，餘慶及兒孫〔五〕。

校勘

玄天：『天』原作『女』，據宋刻本、弘治本改。　子禮：宋刻本、華校本作『于禮』。　薄霧：宋刻本、華校本作『薄暮』。　華德門：『華』一作『萃』。

注釋

〔一〕錢侍郎：其人不詳。

〔二〕『玄天』句：陳子昂《感遇》其二十：『玄天幽且默，群議何嗤嗤。』玄天：九天中的北方之天。此泛指天。瑞露：甘露。

〔三〕垂書：即垂露書。此指錢侍郎《甘露》詩。相傳漢曹喜工篆隸，善懸針垂露之法。《初學記》二一王愔《文字志》：『垂露者，如懸針而勢不遒勁，阿那若濃露之垂，故謂之垂露。』澧源：甘美的泉水。『澧』通『醴』。《禮記·禮運》：『故天降膏露，地出醴泉。』王充《論衡·是應篇》：『《爾雅》又言：「甘露時降，萬物以嘉，謂之醴泉。」醴泉，乃謂甘露也。』

〔四〕中使：帝王宫廷中派出的使者，多由宦官充任。德門：謂循禮守教之家。《南史·謝晦傳論》：『然謝氏自晋以降，雅道相傳……可謂德門者矣。』

〔五〕餘慶：猶餘福。謂澤及後人。《易·坤》：『積善之家，必有餘慶；積不善之家，必有餘殃。』

雜題

和令狐侍郎郭郎中題項羽廟〔一〕

碧草凌古廟，清塵鏁秋窗。當時獨宰割，猛志誰能降〔二〕。鼓氣雷作敵，劍光電爲雙。新悲徒自起，舊恨空浮江〔三〕。

校勘

舊恨：一作『懷舊』。

注釋

〔一〕令狐侍郎：吴胡《全唐詩人名考》：『令狐侍郎爲令狐峘。《舊唐書》卷一四九、《新唐書》卷一〇二有傳。《舊唐書》卷一二《德宗紀》上：「大曆十四年九月丙戌……中書舍人令狐峘爲禮部侍郎。」「建中元年二月甲寅，貶史館修撰、禮部侍郎令狐峘郴（衡）州司馬。」唐令狐姓之爲侍郎者僅令狐德棻、令狐峘、令狐綯三人。德棻和綯，時間與孟郊不相及。建中元年，孟郊已三十歲，故能與令狐峘相唱和。』郭郎中：不詳其人。項羽廟：談鑰《嘉泰吴興志》：『楚帝寺在（湖州）東北一里，古項王廟也。梁太守元仲景夢偉人羽葆甚盛，請居宅爲寺，遂舍宅建，昭明太子撰碑。以陳封項王爲楚帝，因呼楚帝寺。』項羽，名籍。秦下相人。少有奇才，力能扛鼎。二世時從叔父梁在吴中舉兵叛秦。梁敗死，籍領其軍，與秦兵九戰皆捷。秦亡後，自立爲西楚霸王，繼與劉邦争天下，卒爲所敗，困垓下，走烏江，自刎死。事見《史記·項羽本紀》、《漢書·項羽傳》。

〔二〕『當時』二句：《史記·項羽本紀》：『太史公曰……夫秦失其政，陳涉首難，豪傑蜂起，相與并争，不可勝數。然羽非有尺寸，乘勢起隴畝之中，三年，遂將五諸侯滅秦，分裂天下而封王侯，政由羽出，號爲「霸王」，位雖不終，近古以來未嘗有也。』

〔三〕舊恨：《史記·項羽本紀》：『於是項王乃欲東渡烏江。烏江亭長檥船待，謂項王曰：「江東雖小，地方千里，衆數十萬人，亦足王也。願大王急渡。今獨臣有船，漢軍至，無以渡。」項王笑曰：「天之亡我，我何渡爲！且籍與江東子弟八千人渡江而西，今無一人還，縱江東父兄憐而王我，我何面目見之？縱彼不言，籍獨不愧於心乎？」……乃自刎而死。』

讀張碧集〔一〕

天寶太白殁，六義已消歇〔二〕。大哉國風本，喪而王澤竭〔三〕。先生今復生，斯文信難缺〔四〕。下筆證興亡，陳詞備風骨〔五〕。高秋數奏琴，澄潭一輪月〔六〕。誰作採詩官，忍之不揮發〔七〕。

校勘

忍之：『之』一作『教』。

注釋

〔一〕張碧：字太碧，籍貫不詳。貞元間屢應進士試不第。詩學李白。集已不傳。近有學者考證，張碧乃唐末人，與孟郊了不相涉。《讀張碧集》疑爲五代徐仲雅所作，而被宋敏求誤收入孟集者。詳見陳尚君《張碧生活時代考》（《文學遺産》一九九二年第三期）及傅璇琮主編《唐才子傳校箋》第五册第五卷陳氏所撰《張碧》條。

〔二〕『天寶』二句：言自李白之殁，由《詩經》開創的詩歌傳統即已斷絶。天寶：唐玄宗李隆基年號（七四二—七五六）。太白：李白的字。按李白卒於唐代宗寶應元年（七六二），謂『天寶』實誤。李白《古風》其一：『大雅久不作，吾衰竟誰陳？』又孟棨《本事詩》：『白才逸氣高，與陳拾遺齊名，先後合德。其論詩云：「梁陳以來，艷薄斯極。沈休文又尚以聲律。將復古道，非我而誰與？」』可知他是以恢復《詩經》傳統爲己任的。六義：《詩大序》：『故詩有六義焉：一曰風，二曰賦，三曰比，四曰興，五曰雅，六曰頌。』唐代詩歌革新的倡導者

把『風雅比興』視爲『六義』的精髓，旗幟鮮明地標舉《詩經》積極反映現實的精神。消歇：消散，止歇。

〔三〕『大哉』二句：《詩大序》：『故變風發乎情，止乎禮義。發乎情，民之性也；止乎禮義，先王之澤也。是以一國之事，繫一人之本，謂之風。』班固《兩都賦序》：『昔成、康没而頌聲寢，王澤竭而詩不作。』

〔四〕先生：謂張碧。斯文：《論語·子罕》：『子畏於匡，曰：「文王既没，文不在兹乎？天之將喪斯文也，後死者不得與於斯文也。」』孔子所説斯文，指古代的禮樂制度，此則指《詩經》代表的詩歌創作優良傳統。

〔五〕『下筆』二句：言張詩内容關乎國家興亡，文辭勁健有骨力。

〔六〕『高秋』二句：以澄潭璧月、張琴高秋形容張詩給人的審美感受。

〔七〕『誰作』二句：傷張碧人之不遇，詩之不傳。採詩官：《漢書·藝文志》：『古有採詩之官，王者所以觀風俗，知得失，自考正也。』忍之：抑之。

聽　琴

颯颯微雨收，翻翻橡葉鳴〔一〕。月沉亂峰西，寥落三四星〔二〕。前溪忽調琴，隔林寒琤琤〔三〕。聞彈正弄聲〔四〕，不敢枕上聽。回燭整頭簪〔五〕，漱泉立中庭。定步屨齒深，貌禪目冥冥〔六〕。微風吹衣襟，亦認宮徵聲〔七〕。學道三十年，未免憂死生〔八〕。聞彈一夜中，會盡天地情〔九〕。

校　勘

橡：一作『桐』。　屨：一作『屐』。　宮徵聲：宋刻本作『徵宮聲』。

注釋

〔一〕颯颯：風聲。翻翻：翻動貌。

〔二〕寥落：稀疏。

〔三〕琤琤：琴聲。

〔四〕正弄聲：雅正之聲。弄，樂曲，曲調。

〔五〕頭簪：古人用來固定髮髻的長針。

〔六〕『定步』二句：陳云：『定步，不移步也。小立既定，故屐齒深。貌禪者，貌似禪定，所以目冥冥深入也。』禪：梵語『禪那』的簡稱。《華嚴經音義》：『禪那，此云靜慮。謂靜心思慮也。』

〔七〕宮徵：謂琴聲。嵇康《琴賦》：『及其初調，則角羽俱起，宮徵相證，參發并趣，上下累應，踸踔磥硌，美聲將興，固以和昶而足耽矣。』

〔八〕『學道』句：謂窮理之久。『未免』句：謂未能免俗也。

〔九〕『會盡』句：言與天地精神相通，徹悟玄理。《易・大壯》：『正大，而天地之情可見矣。』

聞夜啼贈劉正元〔一〕

寄泣須寄黄河泉，此中怨聲流徹天。愁人獨有夜燈見，一紙鄉書淚滴穿。

校勘

怨聲：《全唐詩》一作『淚怨』。　流徹：一作『方到』。

注　釋

〔一〕劉正元：其人不詳。

喜　雨

朝見一片雲，暮成千里雨〔一〕。淒清濕高枝，散漫沾荒土〔二〕。

注　釋

〔一〕『朝見』二句：陳云：『《公羊傳》：「觸石而出，膚寸而合，不崇朝而遍雨乎天下者，唯泰山爾。」此師其意。』

〔二〕『淒清』二句：謝朓《觀朝雨》：『空濛如薄霧，散漫似輕埃。』

終南山下作〔一〕

見此原野秀，始知造化偏〔二〕。山村不假陰，流水自雨田〔三〕。家家梯碧峰〔四〕，門門鑠青煙。因思蜕骨人，化作飛桂仙〔五〕。

校　勘

自：原作『白』，據宋刻本、弘治本改。一作『日』。

注　釋

〔一〕終南山：見卷三《勸酒》注〔五〕。

〔二〕造化偏：言天地有偏心。

〔三〕雨：用爲動詞，作『滋潤』解。

〔四〕『家家』句：謂人家皆依山而築，登臨則拾級而上。梯：用作動詞。

〔五〕『因思』二句：言欲脱去凡骨，到此來作仙人。飛桂仙：傳説嫦娥竊羿不死之藥以奔月，成爲月宫仙女。又傳説月中有桂樹，因稱飛桂仙。

觀種樹

種樹皆待春，春至難久留。君看朝夕花，誰免别離愁。心意已零落〔一〕，種之仍未休。胡爲好奇者〔二〕，無事自買憂。

校勘

别離：《全唐詩》作『離别』。

注釋

〔一〕零落：衰頽，敗落。

〔二〕胡爲：爲什麽。

春後雨

昨夜一霎雨，天意蘇群物〔一〕。何物最先知，虚庭草争出〔二〕。

校　勘

春後雨：《全唐詩》作『春雨後』。

注　釋

〔一〕一霎雨：猶言一陣雨。霎，瞬間。蘇群物：使萬物復蘇。

〔二〕虚庭：猶空庭。庭，院子。

答友人贈炭

青山白屋有仁人，贈炭價重雙烏銀〔一〕。驅却坐上千重寒，燒出爐中一片春。吹霞弄日光不定〔二〕，暖得曲身成直身。

注　釋

〔一〕白屋：《漢書·蕭望之傳》：『今士見者皆先露索挾持，恐非周公相成王躬吐握之禮，致白屋之意。』師古曰：『白屋，謂白蓋之屋，以茅覆之，賤人所居。』後指未做官的讀書人的居室。仁人：《論語·顔淵》：『樊遲問仁。子曰：「愛人。」』此以稱美贈炭的朋友。烏銀：用硫磺熏炙和特殊方法熔鑄的黑色的銀。李時珍《本草綱目·金石一·銀》附録《烏銀》引陳藏器曰：『今人用硫黄熏銀再宿瀉之，則色黑矣。工人用爲器，養生者以器煮藥。』

〔二〕『吹霞』句：以言吹撥爐炭并爐火跳躍之狀。

爛柯石〔一〕

仙界一日内，人間千歲窮。雙碁未徧局〔二〕，萬物皆爲空。樵客返歸路，斧柯爛從風〔三〕。唯餘石橋在，猶自凌丹虹〔四〕。

校勘

猶自凌丹虹：一作『猶有靈丹紅』。

注釋

〔一〕爛柯石：在衢州信安（今浙江衢州）南。《拾遺記》：『信安郡石室中，晋時王質伐木，至，見童子數人，棋而歌，質因聽之。童子以一物與質，如棗核，質含之，不覺飢。俄頃，童子謂曰：「何不去？」質起，視斧柯爛盡。既歸，無復時人。』柯，斧柄。

〔二〕雙碁：陳云：『黑白子也。』未徧：未終。

〔三〕『樵客』二句：陰鏗《游始興道館》：『徒教斧柯爛，會自不凌虚。』

〔四〕『唯餘』二句：李白《送楊山人歸天台》：『石橋如可度，攜手弄雲煙。』此言石橋，以丹虹凌空擬之。

尋言上人〔一〕

萬里莓苔地，不見驅馳蹤〔二〕。唯開文字窗，時寫日月容。竹韻漫蕭屑，草花徒纖茸〔三〕。披霜入衆木，獨自識青松。

校勘

纖：一作『蒙』。

注釋

〔一〕言上人：其人不詳。

〔二〕『萬里』二句：陳云：『言地偏無車馬也。』

〔三〕蕭屑：寂寞。纖茸：纖細柔密貌。

噴玉布〔一〕

去塵咫尺步，山笑康樂巖〔二〕。天開紫石屏，泉縷明月簾〔三〕。仙凝刻削跡，靈綻雲霞纖。悦聞若有待，瞥見終無厭〔四〕。俗玩詎能近，道嬉方可淹〔五〕。踏著不死機，欲歸多浮嫌〔六〕。古醉今忽醒，今求古仍潛〔七〕。古今相共失，語默兩難恬〔八〕。贈君噴玉布，一濯高嶄嶄〔九〕。

校勘

縷：一作『鏤』。　悦聞：弘治本作『悦開』。

注釋

〔一〕布：瀑布。

〔二〕康樂巖：當即謝客巖。明應陽《廣輿記》：『永嘉有謝客巖，謝靈運書《白雲曲》、《春草吟》於崖上，今已蕪没，惟謝客巖三篆字尚存。』

〔三〕『泉縷』句：陳云：『此言瀑布狀，如泉縷成一水簾也。』

〔四〕『悦聞』二句：寫耳聞目睹之感。悦聞：動聽。有待：《莊子·寓言》：『彼，吾所以有待邪？而況乎以有待者乎！』無厭：不滿足。

〔五〕俗玩：一般游客。道嬉：好道的人。淹：停留。

〔六〕不死機：長生不老的關鍵。機，古代弩上發箭的裝置，後用指事物的關鍵、樞紐。歸：指歸隱。浮嫌：指受世俗之嫌猜。

〔七〕古醉：指沉迷古道者。潛：隱藏。

〔八〕語默：説與不説。《易·繫辭上》：『君子之道，或出或處，或默或語。』恬：安然。

〔九〕濯：洗去污垢。嶄嶄：高貌。『嶄』同『嶄』。

姑蔑城〔一〕

勁越既成土，强吴亦爲墟〔二〕。皇風一已被，兹邑信平居〔三〕。撫俗觀舊跡，行春布新書〔四〕。興亡意何在，綿歎空躊躕〔五〕。

注　釋

〔一〕姑蔑：春秋越地。故城在今浙江衢州境。《國語·越語上》：『句踐之地，南至於句無，北至於御兒，東至於鄞，西至於姑蔑。』

〔二〕『勁越』二句：張載《七哀詩》其一：『昔爲萬乘君，今爲丘山土。』東野師其意。勁越强吴：吴越均爲

春秋晚期諸侯强國。據《荀子・王霸》，吴王闔閭、越王句踐與齊桓、晉文、楚莊并稱『五霸』。

〔三〕皇風：皇帝的教化。平居：猶安居。

〔四〕撫俗：猶問俗。巡問民情。行春：《後漢書・鄭弘傳》：『弘少爲鄉嗇夫，太守第五倫行春，見而深奇之，召署督郵，舉孝廉。』注：『太守常以春行所主縣，勸人農桑，振救乏絶。見《續漢志》也。』布新書：陳云：『布新書者，班布春令也。』

〔五〕綿歎：猶長歎。躊躕：徘徊不前。

峥嶸嶺〔一〕

疏鑿順高下，結構横煙霞〔二〕。坐嘯郡齋肅〔三〕，玩奇石路斜。古樹浮緑氣，高門結朱華。始見峥嶸狀，仰止逾可嘉〔四〕。

注釋

〔一〕峥嶸嶺：未詳其地。

〔二〕疏鑿：開鑿。結構：連結構架以成屋舍。此指屋宇。

〔三〕『坐嘯』二句：形容爲政清閑。坐嘯：閑坐吟嘯。據張璠《漢記》：後漢成瑨任南陽太守，用岑晊（字公孝）爲功曹，公事都交給岑辦理。民間傳言：『南陽太守岑公孝，弘農成瑨但坐嘯。』此反其意而用之。郡齋：郡守的府第。

〔四〕仰止：仰望，嚮往。《詩・小雅・車舝》：『高山仰止，景行行止。』

尋裴處士〔一〕

涉水更登陸，所向皆清真〔二〕。寒草不藏徑，靈峰知有人。悠哉鍊金客〔三〕，獨與煙霞親。曾是欲輕舉，誰言空隱淪〔四〕。遠心寄白月，華髮回青春。對此欽勝事〔五〕，胡爲勞我身。

校勘

月：一作『日』。　華髮：宋刻本、弘治本、凌刻本、華校本『髮』作『法』，非是。

注釋

〔一〕裴處士：其人不詳。處士，未仕或不仕的士人。

〔二〕清真：純潔樸素。

〔三〕鍊金客：鍊丹者。參卷三《求友》注〔二〕。此指裴處士。

〔四〕輕舉：屈原《遠游》：『悲時俗之迫厄兮，願輕舉而遠游。』注：『高翔避世，求道真也。』嵇康《述志詩》其二：『巖穴多隱逸，輕舉求吾師。』隱淪：隱居。

〔五〕欽：欽羨，仰慕。勝事：猶美事。

子慶詩

王家事已奇，孟氏慶無涯〔一〕。獻子還生子，羲之又有之〔二〕。鳳兮且莫歎，鯉也會聞詩〔三〕。小小豫章甲，纖纖玉樹姿〔四〕。人來唯仰乳，母抱未知慈〔五〕。我欲揀其養，放麛者

是誰〔六〕。

注　釋

〔一〕『王家』二句：陳云：『王家，謂王羲之；孟氏，謂孟獻子。』

〔二〕『獻子』句：孟獻子即仲孫蔑，春秋時魯國大夫，以賢著稱。孟獻子之子孟莊子（仲遜速）勇武聞於諸侯，襄公時屢率師伐齊。孟獻子之曾孫孟僖子（仲孫貜），孟僖子之子孟懿子（仲孫何忌），孟懿子之子孟武伯（仲孫彘），孟武伯之子孟敬子（仲孫捷），并魯國大夫。事見《左傳》。『羲之』句：據《晉書・王羲之傳》，羲之字逸少，司徒王導之從子，官至右軍將軍，會稽内史，習稱王右軍。有七子。知名者五人：玄子，凝之，徽之，操之，獻之。

〔三〕『鳳兮』句：《論語・微子》：『楚狂接輿歌而過孔子曰：「鳳兮鳳兮，何德之衰！往者不可諫，來者猶可追。已而，已而！今之從政者殆而！」孔子下，欲與之言。趨而辟之，不得與之言。』接輿是春秋時楚國的隱士，他的《鳳兮歌》悲歎孔子之道不行於天下。『鯉也』句：《論語・季氏》：『鯉趨而過庭。曰：「學詩乎？」對曰：「未也。」「不學詩，無以言。」鯉退而學詩。』孔鯉，字伯魚，是孔子的兒子。

〔四〕『小小』句：《南史・王儉傳》：『儉字仲寶……幼篤學，手不釋卷。……丹陽尹袁粲聞其名，及見之，曰：「宰相之門也。栝柏豫章雖小，已有棟梁氣矣，終當任人家國事。」』豫章甲：指豫章初生，比喻才質優異。『纖纖』句：《晉書・謝玄傳》：『玄字幼度，少穎悟，與從兄朗俱爲叔父安所器重。安嘗戒約子姪，因曰：「子弟亦何豫人事，而正欲使其佳？」諸人莫有言者。玄答曰：「譬如芝蘭玉樹，欲使其生於庭階耳。」安悦。』玉樹姿：形容風姿秀美。陳云：『此東野喻其子如豫章玉樹。』

〔五〕『人來』二句：陳云：『言初生子之狀。』來：招引，引逗。仰乳：昂首待哺的樣子。

〔六〕養：指乳母。《荀子・禮論》：『父能生之，不能養之。』楊倞注：『養，謂哺乳之也。』放麛：《韓非子・説林上》：『孟孫獵得麑，使秦西巴持之歸，其母隨之而啼，秦西巴弗忍而與之。孟孫歸，至而求麑。答曰：「余弗忍而與其母。」孟孫大怒，逐之。居三月，復召以爲其子傅。其御曰：「曩將罪之，今召以爲子傅，何也？」孟孫曰：「夫不忍麑，又且忍吾子乎？」』後遂以放麑爲仁慈的典故。麛，同『麑』，幼鹿。

憩淮上觀公法堂〔一〕

動覺日月短，静知時歲長。自悲道路人，暫宿空閑堂。孤燭讓清晝，紗巾斂輝光。高僧積素行〔二〕，事外無剛强。我有巖下桂〔三〕，願爲爐中香。不惜青翠姿，爲君揚芬芳。淮水色不污，汴流徒渾黄〔四〕。且將琉璃意，净綴芙蓉章〔五〕。明日還獨行，羈愁來舊腸〔六〕。

校勘

君：一作『師』。

注釋

〔一〕觀公：華喻《校注》：『疑即唐清凉國師澄觀。韓愈有《送僧澄觀》詩（《昌黎先生集》卷七），可互參。』法堂：演説佛法的大堂。

〔二〕高僧：謂觀公。素行：高潔的品行。

〔三〕巖桂：淮南小山《招隱士》：『桂樹叢生兮山之幽，偃蹇連蜷兮枝相繚。山氣巃嵸兮石嵯峨，溪谷嶄巖兮水曾波。』唐高宗《九月九日》：『砌蘭虧半影，巖桂發全香。』

〔四〕淮水：古瀆之一，今稱淮河。源出河南桐柏山，東經安徽、江蘇入洪澤湖。汴流：謂汴河。其上流受黄河水爲古滎瀆，亦叫南濟，在滎陽的一段叫蒗蕩渠；向東流叫官渡水，又東流到大梁城北叫陰溝。

〔五〕琉璃芙蓉：以言詩章情意之美。

〔六〕羈愁：客居之愁懷。

江邑春霖奉贈陳侍御〔一〕

江上花木凍，雨中零落春。應由放忠直，在此成漂淪〔二〕。嘉艷皆損污，好音難殷勤〔三〕。天涯多遠恨，雪涕盈芳辰〔四〕。坐哭青草上，卧吟幽水濱。興言念風俗，得意唯波鱗〔五〕。枕席病流濕，檐楹若飛津〔六〕。始知吴楚水，不及京洛塵〔七〕。風浦蕩歸棹，泥陂陷征輪〔八〕。兩途日無遂〔九〕，相贈唯沾巾。

校勘

凍：原作『東』，據宋刻本、弘治本改。　恨：宋刻本、弘治本、華校本作『限』。　風浦：『浦』原作『蒲』，據宋刻本、弘治本改。

注釋

〔一〕春霖：春日久雨。陳侍御：未詳其人。

〔二〕『應由』二句：陳云：『謂陳侍御。』忠直：忠誠正直。漂淪：飄零，淪落。

〔三〕『嘉艷』二句：陳云：『言霖雨之後，花既被損，鳥亦不鳴，以喻忠直被放，不肯盡讜言也。』

〔四〕雪涕：猶言珠淚。

〔五〕風俗：指民情言。　波鱗：謂魚。

〔六〕流濕：謂爲雨水所浸。《易·乾·文言》：『水流濕，火就燥。』正義曰：『此二者以形象相感。水流於地，先就濕處，火焚其薪，先就燥處。』飛津：猶懸泉。

〔七〕京洛塵：陸機《爲顧彦先贈婦》其一：『京洛多風塵，素衣化爲緇。』謝脁《酬王晋安德元》：『誰能久京洛，緇塵染素衣。』

〔八〕風浦：風中港汊。　歸棹：猶歸舟。　泥陂：泥濘的山坡。　征輪：遠行之車駕。

〔九〕兩途：謂水陸兩路。　遂：順遂，如願。

溧陽秋霽〔一〕

晚雨曉猶在，蕭寥激前階〔二〕。星星滿衰鬢，耿耿入秋懷〔三〕。舊識半零落，前心驟相乖。飽泉亦恐醉，惕宦肅如齋〔四〕。上客處華池，下寮宅枯崖〔五〕。叩高占生物，齟齬回難諧〔六〕。

校勘

惕宦：『宦』原作『官』，各本俱作『宦』，兹據改。　池：宋刻本、華校本作『地』。

注釋

〔一〕溧陽秋霽：約貞元十七、十八年作，寫居官溧陽的心情。

〔二〕蕭寥：冷落、寂寞。

〔三〕『星星』句：左思《白髮賦》：『星星白髮，生於鬢垂。』耿耿：不寧貌。《詩・邶風・柏舟》：『耿耿不寐，如有隱憂。』

〔四〕『飽泉』二句：謂多喝幾口泉水都怕醉了自己，一介小吏滿懷戒懼終日如在行齋。齋：古人在祭祀前沐浴更衣，不飲酒，不吃葷，不與妻妾同寢，整潔身心，以示虔敬，謂之齋。

〔五〕『上客』二句：左思《詠史》：『世胄躡高位，英俊沈下僚。』此師其意。上客：身居高位者。下寮：職位低微的屬吏。

〔六〕『叩高』二句：謂向蒼天叩問萬物生長之理，而回答總是與事實相抵觸。高：高高在上者，指天。占：視兆以知凶吉。齟齬：牙齒參差不齊，喻抵觸不合。諧：和合，協調。

列仙文〔一〕

大霞霏晨暉，元氣無常形。玄轡飛霄外，八景乘高清〔二〕。手把玉皇袂，攜我晨中生〔三〕。玄庭自嘉會，金書拆華名〔四〕。賢女密所妍，相期洛水軿〔五〕。

右方諸青童君〔六〕

校勘

玄庭：庭原作挺，據《全唐詩》、華校本改。　拆：宋刻本一作『析』。　所：宋刻本、華校本作『相』。

注釋

〔一〕列仙文：陳云：『此詠列仙者，蓋即游仙體也。東野殆有所寄托，亦足滓穢塵網，錙銖纓紱矣。』但據

近人任半塘研究，孟郊《列仙文》乃是一本神仙戲戲文，其所敷衍是向所傳説的晉朝魏夫人得道飛升的故事。按范邈所作《魏夫人傳》以及和孟郊大致同時的顔真卿所撰《魏夫人仙壇碑銘》，夫人名華存，字賢安，晉魏舒之女，劉文之妻。生平慕道甚篤，齋於浄室。上帝敕清虚真人王裒爲其師，裒乃約方諸青童、扶桑神王、太極真人安度明，同降於夫人之室，加以導引，多所勸勉，并申祝誓。後命侍女彈琴擊鐘，吹簫合節，衆仙一一發歌。魏夫人在世八十三年，於晉成帝咸和九年隱化，清齋於陽洛山隱元之臺，受命爲紫虚元君，南岳夫人。王母偕馮雙珠等三十餘仙降於臺，授夫人以《玉清隱書》四卷。『神鵃羅陳，金觴四奏，各命侍女陳「曲成之鈞」，九雲合節，八音零粲。於是西王母擊節而歌。歌畢，馮雙珠彈雲璈而答歌，餘真人各歌。』任氏推測，可能是當時的『伶黨』或教坊中準備在舞臺上扮演金母、清虚等仙的伶人到孟郊室中求他作爲歌辭的。列仙即列位仙人，列仙文乃是四歌的總名。每首後各注一仙人名，説明歌者是誰。四詩用於前後兩場，乃由四色分唱，一面對魏夫人有所指陳，一面歌者各自表白。似已進入初級的代言，不像是由同一藝人在場上包辦。拿孟郊的這些歌辭，再按照顔碑的内容，配上叙事和説白，就成爲一本較完整的戲文。詳見任半塘《孟郊〈列仙文〉究竟是什麽『文』》（《學術月刊》一九八三年三月號）。又臺灣李豐楙《孟郊〈列仙文〉與道教降真詩》文，從道教史、上清經派史出發，力證人們疑爲僞作的孟郊四首《列仙文》確是孟郊『與道士往來，因緣際會』而作，同時否定了任半塘認爲是孟郊所作的戲文，是『唐代道家的戲劇方式之一』的説法。文見李著《誤入與謫降——六朝隋唐道教文學論集》（臺灣學生書局，一九九六年），亦可參看。

〔二〕玄轡：天馬。八景：傳爲仙人所乘的車名。陶弘景《真誥·甄命授》：『君曰：「仙道有八景之輿以游行上清。」』

〔三〕玉皇：道教稱天帝曰玉皇大帝，簡稱玉帝、玉皇。陶弘景《真靈位業圖》：『玉帝居玉清三元宫第一中

位。』生：升。

〔四〕玄庭：猶天庭。金書：指道教之經典。《漢武内傳》：『侍女紀離容至云：「尊母欲得金書秘字六甲靈飛左右策精之文十二事。」』

〔五〕賢女：指衆仙。輧：有帷蓋的車子。陳云：『輧，列仙有所駕。』

〔六〕方諸：傳説中仙人住所。陶弘景《真誥·協昌期一》：『方諸正四方，故謂之方諸，一面長一千三百里，四面合五千二百里，上高九千丈。』又：『方諸東西面又各有小方諸，去大方諸三千里，小方諸亦方，面各三百里，周回一千二百里，亦各别有青君宫室，又特多中仙人及靈鳥靈獸輩。』青童君：傳説中的仙人。《雲笈七籤》卷四一：『東海青童君，常以丁卯日登方諸東華臺四望。』

歘駕空清虚，徘徊西華館〔一〕。瓊輪暨晨抄，虎騎逐煙散。惠風振丹旌，明燭朗八焕〔二〕。解襟墉房内，神鈴鳴璀璨〔三〕。棲景若林柯，九絃空中彈〔四〕。遺我積世憂，釋此千載歎。怡眄無極已〔五〕，終夜復待旦。

右清虚真人〔六〕

校勘

歘：宋刻本、華校本作『并』。　歎：原作『欵』，宋刻本作『款』。據《全唐詩》改。

注釋

〔一〕歘：忽然。清虚：指清虚府或清虚殿，即月宫。西華館：道教仙宫名，對東華而言，東華爲男仙所居，

以東王公領，西華爲女仙所居，以西王母領。

〔二〕丹旌：紅旗。八煥：指四方及四隅。

〔三〕墉房：疑即墉城，神仙所居之地。《水經注·河水》：『承淵山又有墉城，金臺玉樓，相似如一……西王母之所治，真官仙靈之所宗。』璀璨：衆盛貌。

〔四〕棲景：寄身，息影。景，『影』的本字。九絃：崔豹《古今注》：『蔡邕益琴爲九絃。』

〔五〕怡眄：猶怡目。快意於所見。

〔六〕清虚真人：據《雲笈七籤》，清虚真人王裒字子登，范陽襄平人。以漢元帝建昭三年九月二十七日生，少讀五經，旁看百子，綜筭象緯，通探陰陽，及風炁律吕，靡有不覽，遂使名沸絶圃，聲馳京夏，然頗悲歎人間之趣競得失利害相攻，因辭親入華山，後隱陽洛山中。經南極夫人引薦，拜西城真人爲師，授以太上寶文等凡三十一卷，九年道成。後授書爲太素清虚真人。

右金母飛空歌〔一〇〕

駕我八景輿，欻然入玉清〔一〕。龍群排霄上，虎旗攝朱兵〔二〕。逍遥三弦際，萬流無暫停〔三〕。哀此去留會，劫盡天地傾〔四〕。當尋無中景，不死亦不生〔五〕。體彼自然道，寂觀合大冥〔六〕。南岳挺直幹，玉英曜穎精〔七〕。有任靡期事，無心自虚靈〔八〕。嘉會絳河内，相與樂朱英〔九〕。

校勘

體：宋刻本、華校本作『艷』。　排：弘治本作『拂』。　金母飛空歌：原作『金母飛空歌安度明』。今從華校本改移『安度明』於下篇。詳參下篇校記。

注釋

〔一〕『駕我』句：《西王母傳》：『紫虛元君魏華存夫人清齋於隱元之臺，西王母與金闕聖君降於臺中，乘八景輿，同詣清虛上宮，傳《玉清隱書》四卷，授華存。』『欻然』句：《靈寶太乙經》：『四人天外，曰三清境：玉清、太清、上清。亦名三天。』《太真經》：『三清之間，各有正位：聖登玉清，真登上清，仙登太清。』

〔二〕攝：集聚。

〔三〕三弦：樂器名。唐代的雲頭琵琶、龍首琵琶、直頸琵琶，均爲三弦。三弦，長柄、方槽、圓角，上蒙蛇皮，架三弦，以指撥弦而發聲。《隋書·律曆上》：『黄鍾之弦二百七十，絲長九尺，以次三分，損益其一，以生十二律之弦。絲數及弦長各以律本所建之月，五行生王終始之音，相次之理爲其名義，名之爲通，通施三弦，傳推月氣，悉無差舛。』萬流：《真誥·運象篇四》：『元波振滄濤，洪津鼓萬流。』

〔四〕去留：猶言聚散。『劫盡』句：《高僧傳·竺法蘭》：『又昔漢武穿昆明池底，得黑灰，以問東方朔。朔云：「不委，可問西域人。」後法蘭既至，衆人追以問之，蘭云：「世界終盡，劫火洞燒，此灰是也。」』劫：佛經言天地自形成至毀滅謂之一劫。當世界毀滅時，劫火洞然，大千俱壞。

〔五〕無中景：陳云：『道生於無，故尋無中景。』《老子》四十章：『天下萬物生於有，有生於無。』不死不生：指超脱死生的境界。《莊子》内篇《大宗師》：『見獨，而後能無古今；無古今，而後能入於不死不生。』

〔六〕自然道：《老子》二十五章：『人法地，地法天，天法道，道法自然。』大冥：《淮南子·本經訓》：『古

之人同氣於天地，與一世而優游。當此之時，無慶賀之利，刑罰之威，禮義廉恥不設，毀譽仁鄙不立，而萬民莫相侵欺暴虐，猶在於混冥之中。』高誘注：『混，大也；大冥之中，謂道也。』

〔七〕南岳：指天柱山，又名霍山，在今安徽霍山縣西北。據《史記》卷十二《孝武本紀》，西漢元封五年，武帝南巡，登其山，號爲南岳。又據《全唐文》卷三四〇顔真卿《晉紫虚元君領上真司命南岳夫人魏夫人仙壇碑銘》，則此魏夫人封南岳夫人之後，即『使治天台大霍山洞臺之中』。玉英：玉之精華。屈原《九章・涉江》：『登昆侖兮食玉英，與天地兮同壽，與日月兮齊光。』洪興祖《補注》：『《援神契》曰：「玉英，玉有英華之色。」』穎精：毫芒，鋒毫。

〔八〕任：責任，職責。靡，無。期事：期事之成，欲有所爲。事，事功。無心：無成心，事出自然。

〔九〕絳河：《漢武帝内傳》：『上元夫人又遣侍女答問，云阿環再拜，上問起居，遠隔絳河，擾以官事，遂替顔色，近五千年。』王嘉《拾遺記》：『絳河去日南十萬里，波如絳色。多赤龍、赤色魚，而肥美可食。』朱英：瑞草名。王融《三月三日曲水詩序》：『澤馬來，器車出，紫脱華，朱英秀。』李善注：『《禮斗威儀》曰：人君乘土而王，其政大平，而遠方神獻其朱英、紫脱。』

〔一〇〕金母：桓驎《西王母傳》：『西王母者，九靈太妙龜山金母也，一號太虚九光龜臺金母元君，乃西華之至妙，洞陰之極尊。……位配西方，母養群品，天上天下，三界十方，女子之登仙者、得道者咸所隸焉，所居宫闕，在龜山春山西那之都，昆侖之圃，閬風之苑，有城千里，玉樓十二，瓊華之闕，光碧之堂，九層玄室，紫翠丹房，左帶瑶池，右環翠水，其山之下，弱水九重，洪濤萬丈，非飆車羽輪，不可到也。』

丹霞焕上清，八風鼓太和〔一〕。回我神霄輦〔二〕，遂造嶺玉阿。咄嗟天地外，九圍皆我

家〔三〕。上採白日精，下飲黄月華〔四〕。靈觀空無中，鵬路無間邪〔五〕。顧見魏賢安，濁氣傷汝和〔六〕。勤研玄中思，道成更相過〔七〕。

右安度明〔八〕

校勘

丹霞：『丹』原作『月』，據宋刻本改。　安度明：華校本：『「安度明」三字，疑當爲「丹霞焕上清」一首題目。按《雲笈七籤》有太極真人安度明，此篇當即歌詠太極真人之作。宋明諸刻本均列金母飛空歌下，恐誤。今改移於此。』兹從華校。但按任半塘先生意見，本篇應是安度明的唱辭。

注釋

〔一〕上清：見前注。八風：八方之風。《左傳·隱公五年》：『夫舞所以節八音而行八風。』八風名目不一。如《説文》云：『東方曰明庶風，東南曰清明風，南方曰景風，西南曰凉風，西方曰閶闔風，西北曰不周風，北方曰廣莫風，東北曰融風。』太和：《易·乾》：『保合太和，乃利真。』朱熹《本義》：『太和，陰陽會合冲和之氣也。』

〔二〕神霄：九霄之一，道家謂九天之中神霄最高。陶弘景《真誥·郭四朝詩》：『駕欻舞神霄。』阿：山曲。

〔三〕咄嗟：呼吸之間，謂時間短促。九圍：《詩·商頌·長發》：『帝命式於九圍。』孔穎達疏：『謂九州爲九圍者，蓋以九分天下，各爲九處，規圍然，故謂之九圍也。』

〔四〕『上採』二句：《雲笈七籤》卷一一《上清黄庭内景經·肝部章》：『攝魂還魄永無傾。』注：『若有飢渴，聽飲月黄日丹。』《真仙通鑒》：『魏夫人齋於别寢，忽有四真人來降，各命玉女詠歌曰：「上採日中精，下飲

黄月華。』』白日精：太陽之精華。道家謂服食日精，可使『金華充盈』。黄月華：道家謂月光中有黄氣，乃月之精，常吞食可以成仙。

〔五〕靈觀：道觀。鵬路：《莊子·逍遥游》：『北冥有魚，其名爲鯤。鯤之大，不知其幾千里也。化而爲鳥，其名爲鵬。……鵬之徙於南冥也，水擊三千里，摶扶摇而上者九萬里，去以六月息者也。』

〔六〕魏賢安：即魏夫人。汝：指魏賢安。

〔七〕玄中思：指道教精義。《老子》一章：『玄之又玄，衆妙之門。』相過：相訪。

〔八〕安度明：道教稱太極真人者凡四，安度明爲其中之一。顔真卿《魏夫人仙壇碑銘》：『夫人心期幽靈，精誠苦盡，逮子息粗立，乃離隔室宇，齋於别寢，清修百日，忽有太極真人安度明、東華大神、方諸青童、扶桑碧河湯谷神王、景林真人小有仙、清虚真人王裒來降。』

夏日謁智遠禪師〔一〕

吾師當幾祖，説法云無空〔二〕。禪心三界外，宴坐天地中〔三〕。院静鬼神去，身與草木同。因知護王國，滿鉢盛毒龍〔四〕。斗藪塵埃衣，謁師見真宗〔五〕。何必千萬劫，瞬息去樊籠〔六〕。盛夏火爲日，一堂十月風〔七〕。不得爲弟子，名姓掛儒宫〔八〕。

校勘

風：宋刻本作『星』。

注釋

〔一〕謁：晉見。智遠禪師：其人不詳。

〔二〕『吾師』句：陳云：『釋氏宗派祖師，有三十三祖，故云當幾祖。』説法：佛教以道爲法，稱講道爲説法。《維摩經・方便品》：『維摩詰因以身疾，廣爲説法。』無空：佛教語。謂一切事物從因緣生，唯心所造，了無自性。《維摩經・菩薩行品》：『觀於空無而不舍大悲。』

〔三〕禪心：謂寂定之心。李頎《璿公山池》：『片石孤峰窺色相，清池皓月照禪心。』三界：佛教把生死流轉的人世間分爲三界，即欲界、色界、無色界。寒山《詩》二一三：『可畏三界輪，念念未曾息。』宴坐：佛教禪宗稱坐禪爲宴坐。《維摩經・弟子品》：『心不住内，亦不在外，是爲宴坐。』

〔四〕毒龍：據《大智度論》，佛前身曾爲毒龍，衆生受害。但受戒後，忍受獵人剥皮，諸小蟻噬身，以至身乾命斃，終於成佛。後用比妄心。王維《過香積寺》：『薄暮空潭曲，安禪制毒龍。』

〔五〕斗藪：即抖擻，振動。真宗：謂宗教之真正旨意。

〔六〕劫：見本卷《列仙文》其三《金母飛空歌》注〔四〕。樊籠：關鳥獸的籠子。此比俗世。

〔七〕『盛夏』二句：陳云：『言謁師時雖當炎日，猶如十月風寒也。』

〔八〕『不得』二句：陳云：『言已學儒，不得爲佛弟子也。』

訪嵩陽道士不遇〔一〕

先生五兵游，文焰藏金鼎〔二〕。日下鶴過時〔三〕，人間空落影。常言一粒藥，不墮生死

境〔四〕。何當列禦寇，去問仙人請〔五〕。

校勘

訪嵩陽道士不遇：一作聶夷中作。兵：《全唐詩》一作『岳』。過：《全唐詩》一作『歸』。

注釋

〔一〕嵩陽道士：不詳其人。嵩陽：寺觀名。在河南登封縣嵩山太室山下。北魏太和八年建嵩陽寺，唐改嵩陽觀。

〔二〕先生：謂道士。五兵：五種兵器，所指不一，後用比人博學多識。《晋書·裴頠傳》：『頠若武庫，五兵縱横，一時之傑也。』文焰：陳云：『猶言文章光芒。』金鼎：道士鍊丹之鼎爐。

〔三〕鶴：喻道士。

〔四〕『常言』二句：郝氏《箋注》：『一粒藥：謂藥石之言，可以給人啓示教誨。《莊子》雜篇《列禦寇》：列子請伯昏瞀人賜教，曰：「先生既來，曾不發藥乎？」』生死境：見卷九《列仙文·金母飛空歌》注〔五〕。

〔五〕列禦寇：《莊子·逍遥游》：『夫列子御風而行，泠然善也。』列子，鄭人，名禦寇。傳爲先秦早期道家。此以自指。仙人：借指嵩陽道士。

聽藍溪僧爲元居士説維摩經〔一〕

古樹少枝葉，真僧亦相依。山水自曲直，道人無是非〔二〕。手持維摩偈〔三〕，心向居士歸。空景忽開霽，雪花猶在衣〔四〕。洗然水溪晝，寒物生光輝〔五〕。

注釋

〔一〕藍溪僧元居士：俱不詳其人。藍溪：見卷五《藍溪元居士草堂》注〔一〕。居士：慧遠《維摩義記》：「在家修道，居家道士，名爲居士。」維摩經：全稱《維摩詰所説經》。記維摩詰與舍利弗、彌勒等及文殊大師問答之辭，説明大乘教理。譯本今存者有三國吴支謙譯《維摩詰説不可思議法門經》二卷，後秦鳩摩羅什譯《維摩詰所説經》三卷，唐玄奘譯《説無垢稱經》六卷。

〔二〕道人：僧人的别稱。《世説新語・言語》：「竺法蘭在簡文坐，劉尹問：『道人何以在朱門？』答曰：『君自見其朱門，貧道如游蓬户。』」

〔三〕維摩偈：《維摩經》中的頌詞。偈，梵語「偈佗」的簡稱。多用三言、四言、五言、六言、七言以至多言爲句，四句合爲一偈。

〔四〕「空景」二句：陳云：「此記時。」開霽：雨雪止，天放晴。

〔五〕「洗然」二句：陳云：「此寫聽經後，物象皆清矣。」洗然：明朗清晰貌。

借車

借車載家具，家具少於車。借者莫彈指，貧窮何足嗟〔一〕。百年徒校走，萬事盡隨花〔二〕。

校勘

校：一作「役」。

注釋

〔一〕彈指：佛教儀。以手作拳，屈食指，以大拇指捻彈作聲，表示許諾、憤怒、贊歎或告戒等意。於此則表怨憤。嗟：歎息。

〔二〕『百年』二句：陳云：『言時事皆不牢也。』百年：猶言一生。校走：疾走。盡隨花：謂花開花落，萬事隨之。

喜符郎詩有天縱〔一〕

念符不由級，屹得文章階〔二〕。白玉抽一毫，綠珉已難排〔三〕。偷筆作文章，乞墨潛磨揩。海鯨始生尾，試擺蓬壺渦〔四〕。幸當禁止之，勿使恣狂懷。自悲無子嗟，喜妬雙喈喈〔五〕。

注釋

〔一〕喜符郎詩有天縱：作於元和五年。符郎：韓愈子韓昶的小名。《全唐文》卷七四一韓昶《自爲墓志銘》：『昌黎韓昶，字有之。……生徐之符離，小名曰符。』天縱：上天之所賦予，即今所謂天才。劉勰《文心雕龍·時序》：『高祖尚武，戲儒簡學……然《大風》、《鴻鵠》之歌，亦天縱之英作也。』

〔二〕『念符』二句：言符未嘗按部就學，而突得文章之階。韓昶《自爲墓志銘》：『至六七歲，未解把筆書字，即是性好文字，出言成文，不同他人所爲。張籍奇之，爲授詩，時年十餘歲，日通一卷。……能以所聞曲問其義，籍往往不能答。受詩未通兩三卷，便自爲詩。及年十一二，樊宗師大奇之。宗師文學爲人之師，文體與常人不同，昶讀慕之。一旦爲文，宗師大奇。年至二十五，及第釋褐。』

〔三〕『白玉』二句：陳云：『喻符詩如玉，世人難比。』抽：拔出。此言其初生。珉：似玉的美石。《荀子·法行》：『子貢問於孔子曰：「君子之所以貴玉而賤珉者何也？爲夫玉之少而珉之多邪？」孔子曰：「惡！賜！是何言也！……夫玉者，君子比德焉。温潤而澤，仁也；栗而理，知也；堅剛而不屈，義也；廉而不劌，行也；折而不撓，勇也；瑕適并見，情也；扣之，其聲清揚而遠聞，其止輟然，辭也。故雖有珉之雕雕，不若玉之章章。《詩》曰：『言念君子，温其如玉。』此之謂也。」』

〔四〕『海鯨』二句：陳云：『此喻其小有遠志。』海鯨：木華《海賦》：『魚則横海之鯨，突扤孤游。』蓬壺：山名，亦作蓬萊。見卷四《游韋七洞庭别業》注〔七〕。

〔五〕喜妬：謂喜妬交并。嗜嗜：啼聲。

憑周況先輩於朝賢乞茶〔一〕

道意勿乏味，心緒病無悰〔二〕。蒙茗玉花盡，越甌荷葉空〔三〕。錦水有鮮色，蜀山饒芳叢〔四〕。雲根纔剪緑，印縫已霏紅〔五〕。曾向貴人得，最將詩叟同〔六〕。幸爲乞寄來，救此病劣躬。

校　勘

病劣躬：『病』一作『窮』。

注　釋

〔一〕憑周況先輩於朝賢乞茶：元和二、三年間作。時東野方官洛陽，因寄詩長安，憑況乞茶。周況：新舊

《唐書》俱無傳。據韓愈《四門博士周况妻韓氏墓志銘》：『四門博士周况妻韓氏諱好，尚書禮部郎中諱雲卿之孫，開封尉諱俞之女。……開封從父弟愈於時爲博士，乞分教東都生，以收其孥於開封界中教畜之，而歸其長女於周氏况。况進士，家世儒者。……况立名行，人士譽之。』知况乃爲韓愈的姪婿。先輩：唐世進士互相推敬之稱。周况元和元年中進士第，則東野登第在周况前，故此當是對周的謙稱。

〔二〕『道意』句：杜甫《昔游》：『胡爲客關塞，道意久衰薄。』『心緒』句：謝朓《游東田》：『戚戚苦無悰，攜手共行樂。』無悰：没有歡樂。

〔三〕『蒙茗』二句：言茶已告罄。蒙茗：指蒙頂茶。産四川名山縣蒙山。相傳蒙山有五嶺，中嶺曰上青峰，所産茶稱蒙頂茶，香氣芳烈，唐宋以來即馳名國内。玉花：以喻茶葉。越甌：越窑所産茶甌。荷葉，用狀茶具。

〔四〕『錦水』二句：思以錦江之水，烹蜀山之茶。

〔五〕雲根：深山高遠雲起之處。剪緑：謂采茶。印縫：官府文書於騎縫處用印，以備驗合，稱騎縫印。唐代德宗建中以後，對茶葉實行徵税、管制、專賣，稱榷茶。『印縫霏紅』，即指官府已行文榷茶。紅，紅色印泥。

〔六〕詩叟：東野自謂。

（參郝氏《箋注》）

上昭成閣不得於從姪僧悟空院歎嗟〔一〕

欲上千級閣，問天三四言〔二〕。未盡數十登，心目風浪翻〔三〕。手手把驚魄，脚脚踏墜

魂〔四〕。却流至舊手，傍掣猶欲奔〔五〕。老病但自悲，古蠹木萬痕〔六〕。老力安可誇，秋海萍一根〔七〕。孤叟何所歸，晝眼如黄昏〔八〕。常恐失好步，入彼市井門。結僧爲親情，策竹爲子孫〔九〕。此誠徒切切，此意空存存〔一〇〕。一寸地上語，高天何由聞〔一一〕。

校勘

級：一作『尺』。

注釋

〔一〕上昭成閣不得於從姪僧悟空院歎嗟：元和八年作。昭成閣：見卷五《與王二十一員外涯游昭成寺》注〔一〕。從姪僧悟空院：見卷七《宿空姪院寄淡公》注〔一〕。

〔二〕『欲上』二句：杜甫《曲江》三章其三：『自斷此生休問天，杜曲幸有桑麻田。』此反其意。

〔三〕『未盡』二句：陳云：『此言登高，心目眩若翻風浪也。』

〔四〕『手手』二句：言登攀驚駭之狀。

〔五〕却流：倒退，流走。傍掣：從旁牽掣。

〔六〕『老病』二句：陳云：『言身老病，如古木之蠹萬痕也。』

〔七〕『老力』二句：陳云：『言力衰若秋海之一萍。』

〔八〕孤叟：猶孤老。東野自謂。『晝眼』句：陳云：『言老眼昏花。』

〔九〕『結僧』二句：陳云：『此言僧指從姪。郊無子，故以竹杖爲子孫。』

〔一〇〕切切：形容情意懇摯與迫切。存存：猶存在。《易·繫辭上》：『成性存存，道義之門。』

〔一一〕『一寸』二句：陳云：『此言高天不聞此苦語。』

魏博田興尚書聽嫂之命不立非夫人詩〔一〕

君子耽古禮，如饞魚吞鈎〔二〕。昨聞敬嫂言，掣心東北流〔三〕。北流田尚書，與禮相綢繆〔四〕。善詞聞天下，一日一再周〔五〕。

校勘

魏博田興尚書聽嫂之命不立非夫人詩：弘治本、《全唐詩》無『之』字。　掣：原作『望』，各本俱作『掣』，茲據改。　北流田尚書：『北流』二字原脱，據宋刻本補。《全唐詩》作『魏博』。

注釋

〔一〕魏博田興尚書聽嫂之命不立非夫人詩：元和七、八年間作。魏博：唐之方鎮。魏博節度觀察處置等使兼魏州大都督府長史，領魏、博、貝、衛、澶、相六州。田興尚書：田興爲田弘正的本名。字安道，平州龍盧人。元和七年魏博節度使田季安卒後，代季安子田懷諫爲軍州留後。十月，以歸魏博六州功，授檢校工部尚書，充魏博節度使。元和八年更名爲弘正。事見新、舊《唐書》之《田弘正傳》。至田興聽嫂命不立非夫人事於史無徵，因不詳其始末。嫂：同『嫂』。

〔二〕『君子』二句：陳云：『言耽禮之篤。』耽：《文選》卷二九張季鷹《雜詩》：『嘉卉亮有觀，顧此難久耽。』李善注引毛萇《詩傳》曰：『耽，樂之久也。』

〔三〕掣：牽曳，牽引。東北流：以魏博在洛陽東北，故此云云。

〔四〕綢繆：情意殷切。

〔五〕善詞：讚詞。周：循環反復。

讀經

垂老抱佛脚，教妻讀黄經〔一〕。經黄名小品〔二〕，一紙千明星。曾讀大般若，細感肸蠁聽〔三〕。當時把齋中〔四〕，方寸抱萬靈。忽復入長安，蹴踏日月寧〔五〕。老方却歸來，收拾可丁丁〔六〕。拂拭塵几案，開函就孤亭〔七〕。儒書難借索，僧籤饒芳馨〔八〕。驛驛不開手，鏗鏗聞異鈴〔九〕。得善如焚香，去惡如脱腥。安得顔子耳〔一〇〕，曾未如此聽。聽之何有言，德教貴有形。何言中國外，有國如海萍〔一一〕。海萍國教異，天聲各泠泠〔一二〕。安排未定時，心火競熒熒〔一三〕。將如庶幾者，聲盡形元冥〔一四〕。

校勘

肸蠁：弘治本作『盻響』。　將如庶幾者：宋刻本『如』作『知』。

注釋

〔一〕黄經：佛經。其時佛經以黄紙書寫，因稱黄經。

〔二〕小品：佛經的節本。《世説新語·文學》：『殷中軍讀小品，下二百簽，皆是精微。』注：『釋氏辨空，經有詳者焉，有略者焉，詳者爲大品，略者爲小品。』

〔三〕大般若：《大品般若經》的略稱，爲印度佛教般若空宗經典的總集。《傳燈録》：『有黄金函内盛《大

般若》，合二千餘偈。清凉禪師云：「夫般若者，若海之慈航，昏衢之巨燭也。」』肸蠁：原指聲響或氣體的傳播。這裏用比神靈感應或靈感通微。

〔四〕把齋：猶持齋。指佛徒持守戒律而素食。

〔五〕蹴踏：猶踐踏。

〔六〕丁丁：極言物件之少。

〔七〕開函：此指展讀佛經。函，封套。

〔八〕僧籤：僧侣讀經時所執書籤，此借指佛經。《世説新語・文學》：『殷中軍讀小品，下二百籤，皆是精微，世之幽滯。』徐震堮校箋：『籤，謂書籤，有疑雜處，加籤以誌之。』

〔九〕驛驛：連續不斷。開：離。異鈴：喻指佛教教義。

〔一〇〕顔子：陳云：『謂顔回。』

〔一一〕海萍：喻指佛國印度。

〔一二〕天聲：指佛音。

〔一三〕心火：指内心的激動或煩惱。熒熒：閃爍貌。

〔一四〕『將如』二句：陳云：『言信佛如是。』庶幾者：《易・繫辭下》：『子曰：顔氏之子，其殆庶几乎？』此以顔回借指徹悟物理的賢人。『聲盡』句：謂形體與天道冥合，因歸於無聲，歸於無形。《莊子》内篇《秋水》：『始於玄冥，反於大通。』成玄英疏：『始於玄極而其道杳冥，反於域中而大通於物也。』

謝李輈再到〔一〕

等閑拜日晚，夫妻猶相瘡〔二〕。况是賢人寃，何必哭飛揚。昨夜夢得劍，爲君藏中腸〔三〕。

會將當風烹〔四〕，血染布衣裳。勞君又扣門，詞句失尋常。我不忍出廳，血字濕土墻。血字耿不滅，我心懼惶惶〔五〕。會有鏗鏘夫〔六〕，見之目生光。生光非等閑，君其且安詳。

注釋

〔一〕謝：酬答。李輈：其人不詳。

〔二〕拜：拜謁，拜見。相瘡：互爲傷痛。

〔三〕『昨夜』二句：漢趙曄《吴越春秋》三《王僚使公子光傳》：『公子光佯爲足疾，入窋室裹足，使專諸置魚腸劍炙魚中進之。既至王僚前，專諸乃擘炙魚，因推匕首……以刺王僚。』此用其義。

〔四〕烹：古代用鼎鑊煮人的酷刑。

〔五〕耿：明。惶惶：恐懼不安貌。

〔六〕鏗鏘夫：指剛烈的男子。

忽不貧喜盧仝書船歸洛〔一〕

貧孟忽不貧〔二〕，請問孟何如。盧仝歸洛船，崔嵬但載書〔三〕。江潮清翻翻，淮潮碧徐徐〔四〕。夜信爲朝信，朝信良卷舒〔五〕。江淮君子水，相送仁有餘〔六〕。我去官色衫，肩經入君廬〔七〕。喃喃肩經郎，言語傾琪琚〔八〕。琪琚鏗好詞，烏鵲躍庭除〔九〕。書船平安歸，喜報鄉里閭〔一〇〕。我願拾遺柴，巢經於空虚〔一一〕。下免塵土侵，上爲雲霞居。日月更相鑠，道義分明儲〔一二〕。不願空岧嶤〔一三〕，但願實工夫。實空二理微，分別相起予〔一四〕。經書荒蕪多，爲君勉

勉鋤〔一五〕。勉勉不敢專，傳之方在諸〔一六〕。

校勘

何如：原作『如何』，據宋刻本、弘治本改。　上爲雲霞居：『爲』一作『與』。

注釋

〔一〕忽不貧喜盧仝書船歸洛：元和五年作。盧仝，見卷七《答盧仝》注〔一〕。元和四年冬，盧仝自洛中東走揚州，次年即自揚州載書歸洛。《玉川子集》卷四有《冬行》二首詠其事。

〔二〕貧孟：東野自謂。

〔三〕崔嵬：山高聳貌。陳云：『蓋狀書多如山也。』

〔四〕江：指長江。翻翻：波浪翻滚貌。淮：指淮河。徐徐：水流舒緩貌。

〔五〕『夜信』二句：陳云：『言潮有信也。』

〔六〕『江淮』二句，陳云：『以水送書船歸洛，故曰仁有餘。』

〔七〕官色衫：指官服。肩經：負經。經，一般指儒家典籍，此泛指書籍。

〔八〕喃喃：低語聲。『言語』句：謂美言如玉。琪：美玉。琚：佩玉。

〔九〕鏗：金石相擊之聲。此作動詞，謂説話音節響亮。庭除：庭前階下。

〔一〇〕鄉里閭：里巷、鄉里。

〔一一〕巢經：猶言藏經。空虛：指居室高處。

〔一二〕『日月』二句：謂道義深藏書中，足資日夜研讀。陳云：『言讀書日儲道義也。』

〔一三〕空岧嶤：猶言空架子。岧嶤，山高峻貌。

〔一四〕起予：啓發我。參卷四《靖安寄居》注〔三〕。

〔一五〕荒蕪：雜草叢生，田地不治。此指學業荒廢。勉勉：勤懇不懈的樣子。鋤：鏟雜草，理荒穢，以鋤治田。這裏比喻研讀經書。

〔一六〕專：獨有。在諸：在這裏。

卷十

哀傷

吊國殤[一]

徒言人最靈[二]，白骨亂縱横。如何當春死，不及群草生。堯舜宰乾坤，器農不器兵[三]。秦漢盜山岳，鑄殺不鑄耕[四]。天地莫生金[五]，生金人競争。

校勘

骨：一作『刃』。　縱：原作『蹤』，據弘治本改。　競：一作『起』。

注釋

〔一〕國殤：爲保衛國家作戰犧牲的烈士。這裏泛指死於戰争的人。

〔二〕『徒言』句：《書·泰誓》：『惟天地萬物父母，惟人萬物之靈。』

〔三〕堯舜：即唐堯虞舜，爲古代傳説中的賢明君主。宰：治理。『器農』句：陳云：『古以農爲本。』器：用作動詞，製造。農：農具。兵：兵器。

〔四〕秦漢：指秦皇漢武。二人當國時，爲開拓疆土和鞏固統治，曾多次發動戰争。盜山岳：指採礦。鑄：

熔鍊金屬以成器。殺：指殺人利器，即上文所説之『兵』。耕：指耕作的工具，即上文所説之『農』。

〔五〕金：金屬。此指鑄造兵器的原料。

吊比干墓〔一〕

殷辛帝天下，厭爲天下尊〔二〕。乾綱既一斷，賢愚無二門〔三〕。佞是福身本，忠是喪己源〔四〕。餓虎不食子，人無骨肉恩〔五〕。日影不入地，下埋冤死魂〔六〕。有骨不爲土，應作直木根。今來過此鄉，下馬吊此墳。静念君臣間，有道誰敢論。

校勘

吊比干墓：《全唐詩》卷六三六作聶夷中詩，題作『過比干墓』，文字互有異同。

注釋

〔一〕比干墓：《元和郡縣志》卷一六《河北道·衛州·汲縣》：『比干墓及廟在縣北十里。』比干，殷末紂王叔伯父（一説紂庶兄）。傳説以紂淫亂，比干犯顔强諫，被剖心而死。與箕子、微子并稱殷之三仁。事見《書》之《泰誓》、《武成》及《史記·宋世家》。

〔二〕『殷辛』二句：《史記·殷本紀》：『帝乙崩，子辛立，是爲帝辛，天下謂之紂。帝紂資辨捷疾，聞見甚敏；材力過人，手格猛獸。知足以距諫，言足以飾非。矜人臣以能，高天下以聲，以爲皆出己之下。好酒淫樂，嬖於婦人。……百姓怨望而諸侯有畔者，於是紂乃重刑辟，有炮格之法。』厭：滿足。

〔三〕『乾綱』句：晋范寧《春秋穀梁傳序》：『昔周道衰陵，乾綱絶紐。』乾綱絶紐即『乾綱一斷』之義。乾

綱，喻君權。『賢愚』句：謂賢愚不分。門，類别。

〔四〕『佞是』句：《論語·先進》：『子曰：「是故惡夫佞者。」』此反其意。佞：花言巧語，阿諛奉承。『忠是』句：《史記·殷本紀》：『紂愈淫亂不止。……比干曰：「爲人臣者，不得不以死争。」乃强諫紂。紂怒曰：「吾聞聖人心有七竅。」剖比干，觀其心。』《正義》引《括地志》云：『比干見微子去，箕子狂，乃歎曰：「主過不諫，非忠也；畏死不言，非勇也；過則諫，不用則死，忠之至也。」進諫不去者三日。紂問：「何以自持？」比干曰：「修善行仁，以義自持。」紂怒，曰：「吾聞聖人心有七竅，信諸？」遂殺比干，剖視其心也。』

〔五〕『餓虎』二句：陳云：『紂殺比干，是人不如獸。』

〔六〕『日影』二句：陳云：『言埋魂地下，日所不能照臨其冤也。』

吊元魯山十首〔一〕

搏鷙有餘飽〔二〕，魯山長飢空。豪人飫鮮肥，魯山飯蒿蓬〔三〕。食名皆霸官，食力乃堯農〔四〕。君子恥新態，魯山與古終〔五〕。天璞本平一，人巧生異同。魯山不自剖，全璞竟没躬〔六〕。

校勘

搏：原作『轉』，據宋刻本、弘治本改。

注釋

〔一〕吊元魯山：元和五、六年間作。元魯山，即元德秀。見卷七《寄義興小女子》注〔七〕。元魯山没時

（天寶十三年），東野方四歲，但他一向景仰魯山的爲人，因之五十六年後而有此追吊之作。

〔二〕搏鷙：長於搏擊的猛禽，如鷹之屬。此喻酷吏。

〔三〕『豪人』二句：杜甫《醉時歌》：『諸公衮衮登臺省，廣文先生官獨冷；甲第紛紛厭粱肉，廣文先生飯不足。』此師其意。豪人：即豪民，指稱豪一方者。飫：飽食。飯蒿蓬：以蒿蓬爲食。蒿蓬泛指野草。

〔四〕『食名』句：言世皆啖名之人，故酷吏轉能得人稱道而爲官。『食力』句：謂惟有淳樸的農民，是真正自食其力的人。

〔五〕『君子』二句：言魯山恥於趨新，而與古爲終。

〔六〕『天璞』四句：謂天生璞玉本無不同，蓋以玉人琢之而見巧；只因魯山抱璞不剖，故能保持其本色天然。自剖：自我表白，自明心跡。没躬：指死。躬：身體。

自剖多是非，流濫將何歸〔一〕。奔競立詭節，凌侮争怪輝〔二〕。五帝坐銷鑠〔三〕，萬類隨衰微。以兹見魯山，道蹇無所依〔四〕。

校勘

奔競：一作『損軀』，凌刻本、《全唐詩》一作『捐軀』。　五帝：《全唐詩》作『五常』。

注釋

〔一〕流濫：猶泛濫。

〔二〕奔競：奔走競争，多指追名逐利。詭節：詭異的品行。凌侮：侵凌，欺侮。怪輝：奇特的名聲。

〔三〕五帝：相傳古有五帝，而其説不一：或曰伏羲、神農、黄帝、堯、舜；或曰黄帝、顓頊、帝嚳、堯、舜；或曰少昊、顓頊、高辛、堯、舜。《全唐詩》『五帝』作『五常』，於義爲長。五常指仁、義、禮、智、信五個範疇。漢董仲舒《賢良策一》：『夫仁義禮智信五常之道，王者所當修飭也。』銷鑠：猶衰微。

〔四〕『以兹』二句：《新唐書·元德秀傳》：『德秀善文辭，作《蹇士賦》以自况。』道蹇：謂其道不行。蹇，困厄，不順利。

君子不自蹇，魯山蹇有因。苟含天地秀，皆是天地身〔一〕。天地蹇既甚，魯山道莫伸。天地氣不足，魯山食更貧〔二〕。始知補元化，竟須得賢人〔三〕。

注釋

〔一〕『苟含』二句：《禮·禮運》：『人者，其天地之德，陰陽之交，鬼神之會，五行之秀也。』又：『人者，天地之心也，五行之端也，食味别聲被色而生者也。』

〔二〕食貧：謂吃苦受窮。《詩·衛風·氓》：『自我徂爾，三歲食貧。』

〔三〕元化：造化，亦指帝王的德化。賢人：德才并美的人。

賢人多自霾，道理與俗乖〔一〕。細功不敢言，遠韻方始諧〔二〕。萬物飽爲飽，萬人懷爲懷〔三〕。一聲苟失所，衆憾來相排〔四〕。所以元魯山，飢衰難與偕〔五〕。

注釋

〔一〕自霾：把自己隱藏起來。霾，通『埋』。與俗乖：與流俗不一致。乖，背離。

〔二〕細功：微功。遠韻：韻致高遠。

〔三〕『萬物』二句：言魯山以民物爲懷。《孟子·離婁下》：『禹思天下有溺者，由（猶）己溺之也；稷思天下有飢者，由己飢之也：是以如是其急也。』東野師其意。

〔四〕『一聲』二句：言一旦舉措失當，即爲衆憾所排。苟：如果。衆憾：指衆多懷怨抱恨之人。排：排擊。

〔五〕『所以』二句：《舊唐書·元德秀傳》：『歲屬饑歉，庖厨不爨，而彈琴讀書，怡然自得。』魯山抱道如此，則并世之人，無與相比者。

遠階無近級，造次不可昇〔一〕。賢人潔腸胃，寒日空澄凝〔二〕。血誓竟訛繆，膏明易煎蒸〔三〕。以之驅魯山，疏跡去莫乘〔四〕。

注釋

〔一〕『遠階』二句：《易·升》：『貞吉升階，大得志也。』升階，指官吏晋級。造次：倉卒，急遽。

〔二〕潔腸胃：指滌除污穢。比喻改過自新。『寒日』句：形容賢人自律所達到的境界。

〔三〕『血誓』句：《舊唐書·元德秀傳》：『母亡，廬於墓所，食無鹽酪，藉無茵席，刺血畫像，寫佛經久之。』膏明：《莊子·人間世》：『山木自寇也，膏火自煎也。』

〔四〕疏跡：高遠的行跡。莫乘：謂難於追攀。

言從魯山宦，盡化堯時心〔一〕。貙虎恥狂噬，齒牙閉霜金〔二〕。競來闢田土，相與耕嶔岑〔三〕。當宵無關鑰，竟歲饒歌吟。善教復天術，美詞非俗箴〔四〕。精微自然事，視聽不可尋〔五〕。因書魯山績，庶合簫韶音〔六〕。

校　勘

霜金：『金』一作『針』。　當宵：宋刻本、華校本『當』作『常』。　復：一作『履』。

注　釋

〔一〕『言從』二句：《舊唐書・元德秀傳》：『德秀爲魯山令，部人爲盜，吏捕之繫獄。會縣界有猛獸爲暴，盜自陳曰：「願格殺猛獸以自贖。」德秀許之。胥吏曰：「盜詭計，苟免，擅放官囚，無乃累乎？」德秀曰：「吾不欲負約，累則吾坐，必請不及諸君。」即破械出之。翌日，格猛獸而還。誠信化人，大率此類。』

〔二〕『貙虎』二句：陳云：『喻盜受感化。』噬：咬。霜金：形容貙虎之齒牙。

〔三〕『競來』二句：言盜改惡從善。　闢：開拓。　耕嶔岑：在山地上耕作。　嶔岑，高險貌。此指山。　杜甫《述懷》：『嶔岑猛虎場，鬱結回我首。』

〔四〕『善教』句：《孟子・盡心上》：『善政不如善教之得民也。善政民畏之，善教民愛之。善政得民財，善教得民心。』俗箴：一般規戒的話。

〔五〕『精微』二句：言魯山德教之功，潛移默化，潤物無聲，是視聽所不察的。《禮・禮器》：『德産之致也精微。』又《中庸》：『故君子尊德性而道問學，致廣大而盡精微，極高明而道中庸。』

〔六〕簫韶：相傳爲帝舜時的樂曲。《書・益稷》：『簫韶九成，鳳皇來儀。』

簫韶太平樂，魯山不虚作〔一〕。千古若有知，百年幸如昨〔二〕。誰能嗣教化，以此洗浮薄〔三〕。君臣貴深遇，天地有靈橐〔四〕。力運既艱難，德符方合莫〔五〕。名位苟虚曠，聲明自銷鑠〔六〕。禮法雖相救，貞濃易糟粕〔七〕。哀哀元魯山，畢竟誰能度〔八〕。

校勘

合莫：《全唐詩》『莫』作『漠』。

注釋

〔一〕『簫韶』二句：《新唐書》卷一九四《元德秀傳》：『玄宗在東都，酺五鳳樓下，命三百里縣令、刺史各以聲樂集。是時頗言帝且第勝負，加賞黜。河内太守輦優伎數百，被錦繡，或作犀象，瓌譎光麗。德秀惟樂工數十人，聯袂歌《于蔿于》。《于蔿于》者，德秀所爲歌也。帝聞，異之，歎曰：「賢人之言哉！」謂宰相曰：「河内人其塗炭乎？」乃黜太守，德秀益知名。』『德秀以爲王者作樂崇德，天人之極致，而辭章不稱，是無樂也，於是作《破陣樂辭》以訂商、周。』

〔二〕『千古』二句：謂雖與魯山生死相隔，而所可慶幸者心跡相通。李白《游敬亭寄崔侍御》：『相去數百年，風期宛如昨。』

〔三〕嗣：接續，繼承。教化：教育感化。《禮·經解》：『故禮之教化也微，其止邪也於無形。』浮薄：指世風輕浮不樸實。

〔四〕『君臣』二句：以天地靈橐比喻君臣相得。《老子》：『天地之間，其猶橐籥乎？虚而不屈，動而愈出。』靈橐：即指橐籥。古代冶鍊時用以鼓風的裝置，猶今之風箱。橐，外面的箱子；籥，裏面的送風管。

〔五〕『力運』二句：言力干運會，出於艱難，德之内充，乃能合莫。德符：《莊子·德充符》郭象注：『德充於内，物應於外，外内玄合，信若符命而遺其形骸也。』合莫：《禮·禮運》：『君與夫人交獻，以嘉魂魄，是謂合莫。』古代祭祀，稱祭者與所祭鬼神精神上互相感通、合而爲一爲合莫。莫是指死者精神虚無寂寞，合指生者精神和合於寂寞。

〔六〕『名位』二句：言如名不副實，位爲虚曠，則聲教文明，必日就銷鑠。虚曠：虚假不實。

〔七〕『禮法』二句：謂雖賴禮法相救，然已失其貞濃之旨，所存也就是糟粕了。貞濃：喻指德治、教化。陳云：『詩言貞濃，蓋即禮法焉。』

〔八〕『哀哀』二句：陳云：『言魯山磊落異人，不可以常情度也。』度：揣測。

當今富教化，元后得賢相〔一〕。冰心鏡衰古，霜議清遐障〔二〕。幽埋盡光洸，滯旅免流浪〔三〕。唯餘魯山名，未獲旌廉讓〔四〕。二三貞苦士，刷視聳危望〔五〕。髮秋青山夜，目斷丹闕亮〔六〕。誘類幸從兹，嘉招固非妄〔七〕。小生奏狂狷，感惕增萬狀〔八〕。

校 勘

當今富教化：一作『聖朝禮嘉士』，《全唐詩》一作『聖主禮嘉士』。　光：弘治本、《全唐詩》作『洸』。

獲：宋刻本一作『遂』。

注 釋

〔一〕元后：天子。《書·大禹謨》：『汝終陟元后。』又《泰誓》：『元后作民父母。』

〔二〕冰心：比喻心地清明純潔表裏如一。衰古：指古道之衰微。霜議：嚴正的言論。陳云：『霜蓋喻其嚴也。』遐障：使君臣遥隔之障礙。

〔三〕『幽埋』句：言沉冤盡得洗雪。滯旅：猶滯客，指流寓不歸的人。

〔四〕『唯餘』二句：謂魯山未因他的廉讓而得到朝廷的表彰。旌：表彰。廉讓：廉潔，謙讓。

〔五〕貞苦士：堅貞刻苦的人。刷視：猶拭目。

〔六〕髮秋：頭髮衰白。丹闕：赤色的宮門。此指朝廷。

〔七〕誘類：呼朋引類。嘉招：指朝廷的徵聘。

〔八〕小生：東野自謂。狂狷：見卷五《與王二十一員外涯游枋口柳溪》注〔一二〕。狂狷皆偏於一面，泛指偏激。此指上文所發的議論。感惕：感激惶恐。

黄犢不知孝，魯山自駕車〔一〕。非賢不可妻，魯山竟無家〔二〕。供養恥它力，言詞豈纖瑕〔三〕。將謡魯山德，瀆海誰能涯〔四〕。

校勘

瀆海：宋刻本作『海瀆』。

注釋

〔一〕『黄犢』二句：《舊唐書·元德秀傳》：『德秀少孤貧，事母以孝聞。開元中，從鄉試，歲游京師，不忍離親，每行則自負板輿，與母詣長安。』黄犢：黄毛小牛。

〔二〕『非賢』二句：《舊唐書·元德秀傳》：『德秀早失恃怙，縗麻相繼，不及親在而娶。既孤之後，遂不娶婚。族人以絶嗣規之，德秀曰：「吾兄有子，繼先人之祀。」』無家：謂無妻室。

〔三〕供養：奉養父母。魯山之父早亡，此指供養其母。纖瑕：猶微疵。

〔四〕謡：徒歌。即無音樂伴奏的歌唱。蹟海：深海。誰能涯：言無人能測其涯際。

遺嬰盡雛乳，何況肉骨枝。心腸結苦誠，胸臆垂甘滋〔一〕。事已出古表，誰言獨今奇。賢人母萬物，愷悌流前詩〔二〕。

注　釋

〔一〕『遺嬰』四句：魯山自乳兄子事，載《新唐書》卷一九四《元德秀傳》，見卷七《寄義興小女子》注〔七〕引。

〔二〕母：哺育。愷悌：即『豈弟』，指和樂平易的君子之風。前詩：指《詩·小雅·蓼蕭》。《詩序》曰：『蓼蕭，澤及四海也。』共四章，章六句。其三章曰：『既見君子，孔燕豈弟。宜兄宜弟，令德壽豈。』

哭李觀〔一〕

志士不得老〔二〕，多爲直氣傷。阮公終日哭，壽命固難長〔三〕。顔子既殂謝〔四〕，孔門無輝光。文星落奇曜，寶劍摧修鋩〔五〕。常作金應石，忽爲宫別商〔六〕。爲爾弔琴瑟，斷絃難再張〔七〕。偏轂不可轉，隻翼不可翔〔八〕。清塵無吹嘘〔九〕，委地難飛揚。此義古所重，此風今已

亡。自聞喪元賓，一日八九狂。沉痛此丈夫，驚呼彼穹蒼。我有出俗韻，勞君疾惡腸〔一〇〕。知音既已矣，微言誰能彰〔一一〕。旅葬無高墳〔一二〕，栽松不成行。哀歌動寒日，贈淚沾晨霜。神理本窅窅〔一三〕，今來更茫茫。何以蕩悲懷，萬事付一觴。

校　勘

常：原作「當」，各本俱作「常」，兹據改。　宫別商：《全唐詩》「宫」一作「參」。　清塵：「清」原作「靖」，各本俱作「清」，兹據改。　今已亡：《全唐詩》「已」作「則」。　微言：「言」一作「善」。　栽：一作「孤」。本窅窅：「本」原作「未」，據宋刻本、弘治本改。「窅窅」一作「冥冥」。　今來：「來」原作「未」，據宋刻本、弘治本改。

注　釋

〔一〕哭李觀：李觀貞元十年以太子校書郎宦死於長安，東野此詩疑是他貞元十一年來長安應試時追吊之作。詳見華忱之《孟郊年譜》考訂。李觀：見卷六《贈李觀》注〔一〕。

〔二〕不得老：謂未盡天年。

〔三〕阮公：指阮籍。見卷七《送任齊二秀才自洞庭游宣城》注〔一五〕。按阮籍卒年五十四。

〔四〕顔子：指顔回。《論語・雍也》：「哀公問：『弟子孰爲好學？』孔子對曰：『有顔回者好學，不遷怒，不貳過。不幸短命死矣！今也則亡，未聞好學者也。』」按顔回卒年三十一。殂謝：死亡。

〔五〕文星：即文昌星，也稱文曲星，舊時傳爲主文運的星宿。此指李觀。奇曜：特別明亮。修鋌：指長劍之尖鋒。

〔六〕「常作」二句：《世説新語・文學》：「孫興公作《天台賦》成，以示范雲期，云：『卿試擲地，要作金石聲。』范曰：『恐子之金石，非宫商中聲！』然每至佳句，輒云：『應是我輩語。』」這裏金應石，比喻友朋相諧；宫别商，是説一旦永訣。

〔七〕「爲爾」二句：相傳鍾子期死後，伯牙破琴絶絃，終身不復鼓琴。參卷一《傷哉行》注〔五〕。

〔八〕「偏轂」二句：比喻失去元賓，自此獨立無依矣。偏轂：單輪。轂，車輪中心之圓木，安裝在車輪兩側軸上，使車輪保持直立而不致傾斜。這裏用爲車輪的代稱。

〔九〕清塵：東野自喻，表示位卑身微。吹噓：吹拂。這裏比喻從旁相助。按李觀《與梁補闕薦孟郊崔弘禮書》嘗云：「孟之詩，五言高處，在古無二；其有平處，下顧二謝。」可知他對東野詩有很高的評價。

〔一〇〕「我有」二句：言我詩味於時調，故不爲世俗所容；惟如君之剛腸疾惡，纔如此擊節稱賞。

〔一一〕知音：指李觀。已矣：已往，過去。微言：精微的言辭。此指詩的意藴。彰：闡揚。

〔一二〕旅葬：韓愈《李元賓墓銘》：「年二十九，客死於京師。既斂之三日，友人博陵崔弘禮葬之於國東門之外七里，鄉曰慶義，原曰嵩原。」元賓趙州贊皇人，而葬於京郊，故曰旅葬。

〔一三〕神理：指陰間之事。窅窅：猶冥冥。潛藏隱晦貌。

李少府廳吊李元賓遺字 元賓題少府廳云宿從叔宅有感有其義而無其辭〔一〕

零落三四字，忽成千萬年。那知冥寞客，不有補亡篇〔二〕。斜月吊空壁，旅人難獨眠〔三〕。

一生能幾時，百慮來相煎。戚戚故交淚，幽幽長夜泉〔四〕。已矣難重言，一言一潸然〔五〕。

注　釋

〔一〕李少府：當即李元賓之從叔。其生平事跡不詳。李元賓：見卷六《贈李觀》注〔一〕。

〔二〕冥寞客：指已故之元賓。補亡篇：《詩·小雅》中《南陔》、《白華》、《華黍》、《由庚》、《崇丘》、《由儀》六篇，文辭亡佚，晋束皙補著其文，《文選》著録，即以《補亡詩》名篇。

〔三〕旅人：東野自謂。

〔四〕故交：舊友。東野自指。長夜泉：猶言九泉、黄泉，指人死後葬處。漢阮瑀《七哀詩》：『冥冥九泉室，漫漫長夜臺。』

〔五〕潸然：淚流貌。

悼吴興湯衡評事〔一〕

君生霅水清〔二〕，君殁霅水渾。空令骨肉情，哭得白日昏。大夜不復曉，古松長閉門〔三〕。琴絃緑水絶，詩句青山存〔四〕。昔爲芳春顔，今爲荒草根。獨問冥冥理，先儒未曾言〔五〕。

校　勘

湯：一作『張』。《全唐詩》一作『楊』，一作『張』。　君生：『生』一作『在』。　空令骨肉情：《全唐詩》『令』一作『有』。『情』一作『親』。　哭得：華校本作『哭令』。

注　釋

〔一〕吴興：古郡名，即湖州。唐屬江南東道，今浙江湖州市地。湯衡：大曆時湖州人。大曆七年，顔真卿

爲湖州刺史，集合文士修《韻海鏡源》，湯衡嘗參與其事。（見《全唐文》卷三三九顔真卿《湖州烏程縣杼山妙喜寺碑銘》）亦與詩僧皎然交往。皎然記述與湯過從者，有《五言伏日就湯評事衡湖上避暑》諸詩及若干聯句。評事：《新唐書》卷四八《百官志》：『大理寺……評事八人，從八品下。掌出使推按。』湯衡或爲湖州幕僚，評事是所帶臺省銜。

〔二〕霅水：見卷三《湖州取解述情》注〔二〕。

〔三〕大夜：人死似長眠不醒，故稱爲『大夜』。王僧孺《從子永寧令謙誄》：『昭途長已，大夜斯安。』『古松』句：古人墓地多植松柏，故云。門：指墓門。

〔四〕『琴絃』句：用伯牙絶絃事，見卷一《傷哉行》注〔五〕。『詩句』句：《全唐詩》卷七九四清晝《講德聯句》、《講古文聯句》、《項王古祠聯句》、《還丹可成詩聯句》、《與潘述集湯衡宅懷李司直縱聯句》、《秋日潘述自長城至霅上與晝公湯評事游集累日時司直李公瑕往蘇州有阻良會因與二公聯句以寄之》等，湯衡皆曾參與。又上海書店版《中國歷代法書墨跡大觀》（三）唐顔真卿《竹山堂連句》：『支策曉雲近，援琴春日長。』下注『評事范陽湯清河』，當即湯衡。

〔五〕『獨問』二句：《論語・先進》：『季路問事鬼神。子曰：「未能事人，焉能事鬼？」曰：「敢問死。」曰：「未知生，焉知死？」』冥冥理：即指生死鬼神之事。先儒：謂儒家先師孔子。

哀孟雲卿嵩陽荒居〔一〕

戚戚抱幽獨，晏晏沉荒居〔二〕。不聞新歡笑，但覩舊詩書。藝蘖意彌苦，耕山食無餘〔三〕。

定交昔何在，至戚今或疏〔四〕。薄俗易銷歇，淳風難久舒。秋蕪上空堂，寒槿落枯渠〔五〕。薙草恐傷蕙，攝衣自理鋤〔六〕。殘芳亦可餌，遺秀誰忍除。徘徊未能去，爲爾涕漣如〔七〕。

注　釋

〔一〕孟雲卿：河南（今洛陽）人。家貧少孤，早年耕讀於嵩陽。天寶間試進士不第。仕終校書郎。工詩，其詩源自『蘇李』，當朝則師承陳子昂、沈千運。五言格調高古，在唐中期別樹一幟。詳見辛文房《唐才子傳》卷二《孟雲卿傳》。嵩陽荒居：當爲雲卿天寶時所居之地。

〔二〕戚戚：憂懼貌。幽獨：默然獨處。晏晏：安和貌。沉：埋没。

〔三〕『藝蘗』二句：孟雲卿《田園觀雨兼晴後作》：『貧賤少情欲，借荒種南陂。我非老農圃，安得良土宜。秋成不廉儉，歲餘多餒饑。顧視倉廩間，有糧不成炊。』藝：種植。蘗：即黄蘗。樹高數丈，葉如吴茱萸，經冬不凋。皮與根皆可入藥，性寒，味苦。

〔四〕定交：結交的朋友。至戚：至親。

〔五〕秋蕪：秋草。蕪，叢生的草。槿：木槿。此指槿花，朝開暮落，喻人心之易變。

〔六〕薙草：除草。蕙：香草。俗名蕙蘭。攝衣：提起衣襟。

〔七〕漣如：流淚貌。

哭盧貞國〔一〕

一别難與期，存亡易寒燠〔二〕。下馬入君門，聲悲不成哭。自能富才藝，當冀深榮禄〔三〕。

皇天負我賢，遺恨至兩目〔四〕。平生歎無子，家事親相囑。

校勘

冀：原作『翼』，據宋刻本、弘治本改。　家事：《全唐詩》作『家家』。

注釋

〔一〕盧貞國：其人不詳。

〔二〕寒燠：猶寒暑。一易寒暑即過去一年。

〔三〕冀：期望。榮禄：官職與俸禄。

〔四〕『皇天』二句：疑盧氏雙目失明。

傷舊游

去春會處今春歸，花數不減人數稀。朝笑片時暮成泣，東風一向還西輝〔一〕。

校勘

向：《全唐詩》一作『見』。

注釋

〔一〕一向：霎時，瞬間。

吊房十五次卿少府〔一〕

日高方得起，獨賞些些春〔二〕。可惜宛轉鶯，好音與它人。昔年此氣味，還走曲江濱〔三〕。

逢着韓退之，結交方殷勤〔四〕。蜀客骨目高，聽辯劍戟新〔五〕。如何昨日歡，今日見無因。英奇一謝世〔六〕，視聽一爲塵。誰言老淚短，淚短沾衣巾。

校勘

沾衣巾：一作『足沾巾』。

注釋

〔一〕吊房十五次卿少府：約元和七、八年間作。房次卿：字蜀客。貞元七年進士。歷官秘書省，累遷爲京兆興平縣尉。約元和七、八年間卒於河南故里。少府：唐時縣令稱明府。縣尉爲縣令之佐，因稱少府。

〔二〕些些春：初春。些些，少許。

〔三〕氣味：指時節、節令言。曲江：在長安東南。康駢《劇談録》：『曲江池本秦世隑洲。開元中疏鑿，遂爲勝景。其南有紫雲樓、芙蓉苑，其西有杏園、慈恩寺。花卉環周，煙水明媚，都人游玩，盛於中和、上巳之節，彩幄翠幬，匝於堤岸，鮮車健馬，比肩擊轂。』

〔四〕『逢着』二句：東野貞元八年與韓愈訂交，同時與房次卿相識。殷勤：情意懇切深厚。

〔五〕骨目高：謂其風骨不凡，突出流俗。韓愈《興元少尹房君墓志》：『次卿有大才，不能俯仰順時。年四十餘，尚守京兆興平尉；然其友皆曰：房氏有子也。』聽辯：機敏善辯。劍戟新：比喻言辭鋒利。

〔六〕英奇：才智特出之士。

逢江南故晝上人會中鄭方回　上人往年手札五十篇相贈云以爲它日之念〔一〕

相逢失意中，萬感因語至。追思東林日，掩仰北邙淚〔二〕。筐篋有遺文，江山舊清氣〔三〕。

塵生逍遥注，墨故飛動字〔四〕。荒毁碧澗居，虚無青松位。珠沉百泉暗，月死群象閟〔五〕。永謝平生言，知音豈容易〔六〕。

校勘

注：一作『篇』。　閟：《全唐詩》作『閉』。

注釋

〔一〕晝上人：即皎然。見卷七《答晝上人止讒作》注〔一〕。鄭方回：其人不詳。吴胡《全唐詩人名考》：『鄭方回爲鄭容。』檢《新唐書》卷七五上《宰相世系表五上》，鄭方回爲武城尉鄭發之子。又《皎然集》卷一有《五言答鄭方回》詩。

〔二〕『追思』二句：陳云：『謂晝上人已下世。』東林：釋慧皎《高僧傳》卷六：『時有沙門慧永，居在西林，與遠同門舊好，遂要遠同止。永謂刺史桓伊曰：「遠公方當弘道，今徒屬已廣，而來者方多。貧道所棲褊狹，不足相處，如何？」桓乃爲遠復於山東更立房殿，即東林是也。』此泛指僧寺。據辛文房《唐才子傳》，皎然『往時住西林寺，定餘多暇，因撰序作詩體式，兼評古今人詩，爲《晝公詩式》五卷，及撰《詩評》三卷。』北邙：山名。見卷二《感懷八首》其二注〔一〕。

〔三〕『筐篋』二句：謂筐篋遺文乃江山清氣所鍾。筐篋，盛物之竹器。遺文：指上人往年所贈手札。

〔四〕逍遥注：《世説新語·文學》：『《莊子·逍遥篇》，舊是難處，諸名賢所以鑽味，而不能拔理於郭、向之外。支道林在白馬寺中，將馮太常共語，因及《逍遥》。支卓然標新理於二家之表，立異義於衆賢之外，皆是諸名賢尋味之所不得。後遂用支理。』飛動字：黄伯思《東觀餘論》：『昔人運筆，則出没飛動，神會意得。』

〔五〕『珠沉』二句：云上人之死，令百泉爲黯，萬象消歇。庾信《思舊銘》：『鱗亡星落，月死珠傷。』此用其意。閟：止息。

〔六〕永謝：終愧。平生言：蓋指上人昔日教誨。知音：見卷一《傷哉行》注〔五〕。

哭秘書包大監〔一〕

哲人卧病日，賤子泣玉年〔二〕。常恐寶鏡破，明月難再圓。文字未改素，聲容忽歸玄〔三〕。始知知音稀，千載一絶絃〔四〕。舊館有遺琴，清風那復傳〔五〕。

注　釋

〔一〕哭秘書包大監：貞元八年作。包大監：即包佶。《新唐書·包佶傳》載佶『遷刑部侍郎，改秘書監』，故東野以『大監』稱之。

〔二〕『哲人』二句：包佶卒於貞元八年，彼時東野方落第，故以楚卞和獻玉故事，自比其應試失意。哲人：《禮·檀弓上》：『泰山其頽乎，梁木其壞乎，哲人其萎乎！』此指包佶。泣玉：見卷二《古興》注〔一〕。

〔三〕素：平時。聲容：猶音容。歸玄：猶歸天。

〔四〕知音：見卷一《傷哉行》注〔五〕。

〔五〕『舊館』二句：《晋書·王徽之傳》：『未幾，獻之卒。徽之奔喪不哭，直上靈床坐，取獻之琴彈之，久而不調，歎曰：「嗚呼子敬，人琴俱亡。」因頓絶。』

悼幼子[一]

一閉黄蒿門，不聞白日事[二]。生氣散成風，枯骸化爲地[三]。負我十年恩[四]，欠爾千行淚。洒之北原上[五]，不待秋風至。

注釋

〔一〕悼幼子：元和五年作。

〔二〕『一閉』二句：陶淵明《挽歌詩》其三：『幽室一已閉，千年不復朝。』東野師其意。黄蒿門：猶言墓門。

〔三〕生氣：元氣。按照古人的觀念，元氣是人生命力的本原。《難經・八難》：『寸口脉平而死者，生氣獨絶於内也。』枯骸：尸骨。

〔四〕負恩：謂負養育之恩。

〔五〕北原：指北邙，見卷二《感懷八首》其二注〔一〕。此指墓地。庾信《周柱國楚國公岐州刺史慕容公神道碑》：『風秋北原，日没川逝，葬田舊頃，客土新封。』

悼亡[一]

山頭明月夜增輝，不照重泉下[二]。泉下雙龍無再期，金蠶玉燕空銷化[三]。朝雲暮雨成古墟，蕭蕭野竹風吹亞[四]。

校　勘

不照重泉下：《全唐詩》作『增輝不照重泉下』。

注　釋

〔一〕悼亡：晋潘岳喪妻，作《悼亡》詩三首，後人因稱喪妻爲悼亡，也把悼念亡妻稱爲悼亡。東野故時有遺孀鄭氏，乃其繼室，則此《悼亡》，當爲悼念原配某氏之作。

〔二〕重泉：謂地下，死者之所居，猶言九泉、黄泉。

〔三〕雙龍：見卷四《秋懷十五首》其十注〔一二〕。這裏雙龍用比夫妻。金蠶玉燕：俱爲殉葬之物。

〔四〕『朝雲』句：言隨時間之流逝，墳塋將變爲土丘。朝雲暮雨：用宋玉《高唐賦》巫山神女事，見卷一《巫山曲》注〔一〕。風吹亞：隨風低亞。亞，低垂貌。

吊李元賓墳〔一〕

曉上荒涼原，吊彼冥寞魂〔二〕。眼咽此時淚，耳悽在日言。寂寂千萬年，墳鏁孤松根。

校　勘

冥寞：《全唐詩》作『寂寥』。　悽：宋刻本作『悽』。弘治本、《全唐詩》、華校本作『凄』。　寂寂：《全唐詩》作『冥冥』。

注　釋

〔一〕李元賓：見卷六《贈李觀》注〔一〕。

〔一二〕『曉上』二句：李觀客死京師，葬於京郊嵩原。詳本卷《哭李觀》注〔一二〕。冥寞魂：即陰魂。

覽崔爽遺文因紓幽懷 崔君歿於南方〔一〕

墮淚數首文，悲結千里墳。蒼旻且留我〔二〕，白日空遺君。仙鶴未巢月，衰鳳先墜雲〔三〕。清風獨起時，舊語如再聞〔四〕。瑶草罷葳蕤，桂花休氛氲〔五〕。萬物與我心，相感吴江濆〔六〕。

校勘

紓：華校本作『抒』。　墮：原作『墜』，各本俱作『墮』，兹據改。　吴：《全唐詩》一作『哭』。

注釋

〔一〕崔爽：生平事跡無考。

〔二〕蒼旻：天。

〔三〕『仙鶴』二句：陳云：『喻傷其死也。』衰鳳：《論語·微子》：『鳳兮鳳兮，何德之衰？』

〔四〕『清風』二句：陳云：『此言覽其遺文也。』

〔五〕瑶草：珍異之草。江淹《從冠軍建平王登廬山香爐峰》：『瑶草正翕艴，玉樹信葱青。』葳蕤：紛披貌。氛氲：濃郁的香氣。

〔六〕吴江：陳云：『吴江謂南方。』濆：水邊。

峽哀十首〔一〕

昔多相與笑，今誰相與哀。峽哀哭幽魂，噭噭風吹來〔二〕。墮魄抱空月，出没難自裁〔三〕。

齏粉一閃間〔四〕，春濤百丈雷。峽水聲不平，碧㴱牽清洄〔五〕。沙稜箭箭急，波齒齗齗開〔六〕。呀彼無底吮，待此不測災〔七〕。谷號相噴激，石怒争旋回。古罪有復鄉，今縲多爲能〔八〕。字孤徒髣髴，銜雪猶驚猜〔九〕。薄俗少直腸，交結須横財。黄金買相吊，幽泣無餘灌〔一〇〕。我有古心意，爲君空摧頽〔一一〕。

校勘

峽哀哭幽魂：宋刻本「哀」一作「山」，「魂」一作「夢」。　嗷嗷：原作「激激」，據宋刻本、弘治本改。　百丈雷：「丈」一作「尺」。　箭箭：一作「湔湔」。　古罪：凌刻本、《全唐詩》作「古醉」。　有：一作「少」。

注釋

〔一〕峽哀十首：蓋以峽路險巇比况世途險惡，用峽虬峽螭等峽中險怪影射世間殘害忠良的讒人。詩非寫實，作者遇境即際，寄托良深。宋范成大有《初入峽山效孟東野》詩，略云：「峽山偪而峻，峽泉湍以碕。峽草如毧毛，峽樹多樛枝。峽禽惟杜鵑，血吻日夜啼。峽馬類黄狗，不能長鳴嘶。峽嶢虎跡多，峽暮人跡稀。峽路如登天，猿鶴不敢梯。僕夫負嵎哭，我亦呻吟悲。悲吟不成章，聊賡《峽哀》詩。」可以參讀。

〔二〕嗷嗷：悲哭聲。《莊子·至樂》：「人且偃然寢於巨室，而我嗷嗷然隨而哭之。」

〔三〕墮魄：猶言失魂。自裁：自決。

〔四〕「齏粉」句：謂於一閃間粉身碎骨。齏粉：細粉，碎屑。

〔五〕㴱：同「沱」，江水别流。清洄：清流。

〔六〕沙稜：江水衝激兩岸形成的沙痕。齗齗：露齒貌。

〔七〕『呀彼』二句：陳云：『言江沱谽呀，若無底之吮，以待萬萬人生身埋泥沙也。』梁武帝蕭衍《登北顧樓》詩：『深潭下無底，高岸長不測。』吮：以口含吸。

〔八〕『古罪』二句：謂古時罪人尚有生還者，今戴罪來此，則多化爲魚鱉。縲：拘縛罪人的繩索。此指囚犯。能：黄能，傳説中的動物。《國語·晉語八》：『昔者鯀違帝命，殛之於羽山，化爲黄能，以入於羽淵。』陸德明《經典釋文》：『黄能，如字，一音奴來反。亦作熊，音雄，獸名。能，三足鱉也。解者云：獸非入水之物，故是鱉也。一曰既爲神，何妨是獸。案《説文》及《字林》皆云能熊屬，足似鹿。』

〔九〕字孤：撫養孤兒。任昉《奏彈劉整》：『汜毓字孤，家無常子。』銜雪：銜冤得雪。驚猜：驚恐猜疑。

〔一〇〕幽泣：暗暗啜泣。無餘漼：猶言把眼淚哭乾。漼，涕淚齊下貌。

〔一一〕摧頽：摧折，衰頽。

上天下天水，出地入地舟〔一〕。石劍相劈斫，石波怒蛟虬〔二〕。花木疊宿春，風飆凝古秋〔三〕。幽怪窟穴語，飛聞肸蠁流〔四〕。沉哀日已深，銜訴將何求〔五〕。

注釋

〔一〕『上天』二句：寫江流形勢及江行感受。李白《將進酒》：『君不見黄河之水天上來，奔流到海不復回。』

〔二〕『石劍』二句：形容峽中水石之狀，或如劍戟相劈斫，或如蛟虬之怒起。

〔三〕『花木』句：極言花木之繁盛，好比將今春與去春疊加。『風飆』句：謂風飆的凌厲，有如往古的秋意

在此凝集。

〔四〕肸蠁：散佈，彌漫。司馬相如《上林賦》：『衆香發越，肸蠁布寫，晻曖苾勃。』

〔五〕銜訴：含冤。

三峽一線天，三峽萬繩泉〔一〕。上仄碎日月，下掣狂漪漣〔二〕。破魄一兩點〔三〕，凝幽數百年。峽暉不停午，峽險多飢涎〔四〕。樹根鏁枯棺，孤骨裹裹懸〔五〕。樹枝哭霜棲，哀韻杳杳鮮〔六〕。逐客零落腸〔七〕，到此湯火煎。性命如紡績，道路隨索緣〔八〕。奠淚吊波靈，波靈將閃然〔九〕。

校勘

孤骨：華校本作『直骨』。　奠淚：弘治本、凌刻本、《全唐詩》『淚』一作『酹』。

注釋

〔一〕『三峽』句：言三峽險峻不可下。張祜《送曾黯游夔州》：『下來千里峽，入去一條天。』亦是此意。萬繩泉：猶萬道泉。

〔二〕『上仄』二句：言傾側之山峰能把日月搗碎，陡峭的山崖牽曳着一片狂瀾。漪漣：水波。

〔三〕破魄：破碎的月光。

〔四〕『峽暉』句：酈道元《水經注·江水》：『自三峽七百里中，兩岸連山，略無闕處。重巖疊嶂，隱天蔽日，自非亭午夜分，不見曦月。』『峽險』句：謂舟行至此，多有覆没之虞。飢涎：比喻吞舟之水。

〔五〕枯棺：朽腐的棺材。裹裹：顫動貌。

〔六〕『樹枝』二句：陳云：『言猿啼甚哀。』參卷一《巫山曲》注〔五〕。霜棲：謂啼猿。杳杳：幽遠貌。鮮：清晰。

〔七〕逐客：被朝廷貶謫的人。

〔八〕『性命』二句：謂道路依山而築，迂回曲折，緣索度越其間，性命所寄，如紡績然。

〔九〕『奠淚』二句：謂以淚爲奠，吊祭波靈。奠：設酒食以祭。吊：奠祭。波靈：水神。閃然：驟然一現。

峽亂鳴清磬，産石爲鮮鱗。噴爲腥雨涎，吹作黑井身〔一〕。怪光閃衆異，餓劍唯待人〔二〕。老腸未曾飽，古齒嶄嵓嗔〔三〕。嚼齒三峽泉，三峽聲齗齗〔四〕。

校勘

峽亂鳴清磬：一作『峽虬鳴清聲』。

注釋

〔一〕『噴爲』二句：云水爲饞涎而帶腥味，『黑井身』以狀漩渦。陳云：『譬語奇險，言峽爲深坎。』

〔二〕餓劍：用指暗礁。

〔三〕『古齒』句：陳云：『古齒如山高，喻峽石也。』嶄嵓：同『巉巖』。險峻的山巖。嗔：怒。

〔四〕齗齗：原指争辯貌，此處形容水聲疾急。

峽螭老解語〔一〕，百丈潭底聞。毒波爲計校〔二〕，飲血養子孫。既非皋陶吏〔三〕，空食沉獄魂。潛怪何幽幽，魄説徒云云〔四〕。峽聽哀哭泉，峽吊鰥寡猿〔五〕。峽聲非人聲，劍水相劈翻。斯誰士諸謝，奏此沉苦言〔六〕。

校勘

螭：弘治本、凌刻本、《全唐詩》一作『蛟』。　獄：一作『玉』。

注釋

〔一〕螭：傳説中的無角龍。

〔二〕計校：算計，較量。

〔三〕皋陶：也稱咎繇。傳爲舜之臣，掌刑獄之事。《書·舜典》：『帝曰：皋陶，蠻夷猾夏，寇賊奸宄。汝作士，五刑有服，五服三就；五流有宅，五宅三居。惟明克允。』

〔四〕潛怪：指峽螭。魄：即沉獄魂。

〔五〕鰥寡：老年無偶之男女。引申爲凡孤弱者之稱。

〔六〕『斯誰』二句：陳云：『士，吏也。言誰以諸謝爲吏，庶可奏沉苦。蓋唯諸謝山水手，始可寫三峽之險也。』李嘉祐《送舍弟》：『諸謝偏推永嘉守，三何獨許水曹郎。』諸謝：指謝靈運一派山水詩人。

讒人峽虬心，渴罪呀然潯〔一〕。所食無直腸，所語饒梟音〔二〕。石齒嚼百泉，石風號千琴〔三〕。幽哀莫能遠，分雪何由尋〔四〕。月魄高卓卓〔五〕，峽窟清沉沉。銜訴何時明，抱痛已不

禁。犀飛空波濤，裂石千嶔岑〔六〕。

校勘

梟：宋刻本作『魄』，《全唐詩》作『梟』。　月魄：『魄』一作『魂』。　窟：一作『冤』。

注釋

〔一〕虬：傳説中的無角龍。呀然：張口貌。潯：水邊地。

〔二〕梟：陳云：『俗梟字。』

〔三〕『石齒』二句：陳云：『又言水風急峻之狀。』

〔四〕分雪：辯白。

〔五〕卓卓：高遠貌。

〔六〕『犀飛』二句：陳云：『犀，可照水怪。此言犀已飛去，不見峽虬心，徒見波濤裂石而已。』犀：動物名。也稱犀牛。體大於牛，鼻上有一或二角，間亦有三角者。《晋書·温嶠傳》：『至牛渚磯，水深不可測，世云其下多怪物，嶠遂毁犀角而照之。須臾，見水族覆火，奇形異狀，或乘馬車着赤衣者。』嶔岑：高險的山。

峽稜剸日月〔一〕，日月多摧輝。物皆斜仄生，鳥亦斜仄飛。潛石齒相鎖，沉魂招莫歸〔二〕。恍惚清泉甲，班爛碧石衣〔三〕。餓嚥潺湲號，涎似泓浤肥〔四〕。峽春不可游，腥草生微微。

校勘

鳥亦：宋刻本作『鳥翼』。　泓浤：宋刻本作『泓泓』。

注　釋

〔一〕峽稜：猶峽峰。稜，物體之邊角或尖角。此指鋭利的山峰。剸：截割。

〔二〕『潛石』二句：以石齒緊鎖，故沉魂莫歸。招：召喚死者的靈魂，古喪禮謂之復。《楚辭·招魂》：『巫陽焉乃下招曰：「魂兮歸來！」』

〔三〕甲：指魚鱉之類水族。衣：指苔蘚之類水生植物。

〔四〕『餓嚥』二句：陳云：『言水勢急峻。』潺湲：流貌。泓汯：水勢回旋貌。

峽景滑易墮，峽花怪非春。紅光根潛涎，碧雨飛沃津〔一〕。巴谷蛟螭心，巴鄉魍魎親〔二〕。噉生不問賢〔三〕，至死獨養身。腥語信者誰，拗歌歡非真〔四〕。仄田無異稼，毒水多獰鱗〔五〕。異類不可友，峽哀哀難伸。

校　勘

噉生：宋刻本、華校本作『飲生』。　鱗：原作『鮮』，據宋刻本、弘治本改。

注　釋

〔一〕『紅光』二句：言紅花植根於潛涎，碧雨飄灑在渡口。沃津：漲水的渡口。

〔二〕巴：古國名，位於今四川省東部一帶，故此三峽以巴谷、巴鄉稱之。魍魎：傳爲山川中的精怪。亦作罔兩。《左傳·宣公三年》：『螭魅罔兩，莫能逢之。』

〔三〕噉生：食人。

〔四〕腥語：謂語帶腥穢。拗歌：拗口不順耳的歌。

〔五〕『仄田』二句：陳云：『言峽波壯猛，又多蛟螭，患禍不測也。』異稼：特好的莊稼。獰鱗：惡魚。

峽水劍戟獰，峽舟霹靂翔〔一〕。因依虺蜴手〔二〕，起坐風雨忙。峽旅多竄官，峽氓多非良〔三〕。滑心不可求，滑習積已長。漠漠涎霧起，斷斷涎水光。渴賢如之何，忽在水中央〔四〕。

校勘

斷斷：原作『斷斷』，據宋刻本、弘治本改。　忽在水中央：『水』一作『此』。

注釋

〔一〕『峽水』二句：酈道元《水經注・江水》：『至於夏水襄陵，沿溯阻絶。或王命急宣，有時朝發白帝，暮到江陵，其間千二百里，雖乘奔御風，不以疾也。』劍戟獰：極言峽水凶猛。霹靂翔：蓋謂舟行急流險灘間，聲如霹靂。

〔二〕因依：依靠，倚恃。虺蜴手：指船工和水手，蓋亦峽中强人，肆毒害人者。虺蜴，蜥蜴，爲毒螫之蟲，以喻肆毒害人者。《詩・小雅・正月》：『哀今之人，胡爲虺蜴。』

〔三〕竄官：被朝廷流放的官員。峽氓：寄身三峽的草野之民。

〔四〕『渴賢』二句：謂賢人可望而不可即。《詩・秦風・蒹葭》：『蒹葭蒼蒼，白露爲霜。所謂伊人，在水一方。溯洄從之，道阻且長；溯游從之，宛在水中央。』

梟鵄作人語〔一〕，蛟虬吸水波。能於白日間，諂欲晴風和〔二〕。駭智蹶衆命，藴腥布深蘿〔三〕。齒泉無底貧，鋸涎在處多〔四〕。仄樹鳥不巢，踔猱猿相過〔五〕。峽哀不可聽，峽怨其奈何。

校勘

水波：宋刻本、弘治本作『山波』。

注釋

〔一〕梟鵄：即猫頭鷹。見卷一《湘絃怨》注〔五〕。

〔二〕『能於』二句：謂表面風和日麗，實際諂欲横流。諂欲：一種奉承、獻媚的情欲。

〔三〕『駭智』二句：言駭人之智足使衆命爲蹶，松蘿深處布滿了腥臭。蹶：顛仆。蘿：即松蘿，地衣類植物。

〔四〕『齒泉』二句：謂齒泉深不可測，鋸涎所在多有，生人到此，險象環生。

〔五〕仄樹：傾側而生的樹。踔猱：騰躍，攀援。

杏殤九首　并序〔一〕

杏殤，花乳也〔二〕。霜翦而落。因悲昔嬰，故作是詩。

凍手莫弄珠〔三〕，弄珠珠易飛。驚霜莫翦春〔四〕，翦春無光輝。零落小花乳，斕斑昔嬰衣〔五〕。拾之不盈把，日暮空悲歸〔六〕。

注釋

〔一〕杏殤九首：元和六年作。詩以杏殤爲喻，悼其子嬰夭亡。王建《哭東野》詩云：『老松臨死不生枝，東野先生早哭兒。但使洛陽城裏客，家傳一首《杏殤》詩。』

〔二〕杏殤：指杏花的花蕾因霜剪而落。殤，未成年而死。花乳：即花蕾，或稱骨朵，含苞未放之花。

〔三〕弄珠：張衡《南都賦》：『耕父揚光於清泠之淵，游女弄珠於漢皋之曲。』此以明珠借喻花乳。

〔四〕剪春：指驚霜對春物的摧傷。

〔五〕『零落』二句：由零落的花乳聯想到夭亡嬰兒斕斑的衣服。斕斑：即斑斕，色彩錯雜。

〔六〕『拾之』二句：《詩・小雅・采緑》：『終朝采緑，不盈一匊。』鄭箋：『終朝采之而不滿手，怨曠之深，憂思不專於事。』又《古詩》：『終朝采其華，日暮不盈抱。』此師其意者。

地上空拾星，枝上不見花〔一〕。哀哀孤老人，戚戚無子家。豈若没水鳧，不如拾巢鴉〔二〕。浪鷇破便飛，風鶵裊相誇〔三〕。芳嬰不復生，向物空悲嗟。

校勘

拾巢鴉：宋刻本作『捨巢鴉』。　飛：宋刻本作『驚』。　風鶵：宋刻本作『飛雛』。

注釋

〔一〕『地上』二句：謂花落如星，令人生悲。

〔二〕没水鳧：能潛水的野鴨。拾巢鴉：會築巢的烏鴉。

〔三〕『浪縠』二句：上句承没水鼍言，下句承拾巢鴉言。縠：待母哺食的幼鳥。鼍：聲音回旋不絶。

應是一線淚，入此春木心。枝枝不成花，片片落剪金。春壽何可長，霜哀亦已深〔一〕。常時洗芳泉，此日洗淚襟。

注　釋

〔一〕『春壽』二句：陳云：『言春華不久，霜落可哀。』

兒生月不明，兒死月始光〔一〕。兒月兩相奪，兒命果不長。如何此英英，亦爲吊蒼蒼〔二〕。甘爲墮地塵，不爲末世芳。

校　勘

末世：一作『世木』。

注　釋

〔一〕『兒生』二句：韓愈《孟東野失子·序》：『東野連産三子，不數日輒失之。』故其詩云：『此獨何罪辜，生死旬日間。』

〔二〕『如何』二句：蓋悲痛之極，而問蒼天。英英：俊美貌。此謂花乳，亦指昔嬰。蒼蒼：謂天。《莊子》内篇《逍遥游》：『天之蒼蒼，其正色耶？』

踏地恐土痛，損彼芳樹根〔一〕。此誠天不知，剪棄我子孫〔二〕。垂枝有千落，芳命無一存。誰謂生人家，春色不入門〔三〕。

注　釋

〔一〕『踏地』二句：陳云：『言其愛護也。』

〔二〕此誠：猶言這種至愛。子孫：謂花乳也。剪棄：《左傳·襄公十四年》：『惠公蠲其大德，謂我諸戎是四岳之裔胄也，毋是翦棄。』

〔三〕『垂枝』四句：皆詠杏花之未開先落，而痛悼昔嬰之夭折也。

冽冽霜殺春，枝枝疑纖刀〔一〕。木心既零落，山竅空呼號。班班落地英，點點如明膏〔二〕。始知天地間，萬物皆不牢。

注　釋

〔一〕『冽冽』二句：陳云：『言霜剪也。』冽冽：寒冷貌。纖刀：刀之極細小者。

〔二〕班班：言其繁多。明膏：明亮的油脂。

哭此不成春，淚痕三四班。失芳蝶既狂，失子老亦孱〔一〕。且無生生力〔二〕，自有死死顔。靈鳳不銜訴，誰爲扣天關〔三〕。

校勘

班：《全唐詩》作『斑』。　且無：『且』一作『豈』。　自有：『自』一作『甘』。

注釋

〔一〕孱：窘迫。

〔二〕生生力：孳息不絶、繁衍不已之力量。

〔三〕『靈鳳』二句：屈原《離騷》：『吾令鳳鳥飛騰兮，繼之以日夜。』又：『吾令帝閽開關兮，倚閶闔而望予。』靈鳳：即鳳鳥。扣：通『叩』，敲擊。天關：天門，即《離騷》所説『閶闔』。

此兒自見災〔一〕，花發多不諧。窮老收碎心，永夜抱破懷〔二〕。聲死更何言，意死不必喈〔三〕。病叟無子孫，獨立猶束柴〔四〕。

注釋

〔一〕見災：遭災。見，被。

〔二〕窮老：并下文『病叟』，皆東野自稱，陳云：『老而無子，亦窮民之無告者，故曰窮老。』破懷：猶碎心。

〔三〕『聲死』二句：謂聲死則無言，心死無哭聲。喈：啼聲。

〔四〕『病叟』二句：元好問《改葬阿辛詩》：『孟郊老作枯柴立，可待吟詩哭古殤。』

霜似敗紅芳，剪啄十數雙。參差呻細風，噞喁沸淺江〔一〕。泣凝不可消，恨壯難自降。空

遺舊日影，怨彼小書窗。

校　勘

呻：原作『伸』，據宋刻本、弘治本改。　沸：一作『戲』。　凝：一作『疑』。　消：一作『誚』。　彼：一作『此』。

注　釋

〔一〕『參差』二句：言殘枝在微風中呻吟，落花在江面上翻騰。參差：不齊貌。呻：勞苦疾痛時發出的聲音。噞喁：魚在水面張口呼吸的樣子，亦作魚的代稱。這裏用比因霜剪而落的花乳。

吊江南老家人春梅

念爾筋力盡，違我衣食恩〔一〕。奈何矗獷兒，生鞭見死痕〔二〕。舊使常以禮，新怨將誰吞〔三〕。胡爲乎泥中，消歇教義源〔四〕。

校　勘

怨：一作『冤』。　胡爲乎：『乎』原作『平』，據宋刻本、弘治本改。　泥中：一作『上天』。

注　釋

〔一〕『念爾』二句：言春梅老死。念：顧念。違：背離。

〔二〕矗獷兒：謂其年輕時粗野魯莽。『生鞭』句：似謂春梅竟以鞭扑致死，何以如此則未知其詳。

〔三〕使：役使。新怨：指鞭撻之恨。

〔四〕『胡爲』句：《詩·邶風·式微》：『微君之躬，胡爲乎泥中？』朱熹《詩集傳》：『泥中，謂有陷溺之難，而不見拯救也。』陳云：『此句本《式微》篇，蓋悼詞也。』消歇：消散，休止。教義源：禮教的本源。

哭李丹員外并寄杜中丞〔一〕

生死方知交態存，忍將齟齬報幽魂〔二〕。十年同在平原客，更遣何人哭寢門〔三〕。

注釋

〔一〕哭李丹員外并寄杜中丞：吴胡《全唐詩人名考》：此詩所哭之李丹爲李岑子，與李舟爲兄弟，官至豪州刺史（按豪州即濠州。《元和郡縣志》卷九云：『濠字中間誤去水，元和三年又加水焉。』），見《新唐書》卷七二上《宰相世系表》。杜中丞爲杜兼。《舊唐書》卷一四六、《新唐書》卷一七二有傳。《新傳》云：『杜兼字處弘……建中初，進士高第。徐泗節度使張建封表置其府，積勞爲濠州刺史。』韓愈《中散大夫河南尹杜君墓志銘》（《全唐文》卷五六六）云：『公諱兼……佐徐泗軍，遂至濠州刺史。徐泗軍亂，以兵甲三千防淮，道不絶，有功，加御史中丞，賜紫衣金魚。』由此知李丹、杜兼先後爲濠州刺史，均爲徐州鎮帥張建封屬官。孟郊於貞元八年曾至徐州依張建封數月，有《上張徐州詩》等，後又多次途經徐州，故與張建封屬官李丹、杜兼相識。《新唐書·宰相世系表》所書李丹卒官爲豪州刺史，臆李丹卒後，豪州刺史即由杜兼繼任，故此詩哭李丹而并寄杜中丞。員外，即員外郎，正員以外之官。唐以後各部均設此職，位在郎中之次。中丞：爲御史臺長官，掌管圖籍秘書，外督部刺史，内領諸御史，受領公卿奏劾的表章。

〔二〕『生死』句：見卷三《病起言懷》注〔三〕。交態：友情深淺的程度。齟齬：齟齬不合，言語違戾。説詳

郭在貽《唐代俗語詞雜釋》。幽魂：死者的靈魂。

〔三〕平原客：《史記》卷七六《平原君虞卿列傳》：『平原君趙勝者，趙之諸公子也。諸子中勝最賢，喜賓客，賓客蓋至者數千人。』兹借指李、杜。寢門：内室的門。《禮記·檀弓上》：『孔子曰……師，吾哭諸寢；朋友，吾哭諸寢門之外。』

哭劉言史〔一〕

詩人業孤峭〔二〕，餓死良已多。相悲與相笑，累累其奈何〔三〕。精異劉言史，詩腸傾珠河〔四〕。取次抱置之，飛過東溟波。可惜大國謡，飄爲四夷歌〔五〕。常於衆中會，顔色兩切磋〔六〕。今日果成死，葬襄之洛河〔七〕。洛岸遠相吊，灑淚雙滂沱〔八〕。

校勘

取次抱置之：一作『取次爲拋擲』。襄：一作『喪』。灑：原作酒，據《全唐詩》、華校本改。

注釋

〔一〕哭劉言史：元和七年，劉言史客死漢南，東野時在洛陽，聞訊而有此作。劉言史：見卷八《送淡公十二首》其十一注〔三〕。

〔二〕孤峭：清正，孤傲不隨流俗。

〔三〕『相悲』二句：陳云：『言有悲以孤峭爲業者，亦有笑者。』

〔四〕『精異』二句：言其詩美麗恢贍。詩腸：詩思、詩情。馮贄《雲仙雜記》卷二：『戴顒春攜雙柑斗酒。

人問何之，曰：「往聽黄鸝聲。此俗耳針砭，詩腸鼓吹，汝知之乎？」』

〔五〕『取次』四句：謂詩傳海外，而國中無聞，是傷悼劉言史的不遇。取次：任意，隨便。東溟：東海。四夷：指東夷、西戎、南蠻、北狄，是古時對華夏以外各族的蔑稱。

〔六〕顔色：面容，面色。切磋：喻痛惻。《楚辭》漢王褒《九懷·株昭》：『悲哉于嗟兮，心内切磋。』洪興祖補注：『意中激感，腸痛惻也。』

〔七〕『葬襄』句：皮日休《劉棗强碑》：『墳去襄陽郭五里，曰柳子關。』襄之洛河：未詳。當爲襄陽附近另一洛河。

〔八〕『洛岸』句：東野時居洛陽，故云『洛岸相吊』。滂沱：涕淚紛下貌。

吊盧殷十首〔一〕

詩人多清峭，餓死抱空山〔二〕。白雲既無主，飛出意等閑〔三〕。久病床席尸，護喪童僕孱〔四〕。故書窮鼠嚙〔五〕，狼籍一室間。君歸新鬼鄉，我面古玉顔〔六〕。羞見入地時，無人叫追攀〔七〕。百泉空相吊，日久哀潺潺〔八〕。

校勘

古玉顔：『玉』一作『土』。　日久：『久』一作『夕』。

注釋

〔一〕吊盧殷十首：元和五年作。盧殷：見卷八《送淡公十二首》其十一注〔三〕。韓愈《登封縣尉盧殷墓

志》：『元和五年十月日，范陽盧殷以故登封縣尉卒登封，年六十五。』

〔二〕『詩人』二句：韓愈《登封縣尉盧殷墓志》：『君能爲詩，自少至老詩可録傳者在紙凡千餘篇。無書不讀，然止用以資爲詩。與諫議大夫孟簡、協律孟郊、監察御史馮宿好，期相推挽，卒以病不能爲官。在登封盡寫所爲詩抵故宰相東都留守鄭公餘慶。留守數以帛米周其家。書薦宰相，宰相不能用，竟飢寒死登封。』清峭：清高孤直。

〔三〕『白雲』二句：陶淵明《詠貧士》其一：『萬族各有托，孤雲獨無依。』

〔四〕床席尸：《論語・鄉黨》：『寢不尸，居不容。』何晏集解引包咸曰：『偃卧四體，布展手足，似死人。』護喪：治理喪事。孱：衰弱，瘦弱。

〔五〕窮鼠：飢鼠。

〔六〕古玉顔：形容死者遺容。

〔七〕『羞見』二句：歎其棺槨入土時無人哭送。韓愈《登封縣尉盧殷墓誌》：『君始娶滎陽鄭氏，復娶隴西李氏。生男輒死，卒無子。』

〔八〕『百泉』二句：謂唯哀泉潺潺，似相吊也。

唧唧復唧唧，千古一月色。新新復新新，千古一花春〔一〕。邙風噫孟郊，嵩秋葬盧殷〔二〕。北邙前後客，相吊爲埃塵〔三〕。北邙棘針草，淚根生苦辛。煙火不自暖，筋力早已貧〔四〕。幽薦一杯泣，瀉之清洛濱〔五〕。添爲斷腸聲，愁殺長別人〔六〕。

校勘

前後客：『前』原作『相』，據宋刻本、弘治本改。

注釋

〔一〕『唧唧』四句：陳云：『言人命短促，不能如月色花春，千古如一也。』唧唧：蟲鳴聲。

〔二〕邙風：墓地之風。邙指北邙山，見卷二《感懷八首》其二注〔一〕。噫：歎詞。『嵩秋』句：韓愈《登封縣尉盧殷墓志》：『十一月某日葬嵩下鄭夫人墓中。』

〔三〕『北邙』二句：謂己與盧殷，其實只是略分先後罷了；吊者和被吊者，到頭來都不免化爲塵土。北邙：指墓地。

〔四〕『煙火』二句：孟雲卿《寒食》：『貧居往往無煙火，不獨明朝爲子推。』

〔五〕『幽薦』二句：言以淚爲薦，瀉之清洛。薦：遇時節供時物爲祭。幽薦：猶言薄祭。

〔六〕『添爲』二句：陳云：『言洛水嗚咽者，蓋添却薦泣也。』長别：永别。

棘針風相號，破碎諸苦哀〔一〕。苦哀不可聞，掩耳亦入來。哭絃多煎聲，恨涕有餘摧〔二〕。噫貧氣已焚，噫死心更灰〔三〕。夢世浮閃閃，淚波深洄洄〔四〕。薤歌一以去，蒿閉不復開〔五〕。

注釋

〔一〕『破碎』句：梁武帝《孝思賦》：『目觸事而破碎，心隨感而斷絶。』

〔二〕餘摧：不盡之傷痛。摧，傷痛。《文選》卷二九蘇武《詩四首》其二：『長歌正激烈，中心愴以摧。』

〔三〕『噫死』句：《莊子·齊物論》：『形固可使如槁木，而心固可使如死灰乎？』

〔四〕『夢世』句：陶淵明《飲酒》其八：『吾生夢幻間，何事紲塵羈。』又李白《春夜宴從弟桃李園序》：『而浮生若夢，爲歡幾何？』洄洄：旋流貌。此言淚水在眼眶裏轉動。

〔五〕薤歌：崔豹《古今注·音樂》：『《薤露》、《蒿里》，并喪歌也。出田横門人。横自殺，門人傷之，爲之悲歌，言人命如薤上之露，易晞滅也，亦謂人死魂魄歸乎蒿里，故有二章。……至孝武時，李延年乃分爲二曲，《薤露》送王公貴人，《蒿里》送士大夫庶人，使挽柩者歌之，世呼爲挽歌。』故薤歌，即挽歌也。蒿：指蒿門，即墓門也。

登封草木深，登封道路微〔一〕。日月不與光，莓苔空生衣〔二〕。可憐無子翁，蚍蜉緣病肌〔三〕。攣卧歲時長，漣漣但幽噫〔四〕。幽噫虎豹聞，此外相訪稀〔五〕。至親唯有詩，抱心死有歸〔六〕。河南韓先生，後君作因依〔七〕。磨一片嵌巖，書千古光輝〔八〕。

注釋

〔一〕『登封』二句：言盧殷居處偏僻。

〔二〕『日月』二句：謂朝廷恩澤不及盧殷之身。《詩·邶風·日月》：『日居月諸，照臨下土。』此反用之。

〔三〕『可憐』句：韓愈《盧殷墓志》：『生男輒死，卒無子。』『蚍蜉』句：《莊子·列禦寇》：『在上爲烏鳶食，在下爲螻蟻食，奪彼與此，何其偏也。』此即『下爲螻蟻所食』之義。蚍蜉：大蟻。

〔四〕攣卧：蜷曲而卧。漣漣：垂淚貌。《詩·衛風·氓》：『不見復關，泣涕漣漣。』幽噫：黯自歎息。

〔五〕『幽噫』二句：陳云：『言無人來吊也。』

〔六〕『至親』二句：陳云：『言以詩爲養生送死之具。』

〔七〕『河南』二句：韓愈《盧殷墓志》：『將死，自爲書告留守與河南尹，乞葬己。又爲詩與常所來往河南令韓愈曰：「爲我具棺。」留守尹爲具凡葬事，韓愈與買棺，又爲作銘。』因依：相依倚，相扶助。

〔八〕『磨一』二句：言韓愈爲作銘刻石事。一片嵌巖：指盧殷墓碑。千古光輝：指《墓志》所載盧殷生平志業。

賢人無計校〔一〕，生苦死徒誇。它名潤子孫，君名潤泥沙〔二〕。可惜千首文，閃如一朝花〔三〕。零落難苦言，起坐空驚嗟。

校勘

苦言：一作『久留』。

注釋

〔一〕計校：算計，較量。

〔二〕潤：滋潤、沾溉。《禮·大學》：『富潤屋，德潤身，心廣體胖。』『君名』句：盧殷無子，故此云云。杜甫《花底》：『深知好顏色，莫作委泥沙。』此反用之。

〔三〕『可惜』二句：韓愈《登封縣尉盧殷墓誌》：『君能爲詩，自少至老詩可録傳者在紙凡千餘篇。』

耳聞陋巷生，眼見魯山君〔一〕。餓死始有名，餓名高氛氳〔二〕。戅叟老壯氣，感之爲憂雲〔三〕。所憂唯一泣，古今相紛紛〔四〕。平生與君説，逮此俱云云。

注　釋

〔一〕『耳聞』句：陳云：『謂顔回也。唐去春秋時遠，故曰聞。』《論語·雍也》：『子曰：「賢哉，回也！一簞食，一瓢飲，在陋巷，人不堪其憂，回也不改其樂。賢哉，回也！」』『眼見』句：陳云：『謂元魯山。魯山開元時人，去東野甚近，故曰見。』魯山君：見本卷《吊元魯山十首》其一注〔一〕。

〔二〕『餓死』二句：《全唐文》卷三二〇李華《元魯山墓碣》：『維唐天寶十二載九月二十九日，魯山令河南元公終於陸渾草堂，春秋五十九。……授署魯山令……歷官俸禄，悉以經營葬祭，衣食孤遺。代下之日，柴車而返。南游陸渾，考一畝之宅，發八笥之直，唯匹帛焉。……時屬歉歲，涉旬無煙……而羔雁不至，殁於空山，可勝慟耶！』氛氳：盛貌。

〔三〕戅叟：東野自指。憂雲：猶愁雲。

〔四〕紛紛：盛多貌。

初識漆鬟髮，争爲新文章〔一〕。夜踏明月橋，店飲吾曹床〔二〕。醉啜二盃釀，名郁一縣香〔三〕。寺中摘梅花，園裏剪浮芳。高嗜緑蔬羹，意輕肥膩羊〔四〕。吟哦無滓韻，言語多古腸〔五〕。白首忽然至，盛年如偷將〔六〕。清濁俱莫追，何須罵滄浪〔七〕。

校勘

店飲：凌刻本、《全唐詩》一作『虚歛』。　蔬：一作『雲』。

注釋

〔一〕『初識』二句：言初識盧殷，見其意氣風發之狀。漆鬢髮：杜甫《醉歌行》：『汝身已見唾成珠，汝伯何由髮如漆。』

〔二〕『夜踏』二句：寫與盧殷少時游宴之樂。吾曹：猶我輩。床：坐卧之具。此指飲酒用的几案。

〔三〕啜：飲。釀：作酒。此指酒。名：蓋指詩名。郁：盛。一縣香：盧綸《中書舍人李座上送潁陽徐少府》：『潁陽春色似河陽，一望繁花一縣香。』

〔四〕『高嗜』二句：陸機《君子有所思行》：『無以肉食資，取笑葵與藿。』此本其意。高嗜：猶酷嗜。緑蔬羹：貧者之食。肥膩羊：富人之食。

〔五〕滓韻：雜音。借指塵俗之詩。古腸：古人純樸優美的情感。

〔六〕偷將：猶言偷將去。『將』爲助動詞。

〔七〕『清濁』二句：《孟子・離婁上》：『有孺子歌曰：「滄浪之水清兮，可以濯我纓；滄浪之水濁兮，可以濯我足。」孔子曰：「小子聽之！清斯濯纓，濁斯濯足矣。自取之也。」』陳云：『此不曰歌而曰罵者，蓋有慨於中焉。』

前賢多哭酒，哭酒免哭心〔一〕。後賢試銜之，哀至無不深〔二〕。少年哭酒時，白髮亦以侵〔三〕。老年哭酒時，聲韻隨生沉〔四〕。寄言哭酒賓，勿作登封音〔五〕。登封徒放聲，天地竟

難尋〔六〕。

校勘

前賢：「賢」原作「言」，各本俱作「賢」，兹據改。　銜：原作「御」，據宋刻本、弘治本改。　亦以侵：《全唐詩》「以」作「已」。

注釋

〔一〕「前賢」二句：謂前賢哭酒，以酒可銷愁，而不致傷心也。曹操《短歌行》：「慨當以慷，幽思難忘。何以解憂？唯有杜康。」

〔二〕「後賢」二句：謂今借酒銷愁者，反益增其愁也。李白《宣州謝朓樓餞别校書叔雲》：「抽刀斷水水更流，舉杯銷愁愁更愁。」銜：指銜杯。

〔三〕「少年」二句：李白《獨酌》：「東風吹愁來，白髮坐相侵。」

〔四〕生：生命。沉：沉没。

〔五〕登封音：指盧殷所爲詩。

〔六〕「登封」二句：陳云：「謂盧已死。」

同人少相哭，異類多相號。始知禽獸癡，却至天然高〔一〕。非子病無淚，非父念莫勞。如何裁親疏，用禮如用刀〔二〕。孤喪鮮匍匐，閉哀抱鬱陶〔三〕。煩他手中葬，誠信焉能褒〔四〕。嗟嗟無子翁，死棄如脱毛。

注釋

〔一〕『同人』四句：謂同人無哭盧者，反不如禽獸之有情。

〔二〕『非子』四句：謂禮是用來定親疏的，於今爲人子者死在父母之前，設若以未亡之父吊已死之子，豈不是比加之刀斧還要凶狠嗎？《禮・曲禮上》：『夫禮者所以定親疏、决嫌疑、别同異、明是非也。』

〔三〕『孤喪』句：言盧殷之喪，同人無救助者。《詩・邶風・谷風》：『凡民有喪，匍匐救之。』鮮：少。匍匐：伏在地上，手足并進。這裏表示盡力。鬱陶：憂思積聚貌。

〔四〕『煩他』二句：言留守（鄭餘慶）尹（房式）爲具凡葬事，韓愈與靈棺，其誠信是任何褒獎不足以盡之的。褒：贊美，嘉獎。

聖人哭賢人，骨化氣爲星〔一〕。文章飛上天，列宿增晶熒〔二〕。前古文可數，今人文亦靈。高名稱謫仙，昇降曾莫停〔三〕。有文死更香，無文生亦腥。爲君鏗好辭，永傳作謐寧〔四〕。

注釋

〔一〕『聖人』二句：陳云：『如孔子之哭顏淵。』《論語・先進》：『顏淵死，子哭之慟。從者曰：「子慟矣！」曰：「有慟乎？非夫人之爲慟而誰爲？」』

〔二〕『文章』二句：謂其文章上天，使列宿增輝。列宿：衆星宿。《史記・天官書》：『天則有列宿，地則有州域。』晶熒：明亮。

〔三〕『高名』二句：《新唐書・李白傳》：『天寶初，南入會稽，與吴筠善。筠被召，故白亦至長安。往見賀

知章，知章見其文，歎曰：『子謫仙人也。』昇降莫停：言其一生坎坷不遇也。

〔四〕鏗好辭：鏗然發聲，作爲好辭。謐寧：寧靜。

聯句

有所思聯句〔一〕

相思繞我心，日夕千萬重。年光坐晼晚〔二〕，春淚銷顔容郊。臺鏡晦舊暉，庭草滋新茸〔三〕。望夫山上石，别劍水中龍〔四〕愈。

校勘

晼晚：《全唐詩》作『婉娩』。　新茸：《全唐詩》作『深茸』。　水：一作『池』。

注釋

〔一〕有所思聯句：錢仲聯《韓昌黎詩繫年集釋》卷五《有所思聯句》補釋：『韓孟聯句見韓正集者不入孟集，見孟集者韓正集亦未收。其載於韓正集者，體格純是韓，見孟集者，體格亦純是孟，所未解也。此三首載遺文，不詳年月。然韓、孟聯句，在是年（按指元和元年）者多，姑以類附之。』又引方世舉注：『《有所思》本樂府舊題，古辭長短句，自六朝以來大抵五言八句，此用其體。』聯句：賦詩時人各一句或幾句，合而成篇謂之聯句。范晞文《對床夜語》卷四：『聯句，或二人三人，隨其數之多寡不拘也。其法則不同。有跨句者，謂連作第二第三句，《城南》等作是也；有一人一聯者，《會合》、《遺興》等作是也。有一人四句者，《有所思》等作是也。』

〔二〕晼晚：遲暮。陸機《歎逝賦》：『時飄忽其不再，老晼晚其將及。』

〔三〕『臺鏡』二句：劉鑠《擬古詩》：『堂上流塵生，庭中緑草滋。淚容不可飾，幽鏡難復治。』江淹《擬張司空離情》：『蘭徑少行跡，玉臺生網絲。庭樹發紅彩，閨草含碧滋。』新茸：草之初生。

〔四〕望夫石：見卷二《望夫石》注〔一〕。別劍：鮑照《贈故人馬子喬》其六：『雙劍將離別，先在匣中鳴。』水中龍：見卷四《秋懷十五首》其十注〔十二〕。

遣興聯句

我心隨月光，寫君庭中央〔一〕郊。月光有時晦，我心安所忘〔二〕愈。常恐金石契，斷爲相思腸〔三〕郊。平生無百歲，岐路有四方愈。四方各異俗，適異非所將〔四〕郊。駑蹄顧挫秣，逸翮遺稻粱〔五〕愈。時危抱獨沉，道泰懷同翔〔六〕郊。獨居久寂默，相顧聊慨慷愈。慨慷丈夫志〔七〕，可以耀鋒鋩郊。蘧寧知卷舒，孔顔識行藏〔八〕愈。朗鑒諒不遠，佩蘭永芬芳〔九〕郊。苟無夫子聽，誰使知音揚〔一〇〕愈。

校勘

適異：弘治本作『適意』，是。　秣：原作『抹』，據宋刻本改。　粱：原作『梁』，據宋刻本改。　寂默：《全唐詩》作『寂然』。　相顧聊慨慷：下闕『愈』字，據宋刻本補。　朗鑒：《全唐詩》作『朗鑒』。

注釋

〔一〕『我心』二句：陳云：『李白詩：「我寄愁心與明月，隨風直到夜郎西。」此本之。』按李詩指《聞王昌齡

左遷龍標遥有此寄》。寫：通『瀉』。

〔二〕晦：昏暗，暗昧。錢仲聯《補釋》引《釋名》：『晦，月盡之名也。晦，灰也，火死爲灰，月光盡似之也。』『我心』句：《詩・小雅・隰桑》：『中心藏之，何日忘之。』

〔三〕『常恐』二句：阮籍《詠懷》其二：『如何金石交，一旦更離傷。』金石契：猶金石交。言交情堅如金石。

〔四〕『適異』句：《晉書・張翰傳》：『翰因見秋風起，乃思吴中菰菜羹鱸魚膾。曰：「人生貴得適志，何能羈宦數千里以要名爵乎？」遂命駕而歸。』陳云：『言有適意者，不要名爵。』將：願。

〔五〕駑蹄：猶駑馬。能力低下的馬。挫秣：即摧秣。《詩・小雅・鴛鴦》：『乘馬在廄，摧之秣之。』摧，《鄭箋》：『摧，今莝字也。』《説文》：『莝，斬芻也。』以草喂馬之意。秣，以穀喂馬之意。逸翮：疾飛的鳥。翮，鳥的翅膀。郭璞《游仙詩》其五：『逸翮思排霄，迅足羨遠游。』

〔六〕『時危』二句：謂時危則隱，道泰則出。獨沉：指獨自韜晦。道泰：指政治清明。《抱朴子・任命》：『且夫洪陶範物，大象流形，躁静異尚，翔沈舛情。』

〔七〕『慨慷』句：曹植《贈白馬王彪》：『丈夫志四海，萬里猶比鄰。』

〔八〕『蘧寧』句：《論語・公冶長》：『子曰：「寧武子，邦有道，則知；邦無道，則愚。其知可及也，其愚不可及也。」』又《衛靈公》：『子曰：「君子哉蘧伯玉，邦有道，則仕；邦無道，則可卷而懷之。」』蘧伯玉：即蘧瑗。春秋衛人，字伯玉。衛大夫蘧莊子（無咎）之子，謚成子。寧武子：即寧俞。春秋衛大夫。『孔顔』句：《論語・述而》：『子謂顔淵曰：「用之則行，舍之則藏，惟我與爾有是夫。」』潘岳《西征賦》：『孔隨時以行藏，蘧與國而舒卷。』行藏：謂出仕則行其所學之道，退隱則藏道以待時機。

〔九〕『朗鑒』句：陸機《君子行》：『朗鑒豈遠假，取之在傾冠。』朗鑒：明亮的鏡子。『佩蘭』句：屈原《離騷》：『扈江離與辟芷兮，紉秋蘭以爲佩。』佩蘭：佩帶香草以爲飾物，表示立身高潔。

〔一〇〕夫子：對東野的敬稱。

贈劍客李園聯句〔一〕

天地有靈術，得之者唯君郊。築爐地區外，積火燒氛氳〔二〕愈。照海鑠幽怪，滿空歊異氛〔三〕郊。山磨電奕奕，水淬龍蝹蝹〔四〕愈。太一裝以寶，列仙篆其文〔五〕郊。可用懾百神，豈唯壯三軍〔六〕愈。有時幽匣吟，忽似深潭聞〔七〕郊。風胡久已死，此劍將誰分〔八〕愈。行當獻天子，然後致殊勳〔九〕郊。豈如豐城下，空有斗間雲〔一〇〕愈。

校勘

唯君：宋刻本、華校本『唯』作『爲』。　歊：原作『敲』，據宋刻本改。　豈如：『如』原作『知』，據宋刻本、弘治本改。

注釋

〔一〕劍客李園：其人不詳。

〔二〕『築爐』二句：言劍之鍛造。潘尼《武軍賦》：『鍊質於昆吾之竈，定形於薛燭之爐。』《抱朴子·登涉》：『又《金簡記》云：以五月丙午日日中，擣五石，下其銅。五石者雄黄、丹砂、雌黄、礬石、曾青也。皆粉之，以金華池浴之，內六一神爐中鼓下之，以桂木燒爲之，銅成，以剛炭鍊之，令童男童女進火，取牡銅以爲雄劍，取

牝銅以爲雌劍，各長五寸五分，取土之數，以厭水精也。帶之以水行，則蛟龍、巨魚、水神不敢近人也。」李嶠《寶劍篇》：「淬緑水，鑒紅雲，五采焰起光氛氲。」

〔三〕「照海」二句：陳云：「言劍氣也。」鑠：銷。歊：氣上升貌。

〔四〕「山磨」二句：張協《泰阿劍銘》：「淬以清波，礪以越砥。」奕奕：光盛貌。淬：把鑄件燒紅，即浸水中，使之堅硬。蝹蝹：龍蛇行貌。張衡《西京賦》：「海鱗變而成龍，狀蜿蜿以蝹蝹。」此以龍喻劍。

〔五〕「太一」句：《越絶書》十一《外傳・記寶劍》：「越王有寶劍五，召薛燭而示之。燭曰：當造此劍之時，赤堇之山破而出錫，若耶之溪涸而出銅，雨師掃灑，雷公擊橐，蛟龍捧鑪，天帝裝炭，太乙下觀，天精下之。」曹植《七啓》：「步光之劍，華藻繁縟，綴以驪龍之珠，錯以荆山之玉。」太一：神名。詳卷一《嬋娟篇》注〔六〕。「列仙」句：言諸仙爲之篆刻文字。

〔六〕「可用」句：《吴越春秋・闔閭内傳》：「干將作劍，百神臨觀。」慴：使慴服。「豈惟」句：《越絶書》十一《外傳・記寶劍》：「楚王引太阿之劍，登城而麾之，三軍破敗。」

〔七〕「有時」二句：《拾遺記》：「顓頊有曳影之劍，未用之時，常於匣内如龍虎之吟。」陳云：「言劍鳴幽匣，如龍吟於深潭也。」

〔八〕「風胡」二句：《吴越春秋・闔閭内傳》：「楚昭王得吴王湛盧之劍，召風胡子而問之。風胡子曰：『昔越王允常使歐冶子造劍五枚，今歐冶死，吴雖傾城量金，珠玉盈河，猶不能得此寶。』」分：别。

〔九〕「行當」二句：陳云：「言欲薦劍客。」錢仲聯《韓昌黎詩繫年集釋》卷五《贈劍客李園聯句》補釋：「即杜甫《蕃劍》詩『持汝奉明王』意。」

〔一〇〕「豈如」二句：見卷二《百憂》注〔二〕。

讚

讚維摩詰〔一〕

貌是古印，言是空音〔二〕。在酒不飲，在色不淫〔三〕。非獨僧禮，亦使儒欽〔四〕。感此補亡，書謝懸金〔五〕。

校勘

貌：宋刻本、弘治本作『皃』。

注釋

〔一〕讚：文體名，以頌揚人物爲主。細分之有雜讚、哀讚、史讚之别。本篇爲雜讚中的像讚。維摩詰：簡稱維摩，意譯浄名無垢稱。《維摩經》説他是毗耶離城的一位大乘居士，與釋迦牟尼同時，極善應機化導。嘗以稱病爲由，向釋迦遣來問病的舍利弗、彌勒、文殊師利等闡揚大乘教義，爲佛典中現身説法、辯才無礙的代表人物。

〔二〕古印：謂古人之形貌。古，有脱俗之義。唐張彦遠《歷代名畫記》卷二：『顧生（案指顧愷之）首創維摩詰像，有清羸示病之容，隱几忘言之狀。』（參郝氏《箋注》）空音：佛説一切皆空，故云。

〔三〕『在酒』二句：佛教誡律有五誡、十誡、五百誡等，不貪色、不飲酒是其中的兩條。《晉書·會稽王道子傳》：『臣聞佛者，清遠玄虚之神，以五誡爲教，絶酒不淫。』《維摩詰所説經》卷上《方便品第二》：『入諸淫舍，

示欲之過；入諸酒肆，能立其志。』又卷中《佛道品第八》：『示有資生，而恒觀無常，實無所貪；示有優伶、子女，而常遠離五欲淤泥。』

〔四〕『非獨』二句：禮：禮敬。欽：欽仰。

〔五〕『感此』二句：補亡：見卷一〇《李少府廳吊李元賓遺字》注〔二〕。此指補寫讚文。『書謝』句：用秦呂不韋事。《史記》卷八五《呂不韋列傳》：『呂不韋乃使其客人人著所聞……以爲備天地萬物古今之事，號曰《呂氏春秋》。布咸陽市門，懸千金其上，延諸侯游士賓客有能增損一字者予千金。』謝：推辭。

書

上常州盧使君書〔一〕

道德仁義，天地之常也〔二〕。將有人主張之乎，將無人主張之乎？曰：賢人君子有其位，言之可以周天下而行也；無其位，則周身言之可也〔三〕。周身言之可，周天下言之不可也。仲尼當時無其位，言之，亦不可周天下而行也；及至著書載其言，則周萬古而行也，豈惟周天下而已哉〔四〕！仲尼非獨載其言，周萬古而行也；前古聖賢得仲尼之道，則其言皆載之周萬古而行。閣下道德仁義之言已聞，周天下誦之久矣〔五〕；其後著書君子亦當載矣，周萬古而行也。幸甚幸甚〔六〕。道德仁義之言，天地至公之道也。君子著書期不朽，亦天地至公之道，夫何讓

哉〔七〕！是故不以道德仁義事其君者，以盜賊事其君也；不以道德仁義之衣食養其親者，是盜賊養其親也〔八〕。閣下既以道德仁義事其君，聞之天下久矣。小子顯求閣下道德仁義之衣食以爲養也，謂之中庸之道〔九〕。謂之中庸，則敢求也；謂之特達，則不敢求也〔一〇〕。小子嘗衣食宣武軍司馬陸大夫，道德仁義之矣〔一一〕。陸公既没，又嘗衣食此郡前守吏部侍郎韋公，道德仁義之矣〔一二〕。韋公既去，衣食亦去。道德仁義顯其主張，謹載是書及舊文。又有子遇之書同乎緘獻。輕重可否傾一言〔一三〕。陳謝誠冀於異日。不宣〔一四〕。郊再拜。

注釋

〔一〕上常州盧使君書：約作於貞元十六、十七年之間。（參華忱之《孟郊年譜》）常州：地名。隋毗陵郡。唐屬江南東道，即今江蘇常州市。使君：對刺史的稱謂。常州盧使君：檢《新唐書》卷七三上《宰相世系表》三上，有盧建、盧珽爲常州刺史。盧建行跡無考。郁賢皓《唐刺史考》以爲『常州盧使君』或即盧珽。其文有云：『《新表三上》盧氏：「珽，常州刺史。」其兄瑗，未署官職，乃太原少尹盧暄子，刑部尚書盧正已四從兄弟，盧翰四從叔。按《毗陵志》卷七歷代郡守有盧瑗，謂「翰從子」，疑誤。又按《新表》另有盧政子「瑗，歙州刺史」。《金石録》卷九云：《歙州刺史盧瑗碑》，裴度撰，裴潾正書，元和元年立。《全唐文》卷六八四孟郊《上常州盧使君書》云：「小子嘗衣食宣武軍司馬陸大夫，道德仁義之矣。陸公既没，又嘗衣食此郡前守吏部侍郎韋公，道德仁義之矣。韋公既去，衣食亦去。」韋公當指韋夏卿。貞元十六年夏卿守吏部侍郎，十七年遷京兆尹。則「盧使君」刺常或在貞元十八年，或即盧珽歟？』其説可參。

〔二〕常：綱常，法典。

〔三〕『賢人』四句：周天下：遍及天下。周，遍，遍及。周身：足於一身。

〔四〕『仲尼』六句：仲尼：孔丘字。著書載其言：當指《論語》。這是孔子弟子及其後學關於孔子言行思想的記録，共二十篇。載，記録。周萬古而行：此『周』是『歷』的意思。

〔五〕『閣下』句：閣下：對人的敬稱，多用於書信中。聞：出名，著稱。

〔六〕幸甚：古人書札習用語，有表示殷切希望之意。

〔七〕君子著書期不朽：《左傳》襄公二十四年：『太上有立德，其次有立功，其次有立言。雖久不廢，此之謂不朽。』讓：遜色，不及。

〔八〕『是故』四句：這是對儒家思想反叛者的貶斥，特指那些盗仁義道德之名，行非仁義道德之實的人。

〔九〕中庸之道：儒家的哲學思想，主張待人處事不偏不倚，無過無不及。《論語·雍也》：『中庸之爲德也，其至矣乎。』何晏集解：『庸，常也，中和可常行之道。』

〔一〇〕『謂之』四句：中庸：指中等的平常的供養。特達：特殊的知遇。

〔一一〕衣食宣武軍司馬陸大夫：意即仰仗宣武軍司馬陸大夫供給衣食。陸大夫，謂陸長源。貞元十年，陸長源以御史大夫佐董晋，爲宣武軍司馬，治汴州。貞元十三年，東野寄寓汴州，依陸長源。

〔一二〕『陸公』三句：陸公既没：指貞元十五年汴州軍亂，陸長源被害。見卷三《亂離》注〔一〕。衣食此郡前守吏部侍郎韋公：韋公指韋夏卿。《舊唐書》卷一六五《韋夏卿傳》：『……拜給事中。出爲常州刺史。……改蘇州刺史。貞元末，徐州張建封卒，初授夏卿徐州行軍司馬，尋授徐、泗、濠節度使。夏卿未至，建封子愔爲軍人立爲留後，因授旄鉞。徵夏卿爲吏部侍郎。』韋夏卿初任常州刺史，以《舊唐書·德宗紀》考之，知在貞元八年四月，至其離任，郁賢皓推定在貞元十一年。貞元十二年，改蘇州刺史，迄貞元十六年五月，授徐州行軍

司馬。（參郁賢皓著《唐刺史考全編》第三册第一八八七頁，第一九一七—一九一八頁。）按東野於貞元十五年汴州兵變後離汴，而韋夏卿則於次年五月離開蘇州，依此推算東野之衣食韋公，亦就在貞元十五、六年之間，其時夏卿尚在蘇州刺史任上。而這篇《上常州盧使君書》的作年，即如華忱之先生推測，當在貞元十六、七年之間，韋夏卿已任吏部侍郎的時候。

〔一三〕輕重可否：優劣是非。

〔一四〕不宣：古時書札末尾之習用語，猶言不一一細説。

又上養生書〔一〕

天之與人，一其道也〔二〕。天地不棄於人，人自棄於天〔三〕。天可棄於人乎？曰：不可。人自棄也已。曰：人皆棄之乎？曰：賢人君子不棄也，凡人棄之可。天有殺物之心，而無棄物之心。天有棄物之心，則萬物莫能生矣。是故君子之於萬物，皆不棄也，而況於身乎！棄其身，是棄其後也；棄其後，是棄其先也〔四〕。故曰：君子之道豈易哉，敢不法天而行身乎〔五〕？所以君子養其身，養其公也；小人養其身，養其私也。身以及家，家以及國，國以及天下〔六〕。以公道養天下，則天下肥也；以私道養天下，則天下削也。養身之道豈容易哉！養其公者，天道養也；養其私者，人情養也。以天道養其人，則合天矣；以人情養其人，則不合天矣。以人情養其人，自棄矣。天道質也，人情文也〔七〕。天道静也，人情動也。質者生之侈也〔八〕，静者生之得也，動者生之棄也。文不以質勝之，則文爲棄矣；動不以静制之，則動爲棄矣。天者，

水之謂也；人者，魚之謂也。魚棄水，則螻蟻得之矣；人棄天，則疾病得之矣。魚可安於水而不可玩於水，其失也在乎恣波浪而不回也；人可安於天而不可翫於天，其失也在乎恣嗜慾而不回也〔九〕。所謂安於天者，法天之味而食之，食不違於四時也；法天之聽而聽之，聽不違於五節也；法天之明而視之，視不違於五色也〔一〇〕。食與視聽苟違於天，則疾病得之矣。故曰：君子法天而行身也，小人翫天而棄身也。書之座右，嵇康猶有所棄〔一一〕。秦之醫和，晋之杜蒯，其亦不書於右，則何以爲君子之座哉〔一二〕。良藥苦口也〔一三〕。苦口獲罪於人，苟或有矣；仁義之獲罪於天，未之有也。恩養下將遠辭違，書寫至誠之言，不勝惶悚之甚〔一四〕。不宣。郊再拜。

注 釋

〔一〕又上養生書：華喻《校注》：『疑此書或作於貞元十六、七年間東野離常州、赴洛陽應銓選前，距上常州盧使君第一書不久。』

〔二〕一其道也：猶言其道一也。

〔三〕『天地』二句：棄：拋棄，棄絶。自棄：猶自絶。

〔四〕『棄其』四句：後：後代。先：祖先。

〔五〕法天而行身：謂君子立身處世，以天爲法。天，指天道自然。法，效法。

〔六〕『身以』三句：《禮記・大學》：『心正而後身修，身修而後家齊，家齊而後國治，國治而後天下平。』此東野意之所本。

〔七〕質：質樸。文：文華。

〔八〕『質者』句：揆其文意，此處疑有脱句。

〔九〕『魚可』四句：翫：同『玩』。輕忽，戲狎。恣：放縱。

〔一〇〕『法天』六句：食不違於四時：意即不喫反季節的食物。四時，指春、夏、秋、冬四季。五節：我國古代五聲音階中的五個音級，即宫、商、角、徵、羽。五色：指青、赤、白、黑、黄五種顔色，古代以此五色爲正色。

〔一一〕座右：古人作銘文置於座右，用爲警戒，稱爲座右銘。嵇康：三國魏譙郡人。著有《養生論》、《聲無哀樂論》等。見卷三《亂離》注〔四〕。

〔一二〕醫和：春秋時秦國的良醫。醫爲其職業，『和』是他的名字。他倡論陰、陽、風、雨、晦、明爲『六氣』，謂『六氣』太過，可引起不同疾病。曾爲晉平公治病，直言其疾不可治。趙孟以爲良醫，厚其禮而歸之。事見《左傳》昭公元年。杜蒯：春秋時晉平公之膳宰。《左傳》作屠蒯，《禮記・檀弓下》作杜蕢。據《左傳》昭公九年，晉大夫荀盈卒，殯於絳，尚未下葬，晉平公就與師曠、李調飲酒、奏樂。膳宰屠蒯趨入，以『不聰』、『不明』爲言加以勸諫。平公聽了他的諫言，乃下令撤酒。《禮記》所記與《左傳》略異。

〔一三〕良藥苦口：《韓非子・外儲説左上》：『夫良藥苦於口，而智者勸而飲之，知其入而已己疾也。忠言拂於耳，而明主聽之，知其可以致功也。』

〔一四〕『恩養』三句：下：對尊長表示謙遜之辭。東野自謂。辭違：辭别。惶悚：惶恐。

附卷

聯句

與韓退之聯句十首

城南聯句

竹影金瑣碎郊，泉音玉淙琤。琉璃剪木葉愈，翡翠開園英。流滑隨仄步郊，搜尋得深行。遥岑出寸碧愈，遠目增雙明。乾穟粉拄地郊，化蟲枯摒莖。木腐或垂耳愈，草珠競駢睛。浮虚有新劚郊，摧扤饒孤撑。囚飛黏網動愈，盗啅接彈驚。脱實自開坼郊，牽柔誰繞縈？禮鼠拱而立愈，駭牛躅且鳴。蔬甲喜臨社郊，田毛樂寬徵。露螢不自暖愈，凍蝶尚思輕。宿羽有先曉郊，食鱗時半横。菱翻紫角利愈，荷折碧圓傾。楚膩鱣鮪亂郊，獠羞螺蠏并。桑蠖見虚指愈，穴狸聞鬭獰。逗翳翅相築郊，擺幽尾交搒。蔓涎角出縮愈，樹啄頭敲鏗。修箭褭金餌郊，群鮮沸池羹。岸殼坼玄兆愈，野麰漸豐萌。窑煙冪疏島郊，沙篆印回平。痒肌遭蚝刺愈，啾耳聞鷄生。

奇慮恣回轉郊，遐睎縱逢迎。巔林戢遠睫愈，縹氣夷空情。歸跡歸不得郊，捨心捨還爭。靈麻撮狗蝨愈，村稚啼禽猩。紅皺曬檜瓦郊，黄團繫門衡。得雋蠅虎健愈，相殘雀豹趟。束枯樵指禿郊，刈熟擔肩頳。澀旋皮卷臠愈，苦開腹彭亨。機春潺湲力郊，吹簸飄颻精。賽饌木盤簇愈，妖瓠藤索絣。荒學五六卷郊，古藏四三塋。里儒拳足拜愈，土怪閃眸偵。蹄道補復破郊，絲窠埽還成。暮堂蝙蝠沸愈，破竈伊威盈。追此訊前主郊，答云皆冢卿。敗壁剥寒月愈，折篁嘯遺笙。袿熏霏霏在郊，綦跡微微呈。劍石猶竦檻愈，獸材尚拏楹。寶唾拾未盡郊，玉啼墮猶鎗。窗綃疑閟艷愈，粧燭已銷檠。綠髮抽珉甃郊，青膚聳瑶楨。白蛾飛舞地愈，幽蠹落書棚。惟昔集嘉詠郊，吐芳類鳴嚶。窺奇摘海異愈，恣韻激天鯨。腸胃繞萬象郊，精神驅五兵。蜀雄李杜拔愈，岳力雷車轟。大句斡玄造郊，高言軋霄峥。芒端轉寒燠愈，神助溢盃觥。巨細各乘運郊，湍瀾亦騰聲。凌花咀粉蕊愈，削縷穿珠櫻。綺語洗晴雪郊，嬌辭哢雛鶯。酣歌雜弁珥愈，繁價流金瓊。菡萏寫江調郊，萎蕤綴藍瑛。庖霜膾玄鯽愈，淅玉炊香粳。朝饌已百態郊，春醪又千名。哀匏蹙駛景愈，冽唱凝餘晶。解魄不自主郊，痺肌坐空瞠。扳援賤蹊絶愈，炫曜仙選更。叢巧競採笑郊，駢鮮互探嬰。桑變忽蕪蔓愈，樟裁浪登丁。霞鬬詎能極郊，風期誰復賡？皋區扶帝壤愈，瓌蘊郁天京。祥色被文彦郊，良才插杉檉。隱伏饒氣象愈，興潛示堆坑。擘華露神物郊，擁終儲地禎。訏謨壯締始愈，輔弼登階清。坌秀恣填塞郊，呀靈滀渟澄。益大聯漢魏愈，肈初邁周嬴。積照涵德鏡郊，傳經儷金籯。食家行鼎鼐愈，寵族飫弓旌。奕制盡從賜郊，殊私

得逾程。飛橋上架漢愈，繚岸俯規瀛。瀟碧遠輸委郊，湖嵌費攜擎。蔔苜從大漠愈，楓櫧至南荆。嘉植鮮危朽郊，膏理易滋榮。懸長巧紐翠愈，象曲善攢珩。魚口星浮没郊，馬毛錦斑騂。五方亂風土愈，百種分鉏耕。葩蘖相妒出郊，菲茸共舒晴。類招臻倜詭愈，翼萃伏衿纓。危望跨飛動郊，冥升躡登閎。春游轢靃靡愈，彩伴颯嫈嫇。遺燦飄的皪郊，淑顔洞精誠。嬌應如在寤愈，頹意若含酲。鵷毳翔衣帶郊，鵝肪截佩璜。文昇相照灼愈，武勝屠攙搶。割錦不酬價郊，構雲有高營。通波牣鱗介愈，疏畹富蕭蘅。買養馴孔翠郊，遠苞樹蕉栟。鴻頭排刺芡愈，鵠翮攢瓌橙。鶩廣雜良牧郊，蒙休賴先盟。罷旄奉環衛愈，守封踐忠貞。戰服脱明介郊，朝冠飄彩紘。爵勳逮僮隸愈，簪笏自懷繃。乳下秀嶷嶷郊，椒蕃泣喤喤。貌鑒清溢匣愈，眸光寒發硎。館儒養經史郊，綴戚觴孫甥。考鐘饋餚核愈，戛鼓侑牢牲。飛膳自北下郊，函珍極東烹。如瓜煮大卵愈，比綫茹芳菁。海岳錯口腹郊，趙燕錫媌娙。一笑釋仇恨愈，百金交弟兄。貨至貊戎市郊，呼傳鸚鵒令。順居無鬼瞰愈，抑横免官評。殺候肆陵剪郊，籠原匝罝紘。羽空顛雉鷃愈，血路迸狐麖。折足去踸踔郊，蹙鬐怒鬉鬤。躍犬疾翥鳥愈，呀鷹甚飢虻。算蹄記功賞郊，裂脅擒樘振。猛斃牛馬樂愈，妖殘梟鴝惸。窟窮尚嗔視郊，箭出方驚抨。連箱載已實愈，礙轍棄仍羸。喘覷鋒刃點郊，困衝株枿盲。掃浄豁曠曠愈，騁遥略苹苹。饞叉飽活臠郊，惡嚼嘽腥鯖。歲律及郊至愈，古音命韶韺。旗旆流日月郊，帳廬扶棟甍。磊落奠鴻璧愈，參差席香薆。玄祇祉兆姓郊，黑秬饛豐盛。慶流蠲瘥癘愈，威暢捐轓輣。靈燔望高冏郊，龍駕聞敲颷。是惟禮之

盛愈，永用表其宏。德孕厚生植郊，恩熙完刖剠。宅土盡華族愈，運田間强甿。蔭庚森嶺檜郊，啄場翽祥鶊。畦肥剪韭薤愈，陶固收盆罌。利養積餘健郊，孝思事嚴祊。掘雲破嵂崒愈，採月漉坳泓。寺砌上明鏡郊，僧盂敲曉鉦。泥像對騁怪愈，鐵鐘孤舂鍠。瘿頸鬧鳩鴿郊，蜿垣亂蛺蝶。甚黑老蠶蠋愈，麥黄韻鸝鶊。韶曙遲勝賞郊，賢明戒先庚。馳門填偪仄愈，競墅輾砯砰。碎纈紅滿杏郊，稠凝碧浮餳。蹴繩覲娥婺愈，鬬草擷璣珵。粉汗澤廣額郊，金星墮連瓔。鼻偷困淑郁愈，眼剽强盯暝。是節飽顔色郊，兹疆稱都城。書饒罄魚繭愈，紀盛播琴筝。奚必事遠覿郊，無端逐羈傖。將身親魍魅愈，浮跡侣鷗鶄。腥味空奠屈郊，天年徒羡彭。驚魂見蛇蚓愈，觸嗅值蝦蟛。幸得履中氣郊，忝從拂天根。歸私暫休暇愈，驅明出庠黌。鮮意竦輕暢郊，連輝照瓊瑩。陶喧逐風乙愈，躍視舞晴蜻。足勝自多詣郊，心貪敵無勍。始知樂名教愈，何用苦拘儜。畢景任詩趣郊，焉能守硜硜愈？

校勘

瑣碎：「瑣」原作「鎖」，據《全唐詩》、錢仲聯《韓昌黎詩繫年集釋》（下引簡稱錢氏《集釋》）改。　捎：原作「棩」，據《全唐詩》、錢氏《集釋》改。　抗：原作「杌」，據《全唐詩》、錢氏《集釋》改。　盜：一作「雀」。　駭：一作「駭」。　螺：《全唐詩》作「羸」。　瘁：原作「瘁」，據《全唐詩》、錢氏《集釋》改。　健：原作「徤」，據《全唐詩》、錢氏《集釋》改。　簇：一作「寄」。　妖韍：原作「韍妖」，據錢氏《集釋》改。　絣：原作「拼」，據《全唐詩》、錢氏《集釋》改。　道：原作「遁」，據《全唐詩》、錢氏《集釋》改。　呈：原作「星」，據《全唐詩》、錢氏《集釋》改。　鎗：一作「琤」。　瀾：一作「潷」。　江調：「江」一作「紅」。　哀匏：「哀」原作「衰」，據《全

唐詩》、錢氏《集釋》改。　肌：原作「肥」，據《全唐詩》、錢氏《集釋》改。　訏謨：「訏」原作「紆」，據《全唐詩》、錢氏《集釋》改。　聯：原作「連」，據《全唐詩》、錢氏《集釋》改。　規：原作「窺」，據《全唐詩》、錢氏《集釋》改。　湖：原作「胡」，據《全唐詩》、錢氏《集釋》改。　漠：原作「漢」，據《全唐詩》、錢氏《集釋》改。　楓櫧：「櫧」原作「儲」，據《全唐詩》、錢氏《集釋》改。　理：原作「埋」，據《全唐詩》、錢氏《集釋》改。　紐：原作「細」，據《全唐詩》、錢氏《集釋》改。　鷇：原作「鷇」，據《全唐詩》、錢氏《集釋》改。　趙燕：錢氏《集釋》作「燕趙」。　鸜：原作「鸜」，據《全唐詩》、錢氏《集釋》改。　雉：原作「稚」，據《全唐詩》、錢氏《集釋》改。　裂膂：原作「裂膍」，《全唐詩》作「裂腦」，據錢氏《集釋》改。　擒樘：原作「相撐」，一作「擒盪」，據錢氏《集釋》改。　鴿：原作「鴿」，據《全唐詩》、錢氏《集釋》改。　鵰：原作「鵬」，據《全唐詩》、錢氏《集釋》改。　韭薤：「韭」原作「韮」，據《全唐詩》、錢氏《集釋》改。「薤」《全唐詩》作「韰」。　賢明：「明」一作「朋」，錢氏《集釋》作「朋」。　碎纈：原作「醉結」，一作「碎縮」，據《全唐詩》、錢氏《集釋》改。　蹴：一作「蹵」。　擷：一作「拮」。　明：一作「昵」。

會合聯句

離別言無期，會合意彌重籍。病添兒女戀，老喪丈夫勇愈。劍心知未謝，詩思猶孤聳郊。吟巴山犖埆，說楚波堆壟郊。馬辭虎豹怒，舟出蛟鼉恐徹。狂鯨時孤軒，幽狖雜百種愈。瘴衣常腥膩，蠻器多疏冗籍。剝苔吊斑林，角飯餌沉冢愈。忽爾銜遠命，歸歟舞新寵郊。鬼窟脱幽妖，天

愁去劇箭飛，歡來若泉涌徹。析言多新貫，攄抱無昔壅籍。念難須勤追，悔易勿輕踵愈。

居觀清拱愈。京游步方振，謫夢意猶恂籍。詩書誇舊知，酒食接新奉愈。嘉言寫清越，瘉病失肬腫郊。夏陰偶高庇，宵魂接虛擁愈。雪絃寂寂聽，茗碗纖纖捧郊。馳輝燭浮螢，幽響泄潛蛩愈。詩老獨何心，江疾有餘瘇郊。我家本瀍穀，有地介皋鞏。休跡憶沈冥，峨冠慚闒㒞愈。升朝高轡逸，振物群聽悚，徒言濯幽泌，誰與薙荒茸籍？朝紳鬱青綠，馬飾曜珪珙。國讎未銷鑠，我志蕩邛隴郊。君才誠倜儻，時論方洶溶。格言多彪蔚，懸解無梏拲。張生得淵源，寒色拔山冢。堅如撞群金，眇若抽獨蛹愈。伊余何所擬？跛鼇詎能踊。塊然墮岳石，飄爾罥巢氄郊。龍旆垂天衛，雲韶凝禁甬。君胡眠安然？朝鼓聲洶洶愈。

校勘

未謝：『謝』一作『死』。　析言：『析』原作『折』，一作『析』。作『析』是，《全唐詩》、錢氏《集釋》俱作『析』，兹據改。　舉嵤：一作『舉嵒』，又作『卓舉』。　歟：一作『還』。　宵魂：『魂』一作『魄』。　徒言：『徒』一作『待』。　胡：原作『乎』，一作『胡』。《全唐詩》、錢氏《集釋》俱作『胡』，據改。

鬬雞聯句

大雞昂然來，小雞竦而待愈。崢嶸顛盛氣，洗刷凝鮮彩郊。高行若矜豪，側睨如伺殆愈。精光目相射，劍戟心獨在郊。既取冠爲冑，復以距爲鐓。天時得清寒，地利挾爽塏愈。磔毛各噤痒，怒癭争碨磊。俄膺忽爾低，植立瞥而改郊。膈膊戰聲喧，繽翻落羽皠。中休事未決，小

挫勢益倍愈。妒腸務生敵，賊性專相醢。裂血失鳴聲，啄殷甚飢餒郊。對起何急驚，隨旋誠巧紿。毒手飽李陽，神槌困朱亥愈。惻心我以仁，碎首爾何罪？獨勝事有然，旁驚汗流浼郊。知雄欣動顔，怯負愁看賄。爭觀雲填道，助叫波翻海愈。事爪深難解，嗔睛時未怠。一噴一醒然，再接再礪乃郊。頭垂碎丹砂，翼搨拖錦綵。連軒尚賈餘，清厲比歸凱愈。選俊感收毛，受恩慚始隗。英心甘鬬死，義肉恥庖宰。君看鬬鷄篇，短韻有可採郊。

校勘

鐓：一作『鍛』。　挾：一作『狹』。　瘁：一作『瘁』。　敵：一作『欺』。　槌：一作『鎚』。　看：一作『肩』。　事：一作『爭』。　連軒尚賈餘：原作『軒尚賈餘勇』，據《全唐詩》、錢氏《集釋》改。　義肉：『肉』原作『尚』，據《全唐詩》、錢氏《集釋》改。

納涼聯句

遞嘯取遥風，微微近秋朔郊。金柔氣相低，火老候愈濁愈。熙熙炎光流，竦竦高雲擢郊。閃紅驚蚴虬，凝赤聳山岳愈。目林恐焚燒，耳井憶瀺灂。仰懼失交泰，非時結冰雹。化鄧渴且多，奔河誠已慤。暍道者誰子？叩商者何樂？洗矣得滂沱，感然鳴鸑鷟。嘉願苟未從，前心空緬邈。清砌千回坐，冷環再三握。煩懷却星星，高意還卓卓郊。龍沈劇煮鱗，牛喘甚焚角。蟬煩鳴轉喝，烏躁飢不啄。晝蠅食案繁，宵蚋肌血渥。單絺厭已褫，長篓倦還捉。幸兹得佳

朋，於此蔭華桷。青熒文篁施，淡澉甘瓜濯。大壁曠凝净，古畫奇駮犖。淒如羾寒門，皓若攢玉璞。掃寬延鮮飆，汲冷漬香穧。篚實摘林珍，盤餚饋禽縠。空堂喜淹留，貧饌羞齷齪。殷勤相勸勉，左右加礱斲。賈勇發霜硎，争前曜冰槊。微然草根響，先被詩情覺。感衰悲舊改，工異逞新貌。誰言擯朋老，猶自將心學。危檐不敢憑，朽機懼傾撲。青雲路難近，黄鶴足仍鋜。未能飲淵泉，立滯叫芳藥郊。與子昔睽離，嗟余苦屯剥。直道敗邪徑，拙謀傷巧諑。炎湖度氛氲，熱石行犖硞。痟飢夏尤甚，瘧渴秋更數。君顔不可覿，君手無由搦。今來沐新恩，庶見返鴻朴。儒庠恣游息，聖籍飽商榷。危行無低徊，正言免咿喔。車馬獲同驅，酒醪欣共敕。惟憂棄菅蒯，敢望侍帷幄。此志且何如？希君爲追琢愈。

校勘

遞：一作「虎」。　「熙熙」二句：句下原作「愈」，《全唐詩》作「愈」。茲依錢氏《集釋》作「郊」。　「閃紅」二句：句下原無「愈」字，茲依錢氏《集釋》增「愈」字。　洸：一作「浩」。　握：原作「掘」，據《全唐詩》、錢氏《集釋》改。　星星：一作「醒醒」。　鱗：原作「鮮」，據《全唐詩》、錢氏《集釋》改。　焚角：「焚」原作「熒」，據《全唐詩》、錢氏《集釋》改。　古畫：「畫」原作「晝」，據《全唐詩》、錢氏《集釋》改。　羾：一作「玒」。　縠：一作「殼」。　霜硎：「霜」字原脱，據《全唐詩》、錢氏《集釋》補。　共：原脱，據《全唐詩》、錢氏《集釋》補。

秋雨聯句

萬木聲號呼，百川氣交會郊。庭翻樹離合，牖變景明靄愈。漻瀉殊未終，飛浮亦云泰郊。牽懷到空山，屬聽邇驚瀨愈。檐垂白練直，渠漲清湘大郊。甘津澤祥禾，伏潤肥荒艾愈。主人吟有歡，客子歌無奈郊。侵陽日沈玄，剥節風搜兑愈。坱圠游峡喧，颼飀卧江汰郊。微飄來枕前，高灑自天外愈。蛬穴何迫迮？蟬枝埽鳴噦郊。園菊茂新芳，徑蘭銷晚藹愈。地鏡時昏曉，池星競漂沛郊。讙呶尋一聲，灌注咽群籟愈。儒宫煙火濕，市舍煎熬忲郊。卧冷空避門，衣寒屢循帶愈。水怒已倒流，陰繁恐凝害郊。憂魚思舟楫，感禹勤畎澮愈。懷襄信可畏，疏決須有賴郊。筮命或馮蓍，卜情將問蔡愈。庭商忽驚舞，墉禜亦親酹郊。氛醨稍疏映，雺亂還擁薈。陰旌時摎流，帝鼓鎮訇磕。秉圃落青璣，瓜畦爛文貝。貧薪不燭竈，富粟空填廥愈。秦俗動言利，魯儒欲何丐。深路倒羸驂，弱途擁行軑。毛羽皆遭凍，離褷不能翽。翻浪洗虚空，傾濤敗藏蓋郊。吾人猶在陳，僮僕誠自鄶。因思征蜀士，未免濕戎旆。安得發商飆，廓然吹宿靄。白日懸大野，幽泥化輕壒。戰場暫一乾，賊肉行可膾愈。搜心思有效，抽策期稱最。豈惟慮收獲，亦以救顛沛郊。禽情初嘯儔，礎色微收霈。庶幾諧我願，遂止無已太愈。

校勘

靄：原作『藹』、《全唐詩》作『藹』，兹據錢氏《集釋》改。　練：一作『繭』。　禾：一作『木』。　循：原作

『修』，一作『循』，《全唐詩》、錢氏《集釋》俱作『循』，據改。　憂魚：『魚』原作『虞』，一作『魚』。據《全唐詩》、錢氏《集釋》改。　氛，原作『氣』，據《全唐詩》、錢氏《集釋》改。　旌：原作『精』，一作『旌』，據《全唐詩》、錢氏《集釋》作『旌』。　縱：原作『箍』，據《全唐詩》改。　以：原作『已』，據《全唐詩》、錢氏《集釋》改。

征蜀聯句

日王忿違慠，有命事誅拔。蜀險豁關防，秦師縱横猾愈。風旗匝地揚，雷鼓轟天殺。竹兵彼皴脆，鐵刃我槍鱴郊。刑神吒犛旄，陰焰颭犀札。翻霓紛偃蹇，塞野澒坱圠愈。生獰競掣跌，癡突争填軋。渴鬬信豗呶，噉姦何噢嗗郊。更呼相簸蕩，交斫雙缺齾。火發激鋩腥，血漂騰足滑愈。飛猱無整陣，翩鶻有邪戛。江倒沸鯨鯤，山摇潰貙猰郊。中離分二三，外變迷七八。逆頸盡徽索，仇頭恣髡鬝。怒鬚猶鬇鬡，斷臂仍𩪚𧢓愈。石潛設奇伏，穴覷騁精察。中矢類妖㺐，跳鋒狀驚豽。踢翻聚林嶺，鬭起成埃圿郊。旆亡多空杠，軸折鮮聯轄。剟膚浹瘡痍，敗面碎剠刮。渾奔肆狂勦，捷竄脱趫黠。巖鉤踔狙猿，水漉雜鱣蛸。投奅鬧硠礔，塡隍傶傛傛愈。强睛死不閉，獷眼困逾䀢。爇堞熇歊熺，抉門呀拗閾。天刀封未坼，酋膽懾前揠。跧梁排郁縮，闖竇揳窋窡。迫脅聞雜驅，咿呦叫冤魁郊。窮區指清夷，兇部坐雕鎩。邛文裁斐亹，巴艷收婠妠。椎肥牛呼牟，載實駝鳴圀。聖靈閔頑嚚，燾養均草䕩。下書遏雄唬，解罪吊攣瞎愈。戰血時銷洗，劍霜夜清刮。漢棧罷囂闐，獠江息澎汃。始去杏飛蜂，及歸柳嘶蛰。廟獻繁馘

級，樂聲洞椌楬郊。臺圖焕丹玄，郊告儼匏稭。念齒慰黴黧，視傷悼瘢疕。休輸任訛寢，報力厚麩秳。戍寒絶朝乘，刀暗歇宵答。公歡鐘晨撞，室宴絲曉扴。盃盂酬酒醪，箱篋饋巾帨。小臣昧戎經，維用贊勳劼愈。

校勘

日：一作「曰」。刃：一作「刀」。獰：原作「儜」，據《全唐詩》、錢氏《集釋》改。漂：原作「飄」，據《全唐詩》、錢氏《集釋》改。坼：原作「拆」，據《全唐詩》、錢氏《集釋》改。杠：原作「扛」，據《全唐詩》、錢氏《集釋》改。排：一作「非」。馘：原作「馘」，據《全唐詩》、錢氏《集釋》改。䶕：一作「齕」。唬：一作「虓」。秳：原作「秮」，據《全唐詩》、錢氏《集釋》改。戍寒絶朝乘，刀暗歇宵答：二句一本在「澎汃」下。

同宿聯句

自從别君來，遠出遭巧譖愈。斑斑落春淚，浩浩浮秋浸郊。毛奇睹象犀，羽怪見鵬鳩愈。朝行多危棧，夜卧饒驚枕郊。生榮今分逾，死棄昔情任愈。鵷行參綺陌，雞唱聞清禁郊。山晴指高標，槐密騖長蔭愈。直辭一以薦，巧舌千皆矜郊。匡鼎惟説詩，桓譚不讀讖愈。逸韻何嘈嗷，高名俟沽賃郊。紛葩歡屢填，曠朗憂早滲愈。爲君開酒腸，顛倒舞相飲郊。曦光霽曙物，景曜鑠宵祲愈。儒門雖大啓，姦首不敢闖。義泉雖至近，盜索不敢沁。清琴試一揮，白鶴叫相喑。欲知心同樂，雙繭抽作紝郊。

校勘

棧：一作『軛』。　曠朗：『朗』原作『亮』。據《全唐詩》、錢氏《集釋》改。　白鶴叫相喑：一作『相叫吟去聲』。

莎栅聯句

冰溪時咽絶，風櫪方軒舉愈。此處不斷腸，定知無斷處郊。

雨中寄孟刑部幾道聯句

秋潦淹轍跡，高居限參拜愈。耿耿蓄良思，遥遥仰嘉話郊。一晨長隔歲，百步還殊界愈。商聽饒清聳，悶懷空抑噫郊。美君知道腴，逸步謝天械愈。吟馨鑠紛雜，抱照瑩疑怪郊。撞宏聲不掉，輸邈瀾逾殺愈。檐瀉碎江喧，街流淺溪邁郊。念初相遭逢，幸免因媒介。祛煩類決癰，愜興劇爬疥。研文較幽玄，呼博騁雄快。今君軺方馳，伊我羽已鎩。温存感深惠，琢切奉明誡愈。迨兹更凝情，暫阻若嬰瘵。欲知相從盡，靈珀拾纖芥。欲知相益多，神藥銷宿憊。德符仙山岸，永立難欹壞。氣涵秋天河，有朗無驚湃郊。祥鳳遺蒿鷃，雲韶掩夷靺。争名求鵠徒，騰口甚蟬喝。未來聲已赫，始鼓敵前敗。鬭場再鳴先，遐路一飛屆。東野繼奇躅，修綸懸衆犗。穿空細丘垤，照日陋菅蒯愈。小生何足道，積慎如觸蠆。愔愔抱所諾，翼翼自申戒。聖書空勘讀，盜食敢求嘬。惟當騎款段，豈望覿珪玠。弱操愧筠杉，微芳比蕭薤。何以驗高明？柔中

有剛夬郊。

校勘

淹：一作『無』。　還：一作『遠』。　商：一作『高』。　閟：一作『閟』。　方：一作『車』。　已：一作『毛』。　拾：原作『捨』，一作『拾』，兹依《全唐詩》、錢氏《集釋》作『拾』。　立：原作『丘』，據《全唐詩》、錢氏《集釋》改。　鳴：原作『鳴』，據《全唐詩》、錢氏《集釋》改。　薤：《全唐詩》作『韰』。

遠游聯句

別腸車輪轉，一日一萬周郊。離思春冰泮，瀾漫不可收愈。馳光忽已迫，飛轡誰能留郊？前之詎灼灼，此去信悠悠翱。楚客宿江上，夜魂棲浪頭。曉日生遠岸，水芳綴孤舟。村飲泊好木，野蔬拾新柔。獨含淒淒別，中結鬱鬱愁。人憶舊行樂，鳥吟新得儔郊。靈瑟時窅窅，霧猿夜啾啾。憤濤氣尚盛，恨竹淚空幽。長懷絶無已，多感良自尤。即路涉獻歲，歸期眇涼秋。兩歡日牢落，孤悲坐綢繆愈。觀怪忽蕩漾，叩奇獨冥搜。海鯨吞明月，浪島没大漚。我有一寸鉤，欲釣千丈流。良知忽然遠，壯志鬱無抽郊。魍魅暫出没，蛟螭互蟠蟉。昌言拜舜禹，舉颿凌斗牛。懷糈愧賢屈，乘桴追聖丘。飄然天外步，豈肯區中囚愈。楚些待誰吊？賈辭緘恨投。翳明弗可曉，秘魂安所求？氣毒放逐域，蓼雜芳菲疇。當春忽淒涼，不枯亦颼飀。貉謡衆猥欵，巴語相咿嗍。默誓去外俗，嘉願還中州。江生行既樂，躬輦自相勠。飲醇趣明代，味

腥謝荒陬郊。馳深鼓利楫，趨險驚蜚輶。繫石沈靳尚，開弓射鵩吺。路暗執屏翳，波驚戮陽侯。廣泛信縹眇，高行恣浮游。外患蕭蕭去，中悒稍稍瘳。振衣造雲闕，跪坐陳清猷。德風變讒巧，仁氣銷戈矛。名聲照四海，淑問無時休。歸哉孟夫子，歸去無夷猶。

校勘

『馳光』二句：下原作『愈』，據《全唐詩》、錢氏《集釋》改『郊』。　前：原作『取』，《全唐詩》作『取』。據錢氏《集釋》改。　『前之』二句：下原無『翱』字，據《全唐詩》、錢氏《集釋》補。　上：原作『山』，據《全唐詩》、錢氏《集釋》改。　木：一作『館』。　『獨含』二句：錢氏《集釋》本闕。　憶：原作『億』，據《全唐詩》、錢氏《集釋》改。　露：原作『露』，據《全唐詩》、錢氏《集釋》改。　漚：一作『浮』。　魅：一作『魎』。　颿：一作『帆』。　欸：《全唐詩》作『款』。　咿嗞：『咿』原作『吚』，據《全唐詩》、錢氏《集釋》改。　鵩吺：即驩兜字古文。　縹眇：『眇』原作『渺』，據錢氏《集釋》改。《全唐詩》作『縹緲』。　四海：『四』原作『西』，《全唐詩》作『西』。據錢氏《集釋》改。

佚詩

妾薄命

薄命頭欲白，頻年嫁不成。秦娥未十五，昨日事公卿。豈有機杼力，空傳歌舞名。妾專修婦德，媒氏却相輕。（據汲古閣本《文苑英華》卷二七〇）

望遠曲

朝朝候歸信，日日登高臺。行人未去植庭梅，别來三見庭花開。庭花開盡復幾時，春光駘蕩阻佳期。愁來望遠煙塵隔，空憐緑鬢風吹白，何當歸見遠行客。（據《全唐詩》卷三七二）

觀音巖

巖洞分明是普陀，和風甘雨向來多。空山寂寞香燈少，蓮坐春雲長薜蘿。（據《全唐詩續補遺》卷五引《古今圖書集成·職方典》七八五《安慶府部》）

附録

傳志

《舊唐書・孟郊傳》

孟郊者，少隱於嵩山，稱處士。李翺分司洛中，與之游。薦於留守鄭餘慶，辟爲賓佐。性孤僻寡合。韓愈一見以爲忘形之契，常稱其字曰東野，與之唱和於文酒之間。鄭餘慶鎮興元，又奏爲從事。辟書下而卒。餘慶給錢數萬葬送，贍給其妻子者累年。

《新唐書・韓愈傳》附《孟郊傳》

孟郊者，字東野。湖州武康人。少隱嵩山。性介少諧合，愈一見爲忘形交。年五十得進士第，調溧陽尉。縣有投金瀨平陵城，林薄蒙翳，下有積水。郊間往坐水旁，裴回賦詩，而曹務多廢。令白府以假尉代之，分其半俸。鄭餘慶爲東都留守，署水陸轉運判官。餘慶鎮興元，奏爲參謀，卒。年六十四。張籍謚曰貞曜先生。郊爲詩有理致，最爲愈所稱，然思苦奇澀。李觀

亦論其詩曰『高處在古無上，平處下顧二謝』云。

唐韓愈《貞曜先生墓志銘》

唐元和九年，歲在甲午八月己亥，貞曜先生孟氏卒。無子，其配鄭氏以告。愈走位哭，且召張籍會哭。明日使以錢如東都供葬事，諸嘗與往來者咸來哭吊。韓氏遂以書告興元尹故相餘慶。閏月，樊宗師使來吊，告葬期，徵銘。愈哭曰：『嗚呼，吾尚忍銘吾友也夫。』興元尹以幣如孟氏賻，且來商家事。樊子使來速銘曰：『不則無以掩諸幽。』乃序而銘之。先生諱郊，字東野。父庭玢，娶裴氏女，而選爲崑山尉，生先生及二季酆、郢而卒。先生生六七年，端序則見，長而愈騫。涵而揉之，内外完好。色夷氣清，可畏而親。及其爲詩，劌目鉥心，刃迎縷解，鈎章棘句，掐擢胃腎，神施鬼設，間見層出。唯其大玩於詞而與世抹摋，人皆劫劫，我獨有餘。有以後時開先生者，曰：『吾既擠而與之矣，其猶足存邪！』年幾五十，始以尊夫人之命來集京師，從進士試，既得即去。間四年，又命來選，爲溧陽尉，迎侍溧上。去尉二年，而故相鄭公尹河南，奏爲水陸運從事，試協律郎，親拜其母於門内。母卒五年，而鄭公以節領興元軍，奏爲其軍參謀，試大理評事。挈其妻行之興元，次於閿鄉，暴疾卒。年六十四。買棺以斂，以二人輿歸。酆、郢皆在江南。十月庚申，樊子合凡贈賻而葬之洛陽東其先人墓左，以餘財附其家而供祀。將葬，張籍曰：先生揭德振華，於古有光。賢者故事有易名，况士哉！如曰『貞曜先生』，則姓

名字行有載，不待講説而明。皆曰然，遂用之。初，先生所與俱學同姓簡，於世次爲叔父，由給事中觀察浙東。曰：『生吾不能舉，死吾知恤其家。』銘曰：於戲貞曜！維執不猗，維出不訾。維卒不施，以昌其詩。

元辛文房《唐才子傳·孟郊傳》

郊字東野，洛陽人。初隱嵩山，稱處士。性介少諧合，韓愈一見爲忘形交，與唱和於詩酒間。貞元十二年李程榜進士，時年五十矣。調溧陽尉。縣有投金瀨平陵城，林薄蓊翳，下有積水。郊間往坐水傍，命酒揮琴，徘徊賦詩終日，而曹務多廢。縣令白府以假尉代之，分其半俸。辭官家居。李翺分司洛中，日與談讌。薦於興元節度使鄭餘慶，遂奏爲參謀，試大理評事，卒。餘慶給錢數萬營葬，仍贍其妻子者累年。張籍謚爲貞曜先生，門人遠赴心喪。郊拙於生事，一貧徹骨。裘褐懸結，未嘗俛眉爲可憐之色，然好義者更遺之。工詩，大有理致，韓吏部極稱之。多傷不遇，年邁家空，思苦奇澀，讀之每令人不歡。如『借車載家具，家具少於車』，如《謝炭》云『吹霞弄日光不定，暖得曲身成直身』，如『愁人獨有夜燭見，一紙鄉書淚滴穿』，如《下第》云『棄置復棄置，情如刀劍傷』之類，皆哀怨清切，窮入冥搜。其《初登第》吟曰：『昔日齷齪不足嗟，今朝曠蕩思無涯。春風得意馬蹄疾，一日看盡長安花。』當時議者亦見其氣度窘促，卒漂淪薄宦，詩讖信有之矣。天實爲之，謂之何哉。李觀論其詩曰『高處在古無上，平處下顧二謝』

云。時陸長源工詩，相與來往，篇什稍多，亦佳作也。有《咸池集》十卷行於世。

序跋

宋敏求《孟東野詩集後序》

東野詩，世傳汴吴鏤本五（五，宋刻本、華校本作甲）卷一百二十四篇，周安惠本十卷三百三十一篇，别本五卷三百四十篇。蜀人蹇濬用退之贈郊句纂《咸池集》二卷一百八十篇。自餘不爲編秩，雜録之，家家自異。今總括遺逸，擿去重複若體制不類者，得五百一十一篇，釐别樂府、感興、詠懷、游適、居處、行役、紀贈、懷寄、酬答、送别、詠物、雜題、哀傷、聯句十四種。又以讃書二繫於後，合十卷。嗣有所得，當次第益諸。十聯句見《昌黎集》，章章於時，此不著云。集賢校理常山宋敏求題。

國材成德《孟東野詩集題詞》

武康代産文士，惟沈約、孟東野詩以名家。余謂永明接江左舊耳，元和集三變大成焉。步武不出江南，東野交游北方名士，二家詩體固應是。抑德以形言，言以驗德，而止以詩觀詩，何哉？晋陶淵明詩爲晋宋大家數，然宋永初以後，每有著述，不繫紀年而書甲子。發乎情，根諸

性也。約仕宋仕齊。宋齊之末，探西邸密意，詔書出懷中，夙備無遺缺。然則平時用工覓句，豈其性情哉。視行吟溪曲，泊無宦情，奪俸不慍，一寒到死，不隨逐酒壚餅肆間媚匪人者，其言德定何如也？今保有『孟保』，井有『孟井』，人亡物故，竹幽水深。過之清風爽然，使人脱灑於世味之外。余始來爲令，急符獰卒晝夜至。余懼夫言政而不及化，懷賢訪古，與邑之士相與論文，則趣尚風流有苦學如正曜者，因與共評其詩，用宋公敏求本鋟諸梓，且并論沈孟言德大概，使尚友者觀焉。景定壬戌天台國材成德序。

强晟《孟東野詩集序》

孟東野以詩鳴於中唐之間，極爲昌黎韓子所稱重。至如聯句諸作，與韓公角奇争儁，不肯相下，可謂雄矣！先輩且有東野潤色退之之説，雖未必然，要其所成就，終非翺、湜所可班。顧其辭意傷於晦澀，無盛唐大家雄渾醖藉之風，亦器量使之然哉。提學楊按察邃庵先生以全集不多見，出所抄本屬商州梓行之。維時同知於君睿奉命惟謹，閲兩月工完。先生欲晟識其後。嗚呼！末學小子，於名家述作何敢妄贅一言。然先生嘉惠後學與同知君勤事奉公之美，不可以不白也。於是乎書。弘治己未春正月望日後學汝南强晟識。

秦禾《刻孟東野詩集叙》

東野以詩名於唐，諸家編秩，去取互有異同，改竄復多臆見。宋學士敏求總括遺逸，擿去重複，彙爲十卷。東野，武康産也。宋景定間，武康令國成德氏用宋本刻之。曩得其集於都氏玄敬所，私識以印，蓋因其宋刻而寶之也。歷世已久，中多闕文訛字，予珍藏之舊矣。癸丑冬，承乏令武康，繙閲邑志，國令無聞焉。豈宋季師旅方興，文教漸弛，纂言者忽而不録與？兹可慨矣！予惟杞宋無徵，文獻不足故也。自唐歷宋，始會諸本而集其全，迄今傳者已無幾矣。宰邑者刻之，姓名復湮没而不志，見修舉廢墜，責將安歸？予懼夫後之視今，亦猶今之視昔，爰畀杭士趙顒伯正其訛舛，捐俸而重鋟諸梓，并入國令姓名於志，廣其傳且俾文獻有徵也。粤若東野之詩，愁苦沉抑，乏徐庾之流麗；規鉌少異，非杜陵之體裁。詩家評品，別自有説，非淺學所敢與知。刻既成，敬叙數言，用識歲月。嘉靖丙辰秋八月望日，賜進士第文林郎知武康縣事無錫秦禾書。

凌濛初《孟東野詩集跋》

余既刻劉須溪所批諸家詩矣，已而思吾鄉孟東野，其奇險可與長吉鬼怪對壘。且須溪先生評詩爲最廣，而唐諸選中亦時見有評其數首者，意必有其本如諸家而無從見也。遍索之，偶

獲一宋雕本於武康故家，上有評點，以爲必須溪無疑。及閲其序，則宋景定時天台國材成德以宰武康，爲梓行其集而評之者。國於時無所表見，今世亦罕知之，宜其未必有當；乃字櫛句比，其雌黄處，亦時時得三昧焉。宋人不能詩而能言詩，亦其偏有所至耶？獨其劇貶休文之品而崇尚東野，謂其行吟溪曲，泊無宦情，然味其詩，亦未免感時傷世，幽憤過多，如所謂『空將淚見花』等語，與襄陽之孟純是曠達者，局器大小固有别也。余梓其詩，以配長吉，亦因附其評，以佐須溪之未備，遂并言其所見如此。吴興凌濛初識。

《四庫全書總目·孟東野集十卷》

唐孟郊撰。郊字東野，武康人。貞元中舉進士。官溧陽尉。事跡附載《新唐書·韓愈傳》，愈集中《貞曜先生墓志銘》即爲郊作也。是集前有宋敏求序，稱世傳其集編汴吴鏤本五卷，一百二十四篇；周安惠本十卷，三百三十一篇；蜀人蹇濬所纂凡二卷，一百八十篇，取韓愈贈郊句，名之曰《咸池集》。自餘諸家所雜録，不爲編帙，諸本各異。敏求總括遺逸，删除重複，分十四類編集，得詩五百一十一篇。又以雜文二篇附於後，共爲十卷。此本卷數相符，蓋敏求所編也。郊詩托興深微而結體古奥，唐人自韓愈以下莫不推之。自蘇軾詩『空螯』、『小魚』之誚，始有異詞；元好問《論詩絶句》乃有『東野窮愁死不休，高天厚地一詩囚』之句。當以蘇尚俊邁，元尚高華，門徑不同，故是丹非素，究之郊詩品格，不以二人之論減價也。

詩評

李肇《國史補》

元和已後，爲文筆則學奇詭於韓愈，學苦澀於樊宗師。歌行則學流蕩於張籍。詩章則學矯激於孟郊，學淺切於白居易，學淫靡於元稹。俱名爲元和體。大抵天寶之風尚黨，大曆之風尚浮，貞元之風尚蕩，元和之風尚怪也。

司空圖《與王駕評詩書》

國初，主上好文雅，風流特盛。沈、宋始興之後，傑出於江寧，宏肆於李、杜，極矣！右丞、蘇州趣味澄敻，若清風之出岫。大曆十數公，抑又其次。元、白力勍而氣孱，乃都市豪估耳。劉公夢得、楊公巨源，亦各有勝會。閬仙、東野、劉得仁輩，時得佳致，亦足滌煩。厥後所聞，逾褊淺矣。

趙璘《因話録》

韓文公與孟東野友善。韓公文至高，孟長於五言，時號孟詩韓筆。

歐陽修《六一詩話》

孟郊、賈島皆以詩窮至死，而平生尤自喜爲窮苦之句。孟有《移居詩》云：『借車載家具，家具少於車。』乃是都無一物耳。又《謝人惠炭》云：『暖得曲身成直身。』人謂非其身備嘗之，不能道此句也。賈云：『鬢邊雖有絲，不堪織寒衣。』就令織得，能得幾何？又其《朝飢詩》云：『坐聞西床琴，凍折兩三絃。』人謂其不止忍飢而已，其寒亦何可忍也。

劉攽《中山詩話》

孟東野詩，李習之所稱：『食薺腸亦苦，强歌聲不歡。出門如有礙，誰謂天地寬。』可謂知音。今世傳《郊集》五卷，詩百篇。又有集號《咸池》者，僅三百篇，其間語句尤多寒澀，疑向五卷是名士所删取者。東野與退之聯句詩，宏壯博辯，若不出一手。王深父云：『退之容有潤色也。』

魏泰《臨漢隱居詩話》

孟郊詩蹇澀窮僻，琢削不假，真苦吟而成，觀其句法、格力可見矣。其自謂：『夜吟曉不休，苦吟神鬼愁。如何不自閑，心與身爲讎。』而退之薦其詩云：『榮華肖天秀，捷疾愈響報。』

何也？

蘇軾《讀孟郊詩》二首

夜讀孟郊詩，細字如牛毛。寒燈照昏花，佳處時一遭。孤芳擢荒穢，苦語餘詩騷；水清石鑿鑿，湍激不受篙。初如食小魚，所得不償勞；又似煮彭蠘，竟日持空螯。要當鬭僧清，未足當韓豪。人生如朝露，日夜火消膏。何苦將兩耳，聽此寒蟲號。不如且置之，飲我玉卮醪。

我憎孟郊詩，復作孟郊語。飢腸自鳴喚，空壁轉飢鼠；詩從肺腑出，出輒愁肺腑。有如黄河魚，出膏以自煮。尚愛銅斗歌，鄙俚頗近古；桃弓射鴨罷，獨速短蓑舞。不憂踏船翻，踏浪不踏土。吴姬霜雪白，赤脚浣白紵。嫁與踏浪兒，不識離别苦。歌君江湖曲，感我長羈旅。

蘇軾《祭柳子玉文》

元輕白俗，郊寒島瘦。

王直方《王直方詩話》

李希聲語余曰：『孟郊詩正如晁錯爲人，不爲不佳，所傷者峻直耳。』

許顗《彦周詩話》

東坡祭柳子玉文：『郊寒島瘦，元輕白俗。』此語具眼。客見詰曰：『子盛稱白樂天、孟東野詩，又愛元微之詩，而取此語，何也？』僕曰：『論道當嚴，取人當恕。此八字東坡論道之語也。』

孟東野詩苦思深遠，可愛不可學。僕尤嗜愛者，『長安無緩步』一詩。

聯句之盛，退之、東野、李正封也。《城南聯句》云：『紅皺曬檐瓦，黄團掛門衡。』是説乾棗與瓜蔞，讀之猶想見西北村落間氣象。《征蜀聯句》云：『刑神詫牦旄，陰焰颭犀札。』盡雕刻之功，而語仍壯。李正封善押韻，如《從軍聯句》『押水沙囊涸』，皆不可及。

韓退之云：『横空盤硬語，妥帖力排奡。』蓋能殺縛事實，與意義合，最難能之；知其難則可與論詩矣，此所以稱孟東野也。

周紫芝《竹坡詩話》

韓退之《薦士詩》云：『孟軻分邪正，眸子看瞭眊。杳然粹而清，可以鎮浮躁。』蓋謂孟東野也。余嘗讀孟東野《下第》詩云：『棄置復棄置，情如刀劍傷。』及登第，則自謂：『春風得意馬蹄疾，一日看盡長安花。』一第之得失，喜憂至於如此，宜其雖得之而不能享也。退之謂『可以

鎮浮躁』，恐未免於過情。

吕本中《童蒙詩訓》

徐師川問山谷云：『人言退之、東野聯句，大勝東野平日所作，恐是退之有所潤色。』山谷云：『退之安能潤色東野，若東野潤色退之，即有此理也。』

葛立方《韻語陽秋》

孟郊詩『楚山相蔽虧，日月無全輝。萬株古柳根，拏此磷磷溪。太行横偃脊，百里方崔嵬』等句，皆造語工新，無一點俗韻。然其他篇章，似此處絶少也。李翱評其詩云：『高處在古無上，平處下觀二謝。』許之亦太甚矣。東坡謂『初如食小魚，所得不償勞。又似食蟛蜞，竟日嚼空螯』，貶之亦太甚矣。

孟郊詩云：『借車載家具，家具少於車。借者莫彈指，貧窮何足嗟。』可見其素窶。後有詩云：『賓秩已覺厚，私儲常恐多。』是古人恐富求歸之義，則貧亦何足怪。按郊爲溧陽尉，縣有投金瀨平陵城，林薄蓊蔚，郊往來其間，曹務都廢，至遣假尉代之，而分其半俸，則安得有私儲哉。退之贈郊詩云：『陋室有文史，高門有笙竽。何能辨榮辱，且欲分賢愚。』蓋言貧者文史之樂賢於富者笙竽之樂也。

孟郊《落第詩》曰：『棄置復棄置，情如刀刃傷。』《再下第》詩曰：『一夕九起嗟，夢短不到家。』《下第東南行》曰：『江蘺伴我泣，海月投人驚。』愁有餘矣。《下第留別長安知己》云：『豈知鶗鴂鳴，瑶草不得春。』《失意投劉侍御》云：『離婁豈不明，子野豈不聰？至寶非眼別，至音非耳通。』《歎命》云：『題詩怨還怨，問《易》蒙復蒙。本望文字達，今因文字窮。』怨有餘矣。至《登科後》詩，則云：『昔日齷齪不足誇，今朝放蕩思無涯。春風得意馬蹄疾，一日看盡長安花。』議者以此詩驗郊非遠器。余謂郊偶不遂志，至於屢泣，非能委順者，年五十始得一第，而放蕩無涯，哦詩誇詠，非能自持者，其不至遠大，宜哉！

計有功《唐詩紀事》

李翱薦郊於張建封云：兹有平昌孟郊，貞士也。伏聞執事舊知之。郊爲五言詩，自前漢李都尉、蘇屬國，及建安諸子、南朝二謝，郊能兼其體而有之。李觀薦郊於梁肅補闕書曰：郊之五言詩，其有高處，在古無上；其有平處，下顧兩謝。韓愈送郊詩曰：作詩三百首，杳默《咸池》音。彼二子皆知言也，豈欺天下之人哉！郊窮餓不得安養其親，周天下無所遇，作詩曰：『食薺腸亦苦，强歌聲無歡。出門即有礙，誰謂天地寬？』其窮也甚矣！凡賢人奇士，皆自有所負，不苟合於世。是以雖見之，難得而知也；見而不能知其賢，如勿見而已矣；知其賢而不能用，如勿知其賢而已矣；用而不能盡其才，如勿用而已矣；盡其才而容讒人之所間者，如勿

盡其才而已矣。故見賢而能知，知而能用，用而能盡其才而不容饞人之所間者，天下一人而已矣。

韋莊奏請追贈十餘人，其一孟郊，字東野，尚古風詩，與李觀、韓退之爲友。貞元十二年及第，佐徐州張建封幕。卒，私謚曰貞曜先生。

張爲取郊『青山輾爲塵，白日無閑人』，『食薺腸亦苦，强歌聲無歡』，『欲知萬里情，曉卧半床月』等句，以爲清奇僻苦主。

黄徹《䂬溪詩話》

永叔『堪笑區區郊與島，螢飛露濕吟秋草』，以爲二子之窮。然子美亦有『暗飛螢自照，水宿鳥相呼』，『幸因腐草出，敢近太陽飛』，雖吟詠微物，曾無一點窮氣。孟郊詩最淡且古，坡謂『有如食蟛蝛，竟日嚼空螯』。退之論數子，乃以張籍學古淡，東野爲『天葩吐奇芬』，豈勉所長而諱所短，抑亦東野古淡自足，不待學耶？

張戒《歲寒堂詩話》

退之於籍、湜輩，皆兒子畜之；獨於東野極口推重，雖退之謙抑，亦不徒然。世以配賈島而鄙其寒苦，蓋未之察也。郊之詩，寒苦則信矣；然其格致高古，詞意精確，其才亦豈可易得。

胡仔《苕溪漁隱叢話》前集

張文潛云：唐之晚年，詩人類多窮士。如孟東野、賈浪仙之徒，皆以刻琢窮苦之言爲工。或謂：郊、島孰貧？曰：島爲甚也。曰：何以知之？以其詩知之。郊曰：『種稻耕白水，負薪斫青山。』島曰：『市中有樵山，客舍寒無煙。井底有甘泉，釜中嘗苦乾。』孟氏薪米自足，而島家俱無，以是知之耳。然及其至也，清絶高遠，殆非常人可到。唐之野詩，稱此兩人爲最。

蘇子由云：唐人工於爲詩而陋於聞道。孟郊嘗有詩云：『食薺腸亦苦，强歌聲無歡。出門即有礙，誰謂天地寬？』郊耿介之士，雖天地之大，無以容其身，起居飲食，有戚戚之憂，是以卒窮以死。而李翺稱之，以爲郊詩高處在古無上，平處猶下顧沈、謝，至韓退之亦説不容口。甚矣，唐人之不聞道也！孔子稱顔子在陋巷，人不堪其憂，回也不改其樂。回雖窮困早死，而非其處身之非，可以言命，與郊異矣。

曾季貍《艇齋詩話》

予舊因東坡詩云『我憎孟郊詩』及『要當鬬僧清，未足當韓豪。……何苦將兩耳，聽此寒蟲號』，遂不喜孟郊詩。五十以後，因暇日試取細讀，見其精深高妙，誠未易窺，方信韓退之、李習之尊敬其詩，良有以也。東坡性痛快，故不喜郊之詞艱深。要之，孟郊、張籍，一等詩也。唐

人詩有古樂府氣象者，惟此二人。但張籍詩簡古易讀，孟郊詩精深難窺耳。孟郊如《游子吟》、《列女操》、《薄命妾》、《古意》等篇，精確宛轉，人不可及也。

嚴羽《滄浪詩話》

以人而論，則有……孟東野體……

李、杜數公，如金鳷擘海，香象渡河。下視郊、島輩，直蟲吟草間耳。

孟郊之詩刻苦，讀之使人不歡。

孟郊之詩，憔悴枯槁，其氣局促不伸，退之許之如此，何耶？詩道本正大，孟郊自爲之艱阻耳。

葉適《習學記言序目》

韓愈盛稱皋、夔、伊、周、孔子之鳴，其卒歸之於詩。詩之道固大矣，雖以聖賢當之未爲失。然遂謂『魏晉以來無善鳴者，其聲清以浮，其節數以急，其辭淫以哀，其志弛以肆，其爲言亂雜而無章』，則尊古而陋今太過；而又以孟郊、張籍當之，則尤非也。如郊寒苦孤特，自鳴其私，刻深刺骨，何足以繼古人之統？又況於無本者乎！愈欲以絶識高一世，而不自知其無識至此，重可歎爾。

敖陶孫《臞翁詩評》

東野如埋泉斷劍，卧壑寒松。

劉克莊《後村詩話》

退之以師道自任，自李翺、張籍、皇甫湜輩皆名之，惟推伏孟郊，待以畏友。世謂謬敬，非也。其《自歎》曰：『愁與髮相形，一愁白數莖。有髮能幾多，禁愁日日生。古若不置兵，天下無戰争。古若不置名，道路無敧傾。太行聳巍峨，是天産不平。黄河奔濁浪，是天産不清。四蹄日日多，雙輪日日成。二物不在天，安能免營營。』《吊國殤》云：『徒言人最靈，白骨亂縱横。如何當春死，不及群草生。堯舜宰乾坤，器農不器兵。秦漢盜山岳，鑄殺不鑄耕。天地莫生金，生金人競争。』《灞上輕薄行》云：『自歎方拙身，忽逢輕薄倫。常恐失所避，化爲車轍塵。』《游子吟》云：『慈母手中線，游子身上衣。臨行密密縫，意恐遲遲歸。誰言寸草心，報得三春暉。』《去婦》云：『君心匣中鏡，一破不復全。妾心藕中絲，雖斷猶牽連。安知御輪士，今日翻回轅。一女事一夫，安可再移天。君聽去鶴言，哀哀七絲絃。』《教坊歌兒》云：『小小十歲兒，能歌得朝天。六十孤老人，能詩獨臨川。去年西京寺，衆伶集講筵。能嘶竹枝詞，供養繩床禪。能詩不如歌，悵望三百篇。』《長安旅情》云：『盡説青雲路，有足皆可至。我馬亦四蹄，出

門似無地。玉京十二樓，峨峨倚青翠。下有千朱門，何門薦孤士。』《秋懷》云：『詈言不見血，殺人何紛紛。聲如窮家犬，吠竇何狺狺。古詈舌不死，至今書云云。秦火不爇舌，秦火空爇文。』《贈無本》云：『詩骨聳東野，詩濤涌退之。有時踉蹌行，人驚鶴阿師。可惜李杜死，不見此狂癡。』又云：『拾月鯨口邊，何人免爲吞。』《游俠行》云：『平生無恩讎，劍閑一百月。』《吊元魯山》云：『黄犢不知孝，魯山自駕車。非賢不可妻，魯山竟無家。將謡魯山德，賾海誰能涯。』當舉世競趨浮艷之時，雖豪傑不能自拔，孟生獨爲一種苦淡不經人道之語，固退之所深喜，何謬敬之有！

文字意脉，人生通塞繫焉。東野詩云：『萬物皆及時，獨余不覺春。』又云：『妾恨此斑竹，下盤煩冤根。有筍未出土，中已銜淚痕。』又云：『無子抄文字，老吟多飄零。有時吐向床，枕席不解聽。』又云：『山壯馬力短，路行石齒中。』又云：『後路起夜色，前山聞虎聲。』其《峽哀》、《杏殤》、《哭劉言史》、《盧殷》諸篇，極其詭怪幽憤。所謂《峽哀》者，似爲逐客而作，如云：『沙稜箭箭急，波齒斷斷開。呀彼無底阬，待此不測災。谷號相噴激，石怒争旋回。古罪有復鄉，今纍多爲能。』其詞可以痛哭，不知哀何人也。屈宋《大招》、《招魂》等作，雖窮極天地之外，龍蛇鬼魅，千變萬態，然又稱述宗國宫室鐘鼓歌舞之樂以反之。孟生純是苦語，略無一點温厚之意，安得不窮？此退之所以欲和其聲歟！

孟詩亦有平淡閑雅者，但不多耳。如『腰斧斫旅松，手瓢汲家泉』，如『不是城頭樹，那棲

來去鴉』，如『路喜到江盡，江上又通舟。願爲馭者手，與郎回馬頭』，如『處處得相隨，人那不如月』，皆與唐人同一機杼。《詠蚊》云：『願爲天下幮，一使夜景清。』《燭蛾》云：『天若百尺高，應去掩明月。』又唐人所不能道。

孟郊五言云：『試妾與君淚，兩處滴池水。看取芙蓉花，今年爲誰死。』《長安早春》云：『乃知田家春，不入五侯宅。』又云：『萱草女兒花，不解壯士憂。』又云：『野客云作心，高僧月爲性。』又云：『風葉亂辭木，雪猿清叫山。』又云：『借車載家具，家具少於車。』又云：『盧仝歸洛船，崔嵬但載書。』又云：『閑似獨鶴心，大於高松年。』又云：『拾月鯨口邊。』又云：『天津橋下冰初結，洛陽陌上行人絶。榆柳蕭疏樓閣閑，月明直見嵩山雪。』

……唐詩人以島配郊，又有郊寒島瘦之評。余謂不然。郊集中忽作老蒼苦硬語，禪家所謂一句撞倒墻者。退之崛强，亦推讓之。島尤敬畏，有『自來東野先生死，側近雲山得散行』之句。以賈配孟，是師與弟子并行也。

魏慶之《詩人玉屑》引《休齋詩話》

孟東野一不第，而有『出門即有礙，誰謂天地寬』語，若無所容其身者。老杜雖落魄不偶，而氣常自若，如『納納乾坤大』，何其壯哉！白樂天亦云：『無事日月長，不羈天地闊。』與郊異矣。然未若邵康節『静處乾坤大，閑中日月長』，尤有味也。

范晞文《對床夜語》

退之序東野詩云：東野之詩，其高出魏、晋，不懈而及於古，其他浸淫乎漢氏矣。又薦之以詩云：『有窮者孟郊，受材實雄鷔。冥觀洞古今，象外逐幽好。横空盤硬語，妥貼力排奡。敷柔肆紆餘，奮猛卷海潦。榮華肖天秀，捷疾逾響報。』東坡讀東野詩，乃云：『孤芳擢荒穢，苦語餘《詩》《騷》。水清石鑿鑿，湍急不受篙。初如食小魚，所得不償勞。又如煮彭越，竟日嚼空螯。要當鬭僧清，未足當韓豪。人生如朝露，日夜火消膏。何苦將兩耳，聽此寒蟲號。』退之進之如此，而東坡貶之若是，豈所見有不同耶？然東坡前四句，亦可謂巧於形似。

東野《長安道》詩云：『胡風激秦樹，賤子風中泣。家家朱門開，得見不可入。長安十二衢，投樹鳥亦急。高閣何人家，笙簧正喧吸。』氣促而詞苦，亦可憐也。退之有贈孟之詩云：『長安交游者，貧賤各有徒。親朋相過時，亦各有以娱。陋室有文史，高門有笙竽。何能辨榮悴，且欲分賢愚。』亦廣其意而使之安其貧也。

東野詩云：『静木有恬翼，潛波無躁鱗。迺知喧競場，莫處君子身。』蓋謂君子之立身，不容不擇其所。《寓言》云：『誰謂碧山曲，不廢其松直。誰謂濁水泥，不污明月色。』是又欲和光而同塵也。下句亦本太白『獨漉水中泥，水濁不見月』，第反其意耳。

王若虚《滹南詩話》

郊寒白俗，詩人類鄙薄之；然鄭厚評詩，荆公、蘇、黄輩曾不比數，而云樂天如柳陰春鶯，東野如草根秋蟲，皆造化中一妙。何哉？哀樂之真，發乎情性，此詩之正理也。

元好問《論詩》

東野窮愁死不休，高天厚地一詩囚。江山萬古潮陽筆，合在元龍百尺樓。

范德機《木天禁語》

孟郊奇險斬截，學者不察，失於怪短。

高棅《唐詩品彙·五言古詩叙目》

唐詩之變漸矣。隋氏以還，一變而爲初唐，貞觀、垂拱之詩是也；再變而爲盛唐，開元、天寶之詩是也；三變而爲中唐，大曆、貞元之詩是也；四變而爲晚唐，元和以後之詩是也。夫元和之際，柳公尚矣。若韓退之、孟東野，生平友善動輒唱酬；然而二子殊途，文體差別。今觀昌黎之博大而文，鼓吹六經，搜羅百氏，其詩騁駕氣勢，嶄絶崛强，若掀雷决電，千夫萬騎，横騖

别驅，汪洋大肆而莫能止者。又《秋懷》數首及《暮行河堤上》等篇，風骨頗逮建安，但新聲不類，此正中之變也。東野之少懷耿介，齷齪困窮，晚擢巍科，竟淪一尉，其詩窮而有理，苦調凄凉，一發於胸中而無吝色，如《古樂府》等篇，諷詠久之，足有餘悲：此變中之正也。余合二公之詩爲一卷，所以幸其遺風之變猶有存者，故曰正變。

謝榛《四溟詩話》

予夜觀李長吉、孟東野詩集，皆能造語奇古，正偏相半，豁然有得，並奪搜奇想頭，去其二偏。險怪如夜壑風生，暝巖月墮，時時山精鬼火出焉；苦澀如枯枝朔吹，陰崖凍雪，見者靡不慘然。予以奇古爲骨，平和爲體，兼以初唐、盛唐諸家，合而爲一，高其格調，充其氣魄，則不失正宗矣。若蜜蜂歷採百花，自成一種佳味與芳馨，殊不相同，使人莫知所蘊。作詩有學釀蜜法者，要在想頭别爾。

俞弁《逸老堂詩話》

人之於詩，嗜好往往不同。如韓文公讀孟東野詩，有『低頭拜東野』之句。唐史言退之性倔强，任氣傲物，少許可，其推讓東野如此。坡公《讀孟郊詩》有云：『初如食小魚，所得不償勞。又如食蟛蜞，竟日嚼空螯。』二公皆才豪一世，而其好惡不同若此。元次山有云：『東野悲

鳴死不休，高天厚地一詩囚。江山萬古潮陽筆，合卧元龍百尺樓。』推尊退之而鄙薄東野至矣。此詩斷盡百年公案。

陸時雍《詩鏡總論》

孟郊詩之窮也，思不成倫，語不成響，有一二語總稿衷之瀝血矣。自古詩人，未有拙於郊者。獨創成家，非高才大力，誰能辨此？郊之所以益重其窮也。賈島衲氣終身不除，語雖佳，其氣韻自枯寂耳。余嘗謂讀孟郊詩如嚼木瓜，齒缺舌敝，不知味之所在。賈島詩如寒齏，味雖不和，時有餘酸薦齒。

胡應麟《詩藪》

世多謂唐無五言古。篤而論之，才非魏、晋之下，而調雜陳、梁之際，截長絜短，蓋宋、齊之政耳。如文皇《帝京》之什……子昂《感遇》之篇……太白《古風》《書懷》，少陵《羌村》《出塞》……昌黎《秋懷》，東野《感興》，皆六朝之妙詣，西漢之餘波也。

殷璠《詩選》，以常建爲第一。張爲《句圖》，以孟雲卿爲高古奥逸。蓋二子皆盛唐名家，常幽深無際，孟古雅有餘。常『戰餘落日黄，軍敗鼓聲死。今與山鬼鄰，殘兵哭遼水』，絶是長吉之祖。孟『朝日上高堂，離人怨秋草。少壯無會期，水深風浩浩』，劇爲東野所宗。

東野之古，浪仙之律，長吉樂府，玉川歌行，其才具工力，故皆過人。如危峰絶壑，深澗流泉，并自成趣，不相沿襲。

胡震亨《唐音癸籤》

五言至元和後，幾絶響矣。破暝别續幽燈，吾愛東野；傾家快鬬碎寶，吾并存昌黎。餘子無庸齒已。

聯句詩，唐惟顔真卿、韓退之爲多。顔雜詼諧；韓與孟郊爲敵手，各極才思，語多奇崛，尤可喜。

以時事入詩，自杜少陵始；以名場事入詩，自孟東野始。

沈德潛《唐詩别裁集》

孟郊……韓昌黎極重之，薦於鄭餘慶，奏爲參謀，未幾卒。東坡目爲『郊寒島瘦』。島瘦固然。郊之寒，過求高深，鄰於刻削，其實從真性情流出，未可與島并論也。而元遺山云『東野窮愁死不休，高天厚地一詩囚』，毋乃太過乎！

沈德潛《説詩晬語》

孟東野，亦從《風》、《騷》中出，特意象孤峻，元氣不無斫削耳。以郊、島并稱，銖兩未敵也。元遺山云：『東野窮愁死不休，高天厚地一詩囚。江山萬古潮陽筆，合在元龍百尺樓。』揚韓抑孟，毋乃太過。

韓、孟聯句體，可偶一爲之，連篇累牘，有傷詩品。

李重華《貞一齋詩話》

凡詩無拙言之者也。吾所謂巧，爲好奇立異言之，非古人所謂巧也。好奇而不詭於正，立異而不入於邪，是亦用意以自樹者，若東野、長吉、義山是也。

孟東野、賈浪仙卓犖偏才，俱以苦心孤詣得之。

施補華《峴傭説詩》

韓、孟聯句，字字生造，爲古來所未有，學者不可不窮其變。

孟東野奇傑之筆萬不及韓，而堅瘦特甚。譬之偪陽之城，小而愈固，不易攻破也。東坡比之空螯，遺山呼爲詩囚，毋乃太過！

孟郊、賈島并稱，謂之郊寒島瘦。然賈萬不及孟，孟堅賈脆、孟深賈淺故也。

趙翼《甌北詩話》

游韓門者，張籍、李翺、皇甫湜、賈島、侯喜、劉師命、張徹、張署等，昌黎皆以後輩待之。盧仝、崔立之雖屬平交，昌黎亦不甚推重。所心折者，惟孟東野一人。薦之於鄭餘慶，則歷叙漢、魏以來詩人，至唐之陳子昂、李白、杜甫，而其下即云：『有窮者孟郊，受才實雄騖。』固已推爲李、杜後一人。其贈東野詩云：『昔年因讀李白、杜甫詩，長恨二人不相從。吾與東野生并世，如何復躡二子蹤？我願身爲雲，東野變爲龍。』是又以李、杜自相期許。其心折東野，可謂至矣。蓋昌黎本好爲奇崛矞皇，而東野盤空硬語，妥帖排奡，趣尚略同，才力又相等，一旦相遇，遂不覺膠之投漆，相得無間，宜其傾倒之至也。今觀諸聯句詩，凡昌黎與東野聯句，必字字争勝，不肯稍讓；與他人聯句，則平易近人。可知昌黎之於東野，實有資其相長之功。宋人疑聯句詩多係韓改孟，黄山谷則謂韓何能改孟，乃孟改韓耳。此語雖未免過當，要之二人工力悉敵，實未易優劣。昌黎作《雙鳥詩》，喻己與東野一鳴，而萬物皆不敢出聲。東野詩亦云：『詩骨聳東野，詩濤涌退之。』居然旗鼓相當，不復謙讓。至今果韓、孟并稱，蓋二人各自忖其才分所至而預定聲價矣。

翁方綱《石洲詩話》

次山稱文章之弊，煩雜過多，欲變淫靡，以繫風雅。然其詩朴拙處過甚。……觀《篋中集》所録，其意以枯淡爲高，如以孟東野詩投之，想必愜意也。

孟東野詩，寒削太甚，令人不歡。刻苦之至，歸於慘慄，不知何苦而如此！坡公《讀孟郊詩二首》，真善爲形容。尤妙在次首，忽云『復作孟郊語』，又摘其詞之可者而述之，乃以『感我羈旅』跋之，則益見其酸澀寒苦，而無復精華可挹也。其第一首目以『蟲號』，特是正面語，尚未極深致耳。

葛常之云：『坡貶孟郊詩亦太甚。』因舉孟詩『楚山相蔽虧，日月無全輝。萬株古柳根，拏此磷磷溪』，以爲造語之工。下二句誠刻琢，至於『日月無全輝』，是何等言語乎？

詩人雖云『窮而益工』，然未有窮工而達轉不工者。若青蓮、浣花，使其立於廟朝，製爲雅頌，當復如何正大典雅，開闢萬古！而使孟東野當之，其可以爲訓乎！

坡公亦太不留分際，且如孟東野之詩，再以牛毛細字書之，再於寒夜昏燈看之，此何異所謂『醉來黑漆屏風上，草寫盧仝《月蝕詩》』耶？

洪亮吉《北江詩話》

孟東野詩篇篇皆似古樂府，不僅《游子吟》、《送韓愈從軍》諸首已也。即如『良人昨日去，明月又不圓』，魏晉後即無此等言語。他若昌黎《南山詩》，可云奇警極矣，而東野以二語敵之曰：『南山塞天地，日月石上生。』宜昌黎之一生低首也。次則『上天下天水，出地入地舟』，造語亦非他人所能到。高常侍之於杜浣花，賀秘監之於李謫仙，張水部之於韓昌黎，始可謂之詩文知己。即如水部《祭韓公詩》云：『獨得雄直氣，發爲古文章。』亦惟此二語可該括韓公詩文。外若白太傅何嘗不傾倒昌黎；然僅云『户大嫌甜酒，才高厭小詩』而已。蓋韓白詩派不同，故所言只如此而已。

方東樹《昭昧詹言》

姜塢先生曰：『筆瘦多奇，然自是小。如《穀梁》、孟郊詩是也。大家不然。』

孟東野出於鮑明遠，以《園中秋散》等篇觀之可見。但東野思深而才小，篇幅枯隘，氣促節短，苦多而甘少耳。

東野、山谷、白石，皆嫌太露圭角。

賀裳《載酒園詩話》

宋人多不喜孟詩。……愚意東野實亦訴窮歎屈之詞太多，讀其集頻聞呻吟之聲，使人不歡。但跼天蹐地，《雅》亦有之：『終窶且貧』，《邶風》先有此歎。且尤不可與樂天比擬。樂天二十八而中春官，逾年即中書判拔萃，未幾又以賢良方正對策高等，由畿尉拜翰林兼拾遺，遷左贊善。始一貶江州耳，然猶官五品，月俸四五萬，寒有衣，飢有食，施及家人。纔數年，復以州守入爲尚書郎知制誥，除中書舍人。屢典名郡，東南山水之區，恣其遨游。又入爲秘書監，太子賓客分司東都，刑部侍郎，領河南尹，改少傅，以尚書終。其於遇合可謂榮矣。東野窮餓，不得安養其親，五十始得一第，纔尉溧陽，又困於禿令。此其身世何如，而與白較。旁觀者但聞人嬉笑，而遂責向隅者耶？二蘇皆年少成名，雖有謫遷之悲，未歷飢寒之厄，宜有不知此痛癢之言。且韓詩雖氣魄勝之，而深厚處不及，故有『吾願身爲雲，東野變爲龍。四方上下逐東野，雖有離別無由逢』之句。此老自云：『若世無孔子，不當在弟子之列。』豈輕於自貶者！

貞元、元和間，詩道始雜，類各立門户。孟東野最爲高深，如『慈母手中線，游子身上衣。臨行密密縫，意恐遲遲歸。誰言寸草心，報得三春暉？』真是六經鼓吹，當與退之《拘幽操》同爲全唐第一。吾更喜其《送韓愈從軍》篇云：『王粲有所依，元瑜初應命。一章喻檄明，百萬心氣定。』此即李抱真所云『山東布赦書，士卒皆感泣』，可謂能見其大，而概謂之『蛩吟草間』

耶？《嬋娟篇》人多稱之，然始曰：『花嬋娟，泛春泉。竹嬋娟，籠曉煙。雲嬋娟，不常妍。月嬋娟，真可憐。』以四物并稱，下曰：『夜半姮娥朝太乙，人間本自無靈匹。漢宫承寵不多時，飛燕婕妤相妒嫉。』似三語皆是興意，獨歸重於月，而原本羿妻竊藥之故，伸明上云『可憐』之意，然正是東野寄托之辭。

方世舉《蘭叢詩話》

孟郊集截然兩格：未第以前，單抽一絲，裊繞成章，《太玄經》所謂『紅蠶緣於枯桑，其繭不黄』，是其評品。及第後，變而入於昌黎一派，乃妙。且有昌黎所不及，比兩人《秋懷》可知也。東坡全目之爲苦蟲風味，誠苦矣，得毋有橄欖回味耶？余少不知，老乃咀嚼之。昔聞竹垞先生稱其略去皮毛，孤清骨立。余漫戲云：『宋人説部有妓瘦而不堪，人謂之風流骸骨，孟詩是也。』今愧悔之。

李賀、孟郊五言，造語有似子書者，有似《漢書・律曆志》者，皆安石碎金。

韓、孟聯句，是六朝以來聯句所無者，無篇不奇，無韻不險，無出不扼抑人，無對不抵當住，真是國手對局。然而難，若鄽城軍中與李正封聯者，則平正可法。李賀有《昌谷》五古長篇，獨作也，而造句與韓、孟《城南聯句》同其險阻，無怪退之早已愛之訪之矣。然萬不可學。

方扶南《李長吉詩集批注·總批》

徐文長有論詩札云：世惟法高、岑、王、孟，固是布帛菽粟。盧仝、孟郊、韓愈、李賀，却是龍肝鳳髓，不得而舍。此論甚足以益人神智。余嘗擬六朝鍾嶸《詩品》，戲爲評騭。韓愈如出土鼎彝，土花剥落，骨出青紅；孟郊如海外奇楠，外槁中腴，香成緑結；盧仝如靈璧怪石，脱砂而出，秀潤自然；李賀如鐵網珊瑚，初離碧海，映日澄鮮。此其形體也。以其聲韻言之：韓是古瑟，孟是洞簫，盧是浮磬，李（是）撥阮。雖不及李、杜之鐘鏞壯朗，高、岑、王、孟之絲竹清和，却是廣寒宫與武夷幔亭仙樂，一入人耳，洗盡常調。

葉矯然《龍性堂詩話》

劉夢得評柳文『端而曼，苦而腴，佶然以生，癯然以清』，識者謂其已嚼出柳文佳處。予請移此語以評孟郊詩爲確。東坡不喜郊詩，比之『寒蟲夜號』，此語似過。蓋東坡逸才，仿佛太白，太白尚不知飯顆山頭之苦，而謂以文章爲樂事者，不厭此愁結肺腑之言哉！然『春風得意馬蹄疾，一日看盡長安花』，未始非快語也。

喬億《劍溪説詩》

孟郊詩筆力高古，從古歌謡、漢樂府中來，而苦澀其性也，勝元、白在此，不及韋、柳亦在此。

郊詩類幽憤之詞，讀之令人氣塞。

古人詩境不同，譬諸山川：杜詩如河岳；李詩如海上十洲；孟（襄陽）詩如匡廬；王（右丞）詩如會稽諸山；高、岑詩如疏勒、祁連，名標塞上；大曆十子詩如巫山十二，各占一峰；韋詩如峨嵋天半，高無與比；柳詩如巴東三峽，清夜啼猿；韓詩如太行；孟（東野）詩如羊腸坂；蘇詩如羅浮；黄詩如龍門八節灘。此類不可悉數，惟覽者自得之耳。

管世銘《讀雪山房唐詩序例》

孟東野蜇吻澀齒，然自是盤餐中所不可少。

五言肇興至唐，將及千載，故其境象尤博。即以有唐一代論之：陳、張爲先聲，王、孟爲正響。常建、劉眘虚幾於蘇、李天成，李頎、王昌齡不減曹、劉自得。陶翰慷慨，喜言邊塞；儲光羲真樸，善説田家。岑嘉州峭壁懸崖，峻不得上；元次山松風澗雪，凛不可留。李供奉襟情倜儻，集建安、六代之成；杜員外氣韻沉雄，盡樂府古詞之變。韋、柳以澄澹爲宗，錢、李以風標

相尚。韓、孟皆戛戛獨造，而塗畛又分；樂天若平平無奇，而裨益自遠。其他一吟一詠，各自成家，不可枚舉。於戲，其極天下之大觀乎！

闕名《静居緒言》

元和、長慶間，詩有兩歧，韓門諸子，專尚質實，張籍、皇甫故爲敏妙，以及郊寒島瘦，各有勝處。

『慈母手中綫』與『妾心古井水』諸篇，殆所謂在古無上者矣。《終南山》詩、《巫山高》等作，椎琢渾成，高視闊步，豈亦寒儉者乎？『客舍并州已十霜』及『策杖離山驛，逢人問梓州』，亦千古合作，豈一例瘦辭乎！然有終卷不可得此一二篇者矣。

余成教《石園詩話》

嚴滄浪謂『孟郊詩刻苦，讀之令人不歡』。今觀其《怨别》云：『一别一回老，壯士白髮早。在富易爲客，居貧難自好。』《病客吟》云：『主人夜呻吟，皆入妻子心。遠客晝呻吟，徒爲蟲鳥音。妻子手中病，愁思不復深。僮僕手中病，憂危獨難任。』《秋懷》云：『孤骨夜難卧，吟蟲相唧唧。老泣無涕洟，秋露爲滴瀝。』《答韓愈李觀别》云：『富别愁在顔，貧别愁銷骨。』《哭李觀》云：『志士不得老，多爲直氣傷。』詩雖刻苦，而性情敦厚。元武康令序東野詩云：『今武康

有孟保、孟井，人亡物改，竹幽水深，過之者清風爽然，使人脱洒於世味之外。』斯言得之矣。

延君壽《老生常談》

淺人多淺視郊、島兩家詩，初未嘗深究之也。東坡不甚喜東野詩，其天才雄邁，不能如此之喫苦耳。然必能爲東坡之『千山動鱗甲，萬谷酣笙鐘』，方許稍稍雌黄之。後之學東野甚多，却要説是學杜、韓撑門面，最是可笑。如王幼華之『峽亂無全天』，非從東野之『楚山争蔽虧，日月無全輝』化出來耶？評者必稱爲學杜。

方南堂《輟鍛録》

孟東野集不必讀，不可不看。如《列女操》、《塘下行》、《去婦詞》、《贈文應道月》、《贈鄭魴》、《送豆盧策歸別墅》、《游子吟》、《送韓愈從軍》諸篇，運思刻，取徑窄，用筆別，修詞潔，不一到眼，何由知詩中有如此境界耶？

潘德輿《養一齋詩話》

郊、島并稱，島非郊匹。人謂寒瘦，郊并不寒也。如『天地入胸臆，吁嗟生風雷。文章得其微，物象由我裁』，論詩至此，胚胎造化矣，寒乎哉？東坡云：『要當鬭僧清，未足當韓豪。』不

足令東野心服。遺山云：『東野窮愁死不休，高天厚地一詩囚。』抑又甚矣！

每讀東野詩，至『南山塞天地，日月石上生。山中人自正，路險心亦平』，『短松鶴不巢，高石雲始棲。君今瀟湘去，意與雲鶴齊』，『江與湖相通，二水洗高空。定知一日帆，使得千里風』，『天台山最高，動躡赤城霞。何以静雙目？掃山除妄花。靈境物皆直，萬松無一斜』諸句，頓覺心境空闊，萬緣退聽，豈可以寒儉目之！惟《秋懷》諸作，如『老泣無涕洟，秋露爲滴瀝』，『秋深月清苦，蟲老聲粗疏』，真有寒意，然不可以概全集也。其《送別崔寅亮》云：『天地惟一氣，用之自偏頗。憂人成苦吟，達士爲高歌。』詞意圓到，豈專於愁苦者哉！

東野《聞角》詩：『似開孤月口，能説落星心。』東坡云：『今夜聞崔誠老彈《曉角》，始知此詩之妙。』東坡不喜東野詩，而獨喜此二句，異矣！此二句乃幽僻而不中理者，東野集中最下之句也。

予論唐詩，小與人異。東野《獨愁》詩云：『前日遠別離，昨日生白髮。欲知萬里情，曉卧半床月。常恐百蟲鳴，使我芳草歇。』《洛橋晚望》云：『天津橋下冰初結，洛陽陌上行人絶。榆柳蕭疏樓閣閑，月明直見嵩山雪。』筆力高簡至此，同時除退之之奥，子厚之淡，文昌之雅，可與匹者誰乎？而人猶以退之傾倒不置爲疑。

陸鎣《問花樓詩話》

……先輩論詩，五古以淵閎静雅、骨氣高妙爲上。三唐作者，無論李、杜，如王、孟之冲淡，高、岑之勁拔，韓、孟之奇奥，元、白之曉暢，皆足上薄漢、魏，下掩宋、元，故曰詩至唐而極盛。韓有放縱處，孟却簡素，故昌黎一生推服東野尤至。其贈張籍詩曰：『張籍學古淡。』『古淡』者，簡素之極致，籍固未之能逮焉。一『學』字，可見古人論文，分寸不苟，非若今人信口揄揚已也。

劉熙載《藝概·詩概》

昌黎自言其行己不敢有愧於道，余謂其取友亦然。觀其《寄盧仝》云：『先生事業不可量，惟用法律自繩己。』《薦孟郊》云：『行身踐規矩，甘辱恥媚竈。』以盧、孟之詩名，而韓所盛推乃在人品，真千古論詩之極則也哉！

昌黎《送孟東野序》稱其詩以附於古之作者。《薦士詩》以『横空盤硬語，妥帖力排奡』目之。又《醉贈張秘書》云：『東野動驚俗，天葩吐奇芬。』韓之推孟也至矣。後人尊韓抑孟，恐非韓意。

昌黎、東野兩家詩，雖雄富清苦不同，而同一好難争險。惟中有質實深固者存，故較李長

吉爲老成家數。

孟東野詩好處，黄山谷得之，無一軟熟句，梅聖俞得之，無一熱俗句。

……

歐陽永叔出於韓愈，梅聖俞出於東野。歐之推梅不遺餘力，與昌黎推東野略同。

許印芳《跋司空圖〈與王駕評詩書〉》

閬仙、東野并擅天才，東野才力尤大，同時惟昌黎伯與之相敵，觀集中聯句詩可見。兩人生李、杜之後，避千門萬户之廣衢，走羊腸鳥道之仄徑，志在獨開生面，遂成僻澀一體。而東野古詩，神旺興來，天骨開張之作，不特追逐李、杜，抑且希風漢京，劉得仁輩，豈能望其項背。表聖相提而論，蓋止取其律詩，又止摘句稱佳，恰是劉得仁輩身份，故云『時得佳致，亦足滌煩』。持此以評東野，正如管中窺豹，時見一斑；即以之評閬仙詩，亦未允協。……嚴滄浪論詩，宗法表聖，而極力推尊李、杜，謂郊、島輩如蟲吟草間，肆口詆諆，尤爲妄誕。……

許印芳《跋嚴羽〈滄浪詩話〉》

孟貞曜詩，從變風變雅中來，其才力與昌黎相敵，讀兩人聯句詩乃知之。昌黎《薦士》推重，正非漫然。因生李、杜諸人後，欲自成一家，避而走孤高峭嶮之路，刻意苦吟，遂病艱澀。

其神來之作，如《游子吟》、《列女操》、《游終南山》、《聞砧》、《送蕭鍊師》（以上是古詩），《送遠吟》（此是律詩）之類，簡鍊超拔，古味盎然，幾乎一字千金。浪仙在元和中，元、白詩體尚輕淺，乃獨變格入僻，以矯艷俗，較諸弁靡波流者（語出《莊子》，弁與頽通，或作茅，又作草，皆誤），相去遠矣。昌黎奇其才，贈詩云『天恐文章中斷絶，再生賈島在人間』，豈妄許可哉？其詩艱澀如貞曜，人謂孟長五古，賈長五律，而賈《寄遠篇》刻摯拗折，字字沈著，乃五古之極工者；《寄韓潮州》、《寄題靈隱寺》，又七律之工者：是無體不工矣。……孫僅叙少陵詩云：『郊得其氣焰，島得其奇僻。』可謂知言。嚴氏未窺二家堂奥，信口詆諆，斥爲蟲吟草間，何啻夢囈！且嚴氏偏嗜王、孟一派，抑知王、孟固常旬鍛月鍊，亦如貞曜、浪仙之刻苦乎？《雲仙雜記》稱孟襄陽眉毫落盡，王右丞走入醋甕，皆苦吟所致。惟其鍛鍊精純，痕跡融化，一皆出以自然，故爲高妙。後人不見前人鍛鍊之苦，而但喜其自然之甘，往往襲其句調，摹其形貌，致有『優孟叔敖』之誚。

孟郊簡譜

孟郊，字東野。湖州武康人。父庭玢，任崑山尉。母裴氏。妻某氏。繼配鄭氏。有子皆殤。其世系今已不能詳考。

唐玄宗（李隆基）天寶十載辛卯（七五一），東野生於崑山。年一歲。

【玄宗天寶十四年乙未（七五五），五歲。

安禄山叛於范陽，渡黄河，陷洛陽。】

玄宗天寶十五年肅宗（李亨）至德元年丙申（七五六），六歲。

按韓愈《貞曜先生墓志銘》：『生六七年，端序則見，長而愈騫。』知東野幼時即以天資穎異見稱於傳統的舊家庭。

【肅宗至德二年丁酉（七五七），七歲。

安禄山爲子慶緒所殺。郭子儀等先後收復兩京。張巡、許遠守睢陽，城陷被難。

肅宗乾元二年己亥（七五九），九歲。

史思明殺安慶緒，攻占洛陽，自稱大燕皇帝。

肅宗上元二年辛丑（七六一），十一歲。

史思明爲子朝義部將所殺。是歲江淮大饑。】

代宗（李豫）寶應元年壬寅（七六二），十二歲。

兩浙連年旱、澇、大疫。南方多次發生起義。

李白卒。

【代宗寶應二年廣德元年癸卯（七六三），十三歲。

史朝義敗死，安史之亂結束。】
代宗大曆三年戊申（七六八），十八歲。
韓愈生。
代宗大曆五年庚戌（七七〇），二十歲。
杜甫卒。
【代宗大曆十年乙卯（七七五），二十五歲。
魏博節度使田承嗣叛，攻占相、衛諸州，朝廷無力討伐。
盧仝生。】
代宗大曆十四年己未（七七九），二十九歲。
【以劉晏兼判度支。以李希烈爲淮西節度使，此後淮西割據垂四十年。】
賈島生。
德宗（李適）建中元年庚申（七八〇），三十歲。
往河陽（河南孟縣）。
【朝廷用宰相楊炎議，行兩稅法。】
按新舊《唐書》本傳俱稱孟郊『少隱於嵩山』，但由於文獻不足的關係，關於他在河南嵩山隱居的經過和時間，以及他在這段時間中究竟寫出了哪些詩篇，現已很難確定。

建中二年辛酉（七八一），三十一歲。

旅居河陽。

魏博節度使田悦與李惟岳、李納諸藩鎮互相聯結，舉兵與唐朝廷相對抗。

建中三年壬戌（七八二），三十二歲。

仍旅居河南。

藩鎮朱滔、王武俊等舉兵與田悦聯合，與唐朝廷互争政權。十一月，朱滔、田悦、王武俊、李納等各稱王號。李希烈亦與聯合，自稱建興王、天下都元帥。

有《殺氣不在邊》、《感懷》詩。

建中四年癸亥（七八三），三十三歲。

十月，涇原兵變，擁立太尉朱泚爲帝。德宗（李適）自長安出奔奉天（陜西乾縣）。

德宗興元元年甲子（七八四），三十四歲。

涇原事變結束，德宗復返長安。

德宗貞元元年乙丑（七八五），三十五歲。

至上饒。

有《題陸鴻漸上饒新開山舍》、《贈轉運陸中丞》詩。

貞元四年戊辰（七八八），三十八歲。

東野約貞元初往長安應進士試，初試之具體年月遽難詳考。本年有《湖州取解述情》、《往河陽宿峽陵寄李侍御》、《上河陽李大夫》、《上包祭酒》詩。

貞元六年庚午（七九〇），四十歲。

方僑寓蘇州。

有《贈蘇州韋郎中使君》、《春日同韋郎中使君送鄒儒立少府扶侍赴雲陽》、《蘇州崑山惠聚寺僧房》、《題韋承總吴王故城下幽居》、《山中送從叔簡赴舉》、《贈萬年陸郎中》詩。

貞元七年辛未（七九一），四十一歲。

本年秋，再往長安應進士試。

有《舟中喜遇從叔簡别後寄上時從叔初擢第歸江南郊不從行》、《游終南龍池寺》、《游終南山》、《登華嚴寺樓望終南山贈林校書兄弟》、《題林校書華嚴寺書窗》詩。

貞元八年壬申（七九二），四十二歲。

再下第。

【河南、河北、江、淮等四十餘州大水，溺死二萬餘人。左神策監軍竇文場譖去統將，自是宦官專軍。】

李觀、韓愈進士及第。李觀有《上梁補闕（肅）薦孟郊崔宏禮書》（《李元賓文編》卷五）。韓愈有《孟生詩》（《昌黎先生集》卷五）。

有《長安早春》詩，有《古意贈梁肅補闕》詩。有【《再下第》】、《贈李觀》詩。有《長安羈旅行》、《感興》、《夜感自遣》、《下第東歸留別長安知己》、《夜憂》詩。有《長安道》、《長安旅情》詩。有《失意歸吴因寄東臺劉復侍御》詩。有《楚竹吟酬盧虔端公見和湘絃怨》、《送盧虔端公守復州》詩。有《哭秘書包大監》詩。下第後東歸，訪張建封於徐州。有《答韓愈李觀別因獻張徐州》、《上張徐州》、《張徐州席送岑秀才》、《南陽公請東櫻桃亭子春讌》、《清東曲》詩。

自徐州東歸，途經蘇州小住。

有《題從叔述靈巖山壁》詩。

本年秋，三往長安應進士試。

貞元九年癸酉（七九三），四十三歲。

游於長安，題名雁塔。本年三試不第，乃自長安出作湖楚之游。

有《落第》、《贈崔純亮》詩。有【《長安羈旅》】、《下第東南行》詩及和韓愈、李翺同作的《遠游聯句》。

先自長安至朔方。

有《石淙》十首、《邀花伴》、《新平歌送許問》、【《抒情因上郎中二十二叔監察十五叔兼呈李益端公柳縝評事》、《監察十五叔東齋招李益端公會別》】詩。

遂自朔方遠游湖楚。訪盧虔於復州。

有【《商州客舍》】、《自商行謁復州盧使君虔》、【《過分水嶺》】、《獨宿峴首憶長安故人》、《獻漢南樊尚書》、《京山行》、《夢澤行》、《贈竟陵盧使君虔别》詩。

自楚游湘。

有《旅次湘沅有懷靈均》、《湘妃怨》詩。

自湘溯洞庭。

有《游韋七洞庭别業》、《送任齊二秀才自洞庭游宣城》詩。

自洞庭改往汝州(河南臨汝),依陸長源。

有《鵶路溪行呈陸中丞》、《汝州南潭陪陸中丞公燕》、《汝州陸中丞席喜張從事至同賦十韻》、《夜集汝州郡齋聽陸僧辨彈琴》詩。

貞元十一年乙亥(七九五),四十五歲。

本年秋,東野四至長安應進士試。

有《寄盧虔使君》、《汝墳蒙從弟楚材見贈時郊將入秦楚材適楚》詩。【有《和薛先輩送獨孤秀才上都赴嘉會》詩。】有《哭李觀》詩。有《贈黔府王中丞楚》詩。有《游石龍渦》詩。

貞元十二年丙子(七九六),四十六歲。

進士登第。

【德宗任竇文場、霍仙鳴爲左右神策軍中尉，宦官統領神策軍自此成爲制度。】

【韓愈爲宣武節度使董晉判官。】

有《登科後》、《同年春燕》詩。有《送別崔寅亮下第》詩。有《送韓愈從軍》詩。有《擢第後東歸書懷獻坐主吕侍郎》詩。

自長安東歸，道經和州（安徽歷陽）小住。

與張籍同游於桃花塢上。

貞元十三年丁丑（七九七），四十七歲。

寄寓汴州（河南開封），依陸長源。

有《新卜青羅幽居奉獻陸大夫》、《樂府戲贈陸大夫十二丈》。

貞元十四年戊寅（七九八），四十八歲。

仍寄居汴州。

有《大梁送柳淳先入關》、《送孟寂赴舉》詩。有《夷門雪贈主人》詩。【有《寄張籍》詩。】

貞元十五年己卯（七九九），四十九歲。

本年春，離汴州。疑自汴州往游蘇州各地，後又歷游越中山水。

汴州兵變，行軍司馬陸長源被禍。

有【《與韓愈李翺張籍話別》】、《汴州別韓愈》詩。有《亂離》、《汴州離亂後憶韓愈李翺》

詩。有《春集越州皇甫秀才山亭》、《越中山水》詩。

貞元十六年庚辰（八〇〇），五十歲。

五月，徐州刺史張建封卒。徐州軍亂，軍士立張建封子張愔爲留後。

韓愈有《與孟東野書》（《昌黎先生集》卷十五）。

至洛陽應銓選。選爲溧陽（江蘇溧陽）縣尉，迎養其母於溧上。

有《初於洛中選》詩。有《溧陽唐興寺觀薔薇花同諸公餞陳明府》、《同溧陽宰送孫秀才》、《送青陽上人游越》詩。有《奉同朝賢送新羅使》詩。

貞元十七年辛巳（八〇一），五十一歲。

以不治官事，縣令另委他人代行尉事，分東野半俸以給之。

有《溧陽秋霽》詩。

貞元十九年癸未（八〇三），五十三歲。

韓愈有《送孟東野序》（《昌黎先生集》卷十五）。

【韓愈請緩徵京畿百姓賦税，貶陽山令。】

貞元二十年甲申（八〇四），五十四歲。

辭溧陽縣尉。

有《連州吟》三章、《招文士飲》詩。

德宗貞元二十一年順宗（李誦）永貞元年乙酉（八〇五），五十五歲。

【正月德宗卒，太子誦即位，是爲順宗。用王叔文等，進行改革；又謀奪宦官軍權，不成。八月，順宗退位。太子純即位，是爲憲宗。貶二王（王叔文、王伾）八司馬（柳宗元、劉禹錫等），改革失敗。】

辭官後，仍留溧陽待繼任縣尉，先遣弟奉母歸興義莊居。

有《乙酉歲舍弟扶侍歸興義莊居後獨止舍待替人》詩。

憲宗（李純）元和元年丙戌（八〇六），五十六歲。

本年方僑寓長安。

與韓愈、張籍、張徹等同作有《會合聯句》。與韓愈同作有《城南》、《鬭鷄》、《納凉》、《秋雨》、《征蜀》、《同宿》、《雨中》、《寄孟刑部幾道》諸聯句。

有《題韋少保静恭宅藏書洞》、《游城南韓氏莊》詩。

任河南水陸運從事，試協律郎。定居於洛陽立德坊。

有《寒地百姓吟》詩、《立德新居》十首。

元和二年丁亥（八〇七），五十七歲。

仍官於洛陽。

有《寒溪》九首、《生生亭》、《晚雪吟》、《憑周況先輩於朝賢乞茶》詩。

元和三年戊子（八〇八），五十八歲。

仍官於洛陽。

有《同從叔簡酬盧殷少府》詩。

元和四年己丑（八〇九），五十九歲。

母裴氏卒。東野服喪家居。

【有《送李翺習之》詩。】

元和五年庚寅（八一〇），六十歲。

仍居洛陽。

有《寄陝府鄧（一作竇）給事》詩。有《忽不貧喜盧仝書船歸洛》詩。有《嚴河南》、《喜符郎詩有天縱》詩。【有《悼幼子》詩。】有《教坊歌兒》詩、《吊盧殷》十首。

元和六年辛卯（八一一），六十一歲。

仍居洛陽。

【有《杏殤》九首并序。】有《送諫議十六叔至孝義渡後奉寄》、《至孝義渡寄鄭軍事唐二十五》詩。有《戲贈無本》二首、《壽安西渡奉别鄭相公》二首。有《吊元魯山》十首。有《寄義興小女子》詩。【有《送陸暢歸湖州因憑題故人皎然塔陸羽墳》詩。】

元和七年壬辰（八一二），六十二歲。

仍居洛陽。

【魏博節度使田季安死，軍亂，以田弘正爲節度使。魏博割據五十餘年，至此歸附朝廷。】

【有《哭劉言史》詩。】有《魏博田興尚書聽嫂之命不立非夫人詩》。

元和八年癸巳（八一三），六十三歲。

仍居洛陽。

有《與王二十一員外涯游昭成寺》、《與王二十一員外涯游枋口柳溪》詩。有《濟源春》、《濟源寒食》七首、《游枋口》二首等。有《贈韓郎中愈》二首。有《吊房十五次卿少府》詩。有《寄張籍》詩。【有《送淡公》十二首、《上昭成閣不得於從姪僧悟空院歎嗟》、《宿空姪院寄淡公》詩。】有《憶江南弟》、《寄陝府鄧給事》詩。

元和九年甲午（八一四），六十四歲。

山南西道節度使鄭餘慶奏東野爲興元軍參謀，試大理評事。東野聞命自洛陽往興元，以暴疾卒於河南閿鄉縣（今靈寶），時元和九年八月己亥日。十月，葬於洛陽東先人墓左。友人張籍等私謚爲貞曜先生。宋宋敏求編次東野詩集爲十卷行世。

有《送鄭僕射出節山南》詩。

編者附記

《孟郊簡譜》係根據華忱之先生《孟郊年譜》改編而成，我只增加了若干重要的史事，對作品繫年略有增改（增改的根據，具見拙作《孟東野詩作年補考六題》），凡所增改，皆用魚尾括號標出。

孟東野詩作年補考六題

韓泉欣

今傳《孟東野詩集》十卷五百餘首，其作年可考者尚不及二百之數。前輩學者在這方面已經做了許多細緻的工作，就中以華忱之先生《孟郊年譜》所作考訂最稱精詳，然疏忽遺忘，有所不免[一]。近讀《孟東野詩集》，頗注意及此。兹就管見所得，作爲《補考》六題，既求正於華忱之先生，亦望海内方家有以教之。

一、《送李翱習之》，元和四年（八〇九）作。

李翱字習之，隴西成紀人。貞元十四年進士。元和三年四月，户部侍郎楊於陵出爲廣州刺史、嶺南節度使，表李翱佐其府。元和四年正月，李翱東行，别韓、孟於故洛之東，而後南下赴任。《李文公文集》卷十八《來南録》嘗記其事云：『元和三年十月，翱既受嶺南尚書公（按即楊於陵——引者）之命，四年正月己丑，自旌善第以妻子上船於漕。乙未，去東都，韓退之、石浚川假舟送予。明日，及故洛東，弔孟東野，遂以東野行。浚川以妻疾自漕口先歸。黄昏到景雲山居，詰朝登上方，南望嵩山，題姓名記别。既食，韓、孟别予西歸。』則韓愈《送李翱》[二]并東野此篇，皆别時所作無疑也。

又據《來南録》所記，翱南下途中，曾駐足蘇州，『如虎丘之山，息足千人石，窺劍池，宿望

海樓，觀走砌石』。這些都是東野舊游之地，所以李翱此行自然會勾起他種種回憶：『習之勢翩翩，東南去遥遥。贈君雙履足，一爲上皋橋。皋橋路逶迤，碧水清風飄。新秋折藕花，應對吴語嬌。千卷分渌波，四門生早潮。湖榜輕裊裊，酒旗高寥寥。小時履齒痕，有處應未銷。』詩中關於蘇州風情的生動描寫，自與《來南録》所記游蹤相合。

二、《悼幼子》，元和五年（八一〇）作；《杏殤》九首，元和六年（八一一）作。

對於《悼幼子》詩的作年，華忱之先生以存疑處理。但他在《孟郊年譜》（以下簡稱華《譜》）中提供了一條重要綫索：『據詩中所稱「負我十年恩，欠爾千行淚」的話看來，可能東野當時另有一子已稍稍長成，但也幼年早死。根據他在《立德新居》十首中所説的「品子懶讀書，輮駒難服犁」、「畏彼梨栗兒，空資玩弄驕」一些話，可以證明那時他的幼子尚在，但也可能不久即已夭亡。故東野另以詩悼之。恐與《杏殤》九首非一時之作。』按《立德新居》十首華《譜》繫於元和元年（八〇六），其時東野始定居洛陽，如果品子初來洛陽以六歲計，那麽元和五年他正好十歲。殆東野此次所悼『幼子』，即《立德新居》十首所言『品子』歟？韓愈《孟東野失子》詩《序》云：『東野連産三子，不數日輒失之。幾老，念無後以悲。其友人昌黎韓愈懼其傷也，推天假其命以喻之。』詩中亦稱：『此獨何罪辜，生死旬日間。』〔三〕據此可知，東野的三個兒子是在十來天時間裏接連喪亡的，『品子』當是其中之一。不過他的死比東野最後一個兒子（即《杏殤》詩所稱『昔嬰』）略早幾天而已。很可能是感染了時疫，以致旬日之間即造成如

此的巨痛。所以《悼幼子》寫在元和五年，大體上是可以肯定的。

《杏殤》九首，華《譜》繫於元和三年（八〇八）。華先生說：『乃爲悼其幼子而作。……其第四首有云：「兒生月不明，兒死月始光。兒月兩相奪，兒命果不長。」是東野之子生未數日即死。所以韓愈《孟東野失子》詩《序》也稱他：「東野連産三子，不數日輒失之。」（見《昌黎先生集》四）和東野這些詩所説的情事完全吻合。可以推知韓、孟兩人的詩篇當同爲一時先後之作。按韓愈《孟東野失子》詩題下有宋唐庚注，他認爲：「東野爲鄭餘慶留守賓佐，在元和二三年，此詩當是時作。」如果唐庚的推定大致不錯的話，那可能東野喪子即在元和初兩三年之間。』錢仲聯先生《韓昌黎詩繫年集釋》也就是根據唐庚的注，把韓愈《孟東野失子》詩繫在元和三年。但唐庚的推論恰恰是站不住脚的。近有張國舉同志對此提出疑問。他説：『其實，此詩既可以寫於孟郊爲鄭餘慶賓佐的當時，也完全可以寫於其後。因爲孟郊以丁母憂去職後一直留居洛陽，而韓愈也直至元和六年（八一一）纔奉調還朝，所以不能排除此詩寫於元和四年至六年的可能性。』[四] 并認爲，可以把《杏殤》詩的寫作時間定在元和六年。我同意這個結論，但我們立論的根據是不相同的。具體地説，我有兩點不同看法：（一）孟郊最小的也是最後的一個兒子是死於元和五年，而非元和六年。檢孟氏所作，自《教坊歌兒》開始，屢有『孤老』之歎。如《教坊歌兒》：『六十孤老人，能詩獨臨川。』《吊盧殷》：『可憐無子翁，蚍蜉緣病肌。』[五]《濟源寒食》：『風巢裊裊春鴟鴟，無子老人仰面嗟。』《教坊歌兒》和《吊盧殷》都可以

考定是元和五年的作品。前此之作，類似『孤老』之歎，蓋未之有。這是東野幼子死於元和五年的有説服力的證據。（二）韓愈《孟東野失子》詩當作於元和五年，即東野幼子喪亡的當年；而東野《杏殤》詩却是元和六年即其幼子喪亡次年的作品。正如張國舉所説：『細玩序文語氣，韓愈似不是在轉述東野的往昔際遇，而是在敘説自己所身歷目擊的事實。』按韓愈以元和六年秋自河南令入爲職方員外郎，則東野幼子喪亡之元和五年，韓愈仍居洛陽，在河南縣令任內〔六〕。而東野《杏殤》詩《序》明言：『因悲昔嬰，故作是詩。』那麼正是第二年的春天，杏花綻蕾的時候，作者睹物興情，想到了自己寶愛的子嬰，遂以杏殤爲喻，悼其夭亡。另由詩中『零落小花乳，斕斑昔嬰衣。拾之不盈把，日暮空悲歸』、『地上空拾星，枝上不見花。哀哀孤老人，戚戚無子家』、『此兒自見災，花發多不諧。窮老收碎心，永夜抱破懷』諸語，亦可推知此詩爲追念昔嬰、痛定思痛之作。東野此詩很快傳遍洛陽，引起了社會的廣泛同情，故王建《哭東野》有云：『老松臨死不生枝，東野先生早哭兒。但是洛陽城裏客，家傳一首《杏殤詩》。』

三、《送諫議十六叔至孝義渡後奉寄》，元和六年（八一一）作。

詩云：『江吏捧紫泥，海旗剪紅蕉。分明太守禮，跨躡毘陵橋。伊洛去未回，遐矚空寂寥。』毘陵本常州舊稱。孝義渡則在洛陽境內。華《譜》云：『大約是這年孟簡方自長安出守常郡，東野與他相會於洛，送行至孝義渡後更寄此詩。』《舊唐書》卷一六三《孟簡傳》僅稱他在元和四年超拜諫議大夫，因抗論宦官吐突承璀爲招討使事出爲常州刺史，但未記載他出守的年

月。華先生根據盧仝《玉川子詩集》卷二《常州孟諫議座上聞韓員外職方貶國子博士有感五首》之第一首中有『山夫與刺史，相對兩巑岏』諸語和《舊唐書・憲宗紀》所載元和六年正月命諫議大夫孟簡等於豐泉寺（按《舊唐書・孟簡傳》作醴泉寺——引者）翻譯《大乘本生心地觀音經》事，『推知孟簡最初自諫議大夫授官常州刺史的時候，必在元和六年豐泉譯經之後、韓愈貶官之前（按即元和六年正月至元和七年二月——引者）無疑。』因繫孟郊此詩於元和六年。

按兩《唐書》固不載孟簡出守常州的具體年月，但從《舊書》本傳叙事次序説，孟簡與劉伯芻、歸登、蕭俛等醴泉寺譯經在前，而出守常州在後。出守常州是因爲『王承宗叛，詔以吐突承璀爲招討使，簡抗疏論之，坐語訐』，事在元和四年十月。《新唐書》卷七《憲宗紀》載之甚明：『（元和四年）十月辛巳，成德軍節度使王承宗反，執保信軍節度使薛昌朝。癸未，左神策軍護軍中尉吐突承璀爲左右神策，河陽、浙西、宣歙、鎮州行營兵馬招討處置使以討之。』《舊唐書・孟簡傳》追索前因，故及之。至於孟簡出爲常州刺史的時間，必在元和六年醴泉寺譯經之後。另據《舊唐書》卷十四《憲宗紀》『（元和六年八月）辛巳，以常州刺史崔芃爲洪州刺史、江西觀察使』的記載，則孟簡之出刺常州，應當就在崔芃出刺洪州前後不久。此特補之。

四、《送陸暢歸湖州因憑題故人皎然塔陸羽墳》，元和六年（八一一）作。

華《譜》云：『疑東野此詩當爲元和三四年間所作。時皎然陸羽已先去世，東野方居洛陽，值陸暢夫婦自洛陽歸湖州，乃贈詩爲别，兼以憑吊故友。所以詩稱：「杼山磚塔禪，竟陵廣宵

翁。……因君寄數句，遍爲書其叢。」詩末又稱：「江調難再得，京塵徒滿躬。……待我遂前心，收拾使有終。不然洛岸亭，歸死爲大同。」京塵，指洛京，「遂前心」，言棄官歸隱，遂其初心。因當時東野方佐鄭餘慶幕府，故有此言。「洛岸亭」，疑即指生生亭。按亭以元和二三年間始建成，知此詩之作，更當在亭成以後了。』華先生據此推定此詩之作在元和三年之後，因暫繫於元和三年之下。其實我們還可以由韓愈《送陸暢歸江南》詩〔七〕，更確切地考知東野此詩的作年。

按陸暢字達夫，湖州人。元和元年進士，爲皇太子僚屬，董晉子董溪以女嫁之。韓愈《送陸暢歸江南》：『舉舉江南子，名以能詩聞。一來取高第，官佐東宫軍。迎婦丞相府，誇映秀才群。』即是指此。韓愈《唐故朝散大夫商州刺史除名徙封州董府君墓志銘》并及於此：『公諱溪，字惟深，丞相贈太師隴西恭惠公第二子。……長女嫁吴郡陸暢。』〔八〕但過不太久，董溪即遭逢變故。據《新唐書》卷一五一《董晉傳》：（晋）子溪……亦擢明經，三遷萬年令。討王承宗也，擢度支郎中，爲東道行營糧料使。坐盗軍貲，流封州，至長沙，賜死。』《送陸暢歸江南》詩頗隱晦其事，但云：『人事喜顛倒，旦夕異所云。蕭蕭青雲幹，遂逐荆棘焚。』至於陸暢之歸省湖州，是否必有其故，亦不可得而詳。所可知者：（一）韓愈送别陸暢在長安甚明，言『踐此秦關雪』、言『感概都門别』是其證〔九〕。（二）又據卒章『悲啼上車女』、『永負湘中墳』等句，可推知此詩之作正是元和六年冬天，去董溪凶問至京未久，而韓愈自河南召還，初官職方員外郎

時。按韓愈自河南令入爲職方員外郎在元和六年秋，元和五年韓愈尚在洛陽，當然不可能特來長安送别陸暢。此一推斷也與《董府君墓志銘》所記相合：『元和六年五月十二日死湘中，年四十九。明年，立皇太子，有赦令許歸葬。其子居中始奉喪歸，元和八年十一月甲寅，葬於河南河南縣萬安山下太師墓左，夫人鄭氏祔。』〔一〇〕文中皇太子即遂王李宥。據《舊唐書》卷十五《憲宗紀》下，元和七年七月，立遂王宥爲太子，大赦天下。設若韓愈此詩寫於元和七年之冬，那麽『受恩不即報，永負湘中墳』就不好解釋了。這樣，既排除了元和五年，又排除了元和七年，則韓愈《送陸暢歸江南》詩作於元和六年無疑。東野《送陸暢歸湖州因憑題故人皎然塔陸羽墳》詩雖較韓詩爲晚，當亦不出元和六年之冬。詩中有言：『送君溪鴛鴦，彩色雙飛東。東多高静鄉，芳宅冬亦崇。手自擷甘旨，供養歡冲融。』其明證也。

五、《哭劉言史》，元和七年（八一二）作。

劉言史，邯鄲人，與李賀同時。歌詩美麗恢贍，自賀外，世莫能比。與郊友善。初客鎮冀，王武俊奏爲棗强令，辭疾不受，人因稱劉棗强。後客漢南，李夷簡署司空掾，尋卒。

關於劉言史與李夷簡的關係，皮日休《劉棗强碑》言之頗詳：『故相國隴西公夷簡之節度漢南也，少與先生游，且思相見，命列將以襄之髹器千事賂武俊，以請先生。武俊許之。先生由是爲漢南相府賓冠。隴西公日與之爲筆宴，其獻酬之歌詩大播於當時。隴西公從事或曰：「以某下走之才，誠不足污辱重地，劉棗强至，衆必以公賓劉於幕吏之上，何敬之如是？」公

曰：「愚非惜幕間一足地，不容劉也。然視其狀，有不足稱者。諸公視某與劉，分豈有間然哉？反爲之惜其壽爾。」後不得已，問先生所欲爲？先生曰：「司功掾甚閑，或可承闕。」相國由是掾之。雖居官曹，宴見與從事儀埒，後從事又曰：「劉棗强縱不容在賓署，承乏於掾曹，詎奚不疏整其秩？」相國不得已，而表奏焉。詔下之日，先生不恙而卒。相國哀之慟，曰：「果然，止掾曹，然吾愛客，葬之有加等。」墳去襄陽郭五里，曰柳子關。』〔一二〕按李夷簡字易之。吴廷燮《唐方鎮年表》卷四引《舊紀》云：『（元和六年）四月庚午，以户部侍郎、判度支李夷簡檢校禮部尚書、襄州大都督府長史、山南東道節度使。』又云：『（元和八年）正月癸未，以山南東道節度使李夷簡檢校户部尚書、成都尹，充劍南西川節度使。』則李夷簡之鎮漢南，自元和六年四月始，至元和八年正月止，實際上不足二年。而他招致劉言史既有一個過程，劉言史盤桓漢南又頗有一段時間。所以推算起來，劉言史在襄陽『無恙而卒』，以元和七年較爲合理，東野悼詩當即是年所作。

六、《送淡公》、《宿空姪院寄澹公》，元和八年（八一三）作。

淡公即淡然、澹然，俗名諸葛覺（一作珏），爲越中詩僧。元和中游洛下，與孟郊、韓愈交。韓愈《嘲鼾睡》二首即爲此公而作。孟郊則有《送淡公》十二首、《宿空姪院寄澹公》一首。《送淡公》十二首華《譜》繫於元和七年（八一二）。有云：『其作時年月，以詩中「盧殷、劉言史，餓死君已噫」諸語推之，知詩當作于盧、劉已死之後。考韓愈《盧殷墓志》，知盧殷死在元和五年

十月。又以唐皮日休《劉棗强碑》考之，知劉言史也當於元和六七年間去世（見《皮子文藪》卷四）。那末，此什之作，應該也不出元和六七年間。時東野與淡然方同居洛陽，因其行，乃贈詩爲別。』至於《宿空姪院寄澹公》一首的作年，華《譜》無考。

近有曹汛作《淡然考》文〔一二〕，以爲東野《送淡公》詩和《宿空姪院寄澹公》詩都是元和八年冬天所作。根據之一，《送淡公》中有『翰苑錢舍人』語。考錢徽於元和三年八月自祠部員外郎充翰林學士，八年五月轉司封郎中知制誥（見《翰林學士壁記》）。按唐代慣例，知制誥即得稱舍人。又據韓愈《貞曜先生墓志銘》，孟郊卒於元和九年八月。因推知《送淡公》之作，上限不過元和八年五月，下限不過元和九年八月。根據之二，孟郊《宿空姪院寄澹公》詩云：『夜坐冷竹聲，二三高人語。』《送淡公》之一則云：『常於冷竹坐，寒語道意冲。』兩詩後先承合照應關係極爲明顯。又《宿空姪院寄澹公》云：『官街不相隔，詩思空愁予。明日策杖歸，去住兩延佇。』又云：『雪檐晴滴滴，茗碗華舉舉。』可見此詩必是某一年冬天所作，而第二天，或頂多過個幾天，淡然就要策杖南歸了，至此也就可以弄明白，《宿空姪院寄澹公》與《送淡公》是同時所作，或前後只差一天，頂多數天，都是在元和八年的冬天。那一年冬雪特大。《舊唐書·憲宗紀》記載，元和八年冬十月丙申，『以大雪放朝，人有凍踣者』。韓愈詩有『京城數尺雪，寒氣倍常年』之句，白居易詩有『八年十二月，五日雪紛紛；竹柏皆凍死，况彼無衣民』之句。『總而言之，《送淡公》詩作於元和八年冬，是證據確鑿，絕無可疑。』

根據曹汛同志的考訂，《送淡公》與《宿空姪院寄澹公》二詩同爲元和八年的作品，確是没有疑問的。華《譜》因無確證，致有一年之誤。但就兩詩寫作的具體時間而言，我以爲《送淡公》比較早些，『時東野與淡然方同居洛陽，因其行，乃贈詩爲别』。其具體時間，從詩中描寫的節物（其九：『報恩兼報德，寺與山争鮮。橙桔金蓋檻，竹蕉緑凝禪。』其十：『鄉在越鏡中，分明見歸心。鏡芳步步緑，鏡水日日深。異刹碧天上，古香清桂岑。』）來推斷，應當是這年的秋天。而《宿空姪院寄澹公》之作，必在淡然離開洛陽之後。兩詩之間，會有一段時間的距離，决不至於僅僅一日或數日之隔。首先，詩題『寄』字須加玩索，如果淡然當時尚滯留洛下，那麼此詩何需再寄？其次，曹文所作解釋，於詩義或有未通。曹文説，淡然雲游洛陽時，經常落脚的昭成寺在道光坊，東野時任河南水陸運從事，賃宅立德坊，二坊俱在洛水之北，東城之東，第一南北街上，故《宿空姪院寄澹公》詩云：『官街不相隔。』孤立地看，説亦可通；貫串起來，便覺扞格。因詩語云：『夜坐冷竹聲，二三高人語。燈窗看律鈔，小師别爲侣。』這不明明是説作者獨宿僧院而淡公無與嗎？詩語又云：『磬音多風飆，聲韻聞江楚。』這不明明是寄托一種懷人之思嗎？至於『官街不相隔，詩思定愁予』二句，乃是把僧院生活的幽逸，與咫尺之外世俗生活的煩雜來作對比，以此引起内心的愁苦與無限的感慨。『明日策杖歸，去住兩延佇』二句，更明顯地流露出作者去住之際戀戀不舍的情味。當然詩中所寫獨宿情事又莫不與淡公交誼緊相關合。『夜坐冷竹聲，二三高人語』與『常於冷竹坐，相語道意冲』，在事情的發生上，固然

是一後一先較然分明；但其間的承續照應關係，實亦顯然。蓋東野詩筆所之，由今之竹聲人語觸發聯想，追懷昔日與淡公同游之樂，原是極自然的。『雪檐晴滴滴，茗碗華舉舉』，乃次日事，寫大雪初晴，各物瑩然。『磬音多風飈，聲韻聞江楚』二句，復將思緒從眼前引向遠處，念及雲游江南之人，不知今在何方。由此可見，《宿空姪院寄澹公》的主旨，不特爲抒發作者一時的感慨，同時也是向詩友表達深情的懷念。詩的寫作時間，在元和八年冬天、淡然離開洛陽之後，看來也是没有疑問的。

原載《杭州大學學報》（哲學社會科學版）一九八九年第一期

注釋

〔一〕有關孟詩作年可參考的著作有：李士翹《孟東野年譜》，《北平晨報》（《藝圃》）一九三四年五月十二日、二十二日、二十三日）；陳延傑《孟東野詩注》，商務印書館一九三九年版；夏敬觀《孟郊詩》，商務印書館一九四〇年版（《學生國學叢書》本），附年譜；華忱之校訂《孟東野詩集》，人民文學出版社版，附年譜及孟郊遺事。

〔二〕《韓昌黎詩繫年集釋》卷六。

〔三〕《韓昌黎詩繫年集釋》卷六。

〔四〕張國舉：《孟郊在洛陽的家事、交游和詩歌創作》，《吉林大學社會科學學報》一九八七年第三期。

〔五〕揆其詩意，『無子翁』是指盧殷，但顯然也聯想到他自己。韓愈《登封縣尉盧殷墓志》：『君能爲詩，自

少至老詩可録傳者，在紙凡千餘篇。無書不讀，然止用以資爲詩。與諫議大夫孟簡、協律孟郊、監察御史馮宿好，期相推挽，卒以病不能爲官。在登封盡寫所爲詩抵故宰相東都留守鄭公餘慶。留守數以帛米周其家，書薦宰相，宰相不能用，竟飢寒死登封。……生男輒死，卒無子。』知其一生遭際和晚年境況與孟郊極爲相似。所以《吊盧殷》詩不僅是用來哀悼盧殷的，簡直也可看作是東野的一篇自悼。詩云：『可憐無子翁，蚍蜉緣病肌』。『嗟嗟無子翁，死棄如脱毛。』正同病相憐耳。

〔六〕詳宋洪興祖撰《韓子年譜》卷六。

〔七〕《韓昌黎詩繫年集釋》卷七。

〔八〕《韓昌黎文集》卷六。

〔九〕時張籍以太常寺太祝賃居長安延東坊西南隅西明寺後，有《送陸暢》詩云：『共踏長安街裏塵，吴州獨作未歸身。昔年舊宅今誰住，君過西塘與問人。』亦一佐證。

〔一〇〕《韓昌黎文集》卷六。

〔一一〕《皮子文藪》卷四。

〔一二〕曹汛：《淡然考》，《中華文史論叢》一九八七年第一期。

修訂後記

拙撰《孟郊集校注》初版迄今，差不多已經有十七個年頭了。自那時以來，對孟詩的整理和研究，取得了很大的進展。即以孟詩的新校新注來説，就出了三種之多，這就是華忱之、喻學才撰《孟郊詩集校注》（人民文學出版社，一九九五年版），邱燮友、李建崑撰《孟郊詩集校注》（台灣新文豐出版公司，一九九七年版），郝世峰撰《孟郊詩集箋注》（河北教育出版社，二〇〇二年版）。現在再回頭看我的校注，就感覺存在諸多不足，於是開始積累資料，醞釀作一次大的修訂，主要做這幾項工作：

（一）在校勘上，增加兩種重要的對校本，即北京大學圖書館藏宋刻本《孟東野詩集》（簡稱宋刻本）、中國國家圖書館藏宋蜀刻殘本《孟東野文集》（簡稱宋蜀刻殘本）。這兩個本子以前未嘗寓目，現在有了中華再造善本，從學校圖書館即可借到。希望通過這次校訂，使其文字更近孟詩原貌。

（二）孟詩的分類編次，悉依秦禾刻本之舊。所爲之文三首歸於卷十，并加以註釋。以《與韓退之聯句十首》及佚詩三首爲附卷。附録增收拙作《孟東野詩作年補考六題》一篇。

（三）對部分注釋略作修改，包括有選擇地吸收學界新的研究成果，加進筆者近年研讀孟

詩的若干所得，以及訂正書中已知的錯訛等。

對校注作此修訂，我雖久有此意，但遲遲未能動筆。及至去年十一月，因柳明曄女史之介，得識浙江古籍出版社社長楊林海先生、副總編錢之江先生，相見之下，慨然允諾，將拙撰列入『浙江文叢』二〇一二年出版計劃，使我受到鼓舞； 所以《孟郊集校注》得以修訂重版，首先要感謝楊、錢二位的盛意。工作進行過程之中，又得浙江大學圖書館古籍特藏部高明、程惠新、鄭穎諸老師的熱情支持和幫助，責編徐碩女史爲《校注》的出版付出了辛勤的勞動，於兹一并致謝。

韓泉欣　二〇一二年十一月六日　於崇文坊寓所